文学

及其 —————— 刘小新 著

周边

江苏大学出版社
JIANGSU UNIVERSITY PRESS
镇 江

图书在版编目(CIP)数据

文学及其周边 / 刘小新著. —镇江:江苏大学出
版社,2020.4
ISBN 978-7-5684-1267-4

Ⅰ.①文… Ⅱ.①刘… Ⅲ.①中国文学－文学史研究
Ⅳ.①I209

中国版本图书馆 CIP 数据核字(2019)第 276481 号

文学及其周边
Wenxue Jiqi Zhoubian

著　　者/刘小新
责任编辑/芮月英　顾正彤
出版发行/江苏大学出版社
地　　址/江苏省镇江市梦溪园巷 30 号(邮编:212003)
电　　话/0511-84446464(传真)
网　　址/http://press.ujs.edu.cn
排　　版/镇江文苑制版印刷有限责任公司
印　　刷/句容市排印厂
开　　本/710 mm×1 000 mm　1/16
印　　张/25.75
字　　数/411 千字
版　　次/2020 年 4 月第 1 版　2020 年 4 月第 1 次印刷
书　　号/ISBN 978-7-5684-1267-4
定　　价/68.00 元

如有印装质量问题请与本社营销部联系(电话:0511-84440882)

前言

20 世纪 80 年代，中国文学及其研究经历了一个"向内转"的风潮，文学创作、批评和理论一致发生了朝向文学本体的回归，这是对过去时代里文艺过度社会化、政治化倾向的"拨乱反正"。随着文化研究的兴起，文学研究的钟摆又开始出现"向外转"的趋向。韦勒克在《文学理论》中将文学研究分为内部研究和外部研究两种范式，内部研究是对文学作品的语言、结构、形式、意象、象征等审美形式因素的分析和阐释，外部研究则侧重于观照文学文本以外的社会历史、文化政治等意识形态因素。热奈特也在对副文本的研究基础上发现文本边缘因素对文学研究的重要意义，文学的副文本常与正文本亲密关涉、彼此互文。事实上，文学从来不是单纯封闭的世外飞地，文学与所谓外部的大千世界永远紧密相关，文学书写每每以语言和叙事投射、照映和表现外部世界，同时以艺术形式形塑主体的精神世界，且在一定程度上影响着现实世界。事实上，人们已经越来越认识到文学原本就是内部世界和外部世界互相交融的结果，是审美形式与意识形态的有机结合，而外部研究和内部研究其实缺一不可，二者往往相互渗透、密切融合。本书写作的意图正如题名所示：文学及其周边，所论之题皆围绕着文学这一核心论域，并不限于狭义的文学内部，试图整合文学的内部与外部的关系，并且将视野扩展到区域文化建设的一些议题。

全书主体部分分为 20 章，聚焦于马克思主义视野下的文学与文化问题研究，旨在以马克思主义为立场、观点和方法开展文学与文化领域的基本理论问题和现实问题研究。主要内容包括以下方面：第一，作为一种"社会意识形式"，文艺具有何种意义？具有哪些独特面向？马克思第一次明确了文学艺术在整个社会结构中的位置。究其意义看，作为人类精神活动的文学属于意识形态范畴，是一种与宗教、道德、哲学等并列的社会意识形式。这个界定深远地影响了文学理论的发展，成为一切唯物主义文学理论的逻辑起点和思想基础。更为重要的是，马克思和恩格斯还揭示了文学这一意识形式的特殊性和相对独立性。第二，"形式诗学"与"意识形态批评"的统合问题。如何打通文学文本与社会文本的内在关系，打通美学形式与意识形态的内在关系，打开文艺创作的文化密码和表征系统，在更加开放的社会科学视域中审视与诠释？这是本书将要深入探讨的重要问题之一。第三，文艺社会学批评：从衰落到复兴。在马克思主义视野下重新认识文艺社会学批评的意义，着重探讨：文艺社会学曾经为何衰落？现今如何复兴？在新的历史语境下，文艺社会学批评的重要性日益凸显，重构文艺社会学成为新时代的一项重要学术任务，需要相关领域的学者投入足够的心力和智慧。（1）要坚持以马克思主义理论为指导，推动文艺社会学学科建设。（2）文艺社会学必须处理好内容与形式的关系。（3）文艺社会学研究要建立"方法论的关系主义"。（4）文艺社会学研究要高度重视当代社会学的场域理论。（5）文艺社会学要借助数字技术和数字人文学的研究方法。（6）文艺社会学要重新思考文学与社会学的关系。第四，全球化、第三世界文学与南方理论的兴起。讨论全球化语境与文学的关联，要以新型全球化为理念，以人类命运共同体为伦理学基础，将"世界文学"概念重新历史化与理论化，解构以西方为中心的世界文学史叙事模式。"全球南方"与"第三世界"的关系究竟如何？"全球南方"论述的崛起是意味着"第三世界"的死亡抑或意味着"第三世界"理论在新历史条件下的再生乃至复兴？在新的历史条件下，"全球南方"批判知识分子如何继承与发展"第三世界"的思想遗产？这无疑是一个既重要又饶有趣味的问题。第五，经典、经典重估与人文教育。21世纪中国文论界关于文学经典的分歧与论争广泛涉及理论与实践层面。今天，在文化研究兴盛与推动文化传承创新的时代语境下，关于经典问题的讨论呈现出一种新的局面与发展趋势。一方面，文化研究的兴盛有可能改变文学专业教育以文学经典为核心的传统，对文学教育的专业建制、课程设置、议题设计、研究方法、理论视域，以及知识结构等诸多层面都可能产生深远而复杂的影响；另一方面，推动优秀传统文化的创新性发展和创造性转化已经成为新时代的重大文化方针，推动优秀传统文化传承创新的政策日益完善，传承文脉的呼声也日渐高涨，人们越来越重视文学经典在文脉传承和人文教育中的重要作用，经典教育的复兴已是大势所趋。在当代人文学界，这两种范式同时并存，但分歧与冲突已明显有所消解，并逐渐呈现出走向互补、互鉴与融合的趋势，从而打开了文学研究和文化传承创新更广阔的空间。当代文学的经典化必须重新回到传统马克思主义"美学的与历史的"批评标准，所谓"美学的观点"就是按照美的规律造型的观点，"历史的观点"即衡量作品是否真实地反映了历史内容、历史进程和历史的必然趋势。当代文学经典化必须遵循基于历史唯物主义的"美学的与历史的"辩证统一的根本标准。第六，在马克思主义视野下思考文化研究与当代文化建设问题。一是探讨文化研究如何与马克思主义的政治经济学和意识形态批判理论深度结合，构建一种真正具有建设性意义的知识图景与愿景想象。二是以马克思主义文化理论为指导分析文化政策、文化生产及数字人文学等一系列问题。

本书的讨论还不够系统和深入，只是一份阅读和观察的报告。真正深入系统的研究有待今后持续不断的努力。不当与疏漏之处，敬请批评指正。

诚挚感谢江苏大学出版社！诚挚感谢芮月英和顾正彤两位资深编辑的辛苦付出！

目录

前言

上编 ··········· 第一章 马克思主义论文学与意识形态之关系·3

第二章 文艺社会学批评：从衰落到复兴·14

第三章 全球化、第三世界文学与南方理论的兴起·38

第四章 "形式诗学"与"意识形态批评"的统合·64
　　　　——关于"华人文化诗学"的构想

第五章 经典、经典重估与人文教育·83

第六章 从"依附理论"到"后殖民论述"·100

第七章 当代文艺美学的历史转型·111

第八章 乡愁、华语语系文学与中华性·124

中编 ··········· 第九章 阶级、底层叙事及阶层美学·137

第十章 重新理解文艺的人民性·149

第十一章 审丑与现代感性·159

第十二章 概念与批评现场·167

第十三章 打开旅行文学的研究空间·205

第十四章 白马文艺社的精神系谱与文学创作·218

第十五章 小说与人类价值纽带的重建·247
　　　　——福克纳的意义

下编 ············ 第十六章 当代福建文艺的区域发展策略·263

第十七章 福建文化建设 70 年的成就与经验·280

第十八章 繁荣发展哲学社会科学，不断提升福建文化影响力
研究·303

第十九章 供给侧结构改革视野下福建文化产业发展策略·322

第二十章 推进社科工作更好服务基层、服务群众·351

附录 ············ 序与言·364

上
literature
编

第一章

马克思主义论文学与意识形态之关系

一

在思想史上，最早把"意识形态"术语引入哲学研究视域的是德·特拉西。在 18 世纪 90 年代，这位法兰西研究院的院士和他的朋友卡巴尼斯、孔塞多等组成"意识形态家"哲学团体，共同创造了以观念学为研究对象的意识形态学说。大约 50 年后，马克思出版了《德意志意识形态》《政治经济学批判》和《资本论（第一卷）》等重要著作，越来越深刻地论述了意识形态理论。这种深刻性表现在两大方面：其一为意识形态批判，从本质上看，意识形态是统治阶级思想的体现，它赋予自己的思想以普遍化的形式，借此达成遮蔽或歪曲现实关系的目的；其二为在人类整体的社会生活中确定意识形态的位置。

在著名的《政治经济学批判》的序言里，马克思明确指出："人们在自己生活的社会生产中发生一定的、必然的、不以他们的意志为转移的关系，即同他们的物质生产力的一定发展阶段相适应的生产关系。这些生产关系的总和构成社会的经济结构，即有法律的和政治的上层建筑竖立其上并有一定的社会意识形式与之相适应的现实基础。"① 在这段被反复引述的经典论述里，马克思把整体社会结构分为四个层次：社会生产、生产关系的总和即社会经济结构、由法律与政

---

① 《马克思恩格斯选集（第二卷）》，北京：人民出版社，1972 年，第 82 页。

治制度构成的上层建筑和社会意识形式。社会意识形式即人们通常所说的意识形态，它包括宗教、道德、哲学、文学艺术、法律和政治观念。这些社会意识形式受物质生活的生产方式制约，"人们的社会存在决定人们的意识"。而意识形态一旦形成，不仅具有相对的独立性，而且对社会存在产生反作用。

马克思第一次明确了文学艺术在整个社会结构中的位置。究其意义看，作为人类精神活动的文学属于意识形态范畴，是一种与宗教、道德、哲学等并列的社会意识形式。这个界定深远地影响了文学理论的发展，成为一切唯物主义文学理论的逻辑起点和思想基础。更为重要的是，马克思和恩格斯还揭示了文学这一意识形式的特殊性和相对独立性。首先，物质生产与艺术生产之间的关系并不是僵硬对应的，而常常是不平衡的。马克思在谈到希腊艺术的伟大时，曾明确指出："关于艺术，大家知道，它的一定的繁盛时期绝不是同社会的一般发展成比例的，因而也绝不是同仿佛是社会组织的骨骼的物质基础的一般发展成比例的。"① 他提醒人们应更多关注文学的相对独立性和特殊的发展规律。其次，与政治法律相比，文学离经济基础比较远，两者之间不是那种面对面的直接关系，而是有中介的。正如恩格斯所言：文学与宗教、哲学一样，是一种"更高地悬浮于空中的意识形态的领域"，②"同自己的物质存在条件的联系，愈来愈混乱，愈来愈被一些中间环节弄模糊了"。③ 这里所说的"中间环节"，在恩格斯自己看来，是政治、法律和道德观念；普列汉诺夫解释为社会心理；马尔库塞则概括为感性方式。人们今天已经普遍认识到，物质存在条件与文学之间的关系是通过人们的日常生活意识和感性经验方式发生的，而对中介的认识和揭示为文学理论彻底摆脱庸俗唯物论的纠缠提供了可能。再次，文学这种意识形式的特殊性还在于它的审美特性，正是这种审美特性使它与宗教、哲学有所区别。马克思、恩格斯历来重视文学的审美之维，主张从美学和历史相结合的视野去评价文学。文学是意识形态，并且是一种审美的社会意识形态，它通过艺术形式和美感

---

① 《马克思恩格斯选集（第二卷）》，第 112 – 113 页。
② 《马克思恩格斯选集（第四卷）》，北京：人民出版社，1972 年，第 484 页。
③ 《马克思恩格斯选集（第四卷）》，第 249 页。

的联系而与社会发生作用和反作用的关系。从这个意义上看，形式是作品结构与社会结构联系的介面。在经典文论对中间环节初步论述的基础上，20世纪文学理论更深入地认识到形式中介的重要性，因此也就更加凸显出文学这种审美意识形态的独特性。

二

马克思主义经典作家的意识形态理论是一笔十分丰富的遗产，已成为20世纪意识形态诸种诠释的出发点，也是当代文学理论研究文学与意识形态关系的思想资源。马克思把意识形态放在社会整体结构中做辩证的探讨："物质生活的生产方式制约着整个社会生活、政治生活和精神生活的过程。不是人们的意识决定人们的存在，相反，是人们的社会存在决定人们的意识。"[1] 在社会总体结构中，生产力与生产关系构成的社会下层结构是上层建筑的现实基础，制约着法律、宗教、哲学、文学艺术等社会意识形态的发展。毋庸置疑，作为人的精神生活方式的文学，属于意识形态范畴，也必然会受到物质生活的生产方式的制约。这是唯物论文学理论的一个基本观点。然而，一些粗糙的理论和批评把它理解为文学与生产方式的僵硬的对应关系，从而走向了一种庸俗的唯物论。同样，从马克思的思想出发，本雅明对文学形式或类型历史转换的分析，则从一个角度证明了马克思主义经典文论的当代性。从神话到童话、从故事到小说、从小说到影像，这种文学类型的历史更替，与生产力即技术的发展和生产关系即社会阶级关系的变迁内在地相关，后者对前者起了决定性的作用。

当代学者从中汲取了丰富的营养，将马克思的文学是特殊意识形态的观点和"艺术生产"概念结合起来，发展出文学生产意识形态的新理论。这种理论认为，文学不仅从属于意识形态，而且产生了意识形态。一方面，意识形态本身具有规训人类感性活动的功能，它使多样混乱的感性朝合乎社会规范的方向发展。文学作为一种感性活动方式，它的生产和消费也就必然受时代的意识形态规约和支配，从而成为意识形态的一种体现方式。I. A. 理查兹做过一次试验，他请他的学

---

[1] 《马克思恩格斯选集（第一卷）》，北京：人民出版社，1972年，第10页。

生对一组没有标明诗题和作者的作品做出评价，结果五花八门：名诗人的名作遭到贬低，默默无闻的诗人却获得赞誉。这种事情经常发生，因为趣味是主观的，人有各种各样的偏爱。然而，这种主观随意性还只是表面的，特里·伊格尔顿看得更深一些，他看到一种无意识评价的共同性支配了这种表面的分歧："价值评定的局部的'主观'差异是在一种特殊的、受社会制约的观察世界的方式中产生的。"① 社会意识形态对文学的制约是多层面的，其中最明显的强制性制约来自意识形态国家机器的监控，其典型的方式为书刊检查制度。这种以行政乃至法律的手段对文学生产实施意识形态控制的历史由来已久。早在古希腊时期，柏拉图就倡导监督诗人的创作："我们是否只监督诗人们，强迫他们在诗里只描写善的东西和美的东西的影像，否则就不准他们在我们的城邦里做诗呢？"② 这种审查制度至今仍然存在。那些与主导意识形态相悖的文学作品往往被禁止出版与发行，文学史上数量庞大的禁毁作品便是书刊检查制度的产物。一些文学名著也曾遭到图书审查部门的禁止与控告，如福楼拜的《包法利夫人》、劳伦斯的《查泰莱夫人的情人》、乔伊斯的《尤利西斯》等都有过相似的经历。1918 年，最先刊登《尤利西斯》的美国杂志《小评论》就被指控为有伤风化并遭没收焚毁。四年后，这部享有艰涩、隐晦声誉却历经坎坷的小说终于在巴黎出版，然而首版 500 本被英国海关查获后付之一炬。

书刊检查制度是一种强制性行政干预，是"国家的文学体制"的组成部分。由以国家意识形态为核心的文艺政策、文艺运动、文艺团体、作家和出版物等共同建构的，紧密相连的"国家的文学体制"具有一种无形的权力机制，掌握着文学资源的配置权、文学生产的许可权和文学生产的督查系统。具体而言，"国家的文学体制"掌控着美学标准、图书、报刊、文学教育、文学评论、文学奖助，以及官方或半官方的文学团体，甚至文学翻译、书籍交换等等，这些共同构成一

---

① ［英］特里·伊格尔顿：《文学原理引论》，刘峰，等译，北京：文化艺术出版社，1987 年，第 19 页。

② ［古希腊］柏拉图：《文艺对话集》，朱光潜，译，北京：人民文学出版社，1980 年，第 62 页。

个国家文艺体制所提供的文学空间。这个空间也可称为"文学场"，是整个社会的权力场运动的组成部分。意识形态正是通过这种"文学体制"的无形的权力机制制约着文学的生产。这种制约有时以图书审查、禁书焚书，甚至法庭审判的强制干涉方式体现出来；有时则通过资源配置的手段予以引导。而作为国家文学体制构成部分的"文学教育"和"文学批评"则全面掌管着"文学知识"。什么是文学？什么是好的文学？什么是经典文学？这些文学知识成规有力地制约了文学话语的生产与传播。

最隐蔽的制约发生在无意识深处，弗洛伊德曾用另外一套话语揭示了这种制约机制：意识、前意识和无意识三个层次构成人的精神结构，本我、自我、超我组成人格系统。意识的抑制作用把人的力比多赶到无意识冷宫中，超我监督自我积极控制本我的欲望冲动。弗洛伊德的准生物学的精神分析，也可视为包括文明道德准则在内的社会意识形态与个体感性生存之间的规训与反规训、压制与反压制斗争的一种隐喻。文学是力比多以合乎社会规范的升华方式的实现，其机制与做梦类似，被禁的力比多以象征、移置、润饰等假面形式偷偷地露出水面。弗洛伊德并没有把问题框限在个体心理传记的框架内，他发现了法则权力与欲望之间既互相对抗又互为盟友的复杂关系，法则和权力以欲望为基础，它通过利用、升华、不断地复制欲望，给欲望以各种各样的替代或补偿，进而控制处于心理混乱结构中的生命能量。无意识和本我是否也成了意识或超我的一块隐蔽的殖民地？至少无意识和本我也像意识与超我一样，"是极其多元决定的现象"。意识形态对文学的制约不会仅仅停留在理性的强制层面，相反，它常常偷袭、渗透、占领无意识王国，并且这种对无意识的隐蔽操纵也常常是卓有成效的。在这个意义上，审美和文学生产不可能纯粹自律，意识形态在其根基处打上了烙印。特里·伊格尔顿曾直截了当地指出这一点："审美只不过是政治之无意识的代名词：它只不过是社会和谐在我们的感觉上记录自己、在我们的情感里留下印记的方式而已。美只是凭借肉体实施的政治秩序。"① 或许无意识这个生命能量贮存系统才真正

① ［英］特里·伊格尔顿：《美学意识形态》，王杰，译，桂林：广西师范大学出版社，1997 年，第 26 – 27 页。

是各种意识形态争夺的重镇，因为没有什么比对人的无意识结构的控制更能有效地实施意识形态有力统治的了。文学有时会天真地把自己放在一个不受干扰的自律的位置上，如果不从相对意义上理解文学自律，那么所谓纯审美论、不涉及利害说、为艺术而艺术观，都只是一种天真的自以为是。不用说政治秩序、道德法则从外部对文学的规约，就连被弗洛伊德视为文学发生原动力的无意识本能，也早已染上了意识形态的缤纷色彩。政治秩序的肉身化、内在化历史地沉淀在人们最原始的本能结构中，晚近文学批评中频频出现"身体政治"与"政治无意识"概念，表明人们已经越来越深刻地认识到在无意识领域意识形态对文学生产的深层制约。

三

文学从属于意识形态，文学生产受意识形态的制约。但文学不仅仅再现、反映了意识形态，还是意识形态的生产工厂，它以审美这种特殊的方式生产出润滑的、可口的、包装精美的意识形态产品。根据其性质的不同，人们或者称之为"精神食粮"，或者视之为"精神鸦片"。

一个社会的意识形态具有结构和建构的特征，是社会各种矛盾与冲突在人的观念信仰和价值等主观领域的结构性反映，这就决定了意识形态的建构特性。文学以自己特有的方式参与了这项建构工程，如果像阿尔都塞所说，马克思在《德意志意识形态》里把意识形态视作一种梦想、幻想，一种不真实的神话式的梦，那么文学及其他诸种艺术就是神奇而动人的梦幻工厂。

阿尔都塞试图认定人的主体性很大程度上是通过意识形态建构而成。意识形态通过各种意识形态工具如教育体系、大众传媒等的具体操作而发挥作用，又为社会个体创造了一个赖以生存的世界，这个世界是意识形态以想象的方式构成的。也就是说，意识形态展现了个人同其真实存在情况的想象关系。个体正是凭借这种想象关系寻找、确定自己的社会位置，感受、理解自己的生活和周遭的世界。① 所以，

---

① [法]阿尔都塞：《列宁与哲学》，杜章智，译，台北：远流出版事业股份有限公司，1990 年，第 181 页。

阿尔都塞说，人是意识形态的动物，因为是意识形态把具体的个体建构成社会的主体。正是在想象性关系的建立及主体的生成意义上，文学承担了生产意识形态的特殊任务。文学是一种想象性的创造活动，它源源不断地生产出人与现实想象关系的话语，生产出种种意义符码和生活风格类型，生产出可供个体模仿复制的镜像。最终，生活模仿了文学，个体应召为主体。人们可以从通俗小说中清晰地观察到，文学如何生产出一套套生动感人的故事，而这些故事所共有的叙述模式也就再生产了密集的意识形态信息。武侠小说的江湖想象、言情小说的情爱幻想，都虚拟了人与现实的想象关系。一些固定的故事程式，如大团圆结局、才子遇难佳人相救模式、灰姑娘或其逆转灰男孩的故事等一再重复的小说套路，为人们提供了想象的生活方式。这种想象潜藏着对"我们是谁""世界是什么""什么是好的、美的、善的""什么是可能的"等问题的界定。

因此，伊格尔顿坚持认为"文学是意识形态的再生产"。在他看来，马克思主义经典文论阐释了六大范畴及其相互关系：一般生产方式、文学生产方式、一般意识形态、作者意识形态、审美意识形态和文本。文学阐释的目标就是去发现文本结构中诸范畴的复杂关系，简言之即是寻绎出文学文本与意识形态的内在关系。一般的社会意识形态在先，影响或制约着文学生产，作家在创作之前已经具有了某种意识形态，他是带着一种价值、观念、信仰而进行文学生产的。然而，这种生产的产品即文学文本所生成的意识形态元素与先前的已经不同，伊格尔顿称之为"文本意识形态"或"文学生产方式的意识形态"，是一般意识形态的再生产。伊格尔顿的再生产论述改变了以往那些过于简陋的文学反映论，是对马克思主义文学理论的卓有成效的发展。

伊格尔顿还发明了一个很特别的术语——"形式的意识形态"，这个概念突出了文学再生产意识形态的特殊方式——审美产生意识形态。在《马克思主义文学理论》中，他把形式划入意识形态范畴："生产艺术作品的物质历史几乎就刻写在作品的肌质和结构、句子的样式或叙事角度的作用、韵律的选择或修辞手法里。"[①] 在他看来，社

---

① ［英］特里·伊格尔顿：《历史中的政治、哲学、爱欲》，马海良，译，北京：中国社会科学出版社，1999 年，第 114 页。

会意识形态体现在艺术形式中，体现在艺术家观察和描绘事物的方式之中。形式实为内容的积淀，各种社会矛盾、冲突和阶级关系在艺术世界里都转换为各种形式的辩证法。作家以文本的形式结构表述这些矛盾，生产出意识形态。以西方女性读者最爱读的罗曼史小说为例，罗曼史的男主角一般英俊潇洒，出身世家并事业有成，一出场便对小自己十几岁的女主角表现出刻意的傲慢无礼。单纯善良的女主角却总是未待察觉自己的女性魅力已经使傲慢的男主角坠入爱河。表面上看，这种故事结构反映出一种矛盾：男性是拥有权力的征服者，但其强悍最终却被爱所驯服。然而，正是这个一再重复的罗曼史形式积淀着男权社会的意识形态内容。罗曼史小说里的女性的单纯善良、自我昏迷、受伤或出走的"复仇"方式，其实都是男权社会塑造而成的。罗曼史的形式结构为女性精心建构了女性与其真实生存的想象关系，这些程式化的文本隐藏着消解痛苦、转换压抑的幻想机制。伊格尔顿"形式的意识形态"概念有两层含义：首先，它标示出文学作为意识形态生产方式的特性，正在于文学的审美形式；其次，使统治和权力合法化是一个时代的主导意识形态的一项重要任务，文学常常能把真实的关系重新编码、移置，使之转换为审美想象关系的暗码。而政治的审美化能产生奇特的效果，使意识形态变得更加隐蔽动人。人们很难理性地发现那些历史地沉淀在文学形式中的意识形态内容，文学形式却隐蔽而又微妙地规训着人们的感性生活，培育出合乎需要的、有秩序的、有节奏的感知方式。在统治意识形态的压制和监控下，反抗的意识形态同样采用了审美形式这个隐蔽的手段。形式是反抗与论战的秘密语言，文学形式的变革往往会引发人们感知方式的变化，从而对社会意识形态产生不可忽视的影响。所以，与政治、法律、哲学不同，文学是以审美的方式生产意识形态，伊格尔顿把它命名为"形式的意识形态"。

四

从经典马克思主义到现代西方新马克思主义，对资产阶级意识形态的批判是一个连续的思想主题。在《德意志意识形态》中，马克思曾把意识形态视作"错误意识"，"因为几乎整个意识形态不是把人类史归结为一种歪曲的理解，就是归结为一种完全的抽象"。① 就是说，意识形态不真实，常常遮蔽或扭曲现实，把自己的思想普遍化，编造有关社会全体成员共同利益的谎言，达成维护其统治的目的。马克思接着又在《资本论》中提出"商品拜物教"概念，进一步批判资产阶级经济学中掩藏着的统治意识形态。这些资产阶级古典经济学家把资本主义生产神秘化、抽象化，把具体的社会关系物化，借此遮蔽真实的阶级关系。古典经济学如此，古典美学也有此效。在剖析席勒等人的审美救世主义时，卢卡奇曾经犀利地指出："如果人只有'在他游戏的时候'，才是完整的人，那么从这一点出发，生活的全部内容就可以被把握，并在这种形式中——在尽可能广泛意义上的美学形式中——就不会被物化机器所扼杀。生活的全部内容只有在成为美学的时候，才能不被扼杀。这就是说，世界或者必须美学化，这就意味着回避真正的问题，并用另一种方法把主体重又变为纯直观的，并把'行为'一笔勾销。或者是美学原则应该被提高为塑造客观现实的原则：但这样一来，直觉知识的发现就必然变为一种神话。"② 这段论述把艺术或美学救世论的虚幻性暴露无遗。对古典哲学和美学的意识形态批判是卢卡奇的一大贡献，也开启了 20 世纪文学意识形态批判崭新的一页。从马克思到卢卡奇，从阿尔都塞到伊格尔顿及乔纳森·卡勒，人们越来越细腻地认识到"文学是意识形态的手段，同时文学又是使其崩溃的工具"。③

　　文学是一种意识形态，或者说是意识形态的生产机器。文学可能生产一套生动的故事，诸如一个纯真善良的女仆或家庭女教师，如何可能嫁给一位资产阶级老爷从而找到幸福之类的罗曼史，引诱读者接受现存的社会等级制度，接受资产阶级意识形态所塑造的女性幸福观念。但是，文学也具有揭示、破坏、批判与反抗既存意识形态的功能。自 18 世纪末以来，许多作家倾心于落拓不羁的生活方式，这种生活方式有悖于资产阶级循规蹈矩的生活，与习俗和礼仪分庭抗礼，

　　① 《马克思恩格斯全集（第四卷）》，第 489 页。
　　② ［匈］卢卡奇：《历史与阶级意识》，杜章智，等译，北京：商务印书馆，1992 年，第 215 页。
　　③ ［美］乔纳森·卡勒：《文学理论》，李平，译，沈阳：辽宁教育出版社，1998 年，第 41 页。

从而挑战正统文化秩序。从生活方式的落拓不羁到艺术实验的标新立异，都对既有的稳定的意识形态构成了背叛。同时，文学所重视的真实的感性经验有可能突破既有意识形态提供的想象性生活图景。一方面，因为感性领域蕴藏着巨大的生命能量，历来是意识形态规训并利用的对象；另一方面，感性经验常常抛开现成的理性框架，抛开固定的认识范式，而更多启用感官这一所谓艺术的眼睛穿透现实。因此，它有可能超越意识形态的制约和规训，像马克思所说的"跳出意识形态"观看世界，从而撕开意识形态的层层帷幕，把被完全遮蔽的生存真相揭示给人们，暴露出既有意识形态的某种虚假性和欺骗性。因此，文学是一种意识形态批判的有效方式，既可能再生产出统治意识形态，也可能生产出意识形态的批判话语。无论是维护既定的社会秩序还是反叛现有的意识形态，文学话语无疑是一柄双刃剑。

现在，人们越来越明确地认识到文学具有批判意识形态的强大功能，认识到自律性的现代艺术或者不妥协的严肃艺术对资产阶级意识形态的批判与否定作用。人们不会忘记金斯伯格的"嚎叫"对20世纪50年代麦卡锡主义及清教意识形态的反叛，更不会遗忘鲁迅的《呐喊》《彷徨》对封建意识形态的批判。比较难以理解的是一些宣扬既有意识形态的作品中，也潜伏着使这种意识形态崩溃的能量。同一个文本可能有两种不同的读法，这个现象引起人们普遍的解释兴趣。阿多诺曾经认识到，一些宣扬某种意识形态的文本也包含着批判这种意识形态的因素。他以19世纪德国作家施迪夫特尔的散文为例，说明"有些艺术作品是完全属于意识形态的，而真理性内容依然能够存在于作品中"。[①] 这个资产阶级的偶像作家生产出明显的意识形态故事，然而透过古怪的意识形态，异化主体那被遮蔽和受压制的生存真实却微妙地闪露出来。这个观点，人们还可以从女权主义批评对《简·爱》的重读成果中获得进一步的认识。勃朗特那个动人的爱情故事生产了一套中产阶级白种男人的意识形态，女性身陷其中难以跳出。然而在《简·爱》漫长的接受史中，一直不被注意的"阁楼上的疯女"如今却如此触目惊心，这个性别文化符号暴露了19世纪女性

---

① ［德］阿多诺：《美学理论》，王柯平，译，成都：四川人民出版社，1998年，第398页。

受压抑的生存真相。文学确实可能在生产一种意识形态的同时，偷偷地或无意识地消解着这些意识形态。人们对文学这种建构与解构、生产与破坏双向运动的机制有各种解释。比埃尔·马歇雷的解释是：文学文本把意识形态形象化、具体化为文学形式，意识形态从中获得一种整体性的表达、固定、凝聚和集中，这种整体性、同一性的固定和集中反而暴露了其本质上的不完整性、缺陷，给人们提供了集中视力瞄准然后射击的靶子。在《文本·意识形态·现实主义》一文中，伊格尔顿进一步从语言学的层面解释文学文本从来如此的"意非言表"现象："（文学文本的）'意识形态效果'既存在于对语言中不断派生出的歧义进行定格和捕捉的过程之中，又存在于语言不断从确定意义向它的各种置换意义和替代意义的退行过程之中。"① 按伊格尔顿的理解，文本对意识形态的示义是不可能封闭的，因为语言本身具有难以把握的流动易变的结构。正是语言示义过程的聚合与移置的矛盾运动，带来了文学文本的多义性、复杂性，因此文本在产出某种意识形态话语时，往往又拆解了这些话语。实质上，意识形态是社会矛盾冲突的结构性反映。占统治地位的主导意识形态必须以普遍化的形式来获取合法地位，而普遍化的前提是整合各种异质的声音，调和各种社会矛盾。文学虚构了一个和谐的世界，提供了社会矛盾想象的解决方式。主导意识形态的同声合唱淹没了那些异质的声音，但只要社会矛盾这个前提依然存在，这些异质性意识形态也仍然存在，它们藏身于文本的缝隙，这些缝隙是不会被人们的理性意识充分注意的"阁楼上的疯女"。这才是文学在建构一种意识形态的同时，也生产出意识形态的批判与解构因素的根本原因。

---

① 王逢振，等编：《最新西方文论选》，桂林：漓江出版社，1991 年，第 431 页。

第二章

文艺社会学批评：从衰落到复兴

一

近代以来，社会学批评一直是西方文学批评的重要方法。这种方法至今并未退出文学研究领域，在新语境中反而有复兴的迹象与趋势。尤其是在纯文学研究向文化研究转折的过程中，社会学批评日益引起了人们的重视。很难想象缺少社会学的修炼和视野，真正的文化研究如何可能。然而，在当代中国文学批评史上，社会学批评有过一段庸俗化的历史，留下了惨痛的教训。进入 20 世纪 80 年代，由于人们对曾经风光一时的过度政治化的社会学批评的厌倦，批判和纠正"庸俗的社会学批评"遂成为当时学界一项重要的理论工作。在 80 年代文论中，作为一种外部研究的社会学批评被所谓的"内部研究"完全取代，文学研究"向内转"成为一时的潮流，心理学批评、感觉主义批评、纯审美批评及形式主义批评逐渐兴盛。尽管有一些学者开始全面深入地阐释文学社会学的基本原理，也产生了一些积极的成果，如花建等著的《文艺社会学》、方维规的《文学社会学新编》等，但很长一段时间以来，人们并未将社会学批评方法真正投入文学的阐释实践。

20 世纪 80 年代，许多人充满热情地引入新方法、新理论、新概念，却对传统的社会学批评不屑一顾。"庸俗的社会学批评"原本是对社会学批评的庸俗化倾向的批评，但在很多人的无意识里，"庸俗"却成了社会学批评的必然的定语，似乎凡是社会学批评都必然极容易产生庸俗化倾向。这种无意识偏见阻碍了人们对社会学批评的正确认识与运用。黄子平说过，80年代的作家被创新之狗追赶得喘不过气来。其实，文学理论和批评又何尝不是如此，对新潮的狂热追逐使得人们漠视乃至拒绝古老传统的社会学批评。然而，西方各种新理论都有其生成与发展的历史脉络与语境。去脉络化与去语境化的引入和使用显然已经对当代文学批评产生了极其不良的影响。直至90年代后期，随着事实上与传统的社会学批评都密切相关的后殖民主义理论、文化研究及布迪厄的场域论等新理论、新方法的登台亮相，这种状况才有所改变。因此，今天人们有必要重新认识社会学及文艺社会学。

二

正如南帆先生所言，许多年来，当代中国的文学批评似乎都出自社会学门下，社会学批评可谓桃李满天下。在许多批评家眼中，社会学批评是自己驾轻就熟的拿手好戏。文学与社会的相互关系一目了然：文学从属于社会，是社会生活的再现，而社会通常成为文学批评的参照体系。优秀或正确的文学总是正确地再现了社会，从而协助人们认识社会；相反，也有作品歪曲了社会，这些肯定是没有价值的坏作品。① 在极左年代，不能"再现"社会现实及其正确发展趋势的作品不仅被认定是坏作品，甚至被称为"毒草"。长期以来，文学与社会的关系被处理成一种僵硬的一对一关系。社会学批评被框限在机械反映论的认知模式中，人们热衷于鉴定某部作品是否反映了社会真实或本质，满足于对文学进行定性裁决，却很少有人对关于文学与社会关系的各种具体的细节和中介环节做更加细致入微的分析，更少有人热心于定量研究或建立文学社会学的分析模型。

在韦勒克和沃伦合著的《文学理论》中，文学研究分为内部研究与外部研究两种。文学与社会的关系问题被划入文学的外部研究范畴，属于文学社会学探讨的核心命题，而外部研究在韦勒克和沃伦看来显然是一种非文学性研究。文学社会学批评的任务包括以下三个方面：第一，作家的社会学。用中国古代文论的话语表述即是"知人论

---

① 南帆：《冲突的文学》，上海：上海社会科学院出版社，1992年，第302页。

世"。无论作家、艺术家如何超凡脱俗，他无疑都是社会的一员，文学批评有权力也有必要把他当作社会的存在来研究。作家的社会出身、家庭背景、经济地位、社会交往、政治倾向、性格特征和意识形态取向，甚至性情趣味，都是作家社会学研究的内容。"这有助于人们诠释作家在作品中所表达的社会观点阶级意识，也有助于研究特定时空中的作家类型。"① 第二，研究作家在作品中描写或反映/表现的社会内容。一方面，文学作品是社会的写照和反映，诸如托尔斯泰是俄国民主革命的一面镜子，而鲁迅则是中国反封建革命的一面镜子等。在这样的视野中，文学无疑是一种珍贵的社会历史文献，人们可以通过托尔斯泰、巴尔扎克和鲁迅等作家的作品所再现的内容来认识社会的复杂性和发展变迁；而反映社会历史的深度和广度也往往是文艺社会学批评家鉴定与评价作品最为重要的标准。第三，考察文学对社会的影响，文学的社会效果历来是社会学批评的一项不可或缺的研究内容。社会学批评常常以作品正面与负面的社会影响来评价文学作品的意义和局限。真正有效的社会学批评应该借助社会学的基本方法，比如民意测验和其他的社会学调查方法来考察"文学是如何影响读者"，进而影响社会的。② 中国古代文论强调感兴和直觉悟性，这种社会学批评的传统并不发达。"五四"新文化运动以来，尤其是 20 世纪 30 年代以后，中国文艺理论与批评界才引进了丹纳③和普列汉诺夫等人的社会学批评。由于政治意识形态的深刻影响，现代文论中的社会学批评往往被政治化，成为某种政治时事批评的别称。

这种情形一直持续到当代很长一段时期。但一些批评家往往是比较粗糙、大概地掌握了社会学批评的一些知识和方法，就自以为全面地掌握了完整的社会学批评技术与方法。然而事实上，如同南帆先生所言，"人们对社会学批评并不像想象的那样熟练，相反人们对社会学批评许多理应从事的考察项目知之甚少，做得更少。当代文论虽然常常强调文学是一种社会存在这个事实，但这种强调在许多方面看来

---

① 南帆：《冲突的文学》，第 302 页。

② ［美］韦勒克，沃伦：《文学理论》，刘象愚，等译，北京：生活·读书·新知三联书店，1984 年，第 94 页。

③ 丹纳，Hippolyte Adolphe Taine，法国著名文艺理论家和史学家，历史文化学派的奠基者和领袖人物，中文译名为"泰纳"或"丹纳"，本书统一使用"丹纳"。

还仅仅是抽象而空洞的口号。许多人并不真正了解文学这一社会存在的种种具体细节"。① 丰富多样的具体细节或许并没有进入批评家的研究视域：印刷技术的革命和新媒介的出现对文学文类兴盛的影响；杂志的发行区域和销售分布对文学思潮嬗变的微妙影响；评奖制度、选集编选、文学大系的编撰及中小学教材的编写和教育、大学的文学教材编写与文学教学研究对文学经典形成的作用；作家的稿酬收入、企业财团的资助及畅销书的形成与作家风格的关系；读者的购买力、年龄结构、性别差异、阅读趣味及地区分布与文学接受的关系，等等。然而，许多年来，"从文学到社会或者从社会到文学却是文学批评最通用的逻辑，'社会'这个术语在文学研究中是个鉴别文学真伪高低的标准性概念。事实上，它更应该被当作某种意识形态的符码。社会学研究因此被狭隘化成一种文学时政评论，当'社会'或其替代性术语'现实'获得至高的政治地位时，真正的'社会'或'现实'却被抽空成一个抽象的符号"。② 对具体细节的忽视无疑是中国当代社会学批评未能得到健全发展的一大因素。当然还有一个重要原因，那就是汉语学界的文学批评从未形成实证分析的传统，这先天地制约了人们对文学与社会关系认识与研究的具体性和科学性。迄今为止，我们的社会学批评还远未达到布迪厄《文学场的生成和结构》那种水准，甚至离丹纳、斯达尔夫人等所代表的西方传统社会学批评还有一段距离。因此，从传统社会学批评中汲取营养，并在当代学术语境中重新认识丹纳等人的批评概念和范畴就有着特殊的意义。

三

"讨论文学与社会的关系，通常是以丹纳的'文学是社会的表现'这句话为起点的。"看起来，韦勒克和沃伦对这个起点颇有疑议，认为这句话或者犯了假定文学在任何特定时代都正确地反映了社会的错

---

① 南帆：《冲突的文学》，第 302 页。
② 南帆：《冲突的文学》，第 302 页。

误，或者是过于含糊不清、模棱两可。① 一般而言，最早从理论上较为系统地探讨文学与社会之关系的应数德国批评家 J. G. 赫尔德，他的自然的历史主义的方法把每部作品都看作其社会环境的组成部分，常常论及气候、风暴、种族、地理、习俗、历史事件乃至像雅典民主政体之类的政治条件对文学的深刻影响。在他看来，文学的生产和繁荣发展必须依赖于这些社会生活条件的总和。赫尔德对文学与社会关系的认识总体上是正确的，然而当他具体地从气候与种族的差异来比较荷马和莪相的差异时，他的认识则有些含糊，也有些不够严谨，就像他在谈论欧洲各民族的文学兴趣那样，粗疏、轻率、过于印象派了："意大利人爱唱歌，法国人爱用散文诗进行说理和叙事；英国人则用它毫无音乐节奏的语言来思考。"②

斯达尔夫人承续了赫尔德的遗风，于 1800 年发表了《从文学与社会制度的关系论文学》，1813 年又出版了《论德国》。在《从文学与社会制度的关系论文学》的序言中，她明确表明文学研究的任务是"考察宗教、风俗和法律对文学的影响，反过来，也考察后者对前者的影响"。斯达尔夫人对南方文学与北方文学做了有趣的比较：以德国为代表的北方文学带有忧郁和沉思的气质，这种气质是北方阴沉多雾的气候和贫瘠的土壤的产品；而以法国为代表的南方文学则耽乐少思并追求与自然的和谐一致，这也与南方的气候和风光密切相关，这里有着太多新鲜的意象、明澈的小溪和茂盛的树林。自然的美丽使得南方人有"较广的生活乐趣，较少的思想强度"。③ 在另一部著作里，斯达尔夫人进一步探讨民族心理、社会环境与德国文学的关系。她认为，文学并不是天才的产物，而是受其社会环境等诸多因素所制约；文学塑造的人物和情节内容是一定时代社会生活的体现，而人们对文学的评价也受其社会条件差异的影响。19 世纪的丹纳沿着赫尔德、斯达尔夫人及孔德的方向，继续讨论文学与社会环境的关系。在著名的《英国文学史》的序言中，丹纳明确提出影响文学的生产与发展的社

---

① ［美］韦勒克，沃伦：《文学理论》，刘象愚，等译，第 93 页。

② ［美］雷纳·韦勒克：《近代文学批评史（第一卷）》，上海：上海译文出版社，1987 年，第 261 页。

③ ［法］斯达尔夫人：《从文学与社会制度的关系论文学·序言》，伍蠡甫主编：《西方文论选（下卷）》，上海：上海译文出版社，1979 年，第 121 页。

会因素有三大方面：种族、环境与时代。丹纳认为，"种族"指的是因民族的不同而具有不同的先天遗传的倾向，这种倾向是文学生产的原动力或"内部主源"；"环境"包括地理和气候条件，是影响文学的"外部压力"。丹纳以具体的事例说明这种影响：在气候寒冷的地区、惊涛骇浪的海岸带及阴湿的森林地带，人们往往"为忧郁和过激的感觉所缠绕，因而倾向于狂醉和贪食，喜欢战斗和流血"；而在明丽优美的风景区和风平浪静、光明愉快的海边生活的人，则"向往航海或商业，没有多大的胃欲，但一开始就对社会事业发生兴趣"。① 这种生存环境和生命气质的不同必然造成文学气质的明显差异，而"时代"则是影响文学的"后天动量"，是一种既定的推动力。时代走向制约着某种文学才能和风格的发挥，这种制约是通过时代精神或特定时代的民族心理而产生作用的。丹纳尤其重视时代民族心理对文学的决定性影响，这当然浸染着黑格尔派的思想色彩。因此，韦勒克和沃伦把二者并置予以评论："黑格尔派的批评和丹纳派的批评认为，作品中所表现的历史的或社会的伟大性，简直就等于艺术上的伟大性。艺术家传达真理，而且必然地也传达历史和社会的真理。"② 丹纳把自己的理论称作"植物学"，并声称自己是用植物学的方法研究文学艺术。在《艺术哲学》中，丹纳以艺术史为例证继续证明地理、气候、社会环境与风俗对文学有着决定性的作用，两者之关系如同自然条件与植物生长那么密切。丹纳认为，希腊雕塑的繁荣与其特有的气候和地理因素分不开。一方面，四季温和的气候使希腊人有可能常年过着露天生活，他们的形体是大自然的雕塑——"晒惯太阳，擦惯油，经过灰土、铁耙和冷水浴的冲刷，皮肤棕色，结实，组织健全，色泽鲜明，生命力充沛"。③ 另一方面，从地理角度讲，希腊是岛国，为防御异族入侵，人们长时间过着锻炼与竞技的体育生活：角斗、掷铁饼、拳击、赛跑等，使希腊人的形体更趋健美。这些都是希腊雕塑得以繁荣发展的因素。

---

① 伍蠡甫主编：《西方文论选（下卷）》，第238页。
② ［美］韦勒克，沃伦：《文学理论》，第93页。
③ ［法］丹纳：《艺术哲学》，傅雷译，人民文学出版社，1983年，第315页。

四

从赫尔德、斯达尔夫人到丹纳，在讨论文学与社会的关系问题时，都十分重视地理因素对文学的影响。所谓地理因素，包括气候、土壤、河流、海洋、山地、交通、地理位置、森林植被乃至自然风景等，这些因素对文学的影响是不言而喻的。首先，它们构成了文学直接描写的内容与对象；其次，一方水土养一方人，人的性情气质的确与其生活的自然地理条件有着微妙的关系。而文学是人学，通过人这个中介，地理因素与文学之间产生了十分密切的关联。这种文学与地理的关系，从中国古代文学中也可找到丰富的例证，比如《诗经》有十五国国风之分别，《楚辞》乃楚地之文学；现代文学则有"京派"与"海派"之分殊，等等。王瑶先生在论述东晋的玄言、山水和田园诗歌的流变时曾谈到地理因素对文学的深刻作用："当文化中心和名士生活还滞留在北方黄土平原的时期，外间风景没有那么多的美丽的刺激性，能够使他们终日在'荒丘积水'畔逗留徘徊……中国诗从三百篇到太康永嘉，写景的成分是那样少，地理的原因不能不说是一个重要的因素。而楚辞诗篇之所以华美，沅澧江水与芳洲杜若的背景，也不能不说有很大的帮助。永嘉乱后，名士南渡，美丽的自然环境和他们追求自然的心境结合起来，于是山水美的发现便成了东晋这个时代对于中国艺术和文学的绝大贡献。"[1] 正像《楚辞》瑰丽的色彩与沅澧江水、芳洲杜若的地理背景密切相关一样，东晋山水文学的勃兴的确与会稽永嘉的自然风光有着直接的关系。因此，地理是影响文学风格乃至思潮的一大原因。

但是文学毕竟不是植物，不能完全用丹纳所谓的植物学的方法来研究，并且地理气候一旦进入人类历史，就不再是纯粹自然的因素了。所以在谈及自然地理条件对文学的影响的时候，人们一般更关注"人化的自然"或人文地理因素与文学地域风格之间更为深刻的内在关系。自然地理的因素是通过与人的实践活动结合而作用于文学生产的，自然透过对人们的生活方式和气质性情的塑造作用从而影响了文

---

[1]　王瑶：《中古文学史论集》，上海：上海古籍出版社，1982 年，第 119 页。

学。也可以说，包括风土、人情、文物和传说等人文因素在内的地缘文化才是塑造文学地域风格的真正力量。周作人曾论及代表绍兴地缘文化一大特色的"师爷传统"对文学"浙东性"的形成之深刻作用，他说："我们一族住在绍兴只有 14 世……这 400 年间越中风土的影响大约很深，成就了我的不可拔除的浙东性，这就是世人所通称的'师爷气'。本来师爷与钱店官同是绍兴出产的坏东西，民国以来已逐渐减少，但是他那法家的苛刻的态度，并不限于职业，却弥漫于乡间，仿佛成为一种潮流，清朝的章实斋、李越缦即是这派的代表，他们都有一种喜骂人的脾气。"① 这种风土对文学与学术风格的浸染可谓深远，从而形成了所谓的"师爷笔法"，即周作人所说的"如老吏断狱，下笔辛辣，其特色不在词华，在其着眼的洞彻与措语的犀利"。② 周作人自己或许并不太喜欢这种"深刻"的"浙东性"，但这种地域文化在章实斋、章太炎、鲁迅等人的文风上有着鲜明的体现。可见人文地理因素与文学关系之密切。一方面，文学有可能因地域文化的差异而显示出不同的风格。绍兴与鲁迅、湘西与沈从文、山东高密与莫言、美国南方与福克纳，等等，都表明地缘要素对文学的重要性，它可能是文学想象力的源泉，或是文学风俗画的远景，也可能是真正形塑文学地域风格的无形之手，它赋予了文学独特的地方色彩从而成为某种风格的"注册商标"；另一方面，文学也反作用于人文地理与地域文化，它同样是形塑地方性的一种力量。当代的文化地理学因此把文学的这种作用纳入地理学研究的范畴中。赖特和洛温塔尔曾指出：大地的表面是人的作品，它折射着文化风俗与个人想象。地理知识不仅仅是地理学家的，而且应该是包括诗人、小说家、画家、农民、渔夫等形形色色的人们共同创造、共同拥有的，或真实，或虚构的知识。③

由文学与人文地理之间相互作用而产生的地域风格或地方色彩，在经济全球化和文化全球化的语境中，意义似乎越发凸显。现在人们常常把这种地域性称为文学的"本土性"或"地方性"。在"后殖民

---

① 周作人：《周作人散文（第二卷）》，北京：中国广播电视出版社，1992 年，第 10 页。

② 周作人：《谈龙集·地方与文艺》，上海：开明书店，1927 年，第 13 页。

③ ［英］R. J. 约翰斯顿：《地理学与地理学家》，北京：商务印书馆，1999 年，第 218 页。

主义文化"进入知识背景之后，这个替换了"地域风格"的"本土"概念再度炙手可热，并获得了一些新的意义。它不仅意味着生于斯长于斯的温暖的自然家园，而且意味着一种强大的可以信赖的文化根系；同时，作为文化身份的标志，这个概念还隐含着一种抵抗全球化的文学与文化立场。如果说，过去人们提倡地域风格是为了走向世界，即越是地方的也就越是世界的；那么今天人们再度呼吁"本土化"，其意趣却有了些微妙的变化，它显然构成了文化全球化的一种反动。在全球化与后殖民论述中，文学普遍性与特殊性、世界主义与民族主义、同质化与异质性、殖民话语与后殖民话语、普遍知识与地方性知识等二元并置的术语频频出场，一再显示了当代文化的两极化走向。全球化的一极推销"文学普遍性"观念，通过把某种特定的文化价值观公理化，把某种文学成规典律化，助长了西方殖民话语的中心性；另一极为本土化。一些后殖民主义的作家和批评家们甚至把这两极的关系看作一种你死我活的斗争，处于边缘位置的非西方作家似乎只有非此即彼的两种选择：要么臣服于西方典律，学会他们那套话语方式，并"以此'超越'单纯的'本土性'，从而获得进入'伟大的'帝国俱乐部的资格，要么坚守本土性以至保持无法更改的地方特色"。① 这样一来，文学的"本土化"或"地方性"概念便承担了过于繁重的文化使命，其背后甚至还掩藏着某种不无夸张的反殖民文化的激情。的确，在文化全球化语境中，坚守文学的地方性与本土化确实有其特殊而重要的意义，它至少能保证让人们看到色彩丰富、风格多样的文学，而非某种千篇一律的格调与模式。但是，当人们忽视本土概念的历史性与内部歧义，而心安理得地把它当成一个现成的框架或理论前提，甚至在其身上寄寓某种崇高的价值、理想乃至信仰时，这个概念就变得僵硬和凝固了。人们因此遗忘或漠视"本土"含义的变动不居及其内部所包含的各种异质元素和杂多层面。这种遗忘与漠视使得"本土"概念从反对全球化的文化同一性出发，走向了其反面，即一种小规模的同一性。另外，全球化与本土化之间是否仅仅是一种不可共存的对立冲突关系呢？除了对抗之外，它们之间就不可能

---

① ［澳大利亚］海伦·蒂芬：《后殖民主义文学与反话语》，罗钢，刘象愚主编：《后殖民主义文化理论》，北京：中国社会科学出版社，1999 年，第 315 页。

存在另外的关系吗？这也值得思考。事实上，"本土"正是通过与"他者"的差异关系而得以确立的。很大程度上，本土文化的特征定位乃是在与外来文化的参照、权衡和比较中进行的。的确，全球化与本土化之间存在着各种张力甚至尖锐的冲突，但二者之间也存在互阐、互补、互渗、互惠及彼此交融、对话的机会。如果只强调全球化的维度，可能导致本土文化特征与文学地域风格的丧失；反之，如果过分偏爱文化的本土化，一味敌视和排斥外来文化的影响，也有可能滋长保守的地方性意识，乃至滋生狭隘封闭的文化民族主义情绪。人们今天或许需要对全球化保持一种警惕，警惕"全球主义的计划一边称颂差异，一边却进一步试图抹杀它们"。① 同时，人们也需要一种更加开放、辩证、富有弹性的"本土"概念。

近年来，文学的地缘政治学或地缘美学开始流行。这种看似十分先进、时尚的批评理论与方法事实上是从传统社会学批评的地理概念/因素中发展出来的。对传统理论的数典忘祖无疑不利于人们对地缘美学的真正认识。

五

在丹纳学派看来，"种族"是影响文学的首要社会因素，甚至是影响文学生产与发展的"内部主源"，它指那些先天的遗传的倾向或民族性，通常更和身体的气质结构所含的明显差异相结合。虽然丹纳对"种族"并没有做严谨、详细、明确的界定与阐发，但从其初步论述看，它是一个以血缘遗传为基础的本质主义概念。丹纳曾指出："如果一部文学作品内容丰富，并且人们知道如何去解释它，那么我们在这作品中所找到的，会是一种人的心理，时常也就是一个时代的心理，有时更是一个种族的心理。"② 可见其含义与 18 至 19 世纪社会学与文学理论中流行的"国民性"或"民族精神"概念相近。"种族"或"民族精神"是影响文学的重要因素，每种文学作品都属于它

---

① ［美］阿里夫·德里克：《后革命氛围》，北京：中国社会科学出版社，1999 年，第 50 页。

② 伍蠡甫主编：《西方文论选（下卷）》，第 241 页。

的时代和它的民族，必然都会深深地打上民族生活、历史与精神心理的烙印。一个民族的文学之所以有别于另一民族的文学，与该民族生活方式、审美趣味和文化心理有着十分密切的关系，人们通常把这种关系称为"文学的民族性"。文学的民族性或民族文学，并非由纯粹种族的因素决定的，而是种族的因素与政治、经济、教育、文化等各种复杂的社会因素相互作用的结果。民族文学与世界文学或民族性与世界性，构成了人们思考文学与种族、世界关系的一对范畴。"愈是民族的便愈是世界的"这个著名的口号，把文学的民族个性放在极其重要的位置上，已成为文学走向世界的最可靠的通行证。这一点早已被拉美魔幻现实主义文学的巨大成功证实。而在大众传播媒介时代，民族的界河被轻而易举地打破，世界越来越一体化，人类的精神和情趣也越趋一致了。这个时候，坚持文学的民族性就有了特殊的意义：在日趋一律的世界文学图景中，文学将以其民族性而获得独特的个性；而这种民族个性甚至是维护世界文学的多样性和丰富性的最佳途径。

不过，如同南帆所说："'民族性'也可能成为一些抱残守阙者的挡箭牌，甚至使'民族性'成为抗拒'世界'的武器。他们不是寻求如何与世界其他民族的对话交流，如何融入世界，并在开放的前提下找到自立于世界文学之林的独特身姿。相反，民族性却常被当作一个牢不可破的疆界，当作抵抗或防御世界入侵、保护民族文学纯洁性的有效工具。如果固守着这种狭隘的封闭的收缩的'民族性'，那么该民族的文学将中止和其他民族的交流与对话，更不可能以开放的姿势主动地参与介入世界文学的潮流。人们轻易就能发现一些文学论述中民族性概念的保守倾向：因循守旧，维持现状，而不是鼓励挑战、冒险和个人突破从而体现出一个民族最杰出的文学想象力。因此，'愈是民族的便愈是世界的'也有可能颠倒为'愈是民族的便愈是回避世界的'。"①

另外，丹纳所说的影响文学的"种族"概念，在后殖民主义的文学视域里，需要做进一步的检讨与质疑。丹纳的"种族"概念去掉了阶级性和历史性的维度，仅仅是一种抽象的生物学上的界定。然而，

---

① 南帆：《冲突的文学》，第302页。

在后殖民论述里，"种族"与文学的关系比丹纳的认识要复杂得多，它隐藏着一种权力关系：西方那套思想与文学的传统有明显的种族主义色彩，西方的文学成规与典律已支配了整个世界文学，而非西方的文学则被排除在外，仅处于边缘的位置。德里达曾把这一整套的西方思想称为"白人的神话学"，白种男性把他们自己接受的神话、宗教、价值观念和他们自己的逻各斯普遍化为一种世界的理性形式。后殖民主义先驱法侬 1967 年出版的《黑皮肤，白面具》一书，曾尖锐地揭示了殖民地白、黑种族间的对立关系，被殖民者的思想观念、文化认同、社会地位和自我定位，都是西方白种殖民者为了其殖民统治而发明塑造的。法侬不断地揭露被殖民者在肤色、性别、心理诸方面遭受控制和迫害的事实，迫使人们关注殖民文化对被殖民者的幻想世界、文学创作及意识形态的影响渗透现象。接着，萨义德把福柯关于知识与权力的关系论述引入后殖民批评中，《东方主义》就是这种引入的成果。这部著作"最注重的是，分析西方的学术理论系统及美学表述规范，在西方对非西方世界进行物质上及政治上的漫长主宰历史中被利用的程度。更确切地说，萨义德的兴趣在于西方与东方的关系问题，以及专门用来协调这一关系的特定话语，他称之为东方主义"。①

　　萨义德揭示了一个重要事实：东方主义即关于东方的全部西方话语，从根本上看，都是由统治东方的白种殖民者的统治意志所决定的，必然浸透着殖民统治的意识形态色彩。丹纳的社会学批评较早地分析了种族与文学的关系，但他的认识停留在生物学上的差异对不同民族文学的影响上，而后殖民批评则把他这种近似于"植物学"的分析历史地转换为真正的具体的社会分析。所谓的"后殖民主义"，并不仅仅是一个意指殖民主义之后的时间性概念，而是指对殖民关系做批判性分析与考察的文学与文化研究。它以各种方式抵制乃至解构殖民主义的文学象征体系和意义表征方式，如同艾勒克·博埃默所概括的"后殖民作家为表现殖民地一方对所受殖民统治的感受，便从主题到形式对所有支持殖民化的话语——关于权力的神话，种族的等级划

---

① ［英］巴特·穆尔-吉尔伯特：《后殖民批评》，北京：北京大学出版社，2001 年，第 75 页。

分，关于服从的意象等统统来一个釜底抽薪"。① 它不仅揭示了种族话语与殖民话语的复杂关联，而且进一步分析了性别、阶级、族群与文学的具体关系，将文学文本中蕴藏的种族间的不平等与统治关系揭露出来。比如，西方殖民叙述一贯采用的"殖民者的凝视"视角，欧洲人以居高临下的角度俯视、研究、考察被殖民的"他者"。在这种凝视之下，被殖民者迅速地"他性化"，即被表现为不开化、不文明甚至还有些野蛮的民族。历史上的殖民文学往往把这些"他者"描写成劣等的、懦弱的、卑下的、阴性的，与欧洲殖民者刚健的男性气概相比，他们总显示出女里女气的软弱无力。约翰·罗斯金曾把印度文化描绘为患热病式的、装饰性的、纤细的，因而是过于女性化的。连吉卜林和康拉德这样的优秀作家也自觉或不自觉地认同这种种族优劣论，且这种种族等级关系甚至隐蔽地控制了他们的叙述视角和故事结构。在今天看来，传统的社会学批评把"种族"视为影响文学的先天的遗传因素的认识，就过于抽象，也过于简单化了。

六

毋庸讳言，丹纳所谓影响文学的三要素说曾经广泛地影响了中国的文学理论。在今天的知识视域中，许多学者已经认识到以丹纳为代表的传统社会学批评的局限性，但这并不意味着社会学批评已经丧失了阐释文学的能力，它的基本分析范畴和概念在新的语境中已经获得了新的生命，这意味着学术思想的历史传承和发展。一方面，"文化研究"和后殖民批评的兴起极大地释放了社会学批评的能量，时尚的文化研究从根本上看是社会学批评的一种当代形态，至少可以说文化研究建立在社会学的基础上。种种迹象表明，文化研究的许多分析范畴、概念和方法——如阶级、性别、族群等概念和定量分析统计的方法——都来自社会学。另一方面，皮埃尔·布迪厄对文学与文化活动的科学分析进一步拓宽了社会学批评的空间。布迪厄的思想智慧、学

---

① ［英］艾勒克·博埃默：《殖民与后殖民文学》，沈阳：辽宁教育出版社，1998年，第3页。

术魅力有可能改变浪漫主义以来所形成的文学批评对科学精神的敌对和拒绝的传统。作家是创造者，甚至是天才的创造者，他们凭灵感、天赋、想象和激情进行艺术创造，但这并不能改变这样一个事实：他们同样置身于复杂的社会关系之中。布迪厄深刻地阐明了这一点："作家作为'创造者'享有特权的表现，导致一切处于生产场中作者位置和将他引入场中的社会轨迹上的东西被搁置起来：一方面是完全特殊的社会空间的产生和结构，创造者就是寓于其中，而且是被按照暴露面目构造的，他的'创造设想'本身也是在其中形成的；另一方面是既普遍又特殊、既一般又个别的配置，这是他带给这个地位的。"① 的确，只有把文学放在各种社会关系的结构中进行社会学研究，才能真正摆脱文学批评的"自恋主义"和对神秘主义直觉主义的偏爱。布迪厄的社会学批评至少提供了在纯审美/内部研究或直觉主义之外的另一种认识文学的途径。

在文化/文学资本稀缺的时代里，文学往往被神圣化，笼罩着一层厚厚的神秘色彩。在文化资本过剩的时期，文化工业为获得丰厚的利润，同样把文学创作神秘化，形成一种"文学拜物教"。文学作为一般社会存在的事实往往被遮蔽起来。社会学批评把"创造"这一来自中世纪神学美学的神圣概念转换成"文学生产"概念，从而揭开了文学神秘的面纱。布迪厄进一步把作家和文学流派放到权力场和社会空间中的文化生产场予以结构性分析，文学作为社会存在的事实彻底露出了历史的地表。从丹纳到布迪厄，社会学批评的科学精神一脉相承。布迪厄所代表的新社会学批评的崛起对纯美学批评构成了有力的挑战，动摇了从19世纪的浪漫主义到20世纪的现代主义的文学批评范式的统治地位。如果不能说社会学批评代表了文学研究范式转换的唯一方向，那么至少可以说它是许多新范式中富有生命力的一种类型。然而，总的看来，社会学批评在当代中国文学理论与批评中的影响力还是十分弱小的，这正是我们强调要重新认识社会学批评的一个重要原因。

---

① ［法］皮埃尔·布迪厄：《艺术的法则》，北京：中央编译出版社，2001年，第232页。

七

21世纪以来，文艺社会学批评出现了复兴的迹象与趋势。一方面，构成20世纪八九十年代"向内转"思潮的纯审美论、文艺本体研究、形式主义批评等逐渐显露出介入社会文化现实能力不足的局限性，这种局限有可能导致文学创作与批评出现脱离社会现实的贫血症，因此，文论界反思与批评的声音渐起；另一方面，文化研究思潮的引入，带来了文艺社会学批评发展的新的历史契机和学术的合法性。"文化研究在中国意味着人文知识界重新介入变化了的社会文化现实的一次努力和尝试。从'后学'的潮涨潮落到今天看来多少有些空乏的人文精神论争，从人文知识分子的边缘化焦虑到文学研究的高度体制化、专业化，人文学界似乎丧失了文化参与的现场感和阐释现实的能力。詹明信说：文化研究是一种愿望。的确，对于中国人文知识界而言，文化研究的兴起以及与之相关的对专业化纯文学研究的攻击，都是企图重新介入当代文化场域以重获阐释现实能力的愿望表达。"① 更为重要的是，21世纪马克思主义文化理论的复兴运动为当代文艺社会学建设提供了至关重要的思想资源。

概而言之，21世纪文学社会学的复兴主要体现在以下六个方面：

一是文艺政策的社会学研究受到普遍重视。主要成果列举如下：周晓风的《新中国文艺政策的文化阐释》《新中国文艺政策与中国当代文学》和《当代意识形态与新中国文艺政策》，李今的《苏共文艺政策、理论的译介及其对中国左翼文学运动的影响》，石然的《论列宁、毛泽东社会主义文艺政策之特色——基于社会调查的视角》，郭国昌的《〈在延安文艺座谈会上的讲话〉的发表与延安文艺政策的确立》，李怡的《含混的"政策"与矛盾的"需要"——从张道藩〈我们所需要的文艺政策〉看文学的民国机制》，王杰的《中国当代文艺政策的美学基础》和《走向现代治理的文艺政策——改革开放40年的文艺政策演变及其历史经验解析》，任美衡的《论文艺政策对近30年文学批评的"影响"》，江守义的《从文艺批评到文艺政策——马

---

① 刘小新：《文化研究的激进与暧昧》，《文艺研究》，2005年第7期。

克思主义经典作家文艺批评的演变》，计璧瑞的《张道藩与国民党的文艺政策》，赵卫东的《一九四〇年代延安"文艺政策"演化考论》，等等。"文艺政策是某一政策主体就文艺发展的某些重大问题所提出并加以实施的政治主张，它是政策主体有关社会发展的大政方针在文艺领域中的体现。"① 文艺政策研究属于宏观文艺社会学的范畴，正如王杰所指出的："文艺政策的制定和不断调整，是社会发展和变迁的重要阀门，具有现代社会治理的重要意义……当代社会的文艺政策应建立在对当代社会经济结构、文化结构和主体的感觉结构的深入阐释和科学研究的基础之上。"② 当代文艺社会学要把文化政策研究摆在重要位置，把文艺政策学研究作为文艺社会学建设的重要方向，探讨文艺政策的历史变迁及其对文艺创作生产传播的引导与制约作用，研究不同时期文艺政策生成的历史条件、构成要素和运行机制及其执行效能，研究文艺政策的改革与创新。

二是文艺制度的社会学研究成为焦点。如《文学制度层位论——兼述"制度与文学"命题的设立及缺陷》（饶龙隼）、《文学评奖与20世纪80年代文学制度的重建》（赵普光）、《当代文学制度研究的问题与悖论》（李海英）、《文学制度与百年文学史》（丁帆）、《中国当代文学制度研究》（张钧、王本朝）、《当代的文学制度问题》（洪子诚）、《文学制度研究》（吴俊）、《偏差、修正与调整的"循环往复"——关于20世纪50、60年代文学制度的一种考察》（王尧），等等。制度研究同样属于宏观文艺社会学的范畴，当代社会学已经成为文艺制度研究的基本方法。"从文学社会学的角度考察1980年代文学媒体的发展，是窥探那个时代文学制度重建与变迁的重要路径。"③ 王本朝的专著《中国现代文学制度研究》"在方法上借鉴了文学社会学和制度理论"。④ 当前文艺制度的社会学研究要把"建立健全把社会

---

① 周晓风：《文艺政策与文艺政策学刍议》，《重庆师院学报（哲学社会科学版）》，2001年第4期。

② 王杰：《中国当代文艺政策的美学基础》，《思想战线》，2018年第2期。

③ 赵普光：《文学媒体的发展与文学制度的重建——80年代文学制度系列研究之一》，《当代作家评论》，2017年第5期。

④ 王本朝：《中国现代文学制度研究》，台北：秀威资讯科技股份有限公司，2013年，第191页。

效益放在首位、社会效益和经济效益相统一的文化创作生产体制机制"① 作为一项重要课题。

三是文艺生产的社会学研究。文艺创作研究和文艺生产研究是两个不同的概念,文艺创作研究偏重于主观的创造活动,文艺生产则偏重于客观的社会结构条件及其运作机制研究。正如马克思所指出的:"从物质生产的一定形式产生的:第一,一定的社会结构;第二,人对自然的一定关系。人们的国家制度和人们的精神方式由这两者决定,因而人们的精神生产的性质也由这两者决定。"② 人的精神观念"都是他们的现实关系和活动、他们的生产、他们的交往、他们的社会组织和政治组织有意识的表现"。③ 作为精神生产的类型之一,文艺生产必然具有社会性,是现实关系的一种文化表现形态。当代文艺社会学要把文艺生产置于社会结构和现实关系网络中予以系统的考察,在社会结构和现实关系网络中实证研究文艺生产的体制与机制问题。邵燕君的《倾斜的文学场》就是这方面研究的代表性成果之一,该书引入布迪厄的场域概念分析市场原则和自主原则的矛盾运动,深入勘察当代文学生产的市场化转型过程及其机制,拓展了当代文学生产的社会学研究领域。

四是文艺接受的社会学研究。与文艺生产相关的文艺接受和文艺消费都属于文艺社会学研究的重要范畴,广义上都是社会学意义上的文化消费。21 世纪以来,从社会学和心理学或社会心理学角度研究文艺接受和审美消费活动业已成为重要选题。阅读社会学研究取得了突破性进展,黄晓新的著作《阅读社会学》"运用社会学、传播学、历史学等学科理论,结合国际国内全民阅读实践,从阅读的社会过程、社会效能、社会心理、社会结构、社会互动、社会产业、社会组织、社会保障、社会控制、社会调查监测评估等中观、宏观层面进行结构化研究,提出并形成阅读社会学研究的基本理论架构"。④ 文学的翻译

---

① 《中共中央关于坚持和完善中国特色社会主义制度、推进国家治理体系和治理能力现代化若干重大问题的决定》,北京:人民出版社,2019 年,第 25 页。

② 马克思:《剩余价值理论》,《马克思恩格斯全集(第 26 卷第 1 册)》,北京:人民出版社,1979 年,第 296 页。

③ 《马克思恩格斯文集(第一卷)》,北京:人民出版社,2009 年,第 524 页。

④ 宗蕾:《总结升华全民阅读理论,为全民阅读活动提供智力支持》,《新阅读》,2019 年第 8 期。

接受的社会学研究成为热门选题，如张炼的《乔叟在中国：接受与场域竞争》、魏望东的《美国文学场域与葛浩文的文学翻译——以莫言的两部作品为例》、耿强的《文学译介与中国文学"走向世界"——"熊猫丛书"英译中国文学研究》等，社会学理论与方法的引入成为文学翻译接受研究的重要取向，产生了一大批成果。文学消费的社会学研究也获得重要进展，如李胜清的《文学消费主义与现代性生活范式》、王健的《丰裕化社会的去经典化阅读》、黄书泉的《文学消费与20世纪中国文学——以长篇小说为例》等。一些学者提出"文学生活"概念，拓展文学社会学研究的空间，"文学生活"研究强调关注"普通国民"的文学生活，提倡文学研究关注"民生"——普通民众生活中的文学消费情况，"超越那种从作家到评论家、文学史家的'内循环'式研究状态，关注大量'匿名读者'的阅读行为，以及这些行为所流露出来的普遍的趣味、审美与判断，不但要写评论家的阐释史，也要写出隐藏的群体性的文学活动史。这种研究既是文学的，又是社会学的，二合一，就是'文学社会学'"。① 社会学方法构成了"文学生活"研究的基本方法，文学生活的考察需要文学社会学方法的介入，关注作为文学生活的社会事实，包括文学生产、发行、传播、阅读、消费的全过程，以及形成这些事实的社会历史条件，必须使用社会调查方法，例如深入查询访问、问卷调查、案例分析等等。② "文学生活"概念的提出及其在文学史书写中的应用对于当代文学社会学建设具有特殊而重要的意义，一方面有助于文学社会学摆脱传统决定论的幽灵，另一方面有助于构建文学与社会之间的复杂而具体的中介场域。

　　五是文艺传播的社会学研究。最近几年来，文艺传播研究受到政府和学界的高度重视，社会学的视野、理论与方法在文艺传播研究中获得高度重视和普遍运用。引入媒介社会学和媒介环境学的理论与方法，一个文艺社会学的次学科或次领域——文艺传播社会学——的雏形逐渐形成。

---

① 温儒敏：《"文学生活"概念与文学史写作》，《北京大学学报》，2013 年第 3 期。
② 温儒敏：《"文学生活"：新的研究生长点》，《中国现代文学研究丛刊》，2012 年第 8 期。

六是文学史的社会学研究。长期以来，文学史书写都是文学研究的大宗产品，文学史研究是至关重要的学术领域，文学史写作受到各种各样的方法和观点的影响，形成了文学史写作的丰富性和多元性。传统的文学史书写深受社会学方法的影响，社会环境和时代背景构成了文学史书写框架的核心要素。20世纪80年代中后期至90年代，形式主义、感性论、纯审美论等曾经占据了文艺理论与批评的主流，社会学批评被放逐，这种倾向在文学史写作领域也有着显著的表征。随着马克思主义文论的复兴、布迪厄的文化场域理论的引入和社会学的繁荣发展，文学史的社会学研究重新焕发生机。许多迹象表明，文学史的社会学研究逐渐引起学界的重视。例举如下：（1）引入社会学的场域理论使文学史获得了结构性张力和社会学的洞察力，朱国华的布迪厄研究及其"反思性文学社会学的反思"给予了文学史研究丰富的启迪。（2）"文学趣味社会学"研究打开了文学史与趣味史结合的空间，"一方面对文学进行文化社会学的探讨，一方面展示历史趣味的各种因素对作品审美形态的影响。他（许京）突出了生活风尚和精神风格、思维形式和各种思潮等趣味对文学艺术的巨大影响，因而有必要对文学形式做社会学考察"。① （3）"文学发展的因素和机制，赋予文学史写作的审美的历史社会学方法，对文学史的结构、模式提出了历史唯物主义的范本。"② （4）"从作为文学活动生态环境的现实空间出发，进行文学社会学和人类学的调查和文学地志学研究，以构成新的不同于历史主义的文学空间研究方法和视野。"③ （5）文学史的文化研究高度重视了社会文化语境，重构了文学史的社会学视野。④ （6）知识社会学方法的引入与运用打开了文学史研究的新视野，"回到社会历史的广阔背景上，革命文学的历史谱系及内在精神结构将获得新的梳理和解读；同时，文献的发掘和整理、知识社会学方法的运用及大文学史观的进一步完善等，都将有力地推动方法论的革新，从

---

① 许京，方维规：《文学史与趣味史：试论一个新的问题》，《文化与诗学》，2013年第2期。

② 方锡球：《文学发展机制与重写文学史》，《社会科学辑刊》，2000年第6期。

③ 高小康：《从文学史到文学地志学》，《文学评论》，2013年第2期。

④ 李大恒：《文学史的文化研究："再解读"的言说历程及话语分析》，《文化研究》，2014年第1期。

而开拓中国现当代文学研究的新空间"。① 文学史的社会学研究的复兴使文学史与社会史、文化史重新融为一体，达成社会学与美学的有机统一，正如莫雷蒂所指出的："一部能够将自身改写为象征形式的社会学的文学史，一部文化传统的历史，也许最终应该在整个社会历史的语境中找到自己的角色和尊严。"② 因此，文学史写作获得了丰富的社会历史内容的支撑，不仅变得丰满起来，而且更具历史的洞察力与价值的判断力。

以上事实足以证明，21 世纪以来，文艺社会学正走在复兴的路上。

八

在新的历史语境下，文艺社会学批评的重要性日益凸显，重构文艺社会学成为新时代的一项重要学术任务，需要相关领域的学者投入足够的心力和智慧。

第一，要坚持以马克思主义理论为指导，推动文艺社会学学科建设，坚持以人民为中心的研究导向，立足于中国当代现实，植根于中国大地，努力构建具有中国特色的文艺社会学的学科体系、学术体系、话语体系。中国当代文艺社会学要勇于聚焦重大理论问题与现实问题，把坚持与完善中国特色社会主义文艺制度和建立健全社会效益机制放在首位，将构建社会效益和经济效益相统一的文化创作生产体制机制③作为重大研究任务。坚持马克思主义文论立场开展文艺社会学研究还需要重新认识和启用"社会关系"这个至关重要的概念。在《关于费尔巴哈的提纲》中，马克思提出了"人的本质不是单个人所固有的抽象物，在其现实性上，它是一切社会关系的总和"④ 这个著

---

① 李怡：《开拓中国"革命文学"研究的新空间——建构现代大文学史观》，《探索与争鸣》，2015 年第 2 期。

② Franco Moretti. *Signs Taken For Wonders：Essays in the Sociology of Literary Forms*. Verso，1988：19.

③ 《中共中央关于坚持和完善中国特色社会主义制度、推进国家治理体系和治理能力现代化若干重大问题的决定》，第 25 页。

④ 《马克思恩格斯文集（第一卷）》，第 501 页。

名的论断。文学是人学，"社会关系"构成人与历史的复杂中介，新时代复兴文学的社会学研究必须重返经典作家关于"社会关系"的历史唯物主义思想，正如南帆所指出的："对于阶级、性别、种族以及各种物质力量造就的社会历史来说，社会关系构成了内在的肌理……文学批评对于典型人物的解读应围绕个性、社会关系、历史之间的联系展开……从个性特征、社会关系到历史渊源的递进分析，文学批评的解读终将抵达'历史'概念所出示的结论。"① 受马克思主义理论的启发，格林布拉特也指出："任何特定的表征不仅是社会关系的一种反映或产品，而且它本身也是一种社会关系，与它所流通于其中的文化中的其他方面如集体知识、阶级地位、冲突反抗等密切相关。"② 作为文化表征的大宗产品，文艺作品不仅仅必然是社会关系的反映形态，而且本身也是一种社会关系，文艺以特有的美学形式揭示出"社会能量"互动交换结构与感性的重新配置规律。文艺既置身于复杂社会关系的历史结构之中，反映或揭示出社会关系的隐蔽意义结构，又参与了社会性意义与权力的重新配置。揭示出这种意义结构及其与社会政治结构及集体意识的内在关系仍然是当代文艺社会学的重要任务，正如戈德曼所指出的："在哲学史、文艺史上，意义结构和连贯结构的概念具有理论功能和规范功能。在某种程度上，它是理解作品的本质和意义的主要工具，也是我们判断其哲学、文学或美学价值的标准。"③

第二，文艺社会学必须处理好内容与形式的关系。传统的文艺社会学一般偏向于作品的社会内容研究，而忽视文艺的形式问题，"审美形式"往往难以进入社会学的阐释框架之中，这也是传统文艺社会学批评常常被人诟病之处，"关于艺术的社会学分析最大的错误是：在艺术创作中，它只寻找和审查内容，在这些内容和既定的经济结构之间寻找一条直线关系"④。我们有必要引入齐美尔的"形式的社会

---

① 南帆：《文学批评中的"历史"概念》，《中国社会科学》，2019 年第 3 期。

② ［英］马克·罗伯逊：《斯蒂芬·格林布拉特》，天津：天津人民出版社，2018 年，第 125 页。

③ Lucien Goldmann. *Essays on Method in the Sociology of Literature*. Telos Press Ltd. ,1980：77.

④ Franco Moretti. *Signs Taken for Wonders：Essays in the Sociology of Literary Forms*. Verso，1988：10.

学"的概念与方法，这方面，卢卡奇对戏剧和小说形式的社会学分析、阿多诺对音乐和抒情诗的社会学分析、莫雷蒂对文学形式的社会学研究等都可资借鉴。文艺社会学批评必须建立起这样的观念：形式是社会现实的呈现方式，它活跃地参与了我们时代的精神生活。因此，它不仅作为一种作用于生活和塑造经验的因素，而且作为一种反过来由生活所塑造的因素。[①] "形式的社会学"是超越"内部研究"与"外部研究"二元对立的重要方法，这种方法的核心即在于重建文学与社会历史的关系。正如南帆所指出的：新时代文艺社会学的使命与任务在于重新"发现文学语言、社会历史、意识形态相互关系的交汇地带，最终阐述它们之间的秘密结构和持久的互动"。[②]

第三，文艺社会学研究要建立"方法论的关系主义"。文化没有所谓的本质，文学同样没有某种预先设定的本质，文学毋宁说是各种社会文化关系的产物，文艺社会学的重建有必要重视"方法论的关系主义"。正如南帆所阐述的："如果说结构主义通常想象一个超历史的固定结构，那么，文化关系的描述必须充分考虑诸多关系的历史演变，考虑历时与共时之间复杂的转换形式。""文学必须置于多重文化关系网络之中加以研究，特定历史时期呈现的关系表明了文学研究的历史维度。"[③] 社会学家布迪厄就声称自己是"关系主义者"，新实用主义哲学家罗蒂也对"关系主义"情有独钟，《文明的进程》的作者埃利亚斯则始终坚持"方法论的关系主义"，等等，"关系主义"研究范式的兴起，一定会对文艺社会学研究产生不可忽视的积极影响。我们认为，"关系主义"不仅仅是一种文学研究的方法论，还是一种知识立场，"关系主义"的文学研究不仅仅是一种阐释，还是一种批判，一种批判的阐释与阐释的批判。"方法论的关系主义"是一种克服本质主义的有效方法，坚持具有历史维度的"方法论的关系主义"也是文学研究重新获得历史社会学和历史唯物主义视野的重要路径。

第四，文艺社会学研究要高度重视当代社会学的场域理论。布迪

[①] Franco Moretti. *Signs Taken for Wonders：Essays in the Sociology of Literary Forms*，Verso，1988：10.

[②] 南帆主编：《文学理论新读本》，杭州：浙江文艺出版社，2002 年，第 5 页。

[③] 南帆：《文学研究：本质主义，抑或关系主义》，《文艺研究》，2007 年第 8 期。

厄的社会学场域及其在文艺领域的阐释实践为文艺社会学研究提供了可资借鉴的理论资源和方法论启迪。朱国华的专著《权力的文化逻辑：布迪厄的社会学诗学》及系列论文《颠倒的经济世界：文学场的结构》《文学场的历史发生与文学现代性》《文化再生产与社会再生产：图绘布迪厄教育社会学》等"独辟布迪厄社会学诗学领域之新天地"，拓展了文艺社会学的新的空间。布迪厄的"社会学诗学"和"场域"理论对于当代文艺社会学重建的重要意义逐渐被汉语学界所认识，正如安博所分析的：布迪厄的"文学场""在吸收了内部研究与外部研究的合理因素后，从文学生产与文学接受的双重维度重新定义了文艺社会学的研究范畴。而在文艺与社会关系的关系上，其也对马克思关于上层建筑对经济基础的反作用论点做出了发展性的阐释。这为重建中国马克思文艺社会学提供了重要的学术理论资源的借鉴"。[①]

第五，文艺社会学要借助数字技术和数字人文学的研究方法。新技术革命对文艺创作与研究都产生了深刻的影响，对文艺社会学提出了新要求和新挑战，数字技术也为文艺社会学的发展带来了崭新的历史契机。我们的日常实践已经被广泛的数字技术重新塑造和想象，为实践和互动提供了物质和基础的数字媒体如何影响身份、身体、社会关系、艺术和环境？[②]"数字工具、技术和媒介的出现拓展了艺术、人文和社会科学对'知识'的传统理解。……真正意义上的数字人文的内涵是'数字'与'人文'有机结合形成的新的独立研究对象及其带来的机遇和挑战。"[③] 一方面，文艺的数字化生存构成了文艺社会学研究的新课题。另一方面，在大量数字化信息资源的获取与挖掘、数据统计与分析及其可视化、知识社会网络与应用模型的建立及跨学科整合研究等诸多方面，数字技术都为新时代文艺社会学研究提供了新的可能性，打开了新的空间。文艺社会学置身于数字人文的时代语境之中，有必要把"数字人文时代的人、文学艺术和文艺研究"作为重点研究的课题和发展方向。

---

① 安博：《马克思主义文艺社会学重建的文学场路径》，《云南社会科学》，2018 年第 2 期。

② Grant Bollmer. *Theorizing Digital Cultures*. SAGE Publications Ltd. ,2018：1.

③ ［美］安妮·伯迪克，约翰娜·德鲁克，等：《数字人文》，北京：中国人民大学出版社，2018 年，第 121 页。

第六，文艺社会学要重新思考文学与社会学的关系。社会学方法运用于文学研究历时已久，文艺社会学可以说是一种古老的文学批评方法。然而人们一般较少考虑社会学研究如何运用文学资源，虚构的文学对于社会学研究有何价值，重新思考与回答这些问题对我们今天重构文学社会学十分重要。现今，人文社会科学的叙事学转向打开了重新思考这个问题的空间，2015 年出版的马里亚诺·隆戈的专著《小说与社会现实：作为社会学资源的文学与叙事》为我们提供了饶有意趣且非常有启发性的阐述。在马里亚诺·隆戈看来，社会学和文学尽管在修辞方式与话语策略上有所不同，但二者都关注社会关系、人的行动、心理动机、日常生活等。在叙事的层面上，文学与社会学也具有某种共通性。叙事是揭示现实意义的一种方式，这是一个类似于隐喻的过程，一个相互影响的循环过程中，将分离的元素和事件连贯起来，从日常生活到叙事的转化，是重塑我们对日常生活感知的过程。[①] "社会学家正是通过发现一组连贯的叙述，才可能将分散的定性数据组织成一个情节，使其具有一致性，使其有意义，从而发现社会意义，否则这些社会意义将是毫无意义的……社会学叙事和文学叙事之间的区别变得不那么明显。"[②] 文学作为一种叙事方式对叙述社会学研究无疑具有重要的参考意义，同样，当代社会学对叙事重要性的认知与探究也有助于重新打开文学社会学研究的空间及产生新的可能性。

[①]　Mariano Longo. *Fiction and Social Reality：Literature and Narrative As Sociological Resources*. Ashgate Publishing Ltd. ,2015：26.

[②]　Mariano Longo. *Fiction and Social Reality：Literature and Narrative As Sociological Resources*. Ashgate Publishing Ltd. ,2015：80.

第三章

全球化、第三世界文学与南方理论的兴起

一

　　全球化是现今时代最重要的特征之一。20 世纪 90 年代以来，关于全球化问题的讨论已经成为人们普遍关注的热点话题。毫无疑问，文学写作和研究也置身其中。在文学批评和理论研究领域，"全球化"同样是一个十分流行的词语。许多作家和批评家都认为全球化已经成为文学面临的一个客观事实，无论文学写作还是文学评论都不能回避这一现实语境。追溯"全球化"概念的历史，人们一般都回溯到马克思的《共产党宣言》和《德意志意识形态》中的"世界市场"思想，而全球化对文学影响的最早表述则是歌德的"世界文学"概念，但真正使用了"全球"术语的则是"依附理论"学派。1957 年，埃及学者萨米尔·阿明提出世界资本积累和发展的全球分工模式。20 世纪 60 年代初，韦氏词典和牛津英语词典正式收入"global"即"全球的"一词。而"全球化"概念则正式出现在 1985 年 R. Roberson 和 Frank Lechner 发表的《现代化、全球化和世界体系理论中的文化问题》中。20 世纪 90 年代以后，这个概念已经广泛传播并被人们普遍接受。概括而言，"全球化"概念有四种基本阐释或话语：（1）全球化是通过资本、信息和市场而形成另一种形态的帝国体制，文化全球化则是一种新型的文化帝国主义；（2）全球化只是一个"神话"，经济全球化不是什么新玩意，19 世纪末就出现过，而所谓民族国家弱化和消亡论则完全是耸人听闻；（3）全球经济和市场的一体化，促使世

界资源的优化组合和信息共享，是人类进步的历史进程；（4）全球化是推动社会、政治和经济转型的主要动力，并正在重组现代社会和世界秩序。①

中国文论界最初对"全球化"这一说法并不热情，人们有些固执地认为全球化是经济领域的问题，与文学并无多大关系，因为文化是不能全球化的。然而文化与经济却难以井水不犯河水，经济的全球化发展必然对文化的发展产生深刻的影响。人们不久就意识到全球化已经对文学创作和研究产生了作用。1997 年，《文学评论》发表 J. 希利斯·米勒的《全球化对文学研究的影响》。米勒谈到全球化过程的三个特征：新的快速旅行和运输方式，这种方式形成了"跨国学者群体"；跨国公司的不断增加使民族国家的边界日益消失，并且改变了大学研究的性质和作用；新的交流技术的迅速发展，在全球人类的生活中造成了一种重要的范式转变。"新的电子群体或电脑空间群体的发展，新的人类感性的出现或导致感知经验变异并产生新的电脑空间个人的发展——这些都是全球化的两种影响。"② 米勒认为，这些变化将对文学研究产生四个方面的影响：（1）在新的全球化的文化中，文学在旧式意义上的作用越来越小，多媒体运作的传播文化逐渐淹没了书本文化；（2）新的电子设备改变了文学生产、研究方式和历史感；（3）以往的文学研究主要按照独立的民族国家文学来组织，现在这种研究被看作一种帝国主义特征；（4）文化研究的迅速崛起。③ 今天回头看，米勒的分析是很初步的，但即使是这种感想式的分析已经足以引起中国批评界的兴趣。之后，越来越多的文学学者开始谈论全球化，西方各种全球化理论的大规模引入，也为人们深入讨论全球化与文学的关系提供了足够丰富的话语资源。在晚近若干年的文学批评中，"全球化"已经成为出场频率最高的概念之一，有人甚至认为它已经取代了"后现代"和"现代"等词语的中心位置，成为人们聚焦的热门话题。

许多理论家、评论家不约而同地关注全球化对文化认同的影响。

---

① 洪朝辉：《全球化——跨世纪的显学》，《国际经济评论》，2000 年第 6 期。

② ［美］J. 希利斯·米勒：《全球化对文学研究的影响》，《文学评论》，1997 年第 4 期。

③ ［美］J. 希利斯·米勒：《全球化对文学研究的影响》，《文学评论》，1997 年第 4 期。

王逢振《全球化、文化认同与民族主义》一文的分析建立在詹姆逊跨国资本主义论述的基础上，对全球化将产生的"同质性"表示忧虑，认为"在这样一个'同质性'的世界上，几乎一切都可以为资本生产剩余价值"。跨国公司"利用资本渗透到最偏远的地区，传播一种影响个人主体构成的消费意识形态，将每个个人都纳入他们的消费世界……一旦人们变成消费的主体，就会无意识地进入跨国公司的意识形态范畴，接受'全球资本主义制度'的观念和影响，失去原有的文化认同或文化身份"。王逢振把詹姆逊的"地缘政治美学"和"民族寓言"理论理解成一种新型的文化民族主义，一种以媒体和政治为基础的反抗美学，并以反体制的民族主义幻象发生作用。[①] 王宁的《全球化语境下的后现代和后殖民研究》和陶东风的《全球化、后殖民批评与文化认同》则表达了另一种看法。前者认为全球化是一种多元文化主义的语境，各种文化形态都有自己存在的理由和活动空间，它们之间的关系不是非此即彼而是共存互补，因此必须超越全球化/本土化的二元对立。[②] 后者明确反对文化认同上的本质主义，张法等人提出的"中华性"概念就被他看作一种本质主义的文化认同观念。陶东风说，今天，人们已经很难想象一种纯粹的、绝对的、本真的族性或认同。构成一个民族的一些基本要素，如语言、习俗等已经全球化、与他者文化混合杂交化了，因此必须建立一种流动的、灵活的文化身份概念。南帆的《全球化与想象的可能》也认为："如果一个民族制造'民族本质'的神话掩护自己悄悄地撤出历史的脉络，那么，这个民族肯定无法成为立足于全球化之中的民族。"但他同时认为，各民族在这个世界性的文化拼盘中所占的份额十分悬殊，全球化隐含着一种权力关系，而弱小民族的地域文化在抗拒同质性中也已经具有了全球的意义。[③]

人们更加关心全球化语境中文学的遭遇问题。按米勒的看法，文学在旧式意义上的作用越来越小，多媒体运作的传播文化逐渐淹没了

---

① 王逢振：《全球化、文化认同与民族主义》，《全球化与后殖民批评》，北京：中央编译出版社，1998 年，第 94、104 页。

② 王宁：《全球化语境下的后现代和后殖民研究》，《全球化与后殖民批评》，北京：中央编译出版社，1998 年，第 116 页。

③ 南帆：《全球化与想象的可能》，《文学评论》，2000 年第 2 期。

传统的书本媒介文化。文学的危机现状其实是一目了然的。不过，童庆炳不同意这种悲观的看法。他认为，文学依赖于人类情感的表现，而并不取决于媒体的改革。无论是从作者，还是从读者角度来看，文学都有它存在的理由。"全球化"和高科技媒体无法使文学消亡，在"全球化"时代，文学可能改变自己的存在方式或扩大自己的疆界，从而迎来又一届青春。① 格非则从经验、想象力和真实三个与文学写作最为密切的概念出发，讨论全球化对文学的深刻影响。他认为，在全球化语境下，经验越来越公共化，个体经验对写作的重要性已经逐渐衰退；全球化的时间和空间压缩已经改变了人们的想象方式和真实性观念。这一切必然对文学产生深远的影响。② 王一川把"全球化"概念限制在经济领域，主张用"全球性"来描述文化状况。他认为，中国文学的全球性境遇是从鸦片战争开始的，全球性境遇中心的时空模式、道器关系和印刷媒介等要素的合力，导致中国现代文学的产生。今天，在这种新的全球性境遇中，文学究竟如何突围？王一川提出了一些策略："触电"、由雅向俗、雅俗分赏和跨体文学等。相关领域的人们对全球化语境中文学理论的命运同样给予了充分的关注，如全球化进程中中国文学理论的国际化，全球化问题与中国文论的输出，中西文论的跨文化交流和融汇，古代文论的现代转换，文化全球化中的民族话语权等彼此相关的问题都有了进一步的阐释。有人甚至把文论中的全球化话语概括为"全球化情结与焦虑"。③ 有趣的是，关于全球化的讨论，中国台湾地区的人文学界聚焦于全球化时代世界文化生产体系中的角色分工问题，更关注新自由主义全球化对第三世界人文学术生产的深刻影响，尝试以亚洲批判知识圈的建构来积极应对新自由主义全球化对人文领域的全面入侵。现今，这一项目正在"亚际"文化研究圈有计划地实施，构成第三世界知识生产摆脱依附性发展困境和"学术代工"生产模式的重要实践之一。台湾人文知识界另一种应对与抵抗新自由主义全球化的策略是本土主义，开放的本

① 童庆炳：《全球化时代的文学与文学批评会消失吗?》，《文艺报》，2002 年 9 月 25 日。
② 格非：《经验、想象力和真实——全球化背景中的文学写作》，《视界》第 7 辑，河北教育出版社，2002 年，第 174 – 186 页。
③ 张利群：《中国文学批评的"全球化情结与焦虑"》，《社会科学辑刊》，2002 年第 5 期。

土主义有其积极的意义，有助于形成德里克式的"全球—本土"的辩证框架。可惜的是，台湾的本土主义往往发展成为一种封闭的和排外的意识形态，演变成为一种以左翼为修辞的民粹主义美学。

全球化与大众文化、文化工业的关系也是近些年人们讨论的话题。许多人反对文化的全球化，但无法否定大众文化的全球化事实。大众文化或文化工业的全球化显然是经济全球化的重要构成部分，人们对这种全球化的意见显然不可能一致。王宁认为：（1）在电影和电视领域，全球化的进程体现在美国好莱坞大片的长驱直入和国产影片的节节溃败，电视业入世之后也面临着西方媒体的冲击；（2）全球化已经对中国当代文化和文学艺术产生了强烈的影响，其中一个重要标志就是大众文化对精英文化艺术的挑战。大众文化的扩张及对精英文化和文学的冲击并非中国语境下发生的独特事件，而是一种具有全球化特征的时代的普遍现象。大众文化上的"全球化"常常被人们视为西方的文化霸权或文化上的"美国化"的典型例证。[①] 廖奔认为，美国文化"因突出的商业化特色而急剧膨胀，因与媒体的紧密联姻而迅速推广，随着经济全球化的实现而迅速渗透到世界各个角落。而其他任何传统文化，即使是极其优秀、深厚的，由于必须面对生产和生活方式现代化的强大趋势，都陷落在被裹卷下的分崩离析之中。美国文化在这种不可阻挡的全球趋势中取得了自己的话语霸权"。[②] 何满子表示了相同的意见："以美国主流文化为主的商业文化或曰市侩文化向第三世界发展中国家的殖民主义侵略且兵不血刃。""其不仅通过商业文化和文化商品按着自己的面貌改变世界，而且连兴趣、口味、生活方式也要世界改变成自己的模样。"[③] 而潘知常的看法则不同，他认为大众文化与人类走向全球世界时所建构的关于全球世界的文化共识有关。其流行与所谓的西方文化入侵及中国人的崇洋媚外关系不大。大众文化也是一种人类可以共享的文化审美成果，大众文化所体现的正是一种在全球化时代所形成的共同情绪、趣味和经验，一种全球化的

---

① 王宁：《全球化时代的文学及传媒的功能》，《四川外语学院学报》，2001 年第 1 期。

② 廖奔：《全球化与美国文化渗透》，《文艺报》，2001 年 9 月 15 日。

③ 何满子：《议论一篇短篇小说》，《文学自由谈》，2001 年第 5 期。

想象。

的确，今天全球化概念已经成为一个炙手可热的批评术语。但在文学批评界，一种多极化发展的辩证的全球化理念还远未形成。而过度滥用和空泛的谈论也有可能使"全球化"概念快速蜕变成人们厌弃的陈词滥调。现今，我们讨论全球化语境与文学的关联有必要着重关注以下几个重要问题。

一是新自由主义全球化问题。早在 1979 年，英国撒切尔政府就启动经济领域的去国家化运动，大幅降低国家对经济的干预程度，认为不受限制的市场资本主义是产生最大效率的唯一道路。20 世纪 80 年代，里根经济学同样主张放开"看不见的手"。"撒切尔—里根主义"一度给英美经济带来了新动力和新活力。从 20 世纪 80 年代到 90 年代，以"撒切尔—里根主义"为代表的新自由主义随着经济全球化的迅猛发展在世界各地区传播和蔓延，世界银行和国际货币基金会一度成为向发展中国家和地区推销新自由主义的重要平台。"私有化""去监管化""减税""取消汇率管制""削弱工会力量"及"削减福利开支"等政策一时之间在世界经济领域流行，形成新自由主义全球化思潮。毕尔坎特大学 Erinc Yeldan 等教授曾经尖锐地指出："'全球化'一词是新自由主义意识形态的霸权概念，反映了当前政治经济议程的主要内容之一。这个时髦的词似乎有其自身的精神力量，因为它提供了一个中心力量，指导我们的日常对话，关于经济、社会、政治和文化关系。"① 新自由主义意识形态对全球化时代的日常生活、文化关系、心理构造和情感经验都产生了微妙而深刻的影响，文学对这种影响不可能视而不见，文学需要以其独特的方式承担反思和批判的时代责任。夏莱·迪卡德和斯蒂芬·夏皮罗主编的《世界文学、新自由主义和文化的不满》就很有参考价值，该书收入了不同国家学者的 11 篇文章，内容包括"世界文化和新自由主义世界体系""20 世纪 70 年代：马龙·詹姆斯和保罗·林斯作品中的新自由主义、叙事形式和霸权危机""从'936 节'到'垃圾'：新自由主义、生态学和波多黎各文学""蒙特新自由主义时期：从奥地利自由意志主义到'毒品战

① Ahmet H. Kose, Fikret Senses, Erinc Yeldan. *Neoliberal Globalization as New Imperialism: Case Studies on Reconstruction of the Periphery.* Nova Science Publishers, Inc., 2007: 43.

争'的墨西哥'民主过渡'""板球的新自由主义叙事：或当代板球小说中竞争积累和运动精神的世界""保持真实：新自由主义下的文学无个性""新自由主义资本主义的文化规制""詹·安妮·菲利普斯、云雀与白蚁：战争货币化、金钱军事化——美国世纪终结的叙事诗学""非洲文艺复兴时期的小说和知识产权""火车、石头与能量学：非洲资源文化与新自由主义世界生态"等，[①] 从文化研究和叙事学的角度分析与批判新自由主义全球化的文化症候，聚焦被经济学和政治学忽略的情感、主体性、身体部署、社会生态关系、类型、理解形式和政治反抗模式等。Michael K. Walonen 的研究成果同样具有启发性，其专著《当代世界叙事小说与新自由主义空间》探讨叙事文学如何批判新自由主义的空间占领及对空间生产和空间感知的深刻影响。在《新自由主义阴影下的国族文学》一文中，德克森教授一针见血地指出："国族文学具有深刻的时空性，是由有争议的历史和空间所产生的，它们本身也产生了国族叙事和一个民族的空间想象。然而，这两大范畴——空间和时间——都被全球化的概念重新配置为一场思想、人员、资本和形象的汹涌运动，以及新自由主义备受争议的'历史的终结'……在新自由主义和全球化的长时间背景下，研究空间和时间的关系对于理解国族文学至关重要。"[②] 这里提出的新自由主义全球化重新配置了时间和空间并对国族文学的界定产生了十分深刻的影响，空间地理的再结构、时间的再叙述和移民的流动性及族群的离散性等都为世界范围的国族文学带来了崭新的题材与命题。德克森的研究对于我们更深入地认识新自由主义全球化与民族国家文学的复杂关系无疑有所助益。

二是反全球化与逆全球化问题。随着资本主义全球化的深度展开，反全球化的运动此起彼伏。反对全球化运动成为反对资本主义运动的一部分，左翼知识界一般认为，资本主义或新自由主义全球化加剧了全球经济的不平等和全球发展的不平衡，加剧了第三世界的贫困

---

① Sharae Deckard, Stephen Shapiro. *World Literature*, *Neoliberalism*, *and the Culture of Discontent*. Palgrave Macmillan, 2019.

② Jeff Derksen. "National Literatures in the Shadow of Neoliberalism". *Shifting the Ground of Canadian Literary Studies*. Edited by Smaro Kamboureli, Wilfrid Laurier University Press, 2012: 37.

化，形成了新的压迫与剥削结构。从"西雅图之战"到被压迫者剧场中的南美解放思想再到"世界社会论坛"，国外左翼知识分子的理论与实践对这种全球化进行了长期的批判与抵抗，文学艺术的深度介入推动了反抗资本主义全球化思潮的兴起与发展，而这种反抗也给世界文学艺术带来了新的特质，一种审美文化与政治批判结合的激进品格。"南方理论"的崛起持续挑战西方资本主义全球化的话语和现代性认识论霸权，为更新第三世界文学论述提供了新的可能性，为建构南方文学与南方诗学建立了新的基础。戴维·哈维和爱德华·索亚等人以"历史—地理唯物论"为基础构建新的空间理论，① 形成对晚期资本主义全球化的政治经济学批判性阐释框架，为文艺地理学的再出发提供了值得借鉴的思想动能。近年来兴起的所谓"逆全球化"思潮也是一种对新自由主义的激进反应，但与全球左翼的反抗资本主义全球化运动有着本质上的不同。所谓"逆全球化"，又称"去全球化"，是一种与全球化背道而驰、重新赋权于地区和国家层面的思潮，以近年来"特朗普主义"的兴起和英国脱欧运动这两起"黑天鹅事件"为突出代表，具体表现为经济层面的贸易保护主义、政治层面的孤立主义、社会思潮层面的民粹主义，以及极端排外的民族主义等，其实质在于：西方发达资本主义国家"为了暂时的局部的自我利益，把本国问题归咎于外国因素，把国内广大民众与金融资本的矛盾转移为本国民众与世界其他国人民的矛盾，把国际社会阶级矛盾转移为民族矛盾。逆全球化是垄断金融资本发展模式和资本主义国家治理无力所造成的危机"。② 在当代中国学界，关于"逆全球化"的研究主要集中在经济和国际政治领域，文艺理论与批评界则很少介入，这可能表明当代文论参与和回应重大理论与现实问题的能力、欲望及敏感性有所减弱。李龙的论文《历史与允诺：当代左翼文论的可能性》提出了一个重要课题：世界进入"逆全球化时代"，"这是我们今天讨论当代左翼文论的大的历史语境"。"逆全球化"思潮给左翼文论提出了一系列

---

① ［美］戴维·哈维：《后现代的状况：对文化变迁之缘起的探究》，阎嘉，译，北京：商务印书馆，2003 年；［美］苏贾（即索亚）：《后现代地理学》，王文斌，译，北京：商务印书馆，2004 年。

② 栾文莲：《西方国家反全球化与逆全球化的原因》，《世界社会主义研究》，2018 年第 11 期。

新问题和新挑战。"需要从现实关怀、理论品格和审美理想三个方面入手。"① 作者提出了左翼文艺理论的"逆全球化语境"这个重要命题，不过，其应对策略和针对性还有所欠缺，缺乏必要的阐发与论述。

三是新型全球化问题。中国的"一带一路"倡议引领新型全球化，"一带一路"实质上是一种新型全球化的平台。"一带一路"倡导"开放包容、合作共赢"和"共商共建共享"的新型全球化理念，这是一种包容性的全球化，一种共商共建共享的全球化，以"人类命运共同体"的全球伦理为支撑。这种新型的全球化给中国文学和"世界文学"发展都带来了崭新的机遇。"一带一路"给文学发展带来了什么？文学又能够为"一带一路"做些什么？这也成了当前文学研究领域的一大热点。《"一带一路"语境下的比较文学和中国当代文学》（王宁）、《"一带一路"文化格局中的华文文学》（王艳芳）、《"一带一路"背景下华裔美国新移民英语文学的中国形象书写》（王娟、孙妮）、《在"一带一路"建设中推进中国文学经典传播》（房新宁）、《中国文学在"一带一路"沿线国家意大利的翻译、传播与影响》（吴蒝、吴志杰）、《从阿多尼斯的诗歌管窥"一带一路文学"新范式的未来》（张驰）、《从"全球化"到"一带一路"：中国视角下的世界文学格局新变化》（张希琛）、《文学翻译助力"一带一路"中非文化交流》（汪琳）等一系列文章从多层面阐述"一带一路"新型全球化对文学传播和中外比较文学的深刻影响。"'一带一路'视域下的华文文学研究会议""'一带一路'与世界华文文学杭州峰会""'一带一路'文学、文化与中原国际学术研讨会""'一带一路'与泰国华文文学研讨会""'一带一路'：文艺的腾飞之路——2016 中国文艺理论前沿峰会""'一带一路'背景下的西部文学论坛""21 世纪海上丝绸之路文学发展论坛""中国现当代丝路文学高端论坛"，这些以"一带一路"为主题的学术会议的召开，表明"一带一路"新型全球化确实给文学研究带来新议题和新动能。

"一带一路"新型全球化赋予了文学研究以新任务和新使命。一是要努力重构"世界文学"新秩序、新格局，超越以西方为中心的

---

① 李龙：《历史与允诺：当代左翼文论的可能性》，《学习与探索》，2017 年第 9 期。

"世界文学"观念和全球化视野，让这种新秩序、新格局建立在人类命运共同体的全球伦理的基础上。二是要努力打造中外文学交流与传播的新生态和新平台，既促进中国文学的对外传播、对外推广，也要注重实施"文学的进博会"计划，切实贯彻落实文化上的"开放包容、合作共赢"和"共商共建共享"的理念。三是要主动承担增进民心相通的时代课题，积极参与新型全球化的构建。民心相通意在传承"丝绸之路"精神，"通过推动各国民众之间的交往交流交融，通民心、达民意、汇民情，实现增进信任、促进友谊、深化合作、共同发展的目的"。① 文艺是人类情感传达与交流的重要媒介。托尔斯泰曾经将艺术定义为："一个人有意识地利用某些外在的符号把自己体验过的感情传达给别人，而别人为这些感情所感染，也体验到这些感情。"② 文学在构建新型全球化进程中可以更好地发挥"通民心、达民意、汇民情"的积极作用，可以更好地承担塑造共同的情感结构和构建人类命运共同体的历史使命。四要积极介入全球性问题的书写与表达，形成一种新型全球化的情感认识论与美学表征形式，文学批评要扩大视野，更广泛地关注、更深入地研究文学的全球性议题，诸如新世界主义想象与建构、全球化与民族想象、全球环境正义与生态美学、全球化语境下的新移民叙事、跨文化遭遇与跨国诗学、全球化视野下的女性主义与性别诗学、新技术和时空压缩与数字人文学的兴起、世界与地方及东西方交融中全球主体的形塑、全球本土化与本土全球化、全球现代性的危机与转型、全球文化市场、全球化地理诗学与地域主义、全球化重塑审美感性、美学在定义种族性别和地理关系中的独特作用、普遍主义与差异美学、全球化时代自我与他者关系的重新定位、全球化重塑空间对文学地理学的深刻影响、世界文化市场与文学的全球化、新自由主义全球化对审美感性的影响及其批判、第三世界观点的另类全球化思想、全球化时代的解放叙事、作为方法的"边界"，等等。五要在文献收集整理的基础上进一步加强中外文学交流史的研究，以新型全球化为理念，以人类命运共同体为伦理学基

---

① 王亚军：《民心相通为"一带一路"固本强基》，《行政管理改革》，2019 年第 3 期。

② ［俄］托尔斯泰：《托尔斯泰文集（第 14 卷）》，北京：人民文学出版社，1992 年，第 174 页。

础，引导全球化研究与文学研究的跨国转向之间的辩证综合，将"世界文学"和"比较文学"概念重新问题化、历史化与理论化，解构以西方为中心的世界文学史建构模式和叙事框架，深度反思和破除长期困扰后发展国家与地区尤其是那些有着被殖民经验的国家与地区的"殖民现代性"幽灵，系统重构"世界文学"理念框架，在经济、文化和审美交流的全球循环中重写"世界文学史"，重构比较文学的方法论。以"文明因多样而交流，因交流而互鉴，因互鉴而发展"① 为理念，建立、完善平等与包容的国际文化交流与对话体制机制，将"差异"问题重新理论化，构建全球文化治理的伦理学基础和新框架，重组全球话语权力配置和全球文化劳动分工结构，重塑全球文化生产、传播与流动的平等互惠秩序。

二

"第三世界"原是国际政治关系领域的词语，这个术语进入中国文学与文化批评领域并形成"第三世界文学"或"第三世界文化"概念是在 20 世纪 80 年代。1974 年，毛泽东在会见卡翁达时首次提出"三个世界理论"，即美国、苏联是第一世界，日本、欧洲、加拿大是第二世界，除日本外，亚非拉都是第三世界。毛泽东指出：广大第三世界面临的共同任务是，维护民族独立，争取社会进步，发展民族经济，巩固民族独立，实现民族的彻底解放。在上述两者之间的发达国家是第二世界，它们既对被压迫民族进行剥削压迫，又受超级大国的控制、欺负，是第一世界和第三世界在反霸斗争中可以争取或联合的力量。②

中国当代文论界较早使用"第三世界文学"术语的是台湾地区的陈映真和吕正惠。陈映真从左翼文学立场出发，同时受到拉美地区"依赖理论"的启发，发表《台湾文学和第三世界文学之比较》(1983)、《"鬼影子知识分子"和"转向症候群"》(1984)、《美国统

① 习近平：《在亚洲文明对话大会开幕式上的主旨演讲》，新华网，2019 年 5 月 16 日。
② 毛泽东：《建国以来毛泽东文稿（第十三册）》，北京：中央文献出版社，1998 年，第 379 页。

治下的台湾》（1984）、《台湾第一部"第三世界电影"》（1986）等系列论文。他认为，台湾地区虽然和其他第三世界地区之间存在差异，但也具有一种共同点："从世界范围的生产诸关系去看，台湾，同其他第三世界国家和地区一样，完全处于相同的被支配、榨取和控制的地位。"① 因此，台湾文学和其他地区的第三世界文学存在着十分令人惊异的共同点：都是作为反抗帝国主义、殖民主义的文化启蒙运动之一环节而产生的。陈映真"第三世界文学"观的深刻之处在于，揭示了第三世界文学与文化的复杂性："在第三世界，存在着两个标准，一个是西方的标准，一个是自己民族的标准。用前一个标准看，第三世界是落后的，没有文明、没有艺术、没有哲学也没有文学的，用后一个标准，可以发现每一个'落后'民族自身，俨然存在着丰富、绚烂而又动人的文学、艺术和文化。"② "在充满着革命与反革命、侵略与反侵略、殖民主义和反殖民主义复杂斗争的近代、现代第三世界历史运动中，第三世界知识分子之间发生着相应的、复杂的分化。有一部分人投入祖国的独立和解放斗争，有一部分人成为外来势力的傀儡，而另一部分人从反抗者转向，成为买办和鬼影子知识分子。"③ 陈映真的论述强调第三世界文学的民族性、人道主义及反帝反封建的启蒙精神和后殖民主义的文化批判意识，这肯定是有意义的。但他认为，第三世界的现代主义文学"先天的就是末期消费文明的亚流的恶遗传"，其亚流性"表现在它的移植底、输入底、被倾销底诸性格上"。这一看法显得有些偏狭。而吕正惠提出应该发展出全面的第三世界的现代主义的社会学来探讨第三世界的现代派文学，这是有建设性意义的。④ 然而，他仅仅提出了建议，第三世界的现代主义的社会学是怎样的？它与西方现代派理论有何区别？可惜在吕正惠的论述里有些语焉不详。陈映真、吕正惠、陈光兴、钟乔、赵刚等对第三世界文学理论建设的重要贡献在于：将第三世界文学放置在"冷战—后冷战"的结构性处境中予以讨论，"第三世界文学"的意涵因而获得了

---

① 陈映真：《陈映真文集（杂文卷）》，北京：中国友谊出版公司，1998 年，第 49 页。
② 陈映真：《陈映真文集（杂文卷）》，第 62 页。
③ 陈映真：《陈映真文集（杂文卷）》，第 288 页。
④ 吕正惠：《战后台湾文学经验》，台北：新地文学出版社，1992 年，第 35 页。

历史的具体性和结构性的阐释，这个思想传统延续至今，在《亚际文化研究》《人间思想》杂志及重访"万隆会议"进而重构以"亚、非、拉"为方法的一系列新论述中都有着具体的表征。

在 20 世纪 80 年代台湾地区的文论中，"第三世界"概念还在电影批评领域中出没，成为新左翼电影论述的核心理念。具有左翼倾向的《南方》杂志创刊第一期就策划了"第三电影在台湾"的专辑，推出左翼学者王菲林的《为什么要谈第三电影》、吴弗林的《在台湾谈第三电影》、林默的《第三电影与战斗电影》、蓝波的《第三电影与日据以来台湾的电影经验》和李尚仁的《风格与意识形态：从两部南非电影谈起》等文；第二期则发表了伊问伊的《第三电影的理论架构》和拉非亚的《真正的第三世界文学作家——南非亚历克·拉·古马》；第十期又刊出张怀文的《是现代主义？还是现实主义？——第三世界的"前卫"电影：第三电影》……这多少可以表明《南方》杂志对第三世界文学艺术的持续兴趣。

什么是"第三电影"？"第三电影"何为？王菲林从何谓"第三世界"谈起："'第三世界'一辞是指亚、非、拉丁美洲的一些所谓'不结盟国家'，这些国家主张既不倒向东风（共产主义国家），也不倒向西风（资本主义国家），所以，不结盟一辞中，包含了明显的政治、经济信念与目的。他们的意识形态要比资本主义国家更倾向于社会主义，同时又比社会主义国家更要求民主。而反抗帝国主义和殖民主义又是此意识形态下的一个特点。"① 这一界定显然带有 20 世纪 80 年代台湾民主左翼知识分子的观念色彩。王菲林援引 *Third in Third World*（1982）作者 T. H. Gabrid 的论述——第三电影具有环环相扣的五个主题：阶级、文化、宗教、性别平等、武装斗争——来界定"第三电影"：第三电影是指第三世界国家和地区电影工作者创作出来并且在主题上明显具有不结盟国家意识形态的电影。王菲林从四大方面阐释"第三电影"的基本特征："第三电影不是逃避现实的电影"，"第三电影不是宣扬官方教条的电影"，"第三电影是第一电影与第二电影的后设电影"，"第三电影是体制的反抗者"。简而言之，"第三电影"应具有关怀现实的思想倾向，是对历史和社会的"开放呈现"，

---

① 王菲林：《为什么要谈第三电影》，《南方》，1986 年 10 月创刊号，第 16 页。

是对官方教条电影、好莱坞电影和"第二电影"（体制内批评者电影）的反动，更是对殖民主义意识形态和极权主义意识形态的反抗。这里，王菲林显然赋予了"第三电影"一种理想色彩：它是"体制的反抗者"，"在美学上完全不遵从传统的电影方式，它在形式上主张完全的自由，在意识形态上则要求人的解放（包括宗教、性别、经济、种族、政治……）。所以，它超出了体制的包容度，而成为体制的反击者"。[①] "第三电影"即是"解放电影"，"第三电影"论本质上即是一种"解放论述"，透过对"第三电影"的界定和阐释，王菲林其实表述了 20 世纪 80 年代台湾左翼进步知识分子理想主义的精神追求：独立、自由、民主和人的全面解放。1998 年 4 月，台南艺术学院音像纪录研究所所长井迎瑞在接受陈亮丰的专访时回顾了 80 年代引入"第三电影"的情形："那时候我们也关心台湾当时的社会运动，针对一些时事，透过捐款、批评啦，在海外参与。我觉得有必要把第三世界的影片带回台湾，那时候我和一些好朋友像王菲林、吴正桓等人，一起钻研第三世界国家的问题，讨论第三电影的观念，也写一些文章。就是那时候搜集了许多数据、纪录片、电影，把这些东西送回来台湾，作为教育的素材，让台湾的朋友可以看到。所以后来，不知道你记不记得，1987 年我们找了几个单位办了第三电影展，找了当代、人间、文星、南方等团体一起来办。那些片子都是我们做学生的时候，从海外偷偷摸摸地运回来的。"[②] 在他看来，"第三电影"的核心主题在于批判资本主义强权国家对第三世界国家和地区的剥削与掠夺，在台湾谈论"第三电影"实质上是从政治经济学的角度理解与阐释台湾地区的第三世界处境。

20 世纪 80 年代的《南方》杂志对"第三电影"情有独钟，其原因包括两个方面：其一，在理论立场上，"第三电影"概念的提出是出于反叛国民党威权文化体制和建构"反对运动"文化论述的需要；其二，在电影美学上，"第三电影"概念的提出，表达了具有左翼倾向的电影理论工作者对"新电影运动"的不满。他们认为

①　王菲林：《为什么要谈第三电影》，第 17 页。
②　陈亮丰：《访问台南艺术学院音像纪录研究所所长井迎瑞》，《南方·全景映像》，1998 年第 5 期、第 6 期，http://www.docupark.org/wiki/pmwiki.php/Writing/Note19981023W01.

以《光阴的故事》《风柜来的人》《童年往事》等为代表的"新电影"以"回忆往事"复制了既有的意识形态，已经被纳入固有的体制之中，成为体制文化的一部分。在他们看来，1988至1989年，"新电影"的主要成员陈国富、吴念真、小野、侯孝贤等人拍摄军教宣传片《一切为明天》事件直接暴露出"新电影"的体制化美学性格。"第三电影"概念的提出显然隐含着左翼知识分子对"新电影"的批判和反动。陈映真和吴弗林等人找到了"第三电影"在台湾萌芽的重要例证，即根据黄春明小说《莎哟娜啦·再见》改编的电影。前者认为《莎哟娜啦·再见》是"台湾第一部第三世界电影"，后者指出《莎哟娜啦·再见》具有第三世界意识的批判性。但在吴弗林看来，这种批判性是黄春明小说本身具有的，而电影则遗留着好莱坞的语言和叙事风格，反而丧失了小说原本具有的建立在知性分析和反讽基础上对新殖民主义的洞察力和批判力度。[1] 对于《南方》作者群而言，"第三电影"在台湾究竟是否可能又如何可能，这显然还是一个问题。但无论如何，"第三电影论"作为一种论述实践，已经深刻而微妙地介入20世纪80年代台湾文化场域之中，成为知识左翼运动的一个重要症候，逐渐开启了《岛屿边缘》后现代左翼的批判路线。

有趣的是，1989年，《当代电影》刊登了张京媛翻译的杰姆逊的重要论文《处于跨国资本主义时代中的第三世界文学》，"第三世界文学"概念也开始在大陆文学批评中产生影响。在杰姆逊那里，第三世界指的是受到殖民主义和帝国主义侵略的弱小国家；相对于第三世界阵营的是资本主义的第一世界与社会主义集团的第二世界。这种划分与毛泽东的论述显然有些差异。据谢少波的看法，杰姆逊对第三世界的钟情是其对资本主义社会总体制度认知测绘的重要组成部分。全球化的现实已经产生了一种新型的权力关系。这种权力关系意味着资本、市场、生产、销售的重组和再分工。在全球化过程中，落后的经济决定了第三世界只能扮演出卖廉价劳动力的被压迫者的角色。第一世界和第三世界的关系犹如阶级斗争学说中资产阶级与无产阶级的关系。这样，杰姆逊就为晚期资本主义预设了一个激进的他者："在全

---

① 吴弗林：《在台湾谈第三电影》，《南方》，1986年10月创刊号，第22页。

球规模重新启用激进的他性或第三世界的政治，从而在总体制度的空隙内建构抵制的飞地。"① 杰姆逊指出：所有第三世界文化生产的相同之处和它们与第一世界类似的文化形式存在十分不同之处。"第三世界的文本均带有寓言性和特殊性：我们应该把这些文本当作民族寓言来阅读。""第三世界的文本，甚至那些看起来好像是关于个人和力比多驱力的文本，总是以民族寓言的形式投射一种政治：关于个人命运的故事包含着第三世界的大众文化和社会受到冲击的寓言。"② 杰姆逊还特别提醒西方文化研究者关注鲁迅，认为第三世界文学寓言化的最佳例子正是鲁迅的《狂人日记》。这些观点引起了当代中国文学批评界的热情反应，也引起不少学者的批判性回应。

中国"第三世界文化"理论的主要倡导者是被人们称为"后学"代表的张颐武。20 世纪 90 年代初，他频繁使用"第三世界文化"概念，并且把它看作文艺学的新视域、批评的新起点。他认为："二十世纪以来全球性批评话语的形成和新理论的高度成长往往并未产生活跃的、多元的批评，相反，却在西方化过程中使话语单一化了。"③ 而"第三世界理论的兴起，提供了一个使亚洲、非洲乃至拉丁美洲的学者获得超越西方中心主义去重新思考和阐释自己文学的机会"。④ 所谓第三世界理论就是"第三世界中的人们从自身的文化、语言和生存中引出的理论，是以我为主，以新的立场重新审视和思考的理论"。⑤ 作为西方后现代主义理论热情鼓吹者的张颐武显然不会完全否定第一世界的理论，他发现，建立真正独立自主的第三世界论述的困境是：借用西方的话语，面临着忽视本土文化特征的指责；拒绝西方话语，却又找不到自己的话语来阐释第三世界的语言与生存现实。为了摆脱这种尴尬，他提出重构第三世界文化理论的策略。这个策略的实施分成两个步骤：第一步是质疑，即在借用西方话语过程中，通过对西方理

---

① 谢少波：《抵抗的文化政治学》，北京：中国社会科学出版社，1999 年，第 123 页。

② ［美］杰姆逊：《晚期资本主义时代的文化逻辑》，张旭东，译，北京：生活·读书·新知三联书店，1997 年，第 523 页。

③ 张颐武：《在边缘处追索——第三世界文化与当代中国文学》，长春：时代文艺出版社，1993 年，第 3 页。

④ 张颐武：《在边缘处追索——第三世界文化与当代中国文学》，第 15 页。

⑤ 张颐武：《在边缘处追索——第三世界文化与当代中国文学》，第 12 页。

论与本土文本间无法弥合的差异的识别和分析，找出它背后依凭的意识形态的死结；第二步是重构，即"在对第一世界的质疑的基础上，运用本土的新理论创造以理解文学文本"。① 这里的逻辑问题十分明显，"本土的新理论"既然已经存在了，又何必谈"重构"呢？"本土的新理论"如何突然从天而降？让人费解。

当然，如同程文超所言，呼吁"第三世界"的觉醒还是有意义的。他认为"走向世界"是"文革"后文学批评的重要命题。在"走向世界"的急切心态影响下，新时期文论形成了一种"西方结"，有意无意地承认或支持了西方话语中心。第三世界理论的引入"也许是又一历史反讽：在第三世界引起反响的'第三世界'话语，仍然是第一世界白人的建构。然而，第三世界的人们毕竟走出了一大步，认清了'走向世界'的迷雾"。② 王岳川的看法与此极其相似，主张"把第三世界文化的历史经验置入整个世界文化格局的权力话语彼此起伏消长的过程中去，使'潜意识'的表达成为可能"。在他看来，第三世界文化与第一世界抗衡只有两种结果：要么是以"人妖"方式取悦他者或成为被他者观赏的文化景观，"甚至挖掘祖坟、张扬国丑、编造风情去附和东方主义神话，以此映衬和反证西方中心论的意识形态"；③ 要么与西方主流话语对抗，"在世界范围内为霸权所分割的时空中重新自我定位，并在主流社会中获得一席之地"。④ 与西方文化激烈对抗的姿态似乎十分坚决，相比而言，张颐武在反抗西方话语方面倒有所保留。令人怀疑的是，王岳川却是一位熟练操弄西方理论的批评家。

徐贲在《第三世界批评在当今中国的处境》一文中，把张颐武的第三世界文化论称为"中国式的第三世界批评"。徐贲认为，从 20 世纪 80 年代的"文化热"到 90 年代的"中国式的第三世界批评"的转向是一次倒退，原有的文化批判意识和启蒙精神被中西文化的对抗意识取代，变成主流话语的一部分。国际政治关系问题代替了本土现实

① 张颐武：《在边缘处追索——第三世界文化与当代中国文学》，第 549 页。
② 程文超：《创建自己的"新话语"》，《文艺理论研究》，1993 年第 5 期。
③ 王岳川：《东西方文化视界中的"后殖民主义"》，《中国音乐》，1995 年第 1 期。
④ 王岳川：《后现代主义文化与价值反思》，《文艺研究》，1993 年第 1 期。

问题，"只有国际性，而没有国内性"。① 徐贲还指出了张颐武用第三世界理论阐释"新写实主义"和"人民记忆"的不恰当性。在徐贲看来，"中国式的第三世界批评"是 20 世纪 80 年代启蒙思潮大规模退潮后的一种文化现象。徐贲的问题在于对直接影响了"中国式的第三世界批评"的杰姆逊理论缺少必要的反省，张颐武等人的问题很大部分源于杰姆逊的总体化论述。正如南帆在《全球化与想象的可能》一文中所指出的："无论是德里克的地域还是詹姆逊的第三世界，这些设想旨在于资本主义的总体制度之中建立某些异端的空间。然而，人们或许可以察觉，这些革命故事的叙事人背后仍然不自觉地隐藏了一个西方的立场。更为重要的是，革命故事之中的主人公形象——'地域'或者'第三世界'——过于单纯了。如果观察者的目光来自遥远的西方，如果这种观察更多的是为庞大而骄傲的西方文化找到一个迥异的他者，那么，地域或者第三世界就会被理所当然地视为一个整体。可是，如果进入地域或者第三世界内部，问题就会骤然地复杂起来。民族、国家、资本、市场、文化、本土、公与私、诗学与政治，这些因素并非时时刻刻温顺地臣服于某一统一的结构。事实上，许多左翼理论家所共同关注的中国即是一个不可化约的个案。"② 这一论述提醒我们，现今重启"第三世界"概念，既要建构世界体系的整体性阐释视野，同时要对第三世界内部结构的复杂性和多元性给予充分的重视，"第三世界"并不单纯，事实上，不少"第一世界"的文化元素早已渗透其中，不能把"第三世界"理想化和抽象化。

三

21 世纪以来，中国文论界对"第三世界文学"的讨论与阐释围绕以下五个方面展开。

一是继续围绕詹姆逊的"第三世界民族寓言"理论展开争鸣。20世纪 80 年代中后期至 90 年代初的汉语文论界一般以纯文学观和审美主义为遵循，詹姆逊的"第三世界民族寓言说"因其非文学的取向而

---

① 徐贲：《文化批评往何处去》，香港：天地图书有限公司，1998 年，第 322 页。
② 南帆：《问题的挑战》，福州：海峡文艺出版社，2002 年，第 238 页。

不被普遍认同，对"民族寓言说"的评价分歧十分明显。进入 21 世纪后，汉语文论界关于"第三世界文学"的讨论仍然聚焦于詹姆逊"民族寓言说"。主要文章列举如下：《弗·杰姆逊的第三世界文学观》（程开成、潘志存）、《寓言的力量和困境——詹姆逊的第三世界文学观》（孔令斌）、《进入中国文艺批评理论的詹姆逊民族寓言思想》（李元乔）、《晚期资本主义时期的"民族寓言"——詹姆逊的第三世界文学观评析》（张荣兴、夏凤军、姜深洁）、《理论的乌托邦——评詹姆逊的第三世界文学思想》（杜明业）、《"第三世界文学"："寓言"抑或"讽喻"——杰姆逊"第三世界文学理论"的中国错译及其影响》（姚新勇）、《詹姆逊的民族寓言理论及意义》（陈春莉）、《"政治无意识"视野中的"第三世界民族寓言"》（姜深洁）、《不可避免的他者逻辑——关于对詹姆逊"民族寓言"的批判》（陈广兴）、《杰姆逊的"民族寓言"：一个辩护》（王钦）、《詹姆逊"民族寓言"说之再检讨——以"近代的超克"为参照兼及"政治知识分子"》（吴娱玉）、《詹姆逊的第三世界文学理论及其反思》（黄宗喜、占凯）、《詹姆逊眼中第三世界文学的本质》（刘阳）、《詹姆逊的"国族讽寓"论在中国的错译及影响》（王希腾）、《"民族寓言说"之谬及鲁迅作品在美接受的现代性问题》（易春芳），等等，大体可以分为三种类型：第一种持反思与批判的立场，指陈詹姆逊的"民族寓言说"存在内在文化逻辑上的错谬和本质主义、化约主义倾向，并与第三世界文学的事实并不吻合。詹姆逊的"民族寓言说"代表的仍然是第一世界的眼光，带有明显的"他者逻辑"。"詹姆逊的第三世界文学理论能激发亚非拉国家的民族自觉，同时又带有鲜明的西方中心论立场。"① 多数批评者认为詹姆逊的"民族寓言说"过于政治化而忽视了第三世界文学的审美特性，可能隐含着某种贬低的美学价值判断。第二种则持辩护立场，认为学界对詹姆逊的"民族寓言说"的拒绝与批判源于某种误译和误读，其中最为关键的误读是将"民族寓言"从形式层面转换到内容或主题层面。如果"从形式出发理解'民族寓言'可以使人们在当今的文学和政治语境下重新讨论第三世界文学与

---

① 黄宗喜，占凯：《詹姆逊的第三世界文学理论及其反思》，《湘潭大学学报》，2016 年第 5 期。

跨国资本主义之间的关系，从而重新激发‘民族寓言’这一批判性概念的批判潜能及其美学政治上的激进性"。① 第三种是从理论体系层面展开阐释，如从詹姆逊的总体性观念和"政治无意识"框架出发阐释"民族寓言说"的完整内涵。

二是在后殖民批评视域中阐发"第三世界文学"的内涵与意义。主要文章列举如下：《后殖民理论中的"中国"如何被表达？——从"第三世界民族寓言"到"属下可以说话吗"》（吴娱玉）、《后殖民女性主义文学批评的理论视域：以斯皮瓦克的语境化性别理论为例》（刘岩）、《"华语语系文学"的文化逻辑》（张重岗）、《西方后殖民批评中的多重"他者"》（肖祥）、《性别、民族与权力：后殖民女性主义文学批评中的"国/族"论》（肖丽华）、《德里克后殖民主义意识形态批判理论探析》（朱彦振）、《中国本土文化身份的反思与重构——基于后殖民理论的考察》（卢兴、郑飞）、《后殖民视野下的民族认同问题——一种后民族主义话语》（周计武）、《后殖民理论的反思与期待——罗伯特·杨教授访谈录》（生安锋）、《后殖民理论与抵抗政治》（王旭峰）、《斯皮瓦克后殖民框架下的女性主义理论》（李权文）、《第三世界国家生存状态的另一种解析——兼论后殖民主义的政治内涵》（胡黎霞）、《知识权力与后殖民主义文化霸权》（张科荣）、《"女性主义"、"第三世界女性"与"后殖民主义"》（雷颐）、《解构双重话语霸权：第三世界女性主义理论》（于文秀、郑百灵），等等。一方面，"第三世界"的历史、现实和"第三世界"文学文本业已成为后殖民批评操练的田野；另一方面，后殖民理论的导入揭示了"第三世界文学"的丰富内涵和复杂面貌，进一步凸显出"第三世界文学"在资本主义全球化时代所具有的抵抗潜能和批判意义。后殖民论述、民族主义、女性主义和"第三世界文学"四个概念的深度结合为解放叙述的重构与更新提供了理论契机和新的空间。

三是从具体作家作品入手理解与阐释"第三世界文学"理念，或以"第三世界文学"为视域和方法进行文本分析与意义解读。鲁迅、陈映真、黄春明、V. S. 奈保尔、阿兰达蒂·洛伊、桑吉夫·萨霍塔、萨尔曼·拉什迪等作家的作品深受重视，成为理解和阐释"第三世界

---

① 王钦：《杰姆逊的"民族寓言"：一个辩护》，《文艺理论研究》，2014 年第 4 期。

文学"观念的重要文本。在"第三世界文学"的框架下，文学史和理论批评界不断发掘与阐发这些作家创作文本的独特思想意蕴、审美价值、历史价值及其当代意义。

四是重返马克思、恩格斯的经典论述重构当代马克思主义的"第三世界文学"论。以詹姆逊等为代表的西方马克思主义文论对"第三世界文学"论述构建的积极作用是毋庸置疑的，但阿赫默德、德里克、拉扎鲁斯、帕里等主张重启传统马克思主义的思想资源。在汉语学界也有不少学者主张重返马克思和恩格斯的经典论述重构"第三世界文学"理论。如周兴杰和童彩华的《"第三世界文学"与"世界文学"——后殖民批评中的马克思主义话语》就认为今天讨论"第三世界文学"应该重启马克思、恩格斯的"世界文学"概念与解放论述。在《马克思恩格斯民族论述与中国当代文学批评》一文中，胡俊飞则提出："马克思对民族与人类解放关系的科学揭示，对于洞彻后殖民批评的悖论与危险，透视西方马克思主义批评对第三世界文学暗含着的黑格尔主—奴关系的隐喻结构，具有重要学理价值。"① 这些观点对深入理解与阐发"第三世界文学"的内涵与意义都颇具启发意义。

五是"第三世界文学"视野下当代中国文学史研究。刘洪涛的《世界文学观念在 20 世纪 50—60 年代中国的两次实践》论述了亚非作家会议对当代文学史进程的深刻影响："在 20 世纪 50—60 年代，中国作家学者积极支持和参与亚非作家会议，从而将世界文学的视野扩展到东方文学，初步建立起自己的东方文学知识系统，为具有中国特色的'东西二分'世界文学观的产生创造了条件。"② 王中忱的《亚非作家会议与中国作家的世界认识》同样关注"亚非作家会议"在当代文学史中扮演的特殊角色。罗福林和韩松的《构图第三世界》梳理了 20 世纪五六十年代中国关于发展中国家的报告文学和散文创作的线索，"通过对'第三世界'的描写呈现了一种超越中西二元对

---

① 胡俊飞：《马克思恩格斯民族论述与中国当代文学批评》，《中央民族大学学报》，2012 年第 4 期。
② 刘洪涛：《世界文学观念在 20 世纪 50—60 年代中国的两次实践》，《中国比较文学》，2010 年第 3 期。

立的景观"。① 亚非拉文学的"再发现"丰富了我们对"十七年文学史"的认识，从一个重要层面发掘出 20 世纪 50 至 60 年代中国文学的世界想象主题与世界性意义。

四

在经济与文化全球化愈演愈烈的今天，第三世界的"第三世界文学或文化"话语可能越来越流行，其抵抗西方话语统治的功能也将被人们所认识。然而人们在反抗西方的文化政治对第三世界的化约主义阐释时，也应该警惕第三世界人文知识分子对西方文化的化约主义倾向。更为重要的是，第三世界的人文知识分子需要不断发掘与丰富"第三世界"概念的内涵，在新的历史语境下发展乃至重构"第三世界"论述。2015 年是万隆会议召开 60 周年，在印度尼西亚参加亚非领导人会议的各国领导人来到万隆，纪念万隆会议召开 60 周年，共同签署《2015 万隆公报》。以此为契机，人文知识界重新思考万隆会议的当代意义，提出"重返万隆会议"的命题。2015 至 2016 年，《亚际文化研究》（*Inter-Asia Cultural Studies*）、《万隆：全球南方杂志》（*Bandung：Journal of the Global South*）、《澳大利亚国际事务杂志》（*Australian Journal of International Affairs*）、《批判亚洲研究》（*Critical Asian Studies*）等重要刊物发表了一批讨论万隆精神及其当代意义的文章。2015 年 12 月出版的《亚际文化研究》第 4 期发表了阿里夫·德里克的长文《世界现代性视野下的万隆遗产与中华人民共和国》，认为"万隆/第三世界 60 年"纪念活动将打开新的政治空间。② 2016 年，陈光兴策划又推出了"万隆/第三世界 60 年"专辑，包括《没有万隆的世界，或者为了一个没有霸权的多中心体系》（Samir Amin）、《重新思考万隆遗产》（Hilmar Farid）、《拉丁美洲的万隆：另一个世界的希望》（Roberto Bissio）、《万隆，历史上的不平等和发展

---

① 罗福林，韩松：《构图第三世界——20 世纪五六十年代中国关于发展中国家的报告》，《跨文化研究》，2017 年第 1 期。

② Arif Dirlik. "The Bandung legacy and the People's Republic of China in the perspective of global modernity". *Inter-Asia Cultural Studies*，VOL. 16，NO. 4.

目标》（Jomo Kwame Sundaram）、《亚非团结与"资本"问题：超越最后的边界》（Aditya Nigam）、《近代中国思想中"第三世界"的轨迹》（Wang Xiaoming）等，意图在于："探讨将第三世界的概念作为一个未完成的知识工程的可能性，这个知识工程将非洲、亚洲、加勒比和拉丁美洲第三世界的思想界和知识生产联系起来。""万隆精神可以动员起来，为一个更美好的世界设想新的团结形式。"①《澳大利亚国际事务杂志》2016 年 6 月出版的第 70 卷也推出纪念万隆会议专辑，包括《1955 年亚非会议及其对国际秩序的影响》（Andrew Phillips）、《从全球视角研究万隆会议》（Amitav Acharya）、《万隆六十年：国际社会的反抗与复原》（Richard Devetak，Tim Dunne，Ririn Tri Nurhaya-ti）、《亚非会议（万隆）与泛非主义：调和大陆团结与国家主权的挑战》（Joseph Hongoh）、《"万隆精神"和团结的国际主义》（Heloise Weber，Poppy Winanti）、《超越"万隆分水岭"——评估澳大利亚—印度尼西亚安全合作的范围和限制》（Andrew Phillips，Eric Hiariej）等文章，基于国际关系和国际政治的视角重新思考万隆会议的遗产和重构团结的国际主义的可能性。直至 2019 年，《批判亚洲研究》还推出万隆会议与第三世界专辑，文章包括《万隆人文主义与全球南方的新认识：导论》（Hong Liu，Taomo Zhou）、《"一个必胜的世界"：中国、亚非文联、世界文学的再创造》（Pieter Vanhove）、《第三世界的全球报道：亚非记者协会 1963—1974 年》（Taomo Zhou）、《重建万隆国际主义：缅甸的去殖民化和后殖民未来主义》（Geoffrey Aung）等，从全球南方认识论的构建和世界文学的重构等层面思考万隆会议的当代意义。2015 至 2016 年，汉语学界的重要左翼杂志《人间思想》也发表了一系列纪念性文章，如帕斯卡尔拉·T. 瓦达亚（Baskara T. Wardaya）的《全球团结对抗单边主义》、贺米·叶荷哈（Rémy Herrera）的《万隆会议五十年后："南方"人民重新团结——访谈萨米尔·阿敏》、婳拉·雅尤·乌塔米（Nila Ayu Utami）的《重访万隆会议：Berbeda Sejak dalam Pikiran》、郭佳的《万隆会议的今昔世界与人民运动的网络编织：从"亚洲的国际歌"切入》等，提出："冷战

---

① Kuan-Hsing Chen. Introduction："Bandung/Third World 60 Years"—in memory of Profes-sor Sam Moyo. *Inter-Asia Cultural Studies*，VOL. 17，NO. 1：1.

时期及其后续发展在在显示万隆精神正在衰退。同时，试图单方面破坏万隆会议的美国仍持续进行各种单边（unilateral）行动，以获取其霸权利益。美国和其他强势国家甚至往往绕过联合国来进行种种单边行动。为了回应这样的情势，我们更需要重新活化万隆精神，促进国际关系的民主化。"①

2016 年，Quỳnh N. Phạm 和 Robbie Shilliam 合作主编出版了《万隆的意义：后殖民秩序与去殖民愿景》一书，引入后殖民理论，从去殖民层面深入讨论万隆会议的历史与当下意义，认为万隆会议是构想和打开 20 世纪去殖民化全球秩序前景的开创性事件，不仅构建了一个政治、制度和话语的平台，而且意味着一个"文化和精神的时刻"的到来。在他们看来，万隆会议具有去殖民的情感政治意义，"不了解万隆集体情感政治的构成深度，就很难把握万隆的意义……万隆的一系列情感，从灼热的伤痛到感受到的团结，必须被视为一种政治情感，这种情感打破了欧洲'理性'的自我参照演算，而这种自我参照演算对帝国扩张和殖民统治是至关重要的"。② 该著作聚焦于去殖民的情感政治，深刻地阐述了万隆会议所代表的对于第三世界抵抗殖民运动至关重要的"文化和精神的时刻"。今天复兴万隆会议精神，首先即是要重建全球反抗资本主义殖民压迫体系的情感与文化的共同体，在此基础上，构建一种去殖民的共同愿景。中国知识界也发表一系列纪念万隆会议 60 周年的文章，举办"万隆精神与国际秩序——纪念万隆会议 60 周年学术研讨会"和"纪念万隆会议 60 周年高端研讨会"等活动，同样聚焦"共情"理论，以"一带一路"倡议和"人类命运共同体"意识阐释"万隆精神的当代弘扬"与当代实践问题。③ 借纪念万隆会议 60 周年这个重要的时间之窗和历史契机，"第三世界"概念和"第三世界文学"话语在理论批评场域再一次受到关注，重新活跃了起来。

---

① 帕斯卡尔拉·T. 瓦达亚：《全球团结对抗单边主义》，《人间思想》，2015 年第 10 期，第 131 – 146 页。

② Quỳnh N. Phạm，Robbie Shilliam. *Meanings of Bandung：Postcolonial Orders and Decolonial Visions*. Rowman & Littlefield International，2016：10.

③ 夏雪：《万隆精神反思及其对当前政策的借鉴意义——"万隆精神与国际秩序——纪念万隆会议 60 周年学术研讨会"综述》，《太原理工大学学报》，2015 年第 4 期。

今天，批判知识界提出"重返万隆会议"命题的意义委实深远，为何"重返"？如何"重返"？第三世界处境为何？今日第三世界知识分子何为？在新自由主义全球化语境下如何重构"第三世界"的认识论和历史辩证法？在逆全球化与民粹主义兴起的语境下，全球进步知识界如何重新形成团结的力量？迄今全球关系及其论述生产仍然深刻地嵌入在"冷战—后冷战"结构之中，如何有效突破这一潜在结构？在新的历史条件下，"第三世界"文学艺术如何有效发挥介入全球文化政治的积极作用？"第三世界"文学艺术如何重构新的批判的认识论与表征美学？这一系列问题至关重要，全球的进步知识分子都需要重新予以深入思考。

今天，我们在"重返万隆会议"语境下重提"第三世界"还必须关注和思考"全球南方"概念的崛起，"这个词在21世纪的头十年里呈指数级增长，在很大程度上取代了它的前身'第三世界'，需要仔细审视"。[1] "'全球南方'从日益死亡的'第三世界'隐喻中接过了担子。""'全球南方'与'第三世界'拥有同样的语义场，并继续发挥着某些（但绝不是全部）修辞功能。"[2] 迄今为止，尽管"全球南方"还是一个不稳定的未定型的术语，但"全球南方"论述的兴起意味着左翼社会主义力量的重新集结。它不只是区域地理概念，而是一个批判的话语场域，一个汇聚反抗新自由主义全球化能量的行动平台，意味着另一种世界观和世界发展图景的可能。我们需要进一步追问的是："全球南方"与"第三世界"的关系究竟为何？"全球南方"论述的崛起是意味着"第三世界"的死亡抑或意味着"第三世界"理论在新历史条件下的再生乃至复兴？在新的历史条件下，"全球南方"批判知识分子如何继承与发展"第三世界"的思想遗产？这无疑是一个既重要又饶有趣味的时代课题。我们认为，"全球南方"理论和运动的核心要义在于反帝国主义、反资本主义和反抗新自由主义的全球化，这既与"万隆会议"所代表的"第三世界"精神一脉相承、高度一致，又具有我们这个时代批判和抵抗新自由主义全球化的鲜明特征。因此，"全球南方"论述的兴起不是对"第三世界"思想和世

---

① Russell West-Pavlov. *The Global South And Literature*. Cambridge University Press, 2018：3.

② Russell West-Pavlov. *The Global South And Literature*. Cambridge University Press, 2018：4.

界体系理论的取而代之，而是在新的历史条件下继承和发展"第三世界"和世界体系的思想遗产。"万隆精神"构成了"全球南方"论述和运动至关重要的思想资源，从起源看，"全球南方"历史的可能性无疑与第三世界思想史密切相关。[①] 换句话说，今日"全球南方"论述与运动起源于"第三世界"的思想与运动。尤其值得关注的是，在争取全球政治经济社会和文化正义的同时，改造社会科学全球秩序的呼声逐渐高涨，为此"南方"知识分子提出了人文社会科学建构"南方认识论"的当代使命与任务，直接挑战和反抗西方中心主义的社会科学和西方普遍主义认识论。启蒙运动以来的西方现代性思想范式受到了进一步的怀疑与批判，经典马克思主义的批判价值和革命意义被重新阐释和发扬，后殖民理论与马克思主义的政治经济学批判的辩证综合也获得了重新出发的崭新历史契机。正如 Lucia Pradella 所观察与阐明的，[②] 不少"南方"知识分子已经认识到马克思主义的政治经济学批判和历史唯物主义对于"南方认识论"的生产和批判社会学思想的重构至关重要，许多事实足以证明这一思想的发展趋势将日益重要且显明。

---

① Vijay Prashad. *The poorer nations : a possible history of the Global South*. Verso, 2012.

② Lucia Pradella. "Marx and the Global South : Connecting History and Value Theory". *Sociology*, 2017, 51(1) : 146 – 161.

第四章

"形式诗学"与"意识形态批评"的统合
——关于"华人文化诗学"的构想①

　　世界华文文学学界长期重视理论建设与方法论意识培养，逐渐形成一种进一步强化学科理论建设的共识与愿望。但作为一门年轻的学科，世界华文文学研究的理论焦虑和方法论焦虑还将长期存在。如何有效改变这种状况？我们尝试提出构建"华人文化诗学"的设想，希望对推进世界华文文学的学科理论建设和方法论自觉有所助益。"文化诗学"是近些年学界关注的理论焦点之一。把"文化诗学"理论与方法引入华文文学批评，建构以"华人性"为研究核心，以"形式诗学"与"意识形态批评"统合为基本研究方法的"华人文化诗学"，在更加开放的社会科学视域中审视与诠释华人文学书写的族裔属性建构意义及其美学呈现形式，应是我们拓展华文文学批评空间的一种有效途径。

一、作为海外华文文学主体的"华人"

　　"华人文化诗学"是我们对世界华文文学研究的一种理论期待。我们在一篇讨论华文文学研究的文章中②曾经提出：世界华文文学要成为一门新的学科，当前必须解决两个问题：其一，要确立华文文学

---

　　① 本章与刘登翰教授合作完成。
　　② 刘登翰，刘小新：《对象·理论·学术平台——关于华文文学研究"学术升级"的思考》，《广东社会科学》，2004 年第 1 期。

作为学科对象的自身独立性，即必须让华文文学从目前对中国现当代文学依附性的学术状态中解脱出来，确立自己独立的学术价值和学科身份。其二，必须进行华文文学的理论建构，即要建构具有自洽性的华文文学理论诠释体系。这里所谓的"自洽性"，指的不仅是华文文学批评理论的完整性、系统性，更重要的是指这一理论必须和作为"理论对象"的华文文学自身相契合。批评是一种诠释，成功的批评要求能够提出周延的描述和充分的后设说明来阐释对象的本质、特征和规律。华文文学的理论建构，应当是从华文文学自身实践中提升出能够诠释自身特殊性问题的理论话语体系。那么，什么是华文文学自身的特殊性呢？这便又回到了对华文文学自身的认识上来。

华文文学是一个语种文学的概念。语言作为一种公器，任何民族、任何国家和地区都可以使用，因而华文文学的涵括范围是十分宽泛的。不过，华文作为华人的母语，华人应是华文文学的主体，这也是不容置疑的。只是对于"华人"这一概念，其语词的源起，词义的演变，以及当下约定俗成的专指，则有必要做一番辨析和说明。

"华人"一词，据《汉语大词典》"华人"条所引南朝宋谢灵运《辩宗论·问答附》云："良由华人悟理无渐而诬道无学，夷人悟理有学而诬道有渐，是故权实虽同，其用各异。"① 可见，在1500多年以前的南北朝时期就已使用。不过，这里所说的华、夷，指的是汉族和汉族周边的其他民族。因为，汉族构成的核心是古代居住于中原一带的华夏族，简称为"华"，"华人"便是汉人的称谓。此后历朝，基本上延续这一用法。唐许浑《破北虏太和公主归宫阙》诗有云："恩沾残类从归去，莫使华人杂犬戎。"明沈德符《野获编·佞幸·滇南异产》亦称："夷人珍之，不令华人得售。"这些都是例证。直到晚清，华、夷并举才变为华、洋并举，指称亦有所变化。吴趼人《恨海》第七回有言："定睛看时，五个是洋人，两个是华人。"这里不称夷而称洋，一方面是在漫长历史的民族融合中，原来的夷、犬戎等少数民族或融入汉族，或发展成为独立的民族，成为中华民族的一部分。这里的"华"，已不单指汉族，而有了中华民族的含义。另一方面则因为西方异族的入侵，矛盾尖锐。习惯用法上的华夷对举，已由

---

① 谢灵运：《谢灵运集》，长沙：岳麓书社，1999年，第310页。

汉族与境内兄弟民族的对应，转为与境外异族的对应。在这里，"华人"实际上指的是"国人"。辛亥革命以后，具有现代意义的民族国家——中华民国建立。资料显示，此后"华人"的称谓，已更多为"中国人"的称谓所取代。1883年，郑观应在呈交李鸿章的《禀北洋通商大臣李傅相为招商局与怡和、太古订合同》一文中，首用"华侨"一词，系由"华人"脱胎而来，用以专指海外的中国侨民。由此，华侨和华人便成为这一与中国有着千丝万缕关系的特殊移民群体的指称了。①

从理论上讲，华人或华族，是一个民族性的概念。然而，民族这个概念可以有多重的规定性。人类学从种族、血缘和文化来界定民族。华人或华族在古代指汉族，但在今天这个概念的外延则泛指包括诸多民族的多元一体的中华民族。不管你是居住在中国本土的中国人，还是居住在中国本土以外并加入了所在地国籍的非中国人，只要你是中华民族的子裔，你就是华人。国家认同可以改变，但种族、血缘不可更易。在这个意义上，华人或华族是跨越国家界限的。然而，政治学却从国家形态的政治属性来规范民族。这时候，民族和国族、国家是重叠的，其成员是国民。也就是说，尽管你在种族和血缘的关系上是华人或华族，但只要你在政治上认同和归属了这个国家，你便是这个国家的国民，你的华人或华族身份便是这个国家多元民族构成的一个部分。在这个意义上，华人或华族的种族身份，又是从属在国家政治身份之下的。这是一条"游戏规则"，无论你从事的是政经实务还是学术研究，都不容混淆。

中国有着漫长的海外移民史。随着时代的发展，移居海外的中国人，其身份也经历着不同的变化。华侨华人学的研究将这个变化概括为从华侨到华人的两个阶段。所谓"华侨"，是指保留中国国籍的海外侨民。历史上，中国都把侨居海外的中国人，视为自己的子民。无论1909年颁布的《大清国籍条例》，1914年北洋政府的《修正国籍法》，还是1929年国民政府的《国籍法》，都持同一政策，即使他们

---

① 参阅新加坡华人学者张从兴的文章《华人是谁？谁是华人？》，该文对"华人"一词的产生、词义演变做了详细、深入的考辨和论析。载华语桥网站 huayuqiao. org/articles/shcheong/shcheong02. htm.

"数世不归"，仍为他们保留中国国籍。而海外的侨民，也把中国视为他们应当首先效忠的母国。这就是华侨。这一状况到"二战"以后发生了变化。首先是战后民族独立运动的兴起，在中国移民最多的东南亚，纷纷摆脱殖民宗主国的控制，建立独立的民族国家。其所推行的本土化的民族政策，促使华侨必须从政治上做出是效忠于移居地的国家还是效忠于移出地的母国的选择。1955 年，周恩来总理在印尼万隆会议上宣布中国放弃"双重国籍"政策，尊重华侨关于国籍的政治选择。于是绝大多数长居海外的华侨改变了自己的国籍身份，不再是华侨，而成为分属于不同国家的华人，如新加坡华人、泰国华人、菲律宾华人等。这类词语组合的前一半表明其国籍属性，后一半则强调其民族属性。因此，所谓"华人"这一概念，在词义上发生了重要的变化，约定俗成地是指具有中国血缘并一定程度上保留了中国文化，居住在中国本土以外，并认同了所在地国家的非中国人。他们散居在世界各地，以血缘和文化为纽带形成的族群，便是华族，而他们的后裔，便称为"华裔"。

从本质上说，中国人是华人，这是从民族认同的意义上来说；但从政治上讲，华人并不都是中国人，这又是从国家认同的意义上来区别。在战后的语言应用实践中，"华人"一词已经逐渐脱离对中国人的指称，约定俗成地成为散居世界各地葆有中华民族血统和文化的非中国人的专指。"华人"这一概念从古义到今义的演变，反映了历史的变化。在华侨华人学的研究中，这已成为一种共识。

厘清华人与中国人、华族与中华民族这两组概念的联系与区别，对于明晰华文文学的对象、特征和规律，有着特别的意义。以语种命名的华文文学，实际上包含了两大序列：一是发生在中国本土的中国文学，二是发生在中国本土以外散居于世界各地的华人（以及少数非华人）以华文创作的文学。二者在文化上有着密切的联系，但在国家属性上却有着根本的区别。将二者从语言形态上整合为一个想象的总体——世界华文文学，在当下全球化的语境中，有利于抗衡西方的语言和文化霸权，提升中文和中华文化参与全球化进程的地位与作用。它们之间的文化同质与文化差异及文化互动，形成一个充满张力的整合与分析的巨大学术空间，是华文文学研究具有学术生长力的出发点之一。然而不必讳言，这是一个过于庞大的"总体"，也给我们的研究带来某些困难和缺失。其一，由于学科形成的特殊背景，号称华文文学研究的学者关注的重心，往往只在祖国大陆以外的台、港、澳文学和海外华文文学，客观上造成了大陆文学的缺席，使华文文学预设的整合构想名实难副，许多重要的学术命题便也落空。其二，由于中国本土以外的华文文学，伴随着文学主体从华侨到华人的身份转变，也经历了从中国的侨民文学到非中国的华人文学的变化。在海外华文文学的早期发展中，曾经以华侨文学的身份纳入中国文学的轨迹之中，接受中国文学传统的影响和"五四"新文学的推动，无论在文学的母题、形象、话语和范式上，都与中国文学有许多直接相承与相同之处。在这一时期，把华侨文学看作中国文学的一个特殊部分，应无疑义。然而当战后半个多世纪以来，海外华文文学跨过了华侨文学的阶段，完成自己的身份转换，获得了较为充分的"本土化"发展，逐渐成为华人所在国多元文学的一个构成成分时，再将这样的海外华文文学纳入中国文学的发展范畴之中，无论从政治上还是学理上讲，都是错误的或不当的。这也是我们强烈呼吁将海外华文文学从对中国现当代文学研究的依附状态中解脱出来的原因。

鉴于上述种种，在"华人"这一概念有了重新的界定之后，我们倾向于将海外华文文学以华人文学重新命名。华人文学当然包括华人以华文创作的文学，这是大量的、主要的；但也应包括华人用华文以外的其他语种创作的文学，这是华人从其生存与文化处境出发必然做出的一种选择。后者目前虽然数量相对要少，但更深刻地反映出当下华人特定文化处境和应对策略，预示着文学可能的前景。华文文学与华人文学这两个概念，既互相叠合又互相区别。前者以语言形态作为整合前提，包括了中国文学和非中国文学；后者以文学主体——华人作为想象的依据，则包括了华文创作和非华文创作，是世界华文文学中的非中国部分。但无论是以"语言"整合还是由"主体"认定，背后凸显的都是文化，是中华文化或华族文化在不同历史条件和文化语境中的迁延发展、矛盾冲突、融和吸收和传通转化。这正是华文文学研究最具广阔空间和最需深入的课题。

华人在世界范围的生存状态是一种跨国性的散居，这是伴随着华人移民的血泪历史进程而形成的。一方面，华人在漂离自己母土以后，流散世界各地，分属于不同的国家和地区。这种跨国性，使华人和黑人、犹太人一样，成为世界上最大的散居的族群。另一方面，这种散居不是个人生命随意的单独游离，受自己文化传统的影响，华人在一个国家或地区，又常以血缘和文化为纽带，形成一种"离散的聚合"。经济、文化、信仰、习俗、家庭、社会等无形的网络，内化于一种精神的认同，外现为"唐人街"的聚居方式，不仅维系着族群生存的社会场景，而且在流动和再度迁徙中，形成跨国的社会场景。正是这种跨国性的社会网络的存在，使离散华人的想象总体成为可能。

华人族群的离散和聚合，同时形成了华族文化的"散存结构"，如刘洪一在讨论犹太文化时所说的："它不是聚合式地集中于某一文化空间，而是散离式地分布于各种异族邦文化的夹缝之中，这种文化散存首先意味着一种冲突性的文化氛围。"① 它既呈现出移民文化对传统价值取向的固守，也意味着对异质文化的交融，从而使对立与融合成为与散存共生的一种文化关系模式和文化属性。散存的华人族裔，作为一个少数、弱势的族群，面临着所居国的政治"归化"和文化"同化"。这一过程存在着十分复杂、微妙的政治与文化、文化与文化的多重关系。其一，政治认同与文化认同的不一致性使华人族群在"归化"所居国之后，仍保留着对自己故国母土的文化认同，并以之作为所在国多元民族和文化的一元，建构自己的族群。特别当自己作为次主体的"散居族裔"受到主体社会的排斥，在可能导致自己族裔文化的衰减时，还可能出现族裔文化的强烈反弹。正是在这种文化主体的社会包围和逼迫之下，华人产生了强烈的文化表现主义。其二，散居的华人族裔在无可避免地逐渐"本土化"过程中，会出现一种文化混合现象。杜波伊斯在分析美国的黑人文化时曾提出一个深具意味的"双重意识"概念，黑人族群有"一种奇特的感觉，一种双重意识，一种总是通过别人的眼睛来审视自己的感觉，一种用一根带子来丈量自己灵魂的感觉，而这个带子所丈量的是一个被嘲笑和怜悯的世界。一个人总能感到他的两面性，一方面是美国人，一方面是黑人；两个人，两种思想，两种不能调和的斗争；两个敌对的理念同时存在

---

① 刘洪一：《走向文化诗学——美国犹太小说研究》，北京：北京大学出版社，2002年，第53页。

于一个黑色的躯体之中，这个躯体的顽强毅力努力阻止它被撕裂"。①
他们努力将两种意识融合为一个更好的、更真实的自我意识。他还指
出："他们既将美国身份意识内化，又透过它来辨认自己的黑人身份，
捕捉非洲的旧影残迹。"② 随着华人移居的民族国家的建立和成熟，
"归化"后的华人透过本土身份来确认自己华人身份的意识，也越来
越鲜明。它也说明来自中华母土的华人族裔文化，不可能长期保存自
己文化的纯粹性，而会成为混合着所居国本土文化的一种新的"华族
文化"。这是"华族文化"既源自中华文化又迥异于中华文化的特殊
性之所在。在这里，散居族裔的文化身份认同是一种混合着本土的文
化身份认同。

这一切构成了海外华文文学（或称"华人文学"）想象总体的背
景，也是我们分析这一文学特殊性的现实基础与认识起点。显然，散
居族裔的文学具有离散美学的基本特征。它不仅表现在不同文化地理
和生存际遇所形成的异质性上，表现在文化的混合性和艺术的杂交性
上，还体现在与生俱来的传统与生存际遇所共同形塑的"情感结构"
上。正如新加坡著名学者杜南发曾经指出的：离散族群的特质，就是
移民观念加上其他观念的融合。移民文学的发展经过"北望神州"的
延续时期，经过辩论的挣扎，从母体分离而自立。至于未来，则有分
化和同化这两大冲击与影响。资讯时代的到来与全球化运动的深度展
开，则又冲淡了身份的认同，离散的定义不在地理位置上，而更多地
依附于文学精神上。③

这是一个深具意味的广阔学术空间，有待我们深入去开发。

二、"文化诗学"与华文文学研究的范式转移

文化诗学是近年学界关注的理论焦点之一。把文化诗学引入中国
现当代文学的批评，是一些学者追求的目标；同样，把文化诗学引入
华文文学研究，也是我们的期待。作为一种理论资源，文化诗学将在

---

① W. E. B. Du Bois. *The Souls of Black Folk.* Oxford University Press, 2007：8.
② 陶家俊：《身份认同导论》，《外国文学》，2004 年第 2 期。
③ 庄永康：《离而不散的华文文学》，《联合早报》，2001 年 9 月 9 日。

何种程度和哪些方面给予华文文学的理论建构以启发和丰富，是我们所关切的。为此，有必要对文化诗学做一番理论上的考察。

"文化诗学"这一概念最早由美国加州大学伯克利分校的斯蒂芬·格林布拉特教授在题为"通向一种文化诗学"的演讲中提出，其前身则是 1982 年格林布拉特在《文类》杂志一期专刊的"前言"中提出的"新历史主义"。新历史主义和文化诗学的提出并非偶然，实际上是当代文学理论发展的逻辑产物，只有把它们放在文学理论发展的脉络中，才能理解其深刻内涵。

文学理论的核心问题是文学和社会文化的关系。对此一问题的认识，构成了西方文论史的基本脉络。从近代到现代，再到当代，西方文论大体经历了由外到内再到内外结合的几度范式转移。一般而言，最早从理论中较为系统地探讨文学与社会关系的，应推德国批评家 J. G. 赫尔德。他的自然的历史主义的方法把每部作品都看作社会环境的组成部分。他常常论及气候、风景、种族、地理、习俗、历史事件乃至像雅典民主政体之类的政治条件对文学的深刻影响，主张文学的生产和繁荣有赖于这些社会生活条件的总和。从赫尔德、斯达尔夫人到丹纳，都十分重视社会因素对文学的决定性影响。这就是韦勒克和沃伦所说的文学的"外部研究"。这一学术典范是以所谓的"历史主义"为核心的。

但是，当以"历史主义"为核心的"外部研究"企图把某个思想家放回他自己的时代或把他的文本置放在过去时，这一"简单化的历史理解的抽象归类"（拉卡普勒语）受到了现代结构主义和新批评的嘲笑和挑战，这一挑战使现代文论的注意重心从文本外部转向文本内部。结构主义和新批评认为文学是独立自主的有机体，是一种语言结构、一个抽象的结构系统。这一研究典范一般被视为形式主义理论。极端的形式主义理论甚至企图把意识形态及其他一切内容从文学艺术的领域驱逐出去。现代形式主义对文本内部语言结构的研究达到了前所未有的深入和细致，为形式诗学研究奠立了基础。但他们对文学性的极端强调及完全割裂文学内部与外部之间的关联，又使文学理论变成某种贫血的纯形式美学。因此，形式主义在当代受到西方马克思主义和后结构主义等各种理论的批评与颠覆，也就十分自然了。

西方马克思主义的文论重新建构了文学形式与社会意识形态的隐

秘关联，打通了文学内部与外部的联系。著名的西马文论的代表人物伊格尔顿和詹姆逊都用"形式的意识形态"的概念来解释文学与政治的关系。他们认为："审美只不过是政治无意识的代名词：它只不过是社会和谐在我们的感觉上记录自己、在我们的情感里留下印记的方式而已。"① "生产艺术品的物质历史几乎就刻写在作品的肌质和结构、句子的样式或叙事角度的作用、韵律的选择或修辞手法里。"② 后结构主义则打破了结构主义和新批评那种稳定而静态的文本结构，瓦解了二元对立原则所构成的稳定系统，封闭的文本被文本间性和意义的播撒取代。在福柯看来，任何社会话语的生产，都会按照一定的程序而被控制、选择、组织和再传播，其中隐藏着复杂的权力关系。因而，任何话语都是权力运作的产物。

新历史主义和文化诗学事实上接受了西方马克思主义和后结构主义的理论遗产，这既是对旧历史主义的超越，也是对形式主义的反抗。它一方面反对旧历史主义对历史确定性的毫不怀疑和对真实历史语境的盲目自信，反对那种忽视文本形式的纯粹的"外部研究"；另一方面又反对极端形式主义对社会政治意识形态等外部因素的敌视与放逐。但是当它在接受西马"意识形态美学"的遗产时，又将之建立在文本分析的形式诗学的基础之上，企图在历史与形式之间寻找某种结合的可能以协调二者的关系。在这一脉络上，新历史主义或文化诗学的提出可以说是文学理论从外到内再走向内外结合的必然的逻辑发展。

作为一种理论范式，文化诗学对于华文文学研究尤具启发意义的是：

（一）重新认识文学的文化政治功能。文学是文化的构成要素与记忆方式之一。在复杂的文化网络中，文学通过作者具体行为的体现，以文学自身对于构成行为规范的密码的表现，以及对这些密码的观照与反省，发挥作用。文学承担着话语的传播、论辩与文化塑造的

---

① ［英］特里·伊格尔顿：《美学意识形态》，王杰，译，桂林：广西师范大学出版社，1997 年，第 27 页。
② ［英］特里·伊格尔顿：《历史中的政治、哲学、爱欲》，马海良，译，北京：中国社会科学出版社，1999 年，第 114 页。

功能，这种塑造是双向的政治性活动。文学是一种建构活动，即格林布拉特所谓的"自我塑造"，而自我的建构是主体与社会文化网络之间的斗争与协商。一方面，文化网络以"整套摄控机制"对个体进行摄控；另一方面，文学以一种特殊的感性形式瓦解或巩固这一"摄空机制"，这就是文化话语的文化政治功能和意识形态性。

（二）重新建立文学的历史维度。在文化诗学看来，本源的即过去发生的真实的历史，是不存在的。历史只是各种话语叙述，是今天与昨天的对话。历史是各种阐释，是主观建构起来的文本，是修辞与想象的产物。正如海登·怀特所指出的：历史学的目的是"为历史事件序列提供一个情节结构"，并揭示出历史是一个"可被理解的过程的本质"。① 这样，历史与文学便是相通的，文学与历史、诗学与史学、诗学与政治之间的桥梁建立起来了，便也重新确立了文学的历史维度，重新赋予了文学社会历史的意义。

（三）文化诗学的文学批评方法学。首先是文本的开放意识与文本互涉的研究方法。文化诗学的文本概念不再局限于纯文学范围，人类一切的表现文化都是文本。文化诗学的文本不是封闭自足的，而是朝向社会和历史开放的。与文本开放意识相一致的是文本互涉，即"互文性"的研究方法。文化诗学用"互文性"取代形式主义的文本自律性，企图建立文学文本与非文学文本的互文关系。如同路易·孟酬士所言：文化诗学"力图重新确定互文性的重心，以一种文化系统中的共时性去替代那种自主的文学历史中的历史性文本"。② 其次，文学阐释语境的重构。文化诗学认为历史语境是无法复原的。历史语境的重构，必须仰赖科林伍德所说"建构的想象力"。张京媛在其主编的《新历史主义与文学批评》一书的"前言"中，把文化诗学的阐释语境概括为创作语境、接受语境和批评语境。文学阐释是三重语境的融合。这种融合有可能使历史语境的建构保持在客观与主观的张力之间。结合历史语境、作品分析和政治参与去解释文化文本与社会相

---

① ［美］海登·怀特：《历史主义、历史与修辞想象》，《新历史主义与文学批评》，北京：北京大学出版社，1993 年，第 186 页。
② ［美］海登·怀特：《评新历史主义·导论》，《新历史主义与文学批评》，第 95 页。

互作用的过程，是文化诗学的重要方法。① 第三，福柯的知识考古学、吉尔茨的文化阐释学与新马克思主义的意识形态学批评的结合。对看似奇怪而离题的材料的引用，对文本中幽暗深邃的历史底层，获得历史话语中的"潜文本"，发现文学文本中隐藏的"政治无意识"等等，都一再表明文化诗学事实上大量吸收了福柯的知识考古学和吉尔茨的文化人类学及西马的遗产。第四，文化诗学不是一种形而上的知识体系，而是一系列批评实践。在批评的理论与方法上，它不是纯实证的，也不是纯演绎的。它不独尊某种理论，而主张打破学科的界限和理论的疆界。当代人文学术科际整合与视域融合的发展趋势，在文化诗学的阐释实践中得到了充分的体现。

文化诗学提供给华文文学思考的理论资源是十分丰富的。当我们对文化诗学做了如上的一些叙述，并尝试用它来观照华文文学时，我们发现，这正是我们期待的批评理论与方法。虽然不能说是唯一的，但文化诗学的一些重要观念与方法，确实为深入剖析华文文学的一些幽秘、深邃的命题，提供了相洽的理论话语和有效的批评方法，既开阔我们的学术视野，也深化我们的研究思路。

如果说文化诗学是文论发展上范式转移的一种必然，那么对于华文文学研究，这种范式的建立和转移，同样是必需和急切的。检视20多年来的华文文学研究，我们基本上停留在旧历史主义的阶段上。只要翻阅一下自1982年在广州召开的第一届香港台湾文学研讨会以来至2002年在上海召开的第十二届世界华文文学国际学术研讨会出版的12部论文集，洋洋大观的数百篇论文近千万言文字，便可以发现，在研究对象的扩展上，由台港而台港澳而台港澳暨海外，进而形成一个世界华文文学的学科概念，我们有了充足的发展；但在理论与方法上，却大多停滞不前。大量的文章基本上还沿袭着早期中国现当代文学研究的"历史与审美"的批评方法，甚至连严格意义的形式主义批评也不多见。不能说这一在20世纪五六十年代政治文化背景下形成的研究方法已经过时，但它确实带有太多过去时代的痕迹而难以适应当前文学实践和学术思潮发展的新局面。退一步说，即使这样的研究

---

① 张京媛主编:《新历史主义与文学批评》，北京: 北京大学出版社，1993 年，《前言》，第 1 - 8 页。

仍不失华文文学的一种范式，真正能够达到历史和审美高度统一的有建树的文章也属凤毛麟角。它反映了一个学科草创时期的粗疏与幼稚，本无可责备。作为圈里的一员，我们也存这样的弊端。但长期拒绝新的学术思潮和理论方法的介入，自我封闭和缺乏自觉，却是不可取的。在文论发展的脉络上，这一领域的研究有着太多的欠缺。尽管近十年来，一批经过学院训练的硕士、博士研究生介入华文文学研究，他们对于各种批评理论和学术思潮的敏感和努力实践，着实给这一领域带来新的风气，别开一个新生面。这是这一领域研究的希望之所在。但整体来说，尚未根本改变这一领域在理论敏感上的迟钝状态。缺乏理论和方法，是海内外学界对中国华文文学研究批评的一种通俗说法，也是滞碍华文文学研究登堂入室获得社会认可的一个关键。谁都意识到华文文学所将涉及的一些重要命题的新鲜、深刻、尖锐和具有普泛的世界意义与文化价值，但我们却仿佛踌躇在一座丰富宝藏面前而久久不得其门，这不能不使我们深感痛切。文化诗学当然不是华文文学研究的唯一的方法，但从文化诗学提出的理论观念和方法论命题，在深刻触及华文文学的深层意义与价值上，启示我们理论的必需！当然我们不必机械地去重复文论发展的各个阶段，但从当下文论发展的前沿状况来看，建构华文文学的理论却是十分迫切的。文化诗学是我们期待建构的一种批评范式，还有其他各种批评和研究的范式，诸如比较文学的范式、后殖民批评的范式、女性主义的范式，乃至形式主义的范式等，它们从不同的侧面来形塑（或解剖）华文文学的多维形象。如果说"历史与审美相统一"的批评也是一种范式，那么从旧历史主义走向新历史主义的文化诗学，对于华文文学来说，既是一种范式的建立，也是一种范式的转移。正是在这样的知识背景和思考基础上，我们提出了一个"华人文化诗学"的概念，以期对华文文学的自洽性理论建构，做出某一方面的回答。

三、华人文化诗学：突显华人主体的批评构想

华人文化诗学是由"文化诗学"派生的一个子概念。当我们尝试以文化诗学的观念和方法进入华人文学的批评实践时，我们首先遇到两个问题：第一，华人文学何为？作为少数、弱势的华人族群，为何执着

于自己的母语或非母语的文学？第二，华人文学书写如何迥异于其他"散居族裔"文学的"华人性"问题。对这两个问题答案的探索，把我们导向华人文化诗学。在这个意义上，华人文化诗学不是论者随意的附加，而是内在于华人历史变迁和华人文学的发生与发展之中的。

环顾当今世界，华人、黑人和犹太人，都是影响最大的"散居族裔"。战后半个多世纪来，黑人学、犹太学和华人学的相继兴起，是后殖民时代重要的文化现象。它们各有自己族裔形成的特定历史和命运遭遇。在以白人为中心的权力话语结构中，后崛起的这些少数族裔，都以他们强烈的族性文化，为自己在这个多元和多极的世界中定位，为文化承认而斗争。因此，对他们历史的研究，也是对他们文化和文化行为的研究，是文化行动主义的一个重要环节。美国的非裔黑人文学研究者，曾经引入海登·怀特、詹姆逊、福柯的理论，分析非裔美国黑人文学的叙述文本。在《蓝调、意识形态和非裔美国文学》《非裔美国文学》等著作中，裴克成功地揭示出非裔美国文学中的"潜文本/潜文化"，从而以对"黑人性"和黑人文化行为的分析，把黑人文学批评提升到黑人文化诗学的境界。同样，犹太文学以其享誉世界的崇高成就日益获得学界的广泛关注。研究者从犹太族裔流散的历史、文化渊源、身份变移、母题转换及文化融合和文化超越等方面，来揭示犹太文学中的文化政治行为和族性表现，从而走向犹太文化诗学。这些研究都启示我们，作为少数族裔的文学书写，不仅只是单纯的审美活动，而且包含着更复杂的文化政治意蕴。在研究华人族裔文学时，分析和认识其表现文化中的"华人性"和文化行为的政治意义及"华人性"的诗学呈现方式，是华人文化诗学研究不可回避的题中之意。

"华人文化诗学"的提出首先意味着华文文学批评重心的转移——从重视中国文化/文学对海外华文文学的影响研究到突出华人主体性、华文文学主体性的转移。我们认为华文文学是华人性的一种表征方式，对华文文学"华人性"的形成、变迁、结构形态及其美学呈现形式的研究构成"华人文化诗学"的核心命题。华人文化诗学是凸显华人主体的诗学建构。华人在文学书写中的主体性地位，是"华人性"的首要含义。华人散居世界的历史波折、身份变移、文化迁易、生存吁求、冲突和融合等，构成了华人文学的主要内容。华人既是这一文学书写的创造主体，又是这一文学书写的描绘客体。它从文学创造的精神层面和文学表现的对象层面共同构成了华人文学的主体性内涵。其次，"华人性"是华人表现文化的一种族属性表征。它是在华人从原乡到异邦身份变移和文化迁易中形成的文化心理、性格和精神，以及表现文化和行为方式的特殊性之体现，成为区隔不同族裔之间族属性特征的标志。最后，"华人性"还是华人文学反映华人生命历程和精神历程的一系列特殊文学命题。诸如华人对文化原乡（文化中国）的审美想象问题；华人文学现代化建构中的中华性、本土性和世界性关系问题；华人原乡的文化传统与文化资源的继承、借用和转化问题；华人文学母题中的漂泊/寻根与中华文学游子/乡愁母题的联系与变化问题；华人家族母题中父子符号的文化冲突象征与母子符号的文化融合和象征问题；华人文学意象系统（如东南亚华人文学的热带草木意象和欧美华人文学的都市意象）与华人族群生存的文化地理诗学的关系问题，等等。这些特殊命题所呈现的"华人性"特征，为华人文化诗学拓展了广阔的批评空间。对这些问题的充分诠释，不是单纯的审美分析所能完成的，而必须打通文本内外，对文学文本世界中的社会存在和社会存在之于文学的影响进行双向勘查和症候式精神分析，将文本分析放诸于具体历史语境的权力话语结构之中，即通过文化诗学的路径，才能抵达这些特殊命题诠释的深层。

与"华人性"密切相关的是华人身份建构问题。研究新叙事理论的英国学者马克·柯里在《后现代叙事理论》中谈到"身份的制造"这一隐含着文化政治的命题时，对于身份的建构持有两个基本观点：第一，身份由差异造成；第二，身份存在于叙事之中。"我们解释自身的唯一方法，就是讲述我们自己的故事"，或者"从外部、从别的故事，尤其是通过与别的人物融为一体的过程进行自我叙述"。① 华人文学尤其是华裔美国英语文学中存在着大量的家族史和自传书写文本。这一现象说明，家族母题的选择与偏爱有其内在的文化动力和生存论的现实基础——通过叙事实现族群建构的自我认同。

按照马克·柯里的理论，叙事建构身份，而身份由差异构成。在

---

① ［英］马克·柯里：《后现代叙事理论》，宁一中，译，北京：北京大学出版社，2003 年，第 21 页。

这个意义上，能够建构身份的叙事，应是一种"差异叙事"。对于不同的族群，"差异叙事"是族性的表现。华人文学正是通过差异的族性叙事，呈现出华人族裔迥异于其他族裔的"华人性"特征。这里所谓的"华人性"，首先是一个文化的概念。它深深植根于中华民族漫长历史的文化积淀之中，是溶解在民族共同生活、共同语言、信仰、习俗与行为之中的一种共同文化心理、文化性格与文化精神。同时，"华人性"又是华人离散的独特命运和生存现实所酿造的，具有生存论的丰富内涵。华人的离散与聚合，导致华人文化的"离散结构"。分布于异邦文化夹缝之中的华人文化，必须通过对于自己族性文化的建构和播散，表现出强烈鲜明的"华人性"，才能在异邦文化的夹缝中建构自我和获得存在的位置。华人文学作为散居华人播迁历史和生存状态的心灵记录和精神依托，成为"华人性"最重要的文化载体和表征形式之一。因此，"华人性"不仅是单纯的审美文化命题，而且有着丰富的文化政治蕴含。

长期以来，对华文文学政治维度的忽视，一直是这一领域研究的一大缺陷。成功的黑人文学和犹太文学批评，其重要的突破是打通形式诗学分析与意识形态批评的门阈，实现新批评的文本分析与社会学批评的对话，达成诗学与政治的辩证与统合。这个统合被伊格尔顿、詹姆逊等西方马克思主义文论家称为"意识形态形式诗学"或"形式的意识形态批评"。① "形式诗学"与"意识形态批评"的整合成为文化诗学最基本的批评理论和方法，也是理解华人文化属性叙事的重要方法。诚如美国著名的黑人文学研究者裴克所言：作为一种分析方法，福柯的知识考古学认为，知识存在于话语之中。人们可以在这种形式本身中追寻其形式的谱系和发现其形式的规则。因此，对于裴克的非裔美国文学与文化研究来说，如果没有形式主义和新批评的修炼，就不可能精妙地分析黑人叙事文本中的内面形式结构；如果没有后结构主义的视域和方法，也就难以穿透文本的盔甲，抵达幽暗的"政治无意识"。相同的道理，从华人文学的印象批评到华人美学的建构再到华人文化诗学的形塑，"形式的意识形态批评"无疑是必经之

---

① Terry Eagleton, Drew Milne. *Marxist Literary Theory: A Reader*. Blackwell Publishers Ltd. , 1996: 11. Fredric Jameson. *The Modernist Papers*. Verso, 2007: 114.

路。"形式的意识形态批评"直接开启了研究华人文学书写与华人政治的关系之门，开启了华文文学的社会学诗学之门，有助于我们理解与认识"华人文学为何"或"华人书写何为"这一关键性问题。

把华人文学书写不仅视为单纯的审美创作活动，而且看作一种文化政治行为，有三个方面的原因：其一，从记忆政治的层面看，华人文学作为一种少数族裔的话语、一种边缘的声音，其意义在于对抗沉默、遗忘、遮蔽与隐藏，在于争取华族和华族文化的地位从臣属进入正统，使华人离散的经验进入历史的记忆与书写。如果没有"天使岛诗歌"的铭刻与再现，那么美国华人移民的一段悲惨历史将可能被遗忘或遮蔽。恰如单德兴所言："天使岛及《埃仑诗集》一方面印记了'当时典型的华裔美国经验'，另一方面也成为'记忆场域'。"① 《埃仑诗集》整理、出版和写入历史无疑是美国华裔经验被历史记载的标志。对于美国华人而言，天使岛书写显然具有记忆政治的意义。其二，从认同政治的角度看，华人作为离散的族裔，面临着认同的重新建构，华人文学既作为华人历史文化的产物，又参与了华人历史/文化的建构，华人文学书写便具有了认同政治和身份政治的意义。其三，从协商政治的层面看，多元文化身份的相互承认必须经过文化的协商、博弈乃至斗争。华人文学书写是华人文化论坛和社会论坛至关重要的载体，也是华人华裔文化表征的重要形态之一，其重要功能之一即是参与多元文化的协商、博弈与斗争，为达成文化承认和身份承认而斗争，最终形成多元文化平等对话、相互承认的共存共生的文化生态与价值系统。总之，正如张敬珏所指出的："文学通过无数的美学标准来说话，尤其是那些无法言说的。为了对抗压抑、排斥与遗忘，许多亚裔美国作家部署了被米歇尔·德·塞尔托称为的'战术'，他将其定义为'弱者的艺术'。"② 华人文学以美学的形式言说那些无法言说的，让不被看见者被看见，不被听见者被听见，其美学形式隐含着一种对抗压抑、排斥和遗忘进而寻求承认的"文化战术"和话语

---

① 何文敬，单德兴：《再现政治与华裔美国文学》，台湾"中央研究院"欧美研究所，1996年，第6页。

② King-Kok Cheung. *Chinese American Literature without Borders*. Palgrave Macmillan US, 2016：3.

策略。因此，从本质上看，华人的文学书写是一种意义深长的文化政治行动。

华人文学诗学提倡"形式的意识形态批评"，并非要倒退回旧历史主义的阐释框架中去，而是主张从文本到政治和从政治到文化的双向互通："形式的意识形态批评"无疑是以形式诗学为分析基础的，但与传统的形式诗学研究不同，"形式的意识形态批评"寻求如詹姆逊所说的"揭示文本内部一些断续的和异质的形式的功能存在"。①即华人文学在文类、美学修辞、形式结构、情节、意象、细节、语词、母题及其他各种文化符码的选择模式中，隐含着华族的意识形态和政治无意识。美国华裔文学书写中的杂粹文化符码（杂粹食物、杂种人、杂粹语言、杂粹神话和传说等）便隐含着建构华裔文化属性、重写美国历史的华裔意识形态内容。菲律宾华文文学中父与子的主题（典型如柯清淡的小说），呈现着菲华社会的文化冲突。而马华文学中的漫游书写（如李永平的小说）及"失踪与寻找"的情节模式（如黄锦树的小说），隐含的潜文本则是"离心与隐匿"的华人身份；马华文学文本中大面积呈现的民族文化符码，正如许文荣所分析的，具有抵抗马来西亚官方同质文化霸权的政治意味，具有寻找建构自身主体性的意义。②而在泰华文学的大家族中，湄南河的书写占据着举足轻重的位置，"湄南河形象"是泰华文学的一个典型的标识。它是泰华文学情感与想象的发源地，也是构成泰华文学写实主义传统的重要的历史风俗画的背景，更是形塑泰华文学独特的地缘美学的人文地理要素，与潮汕文化共同构成泰华文学的精神原乡。至于新加坡华人文学文本中常见的鱼尾狮意象的文化政治意味，更是人所共知的了。形式本身所潜隐的意识形态，使华人文学书写同时具有复杂的文化政治意味。

为此，华人文化诗学还应选择自己的诠释策略。格林布拉特指出，阐释工作必须对文学文本世界中的社会存在和社会存在之于文学的影响进行双向调查，"办法是不断返回个别人的经验和特殊环境中去，回到当时的男女每天都要面对的物质必需与社会压力上去，以及

---

① ［美］詹姆逊：《政治无意识》，北京：中国社会科学出版社，1999 年，第 86 页。
② 许文荣：《论马华文学的反话语书写策略》，《外国文学研究》，2012 年第 4 期。

沉降到一部分共鸣性的文本上"。① 这段话提出了文化诗学两个互相关联的阐释策略：其一是历史语境的重建，其二是文本互涉的阐释方法，这也是华人文化诗学的基本方法。所谓"不断返回个别人的经验和特殊环境中去，回到当时的男女每天都要面对的物质必需与社会压力上去"，② 强调的是文本生产的历史语境与社会条件。这里，格林布拉特显然吸取了克利福德·吉尔兹在《文化的阐释》和《地方知识》中提出的文化人类学的阐释策略，即以"文化特有者的内部眼界"重建文本生产的历史语境——在不同的研究个案中，使用原材料来创设一种与其文化特有者文化状况相吻合的确切的诠释是必需的，但不能完全沉湎于文化特有者的心境和理解，而是"文化特有者的内部眼界"与批评阐释语境的交叠、对话与论辩。的确，华人文化诗学对华文文学的阐释，也需这种交叠语境的建构。一方面，努力获取各种社会历史材料，不断返回文化生产的具体历史语境之中，将华人文本历史化；另一方面，不断反思阐释者自身所处的现实语境，反省批评的位置与功能，构建阐释者与文学文本的思想共鸣点和共情网络。在中国大陆从事华人文学研究，无疑具有基于自身历史文化和学术背景而产生的独特立场与视域，从而形成迥异于域外华人文学研究的中国学派。这样的立场和视域，可能产生对华人文学深刻的洞见，也可能出现某种盲视，这就要求华文文学研究者既要建立学术的主体性和文化自信，又要对自身的思想盲点与视觉误区保持某种警惕。正如域外华人文学研究学派同样可能在优势与劣势并具的情况下，产生洞见和存在盲视。因此，反省批评对于华人文学研究是十分重要的。华文文学批评是一种意义的发现与建构，文本互涉的阐释方法即是一种建构方式，既是对文学文本与非文学文本之间隐藏着的复杂话语交流关系的发现，也包含着对文学文本之间协商与互动的隐蔽机制的发现，"作品是社会能量和实践的积累、转化、表现和交流的结构"，③ 华人文化诗学必须揭示出"社会能量"的积累、交换与重新配置的隐蔽法则和

---

① ［美］格林布拉特：《文艺复兴的自我塑造》，《文艺学与新历史主义》，北京：社会科学文献出版社，1993 年，第 80－81 页。

② ［美］格林布拉特：《文艺复兴的自我塑造》，第 81 页。

③ Stephen Greenblatt, Michael Payne. *The Greenblatt Reader*. Blackwell Publishing Ltd., 2005：15.

复杂机制，"这种互动和交换能让我们寻踪追迹找到一种通过这种交换而产生出来的'更大的文化文本'"。①

所谓"沉降到一部分共鸣性文本上"指的是文本互涉的批评方法。这一互文性的分析，包括文学文本之间的文本间性的建立，也包括文学文本与其他非文学性的社会文本间关系的建立。将华人文学文本放置／"还原"到其生产与传播的历史场景之中，阐释诸文本之间的相互对话、呼应、质疑与解构关系，不断发现或重构华人书写的美学形式与其置身其中的社会历史之间的复杂关系，不断发现华人属性叙事与文化场域的多重交缠镶嵌，透过文化价值的协商与社会能量的循环交换，构建"更大的文化文本"，或许正是分析华人意识形态的形成与变迁和"流动的华人性"及华人文化表征意义的一个有效方法。

建构以"华人性"为研究核心，以"形式诗学"与"意识形态批评"统合为基本研究方法的"华人文化诗学"，打通文学文本与社会文本的内在关系，打通美学形式与意识形态的内在关系，打开海外华裔的文化密码和表征系统，在更加开放的社会科学视域中审视与诠释华人文学书写的族裔属性建构意义及其美学呈现形式，应是我们拓展华文文学批评空间的一个有效途径。

---

① ［英］马克·罗伯逊：《斯蒂芬·格林布拉特》，天津：天津人民出版社，2018 年，第 102 页。

第五章

经典、经典重估与人文教育

　　"经"的本义是织物的纵线，后引申为经天纬地的宏大之义。刘勰《文心雕龙·宗经》曰："三极彝训，其书言经。经也者，恒久之至道，不刊之鸿教也。故象天地，效鬼神，参物序，制人纪，洞性灵之奥区，极文章之骨髓者也。"①"经"或"经典"一般用来指称宗教的主要典籍及具有权威性的学术著作。文学经典则是指那些具有极高的美学价值，并在漫长的历史中经受考验而获得公认地位的伟大作品。在文学领域，这个词的早期使用可上溯至孔子删诗、裁定《诗经》。文学史一般存在一个由"必读经典"构成的体系，而经典体系通常被人们称为社会历史文化的宝藏，代表着"某种不断承传的价值规范"。② 在西方文论中，有一种看法认为："事实上，经典的概念可以被解释为柏拉图理念或形式的原型，即构成真正理解并作为标准被遵循的完美理想，即使它们可能只是不完全接近。"③ 表述的也是相同或相近的意思，经典即是指作为标准被遵循的理念或理想。"经典"和"周期"都是组织过去或叙述历史的概念工具，用来描述、理解、认识或重构文学史，同时为衡量文学的当代发展状况与未来走向树立一种评价尺度。文学经典代表着一种历史文化秩序、美学价值规范，代表着人类的思想力、想象力和表现力所能达到的高度。

---

　　① 刘勰：《文心雕龙注（上卷）》，范文澜，注，北京：人民文学出版社，1962 年，第 21 页。

　　② 南帆：《隐蔽的成规》，福州：福建教育出版社，1999 年，第 13 页。

　　③ E. Dean Kolbas. *Critical Theory and the Literary Canon*. Westview Press，A Member of the Perseus Books Group，2001：13.

长期以来，中国现当代文学研究领域对"经典"概念的使用非常慎重。20世纪50年代以来，"经典"通常用来指称马克思、恩格斯等人的著作。由于时间上的切近及对经典的敬畏，人们一直对于20世纪中国文学作品能否享受经典这一神圣地位心存疑虑。1934年，鲁迅先生谈到中国小说时就说："自从十八世纪末的《红楼梦》以后，实在也没有产生什么较伟大的作品。"① 白先勇也发表过类似的意见，有论者甚至称20世纪为"没有经典的时代"，② 但20世纪90年代的三件事引发了人们对这一概念的兴趣，"经典"一词还是公开地、不可阻挡地进入现当代文学研究的论域。一是佛克玛等人在北京大学的讲演。1993年，佛克玛、蚁布思的讲演介绍了当代西方对文学经典的讨论，涉及经典的危机与重建、构成和文化功能，并把这一概念引入现代中国文学的讨论之中：1906年科举制的废除是儒家经典崩溃的开始；"1919年五四运动为通过部分地吸收欧美经典特别是英语经典而实行的经典的相对化和国际化创造了条件"；1949年经典的国际化转向俄国、东欧和第三世界；"文革"时期几乎没有经典；1978年以后，经典得到有意的扩充。③ 这种描述肯定是极其粗陋的，但并不缺乏启发性。1995年，斯蒂文·托托西的讲演涉及读者与经典形成的关系、经典化与经典的积累及伊塔玛·埃文·左哈的"恒态经典"与"动态经典"相分的概念。④ 这对中国学人可能也有些刺激和启发。

　　第二件是闹得沸沸扬扬的重排文学大师座次事件。或许是受20世纪80年代以来牛津、剑桥关于"重新解读伟大传统"与"传授和保护英语文学经典"争论的影响，北京师范大学的王一川教授开始为20世纪中国文学大师重新排座。金庸被安置在鲁迅、沈从文、巴金之后的第四把交椅，老舍、郁达夫、王蒙则占据第五至七的位置，而茅盾则落选。王一川的排座颇有些侠气，让人联想起《水浒传》里的忠

---

　　① 鲁迅：《〈草鞋脚〉小引》，《鲁迅全集（第六卷）》，北京：人民文学出版社，1981年，第20页。

　　② 张柠：《没有经典的时代》，《钟山》，1998年第3期。

　　③ ［荷兰］佛克玛，蚁布思：《文学研究与文化参与》，俞国强，译，北京：北京大学出版社，1996年，第46页。

　　④ ［加拿大］斯蒂文·托托西：《文学研究的合法化》，马瑞琦，译，北京：北京大学出版社，1997年，第42–59页。

义厅。武侠的出场使原本就不太安稳的"鲁郭茅巴老曹"秩序彻底崩解，此后金庸便拥有了挑战现代经典的英雄角色。第三件大事自然是1997年谢冕、钱理群主编的《百年中国文学经典》和谢冕、孟繁华主编的《中国百年文学经典》的隆重推出，引发了一场关于"经典"的大混战。钱理群在"序"中谈到"百年经典"的意义：它显示了中国文学在20世纪已经达到的高度，是对新文学历史成就的科学总结。谢冕的"序"则阐述了编选者的经典概念：任何关于"经典"或"精华"的厘定都是相对的，因为任何精神产品的价值判断都不是单纯和唯一的。何况判断者的学养、趣味和考察方式又是千差万别的。入选"百年经典"的作品，"大体只是编者认为是最值得保留和记忆的作品。这样说当然不是认为那些众多未入选的作品就应该遗忘。事实上有多少种选本，同时也就存在各异其趣的选择标准。这在文学观念变得多元化的今天，就更是如此"。① 这一编选原则突出了主观性、相对性和编者的个人趣味，却忽略了经典遴选的客观性、公共性和历史性，"精华"与"经典"的可替换性也泄露了编者底气不足的心态。韩石山等人大战谢冕，直接质疑"百年经典"的权威性和合法性，公刘则否定自己光荣入选"百年经典"的作品的"经典性"。昭然认为"百年经典"颇为"离谱"：（1）"一些鲜为人知、甚至刚刚问世又毫无影响的新作，也捧到了经典的高度"；（2）把百年莫名其妙地定在1896至1996年；（3）两部经典互相龃龉；（4）否定经典的客观标准和历史的淘汰规则；（5）文学观念上的"纯审美"化。② 许多人参与了这场持续甚久的讨论，形成20世纪90年代以来"百年中国文学经典化"之争。

《中国百年文学经典》另一主编孟繁华曾说："编选百年'经典'文学作品的选本，至今尚属首次，这使我们面临许多文本之外的理论问题。同时它也无可避免地隐含着我们个人的趣味，它先在地具有了难以超越的局限。"在《文学经典的确立》一文中，孟繁华借佛克玛经典危机与重新确立的观点为"百年经典"寻找学理上的合法性：

---

① 谢冕，钱理群：《百年中国文学经典》，北京：北京大学出版社，1996年，《前言》，第2页。

② 昭然：《离谱的"百年经典"》，《文艺理论与批评》，1998年第1期。

（1）经典是历史性的，没有所谓永恒的经典；（2）经典是人确立的，不能不具有人的局限性，《昭明文选》就有缺陷，因此对经典的理解历来存在歧义；（3）佛克玛指出：世俗化和民主协商制使文学经典有可能成为一种遗物，对信仰者而言是象征物，而对怀疑者则是无足轻重的古怪玩意。① 传统的"恒久之至道，不刊之鸿教"的"经典"概念被转换成有局限的历史阶段性概念，其神圣性、古典性也转换为世俗的、当代的，恒态的、绝对的经典转变为动态的、相对的经典。孙康宜在《美国汉学家如何看中国文学》一文里也谈到了古典经典与现代经典的分别。如果按照艾略特《什么是古典》中的界定，所谓古典就是成熟的心灵的表现，成熟的作家表达了人类的普遍性，经得起时空的考验，那么现当代文学的"经典"作品的确稀少。② 1994 年和 1996 年两届中国现代文学年会都提出"现代文学走向经典化"的判断与呼吁。经典概念的世俗化、当代化为现代文学甚至当代文学的经典确立提供了可能。

一些学者尤其关注文学史与经典的关系，戴燕讨论了胡适的《白话文学史》"按照写实主义阅读作品、遴选经典"，是文学史对旧有文学经典的一次颠覆，并产生了文学史的新经典。③ 南帆在《文学史与经典》一文中提出："经典的认定无疑是至关重要的权力——经典的认定与某种公理的确立密不可分。许多时候，个人无法独享这样的权力；经典的最终确立是一个文学制度共同运作的结果。"而经典一旦确立，权威随即产生，人们可以想象，一份经典必读书目将在多大程度上支配文学教学，文学史删去了那些不合规范的作品。"从历史话语的信誉到经典的形成，文学史很大程度地嵌入权力结构。"④ 因此，经典的确立并不是纯文学的问题，而是一个文化政治的命题，必读经典构成一种制度化的文学知识体系，有时甚至构成国家民族典章制度的一部分，因此它与社会政治有着千丝万缕的关系。

经典概念的世俗化一方面使"当代经典"成为可能，虽然"当代

---

① 孟繁华：《文学经典的确立》，《光明日报》，1998 年 2 月 3 日，第 6 版。
② 孙康宜：《美国汉学家如何看中国文学》，《读书》，1996 年第 7 期。
③ 戴燕：《文学史的权力》，北京：北京大学出版社，2002 年，第 138 页。
④ 南帆：《文学史与经典》，《文艺理论研究》，1998 年第 5 期。

经典"的历史权威性仍然可疑，但正如佛克玛所言，"经典"承担了提供解决问题的模式，"当代经典"是一个标尺或艺术作品思想与艺术高度的价值预设，标明了一种理想的高度。在这个意义上，现当代文学批评引入"经典"概念及其"经典化"的讨论有其必要性。从某种意义上看，"经典"是一个理想的概念，预设了一种文学的理想境界。这个概念的存在至少对现当代文学批评产生约束和制约的作用。另一方面，"经典"的世俗化、普泛化，也使"经典"概念丧失了神圣严肃的意味。市场经济因素的大规模入侵，可能使"经典"概念遭到极度贬值。为了商业利润，文化垃圾也会被打扮成"经典"的权威模样，招摇撞骗。商业时代词语的贬值或"大词小用"现象提醒批评界谨慎使用"经典"封号，否则赝品和"伪经典"将以"经典"的名义流行天下。

21世纪以来，文艺理论界关于经典的讨论进入一个新阶段，取得了新进展。概而言之，学界的讨论重点和议题包括以下六个方面：

第一，关于"经典化"的讨论。首先是"经典化"的理论阐释，如朱国华的《文学"经典化"的可能性》，区分了两种经典化理论："侧重于美学质素的本质主义与侧重于文化政治的建构主义"，认为两种理论都存在局限与偏见，作者强调了历史维度的重要性，文学经典化"应该从历史的维度辩证地认识经典的发生法则。一方面，各种经典的合法化来源都是独特的，我们应对其进行语境还原；另一方面，在一个个具有连续性的历史长时段中，可能存在着相对稳定的经典化规则"。① 芮小河的《当代法国社会学派文学经典化理论的演变》则从布迪厄的"文化场"到帕斯卡·卡萨诺瓦的"世界文学空间"概念的演变探讨法国经典化理论的两种社会学模式，突出强调了卡萨诺瓦模式的突破性意义：卡萨诺瓦"超越民族国家框架，从全球视野出发，卡萨诺瓦聚焦全球文学经典建构，对在国际文学空间的不平等结构中文本价值的生产进行阐述，揭示世界文学经典化中各种力量的竞争和交易，一定程度上发展了布迪厄的理论"。② 作者同时指出布迪厄

---

① 朱国华：《文学"经典化"的可能性》，《文艺理论研究》，2006年第2期。
② 芮小河：《当代法国社会学派文学经典化理论的演变》，《西北大学学报》，2018年第5期。

和卡萨诺瓦的经典化理论都是以法国为中心的，推崇法国在文学经典建构方面的普适性，世界文学经典形成的背后显然存在着权力关系和文化霸权逻辑。王賽鹏、张洋的《"文学经典化"问题的哲学反思》从哲学的层面深入探讨文学经典化命题，认为："文学经典化不是单纯的文学内部问题，而是一个社会伦理问题。在文学经典化的过程中，伦理的力量是最终的决定性力量。文学经典是一种特殊的知识，是符合人的认知形式并被作为范例而存在的作品。文学经典是人类价值理性所选定的文学知识的最高典范。文学的经典化实质上是一种知识生成的社会机制。创造新经典是创造新生活的必然要求。"① 其次是经典化的个案研究，21 世纪的成果深入分析了中国古典文学的经典化、中国现代文学的经典化、当代中国文学的经典化及西方文学的经典化个案，业已成为文学研究的热门议题或常规选题。一系列的个案研究将经典化问题置于具体的历史文化场域之中，揭示出文学经典化的运作模式、动力机制和复杂的社会历史条件，深化了对经典形成的历史规律和文学史发展逻辑的认识。当代文学的经典化问题日益成为讨论的重心，2010 年以来，《小说评论》《文艺争鸣》《文艺研究》《文艺报》等都发表了一系列文章，讨论当代文学经典化的问题、理念与路径，分析当代文学经典化的可能性与意义。这表明人们对当代文学创作提出更高的美学要求，对当代文学研究也提出了更高的学术标准。当然，没有经过漫长历史的大浪淘沙，当代文学的所谓"经典化"无疑是有局限的。或许只能理解为一种标杆与追求，一种对文艺高峰的追求，一种对文艺创作与批评高质量发展的自我期许。理论界还提出与当代文学研究经典化相关但方向正好相反的是"去经典化"问题，在批评实践中，它包含了意义迥然不同的两种用法。一是当代文学创作和评论不再把"经典化"当作标准和目标，而是日益世俗化、市场化乃至粗浅化，创作、批评与阅读都越来越速食化，我们时代的文艺出现了一种离经典越来越远的"去经典化"现象；二是文化研究意义上的"去经典化"，即解构经典中隐含的文化霸权意识及解开"伪经典"的经典假面，这种"去经典化"所包含的文化批判意味十分明显。

---

① 王賽鹏，张洋:《"文学经典化"问题的哲学反思》,《东岳论丛》,2018 年第 2 期。

第二，"重读经典""重述经典""重释经典""重解经典"或"经典重估""经典重造""经典重铸""经典重释"等成为文论界的重要议题，人们力图在新的历史语境中重新认识经典，重新发现和阐释经典文本的意义和魅力。"重读经典"是经典活化的一种重要方式，"经典重估"也是重写文学史的核心任务之一，因此可以视为20世纪八九十年代重写文学史思潮在21世纪的延续与拓展。相关研究文献列举如下：吴晓东的《经典重释中的历史褶皱》（2019）、蒋承勇的《"经典重估"与理论引领》和《"经典重估"与"理论重构"》（2018）、李淑玲的《温特森〈时间之间〉对莎翁戏剧的当代改写——兼论经典重述与民族文化符号之建构》（2018）、黄昱宁的《如何重述一部文学经典？》（2018）、陈众议的《经典重估》（2016）和《经典重估是时代的需要》（2017）、张能泉的《经典重释：文学伦理学视域下的〈哈姆雷特〉解读》（2015）、闫文君的《"名人场"的解构与经典重估》（2014）、殷学明的《文学经典的返魅重释》（2011）、李进书的《经典的重估、再阐释以及再确立》（2011）、姜礼福的《经典重释之范例——评杨金才〈美国文艺复兴经典作家的政治文化阐释〉》（2010）、孙先科的《经典的"重述"——一种文本现象和进入"十七年"文学的研究思路》（2010）、周涛的《在"世俗"与"经典"之间——关于"重述神话"的思考》（2008）、张中载的《经典的重述》（2008）、周仁政的《"厥维科学"与"经典重造"：中国现代文学观念的发生》（2008）、黄曼君的《回到经典　重释经典——关于20世纪中国新文学经典化问题》（2007）、王宁的《文学经典的构成和重铸》（2002）……显然，"经典重估"已然成为文学研究的重要议题，正如蒋承勇所指出的："无论是对大众阅读、国民教育、文学教学和文学研究来说，'重估经典'在我们这个时代都显得十分重要。"① 现今，"重估经典"需要关注历史语境与理论契机。我们置身于文化传统创新性发展与创造性转化的历史时期，处于确立文化自信的时代语境中，"重估经典"即发现经典的当代意义自有其重要性和迫切性，在传统与当代的对话中重新阐释经典，在新时代人文精神构建中具有独特价值。诚如陈众议所言："经典重估既是时代

---

① 蒋承勇：《"经典重估"与"理论重构"》，《浙江社会科学》，2018年第1期。

的迫切需要，也是文学发展的规律使然。中华民族的伟大复兴需要文化支撑，因而迫切需要与之相适应的经典谱系，以便在多元文化语境中筑牢国家意识，培植民族认同感和向心力。"① "重估经典"还受到理论契机的制约，马克思主义文论在 21 世纪的复兴、文化研究的兴盛、社会科学的空间转向、新文学地理学的构建、生态美学的崛起、数字人文学的兴起、女性主义的发展、经济学批评的冒现等，都为当今"重估经典"提供了重要的理论契机。"重估经典"需要理论的引领，尤其需要当代马克思主义的指导，需要重新认识历史的与美学的批评标准，需要重新构建"重估经典"的历史唯物主义的方法和标准。

第三，"重回经典""重拾经典""重启经典""回到经典""经典普及"等成为普遍的人文诉求，力图立足于经典文本的培根铸魂作用，呼吁"重回经典"以传承与培育当代社会的人文精神。在《只要有志于文学，最终还是要回到经典》一文中，王纪人回顾了 20 世纪 80 年代阅读中外文学经典的热潮及其意义，但 20 世纪 90 年代以来，"文学出现了时尚化和商业化，失去了诗性的光晕"。② 在社会接受层面，经典阅读受到流行文化的冲击。在学术研究领域，经典研究受到文化研究的挑战。经典在社会文化生活中的重要作用一度被忽视。21世纪以来，"重回经典"的呼声不断高涨，"重回经典"的文化活动日趋活跃。2016 年，上海市作家协会举办"与 25 部经典的上海相遇——青年学子品读文学经典大赛"；中央电视台热播《经典咏流传》节目；中国社会科学院文学所青年学者组成"北京·中国当代史读书会"等，"阅读原始文献，倡导重回经典，开展以重新阐释左翼和革命作家为宗旨的'社会史视野下的中国现当代文学'系列学术活动。""在文学史及文学史料研究方面：纵向的历时性研究持续升温并引发'细读文本、重回经典'的学术思潮。"③ 文化教育领域的"重回经典"与学术领域的"重估经典"相互促进激荡、相得益彰，是新时代优秀传统文化创新性发展和创造性转化的重要表征，从一个重要层面

① 陈众议：《经典重估是时代的需要》，《中国社会科学报》，2017 年 8 月 10 日，第 6 版。
② 王纪人：《只要有志于文学，最终还是要回到经典》，《文汇报》，2018 年 10 月 9 日。
③ 刘跃进：《中国文学研究 40 年思潮》，《武汉大学学报》，2018 年第 1 期。

突出地反映出 21 世纪学习传承经典文学与锻造新时代人文精神的文化状况。这些都表明，文学经典在人文精神传承和文化教育中的重要作用日益凸显。

第四，关于"红色经典"。21 世纪以来，在文学理论与批评界关于经典问题的讨论中，"红色经典"逐渐成为受到特别关注的热点和焦点，学界研究的问题包括以下诸方面："红色经典"的审美特征与精神品格；"红色经典"的历史价值与当代意义；"红色经典"的历史生成；"红色经典"改编策略与创新；"红色经典"教育；"红色经典"传播；"红色经典"的叙事模式与类型；"红色经典"与现代性；"红色经典"与文化软实力……显然，"红色经典"在传承红色文化基因和坚定文化自信方面起着举足轻重的作用，对于马克思主义文艺理论与批评建设的作用同样举足轻重，这已经成为学术文化界的基本共识，正如张江等所指出的："近年来，围绕红色经典展开的讨论一直不绝于耳。这主要因为，作为一种特殊的历史文化资源，红色经典并没有随着时代的发展而成为被封存的历史，可以说，红色经典既是历史的，又是当下的。这体现在，红色经典原作还在被不断阅读、观看、欣赏，同时，它也成为当下文艺创作的一种资源，被反复改编、重拍、翻唱。就此而言，我们对'红色经典'的讨论，事实上就具备了历史与当下双重观照的意义。"[①] 对于文学批评和文艺理论研究而言，关于"红色经典"的广泛讨论与具体深入的阐释，一方面丰富和拓展了我们对经典概念的理解与认知，另一方面深度重写了 20 世纪中国文学史与精神史，并且正在改变 20 世纪 80 年代以来形成的中国现当代文学经典序列和生态结构。

第五，关于全球化语境下世界文学经典的重新确立问题。随着全球化运动的深度展开，近 20 年来，歌德和马克思、恩格斯提出的"世界文学"范畴越来越成为学术研究的重要命题。如巴勃罗·穆克吉和尼尔·拉扎鲁斯主编的"世界文学的新比较"丛书，从西方现代性的全球化扩张角度界定"世界文学"：它是一种以各种方式从形式和内容层面记录资本主义现代性历史经验的写作体。世界文学研究的

---

① 张江，仲呈祥，等：《红色经典的当下意义》，《人民日报》，2016 年 5 月 27 日，第 24 版。

重点在于探讨这种写作体如何记录"现代"社会形式和关系的全球性扩展，以及如何表现全球化时代独特的新的存在和体验模式。① 张隆溪主编的"经典与世界文学"丛书认为，在全球化的过程中，随着经济、政治和人口的急剧变化，世界文学的重要性日益凸显，一种新的世界文学概念正在回应这种变化，世界文学经典范围需要不断扩大，必须包含非西方的伟大作品，尤其要关注边缘文学的世界化问题。Thomas O. Beebee 主编的"作为世界文学的文学"丛书，根据语言、民族、形式或主题重新探讨经典作家和文本的世界文学维度，旨在探索世界文学的多音、多视角的本质。后殖民批评和女性主义理论在全球化与世界文学经典的解构及重构运动中发挥着十分重要的作用。后殖民批评瓦解了西方中心主义的典律，一再指明经典问题与全球政治密切相关。女性主义理论对西方男性中心主义的典律构成了强大的破坏，第三世界女性主义的崛起重写了世界文学经典的全球性别政治格局。在汉语学界，全球化语境下世界文学经典问题同样受到理论界的关注与重视，达姆罗什的《什么是世界文学》和《理论中的世界文学》常常被文论界引用和评述。"世界文学从来就没有一个单一的经典，也没有一种单一的阅读方式可以适用于所有的文本。"② 这种观点以一种新兴的全球视角直接挑战了西方的正典概念，引起汉语文论界的广泛共鸣。汉语文论界的研究兴趣聚焦于以下问题：全球化语境中世界文学经典的解构与重构；民族国家文学如何成为跨民族、跨区域、跨文化的世界性文学经典；世界文学经典与超民族认同的构建；文学经典的跨语际传播与跨文化改写；移民写作与族裔文学的崛起对世界文学经典秩序的挑战；全球化语境下世界文学经典与人类命运共同体构建的关系，以及他者文化视域下的经典化与去经典化；等等。

第六，关于经典、文化研究与文学教育的关系。文化研究与文学经典教育研究之间存在明显的冲突，21 世纪的许多争论都围绕这个议题展开。我们在《文学理论》一书中对这一争论有过初步的描述和讨论③：许

---

① Michael K. Walonen. *Contemporary World Narrative Fiction and the Spaces of Neoliberalism.* Palgrave Macmillan，2016：1.

② David Damrosch. *What Is World Literature?.* Princeton University Press，2003. p. 5.

③ 南帆，刘小新，练暑生：《文学理论》，北京：北京大学出版社，2008 年，第230 - 232 页。

多人文学者都认为，经典的功能之一在于建立、传承和维护人文主义传统。因此，经典教育无疑构成了人文教育的基础和核心。经典一般以"课程建制"和"必读书目"的方式进入教育体制之中。以美国的大学教育为例，哥伦比亚大学等早在1919年就开始把"西方文明"列为本科生的必修课程，规定大学新生必须熟读一定数量的西方经典。在哥伦比亚大学，约翰·厄斯金创建了第一个大书荣誉学期，并从1937年开始，开设了另一门通识教育新课程"文学人文"。厄斯金和莫提默·艾德勒为经典教育课程打下了基础。在1942年后，罗伯特·赫钦斯的经典课程计划逐渐发展为大学核心课程教育，逐渐确立了以经典阅读和教学为中心的通识或博雅教育的传统，影响深远。哈佛大学在1945年发表了《自由社会的通识教育》报告，强调指出：一个共同体首先需要体认"历史的共同过去"，如此这个共同体的成员无论存在多少分歧仍然会认同他们拥有一个"共同的现在"，并且期望一个"共同的未来"。"如果没有一个历史的共同过去，那么一个共同体就失去了其存在的根本基础，还有什么理由去期盼一个共同的未来？只有一个共同的历史过去的基础，才会使每个公民意识到他不但有权利而且有对共同体成员以及共同体本身的责任，只有这样才能建立一个不但人人有权利而且人人有责任的真正的文明共同体。"① 经典教育是培养历史的、价值的和审美的命运的"共通感"和"共同感"的重要方式，是培育共同体意识的重要人文工程。以经典教育为核心的当代人文教育无疑承担着打通"共同的过去""共同的现在"与"共同的未来"的重要使命。

以经典教育为中心的通识人文教育的确意义重大，无疑是文明传承、公民教养培育和民族国家文化认同建构的基础。但问题在于如何选择经典和确立什么样的"必读书目"。1937至1938学年，哥伦比亚大学一年级人文教育课程的必读书目包括：荷马的《伊里亚特》、埃斯库罗斯的《俄瑞斯忒斯》、索福克勒斯的《俄狄浦斯王》《安提戈涅》、欧里庇德斯的《埃勒克特拉》《伊菲格涅亚在陶罗人里》《美狄亚》、阿里斯托芬的《蛙》、柏拉图的《辩诉篇》《宴话篇》《理想

---

① 甘阳：《大学人文教育的理念、目标与模式》，《北京大学教育评论》，2006年第3期。

国》、亚里士多德的《伦理学》《诗学》、卢克莱修的《物性论》、马可·奥勒留的《自省录》、奥古斯丁的《忏悔录》、但丁的《地狱篇》、马基雅维利的《君主论》、拉伯雷的《巨人传》、蒙田的《散文集》、莎士比亚的《亨利四世》、塞万提斯的《堂·吉诃德》、弥尔顿的《失乐园》、莫里哀的《达尔杜弗》《厌世者》、斯威夫特的《格列佛游记》、菲尔丁的《汤姆·琼斯》、卢梭的《忏悔录》、伏尔泰的《老实人》、歌德的《浮士德》。西方中心主义的典律一直在美国的人文通识教育中占据着统治地位，也暴露出白种男性的文化霸权长期左右着美国的通识教育乃至整个人文教育场域。这种经典教育产生的明显是一种封闭的文化和历史观念，非西方的文化、当代文化及阶级、种族和性别问题显然被排除在经典序列之外。这种状况直至20世纪80年代发生了"打开经典"的激烈论争和文化多元主义兴起之后才有所改变，非西方的经典及阶级、种族和性别问题开始进入人文通识教育的视域之中。某种意义上说，美国批评界的"打开经典"具有打开"封闭的美国精神"的独特意义。对于今天中国人文学界倡导"读经"运动的知识分子而言，美国经典教育从封闭到逐渐开放的历程可能具有某种参照和借鉴意义。

现今，以经典教育为核心的人文通识教育无疑还遭遇到市场化的深刻影响。许多事实表明，在高等教育市场化和经典通识教育之间暴露出不可忽视的冲突。专业主义与通识教育、精英教育与大众教育、实用主义的知识观与人文主义的价值理念之间的断裂削弱了经典教育的影响力和实际效果。这些问题不能不引起人们的关注和思考。

在文学专业教育领域，文学经典曾经起着举足轻重的作用。长期以来，文学经典既是文学史教学和研究的中心，也是文学理论教学的基础。经典体系的变迁与文学史研究和文学理论知识范式的变革息息相关。但随着"文化研究"的兴盛，文学经典在文学专业教育中的关键性作用被逐渐削弱，非经典的文本乃至所谓"非文学性"的文本开始大规模地进入大学的文学教育之中。这在文学专业教育领域触发了"纯文学的焦虑"和文学经典的保卫战，这场被西方理论界称为"文化战争"的论争规模宏大、旷日持久且影响深远。以哈罗德·布鲁姆为代表的一些文化保守主义人文学者和批评家，"试图证明西方正典的持续重要性，理由是它的永恒的伟大和它的研究无论是对个人还是对整个社会都将产生的启迪"。① 因此，坚持捍卫文学经典在文学专业教育中的崇高地位和永恒价值，捍卫审美的自主性和独立性，把葛兰西、福柯、巴特、马克思主义、解构主义、新历史主义、女性主义及多元文化主义等都视为"反经典"的"仇恨学派"（the school of resentment），②主张把这些人驱逐出文学系，因为"仇恨学派"意图"推翻正典，以推进他们所谓的（和不存在的）社会变革计划"。"仇恨学派被其教条驱使，认为美学至上是一种长期的文化阴谋。"③ "仇恨学派"的批评在外部政治压力下导致学术标准的丧失和审美判断的崩溃；另一些批评家则认为"经典应该更能代表社会的真正多样性及其文化遗产的广泛范围，经典应该包括以前被排除在文学史之外的作家和主流文化的教育机构。他们发现，西方经典中对精英主义、父权制和民族中心主义的推崇，与民主社会的平等主义理想背道而驰"。④ "正典在历史上一直是权力和知识的纽带，它强化了等级制度和特定机构的既得利益，排除了少数民族、大众文化或非欧洲文明的利益和成就。"⑤ 因此，文学专业教育必须终结经典教育的垄断地位，文学教育必须更广泛、更深刻地介入当代文化场域，对现实问题给予更充分的关注。他们力图揭示出文学经典与意识形态之间种种隐蔽的关系，赋予非经典的社会文本在文学研究和教学中的重要意义，并且从女性主义、多元文化主义、边缘论述、后殖民批评、第三世界、少数族裔理论、酷儿论述及左翼历史观出发，重新解读传统经典文本的历史内涵与当代意义，解构西方正典体系，进而重构西方的经典序列。以印度的英语文学研究为例，由于这一系列理论的兴起与影响，曾经在印度学术界备受追捧的西方现代经典如艾略特、叶芝、格雷厄姆·格林和 D. H. 劳伦斯等作家的经典性文本变得不那么流行和重要了，取而代之的是 Makarand Paranjape 教授所提出的"另一种经典"，即来自帝

---

① E. Dean Kolbas. *Critical Theory and the Literary Canon*. Westview Press, A Member of the Perseus Books Group, 2001: 25.

② Harold Bloom. *The Western Canon: The Books and School of the Ages*. Houghton Mifflin Harcourt, 1994: 10, 527.

③ Harold Bloom. *The Western Canon: The Books and School of the Ages*: 4, 53.

④ E. Dean Kolbas. *Critical Theory and the Literary Canon*: 25.

⑤ Hent de Vries, Ankhi Mukherjee. *What is a classic?: postcolonial rewriting and invention of the canon*. Stanford University Press, 2014: 9.

国边缘的后殖民作家的作品。① 这些作品大量进入课堂教学和课题研究之中，并且成为博士、硕士研究生学位论文的重要选题方向。女性主义对必读文学经典的重读司空见惯并且不断新意迭出，同时改写了男权主义垄断经典万神殿的文学史。女性主义早已成为经典重读的重要方法和视角，其深刻影响也已经从文学文本解读扩散到哲学思想宗教等其他经典文本阐释。Nancy Tuana 主编的"重新阅读正典"丛书就是一个代表性例子。在总序中，Nancy Tuana 指出："当哲学的核心概念——理性和正义，这些被认为是人类的特征——与历史上被认为是男性特征的特征联系起来时，这一定义过程就会以微妙得多的方式发生。如果理性的'男人'必须学会控制或克服被认为是女性的特征——身体、情感、激情——那么理性的领域将主要留给男人，不情愿地进入那些能够超越女性特质的少数女性。……女性主义哲学家们开始以批判的眼光看待被奉为经典的哲学文本，并得出结论：哲学话语并非性别中立。哲学叙事并没有提供一个普遍的视角，而是将某些经验和信仰凌驾于其他经验和信仰之上。这些经验和信念贯穿于所有的哲学理论，无论是美学的、认识论的、道德的还是形而上学的。"② 丛书对柏拉图、亚里士多德、笛卡儿、休谟、亚当斯、斯宾诺莎、洛克、卢梭、康德、黑格尔、托克维尔、马基雅维利、尼采、海德格尔、克尔凯郭尔、阿多诺、阿伦特、梅洛-庞蒂、维特根斯坦、列维纳斯、萨特、德里达、福柯等思想家的经典文本进行了女性主义的批判性重新阐释，旨在破除西方哲学经典中的性别偏见，使被压抑的女性的声音浮出历史地表，重建文化经典体系和经典化文化规则。

确立经典应该在一个文化开放和审美民主的场域中展开。所谓"开放经典"或"打开经典"是一个从封闭到开放的过程，是一个文化表征权力的重新分配的过程，是历史阐释权的重新分配的过程，也是代表当代性的诸种力量强力介入传统的过程。"打开经典"包括两大方面的工作：一是打开传统经典的封闭体系，二是打开传统经典文

---

① Makarand Paranjape. *Another Canon: Indian Texts and Traditions in English*. Anthem Press,2009:15.

② Nancy Tuana. "Preface". Nancy J. Hirschmann,Joanne H. Wright. *Feminist Interpretations of Thomas Hobbes*. Penn State University Press,2012:xii.

本的阐释空间。"打开经典"的目的在于使那些不被承认的表征文化被承认，让被压抑的和被忽视的声音浮出历史地表。现今看来，文学教育两种范式的冲突对经典问题的研究影响复杂且深远，但过度夸大两种范式之间的矛盾、冲突与对立，对文学学科建设和文学研究空间的拓展都是十分不利的。

21 世纪中国文论界关于文学经典的分歧与论争广泛涉及理论与实践层面。今天，在文化研究兴盛与推动文化传承创新的时代语境下，关于经典问题的讨论呈现出一种新的局面与发展趋势。一方面，文化研究的兴盛有可能改变文学专业教育以文学经典为核心的传统，可能将对文学教育的专业建制、课程设置、议题设计、研究方法、理论视域及知识结构等诸多层面都产生深远而复杂的影响；另一方面，推动优秀传统文化的创新性发展和创造性转化已经成为新时代重大文化方针，推动优秀传统文化传承创新的政策日益完善，传承文脉的呼声也日渐高涨，人们越来越重视文学经典在文脉传承和人文教育中的重要作用，经典教育的复兴已是大势所趋。在当代人文学界，这两种范式同时并存，但分歧与冲突已明显有所消解，并逐渐呈现出走向互补、互鉴与融合的趋势，从而打开了文学研究和文化传承创新更广阔的空间。

在当代中国的文学研究与教育领域，没有出现西方那种文学经典教育与文学的文化研究教育两种范式之间的你死我活的冲突状况，萨义德所谓的经典性研究与"世俗批评"之间的对抗并不存在。其原因大致有二：一是当代中国文论经历了社会学批评占据主导位置和审美主义复兴的两大阶段，社会学批评与纯审美研究之间尖锐对抗的阶段早已结束，逐渐达成融合发展的共识；二是文化研究的兴起虽然也带来某种忽视或轻视审美性或文学性的弊端，但汉语学界从事文化研究的学者大多对此持有高度的警惕性，文学的形式、感性、文学性及审美特性、有意味的细节等，始终是文化研究不能轻易放弃的核心范畴和要素——不少学者都认为"没有文本分析的文化研究是伪文化研究"，文学的文化研究应以文本分析与社会批评相结合为基础。如此，文化研究与审美批评两种范式的融合就成为一种新的可能。对于当代中国文学与文论研究而言，当代文学能否经典化以及如何经典化才是真正重要的课题，这个课题涉及经典化的机制和评价标准两个层面。

作为一种价值预设和艺术标杆，当代经典的确立有其必要性。但未经长时段的检验和历史的大浪淘沙，当代文学的经典化如何可靠？评奖、大系编撰、选本编辑、进入教材和文学史等经典化机制正在发挥积极的作用，但如何摆脱市场经济的逻辑或名利场逻辑仍然是一个紧迫的任务，如何摆脱价值相对主义和过度的美学主观主义的纠缠也是一项重要的课题。唯有构建风清气正的文学共同体和公平、公正、公开的学术评价体系才能使当代文学经典化机制更加合理有效。此外，确立经典还涉及批评标准这个至关重要的问题。20世纪80年代后期，文学研究界对批评标准问题的认识有了进一步的发展。诸如历史尺度与道德尺度的差异、对立与悖论，批评标准的双向运动或"评价标准是作品本身"，文学创作的多元化与批评标准的多样化及个人趣味与批评的公正等命题都得到了较为深入的讨论。20世纪90年代以后的文艺创作呈现出前所未有的多样性、多元性。许多人都认定，多元的文艺自然应有多元的标准，硬要确立某一标准为统一的权威标准是不符合艺术审美规律的。充分尊重个人的才能趣味和艺术规律是历史的巨大进步，但另一方面，人们也认识到批评标准的相对主义化将对批评的功能和可信度产生某种伤害。无论如何，休谟所谓的"趣味的无可争辩性"并不能成为价值相对主义和历史虚无主义的托词或依据。如果说20世纪80年代中后期至90年代关于标准问题的讨论倾向于将主观与客观、个人与共同体、多元性与统一性、历史尺度与道德尺度、审美与政治相分离和相割裂，有些极端的观点甚至把主观性与客观性、个人与共同体、个体趣味与价值认同、多元性与统一性、不朽与现世、历史尺度与道德尺度、审美与政治处理为二元对立或分裂对抗，那么，今天我们讨论批评标准与经典确立问题就必须重新返回历史唯物主义和辩证唯物主义的基本立场、观点与方法，重新返回辩证统一的知识论和方法论。

现今，当代文学的经典化必须重新回到传统马克思主义"美学的与历史的"批评标准，所谓"美学的观点"就是按照美的规律造型的观点，"历史的观点"即衡量作品是否真实地反映了历史内容、历史进程和历史的必然趋势。当代文学经典化必须遵循基于历史唯物主义的"美学的与历史的"辩证统一的根本标准。在2014年召开的文艺座谈会上，习近平总书记发表了重要讲话，指出：要运用"历史的、人民的、艺术的、美学的观点评判和鉴赏作品"。① 这是新时代对马克思主义文艺理论的继承与发展，丰富了马克思主义文艺批评标准理论。在"历史的"和"美学的"标准外增加了"艺术的"和"人民的"，尤其是增加了"人民的"这一重要标准，进一步凸显了社会主义文艺经典的人民性要求，体现了以人民文学为中心的当代马克思主义文艺观。"人民性"成为衡量当代文学价值的至关重要的标尺，为中国当代文学的经典化工作确立了"人民性"这一至关重要的价值标尺。2016 年 11 月 30 日，习近平总书记在中国文联十大、中国作协九大开幕式上的讲话中强调指出："要把提高作品的精神高度、文化内涵、艺术价值作为追求，让目光再广大一些、再深远一些，向着人类最先进的方面注目，向着人类精神世界的最深处探寻。同时直面当下中国人民的生存现实，创造出丰富多样的中国故事、中国形象、中国旋律，为世界贡献特殊的声响和色彩、展现特殊的诗情和意境。""经典之所以能够成为经典，其中必然含有隽永的美、永恒的情、浩荡的气。经典通过主题内蕴、人物塑造、情感建构、意境营造、语言修辞等，容纳了深刻流动的心灵世界和鲜活丰满的本真生命，包含了历史、文化、人性的内涵，具有思想的穿透力、审美的洞察力、形式的创造力，因此才能成为不会过时的作品。"② 习近平总书记这一系列重要论述进一步丰富和发展了马克思主义文论关于文艺批评标准的基本观点，为文艺创作与理论批评提供了根本遵循之道。"精神高度、文化内涵、艺术价值"和"思想的穿透力、审美的洞察力、形式的创造力"构成了优秀作品的内在品质和经典的永恒魅力，这些重要论述为当代中国文学经典化工作指明了方向，也为新时代以经典教学为基础的人文教育提供了遵循和前行之重要路径。

---

① 习近平：《在文艺工作座谈会上的讲话》，《习近平总书记在文艺工作座谈会上的重要讲话学习读本》，北京：学习出版社，2015 年，第 33 页。

② 习近平：《在中国文联十大、中国作协九大开幕式上的讲话》，《人民日报》，2016 年 1 月 1 日，第 2 版。

第六章

从"依附理论"到"后殖民论述"

在讨论后殖民理论在台湾的"旅行"与兴盛之前，我们首先需要简要回顾一下它在西方的缘起和发展脉络及其演变状况。顾名思义，"后殖民"是一个与"殖民"相对的历史性概念，"后殖民"这个词语的前缀"后"首先标识出一种时间意识，意指西方帝国主义列强凭借军事和经济力量对亚、非、拉广大第三世界国家和地区进行直接的殖民侵略和统治结束后所开启的人类历史的新时期。具体地说，第二次世界大战之后，波澜壮阔的民族解放斗争和民族独立运动从亚洲向非洲发展，席卷整个亚、非、拉地区，在政治上彻底瓦解了既有的全球殖民统治体系，世界历史进入了"后殖民时期"。但全球殖民政治体系的终结并不意味着第三世界国家和地区已经彻底摆脱了帝国主义长期殖民统治在文化、经济乃至政治观念等诸多层面所产生的深远影响。从 20 世纪 50 年代至今，一些第三世界的知识分子延续了战前民族解放运动的反抗殖民统治的精神传统和思想脉络，并进一步展开批判殖民主义的思想运动。他们提出了一系列的理论范畴和思想框架，揭示和批判历史上殖民与被殖民的权力关系，阐释"后殖民时期"世界政治、经济和文化思想的状况与结构。其中最具影响的当是在思想谱系上关系密切并相互阐发的"依附理论""世界体系理论"和"后殖民理论"。

"依附理论"产生于 20 世纪 60 年代，以弗兰克（Adre Gunder Frank）、阿明（Samir Amin）、桑克尔（Osvaldo Sunkel）、桑托斯（M. Santos）和伊曼纽尔（A. Emmanuel）等人为代表。他们认为，不发达的第三世界和发达的资本主义之间存在一种"支配—依附"的不平等结构。无论是政治、经济还是文化，尤其是经济方面，不发达国家与地区都没有获得真正的独立，相反，都受到发达国家的剥削与压迫。"世界体系"理论，作为一种理论和方法主要兴起于20世纪70年代，它发展了"依附理论"的基本观点和方法，美国纽约州立大学伊曼纽尔·沃勒斯坦于1974年出版《现代世界体系（第一卷）：16世纪的资本主义农业和欧洲世界经济的起源》，提出阐释世界历史发展的结构性框架："世界体系"由"中心—半边缘—边缘"三层结构组成，其基本动力即是"不平等交换"。"依附理论"和"世界体系理论"的思想基础都是马克思主义对资本主义世界体系阐释和帝国主义理论，其思想核心即是沃勒斯坦所提出的中心与边缘在政治、经济和文化上的不平等关系。"依附理论"和"世界体系理论"偏重于阐释和揭示战后发达资本主义和第三世界在政治和经济领域的"支配—依附"性结构。

20世纪80年代兴起的"后殖民理论"则致力于揭示和批判文化领域的殖民与被殖民的历史与结构及其在当代的表现形态。与"依附理论"和"世界体系理论"所建立的宏观阐释框架，以及对政治经济层面的偏重和民族国家的分析单位相比，"后殖民理论"则侧重于种族、阶级、性别、文化、语言与认同等问题的批判性阐释，注重心理层面和文化文本的具体微观的权力分析。迄今，理论界一般认为，"后殖民理论"最初的发明与阐述归功于一些客寓西方的非洲知识分子的持续努力，他们包括艾梅·赛萨尔、齐努瓦·阿切比和弗兰茨·法侬等。巴特·穆尔-吉尔伯特等编撰的《后殖民批评》一书，称赛萨尔写于20世纪50年代的重要文章《关于殖民主义的话语》为"后殖民批评的奠基之作"。[①]《关于殖民主义的话语》揭示出殖民统治的意识形态运作方式——殖民统治者划分出文明与野蛮的文化等级并且把被殖民者物化，"文明"成为残酷的殖民统治的合法化工具和假面具，殖民者在"文明"的掩护下对殖民地人民实施了纳粹主义的统治。赛萨尔的批判开启了后殖民理论解构殖民统治意识形态的思想传统。出生于尼日利亚的小说家齐努瓦·阿切比在其著名论文《非洲的

---

① ［英］巴特·穆尔-吉尔伯特，等编：《后殖民批评》，杨乃乔，等译，北京：北京大学出版社，2001年，第138－139页。

一种形象：论康拉德〈黑暗的心灵〉中的种族主义》中指出：西方人常常"把非洲看成是欧洲的陪衬物，一个遥远而又似曾相识的对立面。在非洲的映衬下，欧洲本身的优点才能显现出来"。① 西方的"非洲学"中隐藏着彻头彻尾的白人种族主义。阿切比的批判的确可视为日后萨义德的《东方主义》的先导或雏形。

在艾梅·赛萨尔、齐努瓦·阿切比和弗兰茨·法侬三人中，法侬对后殖民理论的影响最为深远，迄今的后殖民论述还常常上溯到法侬的两部开创性的重要著作《黑皮肤，白面具》（1952）和《地球上不幸的人们》（1961）。前者揭橥了关于殖民者与被殖民者之间相互建构的殖民心理学，引入马克思的阶级论、拉康的镜像论、阿德勒的自卑心理学、赛萨尔的殖民批判及存在主义等思想资源，对殖民者和被殖民者的关系，尤其是被殖民者的"从属情结"进行了深入的精神病理学阐释：被殖民者的文化心灵是殖民者建构起来的。透过殖民地的精神病理学分析，法侬有力地颠覆了种族主义的意识形态基础即"白"与"黑"、"优"与"劣"之间潜在的二元对立逻辑。后者则明确地指出，在后殖民时期，殖民者表面上已经退场，但原有的殖民关系结构还远未终结。法侬提醒人们注意，第三世界重建的权力关系和意识形态结构可能是殖民主义结构的某种复制。这在一些极端民族主义者的论述与实践中有着惊人的表现。法侬曾经指出，为了抵抗西方文化的吞噬，土著知识分子迫切地回溯辉煌的民族文化，这是出于向殖民主义意识形态开战的需要——殖民主义者往往宣称，一旦他们离开，土著人立刻就会从文明跌回野蛮的境地。法侬同时也指出："民族的存在不是通过民族文化来证明的，相反，人民反抗侵略者的战斗实实在在地证明了民族的存在。"② 因此，法侬的重要著作《全世界受苦的人》一再提醒人们警惕"民族意识的陷阱"，提醒人们关注民族文化的批判与重建。在法侬看来，民族文化绝不是一个民间故事，也不是一种认为能够从中发现人民的真实本性的抽象民粹主义，不是由那些脱离当下现实、缺乏生气的残余物构成的。法侬反对把民

---

① ［英］巴特·穆尔-吉尔伯特，等编：《后殖民批评》，杨乃乔，等译，第180页。
② ［法］法侬：《论民族文化》，《后殖民主义文化理论》，马海良，吴成年，译，北京：中国社会科学出版社，1999年，第278、283页。

族文化发展为某种文化的民族主义，他认为民族文化应该是民族解放行动的文化，是"描述和赞扬这种行动并为之辩护的思想领域中做出的全部努力"。法侬区分了真正的政治解放与本质化的民族主义，区分了作为解放行动精神的民族文化和本质主义的民族文化。这一区分深刻地影响了萨义德和所有其他当代重要的后殖民理论家。

1978年，美国的阿拉伯裔学者萨义德出版《东方主义》一书，在西方人文学界引起强烈反响和论争。20世纪80年代中期以来，由于女性主义者、左翼理论家、后结构主义批评家及精神分析学界的广泛参与，关于"东方主义"的论争持续扩大，形成了一股强劲的后殖民理论思潮，这一思潮甚至席卷了整个西方人文知识场域。与"依附理论"和"世界体系理论"的政治经济学分析不同，后殖民理论提出了西方与非西方之间的文化关系尤其是文化殖民或文化霸权问题，试图揭示出隐藏在其中的不平等权力关系，以及使这种权力关系合法化的意识形态运作方式。从某种意义上看，后殖民理论在西方的兴起可视为西方人文思想领域"文化转向"的重要表征之一。迄今，关于"后殖民"和"后殖民理论"概念的界定五花八门，其中史蒂芬·史利蒙在《现代主义的最后一个后》中的描述可谓准确精当："尽管后殖民的定义非常广泛，但是这个概念的最主要意涵和最有用的地方，并不在于用来描述殖民地国家独立后的某个历史阶段——后独立阶段——的同义字，而是它试图在文化领域建立一种'反叛'或'殖民之后'的论述支点（anti-or post-colonial discursive purchase in culture）。这个特殊的支点起源于殖民者将他的权力刻印于一个'他者'的身体与空间。这种现象使得'他者'始终作为一种神秘的、封闭性传统，进入新殖民主义的国际框架的现代剧场中。"[①] 的确，从法侬到萨义德，从斯皮瓦克到霍米·巴巴……所有的后殖民理论家或许具有不完全相同的理论背景、提问方式和关切的议题，但都拥有这个重要的论述支点和批判视域。

如同许多对后殖民理论产生兴趣或有所研究的学者所观察到的，

---

① 宋国诚：《后殖民论述——从法侬到萨义德》，新北：擎松图书出版有限公司，2003年，第53页。

因思想背景和学术脉络的不同或差异，西方后殖民理论内部存在着不同的流脉。其中最重要的流派包括如下四种：一是以萨义德、斯皮瓦克、霍米·巴巴为代表的后结构主义流派，这是后殖民理论中势力最大的一派；二是以莫汉迪为代表的女性主义流派；三是以阿赫默德和德里克为代表的马克思主义流派；四是以詹穆罕默德（Abdul JanMohamed）、大卫·劳埃德（David Lloyd）为代表的"少数派话语"及"内部殖民主义"理论。当然，作为一种抵抗论述，后殖民理论无疑与后结构主义、马克思主义和女性主义等思潮有着或多或少的精神联系。其中，后结构主义的影响尤其深远。的确，萨义德的后殖民论述建立在后结构主义的基础上，尤其受到福柯思维方法的深刻影响。在被誉为后殖民批评奠基之作《东方主义》的"绪论"中，萨义德如是声称："我们可以将东方学描述为通过做出与东方有关的陈述，对有关东方的观点进行权威裁断，对东方进行描述、教授、殖民、统治等方式来处理东方的一种机制：简言之，将东方学视为西方用以控制、重建和君临东方的一种方式。我发现，米歇尔·福柯（Michel Foucault）在其《知识考古学》（*The Archaeology of Knowledge*）和《规约与惩罚》（*Discipline and Punishment*）中所描述的话语（discourse）观念对我们确认东方学的身份很有用。我的意思是，如果不将东方学作为一种话语来考察的话，我们就不可能很好地理解这一具有庞大体系的学科，而在后启蒙（post-Enlightenment）时期，欧洲文化正是通过这一学科以政治的、社会学的、军事的、意识形态的、科学的及想象的方式来处理——甚至创造——东方的。"[①]

这里，"话语"（discourse）或"论述"显然是福柯的基本概念之一。萨义德明确地指出了自己后殖民论述与后结构主义之间的思想，尤其是方法学上的渊源关系——"话语权力"理论与"话语分析"方法。"话语"本来是一个现代语言学的概念，指构成完整单位的、大于句子的语段。正如托多洛夫所言："话语概念是语言应用之功能概念的结构对应物……语言根据词汇和语法规则产生句子。但句子只是话语活动的起点：这些句子彼此配合，并在一定的社会文化语境里

---

① ［美］爱德华·W. 萨义德：《东方学》，王宇根，译，北京：生活·读书·新知三联书店，1999 年，第 4－5 页。

被陈述；它们因此变成言语事实，而语言则变成话语。"① 结构主义和新批评学派最早把这个术语应用到文学批评之中，如新批评所谓"小说话语"和"诗歌话语"的区分。新批评派认为各种"话语"自身内部存在着可被发现、界定、理解的特性，因此"话语"确立了文类特征，并标明了此一文类与另一文类的差异。这种观念显然具有浓厚的形式主义色彩。而在法国著名的后结构主义者福柯那里，"话语"就不是一个纯粹语言学的概念，而是一个具有政治性维度的历史文化概念。福柯把以往那种话语的形式分析转移到话语与权力关系的历史研究上来，从而赋予了话语概念一种崭新的含义。

在福柯那里，话语是一种实践活动，在书写、阅读和交换中展开。在福柯看来，在任何社会中，话语的生产都会按照一定的程序而被控制、选择、组织和再传播，其中隐藏着复杂的权力关系。任何话语都是权力关系运作的产物，性话语、法律话语、人文知识，乃至医学和其他自然科学都是如此。今天，人们一般认为，福柯是把"权力"引入话语分析的第一人。但福柯自己却把话语权力概念的发明上溯到尼采，认为正是尼采首次把权力关系视作哲学话语的一般焦点。的确，尼采在《权力意志论》中曾经宣称：知识是作为一种权力的工具而起作用的。尼采这种知识观念及谱系学的研究方法深刻地影响了福柯的话语权力分析，这正是福柯把自己称作"尼采主义者"的根本原因。福柯拓展了尼采的思想，正如周宪所说，福柯的工作包括两个方面："一是认识论的批判，即通过对话语与权力关系的分析，揭示构成特定时代话语规则的内在结构，以及这个结构与权力的关系；二是把这种分析系统用于历史的批判，通过对不同时期话语不连续性的断裂分析，来揭示知识的结构和实践的策略。"② 尼采、福柯的"知识/权力"或"话语与权力"论述颠覆了西方传统的知识论和真理观。以往所谓的"客观知识"变得十分可疑，甚至连"真理"也只是某种话语陈述。福柯深刻地阐释了知识与权力的共生共谋关系："权力和知识是直接相互连带的。不相应地建构一种知识领域就不可能有权

---

① ［法］茨维坦·托多洛夫：《巴赫金、对话理论及其他》，天津：百花文艺出版社，2001 年，第 17 页。

② 周宪：《20 世纪西方美学》，南京：南京大学出版社，1997 年，第 384 页。

力关系，不同时预设和建构权力关系就不会有任何知识。"① 福柯的这种观念已经有效地改变了人们对人类语言，对语言与社会环境、权力系统、社会理性运转之间的关系的思考方式，也深刻地改变了人们对人文知识和真理的根本看法。越来越多的人文知识分子开始认同福柯的话语权力论述：一方面，知识是权力生产出来并加以传播的，其功能在于为权力运转提供某种形式的"正确"规范；另一方面，知识的生产与传播再生产着权力。人文科学领域的所有知识分子——甚至包括自然科学领域的知识分子——包括学者、教师和学生都参与了这种话语权力体系的建构，他们都利用知识的生产与传播来掌握某种话语权力。所以，所谓普遍真理和言说普遍真理的普遍的知识分子都是不存在的。从这个意义看，在漫长的殖民扩张历史中形成的西方关于东方的种种知识与想象，并不是所谓纯粹的普遍的知识或学术，而是一种与殖民统治意识形态有着千丝万缕联系的"政治知识"。

萨义德、斯皮瓦克和霍米·巴巴引入福柯式的"话语"和"话语分析"，结合葛兰西的"文化霸权"理论，发展出"后殖民"的批判理论和分析方法。阿希克洛夫特等著的《逆写帝国：后殖民文学的理论与实践》一书，曾经指出了后殖民理论与后结构主义的这一渊源关系："话语的概念（the concept of discourse）在定位决定后殖民性的连串'规则'上，十分有用。以福柯或萨义德的意思谈及后殖民话语，便是要唤起有关语言、真理、权力及三者之关系的某些思想方法，真理在为了特定话语而设的规则系统中被当作真的，权力则合并、决定及证实真理；真理永不位于权力之外，或被剥夺掉权力，真理的产生是权力的作用。"② 在萨义德看来，"东方主义"就是一种殖民话语，是殖民者为了"控制、重建和君临东方"而建构起来的话语体系。在纯粹知识和学术的背后隐藏的则是一种殖民与被殖民、支配与被支配，或操纵与被操纵的权力关系："它是地域政治意识向美学、经济学、社会学、历史学和哲学文本的一种分配；它不仅是对基本的地域

---

① ［法］米歇尔·福柯：《规训与惩罚：监狱的诞生》，北京：生活·读书·新知三联书店，1999 年，第 29 页。

② Bill Ashcroft, Gareth Griffiths, Helen Tiffin：《逆写帝国：后殖民文学的理论与实践》，刘自荃，译，香港：骆驼出版社，1998 年，第 182 页。

划分，而且是以整个利益体系的一种精心谋划——它通过学术发现、语言重构、心理分析、自然描述或社会描述将这些利益体系创造出来，并且使其得以维持下去。"① 1993 年出版的《文化与帝国主义》发展了《东方学》的基本思想，"对现代西方宗主国与它在海外的领地的关系做出了更具普遍性的描述"。② 萨义德进一步强调了"文化"（包括现代西方的高级文化）在帝国主义殖民历史中的重要作用，它是"帝国主义物质基础中与经济、政治同等重要的决定性的活跃因素"。对于后殖民理论建设而言，《文化与帝国主义》更为重要之处在于提出政治反抗和文化抵抗思想或"抵抗文化的主题"，也在于其对现代历史中曾经出现而当下仍然活跃的各种抵抗文化形式——包括民族主义、本土主义、自由主义等——所做的深刻反思，对后殖民主义和民族主义关系的思考与辩证尤其意味深长。在萨义德看来，长期以来，民族主义无疑是抵抗帝国主义的积极力量，但民族主义和本土主义意识却存在一种法侬曾经指出的"陷阱"，在旧的殖民统治结束之后，它可能演变为一种使新的压迫和控制结构合法化的意识形态，可能转变为殖民统治权力结构的某种复制。作为一种抵抗政治的文化论述，后殖民理论必须超越"民族主义"的历史限制，它是一种"后民族主义"的理论。后殖民理论必须永远保持"对权力说真话"的独立的、批判的知识分子立场，而促使"民族主义"朝社会和政治的总体解放方向的升华与转换构成了后殖民理论的一项重要使命。这无疑是一种理想和愿望的表达，也是包括艾梅·赛萨尔、法侬和萨义德在内的许多重要的后殖民理论家共同追求的思想旨趣和学术志业。但在复杂的"理论旅行"或"文化翻译"过程中，后殖民理论常常遭到有意或无意的"在地化""误读"而有所变形、扭曲与异化，有时甚至走向其反面，变成了某种极端的"民族主义"和偏狭的"本土主义"意识形态重构的理论基础和论述工具。

后殖民理论家大多具有第三世界和西方的双重交叠的成长背景及后结构主义的学术思想背景，他们对帝国主义与第三世界文化之间长

① ［美］爱德华·W. 萨义德：《东方学》，王宇根，译，第16页。
② ［美］爱德华·W. 萨义德：《文化与帝国主义》，李琨，译，北京：生活·读书·新知三联书店，2003 年，《前言》，第 1 页。

期存在的压迫与反抗关系的感受与认知尤其敏感和尖锐。从法侬到萨义德、斯皮瓦克和霍米·巴巴等都一再显示出这种敏锐性。斯皮瓦克是萨义德之后出生于第三世界的最重要的美国后殖民理论家之一。其重要性主要表现在如下方面：第一，在"种族"维度之外，斯皮瓦克将"阶层"和"性别"等重要维度引入后殖民论述之中。如同在著名的《属下能够说话吗？》一文中所做的，斯皮瓦克在后殖民的理论框架中更多地关注阶级与性别的历史命运，认为无论是殖民统治时期的殖民话语还是民族独立后的封闭的民族主义话语都是造成"属下不能说话的"的压迫性因素。第二，揭示出西方殖民话语的认识论基础和知识域暴力。斯皮瓦克最厚重的著作当属《后殖民理性批判》，它对西方哲学传统进行了解构式阅读和后殖民的理性批判，认为在欧洲现代哲学论述和帝国主义公理之间存在某种共谋关系。康德的哲学体系排除了火地岛居民和澳洲原住民，黑格尔"在阅读印度的史诗经典《博迦梵歌》时，又是如何将一个欧洲的'他者'设定成为一种规范性的偏差"。① 第三，有限地引入政治经济学批判之维度以弥补后殖民理论过度倾向于文化批判之不足。第四，提出抵抗政治和反抗文化的"策略的本质主义"（strategic essentialism）理论，借此获得在解构与建构、现代与后现代之间的平衡。

萨义德对"东方主义"的批判遗留了一个疑问和难题：在帝国话语体系中，"东方"是殖民者的利益体系创造出来的，"东方"是被遮蔽的——典型如"被遮蔽的伊斯兰"——那么是否存在某种真实的伊斯兰或真实的东方？或者说什么样的伊斯兰才是没有被遮蔽的？反本质主义的萨义德自身是否也被隐藏着的本质主义纠缠？斯皮瓦克的疑问则在于，如果"属下"能够表述"自我"，那么他们的"自我"又是什么？霍米·巴巴引入精神分析学尤其是雅克·拉康的镜像理论，试图重新思考这些问题并做出自己的回答，进而将后殖民理论往前推进重要的一步，霍米·巴巴的意义或许在于将后殖民理论从批判转向建设。这种建设性体现在如下几个方面：第一，霍米·巴巴从早期对殖民话语的含混性分析转向后期对后殖民文化身份建构的杂糅策

---

① ［美］佳亚特里·斯皮瓦克：《后殖民理性批判：迈向消逝当下的历史》，张君玫，译，新北：群学出版有限公司，2006 年，第 1 章摘要，第 1 页。

略之阐释。在发表于 1983 年的重要论文《差异、歧视与殖民话语》和《他者问题》中，霍米·巴巴揭示出殖民话语隐含的内在矛盾和含混特征。之后，霍米·巴巴转向关注和探讨第三世界知识分子的抵抗殖民策略问题。他提出了文化杂糅（cultural hybridities）或杂种文化（cultural hybrid）概念及"第三空间"理论，认为现今不同民族文化无论优劣差异大小总是呈现出一种"杂种"形态，种族的纯净性与民族文化的原教旨主义究其实质都是虚妄的。在他看来，第三世界对西方理论的挪用与翻转是一种文化抵抗策略，即以一种"殖民学舌"（colonial mimicry）的方式将殖民者的语言文字或观念转化为"杂种文本"，从而颠覆西方理论的霸权。第二，在质疑"民族""种族""传统"和"本土"等神话主义的整合框架及东西方二元对立逻辑的同时，霍米·巴巴提出了另一个重要问题，即全球化语境下离散族裔如何建构"后殖民主体"？"怎样从那些没有'整体'历史和'阶级'话语意识的群体中发掘出群体的（主体）力量？"①

如同萨义德所言，后殖民理论最为关心的是"如何能够生产出非支配性与非压迫性的知识"，试图寻找出建构"非支配性与非压迫性"的和"非本质主义"的知识的途径，进而重构人文世界的崭新图景。但后殖民理论从其诞生伊始就遭遇了多种质疑，如同较早研究和译介后殖民理论的学者张宽的观察和概括，这些质疑来自传统自由主义、第三世界知识分子及马克思主义者等。② 在传统自由主义者看来，萨义德的后殖民论存在明显的自相矛盾性：一方面以后结构主义为立论基础，另一方面又以人道主义和启蒙主义为价值立场，而后者恰恰是后结构主义解构的对象。在第三世界本土知识分子的视域中，旅居西方的后殖民理论家早已脱离了第三世界具体的生存经验，其对第三世界文化的阐释的真实性和有效性多少有些令人怀疑。有人甚至认为，后殖民理论在西方的兴盛可能压抑了第三世界本土知识分子原本就很微弱的声音；而在马克思主义者看来，后殖民理论存在两个重大缺陷：其一，"在消减削弱民族性特征，混淆国家民族之间的界线，瓦

---

① 陶家俊：《理论转变的征兆：论霍米·巴巴的后殖民主体建构》，《外国文学》，2006 年第 5 期。

② 张宽：《后殖民的吊诡》，《万象》，2000 年 2 月号。

解民族国家主体认同等方面，后殖民批评的指向与当今跨国资本的运作逻辑惊人的一致。前者的论说实际上正在为后者作意识形态层面的准备，至少也有助于后者疆界的拓展。"① 其二，后殖民理论偏重于文化批判，在经典马克思主义关注不够的文化领域开辟了批判的战场，着力揭示文化背后隐藏的殖民意识形态与权力关系，发展了马克思主义的意识形态批判理论，但同时却放弃了马克思的政治经济学批判、实践唯物主义与总体范畴。本质上，它仍然属于资产阶级启蒙主义的批判传统。这样，缺乏政治经济学批判的视域，后殖民理论对帝国主义的批判必然是软弱无力的，也不可能整体地认识帝国主义与第三世界历史和现实的复杂关系。许多事实已经表明，后殖民理论只是人文知识分子一种理想和愿望的表达。

---

① 张宽：《后殖民的吊诡》，《万象》，2000 年 2 月号。

第七章

当代文艺美学的历史转型

学界一般认为文艺美学的开山之作是王梦鸥的《文艺美学》，该著出版于 20 世纪 70 年代初，聚焦于文艺的"审美目的"和审美特性。20 世纪 80 年代，伴随着思想解放运动的开展与改革开放的历史进程，作为一个学科的文艺美学才真正兴起并获得了长足的发展，构成 80 年代美学热的重要表征之一。学界有不少学者认为文艺美学属于中国学界的独创，这个说法或许有些言过其实。但文艺美学在当代中国的兴起与兴盛确实有其自身的发展脉络与理论逻辑。80 年代的美学是思想解放运动的重要构成部分，它在审美主体论和文艺心理学两个互相关联的层面展开。文艺研究的历史钟摆又从工具论朝自律论回摆，从反映论到主体论，从客观到主观，从现实到心理……80 年代的中国美学又发生了一次重大转折。与 20 年代的状况相似，审美概念同样扮演着解放人的感性进而重建审美现代性的重要角色。文艺美学的兴起与发展意味着对文艺审美特性的重新确认，意味着对感性生命的重新确认，也意味着对独断论理性思维魔障和工具主义及庸俗社会学的突破与消解。文艺美学扛起了感性解放的大旗，高扬审美独立性、文艺主体性与感性学的旗帜，成为思想解放运动的重要一翼。今天，我们已经很难想象 80 年代人们对文艺美学、文艺心理学不断高涨的特殊热情。

回顾当代中国文艺美学的发展历程，20 世纪 80 年代至今大略可以分为以下三个阶段。

80 年代为开创期，这个时期的主要工作是提出"文艺美学"概念并初步勾画出知识地图。胡经之、金开诚、周来祥、卢善庆、皮朝纲、王世德、杜书瀛等学者的开拓居功厥伟。第一，完成了文艺美学学科的初步建制化。1980 年，胡经之在北京大学首次开设文艺美学课程，1981 年开始招收文艺美学方向的硕士研究生，为文艺美学的学科建制化、文艺美学研究人才的培养做出了重要贡献。第二，召开学术研讨会，聚焦文艺美学建设。1984 年，福建省美学研究会举办学术年会，集中探讨艺术观察、艺术思维、艺术鉴赏的美学问题及各门艺术的美学，并将文艺美学确定为美学研究的重点方向。1986 年，中华全国美学学会和山东大学美学研究所联合举办"全国首届文艺美学讨论会"，围绕周来祥的《文艺美学原理》展开讨论，涉及文艺美学的研究对象与任务、文艺美学的体系框架、文艺美学与文学批评的关系及文艺美学与美育的关系等重要问题。同年，安徽青年美学研究会也召开当代文艺美学研讨会，聚焦文艺美学研究的方法论问题。第三，出版文艺美学丛书。北京大学出版社分别于 1984 年和 1988 年推出了两批文艺美学丛书，集中展示 80 年代文艺美学研究的精品成果。第一批包括金开诚的《文艺心理学论稿》、谭沛生的《论戏剧性》、叶朗的《中国小说美学》、伍蠡甫的《中国画论研究》和龙协涛的《艺苑趣谈录》等。第二批包括宗白华的《艺境》、肖驰的《中国诗歌美学》、王鲁湘等编译的《西方学者眼中的西方现代美学》、叶纯之和蒋一民的《音乐美学导论》、佛雏的《王国维诗学研究》等，对当代中国文艺美学研究产生了深远的影响。80 年代末，人民文学出版社推出"文艺新学科建设"丛书，包括杨春时的《艺术符号与解释》和杨健民的《艺术感觉论——对于作家感觉世界的考察》等，从符号学和感觉论等层面推进了文艺美学研究。此外，江苏文艺出版社也推出"东方文艺美学丛书"。

90 年代为第二阶段。胡经之的《文艺美学》和王朝闻主编的"艺术美学"丛书（包括王朝闻的《雕塑雕塑》、于民的《气化谐和——中国古典审美意识的独特发展》、卢善庆的《台湾文艺美学研究》），以及戴冠青的《文艺美学构想论》等著作的出版，延续了 80 年代文艺美学开放研究的多元化格局。同时，90 年代的文艺美学发展也呈现出新的时代特点。一是马克思主义文艺美学成为研究的重点之一，重新确立马克思主义在文艺美学领域的主导地位。90 年代初，理论界产生了一场关于马克思主义文艺美学本质问题的小规模论争，论争由陆梅林的《何谓意识形态》和《观念形态的艺术》两篇文章引发。邵建发表《马克思主义文艺美学本质辩识——兼与陆梅林先生商榷》和《从人类学本体论角度论马克思主义文艺美学的建设问题》，李心峰发表《再论从马克思艺术生产理论看艺术的本质——兼与邵建同志商榷》，朱日复发表《关于马克思主义文艺美学本质的再辨析：与邵建先生商榷》，刘珙发表《"超越"还是否定——用波普尔的科学方法论否定马克思主义文艺思想的谬误》等参与讨论。陆梅林以《马克思主义美学探微——从逻辑起点谈开去》予以回应，围绕着马克思主义美学实现的根本性变革，该文论及以下重要问题：马克思主义美学的逻辑起点、研究对象、学科性质和生产劳动美学、文艺美学、生活美学三大分支。论争进一步扩大了马克思主义在文艺美学建设领域的影响，发挥了马克思主义美学在 90 年代文艺美学研究中的引领作用。嵇山的论文《逻辑·历史·"自己运动"——关于马克思主义文艺美学当代建设的一点探讨》触及了文艺美学与审美实践及马克思主义文艺美学的当代性问题。赵宪章和佴荣本主编的《马克思主义文艺美学基础》与刘文斌的专著《马克思主义文艺美学研究》等对马克思主义文艺美学做出了较为系统化的阐释。二是马克思主义文艺美学的中国化成果尤其是毛泽东和邓小平的文艺美学思想成为研究的焦点。相关论文包括：黄南珊的《典型美 崇高美 理想美——毛泽东美学思想研究之一》、张松泉的《颠扑不破 弥久常新——论〈讲话〉对马克思主义文艺美学的贡献》、任范松的《〈讲话〉与文艺美学——重读〈在延安文艺座谈会上的讲话〉》、刘志洪和贺凤阳的《略论毛泽东文艺美学思想的伟大贡献》、孙国林的《毛泽东的诗论——毛泽东文艺美学思想研究之一》、于苗的《第三世界文化背景中的毛泽东文艺美学思想》、张居华的《毛泽东的文艺美学观》《艺术美：艺术审美创造的追求——毛泽东文艺美学思想探略》和《典型美：艺术审美创造的理想境界——毛泽东文艺美学思想探略》、秦忠翼的《毛泽东文艺美学思想生命力源泉试探》、韩福奎的《毛泽东文艺美学思想的时空透视》、郭德强的《论毛泽东文艺美学思想确立的理论基础》、薄刚的《毛泽东文艺美学的最高原则：人民性和共产主义实践》、林宝全的《建设有中国特色社会主义文艺的理论纲领——邓小平文艺理论研究》《简论邓小平的文艺审美观》及牟豪戎、梁天相、黄应寿主编的《甘肃毛泽东文艺美学思想研究专集》等，都聚焦于马克思主义文艺美学中国化的历程、内涵、创新境界与生命力及其当代意义，人民美学及其与社会主义审美文化实践的紧密关系得到了阐释与张扬。三是开始关注当代文艺美学建设的中国传统理论资源。学界已经意识到孔子、庄子、荀子、墨子、司空图、刘勰、严羽、钟嵘、刘熙载等中国古代文艺美学资源对当代文艺美学建设的至关重要性，唯有不忘本来才能开创未来。当然，这个时期的文艺美学对中国传统资源的启用还处于初步阶段。四是积极回应后现代主义美学的挑战。90 年代，后现代主义在审美文化领域产生了隐蔽而深刻的影响，给文艺美学范式变革也带来了不可忽视的影响。"后现代主义文化与美学"或"后现代文化策略与审美逻辑"问题被提了出来，成为 90 年代文艺美学研究的重要课题。"后现代主义是六十年代在西方兴起的一股文化思潮。它首先在艺术领域产生了根本性影响，继而导致文化理论、哲学观念的转向。后现代主义在文化哲学和文艺美学领域一直交织着各种不同观点之间的争论……这一讨论已在世界各国不同程度地引起弥漫性影响，成为一种新思潮。"① 后现代主义的文艺美学特征引起了学界的广泛关注与讨论，人们也意识到后现代主义对文艺美学的哲学基础、价值取向及方法论都产生了不可避免的影响，这种影响或积极或消极。文艺美学如何应对后现代主义的挑战？如何在后现代主义文艺思潮中坚守审美价值理念？如何发挥文艺美学在审美文化重建中的积极作用？90 年代的文艺美学逐渐开始关注与思考这一系列新问题。正是在应对后现代主义挑战的过程中，文艺美学研究范式发生了隐蔽的转变，打开了审美现代性与启蒙现代性问题的反思与批判空间，许多研究成果深刻地触及了文艺美学的思想功能与认识论意义。文艺的纯审美论和精英主义启蒙倾向受到了一定程度的怀疑。

21 世纪近 20 年为第三阶段。这一阶段是文艺美学研究的深化期，表现在以下方面：一是文艺美学学科意识的构建。"随着文艺美学研究的深化，文艺美学的学科性质、学科定位、学科发展等问题越来

---

① 王岳川：《后现代文化策略与审美逻辑》，《文艺研究》，1991 年第 5 期。

引起学界关注。"① 文艺美学的定位、学科属性乃至学科的合法性问题引起了广泛的讨论。它究竟是属于文艺理论还是哲学美学？是社会开在美学丰沃土壤上的文艺花朵，还是生长在文艺理论悠久传统中的美学之花？分歧将长期存在。王德胜的《文艺美学：定位的困难及其问题》、谭好哲的《论文艺美学的学科交叉性与综合性》、姚文放的《关于文艺美学的学科定位问题》、王元骧的《"文艺美学"之我见》、曾繁仁的《中国文艺美学学科的产生及其发展》、陈炎的《文艺美学、文艺社会学、文艺心理学的学科分野》、王岳川的《当代中国文艺美学的学术拓展》、赵奎英的《论文艺美学的规范化与开放性》、胡经之的《发展文艺美学》、陈定家的《中国当代学者对世界学术的贡献：关于文艺美学研究状况的一种描述》、骆贞辉的《文艺美学学科地位的论争与建构》、张晶和杨杰的《中国文艺美学的学科特性与理论渊源》、李世葵的《对文艺美学的"学科"误解及其科学定位》、杜吉刚的《试析中国文艺美学学科的历史起点问题》、时胜勋的《思想史视域下的中国文艺美学》、冯宪光的《对"文艺美学"学科的再认识》和《论文艺美学作为学科的事实性存在》、毕日生的《反思文艺美学的"合法性"问题》、马龙潜的《文艺美学与文艺研究诸相邻学科之间的互动关系》、高迎刚的《论文艺美学应有的学科属性》、王杰的《中国审美经验的理论阐释与文艺美学的发展》、张政文的《从文艺学、美学到文艺美学建构——论康德对近现代文艺美学的理论贡献》、李西建的《本体论创新与视界开放——对文艺美学学科问题的哲学思考》、张法的《中国语境中的文艺美学》、杜书瀛的《文艺美学产生的时代必然性》等等，文艺美学的学科定位与合法性问题引起了普遍关注和深入的讨论。文艺美学的学科合法性焦虑与学科自信并存。一方面，人们意识到文艺美学是在 80 年代特殊的文化语境下生成与发展起来的，带有那个时代特殊的印记，并非人文学科自身演变而成；另一方面，人们试图赋予文艺美学中国性的独特意义，认为中国文艺美学的发明是对世界美学的创造性贡献。21 世纪以来，在学科焦虑与学术自信的矛盾之中，中国美学和文艺理论界努力探寻文艺美

---

① 李鲁宁：《"文艺美学学科建设与发展"研讨会综述》，《东方丛刊》，2001 年第 4 辑，第 182 页。

学重构的路径与方法。二是重视文艺美学的价值论建构。21 世纪文艺美学研究的最大进步在于发掘与强化文艺美学的价值论意义与伦理学内涵。一些学者从人学、人文精神和启蒙思想等层面深入阐述文艺美学对于当代价值建构的特殊意义。某种意义上，文艺美学被视为抗衡与批判消费主义文化的一种审美力量，被视为人的全面发展的一种内在需求。三是探索文艺美学的新方向、新方法和新空间。生活实践论文艺美学、阐释论文艺美学、后现代文艺美学、间性文艺美学、新儒家文艺美学、文艺美学的解释学转向、中西文艺美学比较与对话等一系列新问题、新命题都获得了一定程度的关注，进一步拓展了文艺美学的研究空间。

在对文艺美学学科建设问题集中展开讨论之后，晚近几年，有关文艺美学研究的专题论文的数量明显有所下降。这一现象或许意味着产生于 80 年代的文艺美学的阶段性历史任务业已完成，以审美特性论为中心的文艺美学已经达成了对社会学美学的有力反拨，彻底瓦解了庸俗社会学倾向，进而重构了文艺美学的知识范式，但文艺研究的社会历史批评规范也随之逐渐被削弱。这个过程可视为以"去社会历史化"的方式达成另类介入社会历史的目的。但随着历史条件的巨幅变化，文艺美学的"去社会历史化"不断削弱了其有效介入社会历史的能力。文化研究的兴起与发展即是对这种"去社会历史化"的有力反拨，意味着文艺美学生成的历史条件和思想基础已经发生变化。以审美主义为鹄的、以文艺自主性为中心的文艺美学显然与当代美学和文艺理论的再次政治转向的新趋势不相适应，文艺美学只有再次转型才能顺应当代文化实践的变化。审美主义转向之后，如何重建文学艺术与社会历史的关系这个至关重要的问题再次摆在了新时代文艺美学的面前。

新时代为文艺美学的再出发提出了新课题和新任务。党的十九大报告提出了"建设美丽中国"的现代化目标。在建设美丽中国的新征程中，文艺美学当有所作为。美丽中国建设的伟大实践为文艺美学的再出发提供了新动力，也提出了新要求。正如李咏吟教授所指出："中国思想界，应该为美丽生活世界做出自己的贡献。文艺美学的思想任务，就是要整合政治、经济、法律等文化思想的视野，从审美创造意义上保证审美的自由，从政治、经济、法律意义上保证审美创造的权利，从而真正实现审美自由的目的与社会正义的目的，最终，构造自由美好的世界，享受自由美丽的生活幸福。"① 十九大报告指出，中国特色社会主义进入新时代，我国社会主要矛盾已经转化为人民日益增长的美好生活需要和不平衡、不充分的发展之间的矛盾。这种矛盾在文化领域也有突出的表现，人们在审美文化领域的需求越来越多，为文艺美学的再出发创造了新的历史契机。2018 年，福建省美学学会策划组织了以"新时代文艺美学的使命与创新"为主题的学术论坛，主要意图就在于将新时代文艺美学与文化创新相联系，以习近平新时代中国特色社会主义思想和十九大精神为指引，共同探讨如何立足于当代中国的文化实践，不断开拓 21 世纪中国马克思主义文艺美学的新境界。议题分为四大方面：一是新时代文艺美学的新使命与新作为。包括四个子题：（1）十九大精神引领新时代文艺美学建设。（2）从新时期到新时代：文艺美学再出发。（3）新时代文艺美学的文化使命。（4）新时代文艺美学的新作为。二是文艺美学的传统重认与话语创新。包括四个子题：（1）重返中国传统美学与文艺美学的创造性转化。（2）新时代马克思主义美学的中国化。（3）中国文艺美学的价值重估与话语创新。（4）21 世纪闽派批评的创新性发展。三是文化自信与"中国故事"的美学表述。包括四个子题：（1）文化自信时代，文艺美学何为？（2）"中国故事"的美学表述新形态。（3）文艺美学视域中的中国经验。（4）以中华美学精神讲好新福建故事。四是文化与科技融合视野下的视觉传达美学再出发。包括三个子题：（1）文艺美学创新与视觉传达实践。（2）文化和科技融合与视觉传达美学再出发。（3）新时代视觉传达美学教育的变革。我们期望参与论坛的青年学者提出富有时代特色的新思考，以马克思主义美学为指导，始终坚持以人民为中心的学术导向，积极回应伟大实践提出的新课题，不断开拓新时代文艺美学研究的新境界。

新时代文艺美学再出发，一是始终要坚持马克思主义在文艺美学研究中的指导地位。习近平总书记在哲学社会科学工作会议上的讲话中明确指出："坚持以马克思主义为指导，是当代中国哲学社会科学

---

① 李咏吟：《美丽中国与文艺美学的时代思想任务》，《温州大学学报（社会科学版）》，2014 年第 6 期。

区别于其他哲学社会科学的根本标志，必须旗帜鲜明加以坚持。"① 构建具有中国特色的文艺美学，必须坚持以马克思主义为指引，坚持学习与实践马克思主义，始终把马克思主义美学的立场、观点与方法贯穿到文艺美学研究、审美教育和文艺批评实践的全过程，贯穿到文艺美学学科体系、话语体系和学术体系建设的各个方面。马克思主义美学博大精深、常读常新。新时代文艺美学再出发，必须坚持"用经典涵养正气、淬炼思想、升华境界、指导实践"。② 坚持读原典、悟原理，返本开新。与审美主义不同，马克思主义美学具有鲜明的政治维度和理想品格，为新时代文艺美学重构指明了方向。正如张盾所指出的："马克思对资本主义现实性的批判性考察，不仅把'自由联合体中每个人的全面发展'当作改变现实世界的目标，同时更是作为对制度与人性的彻底理解和更高真理，以此将现代政治哲学重新带回到对最好制度与最美人性的创造与认知界面，从而恢复并光大了古典政治美学的原初问题和理论传统。"③ 为此，作者提出要推动从文艺美学转向政治美学。当然，是否要以"政治美学"取代"文艺美学"仍有讨论的空间，但新时代的文艺美学的确需要重建政治之维和伦理品格，在马克思主义美学的指引下，重新带回到对最好制度与最美人性的审美认识和创新创造之路，以服务于人民对美好生活的新期待，服务于人民实现美好向往的当代实践。今天坚持马克思主义在文艺美学研究中的指导地位就是要以习近平新时代中国特色社会主义思想为根本遵循，要深刻学习领会习近平总书记《在文艺工作座谈会上的讲话》《在哲学社会科学工作座谈会上的讲话》《在中国文联十大、中国作协九大开幕式上的讲话》《在纪念马克思诞辰 200 周年大会上的讲话》等系列重要讲话的精神，坚持以人民为中心，始终把满足人民精神文化需求作为文艺美学的出发点和落脚点，始终坚持"把人民作为文艺表现的主体，把人民作为文艺审美的鉴赏家和评判者"。④

---

① 习近平：《在哲学社会科学工作座谈会上的讲话》，《人民日报》，2016 年 5 月 17 日。

② 习近平：《在纪念马克思诞辰 200 周年大会上的讲话》，《人民日报》，2018 年 5 月 4 日。

③ 张盾：《马克思与政治美学》，《中国社会科学》，2017 年第 2 期。

④ 习近平：《在文艺工作座谈会上的讲话》，《人民日报》，2015 年 10 月 15 日。

二是要不断发掘、传承与弘扬中华美学精神，在重认传统中构建文艺美学的中国性与中华性。习近平总书记在文艺工作座谈会上的讲话中指出："我们要结合新的时代条件传承和弘扬中华优秀传统文化，传承和弘扬中华美学精神。中华美学讲求托物言志、寓理于情，讲求言简意赅、凝练节制，讲求形神兼备、意境深远，强调知、情、意、行相统一。"① 这是对中华美学精神丰富内涵的科学概括与阐释，讲话引起了文艺美学界的热烈反响。2014 年至 2015 年，《美与时代》连续发表一系列文章，探讨中华美学精神历史内涵与现实意义，研讨新时代如何弘扬中华美学精神。2016 年，《文学评论》第 3 期发表了五篇专题文章：陈望衡的《中国美学的国家意识》、刘成纪的《中华美学精神在中国文化中的位置》、朱志荣的《论中华美学的尚象精神》、张晶的《三个"讲求"：中华美学精神的精髓》、韩伟的《乐与中国美学的和谐精神》，深入阐述中华美学的精神内涵及其在"新的时代条件"下的丰富含义。《中国文学评论》2016 年第 4 期起开设"中华美学精神"专栏，旨在"通过比较、对照、思考、吸收，积累对丰富而广博的中华美学精神的知识和见解，为建立中国美学的话语体系添砖加瓦"。② 2017 年，上海市美学学会与上海市哲学学会、上海市伦理学会联合主办"中华美学精神高层论坛"，围绕中华美学精神的当代价值研究、中国古代美学范畴与当代美学话语体系创新及与文艺创作的关系展开讨论。同年，在中华美学学会与中南民族大学联合主办的国际学术研讨会上，学者一致认为，"中华美学的传承与创新"必须坚持追本溯源、中西会通、古今对话和面向未来的原则，唯有如此才能为新时代文艺美学的再出发寻找到新的历史契机……晚近几年，"中华美学精神"已经成为人文学界关注的一大焦点，成为文艺美学重构的重要理论资源。人们已经普遍认识到构建文艺美学的中国性必须不断发掘、总结、传承与弘扬中华美学精神。中华美学精神的丰富内涵及其世界性意义、中华美学与马克思主义美学在新语境下的融通及中华美学精神的当代实践等一系列重大理论与现实问题还需文艺美学界开展系统全面的研究与具体深入的阐发。

---

① 习近平：《在文艺工作座谈会上的讲话》，《人民日报》，2015 年 10 月 15 日。
② 编者按："中华美学精神"专栏，《中国文学评论》，2016 年第 4 期。

三要不断深化开放的研究，吸收和借鉴世界美学的一切有益成果，在比较、互鉴与融合中推动新时代文艺美学的新发展。回顾历史，80 年代文艺美学的创生与发展，是在改革开放的语境下展开的，面向世界的开放研究形成了这一时期文艺美学的高潮。新时代文艺美学再出发要在坚定文化自信和中国立场的基础上继续深化开放的研究，以更加开放包容的文化心态更加广泛地学习借鉴国外美学与文艺理论的优秀成果，尤其要密切关注和研究国外马克思主义美学研究的新发展和新成果。马克思主义在 21 世纪的复兴是西方文化思想的大潮流。"历史唯物主义"丛书已经编辑出版了 170 余种，"共产主义观念大会""世界马克思主义大会""世界社会论坛"不断引起全球进步知识分子的极大热情。万隆会议的精神遗产与第三世界论述的重启及南方理论的崛起力图颠覆西方主义学术典范，瓦解学术资本主义和审美资本主义体制，重写批判思想。齐泽克主编的毛泽东的《实践论》和《矛盾论》已经成为西方知识分子尤其是美国知识青年的必读书。巴迪欧、巴特勒、布迪厄、朗西埃、于伯尔曼、波斯迪尔斯等合著的《什么是人民》，对"人民"的概念进行了新的阐释。"人民"这个概念重新获得"革命主体""审美主体""行动主体"重构的重要思想资源。巴迪欧等人编著的《诗歌的时代》一书专文讨论了"诗歌与共产主义"的议题。巴迪欧列举了一批诗人的诗篇，说明共产主义诗学的历史与当代意涵，这批诗人包括智利的聂鲁达、西班牙的拉法埃尔·阿尔维蒂、意大利的爱德华多·圣奎内蒂、巴勒斯坦的达维什、秘鲁的巴列霍尔和中国的艾青等，他们的作品都饱含着丰富的人民性含量，具有鲜明的人民美学取向。国外复兴"共产主义美学"的思想运动和"共产主义诗歌"的文学运动逐渐展开，共产主义美学重新成为文艺批评的关键概念。如 2015 年，Jon Clay 发表 A New Geography of Delight：Communist Poetics and Politics in Sean Bonney's *The Commons*，[①] 阐述共产主义的诗歌美学；2017 年，Samir Gandesha，Johan Hartle 主编出版《美学的马克思》，在当代艺术辩论中重新阐释

---

　　① Jon Clay. "A New Geography of Delight：Communist Poetics and Politics in Sean Bonney's The Commons". *Journal of British and Irish Innovative Poetry*，2015，7（1）：1 - 26，DOI：http：// dx. doi. org/10. 16995/biip.

马克思美学的意义，表达了当今西方进步知识界对美学在解放政治叙述中的作用问题的浓厚兴趣；2018 年，以"为我们这个时代创造马克思主义的研究和理论"为宗旨的《观点杂志》（*Viewpoint Magazine*）发表关于"共产主义诗学"的评论文章，引起了广泛的关注……在批判资本主义文化和抵抗新自由主义全球化的基础上，21 世纪西方马克思主义美学重新提出和阐释了"共产主义诗学与政治"命题及其当代意义，共产主义诗学重新成为"审美资本主义"的替代方案，这对中国当代文艺美学的重构具有重要的启迪意义。习近平总书记在中央政治局第四十三次集体学习时强调指出："当代世界马克思主义思潮，一个很重要的特点就是他们中很多人对资本主义结构性矛盾以及生产方式矛盾、阶级矛盾、社会矛盾等进行了批判性揭示，对资本主义危机、资本主义演进过程、资本主义新形态及本质进行了深入分析。这些观点有助于我们正确认识资本主义发展趋势和命运，准确把握当代资本主义新变化、新特征，加深对当代资本主义变化趋势的理解。对国外马克思主义研究新成果，我们要密切关注和研究，有分析、有鉴别，既不能采取一概排斥的态度，也不能搞全盘照搬。"[①] 这为新时代中国文艺美学的再出发提供了宝贵的方法论指导。

四要主动介入新时代审美文化实践，回应理论问题，聚焦现实关切。习近平总书记在十九大报告中明确指出："中国共产党从成立之日起，既是中国先进文化的积极引领者和践行者，又是中华优秀传统文化的忠实传承者和弘扬者。当代中国共产党人和中国人民应该而且一定能够担负起新的文化使命，在实践创造中进行文化创造，在历史进步中实现文化进步！"[②] 这也是新时代中国文艺美学的文化使命和思想任务。文艺美学要与新时代中国特色社会主义实践同频共振，与人民同呼吸共命运，积极介入当代审美文化实践，聚焦现实问题与人民关切，努力回应新时代在审美文化领域提出的理论挑战，在审美文化的实践创造中实现文艺美学的重构与创新，在历史进步中实现当代文

---

① 习近平：《习近平在中共中央政治局第四十三次集体学习时强调　深刻认识马克思主义时代意义和现实意义　继续推进马克思主义中国化时代化大众化》，《人民日报》，2017 年 9 月 30 日。

② 习近平：《决胜全面建成小康社会　夺取新时代中国特色社会主义伟大胜利——在中国共产党第十九次全国代表大会上的报告》，《人民日报》，2017 年 10 月 28 日。

艺美学的繁荣发展。新时代文艺美学要立足于社会主要矛盾的转换，自觉承担时代赋予的文化使命，不断提升人文学术的原创力、传播力和影响力，为筑就文艺高峰提供审美思想支撑与审美经验支持，做好美育工作，弘扬中华美育精神，促进人的全面发展，促进整个社会向美、向上、向善的健康发展，在"以美育人，以文化人"中发挥理论引领作用，努力开辟新时代文艺美学的新境界。

五要积极应对科学技术新发展和文艺传播技术的巨大变革所带来的新问题与新挑战，提出文艺美学的新议题，开拓文艺美学的新论域，寻找文艺美学研究新的学术生长点。新媒体、人工智能、大数据、生命科学等新科技革命正在深刻地改变人类的生产生活方式与社会行为模式，正在重塑我们时代的政治、经济、文化活动的规则与运行模式，甚至隐蔽地影响和调整我们的感官系统与感觉方式，人类的审美感觉与美育活动也概莫能外。正如南帆所指出的："事实上，科学技术已经开始改写审美的密码……科学技术造就的新型大众传媒同时形成了多种异于传统的语言符号、叙述语法和阅读方式……科学话语的坚硬存在与强势扩张已经不容忽视。"[1] 文艺美学必须积极参与到与科学话语的广泛对话之中，关注技术对人文领域的深刻影响，关注新技术时代的审美文化嬗变趋势，聚焦技术时代的人文关怀命题。在这个意义上，近期一些学者提出的相关思考颇具启发意义，如，2018年，何志钧、孙恒存发表的《数字化潮流与文艺美学的范式变更》一文，认为："新型的文艺美学需要自觉强调'数字性'和'审美性'的化合；需要格外关注新兴的数字媒介，以新媒介为中心重新审查和审视文艺、审美实践；需要关注虚拟审美，拓展文艺美学研究的视野和思路；更需要关注全觉审美，立足全觉审美培植文艺美学研究新的生长点。"[2] 张进、姚富瑞发表的《物的伦理性：后人类语境中文艺美学研究的新动向》和《后人类语境中媒介对人的感官系统的调解》，提出："在一定意义上，麦克卢汉、基特勒与斯蒂格勒等人的相关思考，启发并推动着我们在一种人与物、人性与物性的亲密纠缠、同志

---

① 南帆：《文学理论十讲》，福州：福建教育出版社，2018 年，第 7－8 页。
② 何志钧，孙恒存：《数字化潮流与文艺美学的范式变更》，《中州学刊》，2018 年第 2 期。

式平等、共生共成关系图景中，去重新勾勒新世纪文艺美学的媒介范式。"① 认为文艺美学在新技术语境下要高度重视"物的伦理性"问题，批判地借鉴当代技术哲学和后人本主义技术伦理学的思想成果，"推动文艺美学对语言论转向以来'文本主义'的反思批判，展露出新世纪文艺美学研究的新动向：关注物的伦理性，探求我与'非我'的伦理主体间性，基于人—技关系意向性而阐发文艺审美活动的道德内涵"。② 这一系列思考虽然还不够系统、全面和深入，但对新技术语境下文艺美学空间的新拓展无疑有着十分积极的意义。

———————————

① 张进，姚富瑞：《后人类语境中媒介对人的感官系统的调解》，《烟台大学学报》，2018 年第 5 期。

② 张进，姚富瑞：《物的伦理性：后人类语境中文艺美学研究的新动向》，《南京社会科学》，2018 年第 7 期。

第八章

乡愁、华语语系文学与中华性

　　学术自审是学科进步的关键，作为一个新兴的学科，世界华文文学研究尤其需要自审精神。在《对象·理论·学术平台——关于华文文学研究的学术升级问题的思考》[①] 一文中，我们曾经提出 20 多年来的世界华文文学研究存在许多不足之处，缺乏学理对话和学术论争就是其中之一。的确，中外文学史早已表明论争与对话具有十分重要的意义，是推动文学思潮形成与演变的至关重要的动力。可以说，没有文学论战就没有文学思潮的历史运动，学术发展也是在各种观念的对话和争辩中获得进步的。缺乏对话和论争无疑是世界华文文学发展史上的一个缺憾，思潮史的缺席先天地决定了我们的世界华文文学史书写的局限，已经出版的多种世界华文文学史著作常常难以形成自洽的历史叙述和逻辑框架。必须指出的是，马来西亚的华文文学应该是一个例外，自从马华文学在 20 世纪 20 年代发蒙以来，就一直论争不断。从现代马华文学的独特性论争到当代的现实与现代之争，再到旅台与本土作家的论战及晚近关于马华文学国籍问题的讨论，在这一系列的论争与对话过程中，马华文学的创作与论述都取得了令世界华文文学界瞩目的实绩。

　　在经历了现实主义与现代主义的论战之后，20 世纪 80 年代的马华文学进入了相对平静的时期——现实主义与现代主义相互融合，不再是水火不容的生死冤家。但进入 90 年代以后，随着新世代作家群

---

　　① 刘登翰，刘小新：《对象·理论·学术平台——关于华文文学研究的学术升级问题的思考》，《广东社会科学》，2004 年第 1 期。

体的崛起，马华文坛的稳定格局再次受到了挑战。尤其是旅台作家群在台湾文坛崛起后重新返回马华文坛，企图重写已成定论的马华文学史。本土与旅台马华作家之间产生了激烈的论战，引起了90年代以来马华文坛的美学骚动和艺术意识形态的剧烈变动。但旅台作家内部在文学理念上也不完全一致，他们彼此之间存在着明显的美学差异和艺术意识形态的不同。这是个有趣的现象，也值得世界华文文学研究者关注与研究。

本章将从黄锦树与林幸谦的一次小小的论争谈起，讨论以旅台作家为核心的马华新世代作家内部文学观念的差异与冲突，以及涉及世界华文文学研究的一些重要问题，其中关于乡愁写作的认知分歧具有某种普遍性。

1995年，黄锦树在《南洋商报》文艺副刊发表《两窗之间》，点评新生代诗人陈大为、沈洪全、辛金顺等人的作品。他提出，对于诗歌艺术而言，主体的意志不能过度干扰语言的意志，创作无疑是主体向存在的挣扎，一种主体意志与语言意志的交战。这是诗歌史上早已出现的一种诗歌观念。黄锦树从这种观念出发，批评辛金顺和林幸谦的创作主体意志凌驾于语言意志之上，甚至剥夺了语言的自由和意志。他甚至认为："林幸谦创作上的最大的问题（不论是散文、论文、诗）从他这几首诗中也可以看出：过度泛滥的文化乡愁，业已成为他个人创作的专题。中国像是一个严重的创伤，让他一直沉浸在创伤的痛楚及由之而来的陶醉中。他像一个失恋者，一直对旧情人念念不忘，以致无法面对其他的可能对象。这种情感上的耽溺化为说明性的语言，一样是滥调。"① 黄锦树对林幸谦的诗歌、散文创作乃至文学批评的全盘否定引起了林幸谦的反弹，林氏在《窗外的他者》一文中回应了黄锦树的批评。

林幸谦的回应包括以下几个方面：第一，林氏承认其《生命情结的反思——白先勇小说主题思想之研究》确有讨论白先勇的"中国命题"和"文化乡愁"的内容，但这只是"论述之需要"，也只是书中的一部分而已。黄锦树从林幸谦的白先勇论出发指控林氏犯了"过度泛滥的文化乡愁"的毛病的确难以让人信服。因为学术研究是对对象

---

① 黄锦树：《两窗之间》，《南洋商报·南洋文艺》，1995年6月9日。

的一种阐释，这种阐释的有效性取决于论者是否准确地把握住对象的思想内涵。文化认同问题无疑构成了白先勇早期小说的重要主题，但白先勇的问题并不能等同于论者的问题。尽管有时研究者与对象之间存在某种契合，但研究者也完全可以客观地进入研究对象的文本世界，甚至从批评的角度展开探讨。这显然是文学研究的一个常识。第二，诗歌创作无疑具有多种美学途径，不可能只是黄锦树所认定的一种。林幸谦在散文书写中往往引入诗歌的手法，如意象、隐喻、象征与情思的跳跃等，而在诗歌创作中则放弃现代派那种晦涩语言转而追求语言的"明朗化"。"在语言的运作上，从象征、隐喻、寓言性出走，开拓一种较为直接、淋漓尽致，而且痛快的叙述模式与书写语言。"① 第三，"身份认同、文化冲突、中国属性，尤其是边陲课题等问题，对于海外中国人而言，足可以让几代人加以书写阐发，是世纪性的一个问题。"② 的确，边陲书写和生命情结构成了林幸谦所有作品的突出特色。随着全球化的深度展开，移民问题日益突出，身份认同和边陲课题不仅是世纪性问题，也不仅仅与离散华裔相关，而且是世界性的问题，移民的身份书写和边陲叙事业已成为世界文学与文化的重要主题之一，这个主题也将长期被文学、史学、社会学乃至政治和哲学写作关注和重视。

显然，黄锦树与林幸谦的根本分歧在于对文化乡愁书写的不同认识。前者完全否定乡愁书写的意义，后者则认为边陲课题仍然是一个世纪性命题，尤其对生存在多元文化、多元种族社会中的少数和弱势族群而言，仍然蕴含着重大的时代意义。许多现象表明，这一分歧是海外华文文学界普遍存在的一个问题，而且越来越凸显出来。这就是我们今天还要回头看发生在 1995 年黄锦树与林幸谦的那一次小小文学论争的原因。

黄锦树对林幸谦回应的回应进一步把这一分歧凸显了出来。他提出了"中国性"与"存在的具体性"的抉择问题，认为在"中国性"与"存在的具体性"之间，马华文学乃至海外华文文学书写应该选择后者，因为"中国性"书写会造成海外华裔文学对自身生存具体性的

---

① 林幸谦：《窗外的他者》，《南洋商报·南洋文艺》，1995 年 7 月 25 日。
② 林幸谦：《窗外的他者》，《南洋商报·南洋文艺》，1995 年 7 月 25 日。

遗忘，以至于海外华文文学变成中国文学的海外支流。他说："'中国'在广大的华人心中潜伏为无形的民族主义，同时却也藉由符号而膨胀为无边的、想象的大汉帝国。写作者作为符号的运用者，更容易坠入那'看不见的城市'的陷阱。哀怜、自伤、悲情作为一种负面的形式，在认识论上仍然局限于一个以中国为主体的想象的中心观，和本土中国人的傲慢自大不过是一枚铜币的两面。"[①] 不难看出，黄锦树的说辞对"本土中国人"存在某种不可思议的敌视。我们不知道其所谓的"本土中国人的傲慢自大"的印象是从何而来的，黄锦树对当代中国人的性格和当代中国文学与文化，以及世界话语体系的权力结构到底有多少了解？这无疑是令人怀疑的。但这不是本章所要讨论的问题，在此不赘。我们首先要讨论的是黄锦树和林幸谦的论争中所含有的华文文学乡愁书写命题。

记得在 1997 年，"北美华文作家作品讨论会"在华侨之乡福建泉州举行。为这次研讨会的顺利进行，中国作家协会特地编辑出版了《北美华文作家百人集》。顾圣浩教授撰文《月是故乡明》，以这部"百人集"为核心讨论了海外华文文学的深刻而复杂的"思乡情感"。[②] 的确，《北美华文作家百人集》给人们留下了一个深刻的印象：海外华文文学在书写主题上具有某种高度的一致性，即"乡愁书写"，这个选集也进一步加强了人们过去形成的对海外华文文学的刻板印象。参与讨论的一些中国作家对海外华文文学也有这样的认知。如何认识和评价华文文学的乡愁书写无疑已成为当今华文文学研究的一个重要的课题。朱立立在《华人学的知识视野与华文文学研究》一文中对这个问题有过比较深入的论述：我们必须从不再孤立的文本对象中看到乡愁更为丰富具体的存在形态和历史变化。我认同她的观点："乡愁，也许它有着中国农耕文明和儒家思想的烙印，也许它带着西方浪漫主义的精神还乡意味；也许它是政治流亡与文化放逐的孤独与酸涩，也或许，它只是一种散发着淡淡哀愁的美丽装饰；它可能

---

① 黄锦树：《中国性，或存在的具体性？——回应〈窗外的他者〉》，《南洋商报·南洋文艺》，1995 年 8 月 26 日。

② 顾圣浩：《月是故乡明——美国华文作家作品的一道风景线》，《北美华文创作的历史与现状》，广州：暨南大学出版社，1999 年，第 2 页。

是身处异域的华人族群记忆历史和祈祷的方式，也可能只是华人个体漂泊的需求与生命呈现的形式……而且，乡愁的内涵与叙述方式，与华人所在国的政治经济种族政策也关系紧密，华人生存的具体性是乡愁文学形态的直接依据。在全球化成为现实的今天，乡愁书写正遭到普遍的质疑，的确，过度的乡愁书写更多地暴露出异域生存的文化不适应即所谓的水土不服；但另一方面，一种有深度的乡愁写作仍然是华人移民个体乃至族群族性记忆属性建构的重要方式。"① 的确，我们有必要把华人的乡愁书写看得复杂一些、多元一些、历史化一些，更必须把乡愁问题纳入海外华人华裔的生存具体性和多元互动的文化场域中予以观察和认识。乡愁是海外华人的离散生存方式所产生的心理需求和情结，不同的乡愁书写个案无疑是书写者对自身所处的政治文化环境的"在地回应"。

与乡愁书写相关的一个问题是海外华文文学与"中国性"的关系问题。"中国性"这个概念也许是华侨华人学家王赓武先生发明的，在《中国与海外华人》一书中已经出现"Chineseness"。也有人认为"中国性"是从新儒学的中国文化思想尤其是杜维明的"文化中国"概念中延伸出来的。黄锦树把"Chineseness"解释为"中国特质/中国本质"。在华人学研究界一般认为"Chineseness"可以视其所处的文本脉络，或翻译成"中国性"，或译成"华人性"。在中国大陆的文论界，"中国性"这一概念很少出现，人们更多地使用的是"中华性"概念。

近些年来，海外华文文学与"中国性"的关系问题在台港和海外华文知识界的一些学者中不时被提及，并且认识颇为混乱。黄锦树就是其中之一，他的《中国性，或存在的具体性？——回应〈窗外的他者〉》无疑成为其后来的马华文学研究的一个思考的起点，亦是其"去中国性"迷思的开端。从《马华文学：内在中国、语言与文学史》到《马华文学与中国性》，从对林幸谦"文化乡愁"书写的否定到对当代马华文学"中国性现代主义"的批评，黄锦树对华文文学"中国性"的看法越来越偏激和片面，这一现象的出现无疑受到了90年代以后台湾地区"去中国化"思潮的负面影响。

---

① 朱立立：《华人学的知识视野与华文文学研究》，《福建论坛》，2002 年第 5 期。

笔者以为黄锦树关于马华文学与中国性的思考有需要进一步商榷的地方。第一，在讨论海外华文文学时，笔者认为应该使用"华人性"或者"中华性"，这样可以避免混淆问题的焦点和准确含义。第二，黄锦树错误地割裂了"中国性"与"华人存在的具体性"的关系。如果我们把"Chineseness"理解成"华人性"或者"中华性"，黄锦树的问题所在也就一目了然了，因为"华人性"内在于"华人存在的具体性"，构成华人"存在的具体性"的族裔维度，"中华性"透过离散华裔的选择与创造早已隐蔽地转化成为当下生活的一部分。第三，黄锦树把"Chineseness"理解为"中国本质"，这可能过于静态和固化了。笔者以为"中国性""华人性"及"中华性"等概念都应该视为一种不断建构的历史性概念，一种开放的中国性概念，而不应将其本质主义化。在讨论"中国性"与海外华文文学的关系时，我们不仅需要一种历史的"中国性"概念，而且更需要一种开放性的"中华性"概念。新加坡的吴英成博士提出"开放的中国属性"——尊重多元文化的差异，让中国属性成为开放的身份意符——是十分有意义的观点："在这彼此依赖又快速变迁的全球化竞争时代中，世界各地的华人何须再内耗于相互的敌视，唯有打破纯度中国属性的迷思，尊重彼此的差异，进而利用本土与全球、此处与他处、过去与现在等双重文化特性，在居留地与想象祖国间保持创造性的张力，进而深化丰厚自身杂质而具独特性的语言与文化形式，如此才能在全球化浪潮中不被东西方任何主流文化淹没，并得到他者或世界其他族群的尊重。"[①] 吴英成从语言层面进入关于"中国性"／"中国属性"的阐释与辩证，非常值得海外华文文学批评界深入思考和借鉴。

港台及海外华文文学圈所讨论的"中国性"概念，实际上涉及华文文学的文化身份认同问题。关于华文文学的文化认同，笔者以为，第一，要对"文化认同"这个使用频率很高的概念做一些分析。在笔者看来，文化认同不是单一的、纯粹的、静态的，而是一个结构，由多种文化元素构成，是基于历史的、动态的建构过程。对于文化认同的理解与阐释必须保持本质论与建构论之间的辩证平衡，"在历史之

---

① 吴英成：《开放中国属性：海外华人圈华语变体切片》，《联合早报》，2002年12月15日。

维上维护族群自始源而来的文化情感，而在现实之维上，使始源情感更具弹性而不僵化，承认属性受现实政治、经济、文化情境的制约，进而确立以始源为起点的创造性重塑的认同建构理念"。① 海外华文文学的"中华性"即中华文化元素是海外华人华裔文化认同构成的一个重要元素。海外华文文学的"华人性"/"华人属性"由"中华性""本土性""世界性"及"现代性"等多元文化元素构成，涉及政治、经济、民族、阶级、性别、地缘、宗教、族群、语言（方言社群）、教育、宗族等复杂层面。第二，"中国性"本身也是一个基于历史，回应当下和面向未来的复杂的动态的结构，不宜作某种本质主义的认定和化约主义的理解。华人或华裔文化属性建构是充满矛盾张力的漫长历程，由文化情感和生存策略交织而成。由差异所带来的文化张力或许正是华文文学的丰富性和魅力所在。在多元种族、多元文化并存的境况中，比较妥当的理念是把属性视作自我和他者、过去和现在、中心和边缘的辩证对话而得以建构的。

现在我们再回到黄锦树与林幸谦的论争。黄锦树把林幸谦的边陲书写纳入从"天狼星"诗社到李永平的"中国性现代主义"的脉络中。李永平的情形要复杂得多，这一点，黄锦树自己是承认的。林幸谦的情形也要复杂一些，但黄锦树的认识却有些简单化。黄锦树的马华文学论述的确敏锐有力，但也常常犯化约主义的弊病。

发现文本间性从而建立文学的知识谱系和总体性概念，无疑是文学研究的一种进路，这是一种古老的方法。丹纳的《艺术哲学》提倡的就是这种方法："我的方法的出发点是在于认定一件艺术品所从属的，并且能够解释艺术品的总体。"这一总体的认识分为三步：一件作品属于作家全部作品的总体；一个作家和他创作的全部作品隶属于比作家更大的总体，即某一文学流派或作家家族；而作家群体又包含在一个更大的总体之中，即"在它周围而趣味和它一致的社会"。② 黄锦树的马华文学研究也试图建立当代马华文学的知识谱系，把林幸谦等人纳入所谓"中国性现代主义"的总体之中。但我们以为从"天狼星"到林幸谦、李永平这一文学谱系——当代马华文学史的一条脉

---

① 刘小新：《文化属性意识与东南亚华文文学研究》，《华侨大学学报》，2000 年第 2 期。
② ［法］丹纳：《艺术哲学》，北京：人民文学出版社，1963 年，第 4 – 6 页。

络——的真实性是可疑的。"总体化"往往是以牺牲异质性为代价的。黄锦树的"总体化"学术思维在何种程度上可能化约了"天狼星"与林幸谦们之间的差异？

找到林幸谦与"天狼星"诸君的共同点似乎并不困难，但指出林幸谦诗文的异质性元素反而更为重要。这些异质性元素有可能显示出新世代华裔作家在身份认同和美学意识形态方面的不同走向和旨趣。从林幸谦的诗歌与散文文本来看，他的生命与文化情结并非如黄锦树所说的"过度泛滥的文化乡愁的滥调"。因为乡愁这个被海外华文文学作家一再书写的文学母题，在林幸谦看来是"夜里的一场大梦"，原乡神话的迷思把海外人囚禁在一个民族的大梦中。解构"乡愁"和原乡神话是林幸谦诗文写作的一个核心主题，有趣的是，这显然与黄锦树的观念有着某种近似之处。值得注意的是，对原乡神话的反省并非黄、林两人所独有，这一倾向在 90 年代以后的海外华文文学尤其是新生代华文作家的创作中有一定的普遍性。这与新生代受后现代主义和解构主义思潮的深刻影响有关，也与文化全球化的快速发展所带来的时空压缩和全球离散生存对传统认同观念的挑战相关。正如齐格蒙·鲍曼在《生活在碎片之中——论后现代道德》一书中指出的："如果现代的'身份问题'是如何建造一种身份并且保持它的坚固和稳定，那么后现代的'身份问题'首先就是如何避免固定并且保持选择的开放性。"① 文化全球化一方面强化了身份的流动性、认同的杂种化（hybridization）和全球视域的形成，另一方面刺激与强化了本土性和地方性的认同诉求。这些复杂且纠缠在一起的因素都引发了 90 年代以后海外华文文学尤其是新华人文学对传统那种稳定的、相对单一的，乃至本质化的原乡意识的质疑与消解。我们可以从以林幸谦、黄锦树等为代表的新生代作家的作品和论述中看出原乡意识的历史嬗变。

我们认为，海外华人作家和批评家始终都要面对华文文学的文化属性问题，都要在美学层面或论述上处理身份政治命题，这个问题内在于华人写作与文化实践之中，内在于华人论述变迁和华人文学的发

---

① ［英］齐格蒙·鲍曼：《生活在碎片之中——论后现代道德》，上海：学林出版社，2002 年，第 87 页。

生与发展之中，无法规避。文化属性不是一成不变的，而是处于不断建构的过程中，在多元文化力量的不断协商与斗争过程中形塑。而身份政治始终与作家的生存处境相关，也与作家所受到的意识形态思潮的复杂影响相关。因而，对华文文学的文化属性和身份政治问题，不同的作家或作家群体有不同的理解与处理方法。乡愁书写是一种类型，反映了华人移民普遍的一种文化心态，一种传统的漂泊心态，也反映出海外华文文学创作常常因袭了一种隐蔽的美学成规，一种文学史传统书写惯例的深刻影响，许多时候也是一种审美生产的历史惰性。乡愁的解构书写是另一种类型，处理的是乡愁与反乡愁之间的更为复杂的情感关系，这种情感张力赋予了华文写作一种特殊的美学意味。第三种类型是从自我中跳脱出来的现代意义上的离散书写，跳脱出乡愁与入世的分离，超越原乡想象与现实关怀的区隔，将华人离散书写与人类普遍的离散经验相连接，扩大华文文学人文与社会的关怀面，重新叙述并且融入世界范围的离散经验，与国族、性别、族群、阶级、第三世界话语、环境生态思潮及诸种弱势社群运动等因素相勾连，嵌入差异政治、记忆政治、左翼政治、承认的政治和游牧主义思潮之中，发展出更加多元丰富乃至具有激进美学意义的深度乡愁叙事，我们把这种华文书写定位为全球化"后乡愁"（post-nostalgia）的离散写作。

第四种类型是以反乡愁书写为修辞，行去"中华性"之实，企图切断华文文学与中国文化的历史关联，说白了就是"去中国化"。这种去中国化的逆流在不同的历史时期有着不同的表现形态，晚近集中表现在华裔美国学者史书美所谓的"华语语系文学"（Sinophone Literature）论述中。这种论述虚构了一个中国话语权力中心，把"华语语系文学"这个一般性的"语种文学"概念意识形态化、工具化，标榜一种以反"中国中心"为目的的"华语语系文学"，企图操作"华语语系文学"与中国文学传统的二元对立。史书美这种论述本质上是西方反华势力和台湾地区去中国化思潮的帮佣。事实上，史书美把批判的矛头指向中国是完全错误的，是去历史化的，完全搞错了批判的方向和解构的目标。在全球人文知识生产体系中，西方尤其是美国仍然处于文化霸权的中心，此其一；在美国文化权力结构内部，少数族裔话语仍然处于并将长期处于弱势状况，此其二；在金融资本主义和新自由主义全球横行肆虐的年代，底层和中产阶级的经济利益与文化权力日益受损，西方社会内部乃至世界体系中心与边缘的结构性冲突日益尖锐，此其三。史书美对这种权力结构和不平等现实视而不见，缺乏必要的批判性反思，对自己的发言位置及其所处的霸权结构也缺乏必要的批判性反省，其做法不过就是进一步地成为美国主流学术体制的附庸而已。这种所谓"华语语系文学"的话语生产与操作或可视为新自由主义影响下人文学术依附性发展的诸种症状之一，是一种对西方学术话语霸权依附的精神症状的具体表征。真正有效且值得赞赏的做法是像杜波依斯（W. E. B. Du Bois）那样把矛头指向美国的主流话语体系。美国主流话语体系才是真正需要批判与解构的全球话语霸权中心。现今进步的华人文学写作（包括论述）必须努力揭示出这种不平等的权力结构，必须努力成为包括华人在内的弱势（少数）族裔（族群）争取平等权利的文化代言与美学表达，必须努力建构一种能真正有效地反思历史、思考当代和批判现实的能力，真正成为西方人文知识体系内部的批判性少数话语。

对于华人文化生存和文学自主发展而言，依附于西方帝国学术霸权的文学论述无疑是有害的。今天的华文文学批评需要的是杜波依斯那种对黑人灵魂"双重意识"的深刻阐释——"美国黑人的历史就是一场斗争的历史，渴望着成为具有自我意识的人，渴望着使这双重自我融合为一个更好、更真实的自我的斗争的历史"[1] ——需要的是杜波依斯那种在美国主流社会和话语中心为黑人争取平等权利的斗争精神，需要的是那种有着更广大的关怀面向并与人类普遍情感相会通的离散叙事和思想论述。中华文化内在于华人的情感结构，是华人文化生存的重要之维，对于海外华文文学的历史与未来发展而言，中华文化从来都不是负资产，更不是一种文化霸权，而是一种至关重要的思想和文化资源，是海外华人灵魂"双重意识"中至关重要的组成部分，是华文写作富有深度的人文精神和文化张力的构成因素之一。正如凯文·林奇所言："理想的状况必须既扩充现在，又与过去和未来取得联系。"[2] 历史感、文化记忆、生存的具体性及对未来图景的想象

---

① ［美］杜波依斯：《黑人的灵魂》，北京：人民文学出版社，1969 年，第 4 页。
② ［美］凯文·林奇：《此地何时》，赵祖华，译，北京：北京时代华文书局，2016年，第 1 页。

都是华人离散族裔自我认同建构不可或缺的维度。我们认为，实现移民社会多元族群、多元文化之间真正的宽容、多元、平等和相互承认，包括作家和批评家在内的华裔人文知识分子需要更积极主动的文化参与和政治参与，"需要进行不断的'文化抗争'和'文化协商'。海外华人文学的历史即是一部华裔知识分子在不同的历史语境下展开'文化抗争'和'文化协商'的发展史"。① 我们有理由相信，在不断展开的多元文化的对话与协商过程中，在文化乡愁与思想游牧之间，在离散与聚合之间，中华文化或中华性完全有可能创造性地转化为一种不竭的文学想象与思想动力的来源。

---

① 刘小新，朱立立：《海外华人文学与"承认的政治"》，《江苏大学学报（社会科学版）》，2008 年第 1 期。

中

literature

编

第九章

阶级、底层叙事及阶层美学①

一

对"底层"问题的关注已成为 21 世纪初期中国文艺创作和文论发展的一个重要现象。这些讨论涉及许多重要的问题。首先是底层论述背后的理论和思想资源问题。作为社会学研究范畴，在西方，"底层"概念可能可以上溯到 1962 年。在 *The Affluent America* 一书中，社会学家 Gubbar Myrdal 第一次用"underclass"取代了当时流行的"lower class"。Auletta 出版于 1982 年的著作 *The Underclass* 使"底层阶级"成为社会学系统研究的对象。从 1987 年美国社会科学研究会设立研究底层问题的专业委员会开始，"底层"概念开始在社会学界推广开来。简而言之，西方社会学界关于"底层"的论述一般有两种理论立场和取向：一种以 Myrdal 和 W. J. Wilson 为代表，从社会经济结构的脉络阐释底层的产生和问题；另一种则从行为模式的层面界定底层概念，人类学家 Oscar Lewis 的贫穷文化研究和 Banfield 的底层阶级理论就属于这种范式，Banfield 十分强调致贫的行为因素。这两种范式奠定了当代相关研究的基础，但都已经无法完全观照到今天问题的复杂面向。而美国社会学界的保守派则把"底层"仅仅视为"行为的偏差者"，从而消解了 Myrdal 的底层概念的"结构受害者"社会批判含义，其对社会问题的阐释能力也就荡然无存了。晚近中国文论中

---

① 本章与滕翠钦博士合作完成。

的底层论述与这一脉络并没有太大的关系，而是接上了另一条更久远的线索。

这条线索从马克思延伸到葛兰西和当代的后殖民思想家斯皮瓦克。这个脉络中的"底层"或"属下"（"Subaltern"）概念的含义与上述社会学的"underclass"有着很大的区别。美国社会学的分层理论——如丹尼斯·吉尔伯特和约瑟夫·A.卡尔合著的《美国阶级结构》——一般把美国社会的结构分为"资本家阶级""上中层阶级""中层阶级""工人阶级""劳动贫穷阶级"和"下层阶级"。底层属于少数派，这是根据与劳动力市场的关系来界定的。而葛兰西的"底层"则是指从属阶层，在文化和意识上依附或顺从于支配阶级的领导。葛兰西的"属下"概念在斯皮瓦克的后殖民论述中得到了进一步的阐释。在著名的《属下能够说话吗?》一文中，斯皮瓦克突出了"底层"不能发音的特征，并且提出晚近文论中关于"底层的表述与被表述"问题的讨论主要即是衔接了这一批判的知识脉络。在这一知识脉络中，印度学者的"属下研究"（亦译为"庶民研究"或"底层研究"），美国的农民研究专家詹姆斯·斯科特在南亚农民研究成果中提出的"隐藏的文本"概念，巴西教育学家保罗·弗莱雷的批判教育学等理论资源逐渐开始引起人们的关注。这些理论资源的引入有可能打开当前文论底层论述的新空间。

作为对某一社会群体的命名和指称，"底层"具有其特殊的意义。底层论述是在"阶层"模式开始取代原有的"阶级论"的情境下出现的。"底层"并非永久性和固定的"集合"，并不像"人民"或"无产阶级"那样曾经被表述为一个有机群体。"底层"的"群体同一性"消失，恰恰说明"底层"概念的冒现和流行及时反映了20世纪90年代以来中国的部分社会现实。"底层"的出现，意味着原先建构出来的二元对立的阶级关系已然被更为多元复杂的主体间的关系取代。原来的"阶级冲突"论述也随之转换为对于包括"底层"在内的"阶层"现象的聚焦辨析，人们开始在社会学等领域思考"底层"的生存境遇、"底层"的由来及相关问题。文学创作和批评理论界也以具体作品和论述介入底层叙事，这一叙事与论述的转变促使审美文化研究的重心从阶级话语向阶层美学转移。

二

实际上，古今中外都存在着所谓的"底层"。皇亲国戚、达官贵人的上流社会对应的就是贩夫走卒、引车卖浆之下流社会。每一个时代和社会，都存在着不同的社会阶层：顶层、中上层、中层、中下层、下层乃至底层。在当今中国社会语境里，底层是对现代化发展过程中那些生存境遇艰困、经济地位低下、丧失话语权的群体的集体性命名，其"社会面相"由诸多个体困苦艰难的人生经历构筑而成。知识分子用"底层"这一带有象征指涉意味的空间位阶性语汇来聚焦这一群体。不同于过去时代里带有特定意义的"人民""无产阶级"等概念，底层这个概念所指涉的群体并不作为一个有机群体而存在，它只是人们对某些人的生存方式的归纳总结。很久以来，中国社会更钟情于持久的"组织和集体生活"的非凡形式，群体被认为是社会形式的惊人象征，这些有机的组织和形式更像一个充满生命的身体。有机性群体中必有一个权威机构对这个群体的社会行动做出规定，个人必须拥有某种实在的姿态以表明他是这个有机体不可缺少的组成部分。而且，这些划分的标准具有绝对的政治意味，它们被看成对这个社会景观的一种本质表达。这个机体的繁荣和衰落成为历史进步或者倒退的关键标志，和其他那些无关紧要的标准相比，它们绝对高高在上。革命时代，"阶级"被视为"劳动"过程中不可避免的事实，这使得带有强烈暴力冲突的革命获得了历史的合法性。然而，这种合法性在中国的确立也经历了一个漫长的过程，并非一蹴而就。"1925 年以前的革命被认为主要是政治性的，而五卅运动之后的革命越来越呈现一种社会性的向度——阶级斗争——这最终摧毁了维系国共两党在统一战线中关系的脆弱纽带。……人们对于社会矛盾的敏感性的日益增长，使过去并不需要的关于中国社会结构的更为具体、更为复杂的分析，得以出现。"[①] 所以，尽管"阶级"的存在被看作社会的客观事实，但它也确实是思想的建构，把阶级作为社会秩序的模式预示着深

① ［美］阿里夫·德里克：《革命与历史：中国马克思主义的历史学的起源，1919—1937》，翁贺凯，译，南京：江苏人民出版社，2005 年，第 49 - 50 页。

刻的心理事实。"底层"取代"阶级"成为一种分析工具，也是这种事实的外在社会条件引发的适当变化。

"底层"这一"集合"并不是永久性的。人们并非有意地创造出诸多的仪式、符号来巩固底层的"集体意识"，事实上，每一个"底层人"脑袋里装的东西并不一样，他们并非都是"同病相怜"。"底层"的内部成员甚至没有认识到"底层"这个命名本身对于自己存在怎样的约束力。与其说这一术语直接反映了这一群体的真实境况，不如说它是知识精英在某一历史阶段思想结构的具体展示，某种程度上只是知识分子的阐释策略而已。所谓"底层"，其实际的政治效力大大降低，只是人们叙事的众多平等角度中的一个。"底层"言说其实并没有太多深层的寓意，而只想实实在在地反映现代化潮流中某个群体的社会经历，讲述那些社会卑微者对财富的向往，他们在繁华街市和落后村庄里的哀伤，他们的朴实或者愚昧。

"底层"更多时候安守于缓慢的日常生活。"阶级"是对群体集体生存的想象，人们总是理所当然地认为不同阶级的观念"井水不犯河水"，而且必然相互咬牙切齿。在一个适当的时间，他们之间就会发生激烈的冲突，然后一种新的社会形式就诞生了。这种更替的形式变成了历史的必然性特征。因此，如果说"阶级"经常沉浸在革命的狂喜中，那么"底层"则试图重新回到社会学领域，召唤人们从"功能主义"的角度审视群体间的关系。"底层"没有"阶级"式的极端悲观和极度乐观，这种情绪的大起大落将会丧失对现实社会细节的冷静审视。人们在追溯"阶级"概念缘起的历史心理背景时相当深刻，"在欧洲的社会理论中，阶级这一'习惯'出现于 19 世纪人们对法理社会的稳定性和合理性所怀有的悲观主义。它以及同其相联系的社会主义政治学说，体现了一种对礼俗社会（Gemeinschaft）（共同体）以及对被个人主义秩序破坏了的传统形式的怀旧意识"。① 这段话的意思是，"阶级"源自怀旧意识，对旧事物的肯定不是出自革新的目的。但后来，"阶级"背后的思想背景发生逆转，对现存社会的悲观和不信任是建立在对未来美丽新世界的乐观向往之上的，这种线性的发展

---

① ［英］戴维·李，布赖·恩特纳：《关于阶级的冲突——晚期工业主义不平等之辩论》，姜辉，译，重庆：重庆出版社，2005 年，第 29 页。

观和断裂观赋予革命以无限的动力。因此，也可以说，人们关注"底层"是为了反思社会弊端，这表明了人们对不同群体和平共处的信心，也印证了前面提到的"功能主义"的说法。

某些人断定，热衷于社会功能的"底层"概念缺乏未来的时间向度。这一概念对任何事物都缺少可贵的激情，力求问题"客观性"的背后实际上隐含着深深的悲观，但这些结论都显得过于单薄。"消灭贫困、消灭贫困所引起的'生存斗争'，将为这个转变提供物质基础……然而，社会风气的变化以及这个变化所要求的心理上的革命，不仅仅意味着生产力的发展，也不仅仅意味着物质财富和福利的纯粹的'爆炸'。它们意味着生产关系和交换关系中的革命，这场革命将使生产者和消费者之间的协作和团结成为经济活动发展的动力。"[1]"生产和消费"之间的分裂在传统阶级理论中是基础，消费者总是被假想成为"十恶不赦"的剥削阶级，他们是毫无生产力的社会寄生虫。但在现在这个"物质发展"的年代，这两种社会身份是弥漫的，也就是说，一个人同时拥有生产者和消费者的身份，这样生动的社会景象并非"冲突"两个字所能容纳。"底层人物"甚至不可避免地对"富人"的生活产生强烈的憧憬，李师江的《廊桥遗梦之民工版》中讲到的主人公对"传宗接代"的"愚公"式的个人理解就是有力的说明。"钱仁发在思考这个问题的过程中，猛然醒悟到传宗接代的真正含义：自己不能实现的任务，由儿子来完成，儿子完不成，孙子再来，子子孙孙，总有当上包工头的时候。甚至，别说包工头，就是皇帝最终也能当上。"[2]可见，"成为富人"会成为某些"底层人"几代奋斗的目标。

三

"底层"首先避开不同"社会群体"绝对冲突理念。"阶层"一词取代"阶级"意味着以经济差异为根本的人群区分标准的取消。因

---

① ［南］米洛斯·尼科利奇：《处在 21 世纪前夜的社会主义》，赵培杰，冯瑞梅，孙春晨，译，重庆：重庆出版社，1989 年，第 201 页。
② 李师江：《廊桥遗梦之民工版》，《上海文学》，2004 年第 1 期。

此，大型的"社会冲突"乃至革命逐渐式微，并逐渐被社会中"非暴力的权力制衡"取代，人们更多时候只是在日常生活中实现自身对社会不公的某种抗议。就目前而言，社会差异带来的"怨恨"及由此体现出来的行动对抗，都不可能变成社会的普遍现象。另外，这些对抗群体很多时候夹杂了私人的情绪，这种冲突也不会上升到对另外一种全新社会形态的普遍诉求。时下，人们甚至将适当的冲突看成是对"底层"不满情绪的及时疏导。那么，当"底层"进入人们的视野，并被界定成现代社会全面发生的事实时，人们在文学叙述中如何呈现"底层"的集体状态呢？

在小说《那儿》当中，为"底层"利益请命的"小舅"并没有号召出底层的同一行动，人们更多时候只从个人的利益出发做出选择，这里并不存在整体的阶级利益。所以，文中的"小舅"不但被权力部门的规则消遣，而且被那些"困苦"的底层背弃。文本里写得很清楚，"阶级"带有的伟大昭示在这个时代里并不吃香，它无法上升到令人晕眩的理论高度。"小舅"心中的疑惑显得相当悲凉："工人阶级怎么能这么冷漠？这么自私？这么怕死？这还是从前那些老少爷们的兄弟姐妹吗？"[1] 可以说，革命时代"工人阶级"的光辉形象在"小舅"的心中根深蒂固，这也决定了"小舅"如何选择自己的生命方式。小说中"记忆中的姥爷"和"狗"成为"小舅"命运的镜像，但是这两个参照物都不是现实生活中的人，一个是"亡者"，一个是人们眼中的"小畜生"，作者用这种极端的方式表达现实生活当中"人和人之间要达成共识"的艰难。"姥爷"的英勇事迹在"小舅"内心形成了某种卓越的记忆，这种记忆塑造了他的性格，但"小舅"的失败一方面开始透露出这种昔日的"革命英雄"的光荣行为在当下的现实生活中并不可行，无法在人们心中变成一种心理模范。"小舅"心中那个"卓越的记忆"没有加入现代心理的塑造过程，只能被安静地陈列在博物馆里，变成人们的参观对象。另一方面，"小舅"的失败说明"底层"本身并不同一，"革命阶级"的步调一致而今已经变得相当奢侈。"事情并不像小舅想象的那样，他振臂一呼，然后应者云集，然后大家同仇敌忾就把厂子保住了。小舅的错误在于，他根本

---

① 曹征路：《那儿》，天津：百花文艺出版社，2005年，第72页。

忘记了这是一个什么样的时代，也忘记了自己的身份。"① 尽管"小舅"内心怀有继承革命传统的强烈愿望，但是成为"姥爷"那样的英雄是过去的传奇，在现代社会，成为这样的英雄也将是一个不折不扣的传奇，"小舅"的最大悲剧是"生不逢时"。流浪狗"罗蒂"却拥有和"小舅"一样壮烈的死亡方式，这种参照说明了"人和物"的差别要比"人和人"的差别小得多，现代社会想要"革命主体"那样同一的群体观念很难。但关键的问题是人们是悲观地看待这种差异，还是理智地审视这种"差异"？有人质疑《那儿》的主人公不是"底层"，而是"知识分子"，② 小说反复重申的还是个人"英雄主义"，小说中关于"罗蒂"的情节简直就是一则"动物寓言"，其中不乏对英雄"独行"姿态的称颂。即使这个定论不可动摇，问题是文本透过某个"知识分子"的命运折射出来的"底层"群体面貌也极其到位，但"苦难"毕竟不是"底层文学"的唯一内容，底层的"阶层性"也是文学书写不可回避的方面。

作为社会学概念，"阶层"预示着阶级关系逐渐从对抗走向了对话，人们仍然承认"阶级"关系最终潜在的作用力。今天，"阶级"的权威的确受到挑战。对此，"阶层"背后的"商业逻辑"日益凸显。20 世纪 80 年代后期，当商品经济成为中国社会的主导方向时，"阶级"开始被戏仿，因为它褪下了那些偶像般的意义，变成了社会现实中的普通一员。"只要五元钱，阶级关系就可以调整。戴足金项链的漂亮小姐，可以很乐意地为一个脸色黝黑的民工演唱。二十元钱就可以买哭，漂亮小姐开腔就哭。她们哀怨地望着你，唇红齿白地唱道'人家的夫妻团圆聚啊，孟姜女，她的丈夫却修长城哪'，漂亮小姐一边唱一边双泪长流，倒真的是可以在那么一阵子，把你的自我感觉提高到富有阶级那一层面。"③ 在金钱的蛊惑下，原先"神圣的阶级关系"被商品化，变成街头小贩肆意的表演。人们对有钱人生活的向往在这些表演中得到了满足，这也说明在现实生活中，"底层"和

---

① 曹征路：《那儿》，第 71 页。

② 张硕果：《还是知识分子，还是困境——评〈那儿〉》，《当代作家评论》，2005 年第 6 期。

③ 池莉：《生活秀》，雷达选编：《近 30 年中国中篇小说精粹》，武汉：长江文艺出版社，2005 年，第 327 页。

富人阶层在某些层面上实际上是融合的。革命时期"水火不容"的两种事物以商品交换的形式平等存在，"阶级"的政治严肃性被消解。金钱的作用远远超出了人们的想象，"人多力量大"的理念在金钱面前显得十分脆弱。在马克思主义理论中，"阶级"是社会形式的源点，绝对不可被"戏仿"，一旦如此，就是对现有秩序的亵渎。但悖谬的是，以经济基础划分的阶级一旦开始变成了真正的商品形式，立即就被取消指称的合法性。阶级和阶层从最终的意义上而言，都是从物质的角度进行划分的，前者虽然是对物质的崇拜，但是这种物质绝非商品，而后者则开始完全浸润到商品的汪洋大海中。"底层"包含的是关于群体生存的随意事件，但人们却迅速捕捉到这些随意背后固有的社会原因。一些人认为，"底层"取消了"人民"背后"理想主义"的色彩，进而将"公民"视为未来发展的理想主体，这是对"未来平等"的想象。但这种将"人民"与"公民"二元对立化的理解明显存在认识论上的局限性，在理论逻辑、现实逻辑、价值逻辑和实践逻辑上都存在某种偏差。

　　随着"底层"的出现，对立的阶级关系也逐渐被更多元的主体间关系取代，这样就避免了对不平等原因的本质主义追溯。有人甚至开玩笑，"很长时间以来，肌肉发达的人们一直在欺负不发达的人们"。① 这句话将人类长久的物质和精神压迫的根源追溯到人的生理状态，这就取消了社会和文化的那些不平等的结构性存在，把社会变成了普遍野蛮的动物世界。当然，这句话是有特定背景的，作者主要是反对将各种社会生活的实质单纯地归结到某种理论阐述，例如普遍的"父权主义"。在他看来，这只不过是理论的描述，是以牺牲社会复杂性和丰富性为前提的。与其说父权主义是普遍的，不如说单纯直观的、生理性的、无太多文化因素的"肌肉发不发达之间的对立"更为普遍，所以这背后的讽刺意味是非常浓厚的。

---

① ［美］理查德·罗蒂：《女性主义、意识形态和解构主义：一个实用主义的观点》，［斯洛文尼亚］斯拉沃热·齐泽克，等：《图绘意识形态》，方杰，译，南京：南京大学出版社，2002年，第221页。

四

　　生理、性别、年龄等原先被忽视的因素造成的社会等差是人们认识"底层"的重要维度。从"人民"到"底层"的转变，意味着"阶级"的语义在新的现实面前发生深刻的变化。"阶级"具备许多关于革命的浪漫和激情，"革命的宿命论"让群体开始从社会现实经验的琐碎中挣脱出来。但是"底层"恰恰相反，人们关注底层，最重要的不是将社会发展的短处揭示出来，而是要避免政治话语的模糊性，力图在具体的社会语境中寻求具体问题的解决办法。人们对底层的划分从"物质"角度出发，当然，"阶级"最终立足的也是经济角度，那二者之间又有怎样的区别呢？前者"物质"仅仅是划分的标准之一，很多时候，人们是从"文化资本"的角度观察社会群体的差距。人们发现"文化贫困"有可能使人们丧失摆脱物质贫困的机会，而如果仅仅只是"物质贫困"，那么人们根本无须畏惧这些暂时的困难。事实上，这个观点又承认了"贫困"源自个人素质。而阶级论则把经济作为最终的划分标准，似乎只要一个人口袋里有了一定的钱，就会"荣登"剥削阶级的行列。当然，基于这些不可回避的缺点，也有人要取消以"人群"的"阶级和物质"为出发点的划分标准，人们认为这些"卑贱的物质"意义上的区分仅仅只是停留在人的表象，而"道德和精神能力"才是人和人之间"差别"的本质所在。但是，除非承认这种道德和精神的划分只是某种暂时的方法，否则一旦它们上升到"形而上"的层面，这种划分标准就同样取消了人的差异的复杂性，这和"阶级论"犯了同样的错误。因为将精神能力作为人区分人的最终标准，这种做法很快会陷入保守主义的陷阱，将人的弱势看成个人素质的问题。尽管有人已经指出底层人的高尚道德，但这种区分将导致人们对社会物质贫困的漠视，将贫富差距合法化，最终将取消底层现象背后深刻的社会根源。

　　阎连科在《受活》中塑造"社会底层"的标准恰恰是处于"经济"和"文化"之外的。在这里，人和人之间的区分来自最"形而下"的"肉体"差别，这样就使来自经济的阶级划分标准重新陷入混沌。"男人说，啥王法，圆全人就是你们残疾人的王法"① 是整部小说的文眼，身体的优势蕴含着统治的欲望，但这却被解读成有利于社会秩序的规范化"道义"。"王法"恰恰是民间的原始治理形式，这种形式和"公正与平等"无关，而与野蛮和随意有关。所以，小说当中宏大的政治语汇——"人民"——所持的天然道德优势已经失落，在原来的社会语境中，"人民"的道德性是革命政治意识的必然前提。在阎连科的小说中，人民的缺陷是历史的必然，甚至成为这个整体不可逆转的命运，所以他只好想象出一个存在于现实生活中的"世外桃源"。阎连科描述一个令人惋惜的事实，身体和道德之间不成正比，道德的沦落是成为一个圆全人的必要前提，例如槐花的经历，她靠和圆全男人睡觉而成为圆全人。在这部小说中，道德的完美全都回归到一些毫无美感的身体当中去，而让那些圆全人扮演自以为是的愚人。作者构想出一个超越所有现实政治制度的单纯的生存世界，"退社"成为主人公"茅枝婆"最终的人生目标。"茅枝婆"始终以"老革命家"的姿态出现，这就消解了"革命"和"人民公社"在原来的社会语境中牢不可破的关系。"革命历史的政治语汇"不过是外在的政治秩序强加给"受活人"的零余物，这种强加物剥夺了受活人原先宁静的山野生活。"划分地主、富农、贫下中农的事"原本是"革命历史中最为关键的一课"，在"受活人"那里却成了人们急欲挣脱的无用重负。

　　在这个并不脱离现实时空的地域之中，身体残缺的"受活人"的生存不再是一种天真的民间形式，他们拒绝某些极端的政治形式对生命自由的剥夺，热衷于对"丰饶和乐土"乌托邦的强烈想象。在与外在"现实世界"的总体组织形式丧失仅有的微弱联系之后，"受活人"终于拥有非凡而美好的生存形式，尽管这种形式带有原始主义气息。我们有理由怀疑阎连科心里披着太多"原始主义"情结，在小说中，他似乎力图把生存图景拉回到久远而古老的社会。"受活"和"外在世界"的区隔带上了神秘的气息，自然气候的差别在两个世界之间划开了遥远的距离："说到底，世界上还是冬天哩，把耙耧外的世界里漫山遍野落了雪，结了冰，只是把耙耧山脉里却越过了春天，到了

---

① 阎连科：《受活》，沈阳：春风文艺出版社，2004 年，第 164 页。

夏天了。不仅树都发芽了，长成叶片了，连坡脸上的草地也都披挂着绿色，一坡脸的葱翠了。"① 当然，《受活》还不是严格意义上的"底层小说"，这是因为这部小说是对"底层"命运的寓言式书写，它对"底层"理想生活的想象和当下人们关注"底层问题"的社会目的相距甚远。尽管故事铺开的背景是人们熟悉的"现代性"，但是二者的最终目标并不一样。人们并不想因为"底层"的存在就开始极力追求和现行社会形式相异的简单的、无"欲望"的扰人的组织模式。但阎连科在"商业"面前退避三舍，他要让深受"商业"伤害的"受活人"和那个热闹而堕落的"圆全人"世界彻底了断。

以"身体"为人群划分的标准，乍一看是令人惊异的短视，它忽视了广大社会场景中涌现出的无限错综复杂的现实性。然而，这个标准至少放弃了占优势地位的"阶级"众多牢不可破的规定。在这些规定中，"身体"根本上不了知识和理论的台面，大多数时候存在于深闺的"枕边书"中或者意图蛊惑人心的欲望言论中。可是现在，且不说"身体"标准的寓言性质，在社会"阶层"中，"身体"已经富有强盛的意义生产力。这个标准从另一个角度反衬了"阶层"概念描述人群时的独特有效性，人们开始发现"躯体"竟是社会秩序的缩影，躯体修辞对人的文化身份至关重要。但是躯体只是阶层划分的标准之一，社会群体的"划分"是极其复杂的，人必须有"集体性"，但这种"集体性"的属性是流动不居的。在不同的时间、不同的社会场合，人们的社会角色完全可能相互冲突。相比之下，传统"阶级"论对人群所做出的哲学层次上的"机械划分"忽略了日常生活的多变和差异，这种划分方式在于混淆了"结构"和"行为"。建立在经济基础上的阶级意识形态阐释的效力就大大降低，对人群做出本质主义的区分显示理论实用效果的滞后，许多社会事实靠简单的二元对立是说不清楚的。

反过来说，人们认为"底层"概念的出现意味着传统"阶级"观念的旁落，"阶层"概念更适应新的社会现实。但前面提到的农民阶级的内部区分暗示了一个问题，那就是这个被"阶层"取而代之的"阶级"概念是在特定语境下发生的。事实上，人们早就开始用"阶

---

① 阎连科:《受活》，第254页。

级"分析社会群体的复杂情况，尽管它的出发点还是经济，且划分人群的角度不像阶层那么"多样化"，但它已经像"阶层"那样，注意到群体内部的多样性。90年代以来，文论与创作对底层的关注显示出当代文学的时代感和现实精神，为当代文学重新介入变化了的当代现实提供了一种可能。引入底层概念促使"阶层美学"兴起，而"阶层美学"的兴起一方面改变了阶级论美学的高度政治化倾向，另一方面有力地改变了超越论和审美主义的贫血征，为当代美学重新找回批判社会学的视野与方法。从历史维度看，底层是流动的、变化的，是一个历史性概念；另外，还应将所谓底层看作一个结构性的概念，底层与非底层构成复杂的社会结构，同时底层本身的结构是复杂的，并不是单一的。这两个维度要一起来看。底层就是沉默的大多数，在一般意义上，底层的含义接近于庶民。解放底层曾经是左翼现代性构想的一个重要维度，但在以市场意识形态为中心的普世的现代性话语体系中，这一维度消失了。今天，底层概念重新浮出水面，既是对个人化叙事、小资话语、中产阶级文学想象及新贵文学的反动，也是未完成的左翼现代性文学思潮的新形态。知识分子如何传达底层的经验？如何再现底层的现实？这不是一个纯粹美学或艺术形式问题。文学对底层经验的成功再现有赖于对社会整体结构的把握。

当然，迄今，"阶层叙事"与"阶层美学"仍然是不成熟的概念，其理论资源与方法论都还显得单一和薄弱，具有明显的局限性。"阶层叙事"与"阶层美学"的深化必须在新的历史条件下重新认识马克思主义政治美学的丰富内涵及其当代意义。

第十章

重新理解文艺的人民性

史学界一般认为"人民"这一词语诞生于法国资产阶级大革命时期。而文学理论于批评中的"人民性"概念最早出现在 19 世纪的俄国。早在 1819 年，诗人、批评家维亚捷姆斯基在写给屠格涅夫的信中已经使用了"人民性"术语。19 世纪 20 年代，这个概念在俄国文学批评中颇为流行，著名诗人普希金曾经直接以《论文学的人民性》讨论了这一现象：许多人在谈论文学的人民性，但很少有人真正明确这个概念的确切内涵。许多时候，人们往往把人民性等同于民族性。直到伟大的民主主义批评家别林斯基的论述里，"人民性"才真正获得了明确的阐释。别林斯基的阐释包括三个层面：他首先纠正了人民性概念早期使用时与民族性混淆不清的状况，认为"民族"是个含义更广的概念，意味着全体人民包括构成国家的一切阶层；而"人民"是指一个国家最低的、最基本的民众或阶层。第二，他反对沙皇统治者的"官方的人民性"。第三，他认为文学的民族性与人民性是两个有区别的概念，不能混为一谈。可见，别林斯基的人民性概念具有明显的革命民主主义色彩。由于奥涅金形象反映了十二月党人起义以前俄罗斯贵族知识分子的精神状态，别林斯基称《叶甫盖尼·奥涅金》为"俄罗斯生活的百科全书和最富于人民性的作品"。[①]

无产阶级政治家历来十分重视"人民性"概念。在他们的文化论述中，文学的人民性是常常被谈到的命题。许多革命导师都旗帜鲜明地提出伟大的艺术是属于人民的，"人民性"是判断文艺进步性的一

---

① ［俄］别林斯基：《论〈叶甫盖尼·奥涅金〉》，《文艺理论研究》，1980 年第 1 期。

项重要标准。在《在延安文艺座谈会上的讲话》中，毛泽东明确指出，文艺不是为别的种种人服务的，而是"为人民"的。"最广大的人民，占全国人口百分之九十以上的人民，是工人、农民、兵士和城市小资产阶级……这四种人，就是中华民族的最大部分，就是最广大的人民大众。"文艺就要为这四种人服务。① 1956 年翻译出版的《苏联大百科全书》的"艺术的人民性"词条如是解释"人民性"："艺术上的人民性是艺术和人民的联系，人民大众的生活在艺术上的反映，劳动者的思想、感情、愿望和利益在艺术上的表现。"② 50 年代的文论一般认为"文学人民性"的哲学基础是历史唯物主义，一切历史和文化包括文艺都是人民群众创造的。如何理解古典文学的人民性？如何认识资产阶级艺术和人民性的关系？人民性和阶级性的关系如何？社会主义文艺中，人民性的特点是什么？这些都是 20 世纪 50 年代至 80 年代初中国文论热烈讨论过的理论问题。人们一般认为，以《诗经》和杜甫的作品所代表的古代文学具有丰富的人民性，但不能混淆人民性和封建性的政治界线；资产阶级的艺术尤其是反现实主义的，"为艺术而艺术"的文艺则失去了人民性的特征；社会主义文学直接表现了人民大众的思想和愿望，艺术的人民性获得了崭新的内容和无限的可能性。实际上，在当时的文学理论与批评中，人民性、民族性、阶级性、党性是一组不可分割的整体概念。

改革开放后，一方面，文学艺术的"人民性"问题在无产阶级政治家的文化论述中得到进一步的强调和阐释。邓小平《在中国文学艺术工作者第四次代表大会上的祝词》中指出，"人民"是"文艺工作者的母亲"，并多次强调"我们的文艺属于人民"，"对人民负责的文艺工作者，要始终不渝地面向广大群众"，"一切进步文艺工作者的艺术生命，就在于他们同人民之间的血肉联系。忘记、忽略或是割断这种联系，艺术生命就会枯竭。人民需要艺术，艺术需要人民"。江泽民在中国文联第七次全国代表大会、中国作协第六次全国代表大会上的讲话中，再次强调，"人民是文艺工作者的母亲，生活是文艺创作的源泉"，广大文艺工作者要"充分认识最广大人民群众的根本利益，

---

① 毛泽东：《毛泽东论文艺》，北京：人民文学出版社，1983 年，第 54 页。
② 《苏联大百科全书论艺术上的人民性问题》，《光明日报》，1956 年 4 月 8 日。

充分认识人民群众对文艺发展的基本要求"。在"七一"讲话中，江泽民又系统地阐述了"党要始终代表中国先进文化前进方向"的重要思想，① 这是新时期与时俱进的马克思主义，是对毛泽东和邓小平"人民性"理论的继承和发展，也是当代中国文学理论的主旋律。

另一方面，20 世纪 80 年代以来的文学理论进入一个开放的、多元发展的历史时期。在一些新潮文论中，"人民性""阶级性""政治性"等意识形态色彩浓厚的概念不再成为文学理论关注的命题。"文学重返自身""新时期文学向内转"以及"文论回复到自身"等成为80 年代文论最为重要的命题。在这一语境里，"人民性""阶级性"概念逐渐退出一些文学理论教材和文学批评，并渐渐被许多人遗忘。90年代以来，"纯文学"观念和韦勒克所谓的"内部研究"受到许多种力量的挑战，人们对审美活动的认识发生了巨大的变化：美学不再是纯粹的，而是一种意识形态；文学也是一种文化政治。文化研究的兴起把"阶级性"和"政治性"等术语重新迎回文学理论与批评的概念家族中。有着广泛影响的《天涯》杂志就以"道义感""人民性""创造力"定位。许多迹象表明，"人民性"概念又引起了许多人的兴趣。"人民性"时常浮出历史地表，又可能重新成为人们关注的语词。

首先，在强调学术和历史脉络的当代文学史研究中，人们不可能对"人民性"这个曾经深刻地影响了当代文学进程的概念熟视无睹。陈思和的《中国当代文学史教程》在描述 50 年代的文学特征时重新起用了"人民性"概念。在他那里，"文学的人民性"具有时代共名写作的意义。"时代共名已经规定了个人所允许抒发的感情内容，所谓的个人抒情，抒发的只能是某种被规定了的时代本质。"许多作家把自己完全融入时代的共名之中，很难从他的诗歌里区分个人与时代的界限，他笔下的单数的抒情主人公"我"无一例外可以置换为复数的"我们"，从而升华出人民性的颂歌主题。但这种"人民性"也常常因为附和时代共名的需要而蒙上了一层虚伪的色彩。②

---

① 江泽民：《江泽民论有中国特色社会主义》，北京：中央文献出版社，2002 年，第392 页。

② 陈思和主编：《中国当代文学史教程》，上海：复旦大学出版社，1999 年，第145–146 页。

其次，一些人开始重新思考"人民性"概念的复杂性。王朔认为：《天云山传奇》之类的作品"把苦难变成生死恋，再把生死恋变成诗。歌颂人民使他们似乎与人民站在一起了。好多作品好像有了这个就可以不管别的了。只要我和人民搞到一起，一切都由不值变成值得了。可我觉得人民在这里是可疑的。当然，人民里有朴素的、善良的，但大多数情况下，人民也可以当帮凶，这点儿事其实大家都明白的，你不能把一个普通人对你的一点好意扩大为整个人民的爱和善，你把它扩大到普遍的程度，就是一种不诚实，一种献媚"。①

再次，与"人民性"关系密切的一些概念如"人民伦理""人民记忆""人民认同"等出现在 90 年代的文学批评中。刘小枫的《沉重的肉身》是一本讨论"叙事伦理学"的著作，他把现代叙事伦理分成两种：人民伦理的大叙事和自由伦理的个体叙事。人民伦理教化、规范个体的感性生命，"在人民伦理的大叙事中，历史的沉重脚步夹带个人生命，叙事呢喃看起来围绕个人命运，实际让民族、国家、历史目的变得比个人命运更为重要"。② 张颐武提出第三世界的文学必须探索和表现"人民记忆"，它是"第三世界文化重新寻找自身新话语的关键，也是第三世界抗拒第一世界文化权力的唯一重要的方面"。所谓"人民记忆"，按福柯的说法即是"意识的历史运动"，在张颐武看来，"人民记忆"则是普遍文化底层中的语言构造，是一个民族语言/生存的核心。或者说是无意识的历史记忆，"母语生命的最后栖居之所"。③ 许志英和丁帆主编的《中国新时期小说主潮》则用"人民认同"概念尝试分析新时期文学的精神世界：对人民的强烈认同是"伤痕""反思"小说和知青文学共有的。但"解放一代"的"右派作家"认同的是"革命人民"即人民的革命性；而在属于"四五"一代的知青作家那里，人民不再是具有强烈政治色彩的"革命母亲"，而是具有浓厚人性色彩的"生命母亲"。④ 的确，在 20 世纪中国文学

① 王朔：《年轻一代的"身体政治学"》，《美人赠我蒙汗药》，武汉：长江文艺出版社，2000 年。
② 刘小枫：《沉重的肉身》，上海：上海人民出版社，1999 年，第 7 页。
③ 张颐武：《在边缘处追索》，长春：时代文艺出版社，1993 年，第 80 页。
④ 许志英，丁帆主编：《中国新时期小说主潮（上卷）》，北京：人民文学出版社，2002 年，第 85－94 页。

发展史中，知识分子与人民的关系始终是文论和思想史研究的一个重要命题。在这一命题中，文学的"人民性"概念自然也是一个不可或缺的重要范畴。

90 年代以来的中国文学也产生了新的"现实主义冲击波"，有人称之为"现实主义的复归"。在评价谈歌的《大厂》、刘醒龙的《分享艰难》、李佩甫的《学习微笑》、隆振彪的《卖厂》等表现底层民众的艰难生存状态的小说时，黄力之认为这股"现实主义的复归"潮流达到了历史上现实主义的灵魂深处：人民性。因为它们触及了人民对自己在历史中的地位及其利益之所在的自觉意识，而不只是以人民大众的生活为题材而已。很长一段时期，"人民性"被当成一个不是问题的问题而被评论界遗忘了。"现实主义的复归"把这个概念重新摆在了当代文论的面前，使之成为一个不可规避的理论命题。

另一个值得关注的问题是："人民大众"概念含义在今天商业化时代的变异。正如南帆所分析的，"从民粹主义、启蒙主义到社会主义的文化图景构思，一大批政治家和知识分子不断提倡走向民间，深入大众。对于许多作家来说，民间、大众、人民这些概念无不象征着文学的真正方向。但在商业社会的语境中，人民大众常常被界定为文化消费者。大众身份的重新界定证明，强大的市场体系正在深刻地改造所有的社会关系"。[①] 冯小刚就把"人民性"视为电影拥有好票房的一大法宝，商业成功的电影具备两性：一是"人民性"，一是"传奇性"。的确，"人民大众"概念含义的这一变异也颇耐人寻味。

必须明确指出的是，20 世纪 80 年代中后期以来，文艺理论与批评界在对人民性概念的使用中存在以下值得批判性反思的问题，或者说存在五大思想误区：

一是将文艺的人民性和阶级性视为极"左"的概念予以放逐，文艺理论与批评，尤其是所谓新潮文论中不再有人民性概念的位置，代之以自我、个性、私人化写作、个人化写作等。

二是将党性与人民性割裂开来，对立起来。

三是企图用"公民性"概念取代人民性概念，或用文学的"公民性"质疑文学的"人民性"。

[①] 南帆：《文学理论新读本》，杭州：浙江文艺出版社，2002 年，第 124 – 129 页。

四是把列宁、毛泽东等无产阶级革命导师的人民性思想视为一种民粹主义。

五是用后现代性取代现代性，把"人民性"视为一个现代性概念予以否定，认为："试图依靠'人民性'来建构当代文学意识不过是一个妥协的方案，在历史的际遇中，这个方案被无情地打上了暧昧的印记。"当代文学必须走向"后人民性"。这一系列理论问题必须予以批判性澄清。

今天，重新理解与阐释文艺的人民性，必须正本清源，分辨与批判种种错误观点，必须始终坚持马克思主义文艺理论的立场、观点与方法，必须始终坚持以习近平新时代中国特色社会主义思想为指导，坚持以人民为中心的创作导向和学术导向，守正创新，重构新时代的人民美学。

新时代赋予了人民性概念崭新的内涵，为重新阐释文艺的人民性提供了新的契机。习近平总书记《在文艺工作座谈会上的讲话》和《在中国文联十大、中国作协九大开幕式上的讲话》的重要精神是新时代重构文艺人民性的根本遵循。习总书记的讲话提出，文艺要始终坚持以人民为中心的创作导向，丰富和发展了马克思、恩格斯、列宁、毛泽东和邓小平等革命导师的文艺人民性思想，是马克思主义文艺理论中国化的最新表述、21世纪马克思主义文艺思想的重要创新。2019年3月4日，习近平总书记看望了参加全国政协十三届二次会议的文化艺术界、社会科学界委员，并参加联组会。在这次联组会上，习近平总书记提出"四个坚持"的根本要求——"坚持与时代同步伐""坚持以人民为中心""坚持以精品奉献人民""坚持用明德引领风尚"，再次深刻地阐述了新时代文艺的人民性思想与要求。我们必须根据"以人民为中心"的文艺美学理念，在新的历史语境下重新理解和阐释文艺的人民性与人民美学的丰富内涵和当代意义。

一是在经典马克思主义到21世纪马克思主义的创造性转化创新性发展脉络中重新阐释和理解"文艺的人民性"理念。马克思、恩格斯、列宁、斯大林，以及老一辈无产阶级革命家毛泽东、邓小平等，都以不同的角度和方式谈到人民在文艺中的中心地位。马克思在《第六届莱茵省议会的辩论》中论证人民理应享有新闻出版的权利时说："人民历来就是什么样的作者'够资格'和什么样的作者'不够资格'的唯一判断者。"① 列宁在《党的组织和党的出版物》中明确指出，在广大劳动者一贫如洗的社会中没有任何真正的自由，而写作的责任就是"要用真正自由的、公开同无产阶级写作相联系的写作，去对抗伪装自由的、事实上同资产阶级相联系的写作"，② 他指出："把一批又一批新生力量吸引到写作队伍中来的，不是私利贪欲，也不是名誉地位，而是社会主义思想和对劳动人民的同情。这将是自由的写作，因为它不是为饱食终日的贵妇人服务，不是为百无聊赖、胖得发愁的'几万上等人'服务，而是为千千万万劳动人民，为这些国家的精华、国家的力量、国家的未来服务。"③ 毛泽东1942年《在延安文艺座谈会上的讲话》集中阐述了人民美学的思想与伦理，对中国革命时期和社会主义建设初期的文艺产生了深远的影响。《在延安文艺座谈会上的讲话》提出"为群众与如何为群众的问题"，④ 将占全人口百分之九十以上的"工农兵与小资产阶级"树立为文化实践的主体，系统阐述了革命背景下党的文艺工作的系列重大理论与实践问题，推动了革命时期和社会主义建设初期的文艺发展。1979年10月，邓小平同志《在中国文学艺术工作者第四次代表大会上的祝词》中再次强调了"文艺属于人民"，指出"人民"是"文艺工作者的母亲"。"一切进步文艺工作者的艺术生命，就在于他们同人民之间的血肉联系。忘记、忽略或是割断这种联系，艺术生命就会枯竭。人民需要艺术，艺术更需要人民。自觉地在人民的生活中汲取题材、主题、情结、语言、诗情和画意，用人民创造历史的奋发精神来哺育自己，这就是我们社会主义文艺事业兴旺发达的根本道路。"⑤ 习近平总书记指出："社会主义文艺，从本质上讲，就是人民的文艺"，⑥ "以人民为中心，就是要把满足人民精神文化需求作为文艺和文艺工作的出发点和落脚点，把人民作为文艺表现的主体，把人民作为文艺审美的鉴赏家和评

① 马克思：《马克思恩格斯全集（第一卷）》上，北京：人民出版社，1995年，第195页。

② 列宁：《列宁全集（第十二卷）》，北京：人民出版社，1987年，第96页。

③ 列宁：《列宁全集（第十二卷）》，第97页。

④ 毛泽东：《毛泽东选集（3）》，北京：人民出版社，1979年，第853－861页。

⑤ 邓小平：《在中国文学艺术工作者第四次代表大会上的祝词》，《人民日报》，1979年10月30日，第1版。

⑥ 习近平：《在文艺工作座谈会上的讲话》，《人民日报》，2015年10月15日，第1版。

判者，把为人民服务作为文艺工作者的天职"。① 这种以人民为中心的文艺观念，既与经典马克思主义的文艺观一脉相承，又包含了丰富的时代内容。习近平总书记深刻地阐述了新时代文艺的人民性和人民美学的思想，科学地阐述了人民性与民族性、人民性与党性、人民的普遍性与具体性、人民性与世界性、人民性与中国精神、人民性与艺术性的统一关系。习近平的重要讲话继承了马克思主义关于人民性的经典论述，丰富和发展了马克思、恩格斯、列宁、毛泽东和邓小平等革命导师文艺人民性的思想，是马克思主义文艺理论中国化的最新表述，是21世纪马克思主义文艺思想的重要创新。

二是在中国美学和文艺传统中重新发现"文艺人民性"的思想资源。中国传统文化和文艺美学之中，都有着深厚的"文艺人民性"思想资源。古代文学中有对百姓民生的深切关怀，古代文化传统中有丰沛的民本思想，优秀传统文化千百年来滋润着人心与文心。"长太息以掩涕兮，哀民生之多艰"，"遍身罗绮者，不是养蚕人"，"兴，百姓苦；亡，百姓苦"，"衙斋卧听萧萧竹，疑是民间疾苦声"的感叹，至今仍打动着后来者的心灵。

民本观念是中国古代倡导的根本从政价值理念。《尚书·五子之歌》中说："皇祖有训，民可近，不可下，民惟邦本，本固邦宁。"孔子也认同民本的观念，提出了庶民、富民、教民的仁政思想，"百姓足，君孰与不足？百姓不足，君孰与足？"② 孟子有著名的"民为贵，社稷次之，君为轻"③ 的政治秩序理论。荀子更是提出了"天之生民，非为君也；天之立君，以为民也"④ 的思想。董仲舒认为，"唯天子受命于天，天下受命于天子，一国受命于君"，"君者，民之心也；民者，君之体也"。⑤ 贾谊也说："闻之于政也，民无不为本也。国以为本，君以为本，吏以为本。故国以民为安危，君以民为威侮，吏以民为贵贱。此之谓民无不为本也。"⑥ 北宋范仲淹有"先天下之

---

① 习近平：《在文艺工作座谈会上的讲话》，《人民日报》，2015年10月15日，第1版。
② 孔子：《论语·颜渊》。
③ 孟子：《孟子·尽心下》。
④ 荀子：《荀子·大略》。
⑤ 董仲舒：《春秋繁露·为人者天》，济南：山东友谊出版社，2001年，第406页。
⑥ 贾谊：《贾谊集·大正上》。

忧而忧，后天下之乐而乐"的名句，南宋陆游有"位卑未敢忘忧国"的诗篇，清代黄宗羲有"我之出而仕也，为天下，非为君也；为万民，非为一姓也"，[①] 晚清龚自珍作诗说"落红不是无情物，化作春泥更护花"，这些都彰显了中华传统文化中的民本思想。

中华传统文化中的民本思想、文学中为人民而忧患的精神，都是我们不忘本来、吸收外来、面向未来，继承中华文脉，推动人民美学再出发的宝贵思想资源。我们今天重新讨论"文艺人民性"和"人民美学"，其中一个意涵就是在新的历史条件下更进一步弘扬中华美学的人民性传统，让这一传统在新的历史条件下得以创造性转化和创新性发展。

三是在当代文艺美学批评中展开"文艺人民性"的实践。人民性是衡量文艺作品尤其是社会主义文艺品质的重要标准。现今，消费主义、拜金主义等负面思潮一定程度上仍然存在，文艺创作与批评领域内历史虚无化、道德消解化、情绪负面化、价值低俗化、取向市场化等病症也还没有得到彻底的根治。一些作家、评论家、出版商和管理者都忘记了社会主义文艺的"人民性"要求与属性，或博人眼球，或唯利是图，或自诩精英，或自我封闭，抛弃了文艺人民性的观念意识。在这样的背景下重提"文艺的人民性"和"人民美学"，无疑为处于价值迷惑之中的当代文艺实践提供了坚实的理论基础和价值导向。当然，在新时代重构人民美学必须处理好文艺的人民性与文艺创作者个性的关系，通过个性理解人民性，在人民性中表现个性，当代批评实践必须要将人民性与个性有机结合。当代文艺批评也必须正确理解人民性与人性的统一关系，处理好普遍性与具体性的关系，正如习近平总书记所指出的：人民不是抽象的符号，而是一个一个具体的人，有血有肉，有情感，有爱恨，有梦想，也有内心的冲突和挣扎。

四是在与西方马克思主义的对话中进一步阐释"文艺人民性"。西方马克思主义尤其是激进哲学重新起用"人民"概念，意图赋予"人民"概念以新的内涵。阿甘本把"人民"分为"大写的人民"和"小写的人民"，"我们所谓的人，似乎并不是一个单一的主体，而是两个对立的两极之间的辩证振荡：一方面大写的人民作为整体并作为

---

① 黄宗羲：《明夷待访录》。

一个统一的政治体而存在，另一方面小写人民作为一个子集和作为贫苦与被排除之身体碎片的多样性而存在"。① 阿甘本用福柯的生命政治阐释"人民"概念的内在断裂与解放路径。朗西埃则在人民与公民的区分和"无分之分"中重新思考政治主体建构的可能性。巴迪欧思考在新的历史条件下人民重获政治行动的可能性："一无所有的人民——没有权力、没有金钱、没有媒体——只有纪律才让他们可能拥有实力。马克思主义列宁主义界定了第一种群众纪律形式，即工会和党。两者有许多差别，最终那就是群众纪律的形式，即真正行动的可能性。"② 而奈格里和哈特则从早期"诸众"转向后期"平民"，意图显然在于重建反抗与批判新自由主义资本主义的革命和政治之主体。左翼进步知识分子温迪·布朗等则尖锐指出新自由主义时代"人民"的艰难处境：新自由主义理性全面入侵经济社会文化等所有领域，新自由主义治理术以隐形的方式不仅毁坏了西方的民主，而且瓦解了"人民"。一些当代西方马克思主义理论家认为，诗歌和共产主义之间存在着某种本质的联系。一方面，他们认为诗歌是共产主义存在的证言，"关于共产主义假设的讨论一直存在并将继续存在：在哲学、社会学、经济学、历史学、政治学中。但我想告诉你的是通过诗歌证实的共产主义存在的证据"。③ 另一方面，他们从"共产主义诗学"或"共产主义美学"层面重新认识"人民性"的当代意义，他们认为："人民性"是构成"共产主义诗学"的核心内涵，"人民性"赋予了"共产主义美学"深刻的解放政治潜能，而"共产主义美学"构成了"审美资本主义"的批判性替代方案。正是共产主义观念和丰富的人民性使现代（当代）史诗重新成为可能。当代西方马克思主义对人民性的再思考与起用无疑具有启发意义。今天，我们要在与西方马克思主义理论的对话中进一步理解与阐释"文艺人民性"的历史意义和时代内涵。

---

① Giorgio Agamben. *Means Without End: Notes on Politics*. University of Minnesota Press, 2000: 30.

② ［法］阿兰·巴迪欧：《只有纪律才让人民群众可能拥有实力》，http://www.yidianzixun.com/article/0Jv0dhKe.

③ Alain Badiou. *The Age of the Poets*. Verso, 2014: 108.

第十一章
审丑与现代感性

在 20 世纪中国文学批评的概念家族中，"审丑"是一个新成员。人们用它来描述和批评 80 年代以来文学创作中出现的大面积写丑现象。

通用的《美学原理》一般这样界定"丑"："丑"作为一个美学概念，与"美"相对，指人与客观事物在社会实践中历史地形成的一种否定性关系。丑普遍存在于自然、社会和艺术领域，是一种特殊的审美对象，能唤起人们一种否定性的审美体验。这种认识古已有之，但由于儒家"不语怪力乱神"的中和美学的长期影响，中国古代文论并没有给予"丑"充分的关注。周来祥说："明中叶随着资本主义萌芽，市民力量的抬头，近代启蒙思潮和浪漫主义的兴起，美与丑日益尖锐对立，丑逐渐为人们所重视。"① 他的这一判断以王国维的戏曲史考证为依据，王氏曾经断定"丑始于明"。古优虽然外貌丑陋但心地善良聪明，而"元明之后，戏剧之主人翁，以末旦或生旦应之，而主人之中多美鲜恶，下流之归，悉在净丑。由是角色之分，亦大有表示善恶之意"。的确，明清以后的文艺对崇高、丑和怪诞的表现有大量增长的趋势。"五四"新文化运动以后，"丑的问题日益显赫起来，这在受西方现代主义影响的徐志摩说得更为强烈：'我的思想是恶毒的，因为这个世界是恶毒的，我的灵魂是黑暗的，因为太阳已灭绝了光彩，我的声调是像坟堆里的夜枭，因为人间已经杀尽了一切的和谐。'既然是一个杀尽了和谐的时代，当然诗人就要唱出不和谐反和谐的

---

① 周来祥：《崇高·丑·荒诞》，《文艺研究》，1994 年第 3 期。

歌，写出不和谐的丑的艺术"。① 广义上看，这种看法并没有错，不和谐、反和谐的冲突性的确是现代文学的一大精神特征。丑的描写在现代作品中也呈现出更为明显的上升趋势。然而，鲁迅也说过，"世间实在还有写不进小说里去的人。倘若进去，而又逼真，这小说便被毁坏"，"譬如画家，他画蛇，画鳄鱼，画龟，画果子壳，画字纸篓，画垃圾堆，但没有谁画毛毛虫，画癞头疮，画鼻涕，画大便，就是一样的道理"。② 这多少能表明"五四"作家对丑的描写还是有所限制的。

诚然，对丑的批判是这一时期文学的一个重要主题，阿 Q 的癞疤疮就曾经承载了鲁迅国民性批判的社会文化意义。但在现代文论中，"审丑"并没有因此成为一个常用概念。现代文学批评有更重要的工作要做，比如现实主义、革命、大众化及革命的浪漫主义和革命的现实主义的结合等。长期以来，文学的特征在于使人们领略崇高、壮烈和悲愤，给人一种崇高的美感和灵魂的洗礼。80 年代以前，人们只知美学和审美概念，没有丑学和审丑之说。这就是 80 年代中期"丑学"和"审丑"的出场令人惊奇的原因。新时期文学创作对表现丑的热衷和文学批评中"审丑"概念的出现有其特殊的历史背景：（1）"文革"摧毁了人们曾经单纯而明亮的信仰，暴露了人性和政治的丑恶面；（2）西方现代主义文学艺术对丑的描写和表现，西方美学和文论中的审丑理论，都对中国文学创作和批评产生了不可避免的刺激和影响；（3）社会的世俗化使丑的表现获得了某种合法性和独立性，与"审美"相对立的"审丑"有时甚至是一些人反崇高或躲避崇高的一种方式。一方面，丑的描写是人的感性解放的一部分；另一方面，丑的展览强烈刺激了人们的感官，能满足人们的好奇心，尤其是对畸趣的奇怪需要，因而能产生特殊的商业效果。

80 年代初，出现了一些讨论丑的文章，如蔡子谔的《笑着向丑告别》、杨茂林的《美与丑的辩证法》等。值得人们注意的是刘再复对鲁迅"丑学"的评论："鲁迅是坚决主张暴露生活中的丑的，并在艺术实践中无情地撕毁丑恶的假面，他也是一个具有深刻的审丑力的

---

① 周来祥：《崇高·丑·荒诞》，《文艺研究》，1994 年第 3 期。
② 鲁迅：《半夏小集》，《鲁迅全集（第六卷）》，北京：人民文学出版社，1998 年，第 598 页。

对于丑恶的大审判家。他既反对遮蔽丑，主张正视丑暴露丑，又承认丑作为题材对象时的某种限制某种差别。"① 到 1986 年，批评界开始引进西方审丑理论并尝试用"审丑"概念进行当代文学批评实践。刘东的《西方的丑学》概括地梳理了西方丑学的发展史：从希腊人"不准表现丑"的清规戒律到歌德的"魔鬼创世"，从雨果的"丑就在美的旁边"到现代"带抽屉的维纳斯"，现代主义的"丑艺术"渐成主潮。"感性学就不再是一门专门研究美的科学，而是专门研究丑的学科了。"② 尽管 20 世纪中国批评史上早已有人使用过"丑学"概念，如周木斋在 1936 年 9 月的《作家》杂志上就发表过《"丑学"》一文，但刘东的介绍还是引起了人们广泛的兴趣，使得"丑学"一词真正开始在文论界流播开来。作者提醒人们回到美学的最初命名"埃斯特惕克"即"感性学"上重新思考"丑"问题，"丑"与"美"一样属于人类感性范畴，都是感性学的研究对象。在感性学的框架和感性的多元取向的诉求中，刘东找到了丑的位置和文学表现丑的合法性。1987 年，董学文的《丑就在美的旁边——文学的审丑属性》和马以鑫的《新时期小说中的审丑现象》都使用了"审丑"概念。虽然他们对"审丑"的认识基本上是雨果浪漫主义的翻版，但提醒人们重视文学的审丑属性，并且初步分析了新时期小说的审丑现象。马以鑫把新时期文学中丑的表现分为三个阶段：（1）历史丑，以《班主任》为代表；（2）现实丑，以《沉重的翅膀》为代表；（3）人之丑，以"陈奂生系列"和《绿化树》等为代表，并且认为审丑扩大了《爸爸爸》这类小说的内涵。③ 这反映了那个时期人们对文学审丑现象的认识水平和历史局限。在《张洁：转型与世界感———一种文学年龄的断想》一文中，王绯以张洁创作转型为个案探讨新时期文学"审丑"现象的特殊美学意义，"长篇小说《只有一个太阳》再一次显示出张洁对自己审丑感知力的强化，不过，这种强化并不表现为艺术手段的荒诞化或抽象化的超验寻求，而是一种全人类眼光的投入。这里，张洁那种处于文学更年期的世界感不仅越出了民族而指向整个人

---

① 刘再复：《鲁迅美学思想论稿》，北京：中国社会科学出版社，1981 年，第 187 页。
② 刘东：《西方的丑学》，成都：四川人民出版社，1986 年，第 209 页。
③ 马以鑫：《新时期小说中的审丑现象》，《小说评论》，1987 年第 5 期。

类，而且被纳入严格的现实主义轨道"。① 这种"深刻审丑力"加上悲喜剧结合的"恶作剧"叙事方式赋予了张洁转型期小说一种现代主义的品质。这个看起来多少有些矛盾的解释却恰好反映出学界已经意识到"审丑"现象所具有的丰富复杂的美学表征意义。

90 年代以后，人们对文学审丑现象和理论问题的思考显然要更深入一些，也不可避免地产生了一些分歧。张德林在《关于文艺的审丑与价值判断》中，提出不能照搬西方的审丑理论，因为"这种审丑理论的哲学思想带有怀疑一切、否定一切的反社会性质"。他重宣了"审丑不能代替审美"和"化丑为美"的主张，所谓"化丑为美"就是把生活中的丑转化为艺术中的美，"化丑为美"的关键在于创作主体的审美导向。② 这种观点具有相当的普遍性，以往人们常常用"自然主义"这一概念批评文学中的写丑现象，就是从此立论的。董小玉的《先锋文学创作中的审丑现象》明显是张德林意见的翻版，文中列举了先锋小说的种种"审丑的范式"：（1）对人物活动的肮脏环境的展览；（2）对人物身体与精神的病态的描绘；（3）对暴力、流血场面情有独钟的展示；（4）对性的观赏式裸呈；（5）对祖辈的挖苦和嘲弄。他认为先锋作家的审丑观带有否定一切、怀疑一切的特质，"作者以冷漠的态度，关注人性的阴暗与残忍，无休止地炫耀丑、品味丑、欣赏丑，这就很容易把人引向虚无与绝望"。在他看来，文学必须走出审丑的泥潭重新回到审美的世界中去挖掘人性的光辉。③

南帆在《审美与审丑》一文中提供了另一种看法：以丑衬美是传统艺术中的一个辩证法，这种辩证法将丑整编于美的纲领之下并且让丑为美效力。而韩少功的《爸爸爸》《女女女》等作品已经走出以丑衬美的辩证法，"丑就是丑，直截了当"，"丑不是恶的代号，不是美的反衬，它将作为一个令人不快乃至令人难堪的实体冷然地存在。来自丑的打击使人们不可能继续心安理得地陶醉于美的抚慰"。韩少功、莫言、残雪等的审丑打破了固有的美学秩序，宣泄了一种反抗的欲

---

① 王绯：《张洁：转型与世界感——一种文学年龄的断想》，《文学评论》，1989 年第 5 期。

② 张德林：《关于文艺的审丑与价值判断》，《文汇报》，1990 年 1 月 18 日。

③ 董小玉：《先锋文学创作中的审丑现象》，《文艺研究》，2000 年第 6 期。

望，一种亵渎的快感。南帆把他们的审丑写作看作一种反抗美文学的行动，在丑独立而尖锐的存在面前，美文学往往过于典雅、弱不禁风甚至矫揉作态。丑作为独立的文学内容而出现，这是文学对于世界真相的新发现。①

如南帆所言，80 年代以来的文学审丑现象足以使人们不得不做更为深入的理论思考。周来祥、吴炫、柯汉琳等都做出了一些有启发意义的理论思考。比如，从崇高到丑再到荒诞是西方近现代美学和艺术发展的三部曲，"从其发展的关系看，丑是在崇高中孕育、生长、蜕化而来，是对立的崇高极尽裂变之势，把对立推向极端的产物"。② 或者把"丑"与"不美"相分，不美的范畴是陈旧、残缺和僵化，而"丑"的范畴则是平庸、杂乱和造作。③ 或者提出一些需要进一步讨论的问题："丑是否美的对立面？如果是，为什么又说'丑也是美的一个因素'？美与丑究竟有没有客观规定性？如果有，为什么又说'一个事物既是美的也可以是丑的'？究竟审美对象的内涵外延多大？为什么美的事物和丑的事物都称作审美对象？审丑也叫做审美？……"④的确，从 80 年代至 90 年代初期，在文艺理论与批评界关于审丑概念的许多方面并未得到充分而清晰的讨论，刘东的《西方的丑学》对当代美学思想的突破意义也并未获得充分的理解，东西方文论史中丰富的丑学理论资源还没有得到充分的挖掘，文学史中各种流派表现丑的艺术经验也没有得到系统的总结，考察审丑现象的视角还比较单一。中国当代文论对"审丑"的理论探讨才刚刚起步，"人们可以从美学的意义上重新确立丑的位置，也可以从社会学的角度调查丑的功能，或者还可以从心理学方面追究丑所以可能引起某些奇怪的快感"。⑤

关于"审丑"问题的讨论，在 90 年代中后期有些不太明显但值得关注的进展，一是提出"中国传统艺术中'审丑'问题表现普遍，中国艺术家的审丑意识充分体现在诗歌、绘画、书法、园林等众多的

① 南帆：《冲突的文学》，第 137 – 152 页。
② 周来祥：《崇高·丑·荒诞》，《文艺研究》，1994 年第 3 期。
③ 吴炫：《否定：美学的可说语言》，《文艺研究》，1994 年第 3 期。
④ 柯汉琳：《丑的哲学思考》，《文艺研究》，1994 年第 3 期。
⑤ 南帆：《冲突的文学》，第 137 – 152 页。

艺术领域"。这是当代"审丑"研究弥足珍贵的理论资源，① 提醒人们关注不同于西方丑学的中国"审丑"艺术创作与美学思想脉络。朱存明的专著《中国的丑怪》聚焦于中国审美文化中的丑怪现象，为中国的"审丑"研究提供了详细的资料。二是进一步梳理西方"审丑"理论史，厘清其发展演变脉络。如周纪文的《论丑在美学发展中的意义》和栾栋的《丑学百年》，前者认为"丑"的兴起是西方近代美学的独特现象，不仅改变了其从属性的地位，而且经历了从形式到内容的一系列深化。西方近代美学由于"审丑"的介入而"实现了其历史的多样性和丰富性"。这一分析将"审丑"与西方近代性（现代性）转型相勾连，富有启发意义。

21 世纪以来，"审丑"研究又有了发展与变化。一是"审丑"概念广泛进入文学批评领域，成为文学研究的常见选题。例举如下：《从审美到审丑：莫言小说的美学走向》（王金城）、《张天翼：审丑图的艺术建构》（秦弓）、《"东方丑学"：张竹坡审丑理论初探》（陈果安）、《〈阿 Q 正传〉与〈围城〉的审丑艺术比较》（隋清娥、宋来莹）、《审丑与感觉的狂欢：解读穆时英》（孙长军）、《理性与现代派审丑文艺》（王洪岳）、《张爱玲小说审丑艺术探微》（王丽）、《废名小说的"审丑"》（夏元明）、《展示"丑陋"：改善人心——论刘庆邦的"审丑"小说》（焦会生）、《简论张艺谋在电影中的审丑追求》（崔宇）、《改革向何处去——长篇小说〈变革〉对大学校园"审丑"的呈现》（吴可）、《审丑与审美：中国生态文学中的人性反思——论小说〈狼图腾〉中的审丑意识》（杨艳）、《张炜小说人物审丑意识的变化》（阎怀兰）……以"审丑"为题的学位论文数量也逐渐上升，这些或可以表明，"审丑"概念已经失去了八九十年代的学术冲击力而成为常用的批评分析工具。二是将"审丑"视为一种文学与文化思潮予以阐释。如王洪岳的《论 20 世纪末叶的审丑文学思潮》和《西方现代审丑思潮与中国先锋小说丑学观念》等。三是关于"审丑"教育的研究。如周来祥的《辩证和谐美学与审丑教育》、侯新兵的《审丑教育：人格培养的新视角》、李海磊的《构建当代美术教育新语

---

① 李亚东：《"造物亦好奇，大美出至丑"——中国艺术中审丑问题及分析》，《文史杂志》，1996 年第 3 期。

境——"审丑"教育》、王洪岳的《审丑教育的可行性分析》、王晓鹏和马遥的《关于艺术教育中"审丑"的研究》、杨云萍的《审美与审丑之和谐美育》《审美与审丑——感性学意义下的语文美育研究》等，探讨"审丑"教育和"审丑"能力培育对"辩证和谐美学"① 的建构及健全人格形成的积极意义。四是批判性探讨新媒体语境下"审丑"异化现象。如《网络传播中的"审丑异化"成因研究》（李旦）、《网络"审丑"现象带给高校思想政治教育新困境探析》（丁慧民）、《新媒体环境下的审丑文化探析》（闫晓征、周晓艳）、《全媒体娱乐下的"审丑文化"潮》（常宁）、《审丑时代的媒体伦理反思》（邹学骏）、《网络"审丑"泛化对大学生思想行为的影响及对策研究》（丁慧民）等，大多对大众媒介中的审丑现象持批判否定的立场，批判性拓展了"审丑"研究的空间。五是从理论层面阐释"审丑"的美学内涵。如潘道正的《康德论崇高：审美还是审丑?》和《论康德的"丑的问题"》、常怡的《阿多诺与"审丑"》、刘晓男的《西方美学精神现代转型视野中的波德莱尔诗歌创作审丑论研究》、徐秋赟的《中西丑学观念对比——以〈拉奥孔〉和〈中国的丑怪〉为例》、张军的《阿多诺的"丑学"》、范玉刚的《荒诞：丑学的展开与审美价值生成》、栾栋的《丑学的体性》等，在个案研究和中西比较方面有所突破。但从理论层面深入阐释"审丑"的成果相对较少，整体上并没有超越八九十年代的认知水平。

近两年，文学界关于"审丑"和"丑学"的探讨有两件事值得关注。一是刘东的《西方的丑学：感性的多元取向》新版的出版，尤其值得注意的是作者为新版所写的序言，"现代感应性，还是审美现代性?"刘东这个提问及其回答对于当代人文思想尤其是美学研究空间的拓展仍然具有重要的启发意义。二是由"丑书"的大众媒体争议引发的理论讨论，产生了一批成果，如《"丑书"论：从理论到创作》（王贵禄）、《当代书坛的乱象与守持》（吴川淮）、《也谈"丑书"》（马饮冰）、《当代书法中的历史虚无主义批判——从"流行书风"、"丑书"到"墨迹表现"》（张黔）、《"丑书"运动之迷思》（孔达达）、《由"丑书"之争看现代书法》（寻星）、《书法教育还需传承

---

① 周来祥：《辩证和谐美学与审丑教育》，《文艺研究》，2003 年第 4 期。

正绪——由当下"丑书"现象说起》（范天明）、《"丑书"观念如何清理?》（王兴国）、《论书法审丑的谱系》（丘新巧）、《书坛时弊与"丑书"》（肖鑫、鲁镇）、《"审丑"时代：从审丑、炫丑到丑书泛滥》（郑付忠）、《谈当今书坛丑书现象——从傅山的"四宁四勿"论说起》（陈群）等。这场讨论虽然不够深入，但激发了学界至少是书法批评界的理论热情及大众参与的积极性，引发人们在新的语境下对现代书法美学的重新反思与批判。对"丑书"一边倒的批判与否定还不够全面、深刻和辩证，但从"丑书"的论争中或许能发展出审美文化研究的新议题。

第十二章

概念与批评现场

一、文类规范与破格

"文类"是文学理论中最为古老的范畴之一，其意指文学的各种类型。文学的分类问题历来是文学研究中非常重要的组成部分。人们熟悉"三分法"或者"四分法"——叙事文学、抒情文学和戏剧文学，或者诗歌、小说、散文、戏剧文学——就是将文学现象具体划分为不同的文学种类。这种分类最初源于柏拉图和亚里士多德，后流行于18世纪。在中国古代文论中，"文类"一般称为"文体"。古代"文体学"十分发达。梁朝萧统的《昭明文选》的文体分类有39种，刘勰的《文心雕龙》讨论的文体约有35种。陆机《文赋》、吴纳《文章辨体》、徐师曾《文体明辨》等都是文体学的重要著作。"文体学"一般探求各种文体的源流演变，解释其名称及含义，选取代表作品，总结写作法则。"文类"英文为 genre，戴望舒译为"文体"，显然接近于传统的说法；而当代文学理论一般将文学的不同类别称为"体裁"。"文类"一词的广泛使用则是晚近的事。

20世纪60年代，弗莱曾经抱怨："文类理论是批评中尚未开发的一个科目，我们具有三个文类术语：戏剧、史诗和抒情诗，都来自古希腊人。"[1] 的确，文类研究长久以来基本上沿袭了传统的看法，文类

---

[1] ［加］弗莱：《批评的剖析》，陈慧，等译，天津：百花文艺出版社，1998年，第307页。

是相对稳定的文学分类知识。多数中国当代文学理论教材也是如此，80 年代以后，西方现代"文类"理论才逐渐进入中国。韦勒克、沃伦的《文学理论》、乌尔利希·韦斯坦因的《比较文学与文学理论》、诺思罗普·弗莱的《批评的剖析》、乔纳森·卡勒的《结构主义诗学》和托多洛夫的《巴赫金、对话理论及其他》等中译本先后出版。这些著作都高度重视"文类"问题："文学类型这一题目为研究文学史和文学批评及其二者之间的关系提出了重要的问题。"①

新批评学者韦勒克和沃伦认为：文类问题不只是名称问题，一部作品的种类特性是由它所参加其内的美学传统所决定的。"文学的各种类别'可被视为惯例性的规则，这些规则强制着作家去遵守它，反过来又为作家所强制。'"17 世纪至 18 世纪的新古典主义认为，类型概念是自明、规则性和命令性的，无须论证。人们所要做的工作就是保持种类的纯净和等级秩序。这显然是权力主义和理性主义的混合物，现代文类的划分标准应从社会性转向文学性或形式主义，文本的分类编组建立在"外在形式"和"内在形式"这两个根据之上；现代文类观念并不限定可能有的文类数目，也不给作者规定规则，而是假定传统文类可以被混合而产生新的文类。比较文学家乌尔利希·韦斯坦因显然认同韦勒克和沃伦的看法，认为文类（genre，刘象愚译为传统的术语"体裁"）概念像时期、思潮和运动概念一样，为文学研究提供了广阔的空间。他进一步探讨了文类理论所存在的许多问题，如包容一切地区和民族的普遍文类的不可能性，按照心理学标准，尤其是按文类预期的心理效果划分文类的无效性，题材的标准则可能产生出众多缺乏特征的亚类，文类在历史和不同民族的流传中有可能发生名称改变或"串义"现象，以及 19 世纪以来文类与技巧的冲突等等。他提出，今天人们大可不必像贺拉斯那样强调"每一种体裁都谨守派给自己的那份疆土"，但还是要尽可能做到术语前后一致，尽力划清界限。②

文类的划分标准一般趋于两个方向，一个是强烈依附于语言形态

---

① ［美］韦勒克，沃伦：《文学理论》，刘象愚，等译，第 271 页。

② ［美］乌尔利希·韦斯坦因：《比较文学与文学理论》，刘象愚，译，沈阳：辽宁人民出版社，1987 年，第 97 - 120 页。

学，另一端则偏重于社会文化心理内容。弗莱提出了他自己的文学分类法：文字作品可以分为两大类——虚构型和主题型，前者以叙述人物及其故事为主，后者则以作者向读者传达某种寓意为主，在这两个极端之间存在许多中间类型。虚构作品根据书中主人公力量与普通人的水平比较，可以分为以下几种基本模式：神话——其中主人公的行动力量绝对地高于普通人，并能超越自然规律；浪漫故事——其中主人公的行动力量相对地高于普通人，但服从于自然规律；高级模仿——人物水平略高于普通人的文学作品；低级模仿——模仿现实生活中普通人的作品；反讽或讽刺，其中人物的水平低于普通人。他分别研究了悲剧和喜剧中的这五种模式，认为这五种模式依序不断演变并形成循环。弗莱的文类理论综合了历史批评、伦理批评、解释学、修辞批评等多个层面——这是一种从语言微观结构到宏观层面综合考察的理论。

由于 19 世纪以后，尤其是现代，传统文类的"破格"和各种新文类的涌现及文类越界现象的出现，一些作家和理论家开始怀疑文类概念的意义。莫里斯·布朗肖就认为：文学不再容忍体裁划分，企图打破界限。重要的只有书，它远离体裁脱离类别，不承认它们拥有规定其位置和形式的权力。这种取消文类的见解，德国浪漫派施莱格尔已经有所主张，他追求"宇宙诗"和"元类"而反对文类划分。克罗齐则从其艺术即直觉表现说出发，认定艺术是不可分的，它们没有种类上的分别，所谓诗与散文的分别根本不能成立，他明确把体裁或文类理论称为批评家的一种艺术偏见。而解构主义干脆用"文本"概念颠覆了文类区分。文类研究在今天似乎只是一种无益的，甚至是过时的消遣。然而，托多洛夫提出了一种有趣的看法："作品'违背'其体裁，并不能使该体裁消失；人们想说的正与之相反。而这有双重原因。首先因为有违背就要有一项将被违背的法则。进一步说，规约只有当其屡遭违背时才看得见，才存在。"托多洛夫显然在为文类理论的合法性辩护。在他看来，所谓文类是话语属性的制度化，它像一种制度一样存在着，通过制度化与社会相联系。"对读者而言，犹如期待域，而对作者而言则如同写作规范。"[①] 乔纳森·卡勒用"程式

---

① ［法］托多洛夫：《巴赫金、对话理论及其他》，蒋子华，张萍，译，天津：百花文艺出版社，2001 年，第 23 页。

与归化"理论继续阐述托多洛夫的意见：文类具有某种约定俗成的功能，一种规范或期望。对各种文类的描述其实是对阅读和书写过程中发挥功能的类型予以界定。每一种文类都有其具体的程式，而使一部文本归化就是使其与某种话语或模式建立关系。卡勒同时认为蕴含于文类程式之中的阅读期待往往也会被违反、耍弄、抵制和摆脱。有文类程式的存在，才有这种有趣的文学行为。

这些文类理论在 80 年代后陆续被翻译引进，但并未引起人们的广泛兴趣。韦勒克、沃伦的《文学理论》对整个 80 年代文学理论与批评影响深远的是所谓"内部研究"说，人们从中获得建构自律论文学观的理论资源，却无暇关心"文类"这一不怎么显眼的命题。较早对"文类"概念发生兴趣的或许是一些比较文学学者。张汉良 1986年出版的《比较文学理论与实践》第三编即是"文类研究"，他认为传统的文类划分标准无法成立，另一种趋势是破除文类走向元类。但这种元类不再是浪漫主义超验性质的元诗，而是正文。"在作品的'正文性'的表演之下，一切文类区分，包括政治宣言、戏剧、诗与菜单之别，都是不必要的了。"如果还要使用文类概念，就必须确立两个基本认识：没有先验的、透明的、历万古而常新的文类；文类产生的文学与非文学因素复杂，但都受时空的制约。[①] 中国当代文学理论对"文类"概念的关注与研究大约有四种方式：第一种是比较文学研究中对"文类"概念的评介，如乐黛云、卢康华、陈惇、孙景尧、谢天振、刘象愚、刘献彪等人对文类学研究的理论、方法等问题都做了积极探讨。李万钧的《中西文学类型比较史》比较探讨了中西各种文类的渊源、演变和文化成因。第二种是深入研究诗、散文、小说等的文类特征，如孙绍振的《文学创作论》对诗、散文和小说的文类规范有深入而辩证的阐明。第三种是文类的文体学研究，童庆炳的《文体与文体的创造》和陶东风的《文体演变及其文化意味》都把文类概念放在"文体学"框架内予以讨论。前者认为：从文体的呈现层面看，文本的话语秩序、规范和特征，要通过体裁、语体和风格三个范畴体现出来；后者把文类划分的主要依据归结为文体上的相似性。

---

① 张汉良：《比较文学理论与实践》，台北：东大图书股份有限公司，1986 年，第112 页。

第四种用法更关注文类概念的形而上意味和意识形态功能。陈清侨的《美感形式与小说的文类特征》一文讨论了小说文类的形而上悲剧意味：在卢卡奇那里，小说文类不是单纯的形式规定，而是承载了自我心灵那"超验的无家可归感"，一种总体性哲学。巴赫金与卢卡奇一样，"也把史诗和小说这两个文类视为表述现实以及观看现实的两种截然不同的形式结构"。① 南帆的《文类与散文》是应用现代"文类"概念进行文学批评实践的范例，他更关注文类包含的强大权力："文类的功能与语法相似。语法的管辖范围到句子为止，而文类的管辖范围则是从句子开始——文类提供了文本组织句子的秩序。作为一种形式凝聚力，文类的惯例和成规有能力与外部抗衡。"② 文类的强大权力迫使作家服从文类的惯例和成规，这与作家瓦解文类的力比多冲动构成文学史的冲突和张力。从这一视域出发，南帆提出了一个有趣的问题：散文这一文类的文类瓦解功能，或者说，散文含有反文类倾向。如此，个体特征晋升至第一位，固有的文类规范与权威衰落了。

对于文类的破格而言，散文无疑是一个特殊的案例。其实，在文学史的不同时段，都存在瓦解文类规范的运动，这种运动往往被视为文学探索与实验行为。遵循文类既有的规范与突破文类惯例的限制构成文学史的矛盾运动。时至今日，文类的固定疆界被打破业已成为文学创作的一种常态，跨文类书写也已经显现出更具探索精神的新趋势。

二、作为趣味批判概念的"媚俗"

日常意义的"媚俗"显然是一个贬义词，通常用来批评那种有意迎合、巴结庸众/低级趣味的艺术行为。朱光潜曾经把"文学上的低级趣味"概括为十种：对侦探故事的过度偏爱；以刺激欲望为目的的色情描写；离开艺术而欣赏黑幕即对残酷、欺骗、卑污事件的偏爱；

---

① 陈清侨：《美感形式与小说的文类特征》，陈平原，陈国球主编：《文学史》，北京：北京大学出版社，1993 年，第 60 页。

② 南帆：《文学的维度》，上海：上海三联书店，1998 年，第 273 页。

风花雪月的滥调或"雅到俗不可耐";装腔作势、油腔滑调、卖弄风姿等。① 当然,低级趣味的界定也因人因时代而异。在柏拉图看来,文学对情欲及"哀怜癖"和"感伤癖"等人性低劣部分的逢迎就是一种"媚俗"。

"媚俗"并不是一个新词,对"媚俗"的道德抨击早已有之、自古皆然。这个概念在 20 世纪 80 年代后期至 90 年代重新出场,频繁出没于当代文学批评中却有其特殊的文化语境。市场经济的蓬勃发展快速确立了一种主导社会生活的商品价值观,商品交换原则无孔不入地侵入文化领域。这显然刺激了大众文化的快速成长,阅读作品的读者摇身一变为文化的消费者,作家自然是文化产品的生产者了。根据需求而生产的市场逻辑有力地影响了文学的创作与批评,文学从众主义从中找到了经济学上自明的合法性。而"后现代主义"理论的适时引入又为这种迎合大众趣味的文学观念提供了人文知识上的合法性。文学与文化领域的"媚俗"现象在这种语境中孕育而生,于是人们自然对"媚俗"这一文学批评术语重新产生了兴趣。在 20 世纪 90 年代的文学批评中,对"媚俗"概念的看法大约有三种:

第一种,消解"媚俗"概念所包含的否定和批判语意。陈晓明的看法有些代表性,他说:"我觉得'媚俗'这个提法很怪,为什么不能媚'俗'?'媚俗'这个提法,是一种启蒙主义的说法,它认为人民大众是十分愚昧的,你不能混同他们,你要引导他们,教育他们,这是很荒谬的。我们凭什么要去教育人民?我们在哪方面比人民高明?我们动不动就想着教育人民,然而当作家企图同人民打成一片时,就说他是媚俗,因为你没有去教育人民,没有去给人民以警告,这是非常可怕的。"② 这显然是一个文学可以"媚俗"的极其冠冕堂皇的理由。而在王朔们看来问题要更简单些。王朔曾经声称作家的贫困是活该的,谁让他不懂市场。的确,在市场垄断一切的时代,"媚俗"在许多人眼中不再是一种不良现象,而是一种生存策略,用来从大众/"人民"的口袋里找回金钱与荣耀。第二种,否定"媚俗",

---

① 朱光潜:《朱光潜美学文集(第二卷)》,上海:上海文艺出版社,1982 年,第 261 – 273 页。

② 《"新体验小说"研讨会纪要》,《北京文学》,1994 年第 6 期。

坚持对"媚俗"进行道德和美学的批判。他们认为:"媚俗"使文学不再是时代的放歌台、传声筒,却转而成为时代的下水道、垃圾箱,不再是时代的一剂解毒药,却转而成为自我的一纸卖身契。"媚俗","完全是一种美学的自杀、文化的自杀和社会的自杀"。① 或者认为"媚俗"是人文精神溃败的表征。第三种,也有人认为:"媚俗"本身的确没有什么不好,然而为"媚俗"正名的背后,"隐藏的却是颠覆知识分子文化意义的最终目的。……在很长一段时间内,知识分子几乎成为一个耻辱的代名词"。② 这自然难以让人接受。而朱大可则把"媚俗"看作"中国知识阶层的妥协与蜕变",王朔、崔健和苏童等"一方面反叛传统意识形态,一方面向大众大肆献媚。市场原则被严肃地建立起来"。同时他又认为,"正是市场交换策略避免了文化的最后崩溃"。③

"媚俗"概念的流行也与昆德拉或韩少功有关。1987 年,昆德拉的《生命中不能承受之轻》中译本出版,直接引起了中国读书界的"昆德拉热"。而韩少功把昆德拉反复使用的重要语词"kitsch"译为"媚俗"则引起人们的热烈讨论。尽管人们对这一译法看法不一,但越来越多的文学谈论开始使用"媚俗"概念。在昆德拉那里,kitsch 的含意比汉语"媚俗"的日常用法要丰富得多,他至少在三个层面上阐释了这一语词的内涵:首先是哲学上的"媚俗"。昆德拉说:"在欧洲所有宗教和政治信仰后面,我们都可以找到《创世纪》第一章,它告诉我们,世界的创造是合理的,人类的存在是美好的,我们因此才得以繁衍。"昆德拉把这种基本信念称为无条件认同生命存在,在这里,"大粪被否定,每个人都做出这事根本不存在的样子。这种美学理想可称为 kitsch(媚俗作态)"。④ 其次是政治媚俗。无论是苏式的集权政治,抑或美式民主政治都戴着一副美学面具。政治的美学化或者对大粪的遮蔽就是政客的媚俗作态。第三是艺术的媚俗。布洛克在

---

① 潘知常:《反美学》,上海:学林出版社,1995 年,第 22 页、第 27 页。

② 丁帆,许志英主编:《中国新时期小说主潮(下卷)》,北京:人民文学出版社,2002 年,第 649 - 650 页。

③ 朱大可,等:《十作家批判书》,西安:陕西师范大学出版社,1999 年,第 31 页。

④ [捷]米兰·昆德拉:《生命中不能承受之轻》,韩少功,韩刚,译,北京:作家出版社,1992 年,第 264、343 - 345 页。

30 年代说过："现代小说英勇地与媚俗的潮流抗争，最终被淹没了。"在当代，布洛克的名言日见其辉。"为了讨好大众，引人注目，大众传播的美学必然要与 kitsch 同流。在大众传媒无所不在的影响下，我们的美感和道德观也 kitsch 起来了。现代主义在近代的含义是不墨守成规，反对既定思维模式，决不媚俗取宠。今日之现代主义已经融汇于大众传媒的洪流之中。所谓新潮就得竭力地赶时髦，比任何人更卖力地迎合既定的思维模式。现代主义套上了媚俗的外衣，这件外衣就叫 kitsch。"① kitsch 含义的丰富性造成人们对它的中译产生了不同的看法。如吕嘉行将其译为"忌屎"，音义兼顾取其否定大粪之意。杨乐云认为 kitsch 译为"媚俗"虽然美，但与昆德拉的原意有出入，西方定义为"故作多情的群体谎言"更为准确。这一解释显然偏重其"蛊惑性的虚假"之意，更重视昆德拉把 kitsch 原本的文体美学含义延伸到政治意识形态批判的意义。② 周荣胜则主张译为"媚美"，"媚美"一词早已有之。在石冲白译的《作为意志与表象的世界》中就出现过："媚美是直接对意志自荐，许以满足而激动意志的东西。"它使鉴赏者"不再是认识的纯粹主体，而成为有所求的、非独立的欲望的主体了"。③ 这里的"媚美"在王国维《红楼梦评论》中曾经译为"眩惑"。那些刺激人的感观欲望、消解了省略快感与美感距离的所谓的"艺术"都是"媚美"的艺术。这与"媚俗"的含义接近，"媚俗"本身具有逢迎人性低劣部分的含义，潘知常的《反美学》就将二者混用；梁秉均和叶朗的译法较为接近，前者译为"奇趣"，后者译为"畸趣"。

从艺术和纯粹美学的角度看，kitsch 译为"媚俗"并不离谱。昆德拉自己就说过："kitsch 这个字源于上世纪中之德国。它描述不择手段去讨好大多数的心态和做法。既然想要讨好，当然得确认大家喜欢听什么。然后再把自己放到这个既定的模式思潮之中。Kitsch 就是把这种有既定模式的愚昧，用美丽的语言和感情把它乔装打扮。甚至连

---

① ［捷］米兰·昆德拉：《生命中不能承受之轻》，韩少功，韩刚，译，第 264、343 - 345 页。

② 杨乐云：《"一只价值论的牛虻"》，《世界文学》，1993 年第 6 期。

③ ［德］叔本华：《作为意志与表象的世界》，石冲白，译，北京：商务印书馆，1982 年，第 289 页。

自己都会为这种平庸的思想和感情洒泪。"① 这与汉语常用词"媚俗"的含义并没有太大的差别。而昆德拉所揭示的现代主义在大众传媒时代不得不披上 kitsch 外衣的处境不也显露出 kitsch 的"媚俗"面向么？其实昆德拉的流行本身就是极其"媚俗"的美学事件。在 2002 年出版的《现代性的五副面孔》中，kitsch 同样被译成"媚俗艺术"。卡林内斯库在书中指出："可以很方便地把媚俗艺术定义为说谎的特定美学形式。如此一来，它显然就与美可以买卖这样一种现代幻觉关系甚密。从而，媚俗艺术就是一种晚近的现象。它出现于这样一个历史阶段，其时各种形式的美就像服从于供应与需求这一基本市场规律的任何其他商品一样，可以被社会性地传播。"② 在这一意义上，作为趣味批判概念的"媚俗"在中国当代文学批评中的历史使命远未完成，因为中国社会的全面市场化还正在进行之中。

三、对"忏悔"的诘问

现代汉语中的"忏悔"意为：认识了过去的罪过或错误而感到痛心，是一种良心与道德意义上的自我反省行为。从词源上看，"忏悔"原本是佛教语词，魏晋南北朝时期传入中国。"忏"是梵语"忏摩"的音译，"悔"是意译。《晋书·佛图澄传》也有佛图澄弟子佐"愕然愧忏"的说法。据说"忏悔"一词的合成始于南北朝，南齐竟陵王萧子良梦见如来说法说到忏悔之言，醒后向萧衍转述了梦境。后萧衍当了梁武帝，做"忏悔"文以"忏六根罪业"。

当然"忏悔"绝非佛教的专利，各种宗教都有忏悔仪式和忏悔文。在西方，忏悔文逐渐演变出一种忏悔文学。近代以后，"忏悔"一词在知识分子中广泛流行，这与西方文化尤其是基督教文化的东渐有更直接的关系。1918 年，周作人撰《欧洲文学史》介绍了奥古斯丁和卢梭的《忏悔录》："St. Augustinus 生于 Numidia，少时放逸不羁，偶读圣保罗书，遂改行，归基督教，后进职至主教。作忏悔录（Con-

---

① ［捷］米兰·昆德拉：《生命中不能承受之轻》，韩少功，韩刚，译，第 343 页。

② ［美］卡林内斯库：《现代性的五副面孔》，顾爱彬，李瑞华，译，北京：商务印书馆，2002 年，第 246 页。

fessiones），述少时情事极美妙，为自叙类中杰作，不仅以宗教得名也。""忏悔录凡十二卷，为 Rousseau 自传，自少至长，纤屑悉书，即耻辱恶行，亦所不讳。而颠倒时日，掩饰事迹，亦复恒有。然 Rousseau 性格，亦因此益显其真。"① 据陈平原统计，卢梭《忏悔录》在 20 世纪 20 至 40 年代就有七种中译本面世，可见影响深远。因此，在现代学者热衷的自叙或自述写作中，陈平原所发现的"忏悔录"之缺失现象的确有些令人费解。② "忏悔录"在从古代到现代的中国文学史上委实鲜见。而 20 年代初黄远生在《东方杂志》发表的《忏悔录》，1936 年巴金出版的散文集《生之忏悔》则是少见的"忏悔录"。

但从卢梭到托尔斯泰、陀思妥耶夫斯基的忏悔意识对 20 世纪中国文学的影响无疑是十分深远的，这在鲁迅、巴金、郁达夫、张贤亮等一大批作家身上都有所体现。然而"忏悔"成为文学批评的常用概念则是在 80 年代以后。新时期文学产生了社会批判精神和自我审判意识，"忏悔"就是良心与良知的自我反省。巴金的《随想录》对"文革"的批判一开始就与自我的反省和忏悔结合在一起："奴隶，过去我总以为自己同这个字眼毫不相干，可是我明明做了十年的奴隶！……我就是奴在心者，而且是死心塌地的奴隶。"这种"力透纸背的忏悔录"显然与"五四"文学人的自觉精神相通，当代文学批评高度关注从"五四"到当代的文学忏悔意识也就十分自然了。陈思和《中国新文学发展中的忏悔意识》较早进入这一课题的阐释：（1）新文学的忏悔意识更多地来自西方，而且与西方文化发展中各阶段的忏悔意识有着密切的血缘关系。托尔斯泰和陀思妥耶夫斯基分别代表了现代思潮中忏悔意识发展的两个分支。（2）鲁迅的《狂人日记》"是一部伟大的忏悔录"，对"吃人礼教"的尖锐批判和自己曾"吃过人"的痛苦反省，形成具强烈人道主义色彩的现代忏悔意识；而郁达夫的《沉沦》则代表了更多地接受西方个性主义的忏悔意识，"我们似乎又体尝到卡拉马佐夫兄弟的性格"。（3）现代文学的忏悔意识存在从"人的忏悔"到"忏悔的人"的转化过程，忏悔主体从抽象的人转移到具体的人即作者自身，产生了聂赫留朵夫式的忏悔。这种转

---

① 周作人：《欧洲文学史》，长沙：岳麓书社，1989 年，第 110、153 页。
② 陈平原：《中国现代学术之建立》，北京：北京大学出版社，1998 年，第 434 页。

换俄国文学中知识分子对自身罪孽和良心的痛苦自谴思想的深远影响，也深刻反映了政治大变动中知识分子的精神历程。在"左"的思潮影响下，"忏悔的人"演变为知识分子的"自我作践"，忏悔意识原先具有的人文主义因素和现代意识丧失殆尽。陈思和还初步分析了新时期带有现代意识的忏悔文学复活的可能性，他在王蒙的《布礼》、巴金的《随想录》、高晓声的《心狱》等作品中找到了复活的迹象。①

在比较张贤亮和陀思妥耶夫斯基对苦难的神圣化时，许子东也谈到俄国文学中"忏悔的原罪感表面上是愧对基督，本质上是愧对人民，或者说是愧对知识分子解救人民解救国家于苦难的社会责任和使命感"。他认为，30年代以来，中国知识分子忏悔的基本前提也是愧对苦难的人民。"但随着这种根植于启蒙意识的惭愧变成尊敬变成崇拜甚至再变成某种恐惧，忏悔也就由内心观照上升为反省上升为自我批判再上升为精神自杀。"张贤亮笔下的章永璘就是典型的例证。② 许子东和陈思和都指出了忏悔主题从人的觉醒和主体意识的生成转向自我意识的退化，并异化成知识分子的精神自虐乃至精神自杀。

90年代以后，"忏悔"一词的使用朝两个方向演化。其一是延续80年代的讨论，现当代文学史已经普遍地应用"忏悔"来论述鲁迅、巴金、郁达夫、张贤亮的创作及其精神世界。马佳的专著《十字架下的徘徊》系统地分析了基督教文化对中国现代文学的深刻影响，但他对这种影响的强调却可能忽略了现代文学忏悔意识的特殊性。刘勇《为人类社会而背负的十字架》以郁达夫和巴金为例讨论现代文学忏悔意识的复杂性："尽管中国现代作家的忏悔意识主要得益于西方现代文明对中国社会发展进程的冲击和影响，但有两点是应该强调的：一是中国现代作家在更高层次上对人自身价值的发现始终伴随着他们对民族命运的关怀和认识；二是中国现代作家在实现个人批判与社会批判过程中，也不同程度地受到了忧国忧民、独善其身等传统文化观念的浸润和滋养。"③ 因此郁达夫的"原罪"与基督教文化意义上的

---

① 陈思和：《中国新文学整体观》，上海：上海文艺出版社，2001年，第343－368页。

② 许子东：《陀思妥耶夫斯基与张贤亮》，《评论选刊》，1986年第5期。

③ 刘勇：《为人类社会而背负的十字架》，《文艺理论与批评》，1998年第3期。

"原罪"有着很大的差异；巴金是一个很有宗教精神的作家，但巴金的忏悔始终向着自己所认定的上帝——人民。

其二是演化为一种追诘的话语权力，如余杰的《余秋雨，你为什么不忏悔》。余杰在文章中把余秋雨称作"文革余孽"，认定余秋雨在"文革"中为"石一歌"效力，撰写恶劣的《胡式传》。因此指责余秋雨只拷问历史不拷问自己，"是才子加流氓"，并严厉质问："你为什么不忏悔？"引发了余秋雨的回应和大众媒体的大肆炒作。一时间，"忏悔"一词频频出现在大小媒体上。余杰的文章谈不上什么学理性，本没有什么讨论的价值。但他拉开架式要他人忏悔、要拷问余秋雨灵魂的做法，使"忏悔"一词的意义从文学的主体意识演化为一种追诘的话语权力。有影响力的人物"大余"自然不怕初出茅庐的"小余"的严厉追诘：余杰不懂"文革"，误解了史料，而且"忏悔是个人化的，强迫别人忏悔可能造成人人自危，却背离了忏悔的初衷。特别是在事实不清的基础上强迫他人忏悔，实际上是以反对'文革'的名义回到了'文革'"。① 余杰后来又解释他所用的"忏悔"，是"从基督教的忏悔意识出发，为中国营造一个自由民主的精神平台"。说得冠冕堂皇却仍然站不住脚，余杰的"大批判"文风似乎与"自由民主"不仅风马牛不相及，而且有些相悖。况且，余秋雨忏不忏悔又与你余杰何干？

王晓华的《中国人为什么缺乏忏悔意识?》正是从余杰所谓的"基督教的忏悔意识"出发，把余杰的追诘又推进了一步。这种看法认为"文革"后人们虽然反复提出忏悔的话题，但真正愿意忏悔的人尤其是在知识分子中却几乎没有。现在问题的关键已不再是某些人是否应该忏悔，而是我们的民族为什么如此缺乏忏悔意识。在他看来，控诉意识发达而忏悔意识近乎于无是中国人的集体特征。原因在于中国文化是乐感文化，主流上是非宗教的。没有一位作为忏悔对象的无限者即上帝，忏悔如何可能？这种意见恐怕只是一种空泛的老生常谈，在80年代中西文化的比较论中风行过。而把"忏悔"看作西方宗教的专利肯定犯了一种常识错误。

---

① 徐林正：《文化突围》，杭州：浙江文艺出版社，2000年，第186页。

四、不可或缺的"话语权力"

"话语"本来是一个现代语言学的概念，指构成完整单位的、大于句子的语段。正如托多洛夫所言："话语概念是语言应用之功能概念的结构对应物……语言根据词汇和语法规则产生句子。但句子只是话语活动的起点：这些句子彼此配合，并在一定的社会文化语境里被陈述；它们因此变成言语事实，而语言则变成话语。"[①] 结构主义和新批评学派最早把这个术语应用到文学批评之中，如新批评所谓"小说话语"和"诗歌话语"的区分。新批评派认为各种"话语"自身内部存在着可被发现、界定、理解的特性，因此"话语"确立了文类特征并标明了此一文类与另一文类的差异。这种观念显然具有浓厚的形式主义色彩。而在法国著名的后结构主义者福柯那里，"话语"就不是一个纯粹语言学的概念，而是一个具有政治性维度的历史文化概念。福柯把以往那种话语的形式分析转移到话语与权力关系的历史研究上来，从而赋予了话语概念一种崭新的含义。

在福柯那里，话语是一种实践活动，在书写、阅读和交换中展开。在福柯看来，任何社会中，话语的生产都会按照一定的程序而被控制、选择、组织和再传播。其中隐藏着复杂的权力关系。任何话语都是权力关系运作的产物，性话语、法律话语、人文知识乃至医学和其他自然科学都是如此。今天，人们一般认为，福柯是把"权力"引入话语分析的第一人。但福柯自己却把话语权力概念的发明上溯到尼采，认为正是尼采首次把权力关系视作哲学话语的一般焦点。的确，尼采在《权力意志论》中曾经宣称：知识是作为一种权力的工具而起作用的。尼采这种知识观念及谱系学的研究方法深刻地影响了福柯的话语权力分析，这正是福柯把自己称作"尼采主义者"的根本原因。福柯拓展了尼采的思想，正如周宪所说，福柯的工作包括两个方面："一是认识论的批判，即通过对话语与权力关系的分析，揭示构成特定时代话语规则的内在结构，以及这个结构与权力的关系；二是把这

---

① ［法］托多洛夫：《巴赫金、对话理论及其他》，第17页。

种分析系统用于历史的批判，通过对不同时期话语不连续性的断裂分析，来揭示知识的结构和实践的策略。"①

尼采、福柯的"知识/权力"或"话语与权力"论述颠覆了传统的知识论和真理观。以往所谓的"客观知识"变得十分可疑，甚至连"真理"也只是某种话语陈述。福柯深刻地阐释了知识与权力的共生共谋关系："权力和知识是直接相互连带的；不相应地建构一种知识领域就不可能有权力关系，不同时预设和建构权力关系就不会有任何知识。"② 这种观念已经有效地改变了人们对人类语言，对语言与社会环境、权力系统、社会理性运转之间的关系的思考方式，也深刻地改变了人们对文学创作、文学史、文学批评和文学理论及其他人文学科的看法。越来越多的人文知识分子开始认同福柯的话语权力论述：一方面，知识是权力生产出来并加以传播的，其功能在于为权力运转提供某种形式的"正确"规范；另一方面，知识的生产与传播又再生产着权力。人文科学的所有知识分子，包括学者、教师和学生都参与了这种话语权力体系的建构，他们都利用知识的生产与传播来掌握某种话语权力。所以，所谓普遍真理和言说普遍真理的普遍的知识分子都是不存在的。

20世纪80年代中后期，福柯的话语权力概念开始在中国传播。较早介绍福柯思想的是徐崇温、孟悦等人。1986年，徐崇温出版《结构主义与后结构主义》初步介绍了"权力思想家"福柯的话语权力论述；1988年，孟悦等人的《本文的策略》则评述了福柯"话语与权力"概念在文学批评上的应用。但是，80年代中国文学理论与批评以启蒙主义为主潮，人们的兴趣和视线集中在康德以降的主体性思想、萨特的存在主义和韦勒克的"内部研究"的形式派文学理论上。因此，福柯对启蒙主义和主体论及结构主义的批判与反思并未广泛引起思想界的关注。后结构主义的"话语权力"概念的广泛传播和使用与90年代中国思想界的思想转型直接相关。在人们从对启蒙的热情转向对启蒙的怀疑过程中，福柯的论述引起了思想界的浓厚兴

---

① 周宪：《20世纪西方美学》，南京：南京大学出版社，1997年，第384页。
② ［法］福柯：《规训与惩罚》，刘北成，等译，北京：生活·读书·新知三联书店，1999年，第29页。

趣。自 1991 年《癫狂与文明》中译本出版后，福柯的重要著作《知识考古学》《规训与惩罚》《词与物》《性史》等陆续推出。一些论述福柯思想与生平的著作也出现了，如刘北成的《福柯思想肖像》、莫伟民的《主体的命运》、汪民安的《福柯的界线》等，越来越多的人文学者开始谈论福柯，引用福柯的话语权力概念。这种情形在文论界颇为突出，可以说，福柯的思想已经深刻地影响着 90 年代以来中国的文学批评实践，并且改变了当代人的文学知识观念。"话语与权力"概念因此也成为当代文论的关键词语之一。

无疑，90 年代以来，"话语权力"概念已经或正在大规模进入中国文论与批评领域，人们对这一术语已经耳熟能详、应用娴熟。这种影响大约有如下方面：

（1）改变了人们对文学的认识。文学是一种话语，而且是一种掩藏着社会文化政治权力的话语；文学创作是权力话语的生产，作家掌握着某种话语权力。王蒙在《读书》2002 年第 6 期发表《极限写作与无边的现实主义》一文，就用"话语权力"概念对张洁的小说《无字》提出批评。他首先肯定《无字》是"用生命书写的，通体透明、惊世骇俗"的力作，但同时指出，《无字》充斥着太多的愤懑与怨恨。王蒙因此质疑到：如果小说中的其他人物也有写作能力，那将会是怎样一个文本？作者其实是拥有某种话语权力的特权一族，而对待话语权也像对待一切权力一样，是不是应该谨慎、负责地运用这种权力？怎么样把话语权力变成一种民主的、与他人平等的、有所自律的权力运用而不变成一种一面之词的苦情呢？不少人开始呼吁作家和媒体要"谨慎使用手中掌握的话语权力"。人们也认识到在福柯等后结构主义者那里，写作的主体已经消失殆尽，"不是人说语言，而是语言说人"，"谁在说话又有什么关系呢？"作者的功能就是话语生产，这种生产事实上被某种复杂的权力关系强有力地制约着。当代文论透过"话语权力"概念更具体地认识到文学与体制及意识形态之间千丝万缕的关系。

（2）"话语权力"论述启发人们重新认识文学批评的意义与功能。南帆在《隐蔽的成规》一书中把文学批评理解为一种特殊的话语类型，所谓话语类型是指语句之流的集合与规范，一种话语类型的结构同时具有语法与语义。南帆的论述企图联系一个社会的话语生产阐述文学批评，"话语生产所诞生的话语关系与社会关系遥相呼应……谁掌握话语生产的权力，谁掌握话语生产的技术，谁掌握话语生产督察系统，这将成为一些至关重要的问题——文学批评的鉴别和判断即是从某一个方面分享了这些问题的意义"。① 在这个意义上，文学批评的文化功能得到了重新肯认——文学批评参与了这个时代的话语再生产。

（3）话语权力概念也影响了人们对文学史的理解与阐释。戴燕的《文学史的权力》考察"新知识秩序中的中国文学史"的形成，话语权力的分析方法渗入她的阐释中。这种渗透在其论述写实主义话语如何影响了人们的文学阅读和文学史新经典的生成时表现得尤其显明。南帆也指出："从历史话语的信誉到经典的形成，人们清楚地看到，文学史很大程度地嵌入权力结构。人们可以从这个意义上想象出，'重写文学史'的口号将遭遇多大的抵制。"② 在《修辞：话语系统与权力》中，南帆认为修辞革命隐喻了文化权力的交替和重新分配，修辞现象背后话语系统的权力可能投射为话语主体的现实权力。南帆从话语修辞的独特角度阐释 20 世纪中国文学史的话语权力转移。③ 李扬与洪子诚谈论当代文学史写作时，同样使用了福柯的"话语权力"概念：认知意志受到制度的支持，不同的制度会支持不同的真假标准，人们都寻求把自己的话语建立在真实话语标准之上，而把其他话语作为虚假的话语排斥出去。李扬认定"现代文学"与"当代文学"之间不断互换的等级制就是福柯所努力解构的"排斥机制"。从福柯的话语权力概念和知识考古学出发，他们也阐释 20 世纪中国文学史的各种权力关系。诸如新文学对传统文学、通俗文学的否定；80 年代以来的文学史秩序，在凸显"纯文学"时，必然要排斥"非文学"的文学。这样，"文革文学"和"十七年文学"就被排除在"文学"之外。④

（4）"话语权力"概念也开始进入文学理论领域。南帆主编的

---

① 南帆：《隐蔽的成规》，第 166 页。
② 南帆：《隐蔽的成规》，第 166 页。
③ 南帆：《文学的维度》，第 96 页。
④ 李扬，洪子诚：《当代文学史写作及相关问题的通信》，《文学评论》，2002 年第 3 期。

《文学理论新读本》就明确提出：话语分析是文学理论的焦点。"话语分析充分肯定了新批评、俄国形式主义和结构主义的出发点——话语分析也是从语言开始的。但是，话语分析走得更远一些，以至于再度发现了话语与社会历史的隐秘联系。"① 显然，这种"话语分析"把包括后结构主义在内的各种话语理论吸收为自己的思想资源，福柯的"话语权力"也必然是话语分析的一个不可或缺的概念。

五、谁是"伪现代派"？

1985 年被许多批评家和文学史家认定为新时期文学发生转折的一年。这一年出现了两个重要的文学潮流：一是文学寻根思潮，一大批作家开始寻找文学创作的传统与地域文化之根；二是所谓的"现代派"文学思潮，刘索拉的《你别无选择》、徐星的《无主题变奏》等现代派色彩浓厚的小说就产生于 1985 年。人们这样描述这一年的文学变化："一股与传统方法相对的潮流便是现代主义创作倾向，其数量虽然有限，而来势迅猛。1985 年是它演出最有声有色的时日。"② 一些人开始为中国有了"真正的现代派文学"而欢呼。正是在这种语境中，文学批评界产生了"伪现代派"的争论。这是继 80 年代初关于中国需不需/能不能发展现代派争论之后的又一场现代派文学之争。但争论的主题已经发生了变化，人们不再为现代派的合法性争吵不休，而是为"中国现代派"的真伪鉴别而争鸣。

据李洁非个人的说法，在 1988 年广泛讨论"伪现代派"之前，他在 1986 年早已提出了这一问题。在《被光芒掩盖的困难》《作家素质与作品格局》和《新时期实验性小说困难论》等文中，他多次使用"伪现代派"这个概念批评新潮文学的某些现象和作品。1986 年年底在《文学评论》的一次讨论会上，又有人声称："我们文学中的'现代派'可以称其为'伪现代派'。'伪现代派'的含义就是我们并没

---

① 南帆主编：《文学理论新读本》，第 9 页。
② 毛崇杰：《存在主义与现代派艺术》，北京：社会科学文献出版社，1988 年，第 304 页。

有真正具有现代素质的现代派作品。"① 其实 1985 至 1987 年，对"我们文学中的现代派"表示不满或怀疑其真实性的人颇多，如陈冲的《现代意识和文学的摩登化》、陈晋的《平民的生活与贵族的艺术》、刘晓波的《危机！新时期文学面临危机》、季红真的《中国近年小说与西方现代主义》等。

真正使这个概念引起人们广泛关注的是黄子平的《关于"伪现代派"及其批评》一文的发表及《北京文学》持续一年的讨论。黄子平在文中谈到两个问题：伪现代派概念的基本内涵，概念的歧义用法、技巧、文化心理、背景。他认为"伪现代派"概念至少包含了三对二元对立的范畴：真/假、古/今、中/外。"这三对范畴及其家族还可以互渗、组合，生成一些更复杂的对子，如'原装进口/本地仿制'便是由'中/外'加'真/假'构成。""伪现代派"也是这些对子发酵的一个产品，它仍然属于一百年中西文化论战中"体/用、名/实、表/里"一类问题。80 年代初引进西方现代派时，由于意识形态的影响，人们小心翼翼地避开了现代主义的哲学观念而着重借鉴技术或表现方法。"内容/形式"两分论是现代派合法化的一种有效策略，然而正如黄子平所说的，它也带来了一种两难窘境："对现代派文学的表现内容和哲学背景保持高度戒备心的批评家发现人们并未恪守只借鉴技巧的保证，而急切地希望当代中国文学能够与世界文学对话的批评家则不满于这些作品的犹抱琵琶半遮面。"② 这就产生了两种意义相反的"伪现代派"概念：一种认为中国没有产生现代派的土壤，《你别无选择》《无主题变奏》等表现的思想情绪"没有实际生活的对应物"，"这类冒牌的现代意识不是从中国现实生活中产生的，而是从国外（主要是发达国家）的书本上横移过来的。这是一种理念的甚至概念的横移，把一些外国才会有的意识，硬套在中国现实头上"。③ 其意显然是指中国的现代派不是从中国的土壤或现实中成长起来的，而只是对西洋现代派的模仿、仿制甚至是伪造，并不是真现代派。持这种观点的人不少。早在海峡彼岸发生在 70 年代的乡土文学论战中，陈

---

① 谭湘整理：《面向新时期文学第二个十年的思考》，《文学评论》，1987 年第 1 期。
② 黄子平：《关于"伪现代派"及其批评》，《北京文学》，1988 年第 2 期。
③ 陈冲：《现代意识和文学的摩登化》，《文论报》，1987 年 1 月 21 日。

映真等人也是从此立论攻击台湾的现代主义文学的。问题在于如何看待所谓的"土壤"或"现实"，黄子平提到了"文革"这一被许多人小心翼翼回避的背景，它的确可以轻易摧毁所谓中国现代派没有土壤的理论。"伪现代派"的另一种用法则认为中国的现代派还不够现代。因为它只有技巧的现代化，而缺乏思想意识或形而上的现代性，没有"生命本能的冲动"，没有像《等待戈多》或者《蝇王》那样"将从生活中体验到的苦难提升到一种形而上的、人类痛苦的高度去品味"。① 但问题正如黄子平所指出的，把所谓"痛苦体验"从赖以生存的文化、社会、历史中剥离出来几乎是不可能的。

显然，黄子平对"伪现代派"概念的价值评价不高，"它不是一个经过深思熟虑的理论概念，而是处于开放和急剧变动的文学过程中产生的，被许多'权力意愿'认为是顺手、便利的一个批评术语"。但这个概念背后所掩藏的文化心理的丰富和复杂却值得人们反思。② 随后，李陀在《也谈"伪现代派"及其批评》中继续批评人们对分辨真假现代派的执迷。他认为："伪现代派"和"伪现实主义"是同一性质的问题，"中国有没有真现实主义或者真现代主义应该转化为这样的问题：这些舶来的'主义'在什么样的条件下才能中国化？在'化'的过程中又经历了什么样的质变？在'化'之后又与其本来面目有什么异同？还有，经历这些变化之后它们是否还能名实相符？我们是否还有必要在名实不符的情况下仍坚持旧的称谓？"③ 李陀的回答是，我们不当现代派，假的现代派不当，真的也不当。为什么非要跟在人家后面跑呢？就是当了"真现代派"又有什么特别的光荣呢？李陀尤其反对那种所谓现实主义或者现代主义"主流"说，认为这种"主流"意识只会使文学的路越走越窄。张首映则认为，真伪现代派的分辨主要参照的是西方现代派文学及其理论，这与"西体中用"的学风有很大关系。在他看来，"伪现代派"及其批评的毛病在于："失落了对象的现实性分析和把握，高扬了自身的理想和倾向，成为一种浪漫期待。""伪现代派"概念消解了当代作家"创新为体、中西并

① 刘晓波：《危机！新时期文学面临危机》，《深圳青年报》，1986 年 1 月 3 日。
② 黄子平：《关于"伪现代派"及其批评》，《北京文学》，1988 年第 2 期。
③ 李陀：《也谈"伪现代派"及其批评》，《北京文学》，1988 年第 4 期。

用"的改革精神。①

　　《北京文学》的讨论几乎是一边倒的，的确也没有多少人能理直气壮地反驳黄子平等人的意见。只有李洁非在《"伪"的含义及现实》中做了一些势单力孤的辩护："概念可以消解，现象却仍然存在——直到现在我仍坚持'伪现代派'作为现象的那种实在性：① 新时期文学发展过程中确确实实惹人注目地具有效仿'现代派'的欲望和言论；② 以及问世的一大批所谓'新潮作品'中不仅很多是与'现代派'观念、技巧具有间接的借鉴关系，甚至不乏直接模仿某部'现代派'作品的情况。"他声称批评"伪现代派"毫不意味着反对中国文学的"现代派"进程，提出并批评"伪现代派"有时只是表达对一些所谓的"现代派"作品的"矫情"表现的不满。因为"现代派"的"矫情"使中国文学走向"虚伪造作、扭捏作态"，文坛日益萎缩。他所说的"矫情"其实只是"假"或"伪"的一种比较温和的表达。李洁非在文末留下了一个有趣而无力的结尾："最近我听说，几个颇有名望的新派作家已不再掩饰其文学上的灰心失意，纷纷弃文从商，忙着赚钱去了。"② 关于"伪现代派"的争论已经成为历史，但它所提出的许多问题今天仍然存在，"当代文论或文学失语"说的论争或许可以看作这些问题的又一副面孔。

六、文化即身体的管理学

　　人们对身体感觉的重视可以追溯到极其久远的时代，据《说文解字》的解释，"美"从"羊"从"大"，其本义为"甘"。从"美"字的起源可以看出，古代中国人的美的意识是十分重视官能感受的。这显然形成了中国古代文论由"滋味""风骨""诗品""气"等范畴构成的一个特色。在西方同样可以上溯到古希腊，早期希腊人对感性的尊重和身体的表现至今还令人感叹不已，但文明的发展却对身体概念和感性范畴有所压抑。在柏拉图那里，灵魂和理智是最高级的存在，而身体欲望则处于最下层。到中世纪，这种压抑达到顶峰。虽然

---

　　① 张首映：《"伪现代派"与"西体中用"驳论》，《北京文学》，1988 年第 6 期。
　　② 李洁非：《"伪"的含义及现实》，《百家》，1988 年第 5 期。

文艺复兴运动极其有效地解放了感性——达·芬奇甚至说肉体比灵魂更重要，因为灵魂要住在肉体里，但漫长的西方思想史仍然是理性统治感性的历史。同样，从先秦儒学的"克己复礼"到宋明新儒的"存天理灭人欲"，身体和感性范畴也是长期处于被压抑状态。在20世纪中国文学批评中，周作人较早关注身体概念，在《人的文学》里，他明确提出了"灵肉合一"的观点。一些现代作家也描绘了种种身体的感受。但长期以来，身体只是革命的本钱，没有独立的地位。身体的感觉和欲望远远比灵魂和思想低下。今天，人们已经想象不出70年代末张志新裸体塑像在《花城》发表时所引发的强烈批评——在许多人看来，裸体显然亵渎了英雄的伟大和纯洁。80年代同样是一次大规模的解放感性运动，它首先摘掉了"直觉""灵感"等概念的资产阶级和非理性主义的帽子。但80年代文论中"直觉""灵感"虽然与身体沾边，却常常被理性化——人们不是常常把"直觉"释为"目击道存"吗？"灵感"也被理解为经验积累。萨特和存在主义成为一代人追求自我选择和表现自我权力的精神支援，但萨特哲学中十分重要的"身体"概念及存在主义中把"身体知觉"放在首位的梅洛-庞帝却很少引起人们的注意。直到80年代后期，"体验"概念的流行才预示着"身体"的出场。从"审美直觉"到"体验"再到"身体"的语词转换意味丰富，人们或许可以从中窥见当代审美文化思潮的微妙嬗递。

"身体"这个词语在中国文学批评中的大面积出现显然是90年代以后的美学事件。"身体"概念的粉墨登场既与90年代文学写作实践的发展直接相关，也与西方理论的引入和再发现有关。女性写作一直是中国当代文学最为活跃的部分。1996年，陈染《私人生活》和林白《一个人的战争》又兴起了"私人化"/个人化写作的新潮。而从女性"私人化"写作到"身体写作"则仅有一步之遥。90年代，女作家在西方女性主义的影响下，这一步被轻松越过。许多人谈论女性写作时都援用了埃莱娜·西苏著名的《美杜莎的笑声》，正是通过西苏的论述，"躯体写作"这个概念渐为人知，然后快速流播开来，并且从女性写作向整个"晚生代"写作扩散，形成一股"欲望"书写的狂潮，连最精神化的诗歌也不能避免。"下半身写作"则把"躯体写作"推向极端，主将沈浩波说："所谓下半身写作，追求的是肉体的在场感。注意，甚至是肉体而不是身体，是下半身而不是整个身体。……太多的人，他们没有肉体，只有一具绵软的文化躯体，他们没有作为动物性存在的下半身，只有一具可怜的叫做'人'的东西的上半身。而回到肉体，追求肉体的在场感，意味着让我们的体验返回到本质的、原初的、动物性的肉体经验中去。我们是一具具在场的肉体，肉体在进行，所以诗歌在进行，肉体在场，所以诗歌在场。""诗歌从肉体开始，到肉体为止。"① 这些文学现象显然刺激了一部分批评家对"身体"概念的兴趣。

"身体"概念在当代批评舞台的隆重登场与西方理论的引入和再发现关系更为密切。正如南帆所说："20 世纪的一系列理论故事纵深演变的时候，'身体'成为一批风格激进的理论家共同聚焦的范畴。快感、欲望、力比多、无意识纷纷作为'身体'之下的种种分支主题得到了专注的考虑。从萨特、梅洛-庞蒂、福柯、罗兰·巴特到巴赫金、德勒兹、弗·詹姆逊、伊格尔顿，他们的理论话语正在愈来愈清晰地书写'身体'的形象及其意义。身体与灵魂二元论的观念及蔑视身体的传统逐渐式微，身体作为一个不可化约的物质浮现在理论视域。'身体'这个范畴开始与阶级、党派、主体、社会关系或者政治、经济、文化、意识形态这些举足轻重的术语相提并论，共同组成了某种异于传统的理论框架。"② 这个被刘小枫称为"哲学的肉身化"的运动还可以回溯到 19 世纪费尔巴哈、马克思和尼采的哲学革命。费尔巴哈曾经用对待肉体的不同态度划开了新旧哲学的界线："旧哲学的出发点是这样一个命题：'我是一个抽象的实体，一个仅仅思维的实体，肉体是不属于我的本质的'；新哲学则以另一个命题为出发点：'我是一个实在的感觉的本质，肉体总体就是我们的自我，我的实体本身。'"③ 或许还可以上溯到 18 世纪中叶，鲍姆加登发明了"感性学"，而心理学也从灵魂学和哲学中获得了独立的地位。费尔巴哈对"未来哲学"新哲学的构想在 20 世纪的身体论述中正在逐渐显现。这

---

① 沈浩波：《下半身写作及反对上半身》，杨克主编：《2000 中国新诗年鉴》，广州：广州出版社，2001 年，第 544－547 页。

② 南帆：《双重视域》，南京：江苏人民出版社，2001 年，第 184 页。

③ ［德］费尔巴哈：《费尔巴哈哲学著作选集（上卷）》，荣震华，等译，北京：商务印书馆，1984 年，第 169 页。

种"新哲学"显然构成了中国90年代文论身体话语的思想史背景。

正如伊格尔顿所言"美学是作为有关肉体的话语而诞生的",或者如梅洛-庞蒂所说的"世界的问题,可以从身体的问题开始",90年代,中国文论终于把目光从对纯粹精神或形式实验的专注中部分转向对"身体"的注视,至少向"身体"投出了热情的一瞥。1995年,《联合文学》第四期的"女人身体"专辑是个有意义的尝试,"尝试着观看、塑造、批判、思考女人身体的各种面向"。这个专辑包括"摩登""囚禁""血肉"和"形象"四个部分。策划人张小虹如是而言:"女人的身体一向是文化想象与社会监控的焦点关注,从文学、绘画到宗教、医学,从一首诗到一句口号,女人的身体既是活生生地存在于权力密布的具体时空之中,也穿越时空而承载着繁复的符号象征。"① 在海峡彼岸,张小虹的确是一位十分注重身体范畴的文化研究学者。从1993年的《后现代/女人》到晚近的《绝对衣性恋》,都形象有趣地诠释了"身体政治"概念。另一些学者如刘小枫、南帆、康正果等则从理论上对身体概念做出了更深入的阐释。

刘小枫1998年出版的《现代性社会理论绪论》有两节集中讨论身体概念:(1)"哲学的专业化与肉身化",刘小枫把这种分殊表述为胡塞尔和尼采的坚硬对立或科学化哲学与历史叙述哲学的分野。前者以本质化的逻各斯为支撑,后者则以肉身化的本质为支撑。正是"本质的肉身"推动着历史叙述哲学不断解构本质化理性和理性化本质。② (2)"现代感觉与身体的优先性",刘小枫认为,现代性在审美领域的表现是"感性或此岸取代了传统的意义和目的理念的本体论位置",现代性的日常感觉形态由片断性、变化无常、转瞬即逝和新奇构成,这种形态可以用服装表演的结构要素:身体、直观欲、服饰、距离、时间流逝来描述。③ 在他看来,整个社会的情欲化是一百多年来现代文化基本嬗变的面相之一。刘小枫的分析始于西美尔的感觉社会学,而终于舍勒的以"怨恨"概念为核心的宗教伦理学。另一部著作《沉重的肉身》以随笔的方式再一次讨论了身体范畴,伦理问题在

---

① 张小虹:《性别/身体与权力/欲望的新地图》,《联合文学》,1994年第4期,第80页。
② 刘小枫:《现代性社会理论绪论》,上海:上海三联书店,1998年,第158页。
③ 刘小枫:《现代性社会理论绪论》,第330–331页。

这里被理解为个人如何处置自己的身体：身体的在世或者只服从身体自身的法则，或者服从灵魂的法则。存疑的是为何这两者非得如此势不两立呢？

南帆是关注"身体"范畴的另一位重要学者。在《躯体修辞学：肖像与性》一文中，他认为：一旦躯体进入公共视域，成为社会性形象，躯体的自主、独立和完整将遭到破坏。个人躯体的社会形象来自他者的创造，而这种创造是在一系列代码的支配下进行的。在漫长的文学或文化史上，男性制定了女性躯体修辞学。"从女性躯体的赞美到女性躯体的毁弃，两者的距离恰是男性的欲望到男性的恐惧之间的距离。"① 这种古老的法则在莫言和残雪的表现中被破坏了。90 年代以来，以林白《一个人的战争》为代表的女性写作动摇了男性躯体修辞学的传统代码，而《身体的叙事》则有趣地分析了"影像空间的身体"，并且对身体范畴做出了辩证的阐释："身体范畴的再现仅仅是增添了一个主导未来蓝图的重要因素。的确，身体隐含了革命的能量，但是，欲望以及快感仍然可能被插入消费主义的槽模。身体虽然是解放的终点，可是，身体无法承担解放赖以修正的全部社会关系。这个意义上，身体是局部的。局部的解放可能撼动整体，局部的解放也可能脱离整体。也许，整体论已经变为一个不实际的幻象；然而，无可否认的是，局部的解放也可能被另一种更加强大的传统所俘虏。因此，如何确认身体在社会关系之中的意义和如何避免身体沦为某种待价而沽的商品，这是提出身体范畴之后同一个问题的两面。"② 南帆的散文集《叩访感觉》从躯体开始思想，在躯体背后发现种种规定，这是一系列文化观念为躯体编织的牢笼——文化即是身体的管理学。③

康正果的《身体与情欲》则从中西文化比较的角度分析两种不同的身体表现：西方小说用一幕幕揭起、剥光和穿透的性场景展示真相；中国古代诗词则把女体置换成美丽的物件，编码为香艳辞藻。但现代西方的商业文化使身体欲望回到猥琐的恋物状态，这是一个有趣

---

① 南帆：《文学的维度》，第 158－159 页、第 165 页。
② 南帆：《双重视域》，第 206 页。
③ 南帆：《叩访感觉》，上海：东方出版中心，1999 年。

的循环。①

的确，"身体"概念正在被许多批评家关注、阐释和使用：葛红兵用"身体"概念分析晚生代的创作；谢有顺提出"文学身体学"的命题；董之琳对女性躯体写作的批评；陈仲义对肉身化诗歌的分析；王岳川对身体资本与文化资本关系的诠释；龚卓军对科幻电影的身体学分析；等等。"身体"成为当代文学与文化批评不可回避的范畴，这个概念的魅力吸引了越来越多批评家的目光。这本身就是90年代以来中国文学批评的一道意味丰富的风景。

七、叙事与寓言：民族国家文学

从文艺复兴到启蒙运动和工业革命，西方的"现代性"体现为神学世界观的衰微，人的主体性的张扬，政治、经济、文化等层面的理性化及市民伦理与现代民族国家的形成。民族国家文学的形成与发展是文艺复兴以后西方现代性进程的一个重要部分。"现代性"同样是20世纪中国文学的基本主题。因此，民族国家话语无疑也就成为20世纪中国文论的一个核心话语。正如刘禾所言："五四以来被称为'现代文学'的东西其实是一种民族国家文学。这一文学的产生有其复杂的历史原因。主要是由于现代文学的发展与中国进入现代民族国家的过程刚好同步，二者之间有着密切的互动关系。"刘禾明确提出了"民族国家文学"的概念，并且认为这一概念是重写文学史的一个重要范畴，是对现代文学的性质和历史语境的重新认识。当然，"民族国家文学"概念并非刘禾的发明，她的看法至少受到了詹明信《多国资本主义时代的第三世界文学》的启发。刘禾说："谈到现代文学和民族国家的关系，我认为有必要提一下詹明信那篇关于第三世界文学与民族寓言的文章，因为在当代西方理论论述中，它通过'民族寓言'的说法，第一次明确地、直接地指出所谓第三世界文学与民族国家之间的联系。"②

---

① 康正果：《身体与情欲》，上海：上海文艺出版社，2001年，第11页。
② 刘禾：《文本、批评与民族国家文学》，王晓明主编：《批评空间的开创》，北京：东方出版社，1998年，第295、298页。

其实，詹明信和刘禾对中国现代文学的诠释有着更广泛的学术思想背景。民族国家文学概念显然与当代民族国家理论的发展有关，它甚至是当代民族国家论述的一个成果。20世纪80年代以来，西方的人文社会科学对民族国家的形成、发展、特征、体制结构、民族意识给予了充分的关注，产生了许多不同于传统政治学国家理论的崭新成果，如安东尼·吉登斯的《民族—国家与暴力》、安德森的《想象的共同体》和法侬的《不幸的地球》等。法侬已经多次使用了"民族国家文学"概念。在谈到非洲反抗殖民主义的历史时，法侬指出，非洲知识分子经历了从追求种族化的整体的非洲文化到国家民族文化的转换历程。黑人国家民族意识的演进改变了本土知识分子的文学表现的形式、风格与主题，也创造了全新的阅读大众。法侬认为，当作家开始以自己的人民为说话对象时，"民族国家文学"就宣告正式诞生。巴塞维的《国家文学与文学系统》同样使用了国家文学的概念。晚近，人们又被全球化与民族国家的关系问题深深吸引，在全球化语境中，"民族国家文学"概念的重要性日益凸显。

在这一语境中，90年代的中国文论也对"民族国家文学"概念产生了浓厚的兴趣。一些批评家开始用这一范畴重新思考、描述和阐释20世纪的中国文学。李杨在1993年出版的《抗争宿命之路》中，用"民族国家叙事"概念重新理解与阐释1942至1976年的社会主义现实主义文学。"将'社会主义现实主义及其话语类型叙事、抒情、象征放置在20世纪中国的现代化这个特定的历史情境中进行谱系学的分析，认为'社会主义现实主义'的发生发展与中国对西方的回应——反抗有关。文学从叙事到抒情再到象征的变化，显示了意识形态的深刻变革。叙事的目的在于建立一个现代民族国家；抒情是完成了建立国家的任务之后对主体性——人民性的颂歌；而象征则根源于再造他者、继续革命这一'现代'的幻想。"[1] 李杨显然从詹明信那里获得灵感和启发。虽然他的论述线条过于清晰而有些简单化，至少在处理阶级叙事与民族国家叙事的关系上不能让人满意，但他的讨论的确提供了一种理解中国社会主义现实主义文学的新思路。现代文学比当代前期文学显然要复杂得多，当人们尝试使用"民族国家文学"

---

① 李杨：《抗争宿命之路》，长春：时代文艺出版社，1993年，第7页。

概念概括现代文学的本质和特征时，许多人都对可能产生的简单化有所顾虑。刘禾曾经断言："五四以来被称之为'现代文学'的东西其实是一种民族国家文学。"这里的"现代文学"其实是由现代文学批评和文学史写作所建构的"现代文学"知识和观念，"而不是第三世界的文本所固有的本质"。刘禾其实并不赞同詹明信的民族寓言说，她以萧红的《生死场》的接受史为例说明现代文学的解释与评价"一直受着民族国家话语的宰制"。这种阅读成规产生了一些盲点，在《生死场》的批评个案中，至少忽略了小说空间与民族国家话语的交锋，忽略了女性经验的特定含义。刘禾的思考要复杂一些，的确，并非所有的文学都能纳入"民族国家文学"的框架，许多文学作品还存在其他意义层面，诸如个人、性别、阶级等。但刘禾从《生死场》的后七章中得出的一个结论——"国家与民族的归属感很大程度上是男性的"——却过于性别化而难以令人信服。

许多年以后，在韩毓海主编的《20世纪的中国学术与社会》的文学卷中，旷新年撰写的"民族国家的文学"一章已能从容地处理民族国家叙事与个人话语、阶级话语等关系："西方的入侵不仅给中国最初带来民族危机，而且同时也带来了有关国家的知识与想象。它要求着民族国家主体的建构。然而，在对西方现代性本质的追溯性理解的过程中，在现代民族国家主体结构之下发现了与之同构的现代个人主体。因此，现代性意味着国家主体和个人主体的双重建构，从而产生民族解放和个人解放的双重的现代主题。""直到革命文学和阶级话语的兴起，国民性话语才被取代。然而，阶级话语又交织在民族国家话语之中。"[①] 这种见解显然吸收了80年代以来的许多研究成果，如汪晖的《个人观念的起源与中国的现代认同》，以及詹明信关于第三世界文学性质的阐释等。无疑，人们对"民族国家文学"概念的认识成熟了许多。

旷新年初步梳理了从梁启超的新小说运动到胡适的"国语的文学与文学的国语"，再到毛泽东的《新民主主义论》的现代民族国家论述。这一梳理比得出某些结论、提出某些观点更重要。然而，他的梳

---

① 韩毓海主编：《20世纪的中国学术与社会·文学卷》，济南：山东人民出版社，2000年，第60页。

理还是粗线条的，许多重要的细节都被忽略了。比如与梁启超相抗衡的章太炎所阐述的"国性""种性"和"国粹"概念；郁达夫在《艺术与国家》中的"国家与艺术势不两立"的观点等。耿传明的《近现代文学中的民族国家想象与文化认同》在旷新年的基础上补充了这些环节："梁启超的这种民族国家主义可以说代表着一种在现代世界生存所应具备的常识理性，它是一种务实主义的政治态度，它不为某种高超的理论、主义所吸引，而是着眼于当下的弱肉强食的生存现实。其后20年代的国家主义、30年代的民族主义文学，以及40年代的'战国策派'，大致都未出这种梁启超的民族国家主义的范畴。他们对外倡导一种唯实政治、尚力政治，对内则强调国家至上、民族之上。他们与现代文化中的世界主义、国际主义倾向构成了或隐或显的对抗。表现于现代文学中，20年代则有'醒狮派''大江社'等国家主义派的文学创作；30年代则有老舍的寓言体小说《猫城记》和带有某种国民党官方背景的'民族主义派'的文学等；40年代则有'战国策派'林同济等人的文化主张和创作。这种民族国家主义文学都是诉诸一种强烈的国家、民族情感，唤起人们的救亡意识，以增强民族的凝聚力，消弭内争，一致对外。他们对个人主义、家族主义、部落主义、阶级主义都持否定态度。它们都带有一种救亡主义的时代特征，带有浓厚的功利主义色彩。"① 如此，现代文学中的"民族国家文学"概念的演变脉络变得清晰起来。这是一项有意义的工作，也是一项远未完成的工作。许多有意味的理论细节还有待进一步的清理。

八、纯诗与纯诗运动

"纯诗"（Pure Poetry）最初是个西方诗学概念，用以指那种不带任何概念化言辞、没有教寓性内容和道德说教的诗歌；也指那种完全去除散文表达的诗歌。诗学史一般认为这个术语最早出现在波德莱尔评论爱伦·坡的精彩文章中。发表于1857年的《再论埃德加·爱

---

① 耿传明：《近现代文学中的民族国家想象与文化认同》，《世纪中国》，http：//www. cc. org. cn/，2001年9月5日。

伦·坡》高度赞扬爱伦·坡的诗歌"纯粹精神的微妙"，并且认为"所有热爱纯诗的灵魂"都会理解他的这种偏爱。① 之后，许多诗学家都认为爱伦·坡是一个纯诗人。在一部纯诗选集里，乔治·莫尔甚至说爱伦·坡的诗"纯到不带任何思想的地步"。梁宗岱 1934 年在《谈诗》一文中如是说："这纯诗运动，其实就是象征主义底后身，滥觞于法国底波特莱尔，奠基于马拉美，到梵乐希而造极。"②

这个诗学概念 20 年代进入中国文论，并产生了长久的影响。从二三十年代的"纯诗运动"到 80 年代中后期的纯诗追求，一直到 90 年代以来对纯诗的反动，这个概念至今还在中国诗学中产生着影响。人们一般认为"纯诗"一词早在 1926 年出现在中国诗学论述里，穆木天的《谭诗》和王独清的《再谭诗》首先倡导"纯诗"理念，前者说："我们要求的是纯粹诗歌（The pure poetry），我们要住的是诗的世界，我们要求诗和散文的清楚分界。我们要求纯粹的诗的 Inspiration。"③ 后者同样认为："要治中国现在文坛审美薄弱和创作粗糙的弊病，为觉得有倡导 Poesie pure 的必要。"④ 20 年代纯诗观念的产生显然起源于人们对"五四"白话诗的某种不满——白话诗过于散文化、诗质太粗糙朴素因而缺乏诗歌所特有的韵味和美感。许多人不赞同俞平伯那种白话诗学，认为他过于偏重诗歌的效用、自由和平民性，却忽视了新诗的现代形式韵律和个人性。杨振声、周作人和梁实秋等人都反对把诗当作普遍的平民化的"知识与道德的器具"，而主张诗"以美为主"，以个人感受的表现为目的，"以音调为重而意义为轻"。⑤ 梁实秋在《读〈诗底进化的还原论〉》中甚至说：俞君以向善为艺术的鹄的，则不但是不承认美的实现，且是不承认艺术的存在了。艺术是为艺术而存在的，它的鹄的只是美，而不知审美善恶。纯诗概念正是在这种语境中进入中国诗学的视野。周作人早就开始翻译

---

① ［法］波德莱尔：《波德莱尔美学论文选》，郭宏安，译，北京：人民文学出版社，1987 年，第 190－209 页。

② 梁宗岱：《诗与真·诗与真二集》，北京：外国文学出版社，1984 年，第 95 页。

③ 穆木天：《谭诗》，《创造月刊》，1926 年 1 卷 1 期。

④ 王独清：《再谭诗》，《创造月刊》，1926 年 1 卷 1 期。

⑤ 周作人：《诗的效用》，张明桥，等编：《周作人散文（第 2 集）》，北京：中国广播电视出版社，1992 年，第 155 页。

介绍波德莱尔的作品和纯诗理论，今天人们并没有忘记他的这项工作——有学人甚至认为现代纯诗观念的萌芽是在周作人的精心爱护下得以延续和壮大的。①

中国的"纯诗运动"在 20 年代后期形成，一直延续到 30 年代中期。1926 年以后，纯诗概念正式浮出水面：（1）穆木天和王独清正式亮出"纯诗"的口号，并且初步阐明了"纯诗"的美学内涵。前者认为，胡适是中国的新诗运动的最大罪人，因为胡适所倡导的以文为诗，造成了新诗的高度散文化，产生了一种不伦不类的 Prose in Versey 一派的东西。为纠其偏，他提出纯诗的主张：诗的统一性、持续性及"诗是数学的而又音乐的"等。② 后者同样认为诗的统一性、持续性只有纯诗才可以表现充足，中国新诗有借鉴法国纯诗的必要——借鉴拉马丁的"情"、魏尔伦的"音"、兰波的"色"、拉佛格的"力"；他还提出了纯诗的公式：（情＋力）＋（音＋色）＝诗。这个公式突出地强调纯诗对文字表现手段的重视。"我们须得下最苦的功夫，不要完全相信什么 inspiration（按：即灵感）"，"我望我们多下苦功夫，努力于艺术完成，学 Baudelaire，学 Verlaine，学 Rimbaud，做个唯美的诗人罢!"③ （2）西方纯诗理论的翻译和介绍为中国纯诗的发展提供了理论资源。1926 年，朱维真译出纯诗鼻祖爱伦·坡的《诗的原理》，爱伦·坡在文中提出了"为诗而诗"的纯诗观念：纯诗是美的有韵律的创造，趣味是唯一的裁判。"对于智力或良心，它只有间接的关系。除了在偶然的情况下，它对于道义或对于真理，也都没有任何的牵连。"④ 1927 年，朱自清在和李健吾合译布拉德雷的《为诗而诗》之后，又译介了 R. D. 詹姆斯的《纯粹的诗》。布拉德雷和詹姆斯都宣扬了"为诗而诗"和为艺术而艺术的观念；邵洵美发表《纯粹的诗》介绍英国作家乔治·莫尔的纯诗概念；梁宗岱的《诗与真》和《诗与真二集》发挥了保罗·瓦雷里的纯诗思想。瓦雷里对纯诗有一个经典的定义："纯诗事实上是从观察推断出来的一种虚构的

---

① 解志熙：《美的偏至》，上海：上海文艺出版社，1997 年，第 264 页。
② 穆木天：《谭诗》，《创造月刊》1 卷 1 期。
③ 王独清：《再谭诗》，《创造月刊》1 卷 1 期。
④ 伍蠡甫编：《西方文论选（下卷）》，第 501 页。

东西，它应能帮助我们弄清楚诗的总的概念，应能指导我们进行一项困难而重要的研究——研究语言与它对人们所产生的效果之间的各种各样的关系。也许说'纯诗'不如说'绝对的诗'好；它应被理解为种探索——探索词与词之间的关系所引起的效果，或者毋宁说是词语的各种联想之间的关系引起的效果；总之，这是对于由语言支配的整个感觉领域的探索。"① 梁宗岱如是评价瓦雷里的诗作：他的诗已达到音乐那种最纯粹，也许是最高的艺术的境界。

梁宗岱对纯诗理论建设的贡献包括两个方面：第一，准确、全面地界定了纯诗概念，"所谓纯诗，便是摒除一切客观的写景、叙事、说理以至感伤的情调，而纯粹凭借那构成它底形体的原素——音乐和色彩——产生一种符咒似的暗示力，以唤起我们感官与想象底感应，而超度我们底灵魂到一种神游物表的光明极乐的境域。像音乐一样，它自己成为一个绝对独立、绝对自由，比现世更纯粹、更不朽的宇宙；它本身底音韵和色彩底密切混合便是它底固有的存在理由。这并非说诗中没有情绪和观念，诗人在这方面的修养且得比平常深一层。因为它得化炼到与音韵色彩不能分辨的程度，换言之，只有散文不能表达的成分才可以入诗——才有化为诗体之必要。即使这些情绪或观念偶然在散文中出现，也仿佛是还未完成的诗，在期待着捞底音乐与图画的衣裳"。第二，把纯诗概念与中国传统诗歌和诗学相接。他认为纯诗并不玄虚，也并非只是西方的专利，"我国旧诗词中纯诗并不少，姜白石底词可算是最代表中的一个"。② 苏东坡的"见道之言"，严羽的"道在妙悟"，王国维的"三重境界"都与"纯诗"观念相通。在梁宗岱那里，纯诗是诗歌的最高境界，是一切伟大诗歌的共有品质，它带给人们的是一种"形骸俱释的陶醉和一念常惺的澈悟"。③

朱光潜是另一位对"纯诗"概念有所阐释的美学家。他从康德"纯粹美"的理论中找到了"纯诗"的形式主义根源，一方面批评纯诗运动对内容所引发的审美联想的忽视，另一方面十分认同"纯诗"的通感艺术。这种看法与其审美直觉说自然有着密切的关系。30 年代

---

① 伍蠡甫，等编：《现代西方文论选》，上海：上海译文出版社，1983 年，第 27 页。
② 梁宗岱：《诗与真·诗与真二集》，第 95 页。
③ 梁宗岱：《诗与真·诗与真二集》，第 107 页。

中后期，随着民族救亡主题的历史性凸显，"纯诗"概念渐渐退出文论的舞台，街头诗、大众诗、新民歌运动和政治抒情诗等诗歌话语获得了蓬勃的发展。直到 1956 年，纪弦在台湾创办《现代诗》杂志，发表"现代派六大信条"重提"诗的纯粹性"，以及洛夫等人对诗与散文严格区别的重新强调，"纯诗"概念才死灰复燃。

20 世纪 80 年代以后，新诗进入一个崭新的发展时期。各种诗歌主张、现代诗概念纷纷出场，众语喧哗。"纯诗"概念虽并不常见，但在诗歌是一个自足的世界及海子等对诗歌纯粹性的追求上，人们隐约可以看到"纯诗"概念的复活。90 年代以后，这一概念在反对"纯诗"的语境中重新被人们热烈谈论。在市场化、极端口语化、平民生活化及粗鄙的"下半身"写作的夹击下，"纯诗"概念重新凸显在人们面前。王光明提醒人们关注 80 年代中期以来就疏离潮流、在边缘写作的诗人，"像西川、欧阳江河、王家新、翟永明、陈东东、萧开愚、孙文波等，他们并不像小说散文家那样，对自己所处的历史、时代、社会和文化作直接反应，而是试图从灵魂的视野去阐述和想象当代的生存处境，以严肃的思想和语言探索回应浮浅低俗的时代潮流"。其中，西川就明确把诗的纯粹性当作自己的艺术追求："在感情表达方面有所节制，在修辞方面达到一种透明、纯粹、高贵的质地，在面对生活时采取一种既投入又远离的独立姿态"，但这种纯粹性与以往那种语言自足的、独立性的纯粹性已经有所不同。王光明认为这种观念实际上包含着对 80 年代后期"纯诗"倾向中形式物化的反省。[①] 程光沛的《雨中听枫》则把 90 年代的诗潮认定为反对"纯诗"，认为 90 年代诗歌写作没有停留在为诗而诗的纯诗世界里，它有足够的能力进入各种生活。口语诗人于坚明确反对纯诗概念，认为这个概念总是涉及诗歌标准的价值判断、合法与非法、诗与非诗，会使人想到所谓"诗无邪"。他甚至说，在诗歌内部，所谓纯诗，只是一把诗歌创造精神的屠刀。显然，"纯诗"的命运重新引起文论界的关注。唐晓渡为纯诗辩护，认为"纯诗"在现代汉诗传统中是一种必要的维度，在现代诗中，它意味着诗人将其黑暗无名的经验持续地赋予形式，意味着诗的内容、形式、结构机制和经验技巧具有不可二分

---

① 　王光明：《个体承担的诗歌》，《诗探索》，1999 年第 2 期。

性，意味着每首诗必须发明自己的形式，诗人必须通过发明形式来发明自己。它不是经验的转换，而是经验的直接孕育，它和"反诗"以及一些异质因素的介入并不矛盾。新诗写作已有 90 年的历史，人们一直为没有经典而不满——既然现代汉语能够承担对外国经典文学作品的翻译，那么就表明现代汉语本身具有产生经典之作的能力，关键在于新诗传统的残缺，使诗人不能强有力地写作；如果我们回避纯诗，我们的新诗传统就会一直这样残缺下去。①

九、至关重要的"审美直觉"

"审美直觉"说历史悠久。柏拉图的"迷狂""静观""灵感"早已有直觉把握美本体的意味，而普罗提诺把审美感觉从一般感觉活动中区隔出来，以及审美内视等概念的发明，隐约可见康德至克罗齐直觉说的滥觞。我们在托马斯·阿奎那的论述中发现了最接近于近代的"审美直觉"概念的表述："凡眼睛一见到就使人愉快的东西才叫做美的。"② 17 世纪的夏夫兹博里在理性和经验之外开辟了直觉美学的道路。他断言一切美都是真，"真"即世界内在的理智结构，它无法通过概念、判断、推理去把握，也不能从经验的归纳综合中获取，而只能凭直觉去感受领悟："眼睛一看到形状，耳朵一听到声音，就立刻认识到美、秀雅与和谐。行动一经察觉，人类的感动和情欲一经辨认出（它们大半是一经感觉到就可辨认出），也就由一种内在的眼睛分辨出什么是美好端正、可爱可赏的，什么是丑陋恶劣、可恶可鄙的。"③

到康德的《判断力批判》，柏拉图主义具有明显宗教色彩的审美直觉说转换为形式主义的审美直觉理论。康德认定美感是完全无利害观念的快感，是不凭借概念而普遍令人愉快的。康德对审美直觉说的影响有互相关联的两个方面：一是把审美判断和逻辑判断严格区分开来，认为审美活动与概念、分析、推理无涉；二是把审美趣味和欲念

---

① 李静：《中国新诗怎么写？怎么读？》，《北京日报》，2001 年 1 月 12 日。
② 朱光潜：《西方美学史（上卷）》，北京：人民文学出版社，1994 年，第 132 页。
③ 朱光潜：《西方美学史（上卷）》，第 213 页。

的满足、意志的善划分开来。审美不涉及内容和意义，它仅是对对象的形式的观照活动。正是这二者直接开启了克罗齐的审美直觉说。在现代西方文论中的审美直觉概念有三种用法：（1）继承康德思想的克罗齐的直觉说，因朱光潜的多次评介而在中国广为人知。克罗齐把人的心智活动划分为直觉、概念、经济和道德四种类型。直觉求美，概念求真，经济求利，道德求善。审美直觉是有别于逻辑活动的知识形式，而直觉即表现，艺术即直觉的表现。（2）生命哲学的非理性主义用法。从叔本华的生存意志论到尼采的权力意志主义，从狄尔泰的生命体验到柏格森的直觉主义，"审美直觉"的生命哲学化在现代西方文论史上声势浩大、影响深广。（3）马利坦的"创造性直觉"说。这是一种弗洛伊德主义、柏格森生命哲学和阿奎那神学混合而成的理论。他认为诗性直觉是一种宗教智慧，是存在于精神的无意识中非概念的智性活动，即"智性的前意识生命"。

中国现代文论对"审美直觉"的接受与传播有其特殊的语境。一方面，人们对"审美直觉"并不陌生。古代文论的思维方式原本就是直觉、印象和感悟。老子的"涤除玄览"、庄子的"听之以气"就具有清除心灵中的理性知识，而以直觉的方式静观自然与道合一的意思。"神思""直寻""追亡逐"等都有直觉论色彩。从老庄对道本体的体悟到佛禅的反智主义，从刘勰的"神思"到严羽的"妙悟"……都标举直觉领悟的艺术精神。这个传统潜在地构成了20世纪中国文论接受西方直觉说的文化心理基础。现代"审美直觉"的广泛传播发生在传统审美文化向现代转折之际，这一转向蕴含着现代性的内在张力和深刻的文化冲突。现代文论的开端与曲折展开就一直交错在工具论与非功利论的矛盾对峙，个体、阶级与国族意识的缠绕，中西文化的对抗与辨证之中。正是在这种工具文学观与非功利文学观的对峙中，西方"审美直觉"概念进入了现代文论的视域。

1905年，王国维作《论新学语之输入》谈到"Intuition"的引入情形："十年以前，西洋学术之输入，限于形而下学之方面，故虽有新字新语，于文学上尚未有显著之影响也。数年以来，形上之学渐入于中国，而又有一日本焉，为之中间之驿骑，于是日本所造译西语之汉文，以混混之势，而侵入我国之文学界……虽然，余非谓日人之译语必皆精确者也。试以吾心之现象言之，如'Idea'为'观念'，

'Intuition'之为'直观',其一例也。夫'Intuition'者，谓吾心直觉五官之感觉，故听嗅尝触，苟于五官之作用外加以心之作用，皆谓之'Intuition'，不独目之所观而已。……'Intuition'之语，源出于拉丁之'In'及'tuitus'二语。'tuitus'者，观之意味也，盖观之作用，于五官中为最要，故悉取由他官之知觉，而以其最要之名名之也。"①人们从中可以看到：（1）"Intuition"进入中国学术的时间是19世纪与20世纪之交的数年；（2）是从日本人的翻译转入的，最初译为"直观"；（3）王国维认为译作"直观"并不准确，虽然从词源上看"tuitus"具有观之意味，但"Intuition"的语义不仅指眼之观看，甚至也不仅指五官之感觉；（4）虽然王国维不是最早使用"直观"一词的学者，但可能是最早界定"Intuition"含义的人。他明确指出，五官之作用外还要加上心之作用即心之直觉，才可谓为"Intuition"。值得注意的是，这里已出现了"直觉"一词。它在20世纪中国文论中的曲折展开，与"五四"新文化运动与80年代新文学的两次启蒙思潮直接相关。"审美直觉"也因其蕴含的文学自律与人的自觉意蕴而成为启蒙思潮的关键词之一。"审美直觉"作为关键词贯穿了20世纪中国文论的始终，其演绎史大约可分为三个时期。从世纪初术语的引入到30年代朱光潜的改造为第一时期。这个时期的"审美直觉"概念有两条相关联却又有所分别的发展脉络，一条从康德、叔本华走向尼采、柏格森的生命哲学化的直觉主义，另一条线索同样源于康德却走向克罗齐的形式主义"直觉—表现"说。

"审美直觉"最初的传播与王国维对康德—叔本华自律论文学思想的援引和推崇关系密切。他清晰地梳理了西方哲学从康德到叔本华再转向尼采的思想脉络，并且从康德那吸收了美不涉及概念，也不涉及利害关系，而在于形式的非功利主义审美直觉思想，借此界定了文艺的直觉本质：游戏而非工具，先天而非经验，直觉而非名理。这种直觉美学与克罗齐没有太大的分别。不同的是王国维把康德的直觉美学朝叔本华的方向推进，于是其审美直觉观具有了浓厚的生存意志论底蕴。在王国维体系中，作为"直观的知"的艺术就成为摆脱意志控

---

① 姚淦铭，王燕编：《王国维文集（第三卷）》，北京：中国文史出版社，1997年，第42页。

制、解脱生存痛苦的一种重要方式。从康德处出发走向叔本华，王国维对"直观"与"名理"的分别也就与康德有所不同。康德纯粹理性、判断力与实践理性的划分，意趣不在于贬理性而重直觉；而是划出它们各自专司的领域，以防止互相僭越，并建构内在关联。叔本华—王国维"美术之知识全为直观之知识，而无概念杂乎其间"与康德类似，但其"真正之知识，唯存于直观"，贬理性甚至反理性的见解离康德十分遥远。

由叔本华、尼采而柏格森，生存意志论的审美直觉说又转进一层。柏格森的直觉说最初是由钱智修引入现代文论。1913 年，钱智修翻译了 H. Addingto Bruce 的《笑之研究》，这涉及柏格森的《笑论》。同年发表《现今两大哲学家概略》，次年又作《布格逊哲学说之批评》，系统地评介了柏格森的直觉主义："布格逊者，则欲探精神之真相与造化之秘密者之友也，造化之秘密，当以智的直观探索之"；"凡超越性之真理，皆由直观而来，即真理之超越夫吾人理性及经验者是也。威得曼氏有言：'名学及教条，不能证明余灵魂之灯'，以其为直观之真理也。布格逊之人生观，所以超越夫名学及理性者也，亦犹是也"。钱智修还指出柏格森之直觉说对文学的指导价值，其哲学法门常成为"美术家之方门"，因为柏格森的哲学归趣在于"使人类精神脱以唯物论与机械论之羁绊而得自由，精神之自由，诚一切自由之源泉矣"。① 刘叔雅、冯友兰等人，也在影响广大的《新青年》《少年中国》《民铎》《新潮》上评述柏格森直觉主义，扩大了柏格森在中国文化界的传播。叔本华、尼采和柏格森生命意志哲学的传播直接影响了以创造社为核心的"新浪漫主义"文论，郭沫若等高扬"天才"观、直觉与想象，以及"为艺术而艺术"就明显具有意志论直觉说的元素。

在新文学经历了文学革命到革命文学的转折后，马克思主义的现实主义文论广为传播，人们对革命话语的热情渐渐淹没了"个人"话语，因而叔本华、尼采、柏格森生命哲学化的审美直觉论渐渐告退。同时，康德—克罗齐的形式派的直觉论却逐渐出现在现代文论中，并且因朱光潜的论述而在文论界家喻户晓。这种转换是个很有意味的现

---

① 钱智修：《布格逊哲学说之批评》，《东方杂志》，1914 年第 11 卷第 4 号。

象。从 20 年代的革命文学话语到 30 年代左翼思潮再转进到救亡主题，叔本华的悲观论调乃至尼采的超人哲学已经太不合时宜了。革命与救亡语境中的"审美直觉"概念从叔本华—柏格森向克罗齐转折也就不难理解了。因为克罗齐的直觉说尽管也标举直觉的知，但与康德一样并未否定名理的知；他同样让直觉、逻辑、经济、伦理各就各位、各司其职；克罗齐的"天才"也没有叔本华、尼采的超拔孤傲鄙视庸众，而与普通人只有量的区别而无质的不同，没有悲观、颓废、非理性乃至反理性的嫌疑。另外，克罗齐温和的直觉说显然与民族文论中的"顿悟""妙悟"及"契合"论更为接近。在朱光潜之前，文论界已有人关注克罗齐。据高利克研究，早在 1923 年，郭沫若就熟悉克罗齐的《美学》，《天才与教育》透露出这一信息。[①] 有趣的是，郭沫若"恶魔天才"带有阶级论色彩。首次全面介绍克罗齐直觉说是胡梦华的《表现的鉴赏论——克罗伊兼的学说》，发表在 1926 年的《小说月报》（第 17 卷第 10 号）上。胡氏的评论有三点值得人们关注：第一，从厨川白村"苦闷的象征"说进入克罗齐的直觉说，把克罗齐误读成柏格森。第二，强调克罗齐与维科间的思想姻缘。这与朱光潜强调的"康德到克罗齐一线相传的形式派美学"脉络不同。第三，从革命话语的角度读解克罗齐，赋予克罗齐直觉美学以文学革命的角色。

但朱光潜是把克罗齐的直觉说导入现代文论的关键人物。他系统地介绍了克罗齐的直觉说，并于 1947 年翻译出版了克罗齐《美学原理》，更为关键的是他对直觉说的改造。一是把克罗齐的直觉与费肖尔的移情说、布洛的心理距离说综合成完整的美感经验论。二是把克罗齐"形象直觉"与中国诗学综合为心物统一、意象情趣契合的主客观统一美学观。这种综合在《文艺心理学》的心物关系论中已经初露端倪，而在稍后写成的《诗论》中完成。《诗论》回到由沧浪的"兴趣"、渔洋的"神韵"、简斋的"性灵"和静安的"境界"所构成的诗学语境中，重读克罗齐的审美直觉，用"境界"诠释克罗齐那种"艺术把一种情趣寄托在一个意象里，情趣离意象，或是意象离情趣，

① ［捷克］玛利安·高利克：《中国现代文学批评发生史》，陈圣生，等译，北京：社会科学文献出版社，1997 年，第 29 页。

都不能成立"的观念，从而把西方的"审美直觉"东方化。

　　20 世纪 40 年代以后一直到 70 年代，审美直觉概念遭到批判。"审美直觉"甚至被判为一个资产阶级概念，人们必须与之划清界线。80 年代文论主潮向内转为探索文学的主观性。人们纷纷从现代心理学汲取理论资源，借此分析文学创造与接受的内面世界。审美直觉概念被重新起用并从克罗齐主义的局囿中突围而出，人们从更多维度、层面分析诠释其丰富复杂性。这个时期审美直觉概念的发展，有两种互相关联的走向：一为比较理性化的阐释。金开诚用"自觉表象运动"重释形象思维，从而揭开审美直觉的神秘面纱；李泽厚发明"文化心理积淀"概念诠释审美直觉的历史生成规律；鲁枢元等人则借用格式塔心理学分析审美直觉的"心理动力场"。二为审美直觉的体验化。从直觉到体验语词的替换，表明人们已经从生命哲学意义上理解审美直觉，重新连接 20 世纪初到"五四"的直觉说脉络。德国浪漫派传统因其非理性主义和"消极浪漫主义"而被中国当代文论史搁置。而它借"诗化"光环浮出水面则为"体验"概念的流播输入了完备的理论资源。从刘小枫、周国平、王一川的论述到童庆炳主编的《现代心理美学》，审美直觉概念逐渐转换为生命体验概念，这一替换使形式派直觉说转向生命哲学。

第十三章

打开旅行文学的研究空间

　　许多年前，我在一篇未完成的稿子中曾经这样描述：从过去的"三毛热"到晚近的"文化苦旅"现象，似乎都暗示着旅行文学时代的到来，但人们很少从旅行写作的脉络思考大众对三毛和余秋雨的热情。这种热情就像观看"正大综艺"节目一样，人们透过他们的文字到世界各地去旅行——想象的旅行。或许，可以把三毛的作品看作疆域越界的启蒙教科书，而把余秋雨称作大众旅行的文化教师。就像在18世纪英国的"欧洲大陆之旅"热中，参加者大多为年轻人，他们大学刚毕业，一般都有导师或牧师随行，起文化教育的作用。而随着旅游的大众化和普及化，以及文学的消费与休闲化，旅行文学的崛起是不难想象的。早在1987年，西方的诺顿出版公司推出的一套《诺顿版旅行读本》就极为畅销。一本名为《蓝色高速路》的旅行作品，自20世纪80年代出版至今已经售出了一百多万册。西方许多著名的报纸副刊也大量刊登旅行作品和书评，一些小说家和诗人也热情地投入旅行文学的创作和探索。随着大众文化地位的上升，曾经被学人轻视的武侠小说等通俗文类已成为不少文学教授的研究课题，金庸的位置甚至可以和鲁迅等文学大师并列。这表明学人已经开始改变以往那种轻视娱乐消遣休闲文学的认知，而萨义德《东方主义》对西方殖民者"东方之旅"文本的深度阐释，进一步引发了学人研究旅行文学的理论兴趣。因此，可以预计不久的将来，旅行文学研究也将成为国内文学研究界的一大热点。

　　现今看来，旅行文学写作逐渐兴盛已经成为文艺生产和消费领域的大宗产品，并且带动了旅行文学研究的兴起。21世纪以来，关于旅行文学的论述已成为西方文学研究领域令人瞩目的热点之一。

其实，在漫长的中国文学史中，旅游文学有着十分丰富的文化资源。且不说古代游记体文学的浩瀚，仅是近代以降中国知识分子的"西方之旅"所产生的大量旅行作品就已值得人们做系统的研讨。然而，旅游或游行文学一向不被严肃的文学研究者所重视，人们（包括大众和学者）一般把它视为一种休闲娱乐文本。由于这种文学成见的普遍存在，以及旅游文化研究与文学研究的专业区隔，历史悠久、内容丰富的旅行文学未能得到严谨认真的理论研究。在我国，作为一种文类、题材或文学现象的旅行文学，长期未进入"文艺理论"的视野。现今，旅行文学仍然是未被认真充分挖掘的领域，关于旅行文学的许多理论问题至今仍值得文学学者做深入广泛的研讨，本章对旅行文学若干问题的讨论仅为初步的尝试。

问题一：旅行文学概念的界定。一种比较容易的做法是以题材作为界定的依据。这种方式在文学研究界颇为普遍，诸如乡土文学、都市文学、言情文学都是根据所描写的题材来划分的。据此，旅行文学就可以定义为一种描写旅行生活题材的文学。如此定义，关键处便落在什么是"旅行"上了。然而，关于"旅行"，人们的理解与说法各异，甚至迥然不同。粗略看来，至少有两种相反的观点：其一，旅行即观光，是休闲娱乐活动，是心情纾解放松的一种方式。因此，旅行文学被视为休闲文学。其二，旅行和观光有本质上区别，旅行是探险。从词源上看旅行（travel）有劳顿（travail）之意，旅行是一种艰难的探险与追寻，是毫不悠闲放松的紧张而强烈的体验。因此，旅行文学不是休闲文学，而是一种有深度的探险文学。

当代法国思想家德勒兹曾认为：一切关于旅行的思考不外乎四种看法。第一种看法认为，只要带着《圣经》、童年的回忆并掌握通行的语言，即使到孤岛和天外也不会真正隔绝，菲茨杰拉德的作品就表达了这种见解；第二种是历史学家汤因比的看法，认为旅行追求的是一种流浪的理想，而这种理想有些可笑，因为流浪者恰好相反，他们不喜欢挪动、不想远离并且眷恋着失掉的故土；第三种以贝克特为代表，他认为人们不会为旅行而旅行，旅行是为了证实某种事物，证实某种出自思想、幻想或噩梦的不可捉摸的事物；第四种是普鲁斯特的见解，他说真正的幻想者是那种前去证实某种事物的人。① 其中荒诞派作家贝克特的见解最为深刻。其实，贝克特和普鲁斯特的看法颇为一致，都强调旅行是去证实某种事物，而且这种事物还是不可捉摸的、暧昧的。德勒兹凸显了旅行本身的文学性，因为旅行具有文学相同的幻想性、直觉性和神秘性特质。或许，人们可以从中推衍出旅行文学的定义：它是一种描写旅行生活的文学，这种旅行是为了证实某种出自思想、幻想或噩梦的不可捉摸的事物。这种定义仍然只是一种尝试，给旅行下定义本身并不容易，因为定义意味着划定界线，而旅行是疆域越界，正像艾背理（Abbeele）所言，它恰恰拒绝"定义"的羁绊和界线的限定。因此，虽然准确界定"旅行文学"不太容易，但把它视为一种疆域越界的书写，一种对异域地理空间的想象与论述，大体稳妥并能涵盖绝大多数的旅行文本。

问题二：旅行文学的文类特征。在旅行文学的文类定位上，通常有三种看法：一种认为它是休闲通俗文类，与言情、武侠文学相似，其功能不外是消遣、娱乐、怡情，至多是"寓教于乐"。另一种观点认为旅行文学属于严肃文类，属于深度写作。有人甚至认为旅行文学表现的是人类寻找生命真谛、超越时空限定、超越死亡的永恒主题，它可以跻身于一切伟大的文学之行列。第三种观点则拒绝将旅行文学视为一种次文类，拒绝把它归入如散文或随笔之类的特定文类。旅行文学是一种另类文学，它自成一格。事实上，旅行文学是一个大家族，它可以通俗休闲，也可以严肃深刻，更可以打通通俗与严肃的界线，它是丰富多样的。

关于旅行文学的文类特征，西方学界存在争议。一些人坚持认为旅行文本是纪实性的，它拒绝虚构与想象，严格遵循客观描述旅行见闻的原则。一般大众或许都会认同这种观点而且视之为必然。在他们看来，如果把旅行文学写成虚构的小说，那还是旅行文学吗？另一些则认为旅行文学也是一种想象的文学，它完全可以想象与虚构，评价旅行文学的标准仍然是想象力的丰富充沛程度。笔者以为，一方面，对旅行文学想象力的强调固然有助于提升其文学性或审美性，但如果

---

① ［法］吉尔·德勒兹：《哲学与权力的谈判》，北京：商务印书馆，2001年，第91页。

想象过度或完全超出了旅行本身，这种作品能不能算旅行文学确实令人怀疑；另一方面，如果完全拒绝想象，仅仅强调客观实录，那么它的文学性、审美性又难以获得保障。因此，旅行文学既应允许想象性因素的渗透，又应以纪实为基础，它总是或明或暗地指涉旅行所见异域之事实，其亲历的真实可靠程度要高于一般的虚构文学。

旅行文学的文类特征最突出的是它的自由性与混杂性。旅行书写文无定体，没有固定的书写模式，可以"袭取"或"盗用"各种文学类型的写作方式，甚至可以像"拼盘杂烩"式自由地拼贴混合各种文类，包括私人日记、回忆录、散文随笔、短篇故事或小说、散文诗、未经修饰的摘录、田野调查笔记，甚至可以把进餐时主人殷勤亲切的闲谈，甚至连旅行过程中的账单、菜单、票根、姓名与地址、日期与目的地等极其琐碎的材料也记录在案。它可以写成纯粹的游记、报道、回忆录及小说形式等，也可以把各种迥然不同的文类混合成一体。或许，有人会认为这种混杂文类仅仅是一种芜杂不纯、思绪混乱的大杂烩，怀疑其研究价值。然而，这种混杂性、自由性与开放性恰恰与旅行本身所具有的那种反抗各种限制羁绊的自由越界特性相吻合。用一种极其自由的文类书写一种极其自由的行旅，是恰当的，或者说，这是自由的行旅带来了书写旅行的自由。因此，因其文类的混杂性而怀疑其文学价值完全是一种误会，而且不合时宜。所谓不合时宜，体现在两大方面：其一，多数作家喜欢这种自由开放的文类，它与文学的本性颇为一致，而且许多伟大的作家都写有杰出的旅行文本，忽视这些作品的存在对文学研究工作肯定是一种损害；其二，文类的拼贴杂糅是后现代写作的时尚或特征，正如著名的后现代理论家詹姆逊所指出的："后现代主义目前最显著的特点或手法之一便是拼贴。"① 在后现代语境中，越界书写的旅行文学或许更能凸显其理论研究的价值与意义。

问题三：旅行文学与自我属性建构。文化身份或属性是晚近文学理论与文化研究的关键词。所谓自我属性或身份，即"我是什么"或"我是谁"。对此一提问的回答大体有两种答案：比较传统的看法是，属性是先天给定的，自我具有从血缘和历史传承中获得的稳定、静

---

① ［美］詹姆逊：《文化转向》，北京：中国社会科学出版社，2000 年，第 3 页。

态、可靠的本质，它是"我"思想与行动的出发点，"因为我是我，所以我做了这样的事，并且要解释我的所做所言"，① 即"我是谁"是个不太成问题的问题。另一种认识则是反本质主义的，认为自我属性绝非先天之物，而是在社会诸因素的合力作用下历史地形成的。这种认识偏于强调自我的不断建构特性，而对属性的建构性有各种不同的表述。弗洛伊德表述为个体对其父母的认同、模仿或自居过程。拉康说得更形象，属性的建构必须通过"镜像阶段"，自我是通过镜中的形象逐渐辨认出来的，这个镜子指的是家庭中的双亲或社会中的他者。霍尔则认为所有的属性都是经由差异建构的，也就是说文化身份是通过自我与他者、主我与客我、中心与边缘的辩证得以建构的。或许，旅行正像拉康所说的"照镜子"，从他者身上照出自我，经由差异建构身份。因此，旅行文学除了记录描述旅行的经验表象外，更重要的是建构旅行者的自我文化身份。旅行文学抒写了这种自我与他者的文化辩证与对话经验，其意义正在于旅行者透过他者和异域表达自我、发现自我并建构自我身份属性。或许，正是旅行文学的这一功能引起了众多人文学者的普遍关注。

从人性层面看，对自我属性的追寻是恒久的欲望。人们渴望离开故土与渴望回归故土一样，都是主体欲望的表达，这种欲望永不满足。因此，人们需要不断地出门旅行，凭借与异域生活模式永久的辩证对话，达到探索他者、建构自我的目的。某种意义上说，人们出门远游即是回家之行。旅行得愈远离自我愈近，游得越充分，自我的展现裸露也就越充分。旅行文学表面上描绘的是异域的人、事和风景，其内面表现的却是自我的追寻，异域的人、事和物都成了自我的镜像。这种出走与回归的悖谬、从他者到自我的逆转使旅行文学产生了一种有意味的戏剧性。随着空间的转换，作品的重心也逐渐从对地理的兴趣转向自我的表白、抒发、反省、辩解或顿悟。山之起伏、水之蜿蜒、道路之曲折，以及都市迷宫之繁复遂成了旅行者追寻自我的节奏或自我表演的场域与符号。这就是多数旅行作品通常皆有大体相近的情感节奏形式的根本原因。这种情感节奏从轻松悠闲的笔调开始，然后进入客观平和的记录与描写，接着笔锋突转成一种想象，随后变

---

① ［美］乔纳森·卡勒：《文学理论》，李平，译，第114页。

成自传或回忆，最终演变为自我的宣泄、开释、反讽、自嘲或豁然开朗的彻悟。其间突转的契机便是，旅行者从他者这面镜子身上突然窥见被日常沉沦生活遮蔽的自我之真实面影，从差异中显露自我之属性特征。旅行的初衷是观看世界、遭遇他者，却逆转为与自我狭路相逢。表面上，这是始料未及的事变；往深处看，这恰恰是旅行的真义。因为人的心性只有在新鲜事物的不断触摸下才会敏感，而日常生活的周而复始使人的感受器变得迟钝了。旅行切断了这一日常生活的横断面，疆域越界敞开并照亮了原本晦暗不明的自我，或者说旅行者在陌生的地方发现了自我。旅行文学记录或描述了这场心灵戏剧的演出过程，既写给自己看，也写给读者看。仿照乔纳森·卡勒的说法，旅行文学不仅使属性成为一个重要主题，而且在建构读者的文化属性中也起到了很大的作用。文学史的不少事实表明，对于国族文化属性建构和文学的民族文化认同现代性塑造而言，旅行文学同样可以发挥积极的建设性作用。

问题四：旅行与文学之关系。广义地看，文学与旅行关系极为密切，"旅行"曾被广泛地用作文学的譬喻和作品的题目。迄今，人们还常常把文学视为一种"心灵的旅行"。如此众多的文学作品着重描写人生的历程，叙述了一次次生动传奇的生命之旅，旅途则成为展现人生舞台和意义追寻的过程。从古代的行吟诗到近代的流浪汉小说，从笛福的《鲁滨逊漂流记》到歌德的《浮士德》，从夏多布里昂的《巴黎到耶路撒冷、耶路撒冷到巴黎巡游记》到福斯特的《印度之行》，从乔伊斯的《尤利西斯》到品钦的《V》……行吟、流浪、漂流、精神漫游都与旅行有着密切的关系。说没有旅行就没有文学也许有些夸张，而把一切文学都视为旅行文学肯定也不妥当，尽管确实有某些专业学人把乔伊斯的《尤利西斯》称作现代主义的旅行小说，也有人把品钦的《V》视为后现代主义的旅行文本。旅行文学概念的无限扩大甚至变成无所不包的巨大收容场，只能抽空旅行文学的内涵，它什么都是，亦什么也不是。但从旅行这一特定的角度出发诠释一些文学文本还是可取的，这种方法或许能生出一些解读的趣味。从创作的角度看，旅行的文学意义更为突出。许多作家一生都在不断地旅行，在旅行中寻找灵感、追寻理想。酷爱旅行的劳伦斯曾说，旅行时，我们总是怀着荒唐的希望，企盼找到想象中的桃花源，这种奢望也总是破灭。然而在不停的追寻中，我们也就触到了幻想之岸，抵达了他样的世界。如果说创作是意义的追寻，那么旅行则是追寻意义的过程和发现意义的过程。关于旅行与文学写作的关系，Angharad Saunders 讲得更明白也更透彻："旅行和写作之间的关系远非简单。旅游是一种文化交流的形式，这是一种对差异的直接而具体的沉浸。而旅行写作则是一种反思的空间，是一种文化翻译的形式。"① 2000年创刊的《国际旅行与旅行写作杂志》（*The International Journal of Travel and Travel Writing*）致力于跨学科研究，在刊物的简介中，编辑提出：旅行与旅行文学研究的谱系至少与人类其他知识形式一样古老，它几乎在每一个现代知识学科和文化努力中都找到了自己的位置，无论是科学、文学还是精神领域。② 古往今来，旅行与文学之间的关系都十分密切。

在古代甚至到近代，对普通百姓而言，旅行绝不是件容易的事。许多人终其一生也没有出过远门。但对大千世界的好奇是人类的普遍心理，人们渴望观看、了解世界，于是文学便成了大众旅行欲望的一种替代品。人们通过阅读文学而到名山大川、世界各地去旅行，这是一种想象的行旅。或许，很少有人会从这个角度解释人们对文学的需要。文学史上许多事实都表明：想象的旅行确实是人们之所以需要文学的原因之一。80 年代"三毛热"的出现，除了三毛的个性魅力外，一种替代亲身旅行的需要也是一个重要原因，阅读三毛使人们愉快而神奇地完成了想象的撒哈拉沙漠之旅。甚至连阅读金庸的乐趣或许部分也源于这种替代作用，就像人们热情观看带点旅行节目意味的"正大综艺"那样。90 年代以降（西方早十几年），旅游已大众化、普及化了，这种状况对旅行文学又有何影响呢？一种意见是旅游业的兴盛可能导致旅行文学的死亡，认为旅游的大众化、普及化给旅行文学敲响了丧钟。这个看法初看颇难理解。明明是旅游的人多了，写旅行文学的人也多了，读旅行作品的人也更多了，旅行文学怎么会因旅行的普及而死亡呢？原来持这种意见的人有自己的旅行概念，他们认为，

---

① Angharad Saunders. *Place and the Scene of Literary Practice*. Routledge, 2018：41.

② Robert Davis, Maria Pia Di Bella, John Eade, et al. *The International Journal of Travel and Travel Writing*, 2000, 1 (1)：1.

旅行不同于观光、休闲或度假，而是蕴含着"追寻"与"探险"之深意。大众旅行使旅行蜕变为观光，自然会损害旅行文学的品质。在他们看来，旅行文学还必须忠实地描绘遥远民族的风俗习惯，真实具体地描写行旅的艰辛历程与细节。然而，如今遥远的事物已经不再遥远，世界的每一个角落都可能已被人们踩踏过、拍摄过、录影过，世界似乎已经"无险可探""无奇可惊"。或许，人们还可以这样理解这一见解：当人人都能旅行的时候，旅行对大众不再是困难的时候，人们还会那么热烈地需要旅行作品吗？就像文学史上的一条规律：严厉禁止爱情的时代产生最感人的爱情文学，而在人人都可以自由恋爱的时代，很难出现好的爱情作品。当人们都可以去旅行，都在大地上自由自在地书写的时候，当"旅行"变成"观光"，人们确实有理由为旅行文学的消亡忧伤哀悼。然而，更多的人肯定不同意这种悲观的看法，因为每一次旅游的高潮都带来了旅行文学的繁荣。诸如18世纪欧洲旅行文学的兴盛，恰好与铁轨的铺设所带来的旅行的普及直接相关；20世纪80年代以降，台港地区旅行写作的兴盛，也与大陆改革开放所带来的旅游热息息相关。人们越来越渴望旅行，也越来越希望用文字记录和表达自己的旅行感受，或者通过他人的作品获得一种表达。这种表达与传达的需求，正是旅行文学发展的动力。如果超出以往的文学概念来看，人们在大地上留下的行踪或许也可以看作一部部的旅行作品，那么旅行的普及带来的肯定是旅行文学的崛起与兴盛。从文学主题旅行的兴起可以看出，旅游的大众化与旅行书写的兴盛两者间已经达成良性互动的局面，两者相互促进、相辅相成。

问题五：打开旅行文学研究的理论视野。在欧美，20世纪80年代以前，"旅行文本主要附属于历史和区域研究，或用于支持基于作者的文学研究。尽管从欧洲探险时期开始的游记被大量出版，并且非常受欢迎。但它的诗学、形式和主题从未像小说、诗歌或戏剧那样引起学术界的兴趣"。[①] 1978年英国学者贝藤出版《寓教于乐：十八世纪旅行文学的形式与成规》首开研究旅行文学风气之后，出现了大量

---

① Julia Kuehn，Paul Smethurst. *New Directions in Travel Writing Studies*. Palgrave Macmillan UK，2015：1.

旅行文学研究的理论著作，诸如丹尼斯·波特的《心灵之旅：欧洲旅行写作的欲望与超越》、波尔·法舍尔的《旅行或观光》、爱瑞克·里德的《旅行者的心灵》、科瓦鲁斯维的《感性的旅行》、约翰·巫里的《观光客的凝视：当代社会的休闲与旅游》、淮佛的《历史中的观光》、玛丽·普拉特的《帝国之眼：旅行书写与文化互化》、贝托的《旅行与写作》、巴尔尼斯和但肯合编的《书写世界：风景再现的话语、文本和隐喻》、卡伦卡普兰的《旅行问题：后现代话语的流离失所》等。21 世纪以来，欧美的旅行文学研究达到了一个高潮，并在文学与文化研究领域占据了重要的位置。黛比·莱尔的《当代旅行写作中的全球政治》（2006）、Javed Majeed 的《自传、旅行和后国家身份：甘地、尼赫鲁和伊克巴尔》（2007）、Stephen Levin 的《当代英语旅游小说：全球化时代的自我塑造美学》（2008）、Julia Kuehn 和 Paul Smethurst 合著的《旅行写作、形式与帝国：流动的诗学与政治》（2009）、Robin Derosa 的《塞勒姆的制造：历史、小说和旅游业中的女巫审判》（2009）、Justin D. Edwards 和 Rune Graulund 主编的《后殖民旅行写作：批判性探索》（2011）、Carl Thompson 的《旅行写作》（2011）、Aedin Li Loingsigh 的《后殖民视角：非洲法语文学中的跨洲旅行》（2012）、Robert Burden 的《旅行、现代主义和现代性》（2015）、Julia Kuehn 和 Paul Smethurst 合编的《旅行写作研究新方向》（2015）、Carl Thompson 主编的《劳特里奇旅行写作手册》（2016）、Nina Gerassi-Navarro 的《19 世纪美国的妇女、旅游和科学：观察的政治》（2017）、Azariah 和 Deepti Ruth 的《旅游、旅行和博客：散论在线旅游叙事》（2017）、Jakub Lipski 主编的《旅行与身份：文学、文化与语言研究》（2018）、Rick Steves 的《作为一种政治行为的旅行》（2018）、罗恩·斯卡普和布莱恩·塞茨合编的《哲学、旅行和地方》（2018）等一系列新成果的推出，表明旅行文学研究仍然充满学术活力和吸引力。"旅行写作研究是一个新兴的学术研究领域。由于世界上许多社会都面临全球化、文化杂交和跨国界人口大规模流动等复杂问题，学者们越来越有必要将这些现象及其相关现象历史化和理论化。跨学科的'后殖民'议程和方法的兴起，同样使学术界关注其他地区和社会的知识如何获得和传播，以及文化之间可能存在的不同形式的互动和交流。对于这些问题的研究，过去和现在的旅行写作都是一个重要的资源和研究重点。"① 的确，现代性话语、后现代主义、后殖民批评、帝国概念、性别理论、身份政治、文化研究、全球化与跨国主义、生态批评、自然书写、他者概念、科幻理论、世界主义、边界理论、跨文类写作、空间论述及人文地理学观念等的全面引入，逐渐形成跨领域的学术视野与跨学科的研究方法，进一步打开了旅行文学研究的阐释视野和理论空间，凸显出旅行文学研究丰富的可能性。

问题六：旅行文学研究与文学史的重写。旅行文学写作的兴盛带动了旅行文学研究的兴起，而旅行文学研究热又对文学史书写产生了不可忽视的影响，成为影响文学史重写的一个重要因素，拓展了重写文学史的空间。一是催生了旅行文学史这一独特概念，激发了《剑桥旅行写作指南》《游记文学史》《中国旅游文学新论》等一系列旅行文学史的书写和理论阐释实践。二是从旅行、疆域越界、认同建构与殖民现代性批判等的独特视野重读文学经典与重写文学史。旅行叙事分析构成西方文学经典批判性重读的重要学术工作，对殖民现代性的批判性阐释解构了西方经典文本中隐藏的帝国意识形态。从旅行文学角度重写文学史产生了一大批富有启发意义的学术成果，如 Andrew Hadfield 的《英国文艺复兴时期的文学、旅行和殖民写作 1545—1625 年》（1999）、Kamal Abdel-Malek 主编的《阿拉伯镜子中的美国：阿拉伯旅游文学中的美国形象：1895—1995 选集》（2000）、Lizabeth Paravisini-Gebert 和 Ivette Romero-Cesareo 合编的《海上女人：旅行写作与加勒比话语的边缘》（2001）、Jeffrey Melton 的《马克·吐温，旅游书籍和旅游：伟大的大众运动浪潮》（2002）、Laura E. Franey 的《维多利亚时代的旅行写作与帝国暴力：英国人书写非洲 1855—1902》（2003）、Neil Roberts 的《D. H. 劳伦斯、旅行与文化差异》（2004）、Glenn Hooper 的《旅行写作与爱尔兰 1760—1860：文化、历史与政治》（2005）、John D. Cox 的《南行：旅行叙事与美国身份建构》（2005）、Derek Offord 的《墓地之旅：俄罗斯古典游记中的欧洲观》（2006）、Nicola J. Watson 的《文学游客：读者和浪漫的维多利亚英国的地方》（2006）、Andrew Hadfield《英国文艺复兴时期的文学、旅行和殖民写作 1545—1625》（2007）、Christopher D'Addario 的《十

---

① Carl Thompson. *The Routledge Companion to Travel Writing*. Routledge,2016：21.

七世纪文学中的流放与旅行》（2007）、Melanie Ord 的《早期现代英国文学的旅行和经历》（2008）、Stephen Levin 的《当代英语旅游小说：全球化时代的自我塑造美学》（2008）、Vassiliki Kolocotroni 和 Efterpi Mitsi 合编的《女性书写希腊：论希腊主义、东方主义和旅行》（2008）、Richard Hunter 和 Ian Rutherford 合编的《古希腊文化中的流浪诗人：旅行、乡土与泛希腊主义》（2009）、Nicola J. Watson 主编的《文学旅游与十九世纪文化》（2009）、Betty Hagglund 的《游客与旅行者：关于苏格兰的女性非虚构写作 1770—1830》（2010）、David G. Farley 的《现代主义旅行写作》（2010）、Michael Harrigan 的《隐晦的邂逅：17 世纪法国旅游文学中的东方》（2011）、Judy A. Hayden 主编的《旅行叙事、新科学、文学话语 1569—1750》（2012）、Aedin Li Loingsigh 的《后殖民视角：非洲法语文学中的跨洲旅行》（2012）、Paul Smethurst 的《旅行写作与自然世界 1768—1840》（2012）、Kim M. Phillips 的《东方主义之前：欧洲旅行写作中的亚洲人民与文化 1245—1510》（2013）、David McInnis 的《现代早期英国的心灵旅行和航海戏剧》（2013）、Kai Mikkonen 的《叙事路径：现代小说与非虚构作品中的非洲之旅》（2015）、Wolfe Michael 的《通往麦加的一千条路：十个世纪旅行者的穆斯林朝圣之旅的书写》（2015）、Raphaël Ingelbien 的《爱尔兰旅行文化：在欧洲大陆写作 1829—1914》（2016）、Mary Henes 和 Brian H. Murray 合编的《旅行写作、视觉文化与形式 1760—1900》（2016）、Efterpi Mitsi 的《早期英国旅行写作中的希腊 1596—1682》（2017）、David LeHardy Sweet 的《前卫的东方主义：二十世纪旅游叙事与诗歌中的东方"他者"》（2017）、Coll Thrush 的《土著的伦敦：帝国心脏的土著旅行者》（2017）、Marguérite Corporaal 和 Christina Morin 合编的《在漫长十九世纪旅行的爱尔兰人》（2017）、Rosie Dias 和 Kate Smith 主编的《英国妇女与帝国的文化实践 1770—1940》（2018）、Heidi Liedke 的《维多利亚旅行文本中的闲散经验 1850—1901》（2018）等，以及大量的学位和期刊论文，如《亲密帝国：女性游记与 1880—1920 年的美帝国主义》《焦虑的旅程：美国旅行写作中的过去、现在与身份建构》《白色航班：旅行写作、全球化和美国中产阶级》《加拿大女性旅游写作中的性别话语与主体性》《世界经济中的旅行：旅行写作中的各种主体性 1492—1666》

《旅行写作与帝国：威廉·霍奇斯在印度旅行的阅读》《女性旅游写作与浪漫主义的遗产》《法国旅游写作的另类现代性：伦敦和纽约的迷人都市空间，1851—1986》等，都对文学史进行了饶富趣味且深具启发意义的重写，为文学研究的历史化开启了一种新的可能性，发掘出被传统文学史书写遗忘的丰富细节，在社会历史的具体语境中发现文学史演变的独特脉络，重建一种批判性的历史意识与知识视野。David Johnson 主编的"后殖民文学研究"丛书以后殖民批评为方法重写英国文学史，其中 Suvir Kaul 的《十八世纪英国文学与后殖民研究》（2009）和 Patrick Brantlinger 的《维多利亚文学和后殖民研究》（2009）涉及大量旅行书写文本，旅行文学成为批判地重写英国文学史的一个重要突破口。Suvir Kaul 甚至认为 18 世纪英国文学的形式创新和实践特征，往往是对旅行作家、旅行商人和殖民者所呈现的世界的诸种回应。

问题七：马克思主义与旅行文学研究。迄今，在中外学术界，全面运用马克思主义理论与方法构建旅行文学研究阐释体系的成果还很不多见。但近期一些敏锐的学者在旅游研究中开始尝试引入马克思主义理论，如 Raoul V. Bianchi 的论文《旅游研究的批判转向：一个激进批判的考察》和 Jan Mosedale 主编的专书《旅游政治经济学：批判性视野》等即是深具启发意义的研究实践。前者"运用马克思主义政治经济学和历史唯物主义的探究方法，既批判所谓的'批判性转向'，又反思当代全球秩序下旅游与经济政治权力关系"。① 后者则通过马克思的政治经济学和历史唯物主义的概念、理论和视角来批判性研究全球化和新自由主义语境下国际旅游的政治经济学问题及复杂的劳动分工关系。② Mary Mostafanezhad，Roger Norum，Eric J. Shelton，Anna Thompson-Carr 合编的《旅游政治生态：社区、权力与环境》则引入绿色马克思主义或生态马克思主义理论开拓旅游政治生态研究的新空间，"增进了我们对政治、经济和环境问题在旅游实践中的作用的理解。它为读者提供了一个政治生态框架，从这个框架来处理与旅游相

---

① Raoul V. Bianchi. "The Critical Turn in Tourism Studies：A Radical Critique". *Tourism Geographies*，2009，11（4）：484.

② Jan Mosedale. *Political Economy of Tourism：A Critical Perspective*. Routledge，2011.

关的问题和主题，如发展、身份政治、环境主体、环境退化、土地和资源冲突以及土著生态"。① 在学术期刊论文方面，Raoul V. Bianchi 的《旅游研究的"批判转向"：一个激进的批判》、George Liodakis 的《跨国政治经济学与旅游发展：批判取向》等都以马克思主义的政治经济学为方法构建旅游研究的批判理论。对于旅行文学研究而言，马克思主义文艺理论同样具有强大的阐释能力。马克思和恩格斯在《共产党宣言》中提出的"世界文学"概念为我们理解与阐释全球化时代的旅行文学提供了宏观视野和科学的研究方法，马克思主义经典作家对帝国主义和殖民现代性的批判则为我们解构西方帝国旅行文本隐蔽的意识形态性提供了科学的理论框架和批判性知识立场。在后殖民主义对帝国文本的批判性阐释中，马克思主义早已显示出强大的理论力量和批判能力。现今，以当代马克思主义历史—地理唯物论为基础的文学地理学业已开始介入旅行文学研究领域，并且正在逐渐产生积极的影响。无疑，导入马克思主义经典文论将在建设与批判两个层面进一步打开当代旅行文学研究的广阔空间。

---

① Mary Mostafanezhad, Roger Norum, Eric J. Shelton, et al. *Political Ecology of Tourism: Community, Power and the Environment.* Routledge, 2016.

第十四章

白马文艺社的精神系谱与文学创作

一、一个被忽视的文学群体

在讨论战后美华文学的发展时，曾经是 20 世纪五六十年代美华文坛影响最大的一个作家群/文学社团——"白马文艺社"，却几乎完全被忽略了。这不能不说是当代美华文学研究的重大缺陷，影响着人们对当代美华文学史的整体认识。

五六十年代，美华文学至少有三个作家群存在。一是以林语堂为中心的作家群。1952 年，林语堂、林太乙和黎明在纽约创办《天风》月刊，延续其在中国创办的《论语》和《宇宙风》的风格，提倡"幽默和性灵"，但没办几期就停刊了，所以影响不大。二是台湾留学生作家群，这一群体人数众多，大量作品直接书写现实人生经验，在美华文学史上乃至整个世界华文文学中产生了重大影响，在海外华文文学史和台湾文学史上都留下了重重的一笔。不过它延续的时间很长，一直到七八十年代，其重要影响发生在 60 年代以后，50 年代只是萌芽。三是以胡适为中心的"白马文艺社"，自称"中国文化第三中心"。他们的文学创作具有明显的学院派色彩和自由主义意识形态，这一群体的文学创作至今还没有受到华文文学界的足够注意和充分重视，人们甚至彻底遗忘了他们的存在。

据唐德刚的叙述，在林语堂举家移居南洋，以《天风》月刊为中心形成的"天风社"解体后，生活在纽约的华人知识分子于 1954 年重新组织了一个新的文艺社团"白马文艺社"。主要人员有周策纵、艾山（林振述）、唐德刚、黄伯飞、黄克孙、鹿桥（吴纳孙）、王方宇、心笛（浦丽琳）、陈其宽、陈三苏、何灵琰、周文中、黄庚、蔡宝瑜、王季迁、王济远、邬劲旅、卢飞白、顾献梁等。众人推选性喜抽象而又长于组织的顾献梁做会长，创办《白马文艺》。作为一个文艺社团，白马社有四个鲜明的特点：其一，非职业性。唐德刚回忆说："白马社"不是职业性的文艺组织，而是一个具有沙龙性质的文艺俱乐部，文艺只是他们的"业余嗜好"。但正是这种非功利的文学立场和写作方式，使白马社的创作显示出自由主义的美学品格和独立精神。其二，以胡适为宗师。胡适虽然不是白马社的成员，但与白马社的关系十分密切。白马社成员心仪于新诗创作和评论，周策纵著有《海燕集》；心笛著有《贝壳》和《褶梦》，这被胡适称为50年代末"中国新诗里程碑"；艾山著有《暗草集》和《埋沙集》等；黄伯飞的新诗风格接近于胡适风，有"胡适之体"之称。胡适曾经参与了白马社的诗歌讨论和评阅，其与白马社的关系恰如唐德刚所言是"新诗老祖宗"与中国新文学海外"第三文艺中心"的关系。在唐德刚的散文创作和周策纵的"五四"运动史研究中，胡适都是一个极其重要的核心。其三，白马社不是一个纯文学性的团体，而是文学、艺术和学术并重的文艺社。其中，书法家王方宇是老一代字画派的代表之一；王季迁即王己迁，是书画家、书画收藏与鉴赏家；王济远是著名的水彩画家，1920年与刘海粟等发起成立西洋画团体"天马会"，后任上海美专教授、绘画研究所主任，参与推动早期水彩画在中国的传播；陈其宽是著名的建筑师，曾经与贝聿铭合作设计东海大学路思义教堂，还是"新国画探索"的代表人物之一；作曲家周文中与贝聿铭、赵无极被誉为"海外华人艺术三宝"；黄克孙是物理学家，陈三苏是语言学家，林振述是哲学家，周策纵和唐德刚则是历史学家，等等。其四，白马社的成员具有中国现代高等教育的知识背景，大多于30年代毕业于北京大学和西南联大。有的是"五四"新文化运动的亲历者，如王济远，而少年时期的黄伯飞曾经目睹过现代著名作家沈从文、胡也频、丁玲的文学活动，深受新文学思潮的影响。这些因素表明白马社成员深受"五四"以来新文化思潮的熏陶和影响，自觉传承"五四"文化精神，成为他们对文艺创作和社团活动意义的理解和自我期许。

这些因素和特点形成了白马社在世界华文文学研究领域的特殊意义。第一，在20世纪汉语文学史上，白马社的文学创作具有新文学精神的传承和向海外播迁的特殊意义。旅美诗人秦松在《海外华人作家诗选》的"序"中如是说：中国新诗前30年是输入，后30年即40年代以后则是输出。尽管这种输出还局限在中文世界，但完成了"继承新诗传统的再发展"。① 这一判断用来评价白马社的文学追求和文化精神是十分恰当的，白马社与胡适的文学传承关系就清楚地表明了这一点。如果说世纪初胡适留学美国是一次意义深远的文化盗火，从西方为"五四"文学革命引入了现代性思想资源，那么白马社的创作则是新文学在异域的一次成功延伸和拓展。

第二，从美国华文文学史看，白马社和台湾留学生文学共同构成了五六十年代美华文学的重要收获。这一文学史事实尤其值得华文文学研究者关注，它将改变以往研究把台湾留学生文学视为这一时期美华文学唯一代表的片面认识。白马社在诗歌、小说和散文创作上都有不俗的成绩。在诗歌方面，周策纵的《海燕》境界宏阔，"胸罗宇宙"；心笛的诗用干净而感性的白话文书写内心解不开的情结，颇有些狄金生的韵味；艾山的诗歌被海外华文学界誉为"新诗绝顶现代诗新河"和"构成现代华人诗史的一座丰碑"。在小说方面，鹿桥的成就是最突出的，司马长风在《中国新文学史》中把鹿桥的《未央歌》和巴金的《人间三部曲》、沈从文的《长河》及无名氏的《无名书》并称为抗日战争和战后期间长篇小说的"四大巨峰"。他的短篇小说集《人子》则有民间意味和乡野神秘色彩。唐德刚的小说打通了历史与小说的界线，《战争与爱情》是长篇小说，也是一部口述历史著作，其意在于为多灾多难的近代中国和小人物作证。唐德刚的散文也有很高的成就，在海外素有"唐派散文"之美誉。他的散文在题材上大体可分为两大类型：人物传记和学术小品，艺术上融历史性、趣味性于一体，形成率性、幽默、诙谐与历史智性合一的美学风格。许多事实表明，白马社的文学创作应是当代美华文学史研究中不可忽视的重要部分。

第三，20世纪汉语文学的现代性建构经历了从引进/西化到中西

---

① 王渝：《海外华人作家诗选》，香港：香港三联书店，1983年，第13页。

融会的发展历程，40年代，在九叶诗人和张爱玲等的创作中，这种会通与融合已经产生了丰富的成果。但50年代以后，由于冷战的国际政治格局的形成，东西方处于长期的政治和文化对峙状态，新文学中西融会的历史进程被迫中断了。白马社的意义或许正在于，他们的文艺实践和探索接续了中西艺术融会的历史。王方宇致力于中国传统书法艺术的现代化探索，他和曾佑、熊秉明等的艺术实践开了"现代书法"的先河，并在80年代以后对大陆"现代书法"运动产生了积极的影响。作曲家周文中用易学思维创作现代音乐作品《变》。鹿桥的《未央歌》"使中国小说的秧苗，重新植入《水浒传》《红楼梦》和《儒林外史》的土壤"（司马长风《中国新文学史》）。唐德刚则从"六经皆史""诸史皆文""文史不分"和"史以文传"来阐释现代小说、传记文学与历史的关系，试图重新建构现代大/杂文学观念。作为现代诗人燕卜生在西南联大的得意门生，艾山的诗无疑是极其现代的，但他同时强调传统的重要性，认为活用传统是"新诗发展的健康而又必然的途径"。他的《埋沙集》把传统的格律转化为现代诗的节奏，而《明波集》则有艾略特的古典现代诗的意味，使用大量中国古代文献典故和《道德经》的思维方式。这一尝试显然比台湾现代诗从西化到回归古典，以及80年代朦胧诗人杨炼对现代诗"智力空间"的探索要早得多。

第四，20多年来，我们的华文文学研究对社团流派没有给予较为充分的关注，一些文学史往往成为作家作品的不完全的非经典化的集中展览。白马社的存在及其突出的文学成就提示我们必须充分重视海外华文文学的社团流派研究，而白马社文学与艺术并重的流派特征也对华文文学研究的纯文学性构成了一个挑战。今天，华文文学研究的突围已经不仅仅是理论意义上的突围，而且意味着从单一学科走向跨学科、跨艺术的整合——走向华裔文化诗学。显然，白马社为这种整合研究提供了一个典型个案。

二、白马文艺社的文化精神系谱

构成白马社文化精神有三方面的思想资源："五四"新文化思想、西方现代思想和中国传统文化。其中"五四"新文化思想是白马社的最重要的精神食粮，它构成了白马社文化精神的主体。

第一是"五四"新文化思想。从教育背景看，白马社与"五四"新文化的精神联系十分密切，白马社成员大多把自己的文学创作与活动视为"五四"新文学精神的赓续与发扬。白马社的重要成员艾山、鹿桥、周策纵、陈三苏等都毕业于西南联大。西南联大保持了"五四"精神和传统，教授会的重要成员都是五四运动的健将。据西南联大北京校友会会长梅祖彦教授的阐释，西南联大有五个突出特点：师生继承了"五四"和"一二·九"运动的爱国民主精神；集合了三校师资力量，大师云集；民主办学，形成优良风气；兼容并包，治学严谨，人才辈出；发展进步组织，发动爱国运动。1939年之后的几年里，"民主堡垒"的西南联大经常举行"五四"纪念活动，如"五四"历史座谈会等。闻一多曾大声疾呼："'五四'的任务还没有完成，我们还要努力！我们还要科学，要民主，要冲毁孔家店，要打倒封建势力和帝国主义！"① 西南联大的"五四"文化氛围濡染了艾山、鹿桥、周策纵、陈三苏等人，对他们日后的文学创作和学术活动产生了深远的影响。从人生经历看，白马社的成员或直接参加了"五四"新文化运动，或亲历"一二·九"爱国运动，或心仪"五四"文化精神。艾山参加了"一二·九"爱国运动，据周定一教授的回忆，他是宣武门"夺关"的两位勇士之一。"除了他在'一二·一六'表现英勇，给人留下深刻印象之外，他还始终是个爱国诗人。他去国日久，但在诗文中随处可见他对祖国的眷恋之情，同时不忘昔日中华民族受侵凌、遭蹂躏的伤痛，对日本侵略意图仍保持着警惕。例如，中国留美学生发起保卫钓鱼列屿领土主权运动周年之际，他写了首长诗《钓鱼岛之歌》（收入《文山诗选》），支持这个运动，表现了浓厚的爱国激情。可以说，这种激情是'一二·九'时代精神的延续。"② 心笛是清华和西南联大浦薛凤教授的次女，在《清华经历竟似梦——追忆父亲浦薛凤教授》中，心笛如是而言："辛亥革命，'五四'运动，抗日战争，内忧外患，20世纪中国所经历的，是一个长期纷争混

---

① 戴联斌：《成长在"五四"以后》，《民主与科学》，2000年第2期。

② 周定一：《"一二·九"掠影》，《青春的北大》，北京：北京大学出版社，1998年。

乱的大动荡时代。父亲的这一生，与这时代息息相关。父亲所受的教育，集中国传统与西洋正规教育的精华。父亲和他那一代的人，受时代的熏陶，似都全有抱负，有学识、有极重道德心与时代感。"① 周策纵的第一首白话诗，题目就是《五四，我们对得住你了》，他在所写的新诗中有这一句："五四五四是将来！"这首诗发表在郭沫若、田汉主编的《抗战日报》。1947 年 5 月 4 日，周策纵在上海《大公报》发表了第一篇论文《依旧装，评新制：论五四运动的意义及其特征》，从那一天开始，周氏就立志写一本有关五四运动的书。白马社与胡适有着十分密切的关系。唐德刚是胡适的弟子，胡适的夫人江冬秀曾对人说："唐德刚是胡老师最好的学生。"唐德刚比喻这种师生关系为"一个穷愁潦倒的乞丐老和尚和一个乞丐小和尚的师生关系"。1957年，唐德刚在一首胡适式的白话诗中表达了追寻胡适的道路的心志："……但是我们——/你学生的学生/做工、读书/不声不响的年轻人/一直在追随着你/追随你做个"人"/你不谈主义，不谈革命/你却创造了一个时代/又替另一个时代播了种/我们正在努力耕耘……"② 胡适研究成了唐德刚学术工作的一个重心，有论者甚至认为：在 80 年代，唐氏"领导全球范围'胡学'（胡适研究）的'卷土重来'"。③

的确，对"五四"新文化精神的阐释构成白马社的一项重要工作。周策纵的《五四运动史》（1960）、唐德刚的《胡氏杂忆》和《胡适口述自传》已经成为"五四"研究的重要成果。"'五四'运动是上两代人的资产，新一代的青年对'五四'认识很肤浅，我希望通过这本书认识几十年前的年轻人曾经如何参与救国、社会改革，他们的努力曾如何影响中国的前途。我更希望新一代青年读这本书后，认真深思：作为'五四'的继承者，应当如何继承'五四'青年的情怀和抱负，如何对待传统的批判、继承和文化的认同。"④ 第一，在周策纵看来，"五四"新文化运动的核心是对传统重新估价以创造一种新文化，是一场思想革命，企图通过中国的现代化来实现民族独立、

① 心笛：《清华经历竟似梦——追忆父亲浦薛凤教授》，宗璞，熊秉明主编：《永远的清华园》，北京：北京出版社，2000 年。
② 唐德刚：《胡适杂忆》，上海：华东师范大学出版社，1999 年，第 35 - 36 页。
③ 宋路夏：《话说唐德刚》，《书屋》，1998 年第 2 期。
④ 刘作忠：《访〈五四运动史〉作者周策纵教授》，《贵州文史天地》，1998 年第 3 期。

个人解放和社会公正，并且假定思想革命是中国现代化的前提。① 第二，在《五四运动史》中，周氏最早使用了"反传统主义"概念来阐释"五四"新文化精神。（这一说法后来颇为流行，林毓生的《中国意识的危机》就沿用了这一概念讨论"五四"文化问题）在反省"五四"新文化与传统的关系问题上，周策纵提出的这一概念是很有价值的：中国传统十分复杂，"五四"反对的不是整个传统而是"传统主义"。第三，当时中国的根本问题是民族独立，所以"五四"的个人主义不同于西方，它既重视个人价值与独立思想的意义，又强调个人对于国家社会的责任。第四，中国自由主义具有保守性与脆弱性。第五，"五四"文化精神是宝贵的精神财富，是需要继续发扬光大的未竟之业。它所形成的社会与民族意识还将延续下去。

当然，白马社也对"五四"新文化运动的缺陷做了反省。在他们看来，"五四"青年知识分子对西方新思想过于轻信，缺乏批判性反省。"五四"新文化运动的第二个问题是对中国传统文化的批判显得矫枉过正，因而低估了传统的价值。在《论五四后文学转型中新诗的尝试、流变、僵化和再出发》长文中，唐德刚把第一代新诗的追求概括为五个方面：反传统、极端自由主义、无限制引进西洋诗学理论、泛神论个人主义滥觞、个体间绝对自由的结合。他认为第一代新诗的"反传统"是必要的，"因为我们旧文学积习太深，垃圾堆太大了。不破不立"。但新诗的发展也因此出现了"纵横失调"的毛病，"新诗今天的问题实在是纵横两难，而纵的问题之紧急，却远甚于横的问题罢了"。② 所以唐德刚强调传统的"再发现"，认为新诗的发展必须从3000年固有诗学传统中汲取营养。在鹿桥看来，中国传统是活的、有机的历史经验，构成人生体悟与生命智能的底色："在我心目中，中国的文学及哲学思想一直是一个活鲜鲜、有生机的整体。不是历史陈迹，更不仅是狭窄的学术论文研究对象。历史的经验，同人生的迷惘以及理想，都是合则双美，离则两伤，因此，古往、今来，都同时在

---

① 周策纵：《五四运动史》，长沙：岳麓书社，1999 年，第 500 页。

② 唐德刚：《论五四后文学转型中新诗的尝试、流变、僵化和再出发》，欧阳哲生，郝斌：《五四运动与二十世纪的中国》，北京：社会科学文献出版社，2001 年。

我的心智活动中存在。"① 在艾山、鹿桥、唐德刚、心笛等的文学书写与论述中，中国古典文学与文化传统不仅是重要的思想资源，而且构成了生命体验的一部分。当然，白马社不是复古派或仿古派，也不是什么新古典主义。因为白马社有着十分突出的现实关怀精神，他们的文化情怀与现实意识密切相关；也因为他们还接受了西方现代思想和文艺思潮的浸染。当年在西南联大，艾山已是英国著名诗人燕卜生的得意门生，留学美国时又受教于著名的现代主义诗人奥登和埃利奥特，对现代主义的诗学技艺了然于胸；白马社的著名水彩画家王济远青年时期是推崇西方现代美术的"决澜社"重要成员，1926 年赴日本、法国考察西洋美术，画风受塞尚影响极深，又融入中国古典美学气质；在《未央歌》和《人子》中，鹿桥呈现出多元文化——东方与西方、宗教情感与人间情怀、古典与现代——融合的精神追求；而唐德刚的口述史学研究是哥伦比亚大学现代学术与中国古代口述史学的结合。

三、鹿桥和唐德刚的小说创作

（一）鹿桥小说的文化精神

鹿桥本名吴讷孙，祖籍福建福州。1919 年在北京出生，1942 年从西南联大毕业，1949 年在耶鲁获美术史硕士学位，1954 年获博士学位。曾在耶鲁、旧金山州立学院、日本京都大学任教。1965 年到圣路易华盛顿大学美术史系教书，担任系主任，在 1971 年发起成立亚洲艺术协会，成为海外推动亚洲艺术的重要人物之一。鹿桥的作品有长篇小说《未央歌》和短篇小说集《人子》，数量不多，却在港台与海外华人世界中有着广泛的影响。《未央歌》完稿于 1945 年，但原稿遗失，鹿桥旅美后重写并于 1959 年出版第一版，今天已经成为中国现代文学和华文文学的经典。但长期以来却没有受到文学史家的充分重视，除了周锦的《中国现代文学作品书名大辞典》提到外，要数司马长风的《中国新文学史》给予的评价最高："在战时战后时期，长篇小说有四大巨峰：一是巴金的《人间三部曲》，二是沈从文的《长

---

① 鹿桥：《人子》，台北：远景出版事业公司，1974 年初版，1989 年第 23 版，第 2 页。

河》，三是无名氏的《无名书》，四便是鹿桥的《未央歌》了。《未央歌》尤使人神往。"① 大陆研究鹿桥的成果并不多见。1990 年，孔范今主编《中国现代文学补遗书系》收入鹿桥的《未央歌》。近年来，这部书写西南联大生活的小说逐渐引起一些学者的研究兴趣。人们在"中国现代文学与宗教文化的关系""抗战文化格局中的中国文学""新小说与旧文化情结""现代教育题材小说""人格完善的理想追求"等阐释框架中涉及对鹿桥《未央歌》的讨论。

这些讨论是现代文学批评界对 20 世纪 40 年代文学兴趣的一部分，"文化精神"则成为共同关注的核心。有趣的是，人们对《未央歌》文化意蕴的阐释有着比较突出的差异，有三种观点值得我们注意：

第一，《未央歌》贯穿着一种基督精神，"加强宗教文化与现代文学之关系的研究，对于现代文学历史的重构是有深远意义的。一方面，这种研究可以开拓领域，把那些无法归纳到意识形态领域但又确实属于精神产品的文学创作纳入到文学史的研究视野。如鹿桥的《未央歌》、苏雪林的《棘心》等长篇小说，里面贯穿着的是一种基督精神，所运用的是一种地道的基督教话语，无论是在内容的深厚性还是在艺术表达的成熟性方面，都可以称得上现代文学史的上乘之作，但历来的现代文学史几乎不加评论。这实在是因为作品的宗教观念太显著的缘故"②。这种判断存在两个疑问：一是基督教话语在《未央歌》中并没有占据主导地位，二是宗教观念的显著导致文学史忽视的判断缺乏论证，只能说是某种臆测。

第二种观点认为，《未央歌》反映了新儒学的影响："抗战爆发以后，民族文化传统成为有助于民族复兴、抗战建国的重要精神资源。这在国统区和解放区的文化建设、文学创作中都有所反映。在国统区，新儒学的崛起引人注目。而鹿桥写于 40 年代、出版于 50 年代的长篇小说《未央歌》，在对战时西南联大学生精神成长的描绘中，以赞赏的笔触表现了儒、释、道等传统文化在年轻一代的人格塑造上仍

① 司马长风：《中国新文学史（下册）》，香港：昭明出版社，1978 年，第 112 页。
② 谭桂林：《宗教文化与二十世纪中国文学研究》，《中国现代文学研究丛刊》，1999年第 1 期。

有积极的价值。这种态度显然反映了新儒学的影响。"①

第三种观点认为，《未央歌》体现了 40 年代文学宗教浪漫的特点："到了 40 年代，时代环境更趋严峻，导致宗教对文学的渗透方式和宗教与文学关系的格局进一步趋于现实化，同时也为作家关于宗教的书写注入某些新的质素。当大多数作家对宗教采取实用功利的态度，而在 40 年代文坛上红极一时的作家徐訏、无名氏等，却在作品中恣肆谈论有关宗教的义理，并借以敞露自己的浪漫意趣……这里有必要提到 40 年代名不见经传的年轻作者鹿桥及其长篇代表作《未央歌》，在这部'以情调风格来谈人生理想的书'里，作者杂糅了儒、禅、道的理念及基督教的情调，通过塑造几个具有浓烈宗教情怀的人物，来探讨人生的理想和生命的真谛。值得注意的是，《未央歌》里大段哲理性议论和心理铺叙，以及徐訏、无名氏作品中关于宗教的抽象谈论，表明宗教在现代文学中的渗透已经逐步趋于'理念化'。这正是 40 年代文学宗教浪漫的一个特点。"②

这些观点为鹿桥研究打开了空间，可惜都没有依据具体的文本阐释而展开，观点之间的差异十分明显。《未央歌》书写的究竟是地道的基督教话语？还是新儒学文化精神？抑或儒、禅、道与基督教的杂糅？无疑是值得我们进一步讨论的课题。我们赞同十分关注鹿桥创作的学者宋遂良的意见，理解《未央歌》的思想需从小说人物入手。的确，鹿桥"集中探讨了一个人在成长的道路上追求人格的完备和完善的问题"。③ 小说所呈现的文化精神是与"人的成长"主题密切相关的。在《再版致未央歌读者》中，鹿桥说：《未央歌》的"主角"是由"四个人合起来"的一个"我"："书中这个'我'小的时候就是'小童'，长大了就是'大余'。伍宝笙是'吾'，蔺燕梅是'另外'一个我。"④ 童孝贤、余孟勤、伍宝笙和蔺燕梅是《未央歌》的四个中心人物，有着各自不同的气质特征。小童具有自然的天性，率性、

<hr />

① 解志熙：《"别有一番滋味在心头"——新小说中的旧文化情结片论》，《鲁迅研究月刊》，2002 年第 10 期。

② 张桃洲：《宗教与中国现代文学的浪漫品格》，《江海学刊》，2003 年第 5 期。

③ 宋遂良：《追求人格的完备与完善——读长篇小说〈未央歌〉》，《岱宗学刊》，1997 年第 1 期。

④ 鹿桥：《未央歌》，台湾：商务印书馆，2002 年，第 18 页。

真挚、绝不矫揉造作，对世界充满好奇，对人充满善意，是具有一颗赤子之心的"光明之子"和"自然之子"；余孟勤以学业为中心，孜孜以求，勤奋刻苦，而在情感生活上少些情调显得有些迂；伍宝笙有着母性的慈爱、宽容、包容的品格，总是那么细致入微地理解和关怀他人；蔺燕梅充满青春气息与艺术气质，光彩迷人，是一个理想化的人物，她最后逃离学院生活"苦修苦炼"的压抑而去做了修女。可见，鹿桥还是把人的"自然心性"即合乎健康人性的性情放在更高的位置。四者合而为一共同构成一种西南联大的青年文化精神即鹿桥所说的"情调"："那些年里特有的一种又活泼、又自信、又企望、又矜持的乐观情调。"① 这也构成鹿桥的一种具有乌托邦色彩的人性理想。

蔺燕梅在《未央歌》中占据着非常重的分量。表面上看来，她最后逃离学院生活"苦修苦炼"而遁入天主教似乎意味着对余孟勤入世精神乃至整个学院生活的否定和对基督教精神的肯定，这就是有学者得出《未央歌》贯穿着的是一种基督精神的判断的主要原因。但这一判断与《未央歌》的总体思想并不完全吻合。事实上，鹿桥是用小说的形式阐释一种中西合流、古今合璧的"人学"思想，一种文化大同的哲学理念，一种事功与超越、朝气与成熟、个体与社会、诗意与智能、情感与理性、宽容与操守、自然放任与节制矜持、自由与规约，协调统一、平衡发展的人性理想。

这就是鹿桥所谓"四个人合起来"的一个"我"的真正含义。在《再版致未央歌读者》中，作家已经把小说的这一文化主题清晰地阐释出来："中国人在天圆地方的结构之下、在自然的大圈子里面划出人的方的世界，一规一矩，给幻想、神奇与理智仪节以互不妨碍而互相激励的发展生生无尽。人在中央，以恻隐之心、忠恕之道调节他的世界。'不语怪力乱神'也不受'原罪'的迫害。他在家族与社会里找感情的坐标点，在历史上追求他的评价，在他人的心目中照着自己的一举一动的影子。在这种情形下演化而出的大同思想会是狭义的一个中国的么？谁都可以到这个世界中来，面南正坐、想人生个体的崇高理想与群体的永恒协调？这种观念里的'人'，正是与未央歌里面抽象的'我'是一样：是'人人'，不但是今日各国各地的人，而

_____

① 鹿桥：《未央歌》，第17页。

且是近人、古人，及将来的人。这个大同世界理想中的国度，是宇宙的'中国'。"① 所以，《未央歌》的文化问题，与其说是一种基督教文化精神，不如说更接近于新儒学的文化中国理念。鹿桥所建构的"人学"当然具有浓厚的乌托邦色彩，也是抽象的超越语言、民族和国界，作家显然赋予它一种人类普世性的价值含义。如同鹿桥自己所言："每次提到'人'，都是泛指人类每一份子。这与如今纷争的国际情势及野心的国际政客头脑中分辨敌友的'人'，有基本观念上的区别。所以用的虽是自家人谈话的中文，而关照的是文化上国际间的趋势及我们的理想，其对象是不分国界的。"②

《人子》不同于《未央歌》的抒情、诗意与青春浪漫的情调，而是简练、魅丽、意味丰富的寓言和童话式的短篇集子，"是写给从九岁到九十九岁的孩子们看的故事"。③ 但它的文化主题与《未央歌》有相似之处，所关切的同样是普遍的"人性"命题。《人子》"……描写的风光、情境，又都尽力避免文化同时代的狭窄范围，好让我们越过国界，打通时间的隔膜来向人性直接打招呼"。④ 这个集子包括《汪洋》《幽谷》《忘情》《人子》《灵妻》《花豹》《宫堡》《皮貌》《鹈鹰》《兽言》《明还》《浑沌》和《不成人子》等 13 则小故事。《人子》的结构是"依了人生经历的过程来排列：从降生、而启智、而成长，然后经过种种体验，才认识逝亡。最后境界则是在有限人生中祇可仿真、冥想而不可捉摸的永恒"。⑤《人子》以寓言的形式书写的是普遍的"人"的故事，一部关于抽象"人生"的戏剧。开篇《汪洋》可视为整部《人子》的浓缩，引出了一系列的故事，而接下来的一系列的故事都是对《汪洋》更具体的再诠释。终篇《浑沌》是大结局，"人"的故事在曲折展开之后最终复归于自然的"浑沌"。鹿桥是乐观的，他不希望人们把《人子》读成一个灰色的故事而得出颓废的结论。在"人子"戏剧谢幕后，鹿桥加上了一则"人子"故事的"补遗"——很温暖的《不成人子》。生而为"人子"是幸福

---

① 鹿桥：《未央歌》，第22页。
② 鹿桥：《未央歌》，第4页。
③ 鹿桥：《人子·前言》，第1页。
④ 鹿桥：《人子·前言》，第2页。
⑤ 鹿桥：《人子·原序》，第4–5页。

的，许多自然生命都企望经历长久的修行而"成人"，但只具人形。所以尽管人的故事终归于"浑沌"，但人生还是要好好珍惜。在《汪洋》中，年轻的航海手胸怀大志，企望凭借科学知识战胜汪洋大海抵达港口。但他最终获得了自然的启悟，在放弃港口、航海图、罗盘和帆之后与"汪洋"合为一体。这个故事与福克纳《去吧，摩西》中的《熊》有些相似，《熊》中的白人少年麦卡斯林在自然与老印第安人的启迪下，放弃了罗盘与枪从而真正认识了自然的奥义与白人历史的恶。不同的是，支撑福克纳《熊》的价值核心是基督教精神，而鹿桥的《人子》的价值核心更多建基于东方文化，也更注重中西文化精神的会通与融合。

有论者曾经认为："人子"原是《新约》中耶稣的自称用语，依《新约》的观点，耶稣启发人类求"生"的真谛，是人类新生的开拓者；鹿桥书命名《人子》或承新约原义，含有人类新生、体悟人生之意。[①] 但《人子》的底色主要是东方的：儒家的积极入世精神、道家的自然放达与佛教的出世智能。正如胡兰成所言："鹿桥的文学根底是儒与浑沌，浑沌通于究极的自然。"[②] 但胡兰成把鹿桥的"浑沌"归于婆罗门，"与中国民族乃有一疏隔"，却难以令人信服。在我看来，鹿桥的"浑沌"更近于《易经》与庄禅。当然与《未央歌》相比，《人子》的文化色调要驳杂得多。《汪洋》颇有道家"反智主义"和人与自然合一的意味；《幽谷》中的一棵小草受累于至美的期望，在选择自己花朵的颜色时犹豫不决而错过了开花的时辰。在千千万万应时盛开的丛花里，这棵有着美好枝梗的小草，"擎着一个没有颜色、没有开放，可是就已经枯萎了的小蓓蕾"。这里有着很平凡的人生智能与生命的悲剧感。《忘情》写人的诞生，人的智能、健康、理智与美，唯独没有"感情"；直接以"人子"为题的故事的确有些胡兰成所说的"婆罗门"色彩，故事中出现一个"婆罗门"法师，但这则故事所写的善与恶的分辨问题，不只是"婆罗门"的，庄子"齐物论"也有。《灵妻》则很有些原始主义的色彩与楚文化的瑰奇，其原

---

① 参见廖上信《人子之谜》，台北：永望文化事业有限公司，1984 年；常秀珍《鹿桥〈人子〉研究》，台湾"中山大学"中国文学研究所硕士论文。

② 胡兰成：《中国文学史话》，上海：上海社会科学院出版社，2004 年，第 223 页。

始宗教意味让人想起英国作家 D. H. 劳伦斯的短篇小说《骑马出走的女人》。《花豹》写的是长大成人。《宫堡》写"王子"一生的追寻与幻灭。《皮貌》包括《美貌》与《皮相》二则：前者讲述月光下的美少女充满幻想与热情却又寂寞，月光在她睡着时褪去了她美艳的容颜，生活从此变得实在，充满了慈爱；而《皮相》的想象有些怪异，老法师从自己刮胡子的小口子揭开自己的脸皮，从镜子里看见自己出了壳的老精魂。《鹞鹰》写鹰师与鹞鹰之间的故事，写鹞鹰飞翔的自由。《兽言》写人类文明与自然的关系，对文明的批判意味十分明显。《明还》是十分有趣又很美的童话。《浑沌》可视为《人子》故事的"总结陈词"，写一种"亘古稀有的正大绝顶智能"，"在这极顶光明里，上无天空，下无大海，中间也没有了自己"。显然是以易经、老庄的智能收尾。而《不成人子》中的"民胞物与"则显然是一种儒家情怀，同样是一种志异故事，却显出人间的气息，表明鹿桥最终从"浑沌"的超拔境界返回到人间。

鹿桥关于"人"的理念是超越民族语言与空间地理的，他的小说呈现出一种以东方/亚洲艺术精神为底蕴的世界大同文化情怀。

（二）唐德刚的《战争与爱情》

唐德刚，安徽合肥人。华裔美国人，历史学家、传记文学家、红学家。史学论著包括《中美外交史百年史 1784—1911》《晚清七十年》《袁氏当国》《美国民权运动》《中国之惑》等；口述回忆录与传记有《李宗仁回忆录》《顾维钧回忆录》《胡适口述自传》《梅兰芳传稿》等；文学作品有口述小说《战争与爱情》和传记散文《胡适杂忆》等。

与鹿桥小说的诗意与哲理不同，唐德刚的小说《战争与爱情》是口述史小说，具有历史记述的朴素性和写实性。如果说鹿桥的小说致力于打造一种意味隽永的"新文言"，那么唐德刚的语言则是一种明白晓畅的口语风格。唐德刚的小说代表了白马社小说创作的另一种追求。唐德刚是著名的历史学家，他把历史与文学关系概括为"六经皆史""诸史皆文""文史不分""史以文传"十六个字。[①] 这种观念当然不是唐氏的独创，而是对中国文史合一传统的绍续与发扬。在这种

---

① 唐德刚：《史学与文学》，上海：华东师范大学出版社，1999 年，第 9 页。

小说观念的影响下，唐德刚的《战争与爱情》实际上是一部历史纪实作品，用他自己的话说，也是一种"口述历史"。的确，唐德刚是把这部60万字的作品当作一部从民国初年直到20世纪80年代普通中国人的苦难与桑沧历史来创作的。它构成了唐氏中国近现代史研究的一部分。与一般史书不同的是，它记述的都是一些普通的小人物。但正如作者自己所言："'史书'但写舞台上的英雄人物，舞台下的小人物则'不见经传'；但是真正的历史，毕竟是不见经传之人有意无意之中，集体制造出来的，他们的故事，历史家亦有记录下来的责任。"其目的在于"为多难的近代中国，那些历尽桑沧、受尽苦难的小人物们底噩梦，做点见证；为失去的社会、永不再来的事事物物，和惨烈的'抗战'，留点痕迹罢了"。①

中美关系正常化以后，大陆开放海外华人回国探亲，自祖国归来的"唏嘘客"中，有一位是唐德刚的"总角之交"，日夜向他唏嘘地谈着个人的见闻故事。这些故事曲折、惨烈，充满苦难与沧桑，唐德刚将此"口述"故事记录下来。在这部作品里，出场人物有400多人，时间上从民国初年直到20世纪80年代，空间上更横越了美国与中国。小说故事从中美关系正常化以后旅美著名教授林文孙离乡去国30年后回乡探亲开始，以林文孙的30年前的情人、朋友、同乡故旧的口述回忆的倒叙方式展开。小说的主线是乡村地主三公子林文孙与叶维莹的爱情故事，中心情结是抗日战争。日本侵略者在中国乡村进行了惨无人道的奸虏虐杀。叶维莹与林文孙离散后，与共产党"政宣大队"的一群年轻"娘子军"们一起协助难民的医疗与粮食工作，参加了共产党。林文孙则参加了军队到缅甸与英美盟军共同抗击日本侵略者，在中缅边境一场激烈的战斗中身负重伤被送往印度救治，抗战胜利后到南京应征"空军翻译员"，后赴美留学，从此与故友、亲人、故乡和祖国离别。林文孙与叶维莹30多年生死两茫茫。

在白马社的文学世界中，《战争与爱情》无疑是一部重要的作品。第一，白马社成员大多是出身背景良好的知识分子，具有自由主义的思想倾向。他们较少关注普通大众的社会生活与历史经验。而唐德刚

---

① 唐德刚：《也是口述历史》，《战争与爱情》，上海：华东师范大学出版社，1999年，第3页。

的《战争与爱情》把关注的目光深切地投向中国现代史中普通大众的历史命运，并同情、悲悯他们的苦难。这种情怀在海外自由主义知识分子社群中弥足珍贵。第二，《战争与爱情》成功塑造了一批性格丰满的人物形象。叶维莹、林文孙、张叔伦、阿宝、小和尚、刘绩之、张得标、李连发、张三延等都是血肉丰满、个性突出的文学形象。这些人物的性格发展和命运与其阶级出身、人生经历、教育背景，尤其是历史的巨大震动和转折息息相关。作为一部口述历史小说，《战争与爱情》对人物性格命运与历史关系的理解与分析是颇为深刻的。第三，小说具有"宏观的格局与微观的细致"相结合，"沉重悲伤中，夹带黑色幽默"的艺术特征。第四，《战争与爱情》既是小说，也是一部历史著作。唐德刚在这部关于普通人的口述历史中，阐述了其对中国近现代史的许多观点——比如中国大地主与欧美大地主的差异问题，传统中国没有传统欧洲的"长子继承制"，是"资本"和"土地"不能过分集中的主要原因之一，也是"资本主义"在中国迟迟起不来的原因之一，等等——这些历史观点不一定正确，但使小说获得了一种历史深度。

总之，鹿桥和唐德刚分别代表了白马文艺社小说创作的两种倾向，前者追求的是诗意的、哲学的文化小说，后者走打通文学与历史关系的路径，追求的是历史的文学性与文学的历史意味的结合。

四、艾山与白马社的诗歌创作

白马社的诗歌创作与评论风气十分盛行。艾山、周策纵在旅美之前已经有丰富的新诗创作经验，结社以后，在白话诗的开创者胡适的参与下，白马社的诗风日盛。诗创作、朗诵、演讲、欣赏、评论、诗歌美学探讨、中国现代诗史研究等，形成中国新诗再出发的一股潮流。艾山（林振述）、黄伯飞、周策纵、李经（卢飞白）、唐德刚、何灵琰、心笛（浦丽琳）在诗歌创作上都有独特的艺术追求。

1. 艾山：从传统出发

各种版本的 20 世纪中国文学史中没有艾山的名字，而各种海外华文文学史著作依然找不到艾山的名字。文学史边记忆边遗忘，有时连不该遗忘的也遗忘了，艾山便是其中的一位。艾山，福建永春人。

原名林振述，抗战期间，他以"林蒲"为笔名，在《现代文艺》（王西彦主编）等刊物上发表不少短篇小说，其短篇集《二憨子》、中篇小说《苦旱》先后列入巴金主编的《烽火丛书》《文学丛刊》出版。30 年代和 40 年代，他发表了不少新诗，当时曾被闻一多、朱光潜、郭沫若、戴望舒等称誉。1938 年，他从西南联合大学首届外语系毕业，1955 年获哥伦比亚大学博士学位，历任美国各大学文学和哲学教授。英译《老子道德经暨王弼注》被许多大学用作教材和参考书。艾山在现代汉诗创作上成就卓著，菲华文学史家施颖川称之为"新诗绝顶与现代诗先河"。施先生把现代汉诗史分为前后两个部分，1919 至 1949 年为新诗时期，1950 年之后为现代诗时期。艾山在新诗时期的创作结集为《暗草集》，这些作品题材"不必有意求扩大而自然扩大了"；"诗的音乐成分，采取了自然的语调与适合于内容与形式的内在格律了"；"语言文学，不但不怕传统，而且活用了传统在自己的诗意、诗境中"。因此施颖川先生称艾山为新诗集大成的诗人，施先生所说的"新诗绝顶"指的应是新诗的各种实验和探索发展到艾山已经成熟了。此后，诗史翻开了新的一页即现代诗时期。当纪弦发起成立现代诗社时，早在 1960 年，当现代诗还在台湾争讼纷纭时，艾山已出版了现代主义诗集《埋沙集》，因此施先生说艾山开了"现代诗先河"，虽有些过誉，但客观地说，现代汉语诗史不该忘记艾山，20 世纪汉语文学史应有艾山的位置。1993 年，《艾山诗选》在澳门出版，周策纵先生说这项工作"给近代中国诗史补上一环"。[①]

　　艾山的诗歌创作大体可以分为三个时期：20 世纪 30 至 40 年代为早期，以《暗草集》为代表。这一时期的作品具有从白话新诗到现代诗过渡的特征。《暗草集》中的《山居小草》《植树》《飘笛》《五月》等都有白话新诗的味道，现实性强且写得明白易懂，但艾山对节奏的处理更加自然。《暗草集》中还有许多现代意味的诗句：如"朋友对我讲失恋的/故事我说譬如画鱼"（《鱼儿草》），"披香吻而酣睡高阁/一束古意已累积满口封尘了"（《箫》），或者《羽之歌》中"我足踏低湿的洼地/（春的季候里秋意已朦胧）/望你，望早出的晚星/家归的路是瘦长的/冷寞困锁我/屋脊上的抹一角/雨后的夕阳/四野撩

---

① 艾山：《艾山诗选》，澳门：国际名家出版社，1993 年，第 2－11 页。

人的蛙声/这是我们的旧居吗？/池水已深了半尺"。可贵的是《暗草集》的现代感来自对传统的自觉活用。研究艾略特的白马社诗人李经曾经明确地指出了这一点："30 年代许多诗人对古典作品发生了新的兴趣，尝试从旧诗词里提取若干表现形式。艾山似乎是其中之一。这种兴趣，在《暗草集》里到处可以看出。其中如《古屋三章》，就形（hyle）式（form）和意（idea）见（vision）诸方面来看，都是极富代表性的。"[①] 50 至 60 年代为第二时期，以《埋沙集》为代表。李经认为艾山在《埋沙集》里继续向传统汲取资源，同时毫不犹豫地拥抱印象与新经验。我们以为，传统仍然是构成艾山这一时期诗歌艺术的一个重要因素，如"譬如说翩翩叶子婆娑在晨光中/一朵玫瑰花开放在昨夜星辰昨夜风/一切随着季节变换，时间支撑的生存/都将一一而萎缩"（《石林》），《七夕》则嵌入李商隐辛未七夕中的诗句："清漏渐移相望久/微云未接过来迟"，这样，现代与古典的爱情之间产生了意味深长的互文关系。但从传统中发明出新诗"古意"和蕴藉含蓄的古典诗学已经不是《埋沙集》最突出的美学特质。艾山这一时期的诗歌激情更充沛，批判精神也更突出。"是我！是我！是我敲的门！/你听清没有？不要打扰/你的睡眠。我当然知道/远远便闻你鼻鼾/想象看：八年？十年？/自从投入你的绣花匣子/授受不亲，和一切都阻隔！来自故乡故土雷声又响了！/热情奔腾我体内，听！/风声雨声江声的澎湃；/月光更号召潮汐/我怎能无尽期受锢禁？/撒我空中或埋我于地下/承继自然我必须开花结果！"（《种子》）强烈而奔放的激情与诗性节奏、意象完全融合为一体，确是抒情意象诗的上乘之作。而《水上表演》《非洲人的困惑》和《李莎》等则是关怀现实的社会性诗歌。在这些作品中，艾山的社会视野和批判精神得到了更为充分的表达："一切建筑在水上的/繁华，灿烂而悦目"（《水上表演》）或"城市！城市！是骑在人之上的繁荣"（《李莎》）。艾山对西方资本主义的物质文明、都市生活和种族主义进行了辛辣的反讽与深刻的批判。

　　艾山后期的创作以《明波集》为代表，其诗艺日渐成熟，诗歌美学的个人化探索更加突出。这一时期最著名的作品有《钓鱼台之歌》

①　李经：《介绍〈埋沙集〉》，《艾山诗选》附录，第 110 页。

《咏年》和《创世纪》三首长诗。《钓鱼台之歌》承续了其西南联大老师闻一多的爱国精神与诗歌艺术；《咏年》"陆离诙诡""笔走龙蛇""玩世不恭"，"给中国近代史和我们一代知识分子描绘出一幅欢红惨绿的年画"。①《创世纪》则是一首哲学意味浓厚因而有些晦涩的"现代诗"，难怪"新诗祖宗"胡适先生说读不懂艾山的诗。

创 世 纪
艾 山

闪落玻璃管中，温室的培养：细胞、细胞
已是几回几度了，虔诚、心跳，肯定又不决
疑惧杂质的到来，叹息杂质的到来
驰驰、骤骤，无动而不变，无时而不移
为甚么？为甚么？把时间封锁在抽屉里
朦胧在梦中，是梦中安息在工作台上
一种升华的转移，一种新的刺激素
属于蛋白质的，呈现了：多美丽，多久违
拥抱它，要纯的，提纯它，钻进细胞，放在细胞里
辗转迭股，促进细胞，运行分裂：立即流化为
平面、为线、为点……
啊！初尝的禁果！是甜？是酸？
由毫末定至细的端倪？由天地穷至大的疆域？
让自然披上新装：雪花来时，一片白白茫茫
雾浓，是暗色厚重戎装。
秋天的变化，最耐人寻味
细长得水和天共一色，没有底的
大地上，火呀，火呀，到处树叶子染得
红色斑烂，红中透紫。凡适应存在的，
都赋予崭新的意义。不消灭的，都给以形体。

---

① 周策纵：《脱帽看诗路历程》，《艾山诗选》，第7页。

百花仙女在镜花缘里，走出镜花缘

海角，天涯，处处笙簧嘹亮，香气氤氲

自然是色、香、味，混合的化身

五色令人目盲？五音令人耳聋？

五味令人口爽？——以不听听无声之声

目遇之而成色，以味养人！

有人头触不周山，女娲炼就

五色石子，补了天缺。

地何以东南倾？

是完整中些微破绽

导引新世纪、新生代的导引——

在《创世纪》中，艾山渗进老子的《道德经》哲学思想和庄子《秋水篇》的命意，并且打通诗歌与现代科学的分野，这足见艾山诗歌的艺术探索精神。

2. 心笛与其他白马社诗人的创作

心笛，本名浦丽琳，原籍江苏常熟，出生于北京，是白马社的三才女之一。出版有《心声集》《贝壳》《折梦》《提筐人》等诗集。胡适和白马社同人，一些作家和学者如柳无忌、向明、金剑、王渝、绿蒂、李又宁、李红、张香华、陈宁贵、黄美之、汪洋萍等对心笛的为人和诗歌创作都有很高的评价。唐德刚说"心笛本身就是一首诗"，而胡适甚至认为心笛是新诗未来发展的传人，其作品是《尝试集》之后的"新诗里程碑"。在胡适的诗学观念中，艾山那种晦涩难懂的现代诗并不是新诗发展的正途，而心笛的诗风清新、朴素、真挚感人，更符合胡适的新诗理念。胡适老先生的话说得显然有些过度，但足见其对心笛的欣赏。心笛于 2004 年出版的诗集《提筐人》可以视为诗人对自己创作的一次总结。《提筐人》共收入 110 首诗，根据创作时间的先后分为五卷：卷一"歌"是 1950 至 1954 年的作品；卷二"纽约楼客"写于 1954 至 1958 年；卷三"厨妇"收入 1972 至 1982 年的诗作；卷四"折梦"是 1982 至 1990 年的作品；卷五"梦海"创作于 1990 至 2002 年。

与艾山的诗歌相比，心笛的诗歌有着一般女性诗人共同的柔美、善感、细腻、多愁的品质。心笛的细腻体现在她对自然和日常事物的非常细微的关爱上："匆匆的行人请慢步/停看路边的小草与大树/生命的色彩/岂不多来自途中。"心笛的感官是纤细的，自然万物、人情物理的细微变化都使诗人产生流逝的哀愁。所以心笛是一位喜欢书写"愁"的诗人，从 50 年代的《惆怅》到八九十年代的《提筐人》，"愁"一直是心笛诗歌书写的一种情绪："打开了窗/冷风抖索而入/放下了窗/却又寂寞凄凉/爬上山坡去探望太阳的下落/满地枯草泣诉了年岁的凄沧"（《惆怅》）；"她提着一筐子哀愁/到江边去抛丢/江波翻起滚滚旧浪/流不尽的是她的愁/她提着一筐子孤寂/到深山去埋弃/山中泥土长满青苔/埋不掉古今人的寂"（《提筐人》）。心笛的"愁"既是一种"乡愁"，也是一种"时间之伤"。这种敏感有时能够成功地转化为诗歌语言的质感：

> 日月
>
> 拖着沉重的裙子
>
> 头也不回
>
> 冷冷地来了又去
>
> 许多夜晚
>
> 我听见她裙子拖过门前石阶
>
> 在后院篱笆前悄悄小立
>
> 然后消失在渐行渐远的足声里

从艺术与美学的角度看，《日月》可能是心笛最好的作品，达到了一种"不落言诠"的美感效果。如果说艾山的诗歌是哲学内涵的晦涩而产生的朦胧（胡适、唐德刚等都称艾山为朦胧诗人），那么，心笛诗歌的朦胧则是一种古典意境的朦胧："前生修得/一首好诗/朦朦胧胧/似秋晨的雾/秋晨雾罩着/洁白而迷人/展开纸/轻轻地/请不要朗诵/别惊醒了诗句/别惊走了雾"（《惊雾》）如果说艾山的诗歌语言显得奇崛，那么，心笛则追求一种"平中见奇"的美学效果："把梦折成一只小船/放到明天的大海/漂游/把梦折成一粒种子/安置在今日的泥地/生长……/或者把梦折齐切碎/在厨房的菜板上……/菜板上的碎粒/煮熟了给孩子们当营养。"（《折梦》）这种化日常生活的平淡为诗性的奇妙也是心笛诗歌艺术的一大特征。

李经（卢飞白）是白马社作家群中对现代诗的理论与技艺最有研究的诗人，他的博士论文《T. S. 艾略特诗歌理论的辩证结构》（*T. S. Eliot：The Dialectical Structure of His Theory of Poetry*）是英语世界艾略特诗歌理论研究的一部重要著作。这部著作有两个方面的学术贡献：其一，诗学界颇为流行的看法认为艾略特前后期诗歌观念并不一致，并褒其早期而贬后期。李经通过扎实的论证提出艾略特前后期诗学思想一以贯之的观点，从而改变了对艾略特诗学的一种流行认识。其二，以辩证的视域阐释艾略特著名的"非个性"理论。艾略特一方面主张逃避个性，另一方面主张突现和发展个性，表面上显示出"无个性的个性"的悖论。但卢飞白却认为这一看起来矛盾的观点实质上却是颇为辩证的：艾略特的"非个性"具有积极与消极的二重性，就其积极意义而言，它是普遍与特殊、复杂与纯粹的统一，伟大的诗人常常能够超越个人性而达到对人类普遍真实的再现，个人性因而成为普遍性的象征。这个观点曾经启发了刘若愚《语言·悖论·诗学》对现代诗学的阐释。心仪于艾略特的李经诗风也颇具艾略特的韵味：

> 伦敦市上访艾略特
> ——欧洲杂诗之三
>
>
> 给我的，我已衷心领受；
> 没有给我的，我更诚意地追求。
> 四通八达的街道，人影纷纷扰扰。
> 穿过半个地球，我来此
> 作片刻勾留。
>
> 他清瘦的脸苍白如殉道的先知，
> 他微弓的背驼着智能，
> 他从容得变成迟滞的言辞，
> 还带着浓厚的波斯顿土味，
> 他的沉默是交响乐的突然中辍，
> 负载着奔腾的前奏和尾声——

他的沉默是思想的化身，
他的声音是过去和未来的合汇。

罗素广场外，高低的建筑物
真是不负责任的仪仗队。
它们终日低头构思，
艰难地企图表示
那难以表示的情意，
忘却了欢迎异客应有的手势和姿态。

没有夸饰的大城，
素朴的是它的心。
他默默地注视，看
人在浓雾里摸索——
有时，沉迷于无知的烈酒，
英俊得可怜；
有时，怀疑毁坏了自信，
熊熊烈火后的死灰。
仅在那些晴朗的午后，
温煦的阳光普照于玫瑰园，
永恒的图案，豁然呈现。

要启示的，其实，
都已经启示过。
启示过的，那一天，
又，充满惊讶，
以奇迹的姿态出现？
每一回的祝福，
（巨匠也低头沉吟）
只留下支离破碎的诗篇，
辗转于艰深晦涩的语言。

这首诗发表于1958年的《文学杂志》第四卷第六期，以诗歌的形式描绘了现代派大师艾略特的形象。如同夏志清所言：飞白此诗不仅"活用了艾略特诗中常见的征象（如'玫瑰园'），而且把他的神态写活了"。①

黄伯飞，1914年生于广州，1947年赴美留学工作。诗集有《风沙》《天山》《微明》等，其诗风明显不同于艾山和李经的晦涩，而倾向于明朗晓畅，有"胡适之体"之称。但黄伯飞的诗作还是颇为丰富的，有"我买了八月的海风/吹涨了帆/向西边驶去/船昂起头来/如一匹骏马……"式的豪迈奔放（《夏夜之梦》），也有"据案对坐/远山推过来/一湖清水/不老的山啊/他已醉了几分/浮云亦染上微曛/斜斜依偎在绯红的长林"式的豪放而又婉约的风格（《湖山秋色》），还有关于有限与无限、瞬间与永恒的思辨智性（《云行如话语》《微明》等）。另外，黄伯飞诗作还大量援引了中国古典素材，如老庄、李杜、陶渊明、王维、苏轼、范仲淹等，古典与现代的链接形成了互文性的艺术空间。历史学家周策纵的白话诗别具一格、情感饱满、趣味横生，语言明朗却富有意味。《读书》是对"书中自有黄金屋，书中自有颜如玉"的有趣的新编；《鹭鸶》《答李白》等想象、结构及词语的应用奇特巧妙："我瞭望一丝千年长的碧水/一眼就看见你/独立在密西西比河的岸边/低头向水里看鱼/或者是看你自己的影子/忽然扑通一声/把时空啄了起来/影子和鱼都飞走了"。而另一位历史学家唐德刚的白话诗则有着与其历史和散文写作相同的诙谐、幽默、调侃的笔调。

如同美华学者黄美之所言：白马社诗人的诗风既不受大陆革命诗的影响，也不受台湾现代诗的影响。② 因而显示出一种独特的语感和韵味，也提供了当代汉语诗歌发展的另一种可能。

五、白马文艺社的散文创作

白马社在散文创作方面也有不俗的表现，他们的学术评论、旅游

---

① 夏志清：《文学的前途》，北京：生活·读书·新知三联书店，2002年，第221页。
② 黄美之：《世纪在飘泊》，台北：汉艺色研，2002年，《跋》，第264页。

杂记、序跋录、随笔、时政议论、知识小品及文化历史人物传记等，都是情感真挚、趣味横生、知识丰富的散文作品。大体而言，白马社的散文可以分为三种：其一是情感型的抒情散文，其二是人生感悟型散文，其三是诙谐幽默型的人物传记散文。

1. 情感型的抒情散文以心笛的作品为代表。心笛的散文感触细致、描述细腻。有论者曾经这样赞誉心笛的散文创作："这散文只能来自女性的笔尖。她的情操有传统的尊严，她的感触是忧愁的，如同秋天的落叶，她悲怀，又有轻声的呼唤。她写得'轻声'极了，柔弱的笔调，如秋水潺潺流去。"① 的确，心笛的散文与其诗歌一样有着突出的女性敏感气质和多情善感的调子。她的散文与其诗歌书写的是相同的情绪与主题，即对自然的感受与尊敬，对人与自然和谐生活的企望。《高速公路》书写现代文明生活方式所产生的对自然的忽视和冷漠，是对自然、对更符合人的性情却不得不消逝的慢节奏生活方式的感伤与哀愁："谁有时间去看路边的树？看野草欺侮着梧桐？谁能停下凝视晨曦的光彩在喜碎的叶页下迭散交错？远处的山在发光的朝云中透出轮廓，页染着一丝阳光的闪耀，我有时从窗口望望天，却没法突然停下，把这公路上的景物看个痛快。这是高速公路，匆匆地来，匆匆地去，是不容许悠闲的心看四周的景。"（《高速公路》）而在《"树干，象中年人"》中，心笛看着树干皮肤的破裂且斑落的伤痕、被锯去树枝后留下的疤痕、虫蚁咬嚼出的孔，却始终向上支撑着，"心中有着说不出的怜惜和敬意"。心笛散文在写法上没有特别之处，但其散文所书写的情绪与发想纯正而真挚。近期作品《白花雨中哀巨笛》是篇怀人散文，细述了诗人之间的交往。心笛的追忆充满真挚的情感。"我曾称辛笛先生为黄浦江头的'巨笛'，我是海外的'小笛'。如今'巨笛'离去了，上海市似乎变成一座不复温馨'空空'的城市了。但巨笛的隽永诗句，将在海内外永远地奏起。我呆呆地看着南加大校园东亚图书馆旁落得满地的白花瓣，想着上海'空'了的城市，我心沉沉。"在心笛善感的追忆中，上海因有王辛笛诗人而美丽温暖起来，上海也因为辛笛的去世而不复温馨。怀念之情溢于言表，而表达情感的方式也与众不同。白马社的另一才女何灵琰对人物

---

① 木令耆：《海外华人作家散文选》，香港：香港三联书店，1983 年，第 216 页。

的描绘细腻、准确、生动，《我的义父母：徐志摩和陆小曼》一文颇为传神地描写陆小曼的形象："干娘是我这半生中见过的女人中最美的一个。……人不够高，身材瘦弱……但她却别具一种林下风致，淡雅灵秀，若以花草拟之，便是空谷幽兰，正是一位绝世诗人心目中的绝世佳人。她是一张瓜子脸，秀秀气气的五官中，以一双眼睛最美，并不大，但是笑起来弯弯的……一口清脆的北平话略带一点南方话的温柔。她从不刻意修饰，更不搔首弄姿。平日家居衣饰固然淡雅，便是出门也是十分随便。她的头发……只是短短的直直的，像女学生一样，随意梳在耳后。……衣服总是素色为多，一双平底便鞋。一件毛背心，这便是名著一时，多少人倾倒的陆小曼。她一举一动，一颦一笑，都别具风韵。"

2. 人文意蕴丰富的人生感悟散文以鹿桥的《市廛居》为代表。鹿桥的散文集《市廛居》延续了《未央歌》《人子》的风格和人文情怀。这部散文集包括三部分：第一部分"市廛居"，写于 1978 年 10 月至 1979 年 5 月，以在美生活为素材，记述了自己动手建设"延陵乙园"的历史；第二部分"利涉大川"写于 1992 年 1 月至 6 月，表达客居他乡的心情；第三部分"人物忆往"，是对西南联大故友李达海和作家张爱玲的悼亡与忆旧之作。《市廛居》"采取一种慢而竭力不散漫的笔调，当作打坐静思似的自修"，写的多数是生活中的细微小事，却散发出鹿桥特有的亲切自然、温厚恬淡的人文气息。如同作家自己所言："小事里才是日积月累，思索人生养人性情的地方。"（《市隐记情》）在《市廛居》中，飞机头等舱客未吃完的牛扒，就成了伦理生活中的一个命题。有意志上的勇气，才敢"小气"，而达到"大方"。《圆饼小店》写的即是关于食物的一件小事，鹿桥在一家名叫"圆饼匣子"的小店，新来的店员因误会把他还未吃完的早餐收走了，鹿桥失口叫出一句："不得了！"吓坏了新来的店员。为了赔偿鹿桥的损失，小店自作主张免费送一整份早餐，这违背了鹿桥的本意，他在心上跟自己说："这可是真，真的不得了了！可怜的这一切，可怜的我们大家哟！"鹿桥从很细微处看环境、生活素质及物资的浪费等问题，"终了发现牺牲的是自己。也许在那一刹那窥见了'情'。怜惜自己的一点情。因此也怜惜别的生命、人的生命、灾难中无告的老弱的生命。因为心中有情，眼睛也看见了是非。本来只看见他人的错误，现在也看见了自己的罪过。然后，对于‘物’也有情了"。(《市廛居》"出版前言")评论家张素贞称之为"君子儒的灵修内省"，的确十分准确。《论语》言"内省不疚，夫何忧何惧?"可闲老人说"渊明君子儒，心事甚夷旷"，《市廛居》那种着重对事物的体认与身心的修养的人文情怀确是赓续从孔子到陶渊明的传统。

鹿桥对客居异乡的游牧生活的感悟情愫也迥异于常见的"花果飘零"或"望乡肠断"："利涉大川十四篇未竟稿，以平易入笔。据近身经历，论中国文化之种种观念。安土重迁，原四海为家。乃左右二足，自黄河流域，涉淮江以南，自本土而南洋，而更涉大洋。已遍全球各大洲矣。不是桃李花果飘零，更非望乡肠断。其中种种情愫，实越出礼闻来学，不闻往教古规之外。依人类学之经验判之，亦是往教也。其中深意，不一而足。"鹿桥把"客居"理解为"天地者万物之逆旅"，是心智上蕴藏着中国文化及生活习惯的逆旅。但人们没有资格长期袖手作客，必须超越狭小之"乡愁"而以"万物逆旅"的视角去"保护山泽、海洋"。当然，鹿桥并不否定思乡之情，所以在《市廛居》中多次提到自己的祖籍闽侯吴寓："福建乡村之美，我至今难忘。那山色之青葱，溪水之明净，田庄、人家，无一不让我喜爱。"他一直记得那只"福建漆的小箱子"和"福建的红牛皮箱"。只是这种情绪表达十分平淡。以平淡之笔书写人生情愫是《市廛居》的特点。《市隐记情》中写哈佛广场买《纽约时报》："《纽约时报》星期版就像哈佛广场一样：读一读，逛一逛，是不能免俗的事。然而也不是必做不可的事。"议论平淡自然，一点也不造作矫情。但《市廛居》绝不是一味的朴素平淡甚至枯寂，而是情感深厚、纯真自然、意味丰富隽永的："夏夜仰望天空，容易让心思走到很远很远的地方，就像放起一个好风筝，又有无尽的长线；风筝已远得看不见了，只凭手中那轻微的拉力，可以知道风筝还在天上。若是那线竟断掉了，人与风筝就断了通消息的管道，慢慢收回那弛松的风筝线时，心上就想：不知这个好风筝，飞得这么高，放得这么远，此时轻易落到甚么样的地方去了?"(《利涉大川》)

鹿桥把《市廛居》视为"自省的一份纪录"，也当作"与读者朋友的私语"，是给读者的"公开的书信"，因此写得十分自然亲切，叙述慢而有致，语调诚恳、亲切、温暖，风格温厚恬淡，从最细微之处进入生活与生命的最深处。鹿桥说《市廛居》是左右手合一写成的，即学术与创作合一而成。这样，《市廛居》就具有了智能与情愫合为一体的艺术魅力。

3. 诙谐幽默型的人物纪传体散文，主要以唐德刚为代表。据传记文学研究者的考据，胡适是我国最早使用"传记文学"概念并且是"提倡最力与影响最大"的人。胡适倡导一种能够"纪实传信"的白话传记文学。他认为"史料的发表与保存"是"第一重要事"，"几千年的传记文章，不失于谀颂，便失于诋诬，同为忌讳，同是不能纪实传信"。① 作为胡适的关门弟子，唐德刚继承了老师开创的现代传记文学传统。在散文文体上，唐德刚也继承了"胡适体"明白晓畅的白话风格。但师徒之间还是存在许多差异，唐德刚自己就说过："胡先生认为写传记一定要像他写《丁文江的传记》那种写法才是正轨。后来我细读丁传，我仍嫌它有'传记'而无'文学'。"② 胡适的《丁文江的传记》采用的是最严格的"科学方法"，而唐德刚则主张文史不分，许多时候，唐德刚的学术研究与文学创作是难以明显区分的。正如胡菊人所说，读唐德刚的文章，"感到像是读历史一样，然而又不像是读历史，却像是观剧一样"。"由于唐德刚的文笔有文学笔底，写得灵活，因而让读者不忍停下来，这就是文学笔法的功劳。"③

《胡适杂忆》是唐德刚的人物纪传体散文的代表作。这部脍炙人口的人物传记的产生就是一则有趣的佳话。在《胡适口述自传》"写在书前的译后感"里谈到了其由来："在动手翻译这本小书之前，我曾遵刘绍唐先生之嘱，先写一篇《导言》或《序文》。谁知一写就阴差阳错，糊里糊涂地写了十余万言：结果自成一部小书，取名《胡适杂忆》，反要请周策纵、夏志清两先生来为我作序了。"④ 唐德刚写作的自觉文类意识是构成《胡适杂忆》的前提，在"杂忆"的结尾，作家自己声明："事出偶然，原非治史。笔者不学，只是试掘心头旧事，意到笔随；既无篇章，更未剪裁。似此信手拈来之杂文，古人名

---

① 胡适：《胡适传记作品全编（第四卷）》，上海：东方出版中心，1999 年，第 203 页。

② 唐德刚：《胡适杂忆》，上海：华东师范大学出版社，1999 年，第 106 页。

③ 曾慧燕：《"历史迷"唐德刚老骥伏枥志在千里》，《世界周刊》，2004 年 11 月 4 日。

④ 胡适：《胡适口述自传》，上海：华东师范大学出版社，1993 年，第 1 页。

之曰‘随笔’；鲁迅称之曰‘杂感’。那只是有关胡适之先生的一堆杂乱的回忆罢了。”① 的确，意到笔随并涉笔成趣是构成《胡适口述自传》《胡适杂忆》等历史学著作“文学性”的一个重要方面。“唐德刚体”散文幽默诙谐、明白晓畅、自然率性、情理相依，融知识与趣味于一体，在华人读者圈形成了颇为流行的独特风格。在唐德刚的笔下，胡适是复杂的矛盾体，也是生动的、丰满的、独特的“这一个”。即使是谈论胡适的学术与政治思想，唐德刚也写得十分形象传神：“一次在背后看他打麻将，我忽有所悟。胡氏抓了一手杂牌，连呼‘不成气候，不成气候！’可是‘好张子’却不断地来，他东拼西凑，手忙脚乱，结果还是和不了牌。原来胡适之这位启蒙大师就是这样东拼西凑，手忙脚乱。再看他下家，那位女士慢条斯理，运筹帷幄，指挥若定。她正在摸‘清一色’，所以不管‘好张子，坏张子’，只要颜色不同，就打掉再说！其实‘只要颜色不同，就打掉再说’，又岂只胡家这位女客。在胡氏有生之年里，各党派、各学派、各宗师……哪一个不是只要颜色不同，就打掉再说呢?! 胸有成竹，取舍分明，所以他们没有胡适之那样博学多才，他们也就没有胡适之那样手忙脚乱了！”② 胡适学术思想渊源的复杂性及其整合的困难在唐德刚的笔下变得如此诙谐幽默却又准确到位！

---

① 唐德刚：《胡适杂忆》，第223页。
② 唐德刚：《胡适杂忆》，第47页。

第十五章

小说与人类价值纽带的重建

——福克纳的意义

在许多批评家的眼中，福克纳是个特别悲观的作家，他的世界特别阴暗，H. S. 康马杰在《美国精神》一书中把他列为宿命论和非理性主义作家，安德烈·纪德认为，"福克纳笔下的人物没有一个是有灵魂的"，[①] 美国文学专家考利也认为无法改变福克纳作品的本来面貌：在那里，人们看不到希望，看不到光明，也看不到信任和忠诚，有的只是仇恨、紊乱和变态。而福克纳自己在诺贝尔奖的著名演说辞中却说了与这些评论完全相反的话，他说："我不想接受人类末日的说法……人是不朽的……我相信人类不但会苟且地生存下去，他们还能蓬勃发展。人是不朽的，并非在生物中唯独他留有绵延不绝的声音，而是人有灵魂，有能够怜悯、牺牲和耐劳的精神。"[②] 看来，那些评论与福克纳思想有相左之处，毛信德认为这是作家的创作思想与作品本身的矛盾，是一种常见现象。笔者认为，这种解释不能完全令人满意。福克纳的小说世界既有阴冷悲观的一面，又有光明理想的一面，他再现了价值世界毁灭的种种悲惨景象，却又努力去重建人类赖以生存的价值世界。

福克纳认为："诗人的声音不必仅仅是人的记录，它可以是一根支柱，一根栋梁，使人永垂不朽，流芳于世。"[③] 他的小说记录了传统

---

① 李文俊编选：《福克纳评论集》，北京：中国社会科学出版社，1980年，第47页。
② 李文俊编选：《福克纳评论集》，第255页。
③ 李文俊编选：《福克纳评论集》，第255页。

价值世界崩溃与毁灭给人们带来的心理上的困惑、恐惧与不安，这是一个阴暗、残酷和悲惨的世界。正如有的学者所指出的："福克纳在《去吧，摩西》和其他作品中，把荒野的毁灭与导致衰落和最终堕落的价值观的丧失联系起来。"① 但福克纳并没有到此为止，他在小说中还描写了作家为重建价值世界所做出的艰辛努力和斗争，正是由于这种努力和斗争，人类才有希望，才能永垂不朽。所以我们认为，评价福克纳，既要看到福克纳对传统价值世界崩溃所带来的深深的绝望及对人类的愚蠢、人性阴暗面的揭示；也要看到福克纳重建价值世界的努力和理想，他相信人是不朽的，人的善良天性及正义感一定会战胜邪恶。

文学是一套蕴含着人类最丰富、最不朽的价值观的表征体系。一般来说，严肃的文艺作品会呼吁人们共同遵守一些价值，共同守护一些价值，这些价值通常是社会生活所迫切需要的，一个作家发出这种呼吁并不仅仅出于统一作品结构的需要，因为文艺作品作为生活的反映和象征，必然要去描绘人类生活最本质的部分——价值世界。美国小说素有关注价值世界的传统，霍桑的小说研究了被新英格兰清教文化标准统治下的世界与人性的冲突；马克·吐温则描写了严厉的新英格兰道德准则和更加自由、更讲实际的边疆社会的对抗；亨利·詹姆斯的小说则表现了旧世界文化与美国新自由主义之间的矛盾。福克纳继承了美国文学的传统，他的所有小说都十分关注社会变迁过程中人类的价值问题，有意识地把全部作品编织成描绘他那神奇的密西西比小镇的历史图案，过去和现实彼此参照，描写了北方入侵带来的没有人性的斯诺普斯与古老贵族沙多里斯之间的对抗，结局是南方贵族社会的分崩离析，传统的价值世界也随之毁灭。福克纳的小说中还有原始印第安人和黑人构成的世界，他们能忍耐苦难，拥有同情与悲悯之心，所以能长久，这个世界是福克纳相信人是不朽的及重建价值世界的根基。福克纳经历了南北战争后混乱的令人悲观失望的时代，并且惊讶地发现了对他冷漠无情、支离破碎的现代生活，但他在这个时代中努力寻找某种联系过去时代的东西，一种连绵不断的人类价值的纽

---

① A. Nicholas Fargnoli, Michael Golay, Robert W. Hamblin. *Critical Companion to William Faulkner: A Literary Reference to His Life and Work*. Facts on File, 2008: 405.

带，他在黑人和原始印第安人身上找到了它。

福克纳选择以南北战争后南方变动的社会状况作为小说的骨架，著名的短篇《献给艾米莉的玫瑰》表现了传统价值世界和新秩序的尖锐冲突，艾米莉古老的房子"是一幢过去漆成白色的四方形大木屋，坐落在当年一条最考究的街道上，还装点着有十九世纪七十年代风味的圆形屋顶、尖塔和涡形花纹的阳台，带有浓厚的轻盈气息。可是汽车间和轧棉机之类的东西侵犯了这一带庄严的名字，把它们涂抹得一干二净。只有艾米莉小姐的屋子岿然独存，四周簇拥着棉花车和汽油泵。房子虽已破败，却还是执拗不驯，装模作样，真是丑中之丑。现在艾米莉小姐已经加入了那些名字庄严的代表人物的行列，他们沉睡在雪松环绕的墓园之中，那里尽是一排排在南北战争时期杰斐逊战役中阵亡的南方和北方的无名军人墓"。① 这座房子成为传统价值世界衰败的象征。过去的艾米莉身材苗条、浑身素白，她的父亲气派十足地握着马鞭，这时的艾米莉则失去了色泽，"她看上去虚浮臃肿，活像在死水里浸久了的尸体"。艾米莉成为严守南方贵族传统的牺牲品，试图阻止腐朽和死亡的历史进程。福克纳用象征、隐喻和暗示等手法写出了传统的衰败和崩溃。1929 到 1940 年是福克纳创作的高峰期，这段时期的作品都表现了传统的衰败和崩溃，福克纳作为南方种植园的飘零弟子为这种毁灭唱挽歌，努力理解其悲剧命运。北方机械文明、物欲主义的入侵是导致南方毁灭的外部力量，福克纳的深刻之处在于揭示出南方失败的内在因素即南方传统中丑恶肮脏的一面，蓄奴制、贵族性格中丑陋卑劣的一面，以及清教文化毁灭了世界上许多美好的东西。在这个时期的小说里，福克纳对南方历史进行了深刻的反思和检讨，他发现了南方贵族历史中的种种罪恶及贵族传统和清教文化对人性的压抑和残害。美国批评家奥唐奈把沙多里斯家族视为社会和道德责任的传统价值的代表，而福克纳则是这种传统价值的信徒，② 这种看法是不符合实际的。

《沙多里斯》是福克纳描写约克那帕塔法郡的第一部小说，在这

---

① 福克纳：《献给艾米莉的玫瑰》，《福克纳短篇小说选》，陶洁，李文俊等，译，北京：北京燕山出版社，2015 年，第 28 页。

② 李文俊编选：《福克纳评论集》，第 5 页。

部小说中，南方的过去被描写成一个丧失了的伊甸园，同时是一个精神的残害者，由上校及其过去社会之传奇性形成的价值标准日趋堕落与退化，而奸诈狡猾、不讲人道使社会丧失人性的恶势力斯诺普斯已经潜入了社会并成为日益强大的力量。上校的后代则成为过去传奇与现实之剧烈斗争的牺牲品，年轻的沙多里斯继承祖先的"英雄本色"，追求暴力刺激。他在乡间高速驾驶高性能的汽车，这种野性在沙多里斯家人眼中是一种英雄的表现，终于撞死祖父并与实验飞机相撞而死，以自我毁灭的方式来逃避传统价值毁灭的现实。小说中的另一个贵族子弟赫来斯则以与女人调情的懦弱方式来逃避这种现实。《沙多里斯》从人物的行为上比较客观地展现了南方传统价值世界毁灭的悲剧，而《喧哗与骚动》则从人物内在心理感受体验来描绘这种毁灭带来的痛苦、恐惧与茫然失措。

这部伟大的小说起源于福克纳脑海里的一个画面：一个弄脏屁股的小女孩爬在树上，偷看她祖母的丧礼。福克纳觉得无法用短篇来表达其寓意，于是从她三兄弟的角度来讲这个故事，意犹未尽，又用自己的口吻讲一遍。这篇小说的中心人物就是这个女孩凯蒂，弄脏了屁股则象征着凯蒂的堕落与沉沦。凯蒂作为南方淑女的形象，深受清教主义文化的束缚，是南方传统价值观念塑造出来的女性，她的堕落成了传统价值世界毁灭的象征。福克纳在创造这个形象过程中承受了巨大的痛苦，而且努力去呈现这种痛苦的本质，但他一直认为自己遭受了"最辉煌的失败"。这种痛苦和失败也可以说是康普森兄弟对传统价值世界毁灭的悲剧性感受，他们深深地依恋着这个世界，昆丁和凯蒂之间被人们看成是乱伦的感情、班吉在生活上对凯蒂的绝对依赖，都是传统价值世界与他们血缘般关联的具体表征。面对这种毁灭，康普森们无能为力：康普森太太怨天尤人；康普森则以嘲讽的态度辛酸地逃避这种命运；杰生出卖了自己，与斯普诺斯世界同流合污；班吉直觉到无所依靠的恐惧，将心灵的痛苦和抗拒以哭号和愤怒表现出来；昆丁具有更强烈的悲剧自觉性和更惨痛的心灵创伤，他与这种毁灭的命运进行了徒劳的堂·吉诃德式的抗争，试图捍卫凯蒂的童贞和尊严，是传统价值世界的守护神，但他发现自己深陷于心理上的软弱无力，他没能扮演英雄，留给他的只是一个绝望情人的角色，最后他仪式隆重地交出自己，以投水自尽作为传统价值世界毁灭的献祭。

《圣殿》提供了更恐怖悲惨的景象，福克纳研究专家辛普森曾经指出：这部小说比福克纳所有别的作品都更阴暗，记录了经典式——基督教式文明的时代精神的历史性衰亡。南方传统的毁灭是通过圣殿被侵污、淑女坦普尔被强暴表现出来的，南方传统价值被彻底摧毁，作为传统维护者的律师终日沉湎于醉酒之中完全无能为力，小说结局中那位高贵而骄傲的贵族后代坦普尔在这种悲剧性命运面前茫然地迷失了方向。

福克纳不仅揭示北方工业文明对传统价值世界的侵蚀，控诉了斯普诺斯主义的不人道，而且揭示出南方毁灭的内在因素和历史逻辑：即"高贵、尊严"掩盖下的南方传统中丑恶的一面。最极端的表现就是种族歧视，蓄奴制是南方毁灭的根本原因，福克纳在《沙多里斯》中已注意到南方贵族对黑人的折磨和欺压，黑人的苦难问题在《八月之光》里得到更集中的表现，这部小说把南方人的偏见和罪咎表现得最为深刻。主角乔·基督摩斯就是种族制度的牺牲品，其外祖父就是个种族狂热分子，一生都固执地认为黑人是上帝眼中的罪犯，应该被白人杀光，当他得知女儿跟那个据说有黑人血统的墨西哥人私奔后，杀死了他。在女儿圣诞节前夕难产而死后，又把婴儿乔遗弃在孤儿院，自己成为守门人以防止乔的黑人血液沾污白人小孩。乔一生的痛苦和悲剧就是由种族偏见造成的，乔后来的养父是个狂热的喀尔文派教徒，生性残忍，不知怜悯，怀着白人是上帝的选民而黑人是罪人的观念，想用皮带把这种教义打进乔的心中。乔不能见容于南方社会，他的一切残暴行为以至杀死情妇等都是种族制度的产物。南方社会的丑恶通过乔的悲剧得到了集中的表现。

由于种族制度，南方的毁灭在劫难逃，即使再出现像老康普森上校、老沙多里斯那样勇敢的英雄角色也挽救不了这种命运。《押沙龙！押沙龙》中的塞德潘就是一个注定要毁灭的英雄，在软弱的康普森和忧伤的昆丁眼中，他是一个非凡的、无所不能的神。一看到塞德潘那张脸，就知道他的力量，任何人看到他都会说，只要有机会和需要，他什么事都能办到。但他因违反了所有正义、荣誉、同情、怜悯的法则，而受到命运女神的报复，他不可能使南方的灵魂恢复生气，不可能拯救衰败的南方，相反地，他只会带给已受诅咒的南方更多的天罚。

马尔科姆·考利曾说："使塞德潘成为南方的象征的，倒不完全是他的性格，而是在于他的命运，在气质上他比一个离开自己的时代和环境的北方大资本家更不像一个南方人。"① 其实这个人物的性格正是南方古老贵族所作所为的集中体现，他靠剥削黑奴发迹，而他的悲剧也正是种族偏见种下的祸根。塞德潘抛弃了有黑人血统的前妻及儿子，又唆使白人血统的小儿子去杀同胞手足，这种丧失人性的行为注定了他的毁灭。小说的开头，塞德潘那座大宅是砖砌的，到了结尾，又变成全用木头盖的了，除了烟囱外，别的地方都容易着火，这不是福克纳的明显失误，而是有意为之，看似坚固不可动摇的社会制度，因为它的罪恶最终毁于大火。《押沙龙！押沙龙》描写了19世纪美国南方社会的真实景象，是南方社会的缩影，这是一个充满了热情、悲惨、毁灭与衰退的世界。

1929至1940年，福克纳的小说全面描绘了传统价值世界毁灭的种种景象，以及这种毁灭给人们带来的痛苦、恐惧和迷惘。面对这种境况，福克纳陷入了进退两难的窘境，向前直接面对的是不人道的机械文明，向后则是南方种族制度的罪恶。处在这种危机意识中，福克纳对南方历史中的传统信念进行了深刻的反思和省察，以助于寻找重建价值世界的基础。这个时期的作品，并不像有些论者所说的，人们完全看不到希望，看不到光明，也看不到人与人之间的信任与忠诚。有的只是仇恨、阴郁、紊乱和变态。相反地，我们看到福克纳重建价值世界的努力和艰辛，这个世界并非完全是一片无助的荒漠，却不息地闪着希望的光辉。对他来说，对整个时代来说，一个重要的问题是：在过去的价值信念中哪些是虚伪的？哪些仍然适合我们现在的生活？福克纳努力把传统中不被人们注意的极有价值的部分召唤出来，努力寻找某种联系过去时代的东西，一种连绵不断的人类价值的纽带，这不是一种肤浅的表面的乐观主义，而是和悲观主义搅和在一起的更高度的乐观主义。

我们面对的是一个充满罪咎的世界，在福克纳的小说世界中，许多人都犯了罪，价值世界的重建直接体现于犯罪者的恕罪行为上。福克纳在自己的小说中为我们描绘了一种人们可以真正称之为神圣的价值共同体的重建，一种经由罪感社群的建构而形成的德性的转换性，

---

① 李文俊编选：《福克纳评论集》，第35页。

它或许不被作品中的人物乃至作者自觉地意识到，却有力地存在于小说叙事的整体结构及细节之中，个体之恶与历史共业相连接，每个个体根据各自不同的天性以各种行动补赎错误，寻求人性的救赎。在《八月之光》中，人们真正深思的不是过去本身，而是人在历史中的罪责问题。乔的外祖父和养父没有人性，没有怜悯之心，抛弃并折磨乔使之陷入悲惨的命运之中；佩西·格莱姆因种族偏见最后杀了乔；海华托沉湎于病态的怀旧中而使妻子自杀；乔安娜则感觉到白人对黑人的罪恶，在她的内心深处，黑人成为一道浓重的阴影笼罩在南方人身上；乔的罪行则是他的以恶抗恶的残暴行为。《八月之光》中的莱娜不仅是福克纳用来确定一项健全和完整的价值世界的标准，而且是罪者赎罪的途径，是班奇苍白人生和海华托牧师从变态的怀旧中重返人群获得拯救的媒介。班奇、海华托通过对莱娜的同情、怜悯和帮助而救赎了自己曾犯的罪责。福克纳把乔和莱娜做了比较，他同情但否定了乔以恶抗恶，同时确定了一项价值标准：个体意义存在于群体和社会中。面对 20 世纪上半叶普遍存在的孤独和隔绝的心态和境况，福克纳这一思想具有一种深刻的意义。

福克纳的小说中有三个彼此参照的世界：一个是南方贵族沙多里斯的世界，在他们的高傲、尊贵、英雄的价值观背后掩藏着种族制度的种种罪恶，这个世界注定要毁灭；一个是北方机械文明的世界，以斯诺普斯为代表，他们横行霸道、蛮横而不讲人性；另一个是黑人原始印第安人构成的朴素、健康的情感世界，在历史和现实的制约中充满了不幸和痛苦，然而却具有更为正常的人性。相对于沙多里斯们的傲慢和斯普诺斯们的残忍，他们具有谦卑和忍耐的品质，他们支撑着福克纳对人类的信念和理想，是福克纳重建价值世界的拱顶石。

黑人世界是福克纳整个价值体系的核心，福克纳笔下的黑人形象像其他角色一样源自他对人类境遇的有机认识和感受。正如美国黑人批评家戴卫斯所说的，福克纳在探讨黑人的境遇时，既不是一个社会历史学家，也不是一个哲学家，在他的小说世界中，黑人是福克纳的想象力量的中心。[①] 他没有仅仅从现实的层面把黑人当作种族问题来

---

① *Contemporary Literature XXIX*. by the Board of Regents of the University of Wisconsin System,1988:147.

处理，而是始于描写黑人的原型，终而刻画普遍的人性，他在黑人身上发现了人性中善的本质，忍耐和受苦的德性，黑人世界成为不屈的人性和内在美的象征，成为福克纳重建价值世界的理想之寄托。

忍耐和受苦是福克纳小说中经常出现的重要词语，其实也是福克纳 20 世纪 30 年代作品所表达的价值观念的核心。在黑人身上，特别是在狄尔西这些女管家身上充分地表现出人类的这种品质，他们的忍耐和受苦并不是简单地接受和屈从人类的不幸和悲惨的必然性处境，而是出于神圣的爱来承受这种必然性，接受这个苦难和不幸的世界，以爱去分担所有不幸者所遭受的苦难和凌辱，通过无条件的爱使陷入犯罪的不幸和受苦的不幸中的人得到拯救，这是一种典型的基督态度。

在丧失人性和价值的地狱般的世界中，总有一些阳光透过天空的乌云洒向大地。穷苦的黑人在现实生活中痛苦无告，但永怀得救之希望，他们歌颂摩西和新迦南福地。福克纳在《沙多里斯》中曾把黑人与骡子互相比拟，认为只有他们能在不幸的境况中坚守斯土，不为那些令人心碎的情况所撼动，因而能把在"铁蹄"下的南方拯救出来，并教它经由谦虚而获自尊。福克纳笔下最伟大的黑人形象是《喧哗与骚动》中的狄尔西，她饱经沧桑、忍耐谦卑、深具爱心，圣经的福音从她的歌咏中传出来。狄尔西是复活的象征，寄托了福克纳的理想："人是不朽的，人有灵魂，有能够怜悯、牺牲和耐劳的精神。"[1] 她照顾康普森一家的生活，自始至终关怀怜悯班吉和小昆丁，顺天知命，忍受一切痛苦，对杰生的残忍毫不惧怕，面对苦难仍有勇气歌唱。她洞悉世情，了解人性的卑弱，但她仍然满怀慈爱、同情和希望，她身上存在着一种永恒的价值和人类希望的光芒。

福克纳努力去重建价值世界，寻找获得拯救的道路。从他 30 年代的作品中，我们能看出他的艰难和沉重，他在小说中一再表达了人类是不朽的，人是有灵魂的，同时暗示了人类的愚蠢也将持续下去，所以拯救总是与暧昧连在一起。《沙多里斯》和《八月之光》中都有一个暧昧不明的结尾。沙多里斯的故事结束于一个平静无风、非常平和的夜晚，年轻的沙多里斯之死几乎被他孩子的出世掩

---

① 福克纳：《在接受诺贝尔奖时的演说》，李文俊编选：《福克纳评论集》，第 255 页。

盖了，但孩子的曾姑婆却给孩子取了一个家庭传统的名字——约翰。《八月之光》的结尾，乔被残害了，莱娜分娩生下小孩，乔的外祖母汉斯夫人也把婴儿叫作"乔"。生与死，创造与毁灭紧紧连在一起。福克纳并没有用小说构建一个乌托邦的世界，困境并不是轻易可以摆脱的，暧昧的结局，我们很难明确其确切含义，究竟是新生还是悲剧的延续。

1942 年，《去吧，摩西》问世后，福克纳的理想主义落到了实处，其中的《熊》使我们感到明显的变化。正如美国批评家路易斯所说："《熊》是一部重要的作品，是了解福克纳全部作品的关键——因为我们发现，《熊》以后的作品表现了同样获得新生的人的思想，而在《熊》以前的作品中没有这样的主题。福克纳的作品自《熊》开始，都描写了人的天性及道德世界中正面的、积极的力量包围并吞并了邪恶。"① 福克纳终生都在努力给受难的人和世界寻找价值的根基，40 年代以后，福克纳不再仅仅把理想寄托在虚幻的宗教救赎上。《熊》《坟墓闯入者》《修女安魂曲》《寓言》《大宅》等作品都显示了一种新的更有力的信念——人有能力使自己的历史得到净化和升华，比起前期的作品，福克纳重建价值世界的理想变得更坚实了。

与 30 年代相比，福克纳这个时期的作品有许多变化，主题思想上的变化集中体现在三个方面：第一，一些人物从没有灵魂变成有灵魂；第二，面对价值世界毁灭的境况，人们的态度也有些变化，从前期的受难与忍耐变成"我不能看着不管"；第三，新人的诞生，这是新的价值形态的象征。

福克纳常借用南方淑女形象来表现南方传统衰朽、旧价值世界的崩溃。其中，凯蒂和坦普尔是最有代表性的，面对现代社会的混乱状态，道德世界的支离破碎，凯蒂自甘沉沦，最后成为纳粹军官的情妇，永无救赎之可能；坦普尔在《圣殿》中被强暴，成为妓女，一个高贵而骄傲的贵族后代完全迷失了方向。但福克纳在后期的作品中，终于替她们找到了被拯救的希望。在《修女安魂曲》中，坦普尔虽然仍纠缠于善与恶的搏斗中，但已显示出获得新生的可能，这种可能暗

---

① 李文俊编选：《福克纳评论集》，第 207 页。

示了福克纳对人的信念。黑人女仆南茜杀死坦普尔的混血婴孩，为坦普尔自甘牺牲，被钉上十字架，像基督那样担荷了世人的罪，南茜替坦普尔赎了罪，坦普尔得到启示，忏悔自己的罪恶，正像南茜所说的，坦普尔将死在她行刑前夕，旧的坦普尔确实死了。《修女安魂曲》暗示了南茜善良的天性将在坦普尔身上复活。福克纳重建价值世界的努力在坦普尔这个形象上显示出明显的人性光亮，一种希望似乎在隐隐闪现。

在《喧哗与骚动》《八月之光》等前期小说中，福克纳往往通过善与恶两个世界的彼此参照来谴责丑恶，但善并不能战胜恶，狄尔西并没有改变杰生，华海托们也不能让汉斯悔罪。相反地，倒是恶势力特别是斯诺普斯们横行霸道侵入原有价值秩序，如《小村》中所描写的。但在后期作品《小镇》和《大宅》中，这股恶势力受到压制，不再像从前那般恶狠了。《小村》里那个最恶毒、最残忍的杀人犯明克·斯诺普斯，在《大宅》中有了非常明显的转变，人的善良天性逐渐战胜了恶。小说结尾，他隐约意识到人类最简单但又最根本的本质是正义和公道，福克纳在这里显示出一种人的庄严和崇高。

《寓言》这部小说提出了一套比狄尔西、华海托牧师们更加积极的道德准则和道德标准。面对人的不幸处境和传统价值世界的崩溃，狄尔西以受难和忍耐来接受这种处境，以同情和怜悯来关照其他受苦的人，但她对凯蒂的堕落、杰生的残忍、昆丁的自杀无所作为，把得救的希望寄托在基督的福音上。《八月之光》中，华海托牧师在和拜伦谈及给莱娜接生时，他想："发生了这么多的事情，太多了。这都是人为造成的，远远超过了人所能忍受的。这样他就发现他能承受的事情，这些事情如此可怕。他能忍受这些事。"①《八月之光》中没有一个角色能从包围着他的可怕境遇中突围，他们也从来没想过去改变这个世界，他们所做的就是去理解那些发生的事情并且忍受境遇，接受这种可怕的境况。《寓言》则完全不同，如福克纳自己告诉我们的，这部小说有三个人物，代表三种道德观念。最高的价值不是体现在年轻的犹太空军少尉身上，他说："太可怕了，我拒绝接受，哪怕得掉

---

① William Faulkner. *Light in August*. Vintage International/Random House, 1990: 235.

脑袋。"① 在心灵深处，他拒不接受人的处境，是梦想跳出人的界限。最高的价值更不是年迈的法国军需官所体现的，他说："太可怕了，我们就着眼泪忍受吧。"② 这是一种无条件地接受人类不幸处境的态度，即臣服于苦难，康普森先生就是这么生活的。最高的价值是通过英国营部传令兵表达出来的："太可怕了，这种事情我不能看着不管。"这种价值观念比起《喧哗与骚动》《八月之光》等前期小说更积极、更实在，介入性更强，也更具有人性的力量。福克纳在《寓言》中，很明确地提出了人的历史责任感问题，给我们提供了一个无比崇高的榜样，他为维护和平而遭杀害，后又像基督一样复活，他的精神继续鼓舞着人们为争取和平而斗争。这是一部关于第一次世界大战的宗教寓言体小说，他将基督受难与复活的神话渗入现实的素材中，就像詹姆斯·乔伊斯的《尤利西斯》、艾略特的《荒原》那样，用神话重建价值世界，重新赋予现代支离破碎的生活一种历史的意义和德性秩序。不同的是，福克纳没有把重建价值世界仅仅依附在神话的框架上，他更注重人的历史责任，通过人的行为来改变人类互相残杀的境况，确定人的一种道德良知，"这个世界太可怕了，但我不能看着不管"。这种积极、勇敢的精神正是重建价值世界的希望。

毛信德认为福克纳"只能是一位旧世界的英雄"，③ 萨特也说："福克纳运用他出众的艺术描写一个年老垂死的世界。"④ 这种看法有些偏颇，即使是在前期那些比较阴暗的作品中，希望的光芒仍然在不息地闪耀，《圣经》的福音从那些谦逊、受苦受难的黑人们关于"新加南"的谈论中，从那些富有忍耐、怜悯、勇敢精神的黑人女管家的歌声中传来。福克纳不仅塑造了许多旧世界的悲剧英雄，他们面对传统价值世界毁灭的状况，无所适从、阴郁沉沦，无法摆脱自我毁灭的命运；而且他在后期作品中还塑造了一些新世界的英雄，如《熊》中的艾克·麦卡斯琳，《坟墓闯入者》中的奇克。他们在黑人和原始印第安人朴素、健康人性的影响下，获得新生的启示。黑人和原始印第

① 吉·斯坦因：《福克纳访问记》，《福克纳读本》，李文俊，等译，北京：人民文学出版社，2014 年，第 424 页。
② 吉·斯坦因：《福克纳访问记》，《福克纳读本》，李文俊，等译，第 424 页。
③ 毛信德：《美国小说史纲》，北京：北京出版社，1988 年，第 406 页。
④ 李文俊编选：《福克纳评论集》，第 166 页。

安人组成的朴素、健康具有更正常人性的世界，在前期作品中仅仅是一种参照，而在《熊》和《坟墓闯入者》中获得更具体、更实际的意义，他们的道德良知、谦卑的品性逐渐渗入现代人的生活，成为改变价值世界混乱状况的强大力量。艾克和奇克的出现显示了一个新的价值世界逐渐成形。既然人已经沉沦到一个冷酷、荒唐、混乱、悲惨的境况，价值世界中的毁灭即意味着人的形象的败坏和沉沦，重建价值世界必然要有新人出现来昭示一种新的价值观念。在福克纳后期作品中，价值世界的重建是以新人的出现为中介的，他们不仅成为虚幻与真实、善与恶的联系的环节，而且成为与过去相联系的连绵不断的人类价值的纽带。

　　《坟墓闯入者》从外表来看是个引人入胜的侦探故事，深层却是个新人成长的故事，白人小孩奇克在老黑人路卡斯的高尚品德的影响下成为白人社会的道德批评者，而且通过自己的行为确立了一种新的价值观念。奇克 12 岁从冰上坠入小溪，老黑人路卡斯救了他，奇克以高贵的白人心理一直想偿还这笔人情债，却被路卡斯拒绝，这种拒不接受偿还的行为显示出黑人的平和而坚定的独立精神。后来，路卡斯被诬陷杀死白人，奇克在黑人小孩和老小姐哈白逊的帮助下，救出了高傲但无辜的黑人。奇克作为一个高傲而有教养的白人，自以为高人一等，接受黑人帮助一定要偿还。后来，在老黑人的独立和平等精神影响下，奇克站在正义的一边，成为白人社会的批评者。他的行为及受启示而获得的思想昭示了一种新的价值观念。

　　《熊》比《坟墓闯入者》要复杂得多，艾克·麦卡斯林这个新人形象比奇克更深刻和深厚，他不仅像奇克那样面对黑人，而且要面对自然和历史做出自己的道德选择。《熊》超越了福克纳所描写的地域，而成为整个人类价值生活的一种隐喻。福克纳采用了纷繁错综的叙述技巧，写的其实就是艾克如何一次次获得启悟长大成人的故事。故事的中心是持续多年的猎熊活动，通过南方贵族后代艾克的视野展现出来。整个故事分为五节。第一节写艾克第一次被引入荒野，获得第一次启示，放弃那些表征人类强盛和怯弱的指南针和枪，他才见到了老熊，这个启示来自艾克对大自然的感悟。第二节写艾克的首次猎鹿活动，在这次活动中，艾克获得了第二次启示，山姆·法泽斯这个印第安酋长和黑人的儿子、荒野的儿子，一个骄傲而又谦卑的老人给他举行了宗教仪式般的洗礼，艾克从他身上学到谦卑、忍耐、勇气和爱的品德。第三节写老熊被杀，山姆·法泽斯之死。第四节写山姆·法泽斯的价值观在艾克身上得到延续，也就是在这时，艾克读到一份他父亲和叔叔的杂事记录，简单却又复杂荒谬。受大自然和山姆·法泽斯启发的艾克从中发现家族历史的罪恶。这些罪恶已经被漫长的时间逐渐掩盖起来，似乎只留下贵族的骄傲和尊严，艾克使被遮蔽的历史得到澄明，这个记录本并没有直接记录他祖父的生活，艾克受启示获得了一种惊人的历史洞察力，发现了南方历史的阴暗面：他祖父强奸了一女奴，后又强奸女奴的女儿，即他自己的女儿，逼女奴投水自尽。艾克不仅发现南方贵族历史的罪恶，而且摒弃了这种罪恶。在艾克21岁那年，这一年他可以正式继承麦卡斯林家的庄园，他对堂兄弟卡斯解释道："我没法放弃它，它从来不是我的，我无权放弃它。它也从来不属于父亲和布蒂叔叔，可以由他们传给我让我来放弃，因为它也从来不属于祖父，可以由他再传给我让我来放弃，因为它也从来不属于老伊凯摩塔勃，可以由他出卖给祖父让他转赠并放弃……买下这块土地的人等于什么也没有买到。……因为他（指上帝）在《圣经》里说到怎样创造这世界，造好之后对着它看了看说还不错，便接着再创造人。"① 在艾克受启示而获得的思想里，土地是属于上帝的，人们必须在兄弟般友爱的气氛下，共同经营这个世界，必须用怜悯、谦卑、宽恕、坚忍以及脸上的汗水来换取面包。而人类已经"诅咒和玷污"了上帝创造的东西。艾克最终放弃了这份充满罪恶的庄园，以基督为榜样去做一个木匠。

　　艾克·麦卡斯林作为一个新人形象，体现着福克纳新的完整的价值观念，在福克纳笔下的所有人物中，没有一个像艾克那样深刻、那么明朗地表达出作家对南方传统的批判态度。在早期小说中，福克纳既作为一个作家、一个人类道德良知的代表，又作为南方种植园的飘零弟子，这双重身份互相纠缠在一起，难解难分，使他无法置身于南方贵族传统之外来批判地审查南方的生活和历史，所以他对南方的态度始终是暧昧不明的。从《去吧，摩西》开始，福克纳已经获得历史

---

　　① 福克纳：《去吧，摩西》，李文俊，译，北京：北京燕山出版社，2016 年，第214－215 页。

的深刻洞察力，站在更高的位置上，更冷静、更客观地分析判断历史的是非，就像艾克坚决地摒弃罪恶遗产那样，福克纳也彻底告别了对南方那种暧昧不明的态度。艾克的出场意味着一个新的价值世界逐渐成形。

所以，我们认为福克纳的小说并不像萨特所说的仅仅"描写了一个年老垂死的世界"，[1] 也不像毛信德所说的他"只能是一位旧世界的英雄"，[2] 倘若仅仅如此，那就远不是福克纳了。福克纳的伟大，更在于他描绘了另一面——复活的希望，重建价值世界的理想及人类苦苦挣扎获得新生的艰难历程，在于他深刻地描绘出了人性的力量、深度、广度及其复杂性。这就是我们生活于其中的世界，像加缪所说的那样，福克纳和我们都"置身于苦难与阳光之间"，苦难阻止我们把阳光下和历史中的一切想象为美好的，阻止我们把历史和现实美学化。而阳光则使我们懂得历史并非一切，我们要努力去获得批判性启悟，不断反思历史，努力去改变我们的生活，这也正是福克纳小说最具震撼力的地方。

---

① 李文俊编选：《福克纳评论集》，第 166 页。
② 毛信德：《美国小说史纲》，第 406 页。

下

literature

编

第十六章

当代福建文艺的区域发展策略

一、区域文化的兴起与含义

　　"区域化"是"全球化"的伴生物，随着"全球化"的广泛与深度展开，"区域化"越来越重要。"区域化"所包含的内容也与"全球化"一样丰富，在实际使用中常可以见到"区域经济一体化"等将"区域化"限制于特定范围中的表述。学术界对于"区域化"与"全球化"之间的关系大致上存在两种看法：其中一种观点认为"区域化"概念的提出，是对"全球化"理论的一种修正和补充，它力图对全球化进程中一系列宏大的理论假设做出修正与完善，"区域化"就是对"全球化"的延展与补充。全球化实现了生产要素和生产资源在全球范围内的优化配置，全球化也促进了国家之间在社会制度、文化、宗教方面的对话与合作，有利于人类生存与发展等全球性问题的解决；全球化还使各民族之间的交流空前频繁，文化不断融合发展，人类生活日益丰富多彩。在这个阐释框架中，区域化是对全球化所采取的积极态度的一种表现；区域化不是全球化的对立物，而是全球化过程的一个正面回应。另一种观点则相反，认为"区域化"是对"全球化"的反抗，而"全球化"即是资本主义的全球化，是新自由主义的全球化，对于发展中国家而言则是一个充满痛苦的过程。这一观点的主要依据有三个方面：在全球人文知识生产体系中，西方尤其是美国仍然处于文化霸权的中心，此其一。在美国文化权力结构内部，少数族裔话语仍然处于并将长期处于弱势状况，此其二。在金融资本主义和新自由主义横行肆虐于全球的年代，底层和中产阶级的经济利益和文化权力日益受损，西方社会内部乃至世界体系中心与边缘的结构性冲突日益尖锐，第三世界的利益日益受损；在发展中国家的文化建设中，文化殖民主义的危害程度也随着全球化的进程愈演愈烈，文化资源配置与文化生产的不平等和不均衡状况则随着全球化的深入与加速发展非但未能改善反而更加严重，民族文化发展空间受到更大挤压，此其三。因此，不少学者甚至认为文化领域是全球运动与地方运动之间分歧与冲突最大的领域之一。

除了上述两种分别从正、反方面来观照全球化和区域化问题的观点，比较中庸或辩证的第三种观念则认为：文化的全球化与区域化是纠缠在一起难解难分的，文化的融合与异质化、同化与反同化、交流与博弈同时发生。这种观点反对将全球化与区域化进行二元对立的简单化理解与处理。国内外学术界逐渐产生"全球本土""全球在地化""全球本土混杂化"等新论述，即是对这种相生相克又相互促进的复杂关系的辩证理解与学理化表述。

在这一知识语境下，新型的区域文化研究开始兴起，成为文化研究的一大主题和核心领域，并且与源远流长的地方文史研究传统相连接，成果蔚为大观。其中，区域文化竞争力问题颇受重视，被视为民族国家文化软实力和竞争力的重要构成部分，是形成民族国家文化特色、文化自主性乃至主体性的重要元素。所谓越是民族的越是世界的，文化上越是地方的越是具有全球性意义。在文化全球化的时代语境下，区域文化竞争力建设越来越被政府、企业及文化学者重视，美国好莱坞对区域文化的重要意义也有深刻的认识，其文化产品往往将所谓的"普遍价值"与区域特色文化相结合，实施"全球在地化"和分区域的文化行销策略，试图"维持全球与地方之间的平衡"，构建基于世界文化多样性的"文化性的全球本土坞"，[①] 以期获得不同区域市场在文化上的认可与接受。

中国实施的文化强国战略也对区域文化给予了充分的重视，文化强省则构成了这一发展战略的重要组成部分。近年来，福建省委、省

---

① ［法］诺文·明根特：《好莱坞如何征服全世界》，北京：商务印书馆，2016 年，第 240 页。

政府提出挖掘特色文化资源、打造文化品牌的建设任务和发展战略，也是基于对区域文化竞争力重要性的高度认识。时任福建省委书记尤权多次明确指出：要深入挖掘我省丰富多彩的历史文化资源和多元文化内涵，着力在思想上提炼、艺术上锤炼、制作上精炼，不断增强福建文化凝聚力、感召力和影响力，打响福建文化品牌，确立福建区域文化的发展方向。2016 年 5 月，在福建全省理论骨干学习贯彻习近平总书记系列重要讲话精神研修班（福州）的开班仪式上，时任福建省委常委、宣传部部长高翔强调指出：要着力打响福建红色文化品牌，制定出台《福建红色文化保护、传承和弘扬工程实施方案》，深入开展红色文化保护、传承和研究，抓住建党 95 周年、红军长征 80 周年等重要时间节点，举办"红色文化高端论坛"，打造具有全国影响力的红色文化交流平台，推出一批富有思想理论高度和实践价值的学术成果。要打响福建传统文化品牌，加强闽南文化、客家文化、船政文化、妈祖文化和畲族文化等的梳理，加强朱熹、林则徐、严复等福建历代名人精神内核的挖掘。① 这对当代福建文化建设提出了具体的部署与要求，指明了方向，对福建区域文化建设与影响力的提升具有重要的指导意义。

二、区域文化竞争力与文艺发展的关系

区域文化竞争力是一个综合性概念，包含的内容十分广泛，涉及区域文化遗产的实力、区域文化的特色与魅力、区域文化的传播力、区域文化人才实力、区域文化品牌化与推广能力、区域文化生产和创新能力、区域文化认同凝聚能力等。其中文学艺术的传统与当代创造构成了区域文化竞争力的核心要素之一，是区域文化生产和创造能力的重要表征。文学艺术是地方文化的核心组成部分，也是形成文化共同体的重要元素。一个地区的文学艺术最能体现当地的文化特色和风格，因此，重视地方文学艺术有益于地方风情习俗、思想精神的传承，有益于地方意识的凝聚和塑造以及地方认同的加固。在全球化时

---

① 高翔部长讲话参见央广网 2016 – 05 – 24，http：//news. cnr. cn/native/city/20160524/t20160524_522227354. shtml。

代，只有保持地方文化的独特性和文脉的延续性，才能提高区域文化的竞争力，使之具有世界性的意义。因此，福建文艺发展策略必须在区域文化建设的整体框架和宏观视野中予以审视与重构。

第一，区域特色文化是文艺发展的重要基础，它构成了一个想象的源头，是文学艺术能量的来源，是文学艺术生命意象的来源，是文学艺术风俗画的重要背景。文学写作和艺术创作的确需要这样的东西，它就是"文艺地理"。区域文化因素对文学书写十分重要，它不仅为当代文艺作品提供了不可或缺的风俗背景和生活场景，而且更是文艺创作获得历史感和现实性的基础。

第二，文学艺术是区域文化重要表征形式和区域文化竞争力的形塑力量。文艺反作用于人文地理与地域文化，它同样是塑造区域文化的一种力量。因此，当代的文化地理学把文学的这种作用纳入文化地理学研究的范畴之中。地理学家赖特和洛温塔尔就曾指出：大地的表面是人的作品，它折射着文化风俗与个人想象。地理知识不仅是地理学家的，而且应该是包括诗人、小说家、画家、农民、渔夫、工匠和旅人等形形色色的人们共同创造、共同拥有的，或真实，或虚构的知识。的确，"地域"也是一种"特殊的文化的人造物"。屈子的荆楚，狄更斯的伦敦，哈代的威塞克斯，梭罗的瓦尔登湖，福克纳的约克纳帕塔法，马尔克斯的马孔多，鲁迅的绍兴，沈从文的湘西，莫言的高密东北乡，贾平凹的商州……都已经成为中外文学地图和文化地理学中独特的地标，作家的书写赋予了了这些"地域"特殊的文化感性和人文意义。如同当代美国作家苏桑·史卡白蕊·贾西亚在《复原地标》一书的序言中所言："我家在圣路易斯河谷南端，夏天从那儿我可以看到雄伟的布兰卡山，耸立于棉花树，圣路易斯河，及沾满夏季骤雨发亮的牧场之上；北接新墨西哥州北界，布兰卡山正好位于科罗拉多州南端及传统那瓦侯部落狩猎区的东界。在这儿，百年老的棉花树被四面八方无限延伸的草原及灌溉水田所淹没；在这儿，历史一次又一次诉说布兰卡山的故事，及人们发生在山上的故事；是这些故事赋予了布兰卡山意义。"① 文学艺术发展史的许多事实都表明，文学的想象

---

① Susan Scarberry Garcia. *Landmarks of Healing：A Study of House Made of Dawn*. University of New Mexico Press，1990.

与叙事广泛而有效地参与了"地方感"的编码与建构，参与了地理空间的生产和区域文化的再生产，重建了区域文化传统与当代生存、社会实践之间的内在历史关联，以审美的方式活化了区域文化传统。当代文艺创作无疑是构成区域文化的美学力、传播力、影响力和创新力最为活跃的因素之一。

三、区域文化影响下福建文艺的发展状况

区域文化对当代福建文艺的发展有着重要的影响，"文艺闽军"逐渐壮大，文艺界对区域文化重要性的认识也逐渐深入，突出表现在以下方面：

第一，区域文化与小说"闽军"的崛起。小说"闽军"的崛起是近年来一个突出的文学现象，杨少衡的《钓鱼过程》《秘书长》《如履薄冰》《酒精测试》，北北（林那北）的《王小二同学的爱情》《寻找妻子古菜花》《风火墙》《浦之上》《我的唐山》《锦衣玉食》《今天有鱼》，陈希我的《抓痒》《冒犯书》《移民》《大势》，须一瓜的《蛇宫》《淡绿色的月亮》《太阳黑子》《烈日灼心》《老闺蜜》，赖妙宽的《天赐》《一个传言的证实》《天堂没有路标》，余岱宗的《无关声色》《你以为你是谁》，以及綮然的《季节盛大》《战线的夜晚》等作品，都在批评界及读者中引起不同程度的反响，体现着中国小说的某些重要趋向。著名批评家何镇邦先生指出：福建中青年作家小说创作正以其对生活独特的切入角度和开掘深度，以对地域文化的共同关注和独特的表现，以独特的叙事手段所形成的鲜明艺术风格，形成一个创作群体，逐渐受到全国文坛的瞩目。随着一批福建作家创作的小说改编成电视剧和电影，小说"闽军"的影响力正在进一步提升。值得注意的是，区域文化在福建当代小说创作中占据了越来越重要的地位，成为福建小说"福建性""本土性""历史感"和"当代性"至关重要的构成要素，也成为福建当代小说建构独特美学的重要历史要素。这一文化取向在林那北的《风火墙》《浦之上》《我的唐山》等小说中表现得尤为突出。林那北小说创作的成就以及对福建小说文化转向的贡献包括两个方面：一是对本土文化资源的深度挖掘，把它转化为今天的活的经验；二是叙事品质的提升，表现出一种当代

文化叙事的智慧。

第二，区域文化对福建的新诗创作也产生了相当重要的影响，次地域诗歌群体的形成与兴盛已经成为福建当前较为突出的文化现象之一。闽东诗群、闽南诗群、闽北诗群，以及三明诗群、"莆系诗歌"、福州诗群、漳州诗群、惠安诗群、晋江诗群……不同地区层级的次地域诗歌群体将区域文化的特色表现得淋漓尽致。闽东已有一些优秀诗人进入全国视野，如汤养宗、宋瑜、叶玉琳、伊路、谢宜兴、友来、张幸福、林典铇等。其中，汤养宗的闽东海洋文化书写独具一格，文化地理标识鲜明，邱景华的诗歌评论也值得关注。闽南诗群中又存在着一些亚区域诗群，如漳州诗群、泉州诗群、厦门诗群、惠安诗群、晋江诗群等。其中，漳州的安琪已经成为中国当代"中间代"诗人的代表，其诗歌创作和批评在诗坛都产生了不容忽视的影响；漳州的"新死亡诗派"自1992年初创立至今依然保持活力，其中核心成员包括道辉、阳子、阿里、林茶居、杨金安、海顿、石曲、林忠成等。"莆系诗人"中的郑重诗艺纯正、哲思丰富，林春荣的中国抒情情感饱满真挚，青年诗人年微漾语言感觉独特，其散文集《三莆志》尝试构建一种地方文化诗学，"莆系诗群"的影响力正日益上升；在省会福州存在着广义的福州诗群，集合了榕城从事诗歌创作的诸多诗人："哈雷、伊路、吕德安、大荒、徐杰、曾宏、林登豪、少木森、张志平、谢宜兴、庄文、蓝光、涂映雪、俞昌雄、阳光、简梅、伍明春、何金兴、何若渔"等。[①] "反克诗群是近年来福州地区最为活跃的诗歌群体，该诗群的主要成员包括顾北、巴客、鲁亢、王柏霜、程剑平、朱必圣、张文质、刘波（BOBO）、大荒西经、水为刀、雷米、崖虎、陈文芳、张小云等人，已出版同人刊物《反克26°》共8期。"[②] 此外值得一提的是，身在学院的诗人如伍明春、陈卫等人在保持稳定创作的同时，也是闽派诗歌评论的积极参与者和推动者。

第三，闽派文艺批评兴起，接续宋以降闽派诗学批评与现代闽人

---

① 名单参见《福州诗群：闽江畔的重新集结》，《诗客地理》，第5期，http://toutiao.com/i6262104779451793922/.

② 伍明春：《闽江畔的重新集结——福州诗群作品简评》，《诗客地理》，http://toutiao.com/i6262104779451793922/.

文艺批评的传统，福建当代文艺批评形成了鲜明的特色。以孙绍振、南帆、杨春时为代表，其他成员包括周宁、谢有顺、郑家建、俞兆平、杨健民、颜纯钧、谭华孚、刘小新、贺昌盛、余岱宗、吴子林、周云龙、郑国庆、石华鹏、王伟、王毅霖、黄键、滕翠钦等。① 在美学、文学基础理论、当代文学批评、现代性问题和文化研究等方面都取得了具有全国影响的成果。以"闽派"为名的代表性成果有"闽派文论丛书""闽籍学者文丛""闽派批评新锐丛书"等，20 世纪 80 年代兴起的闽派批评重装再出发。21 世纪以来，青年批评家群体的崛起形成了一道亮丽的文化风景。正如南帆先生在"闽派批评新锐丛书"的总序中所指出的："如果说，'闽派批评'的称谓曾经贮存了丰盛的文学记忆，那么，许多闽籍批评家即将开始面对另一个新的故事：这个称谓如何内在地织入文学的未来？新生代批评家的加盟，即是这个故事的最新发展。唯有新生力量的持续涌现并且不断发出独特的声音，'闽派批评'才能真正重新出发，发扬光大。新生代批评家大多具有严谨的学术训练，理论视野开阔，他们代表了'闽派批评'的未来。编辑出版'闽派批评新锐丛书'，即是集中展示这些新生代批评家的实力与个性，注释'闽派批评'这个称谓的崭新内涵。"②

第四，闽派艺术兴起，赓续与发展了福建区域的美术传统。陈奋武翰墨书法作品展、锦绣海西——福建省当代美术（晋京）大展、"海丝艺传"2015（福建）中国工艺美术大师精品展、"岁月留金"汤志义大漆艺术展、陈礼忠寿山石雕刻艺术展、"海峡墨韵"闽籍艺术名家书画展、闽派"七零·七子"书法巡展等一系列活动的开展，显示出福建当代艺术的独特魅力与艺术家的美学自信。"闽派书画""闽派工艺""闽派美术"等概念逐渐浮出历史地表，全面展示闽派艺术的崭新形象和当代性格。福建是戏曲大省，地方剧种繁多、资源丰富，是区域文化重要的组成部分。由莆田市政协与福建省艺术研究院合作编撰的"莆仙戏传统剧目丛书"等的出版，标志着传统地方戏曲资源的调研整理已取得了阶段性的成果。2016 年，福建省委宣传

---

① 名单挂一漏万，关于当代闽派批评发展概况，参见笔者撰写的《"闽派"文论的现状与再出发》一文，《中共福建省委党校学报》，2015 年第 7 期。

② 南帆：《总序》，《闽派批评新锐丛书》，福州：海峡文艺出版社，2016 年，第 6 页。

部、福建省文化厅主办的"福建传统折子戏展演"，以及与文化部合作举办的"福建地方戏经典折子晋京展演"取得圆满成功，集中展示了福建地方戏保护和传承的成果，呈现出福建地方剧种在表演、声腔、舞美等方面深厚的美学积淀与鲜明的文化个性，在福建传统戏曲文化的传播方面取得了令人瞩目的成绩。此外，当代福建新剧创作创造性地活化了地方戏曲资源，并与当代文化实践相结合，也获得了令人耳目一新的进展。

从闽派批评、闽派翻译到闽派学术，从闽派诗歌、散文、小说到闽派书法、绘画和工艺，从"纪念林则徐诞辰 230 周年学术研讨会"在福州召开和林耀华国际学术研讨会在其故乡古田的举办，从第十届"海峡诗会"于三明建宁举行到余光中文学纪念馆在其故乡永春揭牌，从"闽派批评"的重新崛起到打造"八闽学派"任务的提出，从闽籍艺术名家书画邀请展在中国政协文史馆展出到福建地方戏经典折子戏晋京展演……在"闽派文化"的旗帜下，以再叙事的方式重构了福建区域文化地理，紧紧围绕福建省"十三五"经济社会发展规划和文化改革发展专项规划，贯彻落实"发掘文化资源，打响文化品牌和复兴广义'闽学'"及"十三五经济社会发展规划"大力弘扬各门类"闽派文化"的战略部署，福建文化建设更具历史底蕴和当代活力。

四、区域文化、本上题材与文艺表现

福建文化具有鲜明的特色，海洋文化、山地文化、妈祖文化、客家文化、船政文化、红土地文化、畲族文化、土楼文化、朱子文化、陶瓷文化、茶叶文化等，在中华文化大家族中都具有十分突出的特点。挖掘特色文化历史题材，是福建文艺创作的一项重要任务，也是福建文艺本该具有的"福建性"。近年来，福建文艺界在这方面取得了重大进展。海峡文化与两岸关系题材的作品有：杨少衡的《海峡之痛》、林那北的《我的唐山》《过台湾》、杨金远的《下南洋》、叶子的《板桥林家》、池敬嘉与华瑜的《天朝使臣——牵星踏浪下西洋》、唐宝洪的《海峡情缘》。影视剧与大型纪录片作品有：《郑成功》《英雄郑成功》《施琅大将军》《阿谭内传》《情归鹭岛》《鸽子与海》《魂归鲤鱼溪》《开台王——颜思齐》。有关"三坊七巷"题材的作品

有：林那北的散文集和六集同名电视专题片《三坊七巷》，南帆的《辛亥年的枪声》和《戊戌年的铡刀》，李师江的小说《三坊七巷》等。船政文化题材作品有：邓晨曦的长篇小说《铁甲家族》《辛亥舰队》，电视剧《船政风云》等。茶文化题材的作品有：夏炜的长篇小说《铁观音》和涂振取的新近力作《茶都旧事》等。陶瓷文化题材作品有：吴尔芬的长篇小说《瓷魂》等。妈祖文化题材作品有：电视连续剧《妈祖》、大型音诗乐舞《千秋妈祖》等。土楼文化题材作品有：何葆国的《土楼》《土楼梦游》《石壁苍茫》《山坳上的土楼》《来过一个客——土楼风情录》等长篇或中短篇小说集，其中以长篇小说《石壁苍茫》和《山坳上的土楼》影响最大。客家文化题材作品有：何英的长篇小说《抚摸岁月》和纪实作品《远去的岁月》，钟兆云的长篇小说《乡亲们》，电视连续剧《客家风云》（近期已播出）。表现畲族文化题材的有：钟红英的《崖壁上的舞者》《南山畲韵》等。闽西红土地题材作品有：张惟的长篇小说《中国，走出古田山坳》《中央苏区演义》《血色黎明》、散文集《卢沟桥畔》《雁行集》《张惟散文》，电影文学剧本有：《血与火的洗礼》（合作，已拍摄发行），电视剧剧本有：《闽西大暴动》（已录制播出）、《血与火的洗礼》《大地的儿女》等，文艺作品有：阎欣宁的小说《古田》、蒋伯英的报告文学《走出困境的毛泽东》、谢春池的中篇小说《喷薄欲出》《东征之旅》、报告文学《才溪世纪梦》、黄瀚的《红灯笼》、卢弓的《秋白之死》、北村的《长征》、李迎春的《生命的高度》、傅柒生的《军魂》《冬韵心曲》、王槐荣的《未亡人》等。闽南文化题材作品有："闽南文学与闽南文化丛书""泉州民俗文化丛书""漳州文化丛书""厦门文化丛书"。闽北文化题材作品有：古道的《闭嘴》，李龙年的诗集《记忆的瓷瓶》《大山意识》、散文集《武夷记忆》、报告文学集《珍藏的阳光》，南强的《幸运》，张建光的《浪漫山水》《朝圣山水》《涅槃山水》《欧风美雨》，潘志光的长篇《龙脊洲》，冯顺志的长篇报告文学《又一村》、诗集《大海，希望的验证》、小说集《磨砺》、散文集《生命无极》，等等。区域文化、本土题材得到了较为成功的文艺表现，福建文艺在"地方感"的当代建构中的重要性日益突出。

但从区域文化资源的深度发掘与打造文艺精品及有全国影响力的

文艺闽军的要求来看，还存在以下五个方面的不足：一是不少具有重大历史价值与现实意义的题材还没有得到充分重视，如红色文化题材和海上丝绸之路题材；二是本土题材的丰富性历史内涵还没有得到充分的挖掘，有历史深度的作品还不多见；三是本土题材在美学表现上还没有形成鲜明的福建特色；四是本土历史文化题材的挖掘与当代建设新福建的伟大实践经验相结合的文学叙事还有拓展的空间，历史感与当代性的辩证关系还需更具创新性的美学表现；五是当代福建文艺创作与人文学术研究之间存在隔阂，学院化的文艺批评与理论研究对当代本土创作不够重视，当代福建文艺发展史的研究薄弱，批评平台建设滞后，理论供给和支持力度明显不足，文艺创作、批评与人文学术研究之间还没有建立交流合作与相互促进的良好关系。这五个方面的突破是文艺闽军影响力获得进一步提升的关键。对于福建文艺的未来发展而言，文化传统的赓续、本土资源的挖掘、"地方感"的重新建构及世界性视野的构建始终是一个大课题。

五、区域文化视野下福建文艺发展策略

第一，以人民为导向，以当代实践为中心，建立福建文艺的"福建性""中国性"与"世界性"相结合的发展理念。多年前，在夏炜的长篇小说《铁观音》创作研讨会上，我曾经提出福建文学的"福建性"问题，福建文学的"福建性"含量不足是一个亟待解决的问题。"福建性"包括三个层面，一是本土文化内涵，二是区域美学传统的继承与创新，三是这块土地上人民的伟大实践。现在到了确立这个文艺理念的时候了，必须突出区域文化传统、区域文艺特色和区域思想优势，打造福建文化品牌，推动福建文艺繁荣，壮大文艺闽军，形成有鲜明福建区域特色的文艺流派。

建立福建文艺的"福建性""中国性"与"世界性"相结合的发展理念，汇入中国特色社会主义文艺发展的大潮之中，以本土特色参与世界文学的建构。一般而言，杰出的作家在承受地域文化精华的同时，也有能力与地域的控制力量相抗衡，并且超越地域性所产生的种种限制。鲁迅的"鲁镇"和沈从文的"湘西"在文学想象和精神沉思的层面有着更广义的范围，而莫言的"高密东北乡"也越来越变成

一个心理方位，都超越了地域性的限制。福克纳一再描绘家乡"邮票般小小的地方"，其小说人物活动的地理图景大多局限在密西西比州一个县的疆界之内，但这个地理图景却有着无比广义的范围，超越空间和时间的局限。福克纳如是而言："我所写的那个天地在整个宇宙中等于是一块拱顶石，拱顶石虽小，万一抽掉，整个宇宙就要垮下。"①他把约克纳帕塔法的故事写成美国南方的传奇，写成人性变化的故事和人类普遍价值的寓言。福建文艺的发展基于"福建性"，基于福建区域的历史文化传统和当代福建人民的创造性实践，以中国立场、本土关怀、人民美学和世界性视野参与当代中国文艺建设与文化生产，讲好福建故事，积极参与世界文学艺术话语体系和审美文化体系的发展与建构，广泛传播中国文化精神和主流价值观，这是至关重要的理念。

第二，建立与完善区域文艺发展的政策。福建省文联已经开始建立福建题材库，对海内外作家、艺术家表现福建特色文化的创作给予奖励与支持，已经形成了一套行之有效的政策。但今天看来，对这一政策还必须与时俱进加以完善。"题材库"必须进一步完善和细化，对海峡题材、海洋题材、地方特色题材、"一带一路"题材尤其是红色文化题材必须予以更充分的重视。福建省的红色文化题材资源十分丰富，以往我们重视不足，应该制定专门政策对红色文化题材的美学表现和研究予以大力支持和鼓励。红色文化题材中的红军长征题材和谷文昌题材的创作对弘扬革命精神和社会主义主流价值观都具有重要的意义。以谷文昌题材的文学创作为例，我读过中组部前部长张全景采写的长篇通讯《永远活在人民心中的县委书记谷文昌》，看过十六集电视连续剧《谷文昌》，读过孙永明的报告文学《县委书记谷文昌》，看过电影《谷文昌》，今天再看吴玉辉校长的长篇报告文学《谷文昌》（2016年，中央党校出版社和福建人民出版社联合出版），仍然深受感动和启迪。报告文学《谷文昌》的创作与出版具有突出的现实意义，是我们近期开展的"两学一做"学习教育活动重要的参考资料。我认为《谷文昌》这部长篇报告文学具有以下几方面的意义和特点：《谷文昌》是一部"信仰叙事"之作，丰富了当代中国文学的

---

① 李文俊编选：《福克纳评论集》，第274页。

"信仰叙事"。当代文学的信仰叙事并非只有张承志、北村和史铁生所代表的宗教或带有宗教色彩的一种类型，还有"革命信仰"叙事的共产党的信仰或理想信念。《谷文昌》这部长篇报告文学的精神质素和思想高度，建构了这部作品崇高的美学意义，完整地表现了谷文昌如何坚定信仰、践行信仰，不断彰显信仰的力量，写出了谷文昌内在的精神世界和革命实践历程。长篇报告文学《谷文昌》不仅遵循了报告文学"真实性""时代感"和"典型性"三大文类规范，遵循文学性和真实性的统一，而且在形式上有独特的探索。一是地方文史资料和民间文艺的运用，使《谷文昌》返回了具体的历史现场，也增强了报告文学的历史感和区域文化特征；二是记录历史和呼应现实相结合；三是客观叙事性和主观抒情相结合，作者是含着泪水完成这部作品的，主观抒情因素贯穿了作品的始终，写出了对谷文昌精神的敬仰，对谷文昌的深情。红色精神从革命年代延续到建设时期，是构成当代文化自信的核心要素。在20世纪中国文艺发展史上，福建红色文艺具有深厚的美学经验积淀和群众基础，当代红色文化题材可以写出好作品、优秀的作品，应该制定专门政策鼓励广大作家、艺术家和批评家，尤其是青年文艺工作者广泛参与，进一步加强红色文艺评论、红色文艺历史文献整理研究与理论阐释，实施红色文化资源调研普查和红色寻根写作计划，传承红色基因和红色文脉，创作出一批历史感、时代精神与审美价值兼具的优秀红色文艺精品。2016年，福建省文联所属的文学院面向全国启动长篇小说精品工程资助项目暨签约作家计划，"要求围绕红色文化、'一带一路'、八闽文化、重大题材等四大项目立项"，为了落实推进"长篇小说精品工程"的各项工作，福建省作协、《福建文学》杂志社和福建省文学院联合举办长篇小说征稿活动，要求"着力反映福建历史、文化和现实生活，尤其欢迎反映福建红色历史的作品"，① 这即是一项重要举措。在文艺政策层面上还应加大扶持力度，建议福建省文艺发展基金、社会科学基金、出版基金项目及文艺百花奖、社科奖等对优秀红色文艺创作与研究成果及计划予以重点支持。

---

① 福建省作协，福建文学杂志社，福建省文学院：《福建长篇小说征稿启事》，《福建文学》，2016年第9期。

第三，加强文艺研究界和文艺创作界的交流与合作，文联、文化厅、教育厅、高校科研单位组成协同创新机构，设立福建文艺评论奖，提升福建文艺批评的水平和地位，共同推动福建当代文艺发展。打造"闽派批评"品牌，应整合现有的刊物资源，创建批评的阵地，力争在若干年内成为国内有影响力的文艺评论平台或刊物。加强对福建省青年批评家的宣传推广工作和扶持力度，设立新锐文艺奖、青年文艺学者发展基金，定期召开本省青年文艺研讨会，鼓励和支持新锐性、探索性、实验性的文艺创作，培养一支有影响力的本省青年文艺批评家队伍。关于文艺评价评奖问题，应尽快完善匿名评审制度，设置由省内外专家组成的专家库，使其承担学术评价的重要工作。尽快成立福建省文艺批评家协会，并切实开展工作。当前，福建省文艺创作、文艺理论与批评和文艺接受三者之间的联系不够紧密，这影响了文艺精品的生产与传播。建议重建文艺创作、理论批评和文化消费三者的相互促进关系，建立对话交流平台；建议复办 20 世纪 80 年代在全国具有重要影响力的《当代文艺探索》杂志，为评论和研究福建省文艺创作的学者提供交流平台；启动《台港文学选刊》再造计划，为闽台两岸文化艺术交流与对话提供交流平台；召开文艺创作、理论批评、媒体和读者共同参加的专题研讨会，设立研究基金和专门项目，鼓励海峡两岸人文社会科学界和广大读者关注与研究福建省的文艺创作状况，参与我省文化精品的打造工程；进一步推动"闽派文论"建设，20 世纪 80 年代至 90 年代，外省闽籍评论家和福建本土批评家共同打造了具有全国影响力的"闽派文论"，福建出版界曾经推出颇具影响的"闽派文论丛书"，可惜没出几本就停了。2015 年至 2016 年，海峡文艺出版社重新推出"闽派批评新锐丛书"，福建人民出版社出版"闽籍批评家文丛"，在省内外都产生了积极的影响。建议有关部门继续支持出版社开展这项有意义的工作，这对提升福建当代文艺创作与评论的影响力大有助益。

　　第四，高度重视发展福建民间文艺和乡土文化。要高度认识发展民族民间艺术和乡土文化的重要意义，民族民间艺术和乡土文化是民族文化记忆的重要组成部分，也是文化乡愁的重要载体，是区域文化和民族文化鲜明的表征形态。在文化全球化和高度技术化时代，发展民族民间艺术和乡土文化对于夯实民族历史记忆的基础和重建民族及区域文化之根，无疑都具有十分重要的意义。进一步加强民间文艺的学术研究，努力构建 21 世纪具有中国特色的当代民间文艺学，为民族民间文学艺术和乡土文化提供学术支撑。长期以来，福建省学院体制忽视了对民间文艺和乡土文化的学术研究，多数研究成果都是对策性的建议文章或描述性的评论，缺乏体系性和学理性。思想上重视不够，研究方法比较单一，理论供给不足，未形成有影响的民间文艺和乡土文化研究的学科群。我们要从构建中国特色哲学社会科学体系的思想高度重新认识民间文艺的学术研究，将当代民间文艺学纳入构建中国特色哲学社会科学体系的重要组成部分，为发展民族民间艺术和乡土文化提供理论支撑，在充分认识民间文艺三大本质特征的基础上发展民族民间艺术和乡土文化。学者季中扬将民间性、生活性、艺术性概括为民间文艺美学的三大核心范畴。（1）民间性。人类学家罗伯特·雷德菲尔德在《农民社会与文化》一书中创造性地发明了"大传统"与"小传统"两个概念。"'大传统'是指一个社会里上层的士绅、知识分子所代表的文化，它是由学者、思想家、宗教家反省深思所产生的精英文化。而相对的，'小传统'则是指一般社会大众，特别是乡民或俗民所代表的生活文化。"[1] 如果说文化大传统产生了庙堂艺术、学院艺术、博物馆艺术，那么，文化小传统则是民间艺术生长的土壤，或者说民族民间艺术和乡土文化创造了民间性的小传统。（2）生活性。民间艺术则是日常生活的艺术，不仅在日常生活中随处可见，而且总是为了日常生活，或者说它即是民间日常生活的一部分，存在于民间日常生活之中。（3）艺术性。"以生命美学来考量，民间艺术的炫技性彰显着比精英艺术更为旺盛的生命力。"发展民族民间艺术和乡土文化要处理好"民间性""生活性""艺术性"三者的辩证关系。[2] 季先生的这一阐释对民间文艺和乡土文化的保护与发展有具体的参考价值和现实意义。民间文艺和乡土文化是区域文化小传统的重要表征，为当代文艺创作提供了丰富的文化养分。没有深厚的民间文艺和乡土文化的滋养，当代文艺创作在文化上可能是贫血的，对民间文艺传统和乡土文化的吸收与创造性的审美转化也是当代

---

① 李亦园：《人类的视野》，上海：上海文艺出版社，1996 年，第 143 页。
② 季中扬：《论民间艺术美学的三个核心范畴》，《东南大学学报》，2014 年第 1 期。

福建文学建构"福建性"和鲜明的文化性格的重要路径之一。因此，我们有必要进一步加强对民族民间艺术和乡土文化的普查与调研，努力完善登录名录和政策支持体系。借鉴台湾传统艺术中心的建设与发展经验，它是台湾重要的文化设施，兼具维护、薪传与展演的功能，对于传统文化的现在与未来有很重要的意义。建议成立福建省民间文艺传承中心，争取设立文化部民族民间文艺发展中心闽台研究中心，从维护、薪传、展演与研究四个维度发展民族民间艺术和乡土文化。建立政府、高校、研究机构、民间文艺家协会、地方文史部门和民间艺术家的协同合作机制，形成合力推动民族民间艺术和乡土文化的保护与发展。应用数字化技术，通过互联网平台，推动传统民间文艺走出博物馆，使民间文艺进入大众生活中，恢复民间文艺的生活化生存状态和自我造血功能，顺应文化创意产业市场的需求。设置民间文学艺术和乡土文化的数字化博物馆和 VR 展示中心、民间文学艺术学习资源中心平台，推动民族民间艺术和乡土文化的数字化保护、传承、传播与开发利用。进一步推动当代文艺家介入民间文艺和乡土文化的保护与发展工作，鼓励当代文艺家深入生活，在创作中重认和重述福建丰富的民间文艺和乡土文化，书写我们时代的具有历史感和当代性的文化乡愁，发起一场新的文化寻根运动，涵养和塑造当代福建文艺鲜明的本土文化性格。

第五，加强闽台交流，加强与海外华人文化社团交流，促进闽台及海外华人文化社团的合作共同打造文艺精品，推动福建文艺"走出去"。福建是两岸文化交流的前沿平台和重要基地。闽台之间有着深厚的历史渊源，地缘近、血缘亲、文缘深、商缘广、法缘久。历史上福建与台湾紧密相连，闽台人民漫长的历史实践构成闽台区域文化传统，两地文艺创作共享了区域传统文化资源，包括共同的移民历史经验、文教体系、闽学传统、宗亲根脉、情感结构、文化意象、民间美学、诗学表征系统及艺术传承方式等。近年来，闽台之间的经贸合作和文化交流日益深化，闽台文化交流与合作面临着新阶段、新机遇和新挑战。闽台两地都高度重视文艺精品生产，两地文化界也已经展开了先行先试的探索和实践。我们认为：（1）有必要进一步支持和鼓励闽台合作共同打造文艺精品列入文艺发展策略，推进海峡两岸文艺的交流与合作，鼓励两岸文艺创作与批评界共同开展海峡或两岸关系题材的美学开发，促进闽台文艺精品生产领域的深度合作。（2）设立海峡两岸文艺精品奖，开展艺术精品评选活动，鼓励文化创意和艺术原创精神，全面提升文化产品品质和文艺精品的打造能力。（3）建立闽台文艺精品生产与传播服务平台，发挥文化主管部门、文化生产和传播部门的媒合作用。把闽台文化精品生产与传播服务平台逐步建设成集文化信息交流、文化政策对外发布、文化业务办理、文化项目咨询与投资、文艺精品评论与推介、文化产品展示和交易、文化知识普及等服务于一体的综合性网络公共服务平台。（4）学习台湾经验，实施福建文艺精品对外译介计划，推动福建文艺精品走出去。台湾地区长期重视文艺精品的外译，文化主管部门设立"台湾文学翻译出版补助计划"，在台湾文学馆设立"台湾文学外译中心"，举办"台湾文学外译图书巡回书展""台湾现代诗外译展""台湾文学外译学术研讨会"。这个经验值得学习与借鉴，我们必须有计划地推动福建传统文化和当代优秀文艺作品及人文学术成果的对外译介工作，鼓励与支持福建学者申报国家社科基金中华学术外译项目，高度重视我省"中译外"翻译队伍和平台建设，制定与实施福建文化学术的外译计划。充分发挥我省侨乡文化资源的优势和华侨华人的作用，进一步促进我省文艺界与台港澳暨海外华人文艺团体的交流与合作，共同研究与开发"一带一路"及其他特色文化题材，合力推动"福建文化'走出去'"，将福建文艺精品和八闽特色文化推向世界，整体提升福建文化尤其是福建文艺的国际能见度与影响力。

第六，加快"八闽学派"建设，进一步推动区域文化研究，为福建文艺发展提供强有力的人文思想支持。人文研究与文艺发展的关系十分密切，文艺复兴、"五四"新文化运动都表明：文艺创新与人文思想的发展密不可分。福建省在区域文化研究方面已经取得了令人瞩目的成就，已经成为福建省人文学科优势方向和特色领域。福建师范大学的闽台区域研究中心、闽南师范大学的闽南文化研究院、莆田的妈祖文化研究院、龙岩地区的客家文化研究中心、武夷学院的朱子文化研究院等在区域历史文化研究领域都取得了重要进展。其中，闽台文化关系研究尤其值得关注，由刘登翰和林国平教授主编的"闽台文化关系丛书"在海峡两岸都产生了积极的影响。人文学科的学术化建设也有进展，地方文献整理与研究获得普遍重视，形成了一批标志性、集成性的学术成果：福建师范大学闽台区域研究中心策划编辑的百卷《台湾文献汇刊》，闽南师范大学编撰的《台海文献汇刊》与《闽南涉台族谱汇编》，福建师范大学主编的《琉球文献史料汇编》和《中国古代音乐文献集成》，莆田学院编撰的《妈祖文献史料汇编》，福建工程学院推出的《福建文献汇编》等，都具有文献发掘、整理、集成与研究的学术意义。南帆主编的"福建思想文化丛书"，已陆续推出"八闽名家读本系列"；汪征鲁主编的《严复全集》，重新点校、编校和整理了严复的作品；福建省社科联主编的"福建历史文化名人丛书"，致力于推动区域文化的大众化和普及化；陈庆元撰写的《福建文学史》及编校的《谢章铤集》，刘传标的《近代中国海军大事编年》等也都是具有重要影响的成果。区域文化研究的突破为当代福建文艺发展提供了不可或缺的学术支持。建议进一步加强区域文化的整体性研究，深入系统地发掘、阐释区域文化的历史价值与当代意义，有计划地强化人文学术研究与文艺创作领域的交流与合作，为福建文艺发展提供人文思想与历史文献资料的支持。

现今，福建文艺发展面临崭新的历史机遇，我们要在习近平总书记《在文艺工作座谈会上的讲话》和《在哲学社会科学工作座谈会上的讲话》重要精神的指导下，加快"八闽学派"建设，建立区域文化研究与当代文艺创作及批评之间的紧密联系，促进人文学术与文艺创作的深度对话与紧密合作，建立内容生产的合作平台与机制，共同传承区域历史文脉，以人民为导向，以当代实践为中心，汇入21世纪中国文艺创作与人文社会科学创新的大潮之中。

第十七章

福建文化建设 70 年的成就与经验①

"文化是一个国家、一个民族的灵魂。文化兴国运兴，文化强民族强。"习近平总书记在十九大报告中的这一论断，清晰地揭示出文化在国家和民族生存发展中的重要地位，文化的繁荣发展与国家的强盛兴旺息息相关。中国特色社会主义进入新时代，文化建设面临新的机遇与挑战。站在新的历史起点上，回顾新中国成立以来福建文化建设的探索与成就，总结福建文化建设的发展经验，思考福建文化建设的未来路径，有利于福建文化建设在新的历史起点上稳步向前。

一、70 年来福建文化建设的探索与成就

1949 年 10 月 1 日，中华人民共和国成立。福建文化在这 70 年中的发展，大体上可以分为四个阶段来论述：第一阶段是社会主义革命和建设时期（1949 至 1978 年），第二阶段是从改革开放到《福建文化强省建设纲要》颁布（1978 至 2006 年），第三阶段是从《福建文化强省建设纲要》颁布到习近平总书记《在文艺工作座谈会上的讲话》发表（2006 至 2015 年），第四阶段是习近平总书记《在文艺工作座谈会上的讲话》发表至今（2015 年至今）。这四个时期中的福建文化建设呈现出各自不同的发展状态和探索成就。

---

① 本章与陈舒劼研究员合作完成。

（一）社会主义革命和建设时期（1949 至 1978 年）①

这一时期是福建文化建设的奠基时期。中华人民共和国成立之前，福建全省文盲、半文盲者占总人口的 80%，学龄儿童入学率仅有 13%，文化建设发展的基础十分薄弱。新中国成立后的第一个五年计划中，福建由于地处海防前线、备战任务重，没有安排重点建设项目，这也使得福建文化建设工作在客观上面临更多的条件限制。

在管理机构设置方面，1949 年 10 月，福建省人民政府教育厅下设文化科，1952 年 7 月，福建省文化事业管理局成立，省、市、县三级文化行政管理机构相继设置；各类国办和集体所有制的文艺团体先后建立，成为 20 世纪 50 年代至 70 年代计划经济时期福建文艺队伍的主体。1958 至 1960 年，福建省电影制片厂、福建艺术专科学校、泉州美术学院、福建省文学研究所、福建省戏曲研究所等院校和文艺研究单位先后成立，福建省人民剧场、福建省美术展览馆等一批公共文化场所相继建成。由于"左倾"错误思想的影响，这些机构中的一部分，如福建电影制片厂、福建省文学研究所、泉州美术学院等，在设立不久后又被撤销，文化机构的设置上出现了反复。

在文物保护和考古方面，1953 年，福建省人民政府颁发《关于保护文物古迹的布告》，福州华林寺大殿、闽侯县石山新石器时代遗址、福州新店乡浮村新石器时代遗址等重要文物遗址先后被保护或发现。20 世纪 60 年代，厦门、泉州、南安石井三地郑成功纪念馆，省博物馆（筹），泉州海外交通史博物馆，古田会议纪念馆等一批重要博物馆和纪念馆先后建立。永安坑边寨岩山洞穴遗址考古发掘有重要发现。福建上杭县古田会议会址、晋江县安平桥、泉州市清净寺等列入首批全国重点文物保护单位。

在文学创作方面，郭风在《人民文学》杂志发表了《叶笛集》，这部作品被视为代表了 50 年代中国散文诗的创作水准，也是福建文学在那个时代的代表性作品之一。在这一时期，何为的《第二次考

---

① 本部分所涉及的史实内容及引用，来源于福建省地方志编纂委员会编《福建省志·文化艺术志》，http://www.fjsq.gov.cn/frmBokkList.aspx? key = D0A9F645C3EC400E9E33E0FD474E0609.

试》、马宁的《红色故乡随笔》等作品，也在国内产生了较大反响，福建的散文创作成为国内文坛不可忽视的重要力量。

福建是中国戏曲版图中的高地之一，复杂的方言状况造就了丰富多样的戏剧形态。1956年，梨园戏《陈三五娘》、闽剧《炼印》入选文化部公布的全国第一批获奖戏曲剧目。1957年年初，福建的古老戏曲和民间艺术在"推陈出新"方针的指引下迅速发展，戏曲戏剧等舞台艺术成果累累。戏曲《连升三级》《贻顺哥烛蒂》《春草闯堂》，话剧《龙江颂》《喜事》《母子会》《第一与第二》，舞剧《白鹭》等一批在全国有较大影响的优秀表演艺术新作涌现。这一时期的福建乡土艺术在全国性和国际性的重大文艺活动中受到瞩目，舞蹈《走雨》、莆仙戏《团圆之后》、木偶戏《雷万春打虎》《大名府》等剧目，均获得好评。

福建电影在这一时期也迈出了新步伐。上海电影制片厂与福建电影工作者合作，摄制了反映福建建设新貌的第一部影片《闽江橘子红》。电影放映发行技术方面，闽侯县农村电影放映队的电影"涂磁录还音经验"在全国产生重大影响，1965年，中国电影发行放映公司曾在福州召开现场会向全国推广。

在美术创作方面，泉州画家李硕卿的新作《移山填谷》参加全国美展，并被选送参加莫斯科造型艺术展。福建漆画在这一时期也逐渐吸引了更多的目光，《盐场》《渔岛风光》《海上放幻灯》等3幅漆画作品首次在全国性美术展览中亮相。

虽然"文革"对福建文化建设的发展造成了阻碍和破坏，但福建文化战线仍然做出了许多努力，各级文化艺术工作机构逐步建立健全，各项文化建设事业迅速发展，福建初步确立"戏剧省""南方文物大省""散文大省"的地位，大批优秀艺术作品不断涌现，尤以戏剧艺术创作的成绩最为全国艺术界所瞩目，老中青结合的专业和业余文化艺术工作队伍基本形成。特别是，1973年在泉州后渚港发现宋代沉船，这是当时全国文物考古的重大发现之一；泉州开元寺交还文物部门管理，厦门郑成功纪念馆、省博物馆、福建艺术学校也相继恢复。总体上看，社会主义革命和建设时期的福建文化建设，奠定了福建文化在改革开放和新时代发展的历史基础。

（二）从改革开放到《福建文化强省建设纲要》颁布（1978 至2006 年）①

十一届三中全会是当代中国发展历程的重要转折点，这次会议提出，把全党的工作重点转移到经济建设上来，实现了思想路线、政治路线、组织路线的拨乱反正，做出了实行改革开放的新决策，福建文化建设迎来了发展的春天，取得了明显的成就。从改革开放到2006年，福建文艺精品创作成果颇丰，舞台艺术精品成绩显著，全省拥有艺术表演团体94 个、专业剧团96 个。社区文化、广场文化、企业文化、校园文化等群众文化活动日趋活跃。文化设施建设逐步改善，共有公共图书馆82 个、博物馆80 个。农村文化工作取得一定成效，各项文化事业发展欣欣向荣。广播影视业发展较快，至2004 年年底，全省拥有电视台9 座，播出电视节目32 套，广播节目播出81 套，广播电视综合人口覆盖率分别达96.45% 和97.83%。新闻出版发行业日渐繁荣，2004 年实现产业增加值65 亿元，占全省GDP 的1.07%，至2004 年，共有出版社11 家，出版图书3049 种，总印数1.39 亿册，报纸58 种，总印数8.97 亿份，其中102 种图书获省级以上奖项；有音像出版社6 家，出版音像及电子制品千余种，文化产业呈现较好的发展势头。② 为福建文化强省建设打下了坚实的基础。

在文学创作方面，福建小说较改革开放之前有了长足的进步。1979 至1997 年，福建共诞生长篇小说120 多部，主题涉及改革开放、闽台情缘、海防斗争、历史人物、红土地风云、言情武侠等方面。散文创作依旧保持旺盛的势头，一批中青年作者崭露头角。诗歌方面，许多从事古体诗词创作的老一代诗人重新拾笔，新诗创作蒸蒸日上，1980 年福建文学界围绕"朦胧诗"创作展开的讨论在当代文坛产生了重大影响。倡导"以开放的眼光开拓思维空间，用改革精神革新文艺评论"的《当代文艺探索》在1985 年创刊，为闽派文论的兴起做出了重要贡献。

---

① 本部分所涉及的史实内容，除另注明外，均来源于福建省地方志编纂委员会编《福建省志·文化艺术志》，http://www.fjsq.gov.cn/frmBokkList.aspx？key = D0A9F645C3EC400E9E33E0FD474E0609.

② 福建省政协文教卫体委员会：《加快福建文化发展的若干建议》，《开放潮》，2006年第1 期。

在戏剧戏曲方面，20世纪八九十年代的福建戏曲艺术在国内处于领先地位。福建的传统戏曲剧种、剧目较为丰富，戏曲文学和舞台艺术取得全面繁荣，每两年都有一二百台新剧目上演。1982至1996年，福建连续8届有6个剧种、14个剧目在文化部和中国戏剧家协会举办的全国话剧、戏曲、歌剧评奖中荣获优秀剧本奖；连续7届有5个戏曲剧种和歌剧、舞剧、舞蹈诗等12个剧目获文化部举办的"文华奖"，其中有3个剧目获文华大奖。这段时间内，福建参加全国性戏剧会演和应文化部邀请晋京演出的达33次、41台剧目。福建从1980年开始在各地市设立剧目创作室，形成了省戏曲研究所和地市、县三级的创作网。1985年，福建中青年剧作者自发组成的武夷剧作社是20世纪80年代全国出现的第一个戏剧文学社团。

福建舞蹈在1980至1997年进入全面发展时期。有55个舞蹈节目在全国多项赛事中获奖，民间舞蹈《七星灯》、畲族舞蹈《杵舞》、双人舞《命运》、群舞《奔腾》、群舞《古老的一首歌》、独舞《祥谦就义》等，获得一等奖或金奖。1996年，大型舞蹈诗剧《悠悠闽水情》分别获得文化部第6届"文华新剧目奖"和中共中央宣传部第5届"五个一工程"奖。大型舞剧《丝海箫音》参加了在沈阳举行的1992年全国舞剧观摩演出，获优秀剧目奖、演出奖、优秀作曲奖、舞美、服装设计奖，邓宇获最佳表演奖，高国庆、程春玲获优秀表演奖。1993年3月，《丝海箫音》获中宣部"五个一工程"奖，同年4月获文化部第三届文华大奖，以及编导、作曲、舞美、演员奖，这是福建舞剧艺术事业的新突破。

在音乐创作方面，福建音乐在八九十年代发展迅速。现代音乐领域，《数鸭子》获1995年"五个一工程"奖；《林则徐诗词》（十六首）、交响乐大合唱《虎门悲欢》于1997年在北京音乐厅专场演出。作曲家郭祖荣写的11部交响乐，成为全国创作交响乐部数最多的作曲家。传统音乐领域，福建民族民间古典音乐南音在1984至1991年内举办了3次南音学术研讨会，产生了一批有分量的研究成果。《福建南音初探》是南音史上第一部理论专著。吴世忠和李文胜经过3年的精心研制设计，首创南音工尺谱多媒体电脑软件，改变了南音工尺谱只靠手抄和蜡刻油印的方式，采用全新的计算机技术，将工尺谱、唱词同时录入，并直译出五线谱，于1997年10月完成有史以来第一部由电脑印制的南音曲本《南音十大名指谱》，成为艺术领域科技创新的重大成果。

这一时期的福建美术界出现不少探索现代艺术的社团。福建美术对视觉艺术的现代性探索，在当代主流艺术发展中产生重大影响。20世纪90年代以后，一些福建艺术展示活动在全国美术界产生较大反响。1990年春天，陈英夫妇无偿捐献一批个人珍藏的古今字画，福建省人民政府专门拨款建成积翠园艺术馆予以保存。这对推进福建的美术创作和研究具有重要意义。传统美术方面，漆画等福建传统强项继续保持优势，一些县、乡被文化部命名为"全国民间美术之乡"。省文联和福州、厦门、漳州等市画院先后建立，艺术品市场也开始逐步发育。

考古方面，多起珍贵的遗址、文物在福建境内被发现。1981年，崇安汉城城址发掘发现大量汉代文物，其中"封泥"为福建首次出土的重要文物之一。1985年发掘的平潭县壳丘头新石器时代遗址，距今已有6000年左右，是福建迄今发现的年代最早的新石器时代文化遗存。1987年东山县文物工作者在铜陵镇华福酒家基建工地发现史前人类肱骨残块，经鉴定为更新世末至全新世初，距今1万至2万年。1989年在建阳水吉镇大路后门发现目前全国已知的最长的古龙窑。其他的考古发现还有：在建宁发掘出的4吨古钱中，有唐开元通宝、宋崇宁通宝等20多种古钱币；邵武老鸦窠、山庵窠平整土地时，发现一罐宋代窖藏银器140多种。

在文化交流领域，福建对外和港澳台地区的文化交流发展迅速。既有戏剧、木偶、音乐、舞蹈、杂技、曲艺等诸多表演艺术团体、民间艺术社团的精彩表演；也有书法、绘画、工艺、文物、图书精品展示；还有专家、学者、名流和艺人组团或个人的考察交流、学术技艺研讨等。多层次、多渠道、全方位的文化交流格局开始形成。1979至1997年，福建全省对外共派出411批、5441人次访问了56个国家和地区，也接待了54个国家和地区的来访者320批、3878人次。福建已与五大洲近80个国家和地区建立了文化交往的网络。

（三）从《福建文化强省建设纲要》颁布到习近平总书记《在文艺工作座谈会上的讲话》发表（2006至2015年）

从《福建文化强省建设纲要》颁布到习近平总书记《在文艺工作

座谈会上的讲话》发表，这个时期基本与福建"十一五""十二五"建设时期相重叠，是福建文化建设发展的一段重要历史时期。

2006年《福建文化强省建设纲要》的颁布正式开启了福建文化强省建设工程。《福建省"十一五"文化发展专项规划》共18次提到"文化强省"。2011年7月出台的《福建省"十二五"文化改革发展专项规划》在其"指导思想"中强调，要"加快建设文化强省，大力推动海峡西岸经济区文化大发展大繁荣"，并将"努力实现文化发展的主要指标位居全国前列，文化强省建设取得重大进展"作为重要目标提出。2011年12月22日，《中共福建省委关于贯彻落实党的十七届六中全会精神推动文化大发展大繁荣的实施意见》同样提出"以改革创新为动力，加快文化强省建设"。在"十二五"时期，福建文化强省建设继续稳步推进，文化持续繁荣发展。

在文化体制改革方面，"十一五"期间，福建国有经营性事业单位转企改制取得实质性进展，进一步释放了文化发展的活力。5年间，福建全省有70家发行单位、16家出版单位、5家报刊社、10家电影公司、5家电影院、12家新闻网站、1家艺术院团完成转企改革，福建新华发行集团、厦门音像出版社被评为全国文化体制改革先进企业。福建日报报业集团从成立时的5报1刊发展到10报10刊、多网站和多经济实体。"十二五"期间，国有文化单位改革有序推进，6家国有文艺院团完成转企改革，33家非时政类报刊出版单位完成转企改制任务。福州、莆田被评为"全国文化体制改革工作先进地区"。

在文化精品创作方面，"十一五"期间，福建连续两届实现全国精神文明建设"五个一工程"奖的"满堂红"，并获得组织工作奖。先后有21部剧目获国家级以上大奖；2种出版物获"五个一工程"奖，2种出版物获"中国出版政府奖"，15种出版物获"中华优秀出版物奖"；85件广播影视作品获得国家级大奖，16部动画片被推荐为优秀国产动画片；2部作品获"鲁迅文学奖"。"十二五"期间，福建电影、电视剧、戏剧、歌曲、广播剧、文艺类图书荣获第十二届全国精神文明建设"五个一工程"优秀作品奖，实现"满堂红"；6部作品荣获第十三届全国精神文明建设"五个一工程"奖。舞台艺术方面，16部剧目获"文华奖"等国家级以上奖项，4人次获"中国戏剧梅花奖"，1人次获中国曲艺牡丹奖；大型舞剧《丝海梦寻》受邀在联合国总部、联合国教科文组织总部、欧盟机构及祖国的台湾、香港、澳门等地区演出。

在文化产业发展方面，福建省在"十一五"期间深入实施五大文化产业工程，大力发展十大文化产业，产业布局结构持续优化，文化产业实力快速提升。成功打造了一批文化经贸活动平台，举办了三届海峡两岸（厦门）文化产业博览交易会、五届海峡两岸图书交易会、两届海峡印刷技术展览会、一届海峡版权（创意）产业精品博览交易会。"十二五"期间，福建形成了以福州、厦门、泉州为核心的创意设计、动漫游戏集聚区，以莆田、泉州、福州为核心的工艺美术产业集聚区，以南平、龙岩等闽西闽北地区为核心的生态和文化旅游产业集聚区。福州、厦门获批闽台国家文化产业试验园区、国家级文化和科技融合示范基地，厦门软件园二期动漫园区、福州软件园影视动漫产业基地分别获评国家动画产业基地和国家影视动漫实验园。以移动互联网和网络游戏为主要产业内容的网龙集团连续两届获评全国文化企业30强。

在对台文化交流方面，"十一五"期间，福建有5家媒体赴台驻点，50多种闽版期刊在台发行，还组织了福建文化宝岛行等活动140多项，形成"妈祖之光"等一批入岛精品项目。"福建文化宝岛行"系列文化交流活动在"十二五"的五年内组织了22批，涉及35个院团（组）2200多人。"妈祖之光"大型电视综艺晚会每年持续入岛直播举办。

在文化遗产保护方面，"十一五"的五年内，福建土楼成功列入世界文化遗产名录，全省新增全国重点文物保护单位40处、中国历史文化名镇5个、中国历史文化名村13个，"三坊七巷"等3条历史文化街区入选中国历史文化名街。南音等6项非物质文化遗产列入世界非物质文化遗产名录。国家级"闽南文化生态保护实验区"得以设立。全省288项省级非物质文化遗产项目中，有84项列入国家级非物质文化遗产项目；411名省级非物质文化遗产项目代表性传承人中，有88人成为国家级非物质文化遗产项目代表性传承人。"十二五"期间，中央苏区革命文物、涉台文物、水下文物等特色文化遗产和乡土建筑、工业遗产等新型文化遗产在全国占有重要地位，其中涉台文物1515处，约占全国总数的3/4。武夷山城村汉城、三明万寿岩两处考古遗址公园列入国家考古遗址公园立项名单。海上丝绸之路、三坊七巷、闽浙木拱廊桥、闽南红砖建筑、鼓浪屿等入选《中国世界文化遗产预备名单》。

（四）习近平总书记《在文艺工作座谈会上的讲话》发表至今（2015年至今）

2014年10月15日，习近平总书记在文艺工作座谈会上发表重要讲话。"习近平总书记《在文艺工作座谈会上的讲话》是对毛泽东文艺思想的新发展，是中国特色社会主义文艺理论的新表述，是马克思主义文艺理论史上的里程碑。《在文艺工作座谈会上的讲话》深刻阐发了社会主义文艺和文艺工作的地位、作用和使命，创造性地回答了一系列有关文艺发展和繁荣的根本性、方向性问题，为新的历史条件下做好文艺工作划定了遵循、标示了航向。"① 习近平总书记《在文艺工作座谈会上的讲话》是福建文化建设发展的重要遵循。为贯彻落实《在文艺工作座谈会上的讲话》精神，福建制定出台了《福建省文艺精品创作"五大工程"管理办法》，推出文艺精品创作"五大工程"（传统戏曲传承保护与发展工程、舞台艺术精品打造工程、优秀中长篇小说创作生产工程、优秀电影电视剧培育工程和马克思主义文艺理论建设工程），着力打造一批思想精深、艺术精湛、制作精良的福建原创作品。2017年，中国共产党第十九次全国代表大会在北京召开，习近平总书记在大会报告指出"中国特色社会主义进入了新时代"。处于"十三五"进程中的福建文化建设，迎来了又一个春天。

在文艺精品创作方面，2017年9月的第14届全国"五个一工程"奖评选中，福建省组织创作的电视剧《彭德怀元帅》、电视剧《绝命后卫师》、高甲戏《大稻埕》、歌曲《爱国之恋》《幸福少年》（组歌）和长篇报告文学《谷文昌》6部作品获奖，获奖作品总数在全国排名第五，在各省（区、市）委宣传部中排名第三，福建省委宣传部获组织工作奖，展现了福建文艺精品创作的质量水平。在生态文化建设方面，到2017年7月，福建已经取得了28项改革成果，福建多项生态指标名列全国前茅。2017年10月，永泰县、厦门市海沧区、泰

---

① 董学文：《发展中国的马克思主义文艺理论——学习习近平总书记〈在文艺工作座谈会上的讲话〉精神》，《光明日报》，2016年3月28日。

宁县、德化县、长汀县入选首批国家生态文明建设示范市县名单，长汀县还入选首批 13 个"绿水青山就是金山银山"实践创新基地。在文化遗产保护方面，2017 年，厦门鼓浪屿成功申报世界文化遗产。

根据《中国文化发展报告（2018）》中《中国文化发展指数发布与评价报告（2017）》所测算得出的数据，在全国 31 个省（市、自治区）中，2017 年福建的文化发展总况排名第 10，与 2017 年福建 GDP 总量在全国的排名情况恰好一致。在文化发展总况所考虑的 5 个一级指标中，福建排名较前的指标为：文化传播排名全国第 2，文化消费排名全国第 8，文化投入排名全国第 9。在文化传播的指标内部，福建文化境外传播高居全国第 2；在文化消费的指标内部，福建旅游文化消费排名全国第 3，文化消费能力排名全国第 9；在文化投入的指标内部，福建艺术表演专项排名全国第 8。从发展的总体态势来看，福建文化发展由 2015 年的全国第 13 位提升到 2016 年的第 10 位，进步的幅度仅次于天津、北京和上海，位居全国第 4 位。[①] 这些数据表明，已经取得很多成绩的福建文化建设，仍有发展上升的空间。

二、70 年来福建文化建设的发展经验

中华人民共和国成立 70 年来，福建文化发展伴随着新中国的发展建设不断前行，取得了丰硕的成果，也积累了文化发展的经验。

（一）坚持在党的领导下开展文化建设工作

1950 年，福建各地、市、县人民政府文化行政主管机构，以及福建省文学艺术界联合会相继成立。1950 年 3 月，中共福建省委即根据党的文艺工作方针提出了福建文化工作思路，强调文艺工作必须重视与当前任务相结合，服务于广大的工农群众，在群众中得到普及、生根。福建省委还意识到福建文化工作的地域性特点，指出：福建地形复杂、方言繁多、文艺形态多样，要重视各地旧形式和民间形式的改造利用，用当地方言演绎符合当地文化需要的剧本，采用当地的材料、人物、故事、生活和斗争编写新剧本，使福建文艺工作逐步深入

---

① 江畅，孙伟平，戴茂堂主编：《中国文化发展报告（2018）》，北京：社会科学文献出版社，2018 年，第 71－80 页。

群众，推动福建文艺工作群众化的进一步发展。在福建省委的部署下，广大文艺工作者在土地改革、镇压反革命和抗美援朝三大运动中，结合当时的福建革命斗争和建设形势，创作出一批深受群众欢迎的作品。在新中国成立后的17年里，福建省委贯彻"百花齐放，推陈出新""百花齐放，百家争鸣""文艺为工农兵、为社会主义服务""文艺为政治服务，为生产服务"等不同时期的文艺方针政策，领导福建文化工作取得了许多成就。①

中共十一届三中全会之后，福建省委迅速召开省委常委会，落实中央精神，部署推动文化工作开展。这次会议指出："对过去批判错了的剧目，恢复上演的同时，应推翻不实之词，采取不同的适当的形式，给予恢复名誉，由此遭到迫害的文艺工作者，有关单位应认真地实事求是给予平反昭雪。"在此次会议的指导下，一批被错误批判的作品得到平反，被禁演的剧目重新走回舞台，福建文化逐步走出"文革"时期的困境，重新焕发出勃勃生机。1982年9月党的十二大召开，福建省委随即提出开展健康的、正常的文艺工作的指导思想：文艺要坚持为人民服务，为社会主义服务的方向，要在社会主义精神文明建设中发挥特殊的重要作用。1983年10月，福建省委根据中共中央指示精神，在文艺界部署清除精神污染的工作。1986年6月，福建省委肯定了省文化厅提出的"系统清'左'，锐意改革，团结鼓励，繁荣创作，加强群众，讲'特'搞活，服务人民，服务四化"的指导思想。1988年8月，福建省委常委会两次专门讨论了文艺工作问题，强调坚持"二为"方向，坚持"双百"方针，是长期稳定地发展和繁荣社会主义文艺事业的根本保证。福建省委、省政府于1992年5月18日批转了由省委宣传部牵头，省文化厅、广播电视厅、新闻出版局、文联5家联合制定的《福建省繁荣文艺创作的百花计划》。②2006年《福建文化强省建设纲要》出台，体现了福建经济繁荣发展之后对文化的重视。2007年颁布的《福建省"十一五"文化发展专

---

① 王子韩：《建国后17年福建文艺工作的发展及其基本经验》，《党史研究与教学》，2006年第5期。

② 王子韩：《新时期福建文艺事业的发展及启示》，《福建广播电视大学学报》，2011年第4期。

项规划》共 18 次提到"文化强省",并指出要"以建设文化强省为目标,以改革创新为动力,解放和发展文化生产力,大力繁荣公共文化事业,着力发展文化产业,努力构建和谐文化,不断满足广大人民群众日益增长的文化精神需求,为海峡西岸经济区建设提供思想保证、精神动力、文化条件和产业支撑"。2011 年 7 月出台的《福建省"十二五"文化改革发展专项规划》在其"指导思想"中明确指出,要"加快建设文化强省,大力推动海峡西岸经济区文化大发展大繁荣",这份规划明确将"努力实现文化发展的主要指标位居全国前列,文化强省建设取得重大进展"作为福建文化工作的重要目标提出。2015 年 11 月,《中共福建省委关于制定福建省国民经济和社会发展第十三个五年规划的建议》提出:"推进文化强省建设,提升福建文化软实力。"在福建省委以及各地区各部门党组织的领导下,福建文化工作不断迈上新台阶。

(二)秉持文化为人民群众服务的立场

在新中国成立初期,福建文化建设秉持毛泽东《在延安文艺座谈会上的讲话》精神。1951 年,福建全面完成"一县一市一个文化馆"的建馆任务,迅速改变了民众文化薄弱的局面。1956 年,福建省群众艺术馆成立,全省群众文化网络初步形成,全省首届群众业余文艺观摩会演得以举办。

十一届三中全会后,"为人民服务,为社会主义服务"的方针出台,为人民群众服务重新成为福建文化建设的工作重点。项南同志到福建工作后,在百忙中亲自出席《福建通俗文艺》首届农村题材优秀作品授奖大会并发表演讲:"农民现在最缺乏的是什么?不是大米,不是黄豆,不是地瓜。现在最缺的啊,还是精神食粮。""通俗文艺工作是很重要的,可以获得最大量的读者,能够广泛地教育群众……我希望同志们在这个工作当中,能够更好地反映我们农村斗争的现实,引导人民过一种高尚的精神生活。逐渐树立起崇高的共产主义思想,这也就是社会主义的精神文明。"① 这番讲话将群众的文化需求摆在了工作的重要位置上。1981 年全省农村集镇文化中心从 1980 年的 71 个

---

① 张雁:《项南对宣传文艺工作的深邃思想和卓越实践》,《闽西职业大学学报》,2003 年第 1 期。

发展到 143 个，逐步形成了农村文化网。1984 年 3 月，福建省农村集镇文化中心建设经验交流会在建瓯县召开，有力促进了全省农村文化事业的发展。据 1985 年年底统计，全省农村文化中心由建瓯会议前的 275 个增加到 501 个，公办文化站由 139 个增加到 3 万多个。在农村文化事业获得发展的同时，城市、厂矿的群众文化工作也得到明显的发展。福建省委强调要进一步提高对群众文化工作重要性的认识，切实加强领导，努力开创省城市群众文化工作的局面，让社会主义精神文明之花开遍全省各个城市。福建省文化局于 1983 年 10 月在厦门召开全省工人文化宫、俱乐部工作会议，会议强调了各地群众艺术馆、文化馆同工人文化宫、俱乐部应加强联系和协作，共同为活跃城市群众生活而努力。到 1983 年年底，福建有各类工人文化宫、俱乐部 601 个，比 1979 年增加 1 倍多；工会图书馆 4292 个，存书 400 多万册，比 1979 年增加近 2 倍；电影放映单位约 400 个，比 1979 年增加 39%；还有职工体育活动场所 4518 个，各种业余文化团队 424 个，文艺创作组织 166 个。1990 年 2 月 8 日，福建省文化厅推出繁荣和发展本省社会文化的"芳草计划"，"芳草计划"的实施使福建群众文化进入新阶段的标志。1993 年全省涌现出龙海"文化一条街"、厦门"厦禾芳草带"、邵武"一分钱读书社"、尤溪"评选文化户"等新经验，全省大、中、小型的"芳草示范点"增至 1000 多个，遍布于全省各地。① 在福建文化建设的稳步推进中，群众文化生活质量得到明显改善。

进入"十一五"期间，重点文化惠民工程的全面落实直接体现了福建文化建设的"为人民"意识，这五年中，福建新增和改建乡镇文化站 599 个；建成农家书屋 8450 个，覆盖全省 56% 的行政村；提前实现 20 户以上自然村通广播电视目标，基本实现农村电影数字放映和"一个行政村一月放映一场电影"，圆满完成农村中央广播电视节目无线覆盖工程建设任务。"十二五"期间，公共文化建设是福建文化"为人民"的重要体现。五年内，福建广电有线网络数字化率达 91.48%，已经实现县级数字影院全覆盖，一村一月免费观看一场数字电影得到落实。全省县级博物馆全面达标，建设 500 个激情广场群

---

① 王子韩：《新时期福建文艺事业的发展及启示》。

众性文化示范点，新建 500 个乡镇综合文化站文化信息共享服务点，扶持 32 个非物质文化遗产地方剧种剧团公益性演出等为民办实事文化项目全面完成。

（三）文化建设要与时代重大任务相结合

毛泽东《在延安文艺座谈会上的讲话》的精神之一，就是要求文艺工作与具体的革命工作相结合，为革命工作服务。70 年来，福建文化建设与时代重大任务相结合，与政治、经济、社会建设相协调，成为福建发展过程中不可或缺的要素。

1953 年，福建省属剧团和福州、晋江、南平等地区的文艺工作者，以参加慰问海防前线部队、赴朝为中国人民志愿军和朝鲜军民进行慰问演出等方式服务于革命工作。1958 年上半年至 1961 年，台湾海峡发生战事，全国各地大批文艺团体入闽进行劳军演出，诸多作家来闽体验生活。著名越剧表演艺术家尹桂芳于 1959 年 1 月率上海芳华越剧团迁居福州，壮大了福建戏剧界的阵容。著名诗人及散文家郭沫若、刘白羽、魏金枝、马铁丁、艾中信、田间等，先后来闽体验生活、收集创作素材，写作一批表现海防生活、讴歌爱国精神的诗文作品。① 在融入时代重大任务的过程中，福建文化建设实现了自身的发展。

1988 年 8 月，福建省委常委会两次专门讨论文艺工作问题，并在指导全省文艺工作的会议纪要中，要求各地通过贯彻中央召开的全国文艺工作会议精神来统一大家的认识，充分发挥文艺对于鼓舞人民斗志、推动改革、建设"四化"、维护安定团结的重要作用。

2006 年《福建文化强省建设纲要》出台之后，福建文化与政治、经济、社会等的建设的关系也愈加紧密。《福建文化强省建设纲要》提出："推动海峡西岸文化事业全面繁荣和文化产业快速发展，不断满足人民群众日益增长的精神文化需求，为构建社会主义和谐社会、建设海峡西岸经济区提供思想保证、精神动力和文化支撑"，"文化强省建设工作由各级党委和政府统一组织实施，纳入经济社会发展总体

---

① 福建省地方志编纂委员会编：《福建省志·文化艺术志》，http://www.fjsq.gov.cn/frmBokkList.aspx? key = D0A9F645C3EC400E9E33E0FD474E0609.

规划"。《福建省"十一五"文化发展专项规划》中指出："以建设文化强省为目标,以改革创新为动力,解放和发展文化生产力,大力繁荣公共文化事业,着力发展文化产业,努力构建和谐文化,不断满足广大人民群众日益增长的文化精神需求,为海峡西岸经济区建设提供思想保证、精神动力、文化条件和产业支撑。"《福建省"十二五"文化改革发展专项规划》提出:"到 2015 年,形成与海峡西岸经济区经济社会发展相适应、与提前实现全面建设小康社会的奋斗目标相适应的文化发展格局。"《中共福建省委关于贯彻落实党的十七届六中全会精神推动文化大发展大繁荣的实施意见》提出:"到 2016 年,文化发展的主要指标位居全国前列,文化强省建设取得重大进展,形成与我省经济社会发展相协调、与全面建成更高水平小康社会相适应的文化发展格局。"《福建省"十三五"文化改革发展专项规划》也指出,要"加快文化强省建设,促进我省文化事业全面繁荣和文化产业跨越发展,为推动我省经济社会发展再上一个新台阶,建设机制活、产业优、百姓富、生态美的新福建提供有力支撑和保障"。

(四) 注重文化的制度和政策的建设

新中国成立初期,福建就贯彻执行中央人民政府政务院《关于戏曲改革工作的指示》,推行"改戏、改人、改制"的工作,组建文化工作机构、队伍,发展社会文化网络,执行党的知识分子政策和"百花齐放,百家争鸣""推陈出新"等文艺方针,推动了文化工作的初步繁荣与发展。1984 年 6 月,福建省文化厅对管理制度进行了改革,发布给省属文化事业单位、艺术表演团体和文化系统企业单位放权的三个决定,下放部分人权、财权、管理权,扩大事业单位的自主权,转变领导机制,加强宏观管理和文化立法,从主要依靠行政手段,向依靠法律、经济、行政、文化艺术规律相结合的管理转变,提高工作效率,开始建立多部门、多渠道、多层次、多形式的全社会办文化的新格局。[①] 80 年代中期,福建先后制订了文化发展事业的计划和规划。

《福建文化强省建设纲要》为福建文化建设注入了强劲的能量。随着文化产业的迅猛发展,福建文化的政策建设也需要与时俱进,在

[①] 福建省地方志编纂委员会编:《福建省志·文化艺术志》。

许多领域，文化政策都做出了相应的调整和变化。文化政策制度的改善和建设没有终点。2018 年 8 月 21 日，习近平总书记在全国宣传思想工作会议上指出："要坚定不移将文化体制改革引向深入，不断激发文化创新创造活力。"福建文化建设仍然需要努力前行。

（五）注重对台文化交流工作

闽台文化亲缘源远流长。出于历史原因，闽台间的文化交流一度陷入困境。在改革开放开始到 1989 年这段时间里，福建文艺家们尚未能实现赴台访问，但已先后接待了来闽访问的台湾文艺家 16 人次。与此同时，福建文艺界与香港、澳门文艺界的交往也更加密切，福建文艺家赴港澳访问、讲学、展出及演出 14 批 144 人次，接待港澳来访的文艺家也达 8 批 101 人次。随着两岸关系的逐步缓和，《福建省繁荣文艺创作的百花计划》提出，要建设具有对台对外文化辐射功能的、既有鲜明的福建地方特色又富有时代精神的八闽文艺百花园。进入 21 世纪后，闽台文化交流发展迅速。《福建文化强省建设纲要》指出，要拓展对台文化交流合作领域，精心组织两岸文化大型活动，推动闽台文化全方位交流与合作。

改革开放 40 年来，"海峡两岸借助闽南文化这一重要交流平台，建立了常态化、长期化、深度化的文化交流合作机制。如海峡两岸民间文化艺术节、海峡两岸闽南文化学术研讨会、海峡两岸文化产业博览交易会、海西文化论坛、闽南语歌曲大赛、闽台对渡文化节暨蚶江海上泼水节、世界闽南文化节、两岸姓氏谱牒展暨学术研讨会等等文化活动和学术活动不胜枚举"。另外，围绕妈祖文化、朱子文化等主题所进行的两岸文化交流也十分热络。总体上看，福建精心打造一批闽台文化交流与合作的品牌项目，采取"入岛战略"和双向互动等形式，积极构建文化艺术、电视新闻、书报刊等交流载体，积极建设对台文化交流与合作基地，促进对台文化贸易合作，开展多形式、深层次、全方位的对台文化交流，取得了良好的文化效果。① 对台文化交流的新局面正在形成。

福建在对台文化交流、推动两岸同胞心灵相通方面有着得天独厚的优势。2019 年 3 月 10 日下午，习近平总书记在参加福建代表团审

---

① 张帆：《改革开放以来福建区域文化的发展》，《福建党史月刊》，2018 年第 12 期。

议时，就对台工作发表了重要讲话，在充分肯定福建对台工作的同时，又为福建省的对台工作指出了新方向，提出了新要求。习近平总书记在讲话中指出："要加强两岸交流合作，加大文化交流力度，把工作做到广大台湾同胞的心里，增进台湾同胞对民族、对国家的认知和感情。"通过加强两岸文化交流，增进台湾同胞对民族、对国家的认知和感情，是福建文化建设工作所必须承担的时代重任。

三、70 年来福建文化建设的启示

新中国成立 70 年来，福建文化建设的实践探索和发展经验，是实现福建"机制活、产业优、百姓富、生态美"的宝贵精神财富，为全力加快高质量发展落实赶超，谱写新时代新福建建设新篇章提供有力的文化支撑。福建发展进入新时代，必须坚持福建文化建设所取得的宝贵经验，在实践中不断丰富和发展。

（一）必须坚持认真学习宣传贯彻习近平新时代中国特色社会主义思想

习近平新时代中国特色社会主义思想是 21 世纪马克思主义、当代中国马克思主义。习近平新时代中国特色社会主义思想是立足时代之基、回答时代之问的科学理论，构建起系统完备的科学体系，具有特色鲜明的理论品格，是经过实践检验、富有实践伟力的强大武器。习近平新时代中国特色社会主义思想，是马克思主义中国化最新成果，是中国特色社会主义理论体系的重要组成部分。这一思想是新时代中国共产党人的思想旗帜，是国家政治生活和社会生活的根本指针；这一思想为发展马克思主义做出了中国的原创性贡献，谱写了马克思主义新篇章；这一思想是中国精神的时代精华，为实现中华民族伟大复兴提供了精神力量；这一思想包含着对人类发展重大问题的睿智思考和独特创见，为建设美好世界贡献了中国智慧、中国方案。习近平新时代中国特色社会主义思想成为指引人民谋幸福、为民族谋复兴的思想之旗，成为凝聚中国人民戮力同心、奋勇前进的精神之魂。福建文化建设工作，必须坚持高举习近平新时代中国特色社会主义思想的伟大旗帜。

习总书记在闽工作生活了近 18 年，为福建改革开放和现代化建设倾注了大量心血，习近平新时代中国特色社会主义思想在福建有深厚的实践基础和丰富的理论源头，为福建文化强省建设提供了根本遵循。福建的文化建设战线，必须坚持认真学习宣传贯彻习近平新时代中国特色社会主义思想，将认真学习宣传贯彻习近平新时代中国特色社会主义思想作为重大政治任务，作为检验"四个意识""四个自信""两个维护"的重大标尺，原原本本学、深入系统学、长期不懈学、知行合一学，推动全省兴起新一轮"大学习"热潮，真正把对习近平总书记的深厚爱戴之情，转化为加快新时代新福建文化建设的实际行动。

（二）必须坚持以人民为中心的文化发展观，全心全意为人民奉献精品

革命时期，毛泽东《在延安文艺座谈会上的讲话》这份经典文献，在阐述了"为什么人服务的问题"之后，紧接着就讨论"普及与提高"的问题。在指出"在目前条件下，普及工作的任务更为迫切"之时，也强调"普及工作和提高工作是不能截然分开的"，"我们的提高，是在普及基础上的提高；我们的普及，是在提高指导下的普及"。在革命时期和社会主义建设初期，普及的确是文化工作的重心。

改革开放40多年来，世情、国情、党情都已经发生了明显的变化，但"人民性"的文艺立场依然没有任何的松动，以人民为中心的文化发展观一脉相承。习近平总书记在不同场合反复强调过文化工作的人民立场。《在文艺工作座谈会上的讲话》指出："社会主义文艺，从本质上讲，就是人民的文艺"，"文艺工作者要想有成就，就必须自觉与人民同呼吸、共命运、心连心"，"人民既是历史的创造者、也是历史的见证者，既是历史的'剧中人'、也是历史的'剧作者'"，"人民的需要是文艺存在的根本价值所在。能不能搞出优秀作品，最根本的决定于是否能为人民抒写、为人民抒情、为人民抒怀"。这些观点是对毛泽东同志《在延安文艺座谈会上的讲话》精神的继承与创新，也是对马克思主义"人民性"文艺观的继承与创新。随着我国社会主要矛盾已经转化为人民日益增长的美好生活需要和不平衡不充分的发展之间的矛盾，人民在文化方面也需要更多的精品。习近平总书记《在文艺工作座谈会上的讲话》中要求要"创作无愧于时代的优秀作品"："文艺工作者应该牢记，创作是自己的中心任务，作品是自己

的立身之本，要静下心来、精益求精搞创作，把最好的精神食粮奉献给人民"，"文艺工作者要自觉坚守艺术理想，不断提高学养、涵养、修养，加强思想积累、知识储备、文化修养、艺术训练，努力做到'笼天地于形内，挫万物于笔端'"，实现从"高原"向"高峰"的迈进。福建当前的文化建设，也必须全心全意为人民奉献，拿出无愧于时代和人民的精品。

（三）必须坚持福建文化建设的创造性转化和创新性发展

文化传统的创造性转化和创新性发展，是文化发展的内在要求，是文化影响力提升的重要手段，也是福建文化建设的必经之路。习近平总书记在不同场合多次阐释过对文化创造性转化和创新性发展的要求，在2013年12月30日中共中央政治局第十二次集体学习时的讲话中强调，要"努力实现中华传统美德的创造性转化、创新性发展……要使中华民族最基本的文化基因与当代文化相适应、与现代社会相协调，以人们喜闻乐见、具有广泛参与性的方式推广开来，把跨越时空、超越国度、富有永恒魅力、具有当代价值的文化精神弘扬起来，把继承传统优秀文化又弘扬时代精神、立足本国又面向世界的当代中国文化创新成果传播出去"。在2014年2月24日中共中央政治局第十三次集体学习中，习近平总书记再次强调，要处理好继承和创造性发展的关系，重点做好创造性转化和创新性发展。在十九大报告中，习近平总书记更是明确提出，要"推动中华优秀传统文化创造性转化、创新性发展"。

福建的传统文化资源丰富。将福建现有的文化资源和福建当代经济社会建设相结合，使优秀传统文化在当代经济社会建设中得到传承和发展，使当代的经济社会发展得到优秀传统文化更有力的支持，是未来福建文化建设的重要路径。迁流不居、与时俱进是传统的常态，它不可能一成不变。美国学者希尔斯认为，传统并不是自己改变的，它天然携带着接受变化的潜力，并促发人们去改变它。"如果只能模仿一些古人遗留的外在形迹，我们可能还没有真正掌握文化传统的精髓"，"中国文化的真正活力并不是刻意维护某种古老的礼仪，而是进入当今社会，力争发现问题并且解决问题"。[1] 能进入当代文化生活并

---

① 南帆：《中国文化的活力》，《人民日报》，2016年10月13日。

产生影响的传统，必然经历了某种程度上的创造性转化和创新性发展。

福建具有文化创造性转化和创新性发展的历史经验，近现代史上，福建文化表现出强劲的创造性勇气和创新性意识。福建传统文化底蕴深厚，在历史上是儒家思想的重镇，拥有丰富的非物质文化遗产，而近代以来的福建文化，则鲜明地体现出在历史紧要关头求新求变的文化气质，林则徐、沈葆桢、严复、林觉民等人在中国文化的现代化转折史上具有重要地位和影响。这种宝贵的历史经验完全应该融入当代福建文化的发展，成为福建文化强省建设有力的精神支柱，鼓舞福建文化不断在中国特色社会主义的伟大事业中取得新的成就。

（四）必须坚持对福建文化的充沛自信

习近平总书记《在文艺工作座谈会上的讲话》中指明："增强文化自觉和文化自信，是坚定道路自信、理论自信、制度自信的题中应有之义。"《在哲学社会科学工作座谈会上的讲话》中，习近平总书记再次指出："文化自信是更基本、更深沉、更持久的力量。历史和现实都表明，一个抛弃了或者背叛了自己历史文化的民族，不仅不可能发展起来，而且很可能上演一场历史悲剧。"没有文化自信的底气，福建文化建设就难以实现真正的发展繁荣。

如何坚持对福建文化的充沛自信，习近平在宁德工作期间的实践和探索已经做出了榜样。在宁德工作期间，习近平对文化自信的问题格外关注。当年的宁德地区经济发展较为落后，如果没有历史的和发展的眼光，就很容易失去自信心，在这个意义上，文化自信之于闽东地区的改革开放意义重大。《闽东之光——闽东文化建设随想》突出强调了宁德发展应有的文化自信："闽东的锦绣河山就是一种光彩。闽东的灿烂文化传统就是一种光彩。闽东人民的自强不息、艰苦奋斗、善良质朴的精神就是一种光彩。认识到自身的光彩，才有自信心、自尊心，才有蓬勃奋进的动力。"① 文化自信是闽东认识自身，也是让外界认识闽东的关键。闽东地区的文化自信源于闽东地区的光辉历史和文化传统，"从整个国家来说，中华民族的传统文化在民族的

---

① 习近平：《闽东之光——闽东文化建设随想》，《摆脱贫困》，福州：福建人民出版社，1992年，第21–22页。

延续和发展中起到了积极的作用。在几千年的文明发展史中，我们已经树立了强烈的民族自信心，无论是在民族危亡，还是在民族昌盛时期，这种自信心都是我们民族精神中最稳定的成分。正是这种自信心，使中华民族渡过了近代史上许多内忧外患的危机，使中华民族在世界上有了令人敬佩的今天。闽东的文化建设也具有同样的意义。我们有一个明确目标：通过文化建设，弘扬民族文化传统，不仅增强我们的自信心，而且提高外界对闽东的信心"。① 历史和现实、理论和实践都已经为福建文化发展提供了文化自信的坚实基础。

（五）必须始终坚持党对文化工作的领导

坚持党对文化工作的领导，是马克思主义政党的宝贵经验财富。福建文化建设今后的发展也必须坚持党对文化工作的领导。

列宁早在 1905 年 11 月 26 日发表的《党的组织和党的出版物》一文中就对党的出版物和党的写作者提出要求，写作事业应当成为整个无产阶级事业的一部分，成为革命的"齿轮和螺丝钉"。尤其是在革命战争年代，包括写作事业在内的整个文化工作都应当遵从党的领导。毛泽东《在延安文艺座谈会上的讲话》这份经典文献，在它的第三部分，直接阐述了文化领导权的问题。确立"文艺为人民"的立场之后，毛泽东认为，"党的文艺工作，在党的整个革命工作中的位置，是确定了的，摆好了的；是服从党在一定革命时期内所规定的革命任务的"。《在延安文艺座谈会上的讲话》精神，深刻影响了 1942 年以来中国文化的发展。1979 年 10 月 30 日，邓小平《在中国文学艺术工作者第四次代表大会上的祝词》中指出，"党对文艺工作的领导，不是发号施令，不是要求文学艺术从属于临时的、具体的、直接的政治任务，而是根据文学艺术的特征和发展规律，帮助文艺工作者获得条件来不断繁荣文学"。② 随着时代的发展，文化工作的重心也在相应地做出调整，但坚持党的领导一以贯之。

进入新时代，习近平新时代中国特色社会主义思想对党领导文化工作做出了系统的阐述。2014 年 10 月 15 日，习近平总书记《在文艺

---

① 习近平：《闽东之光——闽东文化建设随想》，《摆脱贫困》，第 23 页。
② 邓小平：《在中国文学艺术工作者第四次代表大会上的祝词》，《邓小平文选（第二卷）》，北京：人民出版社，1994 年，第 213 页。

工作座谈会上的讲话》中指出："党的领导是社会主义文艺发展的根本保证。党的根本宗旨是全心全意为人民服务，文艺的根本宗旨也是为人民创作。把握了这个立足点，党和文艺的关系就能得到正确处理，就能准确把握党性和人民性的关系、政治立场和创作自由的关系。"习近平总书记强调："各级党委要从建设社会主义文化强国的高度，增强文化自觉和文化自信，把文艺工作纳入重要议事日程，贯彻好党的文艺方针政策，把握文艺发展正确方向"，针对文艺发展的时代新变，"必须跟上节拍，下功夫研究解决。要通过深化改革、完善政策、健全体制，形成不断出精品、出人才的生动局面"。历史证明，离开党的领导，社会主义文化工作不可能取得真正的发展。福建文化工作在新征程、新起点上再出发，要始终坚持党对文化工作的领导。

附表　福建省出台的关于文化产业发展的部分政策文件（2006 至 2012 年）

序号	文件名称
1	《福建文化强省建设纲要》（闽委发〔2006〕17 号）
2	《福建省人民政府关于印发加快我省创意产业发展指导意见的通知》（闽政〔2007〕17 号）
3	《福建省人民政府办公厅转发信息产业厅等部门关于推动我省动漫产业发展若干意见的通知》（闽政办〔2007〕181 号）
4	福建省政府办公厅《加快我省印刷业发展的指导意见》（闽政办〔2008〕7 号）
5	《福建省非公有资本进入文化产业的若干意见的通知》（闽政办〔2008〕107 号）
6	《省政府办公厅转发国务院办公厅关于文化体制改革中经营性文化事业单位转制为企业和支持文化企业发展的两个规定的通知》（闽政办〔2008〕188 号）
7	《关于加快文化产业发展的意见》（闽委办〔2009〕3 号）
8	《关于进一步加快软件产业发展的意见》（闽政文〔2009〕374 号）
9	《关于福建省动漫游戏产业发展规划 2010～2012》（闽政办〔2010〕208 号）
10	《关于转发中央宣传部　中国人民银行　财政部　文化部　广电总局　新闻出版总署　银监会　证监会　保监会关于金融支持文化产业振兴和发展繁荣的指导意见的通知》（福银〔2010〕166 号）

序号	文件名称
11	《中共福建省委关于贯彻落实党的十七届六中全会精神推动文化大发展大繁荣的实施意见》（2011 年 12 月）
12	《福建省"十二五"文化改革发展专项规划》（闽政〔2011〕68 号）
13	《全省文化产业重点项目管理办法》（闽委办〔2011〕151 号）
14	《关于进一步推动福建省文化产业发展若干政策》（闽委办〔2012〕14 号）
15	《福建省文化产业发展专项资金管理办法》（2012 年 4 月）
16	《福建省文化出口重点企业认定暂行办法》（2012 年 5 月）
17	《关于印发关于鼓励和支持文化企业上市融资的工作意见的通知》（闽文改办〔2012〕7 号）
18	《关于印发福建省"文化企业十强"评选管理办法（暂行）的通知》（闽文改办〔2012〕9 号）
19	《关于印发福建省文化重点企业园区认定管理办法（暂行）的通知》（闽文改办〔2012〕13 号）

第十八章

繁荣发展哲学社会科学，
不断提升福建文化影响力研究[①]

　　哲学社会科学是一个国家或地区文化软实力的重要体现，在民族振兴与国家昌盛、文化发展与社会进步中具有举足轻重的作用。在2016年5月17日召开的哲学社会科学工作座谈会上，习近平总书记明确指出："哲学社会科学是人们认识世界、改造世界的重要工具，是推动历史发展和社会进步的重要力量，其发展水平反映了一个民族的思维能力、精神品格、文明素质，体现了一个国家的综合国力和国际竞争力。一个国家的发展水平，既取决于自然科学发展水平，也取决于哲学社会科学发展水平。一个没有发达的自然科学的国家不可能走在世界前列，一个没有繁荣的哲学社会科学的国家也不可能走在世界前列。"在党的十九大报告中，习近平总书记再次强调：坚定文化自信，推动社会主义文化繁荣兴盛，要进一步"深化马克思主义理论研究和建设，加快构建中国特色哲学社会科学，加强中国特色新型智库建设"。对于一个区域、一个省份的发展而言，哲学社会科学同样具有不可替代的重要地位。一个省份哲学社会科学研究的能力与水平，不仅代表着这个省份的文化发展程度，而且是该省综合实力和核心竞争力的重要组成部分。在新时代的历史进程中，繁荣发展福建省哲学社会科学，对进一步提升福建文化创新力、凝聚力和影响力具有重要意义。

---

①　本章与颜桂堤、朱立立、陈舒劼等合作完成。

一、哲学社会科学与文化发展创新

（一）高举马克思主义旗帜，繁荣发展哲学社会科学，不断提升福建文化创新力、凝聚力和影响力

繁荣发展哲学社会科学，不断提升福建文化创新力、凝聚力和影响力，首先必须高举马克思主义的伟大旗帜。马克思主义是中国共产党人理想信念的灵魂，是我们立党立国的根本指导思想，是我们党和人民事业不断发展的参天大树之根本，是我们党和人民不断奋进的万里长河之源。在坚持以马克思主义为指导思想这一根本问题上，我们必须坚定不移，任何时候、任何情况下都不能动摇。今天，高举马克思主义旗帜，就要坚持不懈地用习近平新时代中国特色社会主义思想武装全党、教育人民、推动工作，在学懂、弄通、做实上下功夫，推动中国马克思主义深入人心、落地生根。繁荣发展哲学社会科学，不断提升福建文化创新力、凝聚力和影响力，最根本、最重要的事情就是要高举马克思主义的旗帜，用马克思主义的思想方法指导这一工作。

（二）中华优秀传统文化是中国特色哲学社会科学的深厚基础与文化源泉

习近平总书记指出："中华优秀传统文化是中国特色哲学社会科学十分宝贵、不可多得的资源，也是文化自信最基本的来源。"优秀传统文化是中华民族的突出优势，是中国特色哲学社会科学成长发展的深厚基础，也是我们最坚实的文化软实力。中国特色哲学社会科学的发展繁荣，就必须深入挖掘中华优秀传统文化资源，将其作为人文社科研究的立根之本与文化富矿。

（三）哲学社会科学是文化发展与创新的一个至关重要的要素

弘扬中国传统文化必须以哲学社会科学的发展为前提，通过不断对传统文化进行理论创新，不断构建和完善中国特色哲学社会科学来指导现实。创新是哲学社会科学发展的永恒主题，也是社会发展、实践深化、历史前进对哲学社会科学的必然要求。"面对世界范围内各种思想文化交流交融交锋的新形势，如何加快建设社会主义文化强国、增强文化软实力、提高我国在国际上的话语权，迫切需要哲学社

会科学更好发挥作用。"新时代的社会主义文化发展对哲学社会科学的发展提出了新要求、新期望，迫切需要在更深层次、更广范围推动哲学社会科学繁荣发展，迫切需要我们的哲学社会科学提供更为强劲有力的支撑。

（四）中国特色哲学社会科学与中国文化发展息息相关、密切融合

发展中国特色哲学社会科学应该与传承发展中国传统文化紧密联系在一起，它们相互交织、彼此渗透。在二者的融合发展过程中，既要努力挖掘中国传统文化思想精髓，弘扬中华民族的优秀传统文化；也要不断夯实中国哲学社会科学的理论根基，构筑鲜明、丰富、进取、开放的中国精神话语体系，着力提出能充分体现中国特色的立场、风格、智慧的学术观点，勇于进行理论创新。

（五）繁荣发展哲学社会科学，在提升创新能力、打造创新成果中推动福建文化影响力的提升

繁荣发展哲学社会科学，要以我们当下的学术研究为中心，从我国改革发展的具体实践中挖掘新材料、发现新问题、提出新观点、构建新理论，加强对改革开放和社会主义现代化建设实践经验的系统总结，不断增强文化进步的动力，推动福建文化创新力的提升。繁荣发展哲学社会科学，要在加强马克思主义指导地位的过程中增强文化的凝聚力，以哲学社会科学繁荣带动社会主义核心价值观的培育和践行，推动福建文化凝聚力的提升。繁荣发展哲学社会科学，要在有效回应社会的重大关切中增强文化的影响力，在提升创新能力、打造创新成果中切实推动福建文化影响力的提升。

福建"文化强省"建设离不开哲学社会科学的繁荣发展与智力支持。八闽福建文化底蕴深厚，要建成"文化强省"，必须凝聚哲学社会科学各领域的智慧与力量。一方面，哲学社会科学可以为"文化强省"建设提供思想基础和精神动力；另一方面，哲学社会科学能为"文化强省"建设提供多层次、立体化的文化服务和智力支撑。换言之，我省致力于打造"文化强省"，不断提升福建文化的创新力、凝聚力、影响力，需要哲学社会科学提供思想保证、精神动力、舆论氛围及文化条件，在提升哲学社会科学创新能力、打造创新成果中推动福建文化影响力的提升。

二、福建省哲学社会科学的发展现状

（一）优长学科与特色学科的引领作用日益显著

近年来，福建区域文化发展快速，成果丰硕，已经成为我省哲学社会科学的优长学科和特色学科。（1）优长学科：诸如福建师范大学的中国语言文学、马克思主义理论及以陈征为代表的《资本论》研究、区域史研究，厦门大学的区域研究、工商管理、理论经济学，福建社会科学院的侨台文化研究等，都具有深厚的历史积淀与良好的学术传承，在我省哲学社会科学发展中发挥着重要的引领作用。在全国第四轮学科评估中，这些优长学科大多进入了学科排名前列，在全国具有重要影响力（见表1）。（2）特色学科：闽文化研究、侨台文化、闽派批评是我省哲学社会科学的特色学科。福建师范大学的闽台区域研究中心、闽南师范大学的闽南文化研究院、莆田的妈祖文化研究院、龙岩地区的客家文化研究中心等在区域历史文化研究领域都取得了重要进展。其中，闽台文化关系研究尤其值得关注，由刘登翰和林国平教授主编的"闽台文化关系丛书"在海峡两岸都产生了积极的影响。（3）地方文献整理与研究获得普遍重视，形成了一批标志性、集成性的学术成果。福建师范大学闽台区域研究中心策划编辑的百卷《台湾文献汇刊》，闽南师范大学编撰的《台海文献汇刊》与《闽南涉台族谱汇编》，福建师范大学主编的《琉球文献史料汇编》和《中国古代音乐文献集成》，莆田学院的《妈祖文献史料汇编》，福建工程学院的《福建文献汇编》，汪征鲁主编的《严复全集》，陈庆元编校的《谢章铤集》，刘传标的《近代中国海军大事编年》等，都是重要的文献整理研究成果，在全国人文社科界产生了较大影响。

表1　全国第四轮学科评估福建高校哲学社会科学排名情况一览表

学校名称	A+	A	A-	B+	B	B-	C+	C	C-
厦门大学	-	①应用经济学②统计学③工商管理	①法学	①教育学②理论经济学③政治学④外国语言文学⑤新闻传播学⑥中国史⑦公共管理	①世界史②哲学③社会学④马克思主义理论⑤中国语言文学	①民族学	①考古学	-	-
福建师范大学	-	-	①马克思主义理论	①中国语言文学	①理论经济学②外国语言文学	①教育学②世界史③戏剧与影视学	①中国史	①法学②图书情报与档案管理	-
福州大学	-	-	-	①工商管理	-	-	①马克思主义理论	-	-
福建农林大学	-	-	-	-	-	-	①公共管理	①马克思主义理论	工商管理
华侨大学	-	-	-	-	①工商管理	①应用经济学	①哲学②法学③政治学	①中国语言文学	-

（二）学术平台建设形成体系

近年来，福建省哲学社会科学领域的平台建设取得了突破性的进展。据统计，福建省现有教育部人文社科重点研究基地6个（厦门大学5个，福建师范大学1个），福建省社会科学研究基地16个。2014年，福建省社科规划领导小组立项建设第一批16家人文社会科学研究基地，包括"中国特色社会主义研究中心""马克思主义中国化研究中心""海洋法与中国东南海疆研究中心""生态文明研究中心""中华文学传承发展研究中心""竞争力研究中心""闽南文化研究中心"等，专门出台了《福建省社会科学研究基地建设管理办法（暂行）》和《福建省社会科学研究基地考核评估指标体系》，对基地实行"竞争入选、定期评估、量化管理、达标扶持、淘汰替补"动态管理，致力于把社科研究基地建设成为福建省科学研究、人才培养、决策咨询、学术交流、文献收集及体制改革的重要阵地和示范窗口。通过四年的建设，福建省社会科学研究基地起到了集聚人才和联合攻关的作用，也产生了一批有分量的代表性科研成果，发挥了探索引领学科建设、决策咨询、人才培养、服务社会和管理创新的积极作用。另外，福建省教育厅批准建设的福建省高等学校人文社会科学研究基地以及各高校自筹建设的各类基地、研究中心，也为福建省哲学社会科学的繁荣与发展提供了重要的学术平台。现今，由校级、厅级、省部级到国家级的各类学术平台为我省哲学社会科学的发展与繁荣构筑了一个层次丰富、相对完善的平台体系（见表2）。

表2 福建省哲学社会科学省部级研究基地一览表

教育部人文社会科学重点研究基地名称	国家其他部委研究基地名称	福建省社会科学研究基地名称	福建省高等学校文科研究基地名称
1. 厦门大学高等教育发展研究中心 2. 厦门大学东南亚研究中心 3. 厦门大学台湾研究中心 4. 厦门大学会计发展研究中心 5. 厦门大学宏观经济研究中心 6. 福建师范大学闽台区域研究中心	1. 厦门大学国家语言资源监测与研究教育教材中心 2. 厦门大学女性/性别研究与培训基地 3. 国家统计局统计科学研究所厦门大学研究基地 4. 厦门大学国家旅游局中国旅游研究院台湾旅游研究基地	1. 中国特色社会主义研究中心 2. 马克思主义中国化研究中心 3. 中华文学传承发展研究中心 4. 生活哲学研究中心 5. 公共服务质量研究中心 6. 海洋法与中国东南海疆研究中心 7. 竞争力研究中心 8. 生态文明研究中心	1. 哲学与当代社会研究中心 2. 中国社会经济史研究中心 3. 公共财政研究中心 4. 世界经济研究中心 5. 国际经济法研究中心 6. 企业发展战略研究中心 7. 公共政策与政府创新研究中心 8. 金融研究中心 9. 人类学研究中心 10. 数据挖掘研究中心 11. 财税金融法治研究中心 12. 立法研究中心

教育部人文社会科学重点研究基地名称	国家其他部委研究基地名称	福建省社会科学研究基地名称	福建省高等学校文科研究基地名称
	5. 福建师范大学基础教育课程研究中心 6. 福建师范大学世界创新竞争力研究中心 7. 福建师范大学全国中国特色社会主义政治经济学研究中心	9. 物流研究中心 10. 财务与会计研究中心 11. 地方财政绩效研究中心 12. 文化产业研究中心 13. 闽南文化研究中心 14. 妈祖文化研究中心 15. 地方文献整理研究中心 16. 南音研究中心	13. 地方立法与地方治理研究中心 14. 生态文明科学研究中心 15. 体育人文社会学研究中心 16. 海峡旅游发展研究中心 17. 马克思主义理论与海西经济社会协调发展研究基地 18. 中国区域经济综合竞争力研究中心 19. 媒介文化研究中心 20. 非物质文化遗产研究中心 21. 人文福建研究中心 22. 海峡两岸经济区经济社会发展研究中心 23. 基础教育与教师教育研究中心 24. 中国画创作与理论研究中心 25. 闽台文化研究中心 26. 中国海外发展研究中心 27. 地方法治研究中心

（三）协同创新机制基本形成

由厦门大学牵头，与复旦大学、中国社会科学院台湾研究所和福建师范大学共同建设的"两岸关系和平发展协同创新中心"入选国家"2011 计划"，力图在"两岸关系和平发展重大理论创新""两岸经济一体化""两岸社会整合""两岸文教融合""两岸共同事务合作治理"五大领域开展协同研究。福建省省级"2011 协同创新中心"于2013 年开始建设，第一批共有 25 个创新中心入选，其中的 15 个为认定创新中心，10 个为培育对象。哲学社会科学领域的"文化传承"类主要有：厦门大学的能源经济与能源政策协同创新中心、福建师范大学的海峡两岸文化发展协同创新中心、泉州师范学院的南音文化传承与发展协同创新中心等；第二批共 19 个创新中心入选省级"2011协同创新中心"，包括华侨大学海外华文教育与中华文化传播协同创新中心、莆田学院妈祖文化传承与发展协同创新中心、闽南师范大学区域农村教师发展协同创新中心、厦门大学公共政策与地方治理协同创新中心等。迄今，福建省哲学社会科学研究领域的协同创新机制和格局已经基本形成。

（四）新型智库已初具规模

近年来，福建省社科联充分发挥跨领域、跨部门的智力资源优势，积极搭建研究平台、促进学术交流合作，尤其重视研究成果的应用转化。打造具有福建特色和在国内外有影响力的新型智库，对"福建声音"的表达、"福建愿景"的展示、"福建形象"的塑造具有重要意义。通过推动跨学科、跨领域、跨单位合作和校内外协同攻关，福建省已经着力建设一批"特、专、新、优"的新型智库。2017 年立项建设高校新型智库 11 个，培育项目 4 个；2018 年立项建设高校新型智库 A 类 15 个，B 类 5 个。迄今，福建省已初步形成以官方智库为主导、高校智库为中坚的新型智库发展格局（见表3）。

表3 福建省新型智库建设一览表

官方智库	2017 年建设的高校新型智库	2018 年建设的高校新型智库
1. 福建省委政策研究室 2. 福建省人民政府发展研究中心	立项： 1. 厦门大学人才战略研究所 2. 厦门大学创新与知识产权研究中心 3. 华侨大学"一带一路"旅游安全发展研究中心 4. 福州大学福建省海洋文化研究中心 5. 福州大学福建绿色发展研究院	A 类： 1. 厦门大学国家与社会治理法治化研究中心 2. 厦门大学中国营商环境研究中心 3. 华侨大学港澳台青年研究中心 4. 华侨大学经济发展与改革研究院 5. 福州大学福建省应急管理研究中心 6. 福州大学创新与高质量发展研究中心 7. 福建师范大学中华文明与两岸文教交流研究中心

官方智库	2017 年建设的高校新型智库	2018 年建设的高校新型智库
3. 福建社会科学院	6. 福建师范大学两岸关系与闽台区域发展战略研究院 7. 福建师范大学红色文化研究中心 8. 福建农林大学福建普惠金融研究院 9. 福建医科大学福建省医疗改革与发展研究中心 10. 集美大学地方财政绩效研究中心 11. 泉州师范学院海丝文化传承发展研究院 培育项目： 12. 厦门理工学院两岸文创研究院培育 13. 三明学院闽江源生态保护研究院培育 14. 龙岩学院中央苏区研究院培育 15. 武夷学院朱子学研究中心培育	8. 福建师范大学资源环境与绿色发展研究中心 9. 福建农林大学集体林业改革发展研究中心 10. 福建农林大学海峡两岸乡村振兴研究院 11. 福建医科大学老年护理教育研究中心 12. 福建中医药大学中医健康服务与产业发展研究院 13. 泉州师范学院民营经济发展研究院 14. 闽江学院互联网创新研究中心 15. 宁德师范学院精准扶贫与反返贫研究中心 B 类： 16. 集美大学福建航运研究院 17. 厦门理工学院两岸文创研究院 18. 三明学院闽江源生态保护研究院 19. 龙岩学院中央苏区研究院 20. 武夷学院朱子学研究中心

（五）人才队伍不断扩大、结构不断优化

近年来，福建省哲学社会科学工作者队伍规模与结构协调发展，不仅加大引才力度，而且着力培养了一批在哲学社会科学领域具有较高造诣、业务精湛、影响广泛的高层次专业人才和科研管理人才，打造了一批具有竞争力的哲学社会科学优秀创新团队。目前，福建省哲学社会科学人才培养主要依托国家"万人计划"哲学社会科学领军人才计划、中宣部文化名家暨"四个一批"人才计划、教育部"长江学者奖励计划""新世纪优秀人才支持计划""海外高层次人才引进计划""青年英才开发计划"，以及福建省哲学社会科学领军人才计划、文化名家计划、福建省"海纳百川"高端人才聚集计划、"闽江学者奖励计划"、福建省新世纪优秀人才计划等。国家级、省级和县市级的各类人才计划共同构成了福建省哲学社会科学高层次人才培养体系。

（六）学术评价体系逐渐完善

学术评价是哲学社会科学发展中具有导向性的重要环节，直接决定着学术成果的鉴别、筛选与应用，从某种意义上说就是学术研究的"指挥棒"。在遵循哲学社会科学发展规律的基础上，福建省着力构建系统的哲学社会科学学术评价体系。目前，福建省哲学社会科学研究领域的同行评价机制已经相对成熟，综合评价体系基本形成，而分类评价体系正处于探索过程之中。

（七）社科普及成效显著，成果丰硕，在提升福建文化创新力、凝聚力和影响力研究方面发挥了积极的作用

近年来，哲学社会科学研究成果的普及作用与意义越来越受到重视。福建省社科联做了很好的组织与策划工作，发挥了良好的社会效益。（1）为了加强社会科学普及工作，2014年9月26日福建省第十二届人民代表大会常务委员会第十一次会议通过了《福建省社会科学普及条例》，为社科普及提供了有力的政策保障，有效推动福建省社会科学的普及与资源的整合共享。（2）设立社会科学普及宣传周，举办各种形式的科普讲座、科普咨询、科普论坛和主题日等活动，尤其是"东南周末讲坛"推出了"八闽优秀传统文化趣谈""十九大精神解读""福建历史文化名人""闽台文化"等系列活动，取得了显著成效。（3）社科普及基地建设成效显著。社科普及基地作为社科普及活动的重要载体，对于推动福建省社科普及工作日常化、常态化、大众化具有重要作用。目前，已经设立了福建历史革命纪念馆、福建省昙石山遗址博物馆、中国船政文化博物馆、福州闽都大讲坛、厦门市鹭江讲坛、华侨博物院、中国闽台缘博物馆、古田会议纪念馆、闽东苏区纪念馆、莆田市莆阳讲坛、马江海战纪念馆等社科普及基地40余家。（4）编纂出版社科普及读物，打造"八闽社科普及书库"。策划编纂出版"福建历史文化名人丛书"，目前已经出版两辑共20本，其中第一辑荣获"全国优秀社会科学普及作品"荣誉称号。启动"八闽社会科学普及书库"公开征集出版资助项目工作，第一批19个资助项目已经基本完成，第二批的资助项目也已启动立项。"八闽社会科学普及书库"有望被打造成福建省社会科学普及读物的又一品牌项

目。此外，各级社科联和各有关单位也积极策划编纂各类社科普及读物，包括《福建岁时节俗谈》《福建家训》《山水福州》《话说闽江》《厦门历史名人画传》、"泉州地情系列丛书"、《闽西姓氏大典》《三明客家大观》《莆阳进士录》《大美晋江》等一大批社科普及读物。在推广和普及福建优秀历史文化方面，社科普及工作发挥了卓有成效的作用。

（八）哲学社会科学的繁荣发展为福建文化创新力、凝聚力和影响力的提升提供了很好的基础

哲学社会科学的繁荣是文化发展的核心要素之一。习近平总书记在哲学社会科学工作座谈会上的讲话中指出："面对世界范围内各种思想文化交流交融交锋的新形势，如何加快建设社会主义文化强国、增强文化软实力、提高我国在国际上的话语权，迫切需要哲学社会科学更好发挥作用。"福建哲学社会科学的繁荣发展为福建文化的整体提升，提供了素质优良的学科队伍、体系化的学术平台、成型的协同创新机制、规模化的新型智库、不断趋于优化的人才队伍结构、日趋完善的学术评价体系、成效显著的社科普及，使福建文化的创新力、凝聚力和影响力不断增强。党的十八大以来，福建省哲学社会科学领域取得了长足发展与丰硕成果，对福建文化繁荣的推动作用日益显著。不言而喻，福建省哲学社会科学的繁荣与发展构筑了福建文化的理论根基，有效地提升了福建文化创新力、凝聚力与影响力。

三、福建省哲学社会科学发展存在的问题分析

在总结成绩的同时，我们也应该清楚地认识到福建省哲学社会科学整体发展水平与福建省经济社会发展需求相比，还存在着需须进一步提升的空间，主要表现在以下几个方面：

（一）区域发展不平衡

福州、厦门、泉州等地区由于区位优势和经济发展优势，在资源配置、人才汇聚、项目设置、资金投入等方面都有明显优势，因此这些地区的哲学社会科学研究发展相对充分；但是，相对边远的闽西、闽北地区则受限于资源、人才、资金、项目等方面的不平衡配置，哲学社会科学研究发展相对薄弱。区域发展不平衡已成为影响和制约福

建省哲学社会科学进一步发展繁荣的重要问题。

（二）优长学科、特色学科发展不充分

一是优长学科发展尚不够突出。福建省的优长学科在第四轮学科评估中尚没有进入 A＋的学科，进入 A－以上的学科数量也偏少，如福建师范大学的中国语言文学学科有着深厚的历史积淀与良好的学科声誉，但学科排名仅位列 B＋，仍有很大的发展空间。二是特色学科的作用发挥不够充分。区域文化、侨台文化是福建哲学社会科学研究的特色学科，但是近年来由于人才断层等问题，福建省高校和科研院所的区域历史文化研究、侨台问题研究等在学科建设上还存在不少短板，基础理论研究不够充分，人才队伍建设的断层问题尤其突出，亟须进一步规划与加强。区域历史文化研究文献集成型成果丰富，但在文献整理基础上的观念史、思想史或文化史研究则相对薄弱，创新性成果还不多，须进一步树立中国立场、国际视野与区域文化研究相结合的学术意识。

（三）基础研究与应用研究之间的关系处理不够到位

一是基础研究与应用研究二者之间还存在矛盾、冲突，未能得到很好的融合。基础研究成果的转化应用没有得到应有的重视，应用研究则存在短、平、快的问题，学科支撑基础不够牢固。二是福建地方文史研究没有得到充分重视。诸如目前福建省的区域研究更侧重于应用研究，而缺乏为其提供支撑的区域文化的基础理论研究，因而难以得到更为系统深入的研究。三是文献出版、数据服务建设与哲学社会科学研究相脱节，未能形成有效合力。诸如"八闽文库"的出版和"福建文化云"的建设，迄今还没有与社科界建立紧密的协同合作关系，均未能以哲学社会科学研究作为有力的智力支撑。

（四）回应当前重大现实问题和理论问题的能力与主动性有待加强

福建省的哲学社会科学研究在回应重大现实问题和理论问题方面，积极性、主动性还不够突出，存在学术研究与重大理论、实践问题的联系不够紧密的问题，用哲学社会科学思想破解现实问题的能力不足。围绕中心，以问题为导向，在哲学社会科学的思想创新与学科发展中，积极有效地回应当前重大理论问题、现实问题，在开展具有全局性、战略性、前瞻性的研究方面还存在很大的拓展空间。

（五）社科人才"核心竞争力"有待进一步提升

一是福建省在国际、国内的引才竞争力明显不足，尤其是在哲学社会科学领域表现更加明显。福建省的人才引进投入与相邻省份相比存在较大差距，吸引力不足。二是哲学社会科学"领军人才"和"文化名家"的引领作用发挥不够，未能以国家级和省级"领军人才""文化名家"为中心形成团队，充分发挥他们的引领效应。三是青年优秀人才、拔尖人才脱颖而出的数量偏少，竞争力不够。从历年福建省申报国家"万人计划"青年拔尖人才、"长江学者"特聘教授和青年学者的情况及入选结果可以发现，福建省哲学社会科学领域的青年人才，尤其是 40 岁以下的青年优秀人才，"核心竞争力"仍有待进一步提升。

（六）学术平台和评价体系尚需进一步完善

一是学术平台相较于临近发达省份显得较为薄弱。如我省的教育部人文社科重点基地数量偏少，省级、地市级的哲学社科平台有待进一步加强建设。学术平台在学科建设、重大项目联合攻关和人才培养集聚等方面的作用发挥还不充分。二是福建省哲学社会科学的评价体系尚未建立。目前，只有同行评价相对成熟，而分类评价体系尚处于探索过程之中。

（七）社科普及工作仍有待加强，需进一步强化新媒体融媒体的创新应用

一是缺乏经典的科普作品，特别是缺少哲学社会科学各领域大家写作的科普作品。二是社科普及的手段创新不足，对于现代信息技术手段有尝试但未能充分利用。三是普及的体系化、前沿化不够，主要是着力于福建历史文化的普及，但是前沿意识比较薄弱。四是社科普及的资金投入不足。

（八）推动福建文化创新力、凝聚力与影响力提升的能力和动力相对不足

福建哲学社会科学的发展已经为福建文化创新力、凝聚力与影响力的提升提供了很好的基础。然而，这与直接为之提供强大的动力支撑之间，尚有一定的距离。习近平总书记在哲学社会科学工作座谈会上的讲话中对我国当前的哲学社会科学现状有过精确的分析："哲学社会科学发展战略还不十分明确，学科体系、学术体系、话语体系建

设水平总体不高，学术原创能力还不强；哲学社会科学训练培养教育体系不健全，学术评价体系不够科学，管理体制和运行机制还不完善；人才队伍总体素质亟待提高，学风方面问题还比较突出，等等。总的看，我国哲学社会科学还处于有数量缺质量、有专家缺大师的状况，作用没有充分发挥出来。"这些问题，当然也客观存在于福建省的哲学社会科学发展和研究领域，福建省社科界服务福建文化创新发展的自觉性和能动性相对不足，影响着福建哲学社会科学进一步为福建文化创新力、凝聚力、影响力提升发挥更直接的推动作用。

福建文化的发展离不开哲学社会科学研究。哲学社会科学为福建文化发展提供重要的思想资源与智力支撑。显然，当前福建省哲学社会科学研究领域存在的这些问题与不足，在一定程度上影响了福建文化的创新力、凝聚力与影响力。

四、新时代繁荣发展哲学社会科学，不断提升福建文化创新力、凝聚力与影响力的思考与建议

如何处理好哲学社会科学与提升福建文化的创新力、凝聚力和影响力之间的关系，需要福建省哲学社会科学对福建文化的深度介入。因此，只有以福建文化为研究起点，构建具有福建文化特质的学科体系、学术体系、话语体系，福建省哲学社会科学才能形成自己的特色和优势。针对福建省哲学社会科学当前存在的问题，我们应该做好以下十个方面的工作：

（一）坚持马克思主义思想统领，确保正确的学术文化方向

马克思主义理论是哲学社会科学研究发展的根本指导。应该坚定不移用马克思主义统领全省哲学社会科学工作，以习近平新时代中国特色社会主义思想为指导，把马克思主义的立场、观点、方法贯穿到福建省哲学社会科学研究的全过程、各领域，贯穿文化建设的全过程；不断巩固马克思主义在意识形态领域的指导地位，使哲学社会科学始终沿着正确的方向发展；把马克思主义的基本原理与福建省发展实际和特点相结合，用习近平新时代中国特色社会主义思想武装社科工作者的头脑、指导社科研究实践、推动文化建设工作，用新福建建设的文化实践丰富和发展 21 世纪马克思主义的文化理论。

（二）持续深化改革与优化资源配置，改变区域发展不平衡状况，重点扶持区域历史文化特色学科的建设

改变区域发展不平衡并不是要均衡发展，也不是要平均资源配置，而是应该根据各个区域的实际状况有重点、有特色地扶植与发展。要根据各个地区的区域优势发展特色学科，让这个区域的优势学科与区域文化有效结合，诸如闽南师范大学着力发展闽南文化研究，莆田学院致力于妈祖文化研究，武夷学院大力推进朱子文化，龙岩学院注重于发展客家文化研究，等等。针对已有的区域特色研究方向，应该进一步加大扶持和培育力度，使其发展成为在全国乃至国际上都具有竞争力、影响力的重要区域特色学科。

（三）充分发挥优长学科、特色学科的示范引领作用，打造福建文化的"核心竞争力"

一是要进一步加强优长学科建设，将之打造成在全国乃至国际上都有竞争力的学科，发挥示范引领作用，成为福建文化的重要品牌和核心竞争力。二是进一步加强福建省区域研究、侨台文化研究、政治经济学和《资本论》研究，加大扶持闽派批评和闽派翻译等特色学科方向的建设，彰显福建特色文化研究品牌的影响力。三是以"八闽文库"的编纂为突破口整体提升福建历史文化的影响力。"八闽文库"编纂出版工程，是福建文化品牌的重要抓手。打响福建文化品牌、扩大福建文化影响力，是当前福建文化建设的重要任务。福建文化资源众多，但在文化品牌影响力方面仍有较大提升空间。"八闽文库"立足对福建传统优秀文化资源的深度挖掘和再整理，在纸质载体的基础上打造数字全媒体产品体系，围绕"八闽文库"多媒体数据库这一核心，建设 PC 端的"八闽文库"官方网站和移动端的"八闽文库" App，以及"八闽文库"官方微博和微信公众号等社交媒体矩阵。融入数字福建建设，着力打造"八闽文库"数据库，以此为基础建设福建历史文化数据库，推动福建省数字人文工程的建设，推动福建历史文化的整体宣传推广工程建设，有利于在更加宽广的文化平台上树立福建文化品牌。以人文数据库的开发与应用为抓手，以"八闽文库"多媒体数据库和"八闽文化云"为基础，导入福建区域历史文化研究的成果和社会科学的整体观念与研究方法，规划出台"数字文化福建"建设计划，进一步增强福建文化软实力。

（四）夯实基础理论研究，强化应用对策研究，为福建文化创新发展提供智力支撑

基础理论与应用对策研究是推动哲学社会科学提升水平的关键所在，因此，要科学处理二者之间的关系。一要加大对基础理论研究的投入力度，激发基础研究的内生动力，开展原创性基础理论专项研究，培育学术精品，生产出一批真正代表福建省水平的、具有重大社会价值和广泛影响力的社科优秀成果，筑牢福建省哲学社会科学繁荣的学术思想根基。二要大力加强福建文化文献整理与研究。对文献的系统整理与深入研究，有利于福建省社会科学研究队伍不断壮大，形成自己的思想体系和影响力。要尽快推进"八闽文库"的出版工程，"八闽文库"的高质量完成需要一个对福建文化有着全面系统了解和深入研究的专业团队。相对于其他学科专业的人才培育和储备情况，福建地方文献的专业人才队伍还是略显单薄，应充分利用已有的专业机构和专业团队，打造一支古籍整理校点的专业队伍。厦门大学人文学院的古籍研究所和古典文献学专业、福建师范大学的"闽学研究中心"和古典文献学专业等，都有编撰大型历史文献的丰富经验，是组建"八闽文库"编纂出版专业队伍的重要资源。"八闽文库"出版工程应与福建师范大学、厦门大学等相关专业团队以及文化传承类社科基地建立密切的合作关系，以获得强有力的学术支持，在文献整理出版的基础上加强思想史、文化史研究，这一合作同时也有助于进一步提升福建省区域历史文化研究的整体水平。"八闽文化云"的建设也应该加强与哲学社会科学界的联系与合作，以哲学社会科学研究作为有力的智力支撑。三要聚焦哲学社会科学各学科领域前沿性、关键性问题，以社会文化发展中的重大理论问题和实际问题为研究重点，加强应用对策研究，建设若干个具有中国特色和福建区域优势的新型人文智库，提升哲学社会科学为党和政府决策服务的能力和水平，为文化强省建设和提升福建文化创新力、影响力与凝聚力提供学术思想支持。

（五）加强人才队伍建设，着重打造一批区域历史文化研究的创新团队

社会科学研究人才队伍是哲学社会科学发展的核心要素。我们要高度重视哲学社会科学人才队伍建设，打造一支规模适度、结构科

学、素质优良的哲学社会科学专业人才队伍。一是要加强哲学社会科学领军人才的延揽力度，立足福建、放眼世界，引进和培育一批国内一流、国际有影响力的哲学社会科学学术名家、大家。二是要充分发挥国家级、省级社会科学领军人才和文化名家的引领作用，围绕他们建立起学术团队，培养大量优秀的区域历史文化研究人才，形成良好的学术效应。三是要完善青年人才的选拔培训制度，重点培养一批创新能力突出、学术潜质深厚的青年英才，培养一批致力于福建区域历史文化研究的青年优秀人才。四是要实施县乡地方文史人才培养计划，利用高校和科研院所的学术资源培训一批县乡地方文史人才，提升文史专业素养和基本技能，服务乡村文化振兴战略，夯实文化强省的基础。五是要坚持体制机制创新，形成一套完整的哲学社会科学人才选拔任用、考核评价、流动配置、激励保障机制，形成社科人才辈出的良好局面。

（六）加强学术平台和评价体系建设，着力打造一批福建区域历史文化研究的重要学术平台和新型人文智库

一是重点建设好已经立项的教育部人文社科重点研究基地、福建省社科研究基地和协同创新中心、新型智库等平台，进一步加强文化传承类基地和智库的建设，使各级各类社科平台成为支撑福建省哲学社会科学发展和文化强省建设的重要力量。二是以平台建设为依托，汇聚一批高水平科研团队和学术领军人物，充分发挥各类研究平台在构建哲学社会科学创新体系中的引领和示范作用，为福建省哲学社会科学保持健康良好的发展态势提供保障。三是重点推动新型智库建设，凝练福建省社科研究核心竞争优势，有重点、分层次建设一批高端新型智库，聚焦福建文化创新力、凝聚力和影响力的提升，聚焦新时代福建文化强省建设，使智库成为提升福建省文化软实力的重要推动力量。四是改革、创新社科研究成果的评价、推广和转化机制，建立健全以创新能力、质量、贡献为导向的社科人才评价体系，形成并实施有利于社科人才潜心研究和创新的评价制度。要进一步完善社科成果奖励制度，让优秀社科人才得到合理回报，释放各类人才的创新创造活力。

（七）深度整合福建文化研究，构建具有福建特色的哲学社会科学体系

福建独特的地理、方言特征使得福建"八闽文化"呈现碎片化，

因此，要增强福建文化的凝聚力，哲学社会科学首先应该做好整合研究。正如习近平总书记强调的，哲学社会科学研究应该体现系统性、专业性。福建省哲学社会科学的繁荣与发展，应该不断推进学科体系、学术体系、话语体系建设和创新，努力构建一个全方位、全领域、全要素的哲学社会科学体系。福建文化的创新力、凝聚力与影响力提升要贯穿到福建省哲学社会科学各个学科的研究之中，成为各学科重要的研究领域、方向和重点课题，诸如文学研究应该关注福建文学的叙事问题，哲学应该致力于梳理宋明理学的思想谱系，传播学要聚焦于福建文化的传播与"走出去"问题，历史学应该关注福建的区域文化问题研究，经济学要着力于福建区域经济发展，等等。因此，只有福建省哲学社会科学真正介入到福建文化的整理、研究与传播之中，不断提炼和总结福建文化的精神内涵和构成要素，形成整体性视野和整合性成果，才能打造出具有国家水准、福建特色的哲学社会科学品牌，也才能确实有效地提升福建文化的创新力、凝聚力与影响力。

（八）加大社科普及力度，推广福建优秀传统文化，提升全民文化素养，夯实文化强省建设的基础

哲学社会科学普及是提升现代人文精神的有效方法，也是社科公共服务能力的集中体现。一是要充分利用福建文化的丰富资源，挖掘潜力，开展主题鲜明、形式多样的特色科普活动，普及推广福建优秀传统文化和红色文化，打造一批在国际、国内有影响的科普品牌。二是搭建形式多样的科普平台，创新科普活动形式，充分发挥广播、电视、报纸、杂志等传统媒介的科普宣传作用，加强微博、微信等新媒介的运用，建立起一个沟通信息、收集反馈、促进互动的公益平台。支持和辅导社科普及基地建设，发挥其在宣传习近平新时代中国特色社会主义思想深入基层、深入大众的平台作用，发挥其在普及福建优秀文化方面的积极作用。三是应该破除人们科普作品不重要、科普成果不算研究成果的认知误区，将科普成果纳入职称、评奖体系之中。提升哲学社会科学成果的应用转化与影响力，社科普及是一种有效的形式，我们应该更加重视社科普及，积极发挥社会科学领军人才、文化名家的作用，推动哲学社会科学类学会和研究会进行社科普及，坚持以人民为中心的导向，将社科普及实践与成效纳入学会工作和社科

人才的评价体系，加强社科普及基地与县级融媒体中心的合作，将福建优秀传统文化的普及推广纳入县级融媒体中心的内容生产与传播规划之中，纳入文化惠民工程之中。以习近平新时代中国特色社会主义思想为引领进一步抓好社会科学成果普及工作，夯实福建文化创新力、凝聚力与影响力的群众基础。

（九）构建社会科学界、文艺界、文化管理部门与传播媒体四者的协同机制与协作体系，共同推进福建文化发展的协同创新研究

聚焦福建文化发展的重大现实问题和理论问题，共商协同推进机制建设，积极打造社科界、文艺界、文化管理部门与传媒领域之间紧密合作的协同创新平台，实施"互联网＋福建文化品牌行动计划"和"福建优秀传统文化的当代叙事工程"，深度挖掘传统文化资源，打造福建文化品牌，讲好新时代的中国故事，讲好新时代福建故事。进一步发挥文化名家、社会科学领军人才和德艺双馨文艺家在基础研究和决策咨询方面的重要作用，在福建省委宣传部的直接领导下，建立有效的协作平台与协同创新机制，形成合力，共同研讨提升福建文化创新力、凝聚力和影响力的方法、对策与路径。

（十）推动福建优秀传统文化的对外译介和传播工作

有效运用福建的侨台优势，充分发挥台湾香港澳门和海外华人媒体以及福建省侨刊乡讯的作用，大力宣传推广福建优秀传统文化和学术研究成果；积极扶持闽派翻译的队伍建设，培养和打造一支致力于译介、推广福建文化的高水平翻译人才队伍；加大力度支持福建优秀传统文化与当代人文学术的外译项目，福建省社科基金设立福建优秀文化学术的翻译专项，鼓励与支持青年翻译人才申报国家社科基金中华学术外译项目，规划推出福建文化学术的外译计划；以项目带动方式加强与国外中文翻译机构及域外汉学家的交流与合作。努力推动福建优秀传统文化的对外译介和传播工作，切实推动福建优秀社科成果走出去，整体提升福建文化学术的国际能见度和影响力。

第十九章

供给侧结构改革视野下福建文化产业发展策略①

近年来，福建省文化及相关产业逆势而上，总量持续快速增长，比重日益上升，2015 年全省文化产业实现增加值 1070.94 亿元，比上年增长 14%，占 GDP 的比重为 4.1%，已经初步具备支柱产业形态。

根据国家统计局的数据，② 2013 至 2015 年，福建省文化及相关产业经营性企业法人单位主营业务收入由 3010.64 亿元增长到 4258.18 亿元，继续位居全国第 8 位，东部地区③第 7 位；我省文化产业维持高位增长态势，在全国和东部地区所占的份额稳步提升。从增长率来看，年均增长 20.72%，增速高于全国 3.32 个百分点，高于东部地区 3.49 个百分点。从占比来看，2015 年福建省文化企业主营业务收入占东部地区 5.17%，占全国 3.82%，分别比 2013 年提高 0.25 个和 0.18 个百分点，增长势头强劲（见表1④）。

---

① 本章与郑海婷、陈舒劼合作完成。

② 本章统计数据大部分出自《中国文化及相关产业统计年鉴》（2013—2017 年），国家统计局社会科技和文化产业统计司、中宣部文化体制改革和发展办公室编，中国统计出版社出版；部分福建本省数据来自福建省统计局。

③ "东部地区"及"东部十省市"指北京、天津、河北、上海、江苏、浙江、福建、山东、广东、海南 10 个东部省市。文中提及的"东部九省市"是扣除海南之外的其余 9 个东部省市。

④ 本章收入的所有图表均为本研究制图、制表。

表1 文化及相关产业企业法人单位主营业务收入对比表（2013、2015 年）

单位：万元

范围	年份	营收	占全国比例	占东部比例	年均增长率
全国	2013	826109791	—	—	17.4%
	2015	1113538859	—	—	
东部十省市	2013	612182644	74.1%	—	17.23%
	2015	823121684	73.92%	—	
福建省	2013	30106382	3.64%	4.92%	20.72%
	2015	42581788	3.82%	5.17%	

注：本表"营收"指文化及相关产业企业法人单位主营业务收入。

福建省文化及相关产业投资热情不减，投资规模持续扩大，企业数量不断增加，强劲推动了文化产业快速发展。2015 年，全省文化产业固定资产投资达 1087.36 万元，比上年增长 29.54%，增速比全国（22%）高 7.54 个百分点。同期，文化及相关产业企业法人单位的数量也实现了快速增长。文化企业数量由上年的 30276 家变为 42910 家，增长 41.73%，增速高于全国（14.66%）27 个百分点；其中规模以上文化企业数量增长 14.93%，增速高于全国（7.77%）7 个百分点。持续投入的大量资金和不断扩大的产业规模预示和支撑着我省文化产业的良好市场前景（见表2）。

表2 福建省文化及相关产业企业法人单位情况（2014、2015 年）

单位：家；万元

年份	全部企业法人单位			规模以上企业法人单位					
	企业数量	资产总额	营业收入	企业数量	占比	资产总额	占比	营业收入	占比
2014	30276	31580856	36078533	2250	7.43%	19249203	60.95%	26668822	73.92%
2015	42910	33743280	46623340	2586	6.03%	22392495	66.36%	31483957	67.53%
增长率	41.73%	6.85%	29.23%	14.93%	—	16.33%	—	18.06%	—

一、文化领域为什么要推进供给侧结构性改革？ 改革要改什么？

近年来我国经济处在转型关键期，面临着较大的下行压力。鉴于文化产业的产业特点和良好的发展态势，国务院和福建省委、省政府在《"十三五"规划建议》中都提出要使文化产业成为国民经济支柱性产业，在推动经济发展、优化经济结构中发挥更重要的作用，成为经济转型的新动力。在这样的"厚望"之下，文化产业首先要练好内功，发展不仅要有速度，还要有质量。推进文化领域供给侧结构改革被提上了议事日程。

那么，为什么要进行文化供给侧改革？文化供给侧改革又要改些什么？首先要从文化供给侧存在的问题入手。除了亮眼的成绩之外，还应该看到，福建省文化产业仍然存在着较为严重的供给短板。

（一）产业结构上以文化制造业为主，业态结构上以工艺美术业为主，生产方式落后，销售渠道单一，产能过剩

从产业结构看，福建省文化产业以制造业为主，2016 年规模以上文化制造业企业实现营业收入 2509.5 亿元，占全省所有规模以上文化企业营收的 81.15%（见图 1）；具体到文化制造业，从 2016 年上半年的数据来看，工艺美术品的制造在增加值上又占到了 57.42% 的比重。在文化制造业尤其是工艺美术行业的"挤压"之下，文化批零业和文化服务业，以及文化制造业的其他品类在产值和占比等数据上就呈现出明显的弱势（见图 2）。

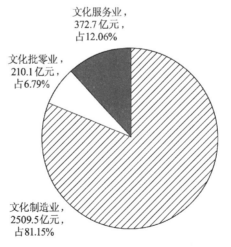

图 1　2016 年福建省规模以上文化企业营收情况

（总额：3092.3 亿元）

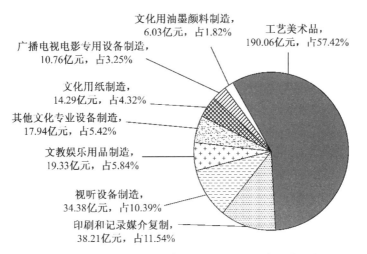

文化用油墨颜料制造，
6.03亿元，占1.82%

工艺美术品，
190.06亿元，占57.42%

广播电视电影专用设备制造，
10.76亿元，占3.25%

文化用纸制造，
14.29亿元，占4.32%

其他文化专业设备制造，
17.94亿元，占5.42%

文教娱乐用品制造，
19.33亿元，占5.84%

视听设备制造，
34.38亿元，占10.39%

印刷和记录媒介复制，
38.21亿元，占11.54%

图2 2016年上半年福建省规模以上文化制造业增加值
（总额：331亿元）

一方面可以说，文化制造业和工艺美术业是我省的优势产业，每个地方发展文化产业都要根据当地的文化积淀和资源禀赋来设计，要有自己的特点，福建省的制造业和工艺美术业是一大特色和传统优势项目，这个项目在当地优势明显。另一方面，换一个角度也可以说，作为文化产业总量位列全国第8位的福建省，有近一半的产值收入来自工艺美术业，鸡蛋都放在一个篮子里，一旦遭遇行业风险，后果将不堪设想。文化产业的集聚是好事，但是集聚也要走向多样化。当前经济效率越来越取决于在不同生产活动之间建立起来的互相联系，而不仅仅取决于生产活动本身的生产率状况。根据南京大学顾江教授的分析，集聚的多样化水平越高，文化产业与其他产业之间的联系就会越紧密，越有利于上下游产业的协同互动发展，进一步促进知识、技术、资本与人才等生产要素的合理流动和配置。①

当前我省工艺美术行业恰恰就遇到了不少难题。如前所述，工艺美术行业是我国文化制造业中产值最大的门类，更是我省文化产业的支柱行业。该行业出口导向特征明显，多年来主要靠投资和出口带动

① 根据顾江教授2016年11月8日在厦门会展中心所做的报告《资源错配、产业集聚与中国文化产业发展——基于供给侧改革视角》。

产值增长。近年来受国际经济形势影响，外需缺乏内在持续增长动力，贸易保护主义抬头，全球价值链重构，这些因素导致整体出口形势疲软，给工艺美术企业的经营造成了巨大的压力。

首先是严峻的出口形势。2010年至2014年，我国文化产品出口连年大幅度增长，几年间增幅分别达到23.8%（2010）、35.7%（2011）、31.7%（2012）、17.2%（2013）、24.5%（2014），同期，工艺美术行业也实现了快速增长。但是2015年以来，受整体经济形势影响，文化产品出口连续两年大幅度下降，工艺美术行业的各项经济指标亦大幅下跌。从数据来看，2015年我国文化产品出口额增幅为-22.1%，在各类别中，工艺美术品降幅最大，从2014年增长32.5%断崖式下跌，2015年增幅为-44.6%。这一趋势延续到2016年，据业界估计，2016年的经营状况并未得到改善，亏损面进一步扩大。（见表3）

表3 全国文化产品出口情况

单位：亿美元;%

项目	2010		2011		2012		2013		2014		2015	
	出口额	增幅	出口额	增幅	出口额	增幅	出口额	增幅	出口额	增幅	出口额	增幅
全部文化产品	58.1	23.8	89.3	35.7	121.0	31.7	172.2	17.2	155.4	24.5	141.9	-22.1
工艺美术品	—								674.57	32.5	373.99	-44.6

注：2013年前统计方式不同，无工艺美术品出口相关数据。

对比2012年和2015年我国文化及相关产业固定资产投资情况，可以发现整个行业投资增长迅速，增幅达到84.74%，其中文化休闲娱乐服务、文化用品的生产、文化创意和设计服务、广播电视电影服务是吸纳资金的重镇，投资增幅超过了三位数；而工艺美术品的生产是文化产业10个类别中唯一出现负增长的，增幅为-31.09%，其整体占比也由2012年的15%降到2015年的5.6%。（见图3、图4、表4）

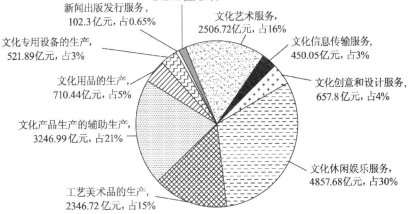

广播电视电影服务，
242.82亿元，占1.55%

新闻出版发行服务，
102.3亿元，占0.65%

文化专用设备的生产，
521.89亿元，占3%

文化用品的生产，
710.44亿元，占5%

文化产品生产的辅助生产，
3246.99亿元，占21%

工艺美术品的生产，
2346.72亿元，占15%

文化艺术服务，
2506.72亿元，占16%

文化信息传输服务，
450.05亿元，占3%

文化创意和设计服务，
657.8亿元，占4%

文化休闲娱乐服务，
4857.68亿元，占30%

图3　按类别分文化及相关产业固定资产投资情况（2012）
（总额：15643亿元）

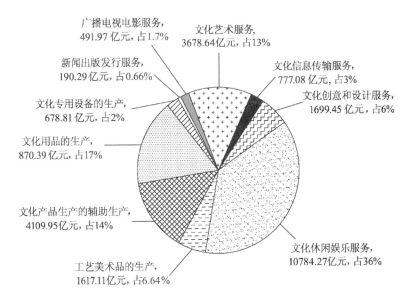

广播电视电影服务，
491.97亿元，占1.7%

新闻出版发行服务，
190.29亿元，占0.66%

文化专用设备的生产，
678.81亿元，占2%

文化用品的生产，
870.39亿元，占17%

文化产品生产的辅助生产，
4109.95亿元，占14%

工艺美术品的生产，
1617.11亿元，占6.64%

文化艺术服务，
3678.64亿元，占13%

文化信息传输服务，
777.08亿元，占3%

文化创意和设计服务，
1699.45亿元，占6%

文化休闲娱乐服务，
10784.27亿元，占36%

图4　按类别分文化及相关产业固定资产投资情况（2015）
（总量：28898亿元）

表 4　按类别分文化及相关产业固定资产投资情况（2012、2015 年）

单位：万元

项目	2012		2015		增幅
	投资额	占比	投资额	占比	
新闻出版发行服务	1022953	0.65%	1902887	0.66%	86.02%
广播电视电影服务	2428226	1.55%	4919705	1.7%	102.6%
文化艺术服务	25067226	16.03%	36786353	12.73%	46.75%
文化信息传输服务	4500535	2.88%	7770801	2.69%	72.66%
文化创意和设计服务	6570059	4.2%	16994508	5.88%	158.67%
文化休闲娱乐服务	48576816	31.05%	107842684	37.32%	122%
工艺美术品的生产	23467237	15%	16171100	5.6%	−31.09%
文化产品生产的辅助生产	32469892	20.76%	41099460	14.22%	26.58%
文化用品的生产	7104424	4.54%	48703945	16.85%	585.54%
文化专用设备的生产	5218882	3.34%	6788131	2.35%	30.07%
合计	156426250	100%	288979574	100%	84.74%

　　以工艺美术产业集中的莆田市为例，2015 年以来，莆田市古典工艺美术家具行业销售乏力，原材料库存积压超过 500 亿元，规模以下作坊企业约有三分之一处于停产和半停产状态；上塘珠宝城市场份额缩小，金银珠宝首饰产品价格下降 15%~20%，金饰加工企业订单缩减，利润空间大幅压缩，银饰以批发销售为主，产品利润不足 3%；油画产品出口销量下滑严重，而国内消费市场正处于起步阶段，还没有挖掘出来，销售渠道明显收窄。① 销售不景气的很大一部分原因是大部分量产的工艺美术产品层次不高，如莆田的油画虽然占据了全国30% 的市场份额，但是主要是缺乏艺术含量的"行画"，流水线生产、

---

　　① 张伯松：《全面落实七大行动　加速莆田工艺美术产业转型发展》，2016 年 12 月 9 日，人民网·福建频道，http：//fj.people.com.cn/n2/2016/1209/c337006-29441661.html。

可替代性高、利润薄，处于价值链低端。一方面受消费需求影响明显，另一方面在没有辨识度和刚性需求的情况下，市场需求弹性大，受整体经济形势影响也大。这就造成了行业整体的波动，在前几年经济形势大好的时候，大量投产；一旦经济不景气，就直接带来大量的产品积压，过剩产能和落后产能问题突出。

总体来看，在全球经济不景气、出口形势疲软的大背景下，福建省以工艺美术为代表的传统文化制造业到了转型升级、寻求突围的关口，优化经济结构、抑制产能过剩的战略性调整刻不容缓。

(二) 文化产业核心层竞争力不强，内容生产供应不足

包括新闻、出版、广电、文艺、创意设计在内的文化服务业核心层，虽然在产值上并不占优势，却是文化产业的"命脉"所在，是一个地方意识形态领域的关键部门，是最重要的文化竞争力，亦是带动文化其他产业发展的引擎。福建省的文化产业核心层实力不强、产能不足、内容生产落后，基本处于全国中下游水平，与本省经济社会发展水平严重不符。这需要引起足够的重视。

根据国家新闻出版广电总局在 2017 年 7 月公布的《2016 年新闻出版产业分析报告》，福建省新闻出版业的总体经济规模位居全国第 9 位，4.25% 的行业营收增长速度居全国第 10 位，增长贡献率居全国第 8 位，行业整体运行情况理想。但是，在图书出版、期刊出版、报纸出版、音像制品出版、电子出版物出版、印刷复制、出版物发行、出版物进出口这八个次级出版业务板块中，除了印刷复制板块中营收居同业上市公司第 6 位的鸿博印刷之外，我省没有一家进入全国前十的企业。

根据 2015 年的数据，在全部 14 家国家新闻出版产业数字基地（园区）中，以营业收入衡量，我省海峡国家数字出版产业基地以 32.78 亿元，占 14 家园区产值比重 2.26%，列第 11 位；这个数字与 2013 年该基地获批时规划的"到'十二五'期末，争取实现年产值超过 120 亿元"[①] 的目标相比，差距很大。

从图书出版情况来看，2015 年全省共计出版图书 3395 种，列全

---

① 福建省新闻出版局：《海峡国家数字出版产业基地简介》，2013 年 6 月 21 日，福建文化产业网，http：//www.fj-ci.com/a/parkbase/2013/0621/14930.html.

国 31 个省市的第 25 位，① 仅为江苏省的 1/8、安徽省的 1/3、江西省的 1/2。若把报刊和电子音像出版物全部计算在内，我省 3712 种的出版物总量也仅列全国第 24 位。2015 年，我省出版物纯销售额 16.96 亿元，位列全国第 16 位，比第 15 位的新疆还低了 12 个百分点。

同时，我省出版物发行购销的情况也并不理想。2015 年福建省出版物发行购进数量 35555 万册，销售数量 35782 万册，均位列全国第 18 位，总量不到江苏省的 1/5，落后于贵州、云南、山西等省份。

广播电视行业的情况，以主营业务收入衡量，2015 年，福建省以 49.61 亿元的收入位居全国第 13 位，收入结构以网络收入为主，广告收入和广播电视节目销售收入较少，广播电视广告收入仅列全国第 17 位。其中，网络收入由有线广播电视收费收入、付费数字电视收入和三网融合业务收入三块构成，并不涉及文化产业内容生产的部分，也不能代表相关企业的自主创收能力，真正涉及创意核心领域的广告和广播电视节目制作方面，福建省仍处于弱势。不论是从电视节目制作的投资额、销售额，还是全年制作电视节目的总时长，福建省都只处于全国中下游水平，产能不足、供给不足是一个突出的问题。产量尚且落后，对质量的关注更是无从谈起。

以创意与文化为核心的内容生产是所有类别文化产业的最重要支撑，即便科技，也都只能是一种辅助形式。福建省在书刊出版、影视节目制作等方面的产能不足导致的直接后果是优秀的本土文化产品少、基数小、精品少，群众接收到的文化信息少了，形成恶性循环。狠抓内容生产应当成为福建省文化供给侧改革的重要环节。

动漫行业的数据则指出了另一个问题：产量很大，相对而言，精品比较少，产值比较小。实际上，在文化创意领域，数量仅仅是金字塔的塔基，更具有说服力和社会影响力的是少数几个塔尖的精品。2015 年，福建省以 2527 部原创动漫作品的总数位列全国第 1 位；同期，动漫企业总营收 5.14 亿元，列全国第 7 位；单部作品平均创收 20.34 万元，仅列全国第 27 位，亦远远低于 75.32 万元的全国均值。反观江西，却是凭 78 部作品创造了 8.63 亿元的产值，单部作品平均

---

① 排位不包括中央一级出版单位和台港澳地区的数据，下文广播影视的相关数据同样如此。

创收 1106.44 万元，精品导向特征突出，与福建省的数量导向形成鲜明对比（见表 5）。福建省动漫企业在以往行政部门按作品数量和时长进行创作补贴等政策的引导下，存在盲目追求作品产量而不重视作品质量、忽视产品的市场价值开发的问题。长此以往，福建省动漫行业的核心竞争力将不断下降。以创意引领的原创内容生产应当成为动漫企业工作的重中之重。

表 5 2015 年分地区动漫企业基本情况（取营收全国前 10 位地区数据）

地区	营业收入		原创动漫作品		单部作品平均创收	
	数额（万元）	位次	数额（部）	位次	数额（万元）	位次
广东	207363	1	1493	3	13.91	30
江西	86302	2	78	16	1106.44	2
上海	75083	3	122	11	615.43	5
湖北	74092	4	78	16	949.9	3
湖南	73177	5	2327	2	31.45	25
北京	67936	6	881	6	77.11	16
福建	51411	7	2527	1	20.34	27
浙江	47602	8	1279	4	37.22	23
江苏	39852	9	203	8	196.32	10
安徽	29605	10	100	13	296.05	7

以电影行业为例，福建省的一些企业存在着盲目投资，急于赚快钱而忽视了对作品质量的把控，导致投资屡屡失利的情况。恒业影业此前凭借《京城 81 号》等卖座恐怖片赚得盆满钵满，2016 年的两次大手笔投资则又让他们亏了个底儿朝天：为《梦想合伙人》票房保底2.5 亿元，最终票房仅 8099 万元；为《夏有乔木，雅望天堂》票房保底 3 亿元，最终票房仅 1.56 亿元。值得一提的是，在《夏有乔木》这个项目中，福建恒业成为最大的输家，投资方并不承担票房责任，一律由恒业兜底。影片的主投资方山东嘉博"要求恒业先交一部分'发行保证金'，比如，如果承诺影片排片比例为 35%，在发行过程中没有达到，这部分保证金不再退还，相当于它们无偿发行"。也就

是对发行过程中对影片基本排片比例的保底。① 这种看似"很不公平"的协议却有企业愿意接盘，不得不让人怀疑在资本的迅猛驱动之下，制片、发行公司是否过度膨胀了，"以至于降低了对风险的控制、对质量的把握，甚至弱化了对观众的尊重"。② 当然，更根本的原因是恒业并不掌握"核心技术"，不能完全承包优秀影视作品的创作生产，在这个项目中缺乏足够的话语权。必须看到，核心层最重要的还是文化内容的生产，不论何时，业界都不应该顾此失彼，捡了芝麻，丢了西瓜。

（三）文化新型业态发展缓慢，文化与科技融合度较低，创新驱动能力不强

文化产业靠创新和创意驱动，当前，文化产品的生产和消费模式不断变革，文化新型业态的发展日新月异。各省市之间你追我赶，形成逆水行舟、不进则退的竞争局面。

在网络化、全球化的大背景下，区域壁垒早已被打破，一些成长迅速、市场接受度高的新型产业，在早期很容易形成垄断，如果没有把握住成长初期铺市场的黄金阶段，后来者就难以打破既有产品的垄断地位，很难分得一杯羹。以 BAT（百度、阿里巴巴、腾讯）为代表的行业巨鳄在文化产业领域的"跑马圈地"进一步白热化，他们天文数字的投资和产业布局不只是立足当下，更是在抢占未来。例如，2016 年中国移动游戏市场销售收入达 819.2 亿元，同比上涨 59.2%；但是，与之相伴相生的是越来越明显的寡头化趋势，"2015 年腾讯和网易的移动游戏总收入占国内游戏市场 52.3%，而在 2016 年，这一数字达到了 66%"，业内人士有一句戏言，"中国只有三家游戏公司，一家是腾讯，一家是网易，另一家是其他"。③ 福建省面临的问题是：福建的消费者贡献的支出都进了那些一线城市大集团的腰包。随着互联网经济发展和广告市场结构性调整，传统报刊、电视、图书出版等

① 段明珠：《约炮门后，吴亦凡电影〈夏有乔木〉票房难料？》，2016 年 8 月 3 日，http：//money. 163. com/16/0803/15/BTIAL70O00253B0H. html.

② 卢扬、邓杏子：《超六成影片未达保底发行金额 资本过热反致成功率低》，《北京商报》，2017 年 1 月 24 日。

③ 刘芮：《2017 年手游市场竞争将加剧 国内手游出海或迎爆发期》，2017 年 2 月 3 日，中国经济网，http：//www. ce. cn/culture/gd/201702/03/t20170203_ 19933629. shtml.

传媒产业面临严峻形势，福建日报社（集团）、省广电集团等面临体制改革攻坚与市场景气度滑坡双重压力叠加，传统媒体和新兴媒体融合任务艰巨；缺乏一批新型平台企业，发行、传输、传播、零售领域仍然以传统营销为主，电子商务发行营销基本被第三方省外企业垄断。如在电影产业中下游，福建省目前只有一条数字电影院线——中兴院线，设施陈旧且互联网营销推广平台建设不足，导致日益增长的电影票房市场被万达、金逸、大地等外来院线占据；互联网票务平台基本被猫眼、格瓦拉、微信电影占据。因此，福建省新型文化业态的发展需要进一步加快，从决策层到业界，都需要发掘和培养一批有灵敏嗅觉和强大创新能力的企业和人才。

对于工艺美术等传统文化制造业来说，许多产业仍处于全球价值链的中低端，科技创新是企业提质增效、转型升级的关键。从企业的研发活动情况来看，2015 年，福建全省 1387 家规模以上文化制造企业中有研发活动的企业仅 199 家，研发面为 14.35%，比全省规模以上工业企业研发面低 3.3 个百分点，比全国规模以上文化制造业企业研发面低 3.83 个百分点。在全省有研发活动的规上文化制造业企业中，单企业平均研发项目 2.62 个，低于全国 3.68 个和东部地区 3.83 个的数值。[①] 并且，全省规模以上文化制造业企业 2015 年全年申请专利 2169 件，其中有效发明专利数 592 件，有效比例仅为 27.29%；同期，全国规模以上文化制造业企业专利申请的有效比例为 62.84%，东部地区这一比例也达到 58.02%，全省的有效率尚且不到东部地区的一半。以上数据表明，福建省有研发活动的企业少、项目集中，研发活动不活跃，研发投入的有效性不足（见表 6）。按国际惯例，研发投入强度在 5% 及以上的企业才有较强的竞争力，在 2% 及以上的企业只能维持基本生存。2015 年，全省 199 家开展研发活动的规模以上文化制造企业平均研发经费支出 1119.42 万元，投入强度为 2.73%，低于全国平均水平，其中仅 52 家企业研发投入强度超过

[①] 福建省文化产业的整体实力在全国能够进入前 10 位，但在东部地区的 10 个省市中则处于中下游水平。各项平均值在全国排名靠前的福建省之所以经常落后于全国均值，很大的原因是东部地区文化产业的产值占了全国大约 75% 的份额。因此，在东部的落后局面就大大制约了福建省在全国的表现。

5%，38.7%的企业研发投入强度不足 2%。因此，一方面，要注意加大研发投入，扩大科研覆盖面；另一方面，也要注意优化科技资源的配置，提高研发投入的有效性。

表6　2015 年分地区规模以上文化制造业企业科技活动情况

项目	企业数	有研发活动的企业数（个）	研发企业数占比	研发经费内部支出（万元）	单企业平均支出（万元）	研发项目数（个）	单企业平均研发项目数（个）	专利申请数（件）	有效发明专利数（件）	有效专利比例
全国	20079	3650	18.18%	4254034	1165.49	13423	3.68	35181	22107	62.84%
东部	13605	2923	21.48%	3296987	1127.95	11202	3.83	29200	16943	58.02%
福建	1387	199	14.35%	222765	1119.42	522	2.62	2169	592	27.29%

（四）企业小、散、弱的问题普遍存在，平台聚合能力不强，产业规模化、集约化水平有待提高

2014 到 2015 年，福建省文化企业数量大幅度增长，在活跃文化市场、激发产业活力、增加社会就业方面发展了积极作用。但是，新进场的企业体量小、分布散、数量大，使得全省文化产业的规模化、集约化水平出现倒退，规模以上文化企业数量占全体经营性文化企业的比值从 7.43% 下降到 6.03%，营业收入占比从 73.92% 下降到 67.53%。与此同时，规模以上企业的资产总额占比却有所提高，从 60.95% 提升为 66.36%，这一方面说明了规模以上企业的成长，另一方面从侧面体现出新企业资产规模较小。

单就规模以上文化企业营业收入来看，2016 年，福建省规模以上文化企业平均营收为 1.17 亿元，比 2015 年低了 4.1 个百分点；同时，低于东部地区 1.87 亿元的平均值，也低于全国 1.62 亿元的平均值；并且，在文化制造业、文化批发和零售业、文化服务业三个分行业中的表现也都不尽如人意，全部都低于全国和东部地区的平均水平。其中，文化批零业的企业单体营业收入差不多仅为全国均值的三分之一、东部均值的四分之一；文化服务业的单体营收仅占全国均值一半、东部均值三分之一（见图 5）。由此来看，企业单体盈利创收能力弱，是我省文化企业存在的普遍问题。

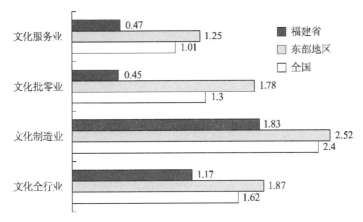

图5　2016年福建省规模以上文化企业单体营收与东部地区、
全国情况对比（单位：亿元）

　　以上考察的是单体企业的情况。除了大企业的数量和经营情况，文化产业的地域特色集群和文化产业园区也是产业集聚的一个重要方式。

　　目前，福建省文化产业的区域集聚已初具雏形，形成了以福州、泉州、厦门为核心的创意设计、动漫游戏集聚区，以莆田、泉州、福州为核心的工艺美术产业集聚区，以南平、龙岩等地为核心的生态和文化旅游产业集聚区。但是，当前文化产业的集聚呈现出单一化、各自为政的特点，地区比较优势和协作效益不明显，重点不突出，一定程度上存在重复建设的情况，没有有效实现资源互补。区域关联小，互动性不强，不仅是文化产业的各行业之间，而且文化产业与其他产业之间都缺少互动，结构性失衡问题突出。

　　就文化产业园区来说，园区数量的日益增加并不能说明该地区产业集聚水平的提升，更需要关注的是园区的平台聚合与孵化能力。此前，福建省共有文化产业园区150多个，各类园区争相上马，乱象频出，许多园区缺乏文化产业内容和整体规划，园区功能和定位不清晰，陷入"地产化"误区。2014年，省文改办对文化产业园区进行专项清理后，重新认定了81个园区，"砍去"了各类不规范园区70多个。但总体来看，园区重复建设的问题仍然存在，呈现出园区多而优质文化企业不足的现象。一些园区仅扮演"房东"角色，园区内的文化企业只形成地理空间意义上的集聚，企业之间的关联度低，缺少知识、信息和生产上的交流合作，无明显的上下游关系。这些都严重影响了园区产业集聚功能的发挥。因此，不论是从地域还是从园区来看，产业集聚效益都还有待提高。

（五）文化服务业地域发展不平衡，不能满足和适应群众日益增长的文化消费需求

福建省文化服务业和文化批零业弱也是必须正视的现实。简单地说，文化批零业是上游文化制造业和下游文化服务业的中间环节，文化批零业的发展能够为制造业和服务业的发展奠定良好的基础。从文化批零业企业主营业务收入来看，近两年有较大成长，从2013年的全国第9位变为2015年的全国第7位，前进了两个位次。但是，福建省批零业的产值与第8位、第9位和第10位的三个省份基本相当，领先优势不明显；却与前面的几个省市有着很大的差距，不到浙江省的一半，不到北京市的三分之一。因此，当前的情形是：短期内文化批零业想前进一个位次十分困难，但是若不脚踏实地稳步增长，就不但面临着差距被进一步拉大的风险，还很可能被后面的几个省份赶超，掉出前7位（见图6）。

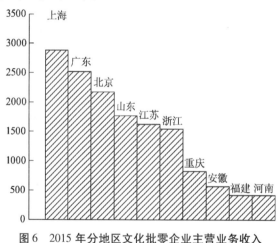

图6　2015年分地区文化批零企业主营业务收入
（全国前10位）（单位：亿元）

有着"幸福产业"之称的文化服务业是在城市化发展到比较发达的阶段所密集产生的文化市场服务，被认为是国民经济发展的"稳定器"和"助推器"，是文化三产业中直接对接消费市场的一环，文化服务业的发达程度，恰恰关联到当地文化消费市场的培育情况。从全国和北上广等发达地区的产业结构来看，文化服务业都是文化产业的

最重要组成部分，产值占比超过一半，有的甚至能超过75%。相比之下，福建省近两年在文化服务业上的表现并不尽如人意，2015年全省文化服务业企业主营业务收入766亿元，比2013年的507亿元增长51.08%，增幅很大，但是在行业整体都快速增长的情况下，仍然被中部地区的安徽赶超，掉出全国十强，位居全国第11位（见图7）。

具体到各地市，全省文化批零业和文化服务业地域发展不均衡体现得十分明显（见图8、表7）。

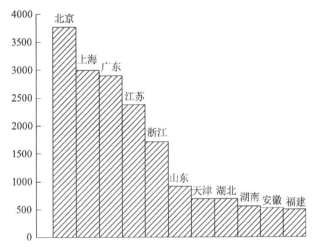

图7　2015年分地区文化服务业企业主营业务收入
（全国前11位）（单位：亿元）

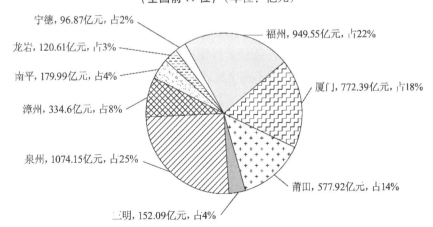

图8　2015年福建省分地区文化企业主营业务收入
（总量：4258.18亿元）

表 7　2015 年福建九地市规模以上文化及相关产业营收总值对比

单位：万元

文化产业	地市								
	福州	厦门	莆田	三明	泉州	漳州	南平	龙岩	宁德
文化服务业	1774890	1319883	25122	24500	71358	48374	16074	46526	52153
文化批零业	1458323	1898484	493857	66224	448077	110549	33738	214480	48294
文化制造业	3037113	3447296	4065915	1004925	7024360	2380372	1464584	373014	535473

文化制造业与地方经济关联度最大，经济能够从根本上支持文化制造业的发展，因此，文化制造业在福建省九地市均有一定的发展基础；而文化批零业尤其是文化服务业则与进一步的精神层面的发展需求联系较大，在全省九地市中，除了福州和厦门之外，可以说是乏善可陈。从 2015 年九地市规模以上文化企业的营业收入来看，就文化批零业来说，厦门和福州属于第一梯队，其三大产业的分布格局与全国平均水平相差不多，甚至还比全国平均水平更为均衡一些；莆田和泉州属于第二梯队，其营收为福州和厦门的 20% ~ 30%；而漳州、三明、南平、宁德、龙岩等地区文化批零业规模极小，几乎可以忽略不计。文化服务业的情况更为明显，除了福州和厦门之外的其余七地市文化服务业营收的总和仅为福州的 16%。然而，这些地方并不是没有发展文化服务业和文化批零业的条件，甚至它们还具有良好的先天优势。比如，文化服务业中包含了文化旅游服务，而南平、龙岩等七地市占据了世界双遗产武夷山景区及红色文化、客家土楼文化等优质资源，更需要着力的可能是把配套服务做好，延伸文化旅游产业链。再比如，莆田作为全球最大的沉香、檀香、木雕交易集散地，据不完全统计，约占据全国金银珠宝首饰市场 30%、油画市场 30%、高端红木家具市场 70% 的销售份额，以此对照，莆田市所交出的文化批零业营收的答卷并不令人满意。其中的关键问题是工艺美术品的生产因为需要依托作坊、工厂、企业等实际载体，一般来说买卖双方有来有往，有据可查；而工艺美术品的销售绝大部分是民间私下交易，没有纳税，也就无法进入统计口径，这方面的偷漏税因其民间性质，政府方面很难管理。

从《文化及相关产业分类（2012）》所规定的行业范围来看，居民对文化产品和服务的消费情况直接影响到文化批零业和文化服务业的各项指标。文化批零业与文化服务业的发展指数与本地区文化消费市场的发展程度成正相关关系。福建省文化批零业和服务业企业少、体量小，说明本地文化消费市场规模较小，居民文化消费意愿不强，这一块还有很大的可作为空间。

从表8可见，在东部九省市中，福建省城镇居民人均消费支出居第7位；但人均文化娱乐支出占比居末位，同时在支出的绝对值和占比方面也都低于全国平均水平。对照表9"东部九省市规模以上文化企业营收总值对比"可以发现，虽然河北和天津在文化批零业和文化服务业方面的营收表现不如福建，但是这两个地方居民文化娱乐消费支出的意愿都高于福建，说明文化消费市场需要加强培育。

表8　2015年分地区城镇居民人均文化娱乐消费支出

单位：元

项目	全国	福建	北京	天津	河北	上海	江苏	浙江	山东	广东
人均消费支出	21392.4	23520.2	36642.0	26229.5	17586.6	36946.1	24966.0	28661.3	19853.8	25673.1
文化娱乐支出	1216.1	1162.8	2926.3	1278.3	919.3	2593.2	1700.0	1462.9	1007.1	1550.3
占比	5.68%	4.94%	7.99%	4.87%	5.23%	7.02%	6.81%	5.1%	5.07%	6.04%

表9　2016年东部九省市规模以上文化企业营收总值对比

单位：亿元

项目	北京	天津	河北	上海	江苏	浙江	福建	山东	广东
文化服务业	5506.5	816.7	150.5	1942	2208.8	2357.9	372.7	525.7	2787.2
文化批零业	1697.6	164.5	132	953.7	2463.1	788.9	210.1	1069.9	1841
文化制造业	416.1	1228.2	1044.9	1080	8574.2	2488.8	2509.5	7454.7	8817.1

从图9可见，2013至2015年，福建省居民生活消费支出增长迅速，但是，文化娱乐支出并没有与之同步快速增长，甚至，农村居民的文化娱乐消费支出在2015年还出现了小幅度下降。对比全国数据，当年度全国只有青海和新疆两个省份出现下降。这一方面说明了全省城镇化进程的快速推进，另一方面也说明了农村地区正在走向"空心化"，农村居民文化娱乐消费意愿不高。还应该看到的是，2015年，全国城镇居民人均文化娱乐消费支出已达1216.1元，占整体支出的比例为5.68%；相比之下，福建省城镇居民人均消费支出在全国处于

中上水平，但是，城镇居民人均文化娱乐支出指数低于全国平均水平，文化娱乐支出为1162.8元，占比4.94%，低于全国1.15个百分点。2015年淘宝"双十一"的数据是又一佐证。在2015年的"双十一"中，福建网民支出进入全国前十。农村淘宝类，福建人排在"最爱家"和"最爱喝"的第一名，分别在购买家装家具和酒类产品上花钱最多；在"哪个省的村民最有运动细胞"即运动类产品买家中，福建排在第四；在购买广场舞相关产品的排名榜上，福建也名列第三。①收入不低，支出不少，但其中文化娱乐支出较少；不是没钱，而是没买——这说明不仅仅是农村地区，居民文化娱乐消费支出不多、消费意愿不强是全省性的问题，需要引起更多的关注。

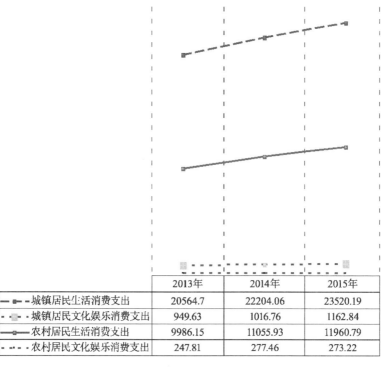

	2013年	2014年	2015年
城镇居民生活消费支出	20564.7	22204.06	23520.19
城镇居民文化娱乐消费支出	949.63	1016.76	1162.84
农村居民生活消费支出	9986.15	11055.93	11960.79
农村居民文化娱乐消费支出	247.81	277.46	273.22

图9　福建省居民人均生活消费支出情况
（单位：元）

---

① 郭华萍：《双十一：福建人14小时贡献超23亿　泉州品牌相继破亿》，《东南早报》，2015年11月12日。

另一方面，文化资源、人力资源和市场环境是文化产业发展的三大支柱，与东部其他省市相比，福建省文化资源底子不差，还有着良好的生态环境资源，但资源优势没有充分发挥，比如前文所提及的文化旅游资源丰富的南平、龙岩等地市，存在着粗放经营文化资源的情况，文化旅游产业链条短，相关配套服务业基础薄弱、体量小，市场亟待开发。

此外，2015 年，福建省群众文化机构数量 1222 个，居全国第 21 位；所组织的文艺活动共有观众 578.5 万人次，居全国第 24 位；所有机构的财政补贴收入为 3.46 亿元，居全国第 25 位。这些数据与福建省的经济实力不相符，加大公众文化服务投入力度，拓展公众参与渠道应当成为今后工作的一个重点。

再次，人力资源也是文化产业均衡发展的重要决定因素。只有人力资源相对丰富，能够覆盖产业各个领域，才能使文化产业发展结构比较合理、发展空间比较广阔。高端人才缺乏、人才地区和行业分布不均衡是除了消费端之外，福建省文化产业结构不合理的另一个主要因素。在文化资源和人力资源方面，我国许多著名高校都位于文化产业发展的强势地区，这些省市聚集了高水平的大学，普通高校本专科在校生人数位于全国前列。福建省文化人才资源总量和质量与强势省份还有较大差距，需要在人才引进和培养方面加大力度，做好校企对接，为文化产业的发展打下良好的人才基础。

综上所述，从文化供给侧来看，福建省文化产业存在着由文化生产要素错配所导致的一系列结构性矛盾，这些矛盾聚合在一起，集中导致了福建省文化产品供给质量不高和不对路的情况，与消费者日益增长的文化需求不能有效对接，形成文化市场"有需求、有产品、没消费"的尴尬局面。鉴于此，有必要持续推进文化产业及相关领域的供给侧结构性改革，不断加大改革力度，激发文化市场主体创新创业的活力，做优、做强、做大骨干文化企业，培育新型文化业态，以保持文化产业持续快速增长的良好态势和在全国的领先优势。

二、文化供给侧改革怎么改？

（一）增强思想的力量：抓住福建文化改革发展的牛鼻子

第一，增强思想力量，应对福建文化发展新挑战。

近年来，福建文化持续繁荣发展，取得了许多新成效，但与此同时，福建文化发展也面临着许多新机遇与新挑战。在文化生产核心竞争力、文化精品生产能力、文化与新媒介形态有效融合、文化服务质量与文化影响力进一步提升等方面，福建文化发展仍有许多拓展的空间。如何推动福建文化的供给侧改革，提高福建优秀文化产品生产的产能，不断满足人民群众精神文化需求，不断提升文化创新力、竞争力和软实力，是当前福建文化发展所必须直面的时代重大课题。

在新形势的需求与召唤下，近一年以来，福建文化出现了许多新气象，为福建的文化发展带来了强劲的新动能：

《福建红色文化保护、传承和弘扬工程实施方案》出台。2016年6月，《方案》公布、实施，聚焦福建红色文化的建设，推动红色文化转化为"再上新台阶、建设新福建"的不竭动力。

《福建日报》"理论周刊"改版。2016年8月16日，"理论周刊"在"求是"版的基础上新增了"新论""文史"和"读书"版块，以每周四个版面的力度持续加大思想理论宣传。

东南卫视推出政论节目《中国正在说》。2016年11月4日，东南卫视在周五的黄金9点档推出《中国正在说》，突出中国的马克思主义信仰、中国特色社会主义道路、中国共产党治国理政的制度优越、中国人民自力更生艰苦奋斗的生动实践。

"八闽文化云"平台正式上线。2016年11月，"八闽文化云"福建基层特色文化活动信息网络对接平台在福建省"高清互动云电视"上正式上线，全面、立体地对接文化供需、传播八闽文化。

"八闽学派"建设扎实推进。福建哲学社会科学界在深入学习贯彻习近平总书记《在哲学社会科学工作座谈会上的讲话》精神的基础上，围绕中心、服务大局、改革创新，努力形成哲学社会科学研究的"八闽学派"。

扶持福建优秀中长篇小说创作的项目启动实施。福建省委宣传部提出包括优秀中长篇小说创作生产工程、马克思主义文艺理论建设工程等在内的"五大工程"建设之后，首届"福建省中长篇小说双年榜"等扶持福建优秀中长篇小说创作的项目启动。

不难发现，福建文化发展中出现的新气象拥有某个共同的特点：着眼于文化的思想力量。应对文化发展新挑战之时，增强思想的力量、提升理论的品质，成为福建文化的亮色。

第二，增强思想力量，抓住福建文化发展的"牛鼻子"。

从不同的角度和层面增强文化发展中的思想力量，意在进一步推动福建文化的供给侧改革。福建文化发展的结构性调整，形势复杂、任务繁重，"大题"和"难题"都必须要解决。如何巩固马克思主义在意识形态领域的指导地位，培育和践行社会主义核心价值观；如何贯彻落实新发展理念，更好地保障和改善民生，更好地促进社会公平正义；如何提高决策水平，推进治理体系和治理能力现代化；如何加快文化建设，增强文化软实力；如何提高领导水平和执政水平，都需要当前的福建文化发展提供更有力、更有效、更全面的思想理论能量。增强思想力量，是抓住福建文化发展的"牛鼻子"。

习近平总书记曾以抓住"牛鼻子"形象地比喻改革方法论：面对改革的复杂形势和繁重任务，既抓重要领域、重要任务、重要试点，又抓关键主体、关键环节、关键节点，以重点带动全局，就是抓住了改革的"牛鼻子"。毫无疑问，对于当前福建文化发展和文化供给侧结构改革而言，增强文化发展的思想力量是最有效的抓手。思想能量的增强，对推动福建文化发展起到了明显的示范作用。

《福建日报》的"理论周刊"改版凸显了党媒理论宣传的担当，栏目站在中央治国理政新理念、新思想、新战略的高度，阐释党的路线方针政策，用发展着的思想理论指导发展着的实践，深入解读政治经济和社会文化发展中的重大和前沿理论问题，提升了思想理论的内容张力和时空穿透力。东南卫视的《中国正在说》为打造媒体荧屏上的"思想旗舰"做出了示范，这档占据传统娱乐节目黄金时段的政论节目，强调对中国道路、中国制度、中国模式的深入探讨，既坚持宏大理论的严肃大气和广博深邃，也注重文化接受的鲜活生动和简明晓畅，真正打通了思想理论从书本到百姓心中的"最后一公里"。"八闽文化云"则为区域文化的综合性集成展示提供了范例，它是全国首家、福建省功能最强大的文化内容集成平台，集成了全省视频监控平台、全省云媒体平台、全省特色文化展示平台、全省信息交流平台，能实现文化活动监控与直播视频传输、基层文化活动供需对接、文化活动和文化产品内容采编和展示传播等多种功能。

第三，增强思想力量，加快福建文化强省建设。

在中国共产党福建省第十次代表大会上，省委书记尤权明确提出要加快文化强省建设，强化科学理论引领和正面舆论引导，推动文化事业全面繁荣和文化产业健康发展。增强思想力量，对加快文化强省建设有着深远的意义。

1. 响应当代中国伟大实践的时代需求，引领文化创新力发展。习近平总书记《在哲学社会科学工作座谈会上的讲话》中指出，"这是一个需要理论而且一定能够产生理论的时代，这是一个需要思想而且一定能够产生思想的时代"。当代中国正经历的历史上最为广泛而深刻的社会变革，为思想理论的发展提供了丰富的滋养和广阔的空间。增强思想的力量，是当代中国伟大实践的时代需求。思想是文化创新的核心要素，增强思想的力量，有助于从总体上增强福建文化创新能力，引领福建文化创新力的提升和发展。

2. 为"再上新台阶　建设新福建"提供充沛的智力能量。福建未来发展的任务与目标，如"适应把握引领新常态，加快打造升级版"，"深化改革扩大开放，增强发展的活力动力"，"稳步推进社会主义民主政治发展，扩大公民有序政治参与"，"加快文化强省建设，不断满足人民群众精神文化需求"，"加强以保障和改善民生为重点的社会建设，让人民群众有更多获得感"，"深入实施生态省战略，努力建设美丽福建"，都需要思想理论提供充沛的智力能量，用新理念、新思想、新方法破解发展所面临的难题。

3. 助推福建的媒体融合和现代传播体系建设。新媒体时代的文化生产与文化表达，都与技术形式息息相关，各种新型传播媒介不仅是文化的表现工具、载体和手段，而且深刻地改变了文化生产、传播及接受机制。增强思想的力量，将强力助推福建的媒体融合和现代传播体系建设。"十三五"期间，福建的媒体融合和现代传播体系建设面临着系列挑战，如何加快推动媒体融合发展，把传统媒体的影响力向移动终端和网络空间延伸，增强主流媒体的舆论引导能力；如何适应分众化、差异化传播趋势，推动建设多元传播渠道，加快构建舆论引导新格局，思想理论在这些方面都大有可为。

4. 推动福建文艺创作从"高原"迈向"高峰"。习总书记《在文艺工作座谈会上的讲话》中肯定了改革开放以来的文艺成就，同时点明在文艺创作方面，存在着有数量缺质量，有"高原"缺"高峰"

的现象，存在着抄袭模仿、千篇一律的问题，存在着机械化生产、快餐式消费的问题。缺乏思想含量，缺乏对作品思想深度的自觉追求，是出现这些问题的重要因素。深度把握中国传统文化的精髓，深入理解当代中国正在发生的深刻变革，深刻把握"再上新台阶 建设新福建"的新蓝图，将思想性融入当代福建文艺作品的艺术美学之中，有助于福建当代文艺创作从"高原"迈向"高峰"。

第四，提升福建文化服务能力，服务祖国统一大业。社会主义文艺从本质上讲，就是人民的文艺。随着改革开放以来物质生活水平的不断提高，人民群众对文化的产品质量、精神品位、艺术风格、服务能力等方面的要求也同步高涨。增强文化的思想力量，是不断满足人民群众精神文化需求的重要条件。福建文化也承担着服务祖国统一大业的重任，准确及时地把握台湾文化思潮走向，旗帜鲜明地批判台湾的分离主义文化逆流，都需要不断提升文化的思想含量。

（二）加强创意引领，强化科技支撑，助力文化制造业转型升级

注重创意引领，强化科技支撑，培育新兴产业，改造传统产业，以创新改革驱动转型发展，为文化供给侧改革提供新动能。

第一，加大人才引进和培育力度，强化校企对接。第二，提高人才使用效能，激发人才创新创业的潜能，盘活人才存量。第三，完善知识产权保护机制，建立诚信市场体系，不但要鼓励创意，还要保护创意，帮助创意转化为收益。第四，鼓励更多有志者和青年人进入一些资金门槛较低的文创产业领域（比如网络文学的写手、网络直播平台的主播，凭借他们所聚集的超高人气，获得了巨大的市场成功），形成大众创业、万众创新的局面。第五，实施文化与科技融合发展行动计划，健全支持文化科技创新创业的金融体系，大力培育创新型文化科技企业集群。第六，打造区域重大文化科技创新平台，疏通科技成果转化通道，有效服务文化产业升级。

值得一提的是，在资本边际效益下降，投资和出口两辆马车的拉动作用不再显著的背景下，传统文化制造业更需要"转方式、调结构"，这时，要特别注意文化企业科技投入的有效性，不能让科技投入成为企业的沉重负担。因此，一方面，政府要加大对文化企业科技创新的金融和政策扶持，设立文化科技研发基金，引导企业走科技文化融合的道路；另一方面，文化企业要注意拓展 PC 端、移动端的销

售渠道，做好供需对接工作，让投入尽快转化成收益。

（三）做大做强文化产业核心层，提高核心层的有效产能

我国文化产业还处在成长期，与西方发达国家的成熟市场不同，投资上具有轻资产、高风险的特点，政策制定要充分考虑到产业链条各个环节的实际情况，避免匆忙决策，要发挥市场稳定器和助推器的作用，保护投资者的合法权益。相关制度设计一定要从市场发展的客观现实和保护投资者利益出发，否则就会出现制度错配，增加改革和制度创新的风险和成本，挫伤投资人对市场的信心。

比如前文提及的动漫补贴政策。福建省是全国动漫产量最大的省份，也是动漫"豆腐渣工程"最为泛滥的省份之一。政府采取"一碗水，一锅端"的补贴方式，导致不少人钻了空子，养了很多靠补贴发财的企业。由于动漫制作质量评判存在专业门槛，政府在制定补贴规则的时候绕过了质量，从产量、播出平台、获奖、技术水平这几个标准来核定。例如，厦门市政府对本地动漫电影的补贴标准是"全国院线和央视电影频道播出奖励 3000 元/分钟，地区院线播出奖励 1500元/分钟，获广电总局优秀奖的一次性再奖 20 万元"。① 导致很多动漫注水延时和转换制作，抄袭和粗制滥造层出不穷，甚至通过各种手段去买播出平台的时段，出现了午夜播出儿童动画片的奇怪现象。有的动画片就是借电视台露个脸，100 集的片子只要有 1 集播出就行，因为按照补贴政策，只要上了对应级别的电视台，就可以拿到补贴了。有政府这个"奶妈"，企业大可不必费心费力、精益求精去制作。这就是不恰当的政策催生出的行业惰性，真正愿意做好动漫的企业却要去面对不公平的环境。

福建文化产业核心层产能不足，出版、广播电视等重要行业产量不高，全国市场占有率也明显偏低。因此，"调结构，稳增长"任务重，空间也很大。培育文化产业核心层，重点是增加"有效产能"，关键不在于加大政府扶持力度，而在于进一步深化体制机制改革，强化激励作用，持续释放文化生产力。要鼓励并保护原创，把质量放在第一位，应当以重大项目和重点企业为依托，重视对文化精品的扶持

① 《动漫产业 315 报告：国产动画虚假繁荣背后"六宗罪"》，新浪动漫，2017 年 3 月 15 日，http：//comic. sina. com. cn/guonei/2017 – 03 – 15/doc-ifychhus1414437. shtml.

和奖励，充分发挥其带动作用。要抓好几大重点国有产业集团体制机制改革，要为原创提供一个可以试错的空间，在内容生产上要重视对本土文化资源的挖掘转换。

2016 年以来，随着《福建日报·理论周刊》的推出、东南卫视"中国正在说"节目的策划制作播出、广电网络集团的"八闽文化云"项目的上线，2017 年《理论与评论》创办等，福建省在文化内容产制领域取得一系列突破，社会影响力获得巨大提升，其经验值得总结推广，对文化产业核心层有效产能的提升将起到积极的引领和示范作用。

（四）创新文化业态，优化产业结构

第一，大力发展新型文化服务业，尤其是以"科技＋"带动的云端文化服务产业。逐步优化文化产业发展格局。

第二，丰富文化内容，制定市场细分战略，满足多层次的文化需求。

第三，鼓励区域间产业有序转移，劳动力和资本等要素合理流动，构建区域协调发展的新格局。

值得一提的是第一条，整合各界资源，共同打造基于云端的文化创意产业链。文化服务业包括设计、创作、评估、融资、保险、司法等各个环节，一套完善的文化服务业体系，能够使文化产业的价值最大化。福建省目前在文化产业的发展上存在人才缺乏、地域分布不均、信息不对称、投融资渠道不畅、既有软硬件投入利用效率不高等问题，可以通过互联网来打通壁垒，进行资源整合。"通过云端对文化、资本、技术等进行有机整合后，打造出大的互联网文化产业平台，形成以互联网为基础的文化产业生态圈"，① 逐步解决行业发展的难题。

（五）实施文化产业园区升级改版计划，促进园区内涵发展

我省文化产业园区可以适当借鉴台湾省和国外文化产业园区的成功经验，实施园区升级改版计划，着力提升创意含量，走特色发展道路。同时要重视园区集聚功能和服务能力的整体提升。

第一，在都市更新的整体规划中设计定位文化产业园区的特色与

---

① 《互联网＋云端＋文创：会发生什么？》，《中国文化报》，2015 年 5 月 9 日。

功能。

第二，扶持政策要针对不同级别、不同层次的人才进行个性化的设计，要为顶尖创意团队和个人提供更加优惠的政策。

第三，注重培育园区的核心竞争力，打造园区的个性化品牌。

第四，在运营模式上要克服"地产化"误区，以做事业的心态来运营园区，前期要做好纯投入的准备。给予艺术家和文化企业更大限度且更稳定的地租优惠。

第五，园区与社区融合发展，一方面可以提高社区生活的审美品位，另一方面，社区的人流和生活气息也会反哺园区的成长。

（六）培育壮大文化服务业，引领和推动文化消费市场繁荣发展

据国家统计局《2016 年国民经济和社会发展统计公报》显示，2016 年我国社会消费品零售总额同比增长 10.4%，最终消费支出对经济增长的贡献率为 64.6%。增加文化消费总量，提高文化消费水平应当成为推动文化产业发展必须紧紧抓住的关键环节和重要着力点。福建省文化消费地域和城乡差距明显，福州和厦门两地凭借较强的支付能力、完善的文化基础设施、便利的交通条件等优势，文化消费情况好于其他地区。因此，培育壮大文化服务业，必须注重地域差别，要注重发挥福州、厦门两地的辐射和带动作用；在当前文化服务和文化消费落后地区，要做好文化扶贫工作，加大公共文化服务的投入，推进区域间公共文化服务均等化，带动文化服务业和文化消费市场的繁荣发展。

一方面，要注重对在地文化的书写，鼓励发挥地方特色，进行以"地方"为主体的文化发展，围绕"地域"中心对民众的审美和文化取向进行积极向上的引导，培育传统文化与当代性相结合的生活美学。这就要求作家和艺术家的创作除了追求个人表现的艺术性，更应该同时具备公共性的对话空间，将在地的文化脉络、自然环境、历史背景的独特性涵括在其中，使得人民得以借由这样的艺术作品重新认识和认同自身所处的环境空间，重建在地生活的价值。透过艺术作品的反身凝视，借由认同的力量塑造一种全新且进步的地方感，在全球化的潮流中，发展出属于福建特有的、九地市各不相同的都市意象与在地精神。

另一方面，要做好硬件建设，强化服务保障，优化文化消费服务

环境。在文化服务基础落后的地区，可以通过加大文化消费补贴力度，高标准建设剧院、博物馆、文化馆等文化基础设施并向公众免费开放，发展覆盖面更广的文艺演出院线，开展公共服务体系建设等进行文化扶贫，通过文化扶贫引导和培育文化消费市场，提升当地文化服务业的造血功能。在硬件具备的情况下，要健全参与管道，鼓励全社会对文化建设的深度参与。在文化服务有一定基础的地区，也要时刻咬紧牙关，不容懈怠。2016 年 6 月 23 日，文化部公布第一批 26 个国家文化消费试点城市名单，东部地区仅福建省和海南省没有城市入围，从侧面说明了福建省文化消费市场尚不成熟，还没有形成自己的特色，福州、厦门等城市的区域带动和辐射作用不明显。2016 年 8 月 3 日，国家旅游局对武夷山景区和永定—南靖土楼旅游区提出严重警告——全国 217 家 5A 级景区中，2 家被撤销，3 家被严重警告，其中福建就占了 2 家。两个景区被通报的问题包括"野导游"现象严重、厕所革命滞后等。这些问题都指向了文化消费服务环境营造问题，说明了现今消费者对服务环境的重视。

（七）打通供给侧和消费侧对接的通路，加强文化精品的宣传推广和行销

随着城乡居民文化消费水平的稳步提高，居民对更多更好的文化产品和服务的需求形成了对文化产业发展的强劲拉动作用。因此，还有必要打通供给侧和消费侧对接的"最后一公里"。

今后，庞大的人口资源在保护和发展区域文化多样性的过程中将会发挥巨大的作用。在新媒体和信息时代，每一位居民通过手机和网络都在一定范围内形成"自媒体"，人们在接待外地友人、客商和外出旅游、购物等过程中，都在介绍和传播福建的地理文化和形象。利用"自媒体"等新型网络平台定点推送福建优秀的文化产品，是成本低且有效的推广文化精品方法。

要让群众对在地文化有更多的感受和认同，从而在自觉或不自觉的日常行为中成为城市的"代言人"和"推广者"，首先要加强对福建省文化精品资源的宣传推广和行销，通过多种手段提高当地文化资源的知名度。福建省在历史上有着包括朱子文化、红色文化等在内的丰富的文化资源；在当代，文艺创作方面有多部的"五个一工程"获奖作品，还有梅花戏剧奖、鲁迅文学奖、金猴动漫奖等国家级别的优

秀作品，室内设计方面也斩获过有设计界"奥斯卡"之称的红点大奖……名家精品辈出。但是，本省群众却对这些知之甚少，缺乏在本省的宣传和推介是一个重要因素，我们首先要让消费者对供给侧加深了解，对供给侧的精品有所认识。例如，可以以送文化精品进校园、下乡，组织相关推介活动，建设特色文化小镇等形式，盘活文化资源，提高广大群众的认知度和接受度。

总而言之，"调结构，稳增长"是文化供给侧改革的重中之重，也是供给侧改革视域下福建文化建设的重要任务。第一是去产能，即减少文化生产领域的无效和低端供给；第二是积极增加文化产业核心层的产能，扩大有效和中高端的文化产品供给；第三是补短板，即补文化服务业发展滞后和区域文化发展不平衡的短板。完成这些任务需要调整文化政策，不断深化体制机制改革与创新。

第二十章

推进社科工作更好服务基层、服务群众

　　根据"不忘初心、牢记使命"主题教育的要求和福建社会科学院院党组的部署，2019年6月底至7月，我带队开展"落实科研为民理念，推进社科工作更好服务基层、服务群众问题"的调研活动。6月28日至30日，到泉州理工学院、泉州学研究所和东亚之窗文创园调研，召开由地方文史哲工作者参加的调研座谈会，深入了解泉州学的发展状况和文史研究服务基层、服务群众的情况。7月18日至19日到建宁县工商联、社科联调研，先后深入明一集团、建宁县中央苏区反"围剿"纪念园、习近平新时代中国特色社会主义思想教育馆等地，召开建宁县社科工作者和企业家座谈会，详细了解建宁红色文化建设与绿色发展状况，了解社科工作服务苏区老区经济社会文化发展的情况。参加院党组举办的征求意见会，与科研处陈荣文处长一起到分管的各所（处）、中心和杂志社，了解社科服务基层、服务群众的情况，征求对改进科研管理工作的意见与建议。走访福建省社科联学会部，了解全省社科普及工作情况和对福建社科院社科普及工作的意见与建议。

一、为什么要推进社科工作更好服务社会、服务基层、服务群众？

　　1. 在服务社会、服务基层和服务群众中践行初心使命，在服务人民中繁荣发展哲学社会科学

　　为中国人民谋幸福，为中华民族谋复兴，是中国共产党人的初心和使命。习近平总书记指出："守初心，就是要牢记全心全意为人民

服务的根本宗旨,以坚定的理想信念坚守初心,牢记人民对美好生活的向往就是我们的奋斗目标,时刻不忘我们党来自人民、根植人民,永远不能脱离群众、轻视群众、漠视群众疾苦。"① 作为哲学社会科学工作者,我们必须始终坚持不忘初心,牢记使命,始终坚持以人民为中心的政治方向、学术导向和价值取向,始终坚持在服务人民中繁荣发展哲学社会科学。进一步树立与践行科研为民的理念,推进社科工作更好服务社会、服务基层和服务群众,是我们践行初心与使命的具体表现。

2. 在服务社会、服务基层和服务群众中践行党的群众路线

群众路线是我们党的生命线和根本工作路线。在"不忘初心、牢记使命"主题教育工作会议上,习近平总书记强调指出:"开展这次主题教育,是用新时代中国特色社会主义思想武装全党的迫切需要,是推进新时代党的建设的迫切需要,是保持党同人民群众血肉联系的迫切需要,是实现党的十九大确定的目标任务的迫切需要。开展这次主题教育,就是要坚持思想建党、理论强党,坚持学思用贯通、知信行统一,推动广大党员干部全面系统学、深入思考学、联系实际学,不断增强'四个意识'、坚定'四个自信'、做到'两个维护',筑牢信仰之基、补足精神之钙、把稳思想之舵;就是要认真贯彻新时代党的建设总要求,奔着问题去,以刮骨疗伤的勇气、坚忍不拔的韧劲坚决予以整治,同一切影响党的先进性、弱化党的纯洁性的问题作坚决斗争,努力把我们党建设得更加坚强有力;就是要继续教育引导广大党员干部自觉践行党的根本宗旨,把群众观点、群众路线深深植根于思想中、具体落实到行动上,着力解决群众最关心最现实的利益问题,不断增强人民群众对党的信任和信心,筑牢党长期执政最可靠的阶级基础和群众根基;就是要教育引导广大党员干部发扬革命传统和优良作风,团结带领人民把党的十九大绘就的宏伟蓝图一步一步变为美好现实。"② 习近平总书记指出的第三个"迫切需要"和第三个

---

① 习近平:《在"不忘初心、牢记使命"主题教育工作会议上的讲话(2019年5月31日)》,北京:人民出版社,2019年,第6-7页。

② 习近平:《在"不忘初心、牢记使命"主题教育工作会议上的讲话(2019年5月31日)》,第2-5页。

"就是要"强调的即是新时代坚持群众路线的至关重要性，我们要按照主题教育的要求，从思想上树牢群众观点，在行动上践行群众路线。

一切为了群众，一切依靠群众；从群众中来，到群众中去，推进社科工作更好服务社会、服务基层、服务群众，是社科战线自觉践行党的根本宗旨的重要表现，是社科战线坚持党的群众路线的具体表现和实际行动。新时代哲学社会科学工作者要在服务社会、服务基层和服务群众中践行党的群众路线。

3. 在服务社会、服务基层和服务群众中推进马克思主义的中国化、大众化与时代化

马克思在《〈黑格尔法哲学批判〉导言》里说过："批判的武器当然不能代替武器的批判，物质力量只能用物质力量来摧毁；但是理论一经掌握群众，也会变成物质力量。理论只要说服人，就能掌握群众；而理论只要彻底，就能说服人。所谓彻底，就是抓住事物的根本。"[1] 这段话讲的是理论如何掌握群众的问题，是理论如何为广大群众理解和掌握的问题。马克思强调的是，理论要抓住事物的根本。所谓根本，就是要揭示事物的本质和规律性。1917 年 11 月，列宁在全俄工兵代表苏维埃第二次代表大会上作《关于和平问题的报告的总结发言》的讲话时说："一个国家的力量在于群众的觉悟。只有当群众知道一切，能判断一切，并自觉地从事一切的时候，国家才有力量。"[2] 毛泽东在《人的正确思想是从哪里来的?》中也指出："代表先进阶级的正确思想，一旦被群众掌握，就会变成改造社会、改造世界的物质力量。"[3]

经典作家马克思、列宁和毛泽东都深刻地阐述了理论联系群众和群众掌握理论的重要性，因此，马克思主义的大众化是推进新时代理论建设和理论武装的必然要求和根本路径，党的十九大报告指出：

① 马克思：《〈黑格尔法哲学批判〉导言》，《马克思恩格斯选集（第一卷）》，北京：中共中央马克思恩格斯列宁斯大林著作编译局，人民出版社，2012 年，第 9 - 10 页。

② 列宁：《关于和平问题的报告的总结发言》，《列宁全集（第三十三卷）》，北京：中共中央马克思恩格斯列宁斯大林著作编译局，人民出版社，1985 年，第 16 页。

③ 毛泽东：《人的正确思想是从哪里来的?（1963 年 5 月）》，《毛泽东著作选读（下册）》，北京：人民出版社，1986 年，第 839 页。

"必须推进马克思主义中国化、时代化、大众化，建设具有强大凝聚力和引领力的社会主义意识形态。"① 继续推进马克思主义中国化时代化大众化是新时代的社科工作者必须承担的使命任务。社科工作要在服务社会、服务基层和服务群众的实践中不断推进马克思主义的中国化、大众化与时代化。

4. 在服务社会、服务基层和服务群众中继承和发扬马克思主义哲学社会科学的优秀传统

延安时期，中国共产党以马克思主义为指导，领导哲学社会科学繁荣发展，构建了社科组织领导和保障体系，培养了一批优秀人才，译介了一批马克思主义经典之作，推出了一批马克思主义普及读物，形成了实事求是的学风、文风与作风，推进了马克思主义中国化的历史进程。我们党坚持民族的、科学的、大众的发展方向，注重密切联系群众、服务群众，在长期的革命实践中形成了中国特色的哲学社会科学和文艺工作弥足珍贵的优良传统。延安时期文化社科界提出了"到农村去、工厂去、部队去、成为群众的一分子"② 的行动口号，萧三、艾青、刘白羽、丁玲、柳青等一大批文艺工作者和社科工作者，打起背包走进乡村、工厂、部队、田间地头，走上街头，体认人民的生活，学习人民的语言，表现人民的实践，强化了为人民立功、立言和立德的使命担当。从革命到建设的历史进程中，我们党形成了哲学社会科学服务社会、服务基层和服务群众的优良传统。新时代开启了哲学社会科学建设的新征程，进一步推进服务社会、服务基层和服务群众的工作，是继承与发扬我们党领导和建设中国特色哲学社会科学的优良传统的需要。

5. 推进社科工作更好服务社会、服务基层、服务群众是让党的创新理论"飞入寻常百姓家"的需要

习近平总书记在全国宣传思想工作会议上强调，要加强传播手段和话语方式创新，让党的创新理论"飞入寻常百姓家"。党的创新理

---

① 习近平：《决胜全面建成小康社会　夺取新时代中国特色社会主义伟大胜利——在中国共产党第十九次全国代表大会上的报告（2017 年 10 月 18 日）》，北京：人民出版社，2017 年，第 41 页。

② 中共中央文献研究室编：《毛泽东年谱（1893—1949）（修订本）（中册）》，北京：中央文献出版社，2013 年，第 428 页。

论只有被广大基层党员群众所掌握，不断增强人民群众"四个自信"，把党的正确主张变为群众的自觉行动，才能汇聚成推动新时代改革发展的磅礴力量。只有把宣传群众、教育群众与关心群众、服务群众紧密结合，真正做到理论供给与群众需求的无缝对接，引导群众与服务群众两者的紧密融合，才有可能打通理论武装进基层的"最后一公里"，才能真正推动党的创新理论深入人心。

6. 推进社科工作更好服务社会、服务基层、服务群众是满足人民对美好生活新期待的需要

党的十九大报告将现阶段我国社会的主要矛盾概括为"人民日益增长的美好生活需要和不平衡不充分发展之间的矛盾"。① 人民对美好生活新期待中包括了对哲学社会科学的需要：社会有需求、基层有需要、群众有期待。全新的社会实践，凸显出群众迫切的理论需求。当代中国正经历着最为广泛而深刻的社会变革，正在进行着人类历史上宏大而独特的实践探索。如何用马克思主义立场、观点、方法深刻阐释当代中国经验，如何用习近平新时代中国特色社会主义思想引领中华民族伟大复兴的新征程，是思想理论界的使命与任务，也是广大人民群众对哲学社会科学的迫切需求。正如习近平总书记2016年5月17日在哲学社会科学工作座谈会上指出的，"这是一个需要理论而且一定能够产生理论的时代，这是一个需要思想而且一定能够产生思想的时代"。② 推进社科工作更好服务社会、服务基层、服务群众，才能满足人民对美好生活的新期待，才能有效回应时代发展和人民群众对哲学社会科学提出的新要求。

7. 推进社科工作更好服务社会、服务基层、服务群众是增强"四力"、践行"四力"的需要

习近平总书记在全国宣传思想工作会议上强调："不断增强脚力、眼力、脑力、笔力，努力打造一支政治过硬、本领高强、求实创新、

① 习近平：《决胜全面建成小康社会 夺取新时代中国特色社会主义伟大胜利——在中国共产党第十九次全国代表大会上的报告（2017年10月18日）》，第11页。
② 习近平：《在哲学社会科学工作座谈会上的讲话（2016年5月17日）》，北京：人民出版社，2016年，第8页。

能打胜仗的宣传思想工作队伍。"① 这是新形势下宣传思想队伍建设的总要求。

深入人民群众，通过调查研究了解人民群众的需要；做人民群众的"眼睛"，从人民立场出发去观察思考；以人民为中心，为人民群众抒情抒怀。我们要在人民群众的实践中发现首创精神，把群众丰富的实践经验上升为理论，把人民群众的伟大创造总结提炼为理论创新，做到从群众中来、到群众中去。习近平总书记强调，宣传思想工作者"要树立以人民为中心的工作导向，把服务群众同教育引导群众结合起来，把满足需求同提高素养结合起来，多宣传报道人民群众的伟大奋斗和火热生活，多宣传报道人民群众中涌现出来的先进典型和感人事迹"。② 这为我们指出了增强"四力"的根本遵循。推进社科工作更好服务社会、服务基层、服务群众是理论工作者介入现实的实践之路，是增强"四力"和践行"四力"的现实需要。

8. 推进社科工作更好服务社会、服务基层、服务群众是加快构建中国特色哲学社会科学的需要

为什么人的问题，是马克思主义唯物史观的核心问题，也是哲学社会科学研究的根本性、方向性、原则性问题。坚持马克思主义对哲学社会科学的指导地位，核心是解决哲学社会科学为什么人的问题。说到底，就是要解决哲学社会科学工作者为谁从事学术研究的问题，为谁服务的问题。为人民群众做学问，把学问写到群众的心坎里，把学术做在祖国的大地上，是我国哲学社会科学工作者的神圣职责，也是实现哲学社会科学价值的必然途径。新时代哲学社会科学工作者要积极投身于伟大的实践，要坚持面向当代中国经济社会与文化发展的主战场、面向人民群众对美好生活的新期待，坚持从建设中国特色社会主义的伟大实践中汲取智慧营养，获取学术发展与理论创新的源泉和动力，为人民著述、为人民立论、为人民代言，在服务人民群众中实现哲学社会科学的进步，在历史的进步中实现学术的进步，这是加

---

① 习近平：《推动社会主义文化繁荣兴盛》，王晓晖主编《全国干部学习培训教材》，北京：人民出版社，党建读物出版社，2019 年，第 197 页。

② 习近平：《胸怀大局把握大势着眼大事　努力把宣传思想工作做得更好》，《人民日报》，2013 年 8 月 21 日。

快构建中国特色哲学社会科学的必由之路。

更好地服务社会、服务基层、服务群众是新时代哲学社会科学工作者的使命与责任，是践行初心使命的具体表现的重要组成部分。

二、做法与成效

(一) 面上的情况

以社科普及为重点推动社科服务社会、服务基层和服务群众工作取得显著成效。自 2014 年 9 月 26 日《福建省社会科学普及条例》颁布以来，福建省积极贯彻落实《条例》精神，整合全省社科资源，搭建有效载体平台，创新社科宣传普及路径，开展一系列社科普及活动，让人民群众在社科普及中不断提升科学素养和人文素质。福建省的社科普及工作已取得较大突破和令人瞩目的成绩，建立省级基地 52 家，地市县级基地 300 多家。一是立法保障、依法普及取得成效。《福建省社会科学普及条例》将社科普及和社科服务纳入法治化轨道。二是社科普及的建制化基本完成。设立了社科普及联席会议制度，明确了专责部门，通过了《省社会科学普及工作联席会议成员单位工作分工》。三是规划引领、领导重视，社科普及周的社会影响力日益扩大。四是规划引领推动社科普及和服务工作。编制出台《福建省社会科学普及规划纲要 (2016—2020 年)》，引领全省社科普及和社科服务工作。四是项目带动引导社科界参与普及和服务工作。推出社会科学普及项目，出版"福建历史文化名人丛书"等社科普及读物。五是社科讲坛常态化、大众化和品牌化建设效果显著。形成了以东南周末讲坛为龙头，厦门鹭江讲坛、福州闽都文化大讲坛、泉州刺桐讲坛、漳州芝山讲坛、龙岩红土讲坛、莆田莆阳讲坛、三明周末讲坛、宁德闽东社科讲坛、南平市民讲坛、长乐社科讲坛、长泰龙津大讲坛、浦城周末讲坛、上杭客家讲坛等全省社科讲坛网络。六是由社科普及专家和志愿者组成的社科普及队伍基本形成。七是社科普及基地建设初见成效，作用发挥逐步显现。

存在的主要问题如下：

一是没有专职管理机构和编制人员；二是经费不够充足；三是常态化、大众化、社会化的机制还不够健全；四是区域发展不平衡；五是社科工作者的认识和积极性还有待提高；六是社科普及活动的创新性相对不足。

（二）福建社科院的基本情况

一是以社科普及为重点积极开展服务基层和服务群众工作。福建社科院系社科普及联席会议成员单位，以社科普及工作为抓手，积极支持、参与和配合省社科联普及中心工作，推动福建社科院科研人员服务社会、服务基层和服务群众，成为社科普及的主力军之一。有多位科研人员陆续成为社科普及专家库成员，还有多位科研人员担任福建文化历史名人普及丛书的审稿专家，着重从意识形态和学术两方面对相关读物进行把关。2016 至 2018 年，福建社科院共承担福建省社科普及项目 3 项，其中，《福建茶文化读本》项目业已结项出版，该著获得省社科优秀成果佳作奖。《闽籍海外华文诗人二十家读本》和《圆瑛大师：爱国爱教的一代高僧》项目即将完成。

二是广泛开展面向社会、面向基层、面向群众的理论宣讲活动。院领导带头到基层宣讲习近平新时代中国特色社会主义思想和十九大精神，院党组书记陈祥健深入蕉城区上金贝村向基层党员干部群众宣讲党的十九大精神；其他院领导也分别陆续到学校、企业、机关宣讲习近平新时代中国特色社会主义思想。福建社科院专家学者积极参加"东南周末讲坛"等社科普及公益讲座活动。如张帆院长在省图书馆做"作家讲坛"首场讲座"地域文化与散文创作"，进一步丰富人民群众的文化生活，推动文化建设；刘传标研究员在"东南讲坛"做"福建船政与近代中国的现代化转型""孙中山与福建船政"讲座，参加省老干局兵团历史研究会召开的兵团史《兵团岁月》编纂工作并做专题辅导讲座。组织专家学者在福州市（包括市委宣传部、市委党校、长乐市、晋安区、闽侯县等县（市、区）、泉州市、南平市，以及部分文化企业开设"文化产业的理论与实践"的普及讲座约 15 场。推动社科知识进校园、社区、农村、军营和企业活动。如张帆院长"到人民中去"，为龙岩市作家和文学爱好者做红色文学轻骑兵文学公益讲座"小说与时代生活"；曲鸿亮研究员深入清流县政协做"通向人类命运共同体之桥"专题讲座，深入上杭森林武警大队为官兵做"红色文化与八闽学派"普及讲座等。

三是为基层广泛开展规划和咨询活动。据不完全统计，福建社科院科研人员仅为省、市、县编制"十三五"经济社会发展规划和文化发展专项规划就达 30 余项，尤其值得一提的是，充分发挥社科扶贫的积极作用，全面完成院挂点省级扶贫重点村发展规划的编制工作。如《邵武市和平镇鹿口村三年发展规划》《邵武市桂林乡三年发展规划》等。此外，还有刘传标研究员为长乐市二刘村普及乡村史知识，辅导二刘村申报历史文化名村和文化遗产保护；麻健敏副研究员为长乐琴江满族自治村廉政建设规划展示厅提供咨询服务等。

四是积极开展社科志愿服务。组织社科院"学人志愿者"，参加"闽都文化志愿者"活动。"学人志愿者"已成福建社科院青年学者服务基层、服务群众的重要组织方式。方向红、郭莉等积极参与"闽都文化志愿者"活动，成为主要组织者和中坚力量，组织开展了"我们的节日"进社区系列活动，参与"一人一世界城市沙龙""福州茉莉花与茶文化普及公益活动"，深入社区开设"茉莉花文化与城市精神塑造"公益讲座等。

三、存在的问题与不足

福建社科院在推动社科服务社会、服务基层和服务群众工作中还存在以下突出问题和不足。

一是认识不够到位。对社科工作服务社会、服务基层和服务群众的意义认识不够到位，没有从"科研为民"和"把学问写进群众心坎里"的思想高度充分认识社科工作服务基层和服务群众的重要意义。对"为领导决策服务，为地方经济社会发展服务，为祖国统一服务"的"三为"办院方针的理解和执行也不够全面、不够到位。

二是落实不够有力。为树立为人民做学问的理想，进一步增强"科研为民"意识和"走基层，转作风，改文风"的群众观念，引导全院科研人员坚持以人民为中心的研究导向，开展深入基层调查研究活动，福建社科院结合实际，于 2017 年制定出台了《福建社会科学院关于开展深入基层调查研究活动的实施办法》，但落实不够有力，执行不够严格，督促检查不够，成果转化应用不足。

三是评价体系不够完善。对科研的投入与产出的理解比较单一，评价指标比较单一，主要以论文、著作、领导批示和获奖等为评价标准。没有把社科工作者参与服务社会、服务基层、服务群众的业绩纳入评价体系，社科普及研究成果也没有获得必要的重视，导致申报社科普及项目、百场社科报告会等的积极性不高，申报数量很少，影响了科研人员参与社会服务和社科普及工作的积极性。

四是工作机制不够健全，平台建设相对滞后。为深入基层调查研究，福建社科院在基层设立了一批社科研究基地，但由于缺乏基地的管理办法和具体的支持政策等制度化设计，工作机制不够健全，基地的功能局限于调研，没有将调查研究与服务基层、服务群众有机结合，调研作用也没有得到有效发挥。此外，基地数量不足，区域和类型布局也不够合理，融服务与调研功能为一体的平台建设相对滞后。

五是对服务内容与范围的理解还比较单一，服务形式相对单一。长期以来，福建社科院仅将研究阐释、理论宣讲、决策咨询、规划设计等纳入工作范畴。经过调研，我们认为社科工作服务社会、服务基层、服务群众的内容与范围至少应该包括：价值弘扬——参与群众文化活动弘扬社会主义核心价值观；文化传承——为基层和群众传承优秀传统文化提供专业支持；文明培育——参与新时代文明实践志愿服务，打通服务群众服务基层的最后一公里，移风易俗培育新时代文明新风；人才培育——为基层培养社科人才提供服务；信息服务——为基层和群众提供有效的信息服务；媒合服务——为地方经济社会和文化发展提供产学研合作的媒合服务等。

六是服务的积极性、主动性不够突出。受专业特点和工作性质的影响，各所处开展服务社会工作不平衡。历史所、经济所等开展服务社会和服务基层活动较多，发挥作用明显；另一些部门科研人员深入基层调查研究不经常，没有形成常态机制，开展服务基层和服务群众的活动相对较少；参加院"学人志愿者"活动很少，服务基层、服务群众的能力和主动性需进一步提升。

七是需求与供给不匹配，有效供给不足。在"为民服务解难题"方面，我们的社科服务供给与社会、基层、群众的需求之间存在不匹配的状况，深入调研了解基层和群众需求做得不够，社科成果的转化应用不充分，社科理论产品和服务产品有效供给不足。以问题为中心，针对重大现实问题与理论问题，我们要努力做到正本清源，答疑解惑。

八是工作创新方面存在不足。《习近平新时代中国特色社会主义学习纲要》中指出：要"坚持守正创新，重点抓好理念创新、手段创新、基层工作创新"。① 社科工作服务社会、服务基层、服务群众也需要创新理念、手段和工作方法。目前，对于现代信息技术手段有尝试但未能充分利用，利用网络新媒体开展社科服务做得很不够。

四、对策建议

推进社科工作更好服务基层、服务群众，必须高举中国特色社会主义伟大旗帜，以习近平新时代中国特色社会主义思想为指导，坚持以人民为中心，坚持以重大理论和现实问题为主攻方向，坚持基础研究和应用研究并重，突出社科成果转化和社会效应，努力推出一批贴近时代、有实践价值的研究成果，让社科理论走入基层、走进人民，让党的创新理论飞入寻常百姓家，坚持精品奉献人民，让社科研究成果更多惠及民众。

第一，加强习近平新时代中国特色社会主义思想的学习，进一步提高政治站位和思想认识，正确认识社科工作服务社会、服务基层和服务群众的重要意义。习近平总书记在哲学社会科学工作座谈会上的讲话中指出："我国哲学社会科学要有所作为，就必须坚持以人民为中心的研究导向。脱离了人民，哲学社会科学就不会有吸引力、感染力、影响力、生命力。"② 习近平总书记看望参加全国政协十三届二次会议的文化艺术界、社会科学界委员并在联组会上发表了重要讲话，强调指出：社科研究与文艺工作要坚持以人民为中心、坚持以精品奉献人民，要把满足人民精神文化需求作为文艺和文艺工作的出发点和落脚点。推进社科工作更好服务基层、服务群众是哲学社会科学贯彻落实以人民为中心发展思想的需要，是践行科研为民理念的具体体现。③

---

① 中共中央宣传部编：《习近平新时代中国特色社会主义思想学习纲要》，北京：人民出版社，学习出版社，2019 年，第 140 页。

② 习近平：《在哲学社会科学工作座谈会上的讲话（2016 年 5 月 17 日）》，第 12 - 13 页。

③ 习近平：《在文艺工作座谈会上的讲话（2014 年 10 月 15 日）》，第 13 - 14 页。

第二，加强马克思主义指导下的学科体系、学术体系、话语体系建设，加快构建中国特色的哲学社会科学，进一步夯实哲学社会科学服务社会、服务基层和服务群众的学术基础和专业支撑。培养一批理论阐释和宣讲人才，造就一支社科普及专业团队，壮大福建社科院"学人志愿者"队伍，切实提升服务社会、服务基层、服务群众的能力。我们要深入思考新时代哲学社会科学工作如何以专业和学术"为民服务解难题"。要以问题为导向，思群众之所思，想群众之所想，主动担当作为，为群众答疑解惑，为社会、基层和群众提供高质量的社科成果和社科服务，以实际行动践行初心和使命。

第三，完善科研评价体系，构建服务社会、服务基层和服务群众的工作机制。修订完善福建社科院年度与聘期考核体系和科研管理办法，将社科服务社会、服务基层和服务群众的工作业绩纳入考核评价体系之中，将服务社会、服务基层和服务群众的业绩列为综合统计指标体系的要素，成为衡量一个科研单位和科研人员综合业绩的重要组成部分。鼓励和支持院科研人员申报社科普及项目、开展社科普及问题研究、撰写社科普及著作，将社科普及项目纳入科研考核体系，推行社科普及读物与论文、专著、决策咨询研究报告等效评价。加强对社科服务社会、服务基层和服务群众的组织领导和规划引导，修订《福建社会科学院关于开展深入基层调查研究活动的实施办法》，学习借鉴《四川省社会科学院关于面向基层服务社会的指导意见》，制定促进社科工作更好服务社会、服务基层和服务群众的具体措施，构建完善的长效工作机制和有效的激励机制。

第四，抓实集中调研活动，将深入基层调查研究与服务基层、服务群众紧密结合。学习借鉴天津社科界"千名学者服务基层活动"的经验，聚焦地方经济社会文化发展的重点工作和群众关心的热点难点问题，选取具有典型意义的基层个案点，组建与基层联合的调研团队，设立深入基层调查研究和服务基层活动的项目，以课题立项方式给予一定的经费资助。加强对集中调研活动的组织领导和规划引导，重视调研成果的社会效益评价与转化应用。举办调研成果交流会和服务基层、服务群众经验交流会，聚焦群众需要和基层需求，把交流会开进基层，主动对接需求，做好精准服务。2019 年是"十四五"规划调研之年，2020 年是制定规划之年，政策上要鼓励和支持科研人员积极参与调查研究和建言献策，为地方经济社会文化发展服务。

第五，建好、用好社科研究基地，强化基地服务社会、服务基层和服务群众的功能。社科研究基地是福建社科院面向社会、基层和群众的重要平台，也是实施"四力"教育实践的重要平台。建好、用好社科研究基地，必须健全保障机制。首先要明确目标任务，科学规划基地建设；其次要优化基地的区域建设布局，以课题立项方式逐步增加经费投入；最后要将基地的调研功能与服务功能相融合，围绕中心、服务社会，强化服务功能，将基地打造成福建社科院服务社会、服务基层和服务群众的重要平台和示范窗口。

第六，充分发挥新媒介作用。要利用福建社科院网站、《福建论坛》公众号、福建社科院马克思主义文艺理论与批评研究中心公众号、福建社科院文学研究所公众号等向公众推介学习习近平新时代中国特色社会主义思想的阐释性文章，推介社会科学研究最新成果和活动信息。认真研究全媒体时代如何做好社科理论供给与服务创新，努力创新社科理论产品的话语方式、呈现方式和传播形式，提升学术话语转换为接地气的大众话语的能力，加大力度推介贴近群众、贴近生活的社科普及成果，加大力度推介为群众答疑解惑的社科理论成果。

总之，坚持以人民为中心，推进社科工作更好服务社会、服务基层、服务群众，要处理好以下几对关系：（1）需求与供给；（2）普及与提高；（3）引导与服务；（4）传承与创新；（5）规划与志愿；（6）调研与服务。"为民服务解难题"，哲学社会科学工作者要深入思考我们能够做什么、具体应该怎么做。我们要始终牢记习近平总书记对社科界和文艺界提出的"四个坚持"要求——"坚持与时代同步伐""坚持以人民为中心""坚持以精品奉献人民""坚持用明德引领风尚"，努力在服务社会、服务基层、服务群众的实践中践行"四个坚持"。

附录 序与言

一、《他的天空博大恢弘》前言

"他的天空博大恢弘"（谢冕语）。从 1956 年考入北京大学开始尝试写作与评论算起，至今刘登翰教授的学术志业已届六十载。刘登翰教授是当代"闽派学术"的代表性人物之一，他在所涉足的新诗研究、台港澳文学暨海外华文文学、文艺创作与艺术批评、闽台区域文化与闽南文化研究等领域，都有卓越建树，其学术贡献与影响力堪称当代社科闽军的典范，其学术志业的精神与学术视域的广度、深度成为"闽派学术"的宝贵财富。

当前，闽派人文学术的转型与振兴已经成为福建社科界一项重要课题。在新的历史语境下，如何进一步促进闽派学术的发展与繁荣，以社科闽军中的学术典范为个案，深入研究其学术经验与文化精神，是闽派学术再出发的重要基础。而刘登翰教授正是这样一个值得深究的典型个案，他以六十载的学术岁月勾画出一条"跨域与越界"的轨迹，凸显出闽派学术的中国精神，并将这种学术气质有效地汇入社会科学中国化的大潮之中。"跨域与越界——刘登翰教授学术志业六十年"学术研讨会以刘登翰教授为个案，对这位以"个人的研究释放了学科的能量"（黄万华语）的当代"闽派学术"典范进行了多方位的探讨，回顾刘登翰教授的学术道路，总结刘教授以及他们这一代人的经验，以"学案式"的研究展现老一辈学人的学术精神与人格魅力，从而为后辈学人树立典范与榜样。这也是我们举办本次研讨会的缘起及意义所在。

研讨会于 2016 年 7 月 6 日至 7 日在福建福州隆重举行，由福建社会科学院、中国世界华文文学学会、福建省闽南文化发展基金会和福建省文联共同主办，由福建社会科学院文学研究所、福建师范大学两岸文化发展协同创新中心、福建省作家协会、福建省台港澳暨海外华文文学研究会合作承办，来自中国社会科学院、北京大学、复旦大学、南京大学、暨南大学、山东大学、厦门大学、福建师范大学、福建社会科学院、华东政法大学、中南财政大学及台湾大学、香港大学等，以及其他社会学术团体的专家学者、作家、艺术家共 120 多人参加了本次研讨会。研讨会根据刘登翰先生的涉足领域设置了"台港澳暨海外华文文学研究""闽台区域文化与闽南文化研究""文艺创作与艺术批评""跨域与越界：空间的拓展"等四个分议题；还在福建画院举办"墨语——登翰写字"书法展，展出刘登翰书法作品近百幅。无论是谢冕、洪子诚、李锡奇、张炯、孙绍振、杨匡汉、吕良弼等"同代人"的回忆与评价，还是黎湘萍、朱双一、王列耀、计璧瑞、刘俊、曹惠民（书面）、黄万华（书面）、章绍同、颜纯钧、黄美娥、朱立立、高鸿等中坚世代学人及晚辈学者的感恩与致谢，都从不同的侧面展现了刘登翰先生 60 年来辛勤耕耘结出的丰硕成果，也展示了刘登翰先生的学术精神与人格魅力，诚当无愧于"引领学科的智者，培育后学的仁者"。所谓"引领学科的智者"，我们可以视为对刘登翰先生一生投身世界华文文学学科探索与建构的最好注解；所谓"培育后学的仁者"，恰恰体现了他提携关爱后学的慈爱之心，亦体现了后辈学人对先生的崇拜与致敬。

这本《跨域与越界：刘登翰先生学术志业六十年研讨会文集》，不仅仅是这次研讨会的精华结集，也是所有参加这次研讨会的嘉宾、同行、朋友、学生及福建社会科学院文学所敬献给刘登翰先生学术生涯 60 周年的礼物。全书分为上、下两辑，其中上辑"关于当代新诗、台港澳暨海外华文文学研究"，下辑"关于文化研究、创作及其他"。仅从撰文者对刘登翰教授的评价与赞誉，我们就足以看到刘登翰教授所取得的学术成就和享有的学术地位与学术声誉。刘登翰教授的学术视野跨越了多个领域：从当代新诗到台港澳文学，再到世界华文文学，从文学研究到艺术批评，从文艺创作到闽南文化和闽台区域文化研究，并且取得独特而丰硕的成果。他的研究领域不仅具有世界视野，而且具有开疆拓土的独特贡献。他是世界华文文学学科重要的开拓者之一，他是闽台区域文化研究的代表性人物之一，他的诗歌、散文和书法创作也自成一格。刘登翰教授用"跨域与越界"来总结自己的学术人生，从他治学生涯三次"华丽而又素朴的转身"中，我们可以看到他一以贯之的学术精神和严谨作风，在所介入的领域中都有新的发现和斩获，并且产生了极大的学术影响力。刘登翰教授的治学历程所勾勒出的"跨域与越界"的学术轨迹，被与会者誉为"凸显出闽派学术的多元视野和探索精神"。"刘登翰在跨域与越界的研究中展现出来的原创精神和学术视阈，使他在开放、多元的闽派学术中独树一帜。"（吕良弼语）"研究疆域的拓展于刘登翰教授而言，不仅具有学术互文的效果，而且更意味着理论视域和历史文化等维度的深度掘进。"（朱立立语）刘登翰的跨域与越界的学术实践提示我们，可以建构一种新的文学史视野，不单纯将福建文学或者台湾文学视为一个地方特质的区域文学，而可以尝试把福建空间因素纳入台湾文学史来观照，可以从福建看台湾，从台湾看近代福建，从台湾看日本，乃至彼此的跨界交错，建构区域流动与空间化的文学史框架，这样可能可以发现一些原先被遮蔽、被忽略的部分。（黄美娥语）他在从事学术之余，还进行诗歌、散文、歌词和书法创作，体现了独具美学色彩的家国情怀及乡土韵味。他不是专业意义上的"诗人""书法家""报告文学家""词作者"，"然而，正是这些写作及其深深烙上了时代印记的生命经验，使得刘登翰这一个'学者'的研究明显带上了他们这一代人既相似又独特的胎记，使之在八十年代至今的学术生活中，独树一帜，自成风景"（黎湘萍语）。

刘登翰教授虽已进入耄耋之年，但老当益壮，仍在"跨域与越界"中笔耕不辍。近十几年来，他从世界华文文学研究走向闽台区域文化研究，这既是一种学术越界，也体现了一个当代知识分子的民族国家意识和文化情怀。从他主编的 16 册大型丛书"闽台文化关系研究丛书"及他所著的《中华文化与闽台社会：闽台文化关系论纲》一书中，我们可以深切感受到刘登翰教授作为"一个关注两岸文化历史、现状和前途的中国当代知识分子深沉的民族国家意识"。这种精神，值得我们后辈学人尊敬和学习。一个甲子的拓植与积淀，刘登翰教授既孕育了学术研究的硕果，又收获了桃李满天下的芬芳。这本论文集不仅是对刘登翰教授学术志业 60 周年的纪念，而且是对其不断

"跨域与越界"的道路上一处处亮丽风景的展示，是中国一代知识分子学术之路的缩影，寄托了一位慈爱可亲的长者对年轻一代学人的殷切希望。

由衷地感谢为"跨域与越界：刘登翰先生学术志业六十年"研讨会成功举办而给予极大支持的福建社会科学院、中国世界华文文学学会、福建省闽南文化发展基金会、福建省文联！感谢拨冗参加本次研讨会的所有领导、学界前辈、来宾和朋友！感谢为本论文集贡献文章的所有作者，也感谢支持本书出版的江苏大学出版社！

二、《蕉风华韵》前言：重新认识"抒情诗的社会学"

在这部文集即将付梓之前，刘登翰教授和杨际岚会长吩咐我为这部文集写一个简要的前言，说明这次活动的缘起和意义，以及我们对东南亚华文诗歌的阅读感想。2005 年，《台港文学选刊》主编、福建省台港澳暨海外华文文学研究会会长杨际岚先生和菲律宾著名华语诗人云鹤开始筹划"东南亚华文诗歌研究会"活动，这个研究计划得到了福建省世界华文文学研究界同仁和东南亚华文诗歌界许多重要诗人的热心支持。经过将近一年的细心筹备，这次研讨会终于顺利举行。《蕉风华韵》这本评论与诗歌合集便是这次活动的一项成果。我想，在当前的文化语境中，举办由我省华文文学研究界和东南亚华文诗人共同参与的学术研究会，加强东南亚华文诗歌的研究，有着特殊的意义。

长期以来，中国的华文诗评界与东南亚华文诗坛有着密切的联系和交往。关于东南亚华文诗歌的研究曾经是华文文学研究十分重要的研究领域，成果丰硕。但许多迹象表明，近年来，世华文学研究的重心和格局正在发生某种变化。随着北美新移民文学的崛起和华裔（亚裔）美国文学热效应的扩散，北美华文文学吸引了越来越多华文学者的目光。但东南亚华文诗歌历史悠久、充满活力，在世华文学的大家族中仍然占据着不容忽视的重要位置。以往的研究虽然取得了不少杰出的成果，但至今，东南亚华文诗歌的许多理论问题、美学经验及历史和当下的生存状况都还值得华文文学研究界进行更深入全面的研究。这次活动的举办给予了我们一次很好的机会，与东南亚有着重要影响的诗人们面对面交流研究体会，共同深入探讨这些诗学问题。福建是中国最大的侨乡之一，福建和东南亚华人社会之间有着十分密切的亲缘关系，这种亲缘关系无疑影响着我们的海外华文文学研究。所以，福建省华文文学研究界始终关注东南亚华文文学研究，始终把东南亚华文文学研究视为我们学术工作的一个重心。2002 年，福建省台港澳暨海外华文文学研究会与菲律宾华文作家协会合作召开了"菲律宾华文文学国际学术研讨会"，其成果汇编成《传承与拓展》由海峡文艺出版社出版。我们借这次"东南亚华文诗歌国际研究会"活动的举行及《蕉风华韵》的出版，表达研究会进一步加强研究东南亚华文文学的学术热情。

我们认为，今天加强东南亚华文诗歌的研究有着特殊的意义，这是基于我们对东南亚华文诗歌当前状况的一个初步认识。东南亚华文诗歌当代史经历了两次重大的诗学冲突：一次发生在 20 世纪 60 年代前后，现代主义的引入导致了与现实主义诗学冲突的尖锐矛盾。但最终形成了 80 年代现代与现实融合的诗学格局。第二次诗学冲突产生于 90 年代至今，由后现代、后结构和后殖民构成的"后学"思潮正在冲击着东南亚华文文学传统和格局，这种冲突在新马地区尤其是马来西亚的华文文学中表现得十分突出。这场美学事变将产生什么样的结局还有待深入观察和研究，但其中隐含着的一系列重要诗学理论问题却不能不引起人们的重视与思考。

作为一个曾经在历史上产生深远影响的重要文学文类的诗歌为什么在今天成为一种日渐边缘化的文类？这可能是一个全球性的文化现象。对这个问题，在《诗歌与文化：表演性和批判》一文中，麦西大学的 E. 瓦维克·斯林教授于 1999 年曾经做了颇有意味的阐释："新历史主义的实践和文化研究的勃兴将文学批评逐渐演变成了文化批判，随之而来的一个结果就是诗歌成为一种日渐边缘化的文类……这种诗歌的边缘化现象主要应归咎于人们对诗歌作为政治批判工具之地位的怀疑：作为一种高度严密的语言组织形式，诗歌的形式主义倾向使它变得十分自我封闭，从而不能与社会实践紧密相连；尤其是被新批评美学推崇为文学最高范本的抒情诗及其所谓对同质统一性和超历史的本质主义的追求，现在业倍受人们的怀疑。简言之，诗歌对形式主义过度决断的追求使它不能够承担起进行更为宏大的社会和文化批评的任务。"

虽然"后学"思潮是对新批评和结构主义的一种反动，企图重新回到文学与社会历史的交汇口。但"后学"思潮仍然是"文本主义"的，华文思想界的"后学"思潮往往具有激进与暧昧的两面。正如廖咸浩先生所言：后结构往往以为将本质解构，就完成了结构的改造，殊不知，从文本到现实仍有偌大的距离存在。文本主义最终造成文本演练喧宾夺主，取代了实际社会改造之必要性，即使有改造意图也异于沉溺于边缘的自恋症，而无济于大局（结构之彻底调整）。如此一来，不可避免地会让结构本身因为无需直接面对挑战而毫发无伤。的确，对主体和历史的彻底解构，也可能导致丧失主体发言权力和位置的结果。这对于原本就处于弱势的批判思想而言其影响有时反而是负面的。需要追问的是，主体和历史彻底消解后真正有效的介入诗学还是可能的吗？

在这个意义上，有必要重新认识现实主义的"介入诗学"和主体性批判精神在当今文化语境中的意义，也许有必要重构"抒情诗的社会学"传统。2000 年，诗人批评家耿占春《一场诗学与社会学的内心争论》一文发表后引起了诗歌批评界的很大反响，颇能说明人们对这一命题的关注。如同姜涛所言：在"90 年代诗歌"建构起的复杂叙事中，一个很重要的方面，就是对诗歌与历史关系的重新思考。参与这一"叙事"的诗人或批评家，都普遍对 80 年代高蹈的、纯诗主义倾向进行反省，更强调当代诗歌的有效性应寄托在对当下历史经验的介入上。诗人批评家耿占春提出的"一场诗学与社会学的内心争论"，就是这一"反省"意识的准确传达。（参见姜涛《"混杂"的语言：诗歌批评的社会学可能》）在耿占春等人看来，回到诗歌的叙事性和反讽性或许是重构"抒情诗的社会学"的一种可能。突出"叙事性"实际上即是对诗歌社会性和现实性内涵的强调，"反讽性"则意味着"主体"被人文科学的语言学转向釜底抽薪之后的忧郁和怀疑。某种意义上看，耿占春的"内心争论"其实可以视为法兰克福学派的"批判社会学"与曾经深远地影响了 80 年代以来汉语诗歌的海德格尔神秘诗学之间的矛盾和冲突，而这两种思想原本是不相容的。

但无论如何，耿占春等人已经把长期被忽视的诗学与社会学的关系命题以一种特殊的方式提了出来。2005 年在四川召开的首届"华文诗学名家国际论坛"上，人们提出了华文新诗的"二次革命"的主张，把诗歌精神重建视为"二次革命"的首要任务。2006 年 5 月，由福建省文联和《台港文学选刊》共同筹办的"海峡诗会论坛"则提出了"现代诗与社会现代性"的主题，等等。许多迹象表明，诗学界已经开始重视现代诗的"社会性""精神性"重建问题或"抒情诗的社会学"重构命题。或许阿多诺的阐释有助于我们更深入地认识这个命题的重要性和复杂性："抒情诗的社会意义，不可能一下子就以作品中的所谓社会状态或社会的利益形势为主旨，更不可能以作者本人的社会状态或社会利益形势为目的。相反，它的存在是依赖于：作为一个社会的整体是怎样以一个自身充满着矛盾的统一体出现在作品中的。这种作品符合了社会的意愿，又超越了它的界限。"（阿多诺《谈谈抒情诗与社会的关系》）

在这一诗学语境和思潮脉络中，重读东南亚华文诗歌的精神传统就具有了特殊的意味。这次的"东南亚华文诗歌国际研讨会"为我们重新认识这一传统的当代性和问题提供了很好的契机。14 位来自东南亚各国华文世界的重要诗人明澈、岭南人、陈扶助、莎萍、吴岸、曾心、杰伦、史英、吴天霁、云鹤、顾长福、郭勇秀、海庭和秋山带来了他们的作品和对诗歌理念的简明扼要的阐述。他们的诗歌理念和创作实践不尽相同，但也存在着一种共同性，即对抒情诗社会性、现实性和人文性的强调，反对形式主义，追求开放的诗歌美学精神。我们希望借这次研讨，对"抒情诗的社会意义"命题进行更深入广泛的交流和讨论。需要说明的是，我们把这次研讨会的文集命名为《蕉风华韵》，并不是想把东南亚华文诗歌"风景化"，而是企图强调东南亚华文诗歌"本土性"（蕉风）和"华人美学"（华韵）的相互交融和不可剥离。

最后，我们诚挚感谢诸位诗人的参与和热心支持！感谢福建省华文文学学者的参与和支持，也感谢参与本文集编辑工作的诸位同仁。

三、海峡文化研究的活力与使命

近十年来，在建设"海峡西岸经济区"的背景下，随着福建省海峡文化研究会的挂牌成立及"海峡文化论坛"的相继举办，"海峡文化"这个概念越来越引起了人们的浓厚兴趣和热情关注。当然在闽台区域文化研究界也出现了一些怀疑的声音："海峡文化"的含义究竟是什么？学术界已经有了约定俗成的区域研究概念"闽台文化"，还需要"海峡文化"概念吗？提出"海峡文化"概念的意图又是什么？"闽台文化关系丛书"的主编刘登翰先生近期发表了《论海峡文化》一文，对这些问题做了很有参考意义的阐述，他认为："海峡文化"既是一个既存的事实，也是一个"有待重新认识的概念"。作者提出了认识"海峡文化"概念的三个角度：第一，"海峡文化：历史形成的一个稳定的文化结构"；第二，"海峡文化：与海峡经济的辩证互动"；第三，"'泛海峡文化'：跨域建构的可能性？"刘登翰的论述从"历史性""地域性""当代性"和"想象性"四个层面深入讨论了"海峡文化"概念的丰富含义及其当代性意义。

在我看来，刘登翰先生试图回答的一个根本问题即是今天我们为什么要提出"海峡文化"这个概念。作者认为"海峡文化区"这一概念在今天重新提出，有三个特殊的意义：第一，更准确地界定了海峡文化的构成因素和区域范围；第二，突出了海峡地理环境对文化形成和发展的影响因素；第三，"海峡文化"是对当下两岸文化现实的概括。这里，作者提出了"海峡文化"的当代性命题："海峡文化"是对"闽台文化关系"的重新定位，这一定位"把以往较多建立在历史学基础上的闽台文化研究，拉回到当下现实的层面，不仅关注海峡两岸文化形成的历史，而且关注海峡两岸文化的现代性发展，关注现代经济背景下新的现代文化形态形成的当下现实"。如果说作为区域研究范畴的"闽台文化"偏重于研究闽台文化关系的历史，那么，"海峡文化"概念更关注海峡两岸文化的当代形态。看来，"海峡文化"概念的提出，还隐含着在闽台文化亲缘关系的历史基础上发展和建设新型的"海峡文化"的意图。"海峡文化"概念的提出也是当代人文知识分子一种愿望的表述，即是对重构闽台两岸和谐的当代文化关系的愿望的表达。

触摸历史，进入当代。刘登翰先生在详细讨论和辨析"海峡文化"概念的内涵与外延、性质与意义，以及与常常使用的"闽台文化""闽南文化"之间的关系时，其实带出了一个更为重要的问题，即"海峡文化"研究的"当代性"问题。所谓"当代性"，正如文学史家王晓明先生在讨论中国现代文学研究的"当代性"问题时所指出的：即是"对研究者所处的当下社会的精神和文化问题的敏感（不但及时凸显，而且试图回应），与当代最活跃的社会思想的互动（既领受其影响，也给予反馈）"。在"海峡文化研究"领域，"当代性"的含义应该包括两个互相关联的层面：其一是指闽台区域文化史研究中所应具有的"现实视角""问题意识"和"当代方法"；其二是"海峡文化"研究对海峡两岸的当代文化问题给予更多也更充分的关注。"海峡文化"概念仍然以闽台区域文化史的研究为基础，但研究历史的目的则着眼于理解和阐释当代文化现实问题，着眼于服务当代/当前的文化建设。许多研究成果表明，在第一个层面上，闽台区域文化研究已经具有了鲜明的当代意识，一系列富有学术价值的历史钩沉和思想论证为我们理解当代文化现实提供了历史基础，其本身也构成了对于海峡两岸当代复杂的社会和思想一种富于洞察力的回应。但应该说，以往的研究在对当代文化现实问题的直接切入方面做得还是很不充分，许多重要的当代理论和现实问题并未进入研究者的学术视域。如何强化"海峡文化"研究的当代意识，如何使闽台文化研究真正深入而且有效地介入当下文化现实，如何积极地为当代文化建设服务，在今天的确已经是一项迫切需要强化的工作。

"海峡文化"概念的提出既基于历史，又隐含着一种人文愿望，是一种愿景的表述形式。这个愿景的核心在于进一步促进闽台乃至海峡两岸当代文化的交流、互动和整合。如何整合？整合的可能性在哪里？整合的历史基础和现实限制又是什么？闽台之间在文化上存在什么共同性，又有什么差异？存在哪些互补性？这也是"海峡文化研究"的中心课题。回答这些问题，首先需要在历史研究的基础上，对闽台和海峡两岸文化现实和思想状况做更为深入而广泛的调查和比较研究，尤其有必要加强对当代文化发展问题的研究。在建设海峡西岸经济区的时代语境中，深入探讨如何进一步发挥海峡文化的认同优势促进福建科学发展跨越发展，深入探讨海峡两岸文化协同创新的科学路径与当代实践经验，有着十分重要的意义。

为此，福建省海峡文化研究会、福建省台湾香港澳门暨海外华文文学研究会、福建省海峡文化研究中心联合申办福建省社会科学界2012年学术年会"海峡文化创新与福建发展"分论坛。分论坛拟定了如下 8 个研讨题目：①"海峡文化创新与福建跨越发展"；②"海内外华文作家的福建书写与海峡文化的建构与创新"；③"海峡文化创新与闽台文化交流"；④"海峡文化对海内外华文文学的影响"；⑤"海峡文化创新与福建文化产业的跨越发展"；⑥"海峡文化创新与福建区域软实力建设"；⑦"海峡文化研究史的回顾与前瞻"；⑧"福建省台湾香港澳门暨海外华文文学研究史的回顾与前瞻"。

本分论坛涉及的是文化创新与区域发展关系这一重要理论课题与现实问题。现今，人们已经认识到文化创新对区域发展的重要作用与意义：文化创新是促进区域协同发展的内在动力，是提升区域核心竞争力的重要路径，也是凝聚与强化区域文化认同的重要方式。分论坛围绕"文化创新与福建跨越发展"年度主题，着重从海峡文化与福建发展关系出发，从学理阐释和经验分析两个层面展开深入研讨。本次研讨会收集 50 余篇论文，作者来自北京、上海、海南、江苏、湖北和福建等地的高校或科研机构，在新加坡国立大学文学与社会科学院深造的朱昕辰先生也提交了一篇研究蔡明亮电影的精彩论文。

本论文集涉及的内容十分广泛，大体分为三辑："海峡文化与闽台合作""闽派文论与福建书写""地理、空间与文学"。第一辑突出分论坛的主题："海峡文化创新与福建发展"，集中探讨的是闽台文化交流与合作以及文化产业发展问题。第二辑的文章大多以"闽派文论与福建书写"为讨论对象，可以视为 2010 年"全球化时代的华文书写与海西文化传播"和 2011 年"离散华文与福建书写"两次分论坛主题的一种延续。第三辑包括两大方面的内容，一是探讨地理空间与区域文学发展的关系，二是对台湾地区文学创作的新思考和新观察。感谢论文发表人的积极参与！

对于关注海峡文化研究的学人而言，2012 年是有着特殊意义的一年。这一年，"海峡两岸文博会"（厦门）升格为国家级文化交流展示交易展会，由国台办、文化部、广电总局、新闻出版总署首次与福建省政府共同主办，厦门市政府、台湾亚太文化创意产业协会承办；这一年，福建师范大学牵头、福建社会科学院等协同单位共同参与的"海峡两岸文化发展协同创新中心"揭牌成立，力图打造海峡两岸文化发展研究中心、人才培养高地和文化交流前沿平台；这一年，第十七届世界华文文学国际学术研讨会暨中国世界华文文学学会成立 10

周年、世界华文文学学科建设 30 周年纪念大会在福州举行，来自 10 多个国家和地区的近两百位专家、学者和作家参与盛会，同时，"文化中国·四海文馨"全球华文散文大赛也正式启动；这一年，福建省文化产业学会成立，将组建专家团队，开展学术研究、文化交流、活动推广、人才培训等活动，为政府、企业提供智力支持……这一切都表明，海峡文化充满活力！海峡文化研究正处于历史上最好的发展时期。充满活力的当代文化实践既为研究工作提供了丰富的素材，也对海峡文化研究提出了一系列崭新的课题和更高的要求。我们的讨论只是一个开端，还很不深入和系统，真正深入而系统的研究有待学人今后持续不断的努力。

四、《对话与阐释》自序

这本小书是笔者参与世界华文文学讨论部分文章的自选集。20 世纪 90 年代初，因一些偶然的机缘，笔者开始介入世界华文文学的教学与研究，迄今已有一段日子了，积累了一些文字。这些文字或稚嫩，或直率，但大多有感而发，记录了个人阅读华文文学的感受与体会，也表达自己参与这个新兴学科建设的热情与期许。其间曾经得到不少学术前辈的指点，也受到一些海内外同行的批评与鼓励，这里首先要表达的是笔者对学术前辈和同行诚挚的敬意！同时要衷心感谢中国世界华文文学学会和花城出版社将本书列入"世界华文文学研究文库"！

选集中的多数文章已经发表于各种报刊，依据内容，笔者将稿子概略地分为以下三个部分：第一辑"理论与方法"，主要记录笔者对华文文学批评的理论与方法的思考。内容涉及华文文学的意义、华文文学的文化属性、华文文学史写作、华人文化诗学及后殖民批评的意义与限度等。第二辑"思潮与现象"，内容包括：旅台文学现象与当代马华文学思潮的嬗变、原乡意识的变迁、现代性与当代台湾文学论述的转折、《岛屿边缘》与台湾"后现代左翼"的兴起、"传统左翼"的声音和 90 年代台湾文论的"后学"论争与话语转换等。第三辑"文本内外"，内容包括白马社的文化精神与诗歌创作、旧金山华人文学的草根意识与历史叙事、泰国华文文学的历史发展及其总体特征，以及对洛夫、董桥、林幸谦、黄锦树等作家创作的评论。

在本书中，笔者力图表达以下看法：（1）世界华文文学是丰富多元的，任何单一的理论视域和学术路径都难以涵盖其丰富性。不同的理论与方法之间不存在所谓的对立和对抗关系，而是可以共存互补的，它们共同构成华文文学研究的多维视野。（2）建构以"华人性"为研究核心，以"形式诗学"与"意识形态批评"统合为基本研究方法的"华人文化诗学"，在更加开放的社会科学视域中审视与诠释华人文学书写的族裔属性建构意义及其美学呈现形式，应是我们拓展华文文学批评空间的一个重要路径。（3）全球华人的"共同诗学"或"大同诗学"的理论想象必须建立在由多元"地方知识"的辩证对话所形成的交互普遍性的基础上。（4）"文化属性"是华文文学领域的一个重要问题，关于这个问题的讨论存在原生主义与建构主义的重大分歧。对此笔者倾向于非本质主义的立场，认为：文化属性不是单纯的文学问题；文化属性具有多重性和复杂性；文化属性建构是充满矛盾张力的漫长历程，由文化情感和生存策略交织而成；由差异所带来的文化张力或许正是华文文学的丰富性和魅力所在。文化属性建构没有终点，文化属性建构就是对文化属性的恒久追问。（5）与此相关，后殖民批评在处理文化属性问题时的理论与策略被广泛引入华文文学研究领域，成为华文文学批评的重要思想资源之一。后殖民批评深刻地触及了华文文学研究面临的一系列重要理论与现实命题，但同时产生了一系列思想的盲点与批评的偏至。今天看来，这些看法还远远不够成熟、深刻和系统。

现今，一方面，世界华文文学研究仍然是一个充满活力的新兴学术领域，无论是研究方法的探索，还是阐释理论的建构，抑或学术视域的形塑与开放，等等，都存在着丰富的可能性。这是华文文学研究的魅力和潜力之所在。但作为一个新兴学科，世界华文文学研究的学术积累才刚刚开始，还没有形成比较清晰的学术史脉络，相对于学术传统深厚的中国现代文学研究而言，进入海外华文文学研究的门槛没有那么高。另一方面，我们从事华文文学研究显然存在诸多困难。海外华文文学文本处理的是海外华人的经验与问题，我们不在文化现场，没有文学的现场感，要获得某种感同身受的体会和批评的历史感显然是困难的；因为我们不在场，要找到我们自身的文化问题和华文文学的问题之间的交汇点也并不容易；因为我们不在现场，要形成有针对性的"问题意识"和有效的阐释框架殊属不易。这本选集只是笔者阅读一些华文文学文本的感想和杂记，一些文字是初入这一领域的产物，不当与疏漏之处，敬请批评指正。

五、张明著《泉州作家访谈录》序

文学是地方文化的核心组成部分，也是形成文化共同体的重要元素。一个地区的文学最能体现当地的文化特色和风格，因此，重视地方文学有益于地方风情习俗、思想精神的传承，有益于形成并加强地方意识，加固地方认同。在全球化时代，只有保持地方文化的独特性和文脉的延续性，才能提高地方竞争力，使之具有世界性的意义。泉州文学是福建文学的瑰宝，具有典型的闽南文化特色。泉州人敢于拼搏的海洋精神和开放意识，使其发展并未受到地域的限制，他们的足迹遍布全国和世界各地。跟随他们勤劳耕耘的脚步，丰富多彩的泉州文化也在世界各地生根发芽，并不断吸收、融合、创新，成为中华民族灿烂文化中的一朵奇葩。过去对泉州文学的整体研究还比较少，张明以访谈的形式为当代泉州文学研究提供了一份重要的参考资料，做了一件很有意义的工作。他通过对泉州作家的访谈，以感性、直观、口述实录的方式，将泉州文学的丰富性和泉州作家的文学观念与风貌呈现在读者面前，为泉州文学与文化的传播与研究做了一项有价值的基础性工作。

做文学研究和批评工作的学人，大多对"作家访谈录"这一文类有着特殊的偏好，因为阅读访谈录常常可以发现作家特殊的个性、观念以及形成其观念和个性的种种因素，有时还能读到作家成长经历中某些重要的隐蔽的片段或细节。与学院论文相比，访谈录读起来既有趣又不累。好友张明，作为《泉州文学》的副主编，长期负责文学编辑工作，对泉州文学与作家有着细致的观察和独特的见解。作者选取了22位富有代表性的著名作家和数十位青年作家、女作家进行访谈，这些作家中有诗人、画家、书法家、散文家，他们的创作有诗歌、散文、儿童文学、报告文学、文学批评等，风格不同、趣味各异，体现了泉州文学形态的多样性。这些作家有着不同的人生轨迹，有的是生于国外的海外华侨，有的是台湾外省第二代，有的在外省出生、工作，有的植根于故乡本土，他们代表着不同的地域空间对泉州文化的投射和吸收，而泉州文化也因为这些优秀的作家而在不同空间中焕发出光彩。特别值得指出的是，张明还访谈了泉州籍台湾作家龚书绵、马来西亚作家朵拉，这个工作也很有价值。泉州籍海外华文作家人数众多，是世界华文文学领域的一支重要力量，也是闽南文化世界传播的使者，加强泉州籍华文作家的评介与研究对促进泉州文学与世界华文文学界的交流和泉州文化走出去都有特殊的意义。

张明访谈的作家在不同的行业就职：大学、文艺界、杂志社、建筑业、影视业等，折射着世态人生的方方面面和历史的巨幅变迁。作家的世代跨度也很大，从文坛新势力的"80 后"，到已至耄耋之年的文坛前辈，既有对过去辉煌传统的敬意，也有对未来无限可能的展望，展现了泉州文学的生命力和创造力。作者也注意到泉州的女性作家群体，书中最后两章"泉州中青年女作家的小说答问"和"越是艰难越炫示美丽光彩——泉州散文女作家访谈录"，通过对泉州女作家的访谈，探讨了女性文学在泉州的发展现状及其艺术特点。可以说，这本书从作家主体的角度展现了当代泉州文学全貌的许多层面，让我们看到了文学泉州的丰富性和多样性，而且作者在访谈过程中始终围绕着泉州地域文化这个核心，聚焦于作家对泉州文化的感知和理解及泉州文化对文学创作的影响，从各个侧面广泛触及了"如何建构文学的'地方感'"这个重要命题。这些具有不同经历、不同创作风格，所属不同世代的作家无一不对泉州的人文与乡土有着浓浓的原乡情怀，泉州文化或者说闽南文化对他们的文学创作都产生过正面的影响，故乡的人情、风俗、语言都烙印在他们的生命里并融化在他们的文学创作中，他们对闽南文化的精神内涵也有着属于他们个人的理解与阐释，对泉州文学的发展前景大多持乐观的评估，同时提出了不少有利于推动泉州文学发展的意见和建议。

张明的访谈框架设计也比较合理，准备工作很充分，提问既具体又有针对性，宏观和微观结合。访谈基本上围绕着文学心路、作品评价、艺术理念、乡土情怀等主题进行，同时针对每位作家的具体创作、生平、爱好层层深入，呈现出泉州作家群体的不同个性与多样面貌。阅读这本访谈录，我们也可以更加近距离感知各位作者的创作心路和文学观点，受益良多。

泉州还有许多值得关注的作家，泉州籍台港澳暨海外华文作家的数量也不少，他们的创作丰富了泉州文学的"泉州性"和"世界性"。对于泉州文学的未来发展而言，文化传统的赓续、本土资源的挖掘与"地方感"的建构始终是一个大课题，希望好友张明接着访、继续谈！

六、孔苏颜著《海外闽籍诗人二十家读本》序

党的十九大报告指出，要"坚定文化自信，推动社会主义文化繁荣兴盛"，坚持创造性转化、创新性发展，不断铸就中华文化新辉煌。习近平总书记曾多次强调，中华优秀传统文化是中华民族的突出优势，要保护和弘扬优秀传统文化，让群众记得住乡愁。中宣部部长黄坤明也强调，"记住乡愁，就是要记住本来，延续根脉"。离乡与怀乡是古今中外人类文学的永恒母题，也是闽籍海外华文诗歌的永恒主题。福建是华侨大省，旅居世界各地的闽籍华人华侨有 1580 万人，其中78％集中在东南亚。闽籍海外华文诗歌是闽籍华人向世界各地移民过程中，与不同文化碰撞后绽放出的文学奇葩，既蕴含着福建的悠久历史和丰富人文，也呈现了异域的风情与文化，更饱含着诗人浓厚的家国情怀。海外华人诗歌是文化乡愁的重要美学载体，属于海外华人文化版图中一道不可忽视的风景，在某种程度上占据相当重要的地位。闽籍海外华文诗歌的传播与普及，对传承和弘扬中华优秀传统文化，进一步讲好福建文化故事、传播好福建声音、展示好福建形象具有重大意义，对促进福建文化"走出去"也有现实意义。

在很长一段时间里，闽籍海外华文诗歌一直处于被湮没和忽略的状况。近年来，大陆学者通过与各国家、各地区的闽籍海外华文作家和学者的交流、互动与对话，从多个层面对其进行探索与研究，已取得了一些初步性成就。但从百年历史长度，对这一文学历程中的一批有代表性、经典的优秀作品，进行具体、深入的文本解读与理论阐述，关注它们在海外不同时空的存在、发展和创新，特别是从福建元素与异域多元文化互动的形象折射角度，展示其蕴含着的独特文化内涵和"思乡"命题，阐释其世界性和福建地域性结合的特征与审美价

值，不仅有助于闽籍海外华文诗歌创作的发展，而且对提升闽籍海外华文诗歌的影响力具有重要意义。正是因应这种需要，该书作者在对闽籍海外华文诗人诗歌最新创作与研究成果进行系统文献调查的基础上，撰写了这本《闽籍海外华人诗歌二十家读本》。

顾名思义，这本书的主旨，在于揭示闽籍海外华文诗人诗歌背后所蕴含的多样的风情文化和浓郁的家国情怀。从这一主旨出发，根据闽籍海外华文诗人的分布情况，甄选闽籍海外华文诗人二十家，即（1）东南亚：菲律宾、新加坡、马来西亚、印度尼西亚等，主要代表性诗人有云鹤、和权、明澈、王勇、月曲了、南子、华之风、原甸、许福吉、牧羚奴、江天、林幸谦等；（2）美洲：美国、加拿大等，主要代表性诗人有艾山、王性初、黄用、蓝菱、施雨、绿音等；（3）欧洲：法国、英国等，主要代表性诗人有宋琳等；（4）澳洲：澳大利亚、新西兰等，主要代表性诗人有庄伟杰等。通过对二十家闽籍海外华文诗人生平与创作情况的系统梳理，从艺术性和思想性层面对其代表性文本进行解读与评点。结合闽籍华人华侨在向世界各地移民与散居的过程，考察闽籍海外华文诗人如何通过诗歌这一独特形式展示海外华侨的历史文化、家乡情愫及精神风貌，如何想象与书写乡愁，如何书写福建故事等，进一步探究福建文化在海外的传播情况及其产生的影响力。书名虽为"读本"，却包含了对诗歌读本许多的学理解析，特别是从福建元素与异域多元文化互动的形象折射角度，以世界视野和跨文化视角，发现并展示其蕴含着的独特文化内涵和文学命题，颇见一定学术功力。另外，书中还插入了许多图片，图文并茂，增强了可读性。当然，见仁见智，读者自有独到的感受和判断。

思乡没有尽头，对于思乡的研究也没有尽头。我感觉该书兼具知识性和普及性，有助于普通读者提升对闽籍海外华文诗歌的认知与理解，增进闽籍海外华侨华人尤其是新生代的民族文化认同感；有助于推动福建文化在海外的传承与传播，更有效地推动福建文化"走出去"。

七、郭莉著《福建茶文化读本》序

茶，这个神奇的物种于 6000 万—7000 万年以前就已存在于地球上了。中国是茶叶的发源地。据文字记载，我们的祖先在 3000 多年前开始栽培和利用茶树。"柴米油盐酱醋茶"是中国人生活中"开门七件事"不可或缺的部分。中国自古就有"茶药不分家"的思想，茶的发现与利用，最初是从药用开始的，上古时就有"神农尝百草，日遇七十二毒，得荼而解之"的传说；商周时期也有丹丘子、霍桐真人以茶健身的故事。春秋时期，《诗经》中《邶风·谷风》《豳风·七月》《大雅·绵》等出现了有关"荼"的描写，被一些人视为中国茶诗的源头。西汉文学家王褒写于公元前59年的《僮约》，是全世界最早的关于烹茶、买茶和种茶的记载。唐代陆羽所写的《茶经》是世界上现存最早、最完整、最全面的茶学专著。几千年来，勤劳智慧的中国人不断改进茶的制作工艺和口感，创制出六大茶类和再加工茶类，并发展出丰富多彩的中华茶文化，对世界茶文化产生了深远的影响。西汉张骞通西域后，中国茶开始通过陆上丝绸之路，传播到中亚、西亚和地中海各国；通过海上丝绸之路，传播到东亚、南亚、中东、东非、欧美。

截至目前，联合国粮农组织所评选的"全球重要农业文化遗产"总计36个项目，中国占了11项，居各国之首；其中仅有两个茶叶项目入选，这两项都源自中国：一是"云南普洱古茶园与茶文化"，另一个是"福州茉莉花种植与茶文化系统"，这充分表明中国茶在世界上的重要地位。

福建素有"八山一水一分田"之称，良好的气候和优越的生态为茶树的生长提供了理想的环境。福建茶文化历史悠久，最早可追溯到3000多年前的商周时期。福建自古出产名茶，历代贡茶众多，西周时期福建武夷山的野枞就成为中国历史上最早的贡茶，唐代福州的"方山露芽"蜡面贡茶、宋代建瓯的北苑贡茶、元代武夷山御茶园等铸就了福建茶文化的荣耀和辉煌。福建创制茶类最多，品茶技艺也数福建最奇。唐代创制出团茶，明代创制出茉莉花茶，明末清初创制出乌龙茶、红茶、白茶等工艺。相传西湖龙井茶种源自福建泰宁，安徽祁门红茶工艺源自福建红茶，潮汕功夫茶的品饮方式也源自福建功夫茶。

福建茶中，有1项"全球重要农业文化遗产"（福州茉莉花与茶文化系统），5项茶类（福州茉莉花茶、武夷岩茶大红袍、安溪铁观音、福鼎白茶、永定采善堂万应茶）和1项茶具（建窑建盏）制作技艺列入"国家级非物质文化遗产"名录，还有众多的省级和市级"非遗"。

福建茶文化深刻影响着世界茶文化。自从 1610 年福建武夷山正山小种红茶通过厦门港进入欧洲，开启了欧洲人喝茶的历史，就引领了世界茶饮风尚，产生了英国贵族将红茶作为下午茶的习俗。因此，以福建闽南语"茶"的拼读为源，产生了世界各国"茶"的拼读。由武夷山茶种的引种还产生了印度、锡兰红茶。当前，福建依然发挥茶文化的优势，以茶会友，促进了"一带一路"沿线国家茶文化的发展，创造了和平友好的睦邻环境。

因此，系统又通俗地向社会大众宣传推广福建茶文化，十分必要，而且意义深远。

《福建茶文化读本》搜集了大量翔实的图片包括民间珍贵的连环画，用通俗活泼的语言，向读者展示了中国茶文化的脉络和喝茶的基本常识；介绍了福建茶文化的起源与发展；对福建特色茶类绿茶、白茶、乌龙茶、红茶、茉莉花茶和其他特色茶进行逐一展示；分别对福建茶中的"全球重要农业文化遗产""国家非遗""省级非遗"进行归纳和详述；讲述了闽茶民俗文化的传承，介绍福建茶文化中有趣的民风民俗和闽茶老字号百年沧桑的故事；真实再现了闽台之间因茶结成的深厚情缘，闽台茶缘同根和当代互利交流；还用大量的史实介绍了闽茶对外交流、闽茶对世界的影响等。

本书兼具科学性、可读性和趣味性，将人文社科的相关研究成果转化为老少皆宜的普及读本，可以很好地向社会大众传播福建茶文化。本书内容丰富多彩、通俗易懂，是人们了解博大精深的福建茶文化的一个窗口，不妨在饭后品茗时轻松读之，想必是件乐事吧！

八、《华文书写与海西文化传播》序

1999 至 2009 年，有关文化形象的论文明显呈现出上升的趋势，文化形象的塑造与传播研究已经成为学术界的一大热点。大体而言，文化形象的塑造与传播研究领域包括三大方面：第一是国家文化形象的塑造与传播研究；第二是城市文化形象的塑造与传播研究；第三是区域文化形象的塑造与传播研究。概而言之，区域形象或地区形象研究议题包括：区域文化形象概念与系统构成；区域文化形象与经济社会发展关系；区域形象战略；区域形象塑造与设计；区域文化传播；等等。"海西文化"指的是以福建为主体的海峡西岸经济区的区域文化，"海西文化传播"研究的核心即是福建文化形象的塑造与传播问题，属于区域文化研究范畴，需要着重研究的内容包括如下方面：

1. 何谓文化形象？文化形象的构成要素是什么？重塑文化形象的意义是什么？

2. 福建文化形象的历史形塑，传统形象与现代感的关系及存在的问题。

3. 在海峡西岸经济区建设的大背景下，福建文化形象如何重新定位？当代福建文化形象的整体重构：福建文化形象的核心理念、识别系统、文化意象以及标志性的地景和实践活动等。

4. 世界各地区文化形象重塑和行销之成功经验对福建省文化建设的借鉴意义。

5. 如何把福建文化作为品牌去经营？

6. 福建文化形象的整体塑造与行销。包括文化资源重新配置、媒体策略、文艺行销、会展行销、数字化行销等。

7. 福建文化形象整体重构与经济发展、政治文明建设及文化维度的整合运作。

8. "海峡文化"的形成与福建文化形象的历史与区域特征。地方知识重构：在当代"福建学"的建构中如何引入传统闽学资源？如何重构我们的区域文化研究图景？

9. 福建文化现代性起源的历史回眸：中国现代性起源的重要文化地理区域。

10. "创意福建"活动与福建当代文化形象现代感的重塑。

11. "海峡文化"的形成与福建文化形象的历史和区域特征。

12. 福建省的城市文化形象与乡村文化行销的经验和问题。

13. 典藏与传播："海西文化"的数字化策略。

14. 闽台文学亲缘与海峡区域文化。

15. 跨域的传播：海外华文书写、华文教育与"海西文化"。

16. 文化观光与"海西文化"传播。

17. 意义生产与表征实践："海西文化"的符号化及其传播策略。

18. "海西文化"遗产保存及其产业化的可能路径。

19. 海洋书写与"海西"海洋文化形象的建构和传播。

20. 记忆、再现与想象：文学书写在海西文化形象塑造与传播中起着什么作用？

21. 世界华文文学中的"海西"意象与地景。

22. 影像再现与图像研究："海西文化"的视觉文化传播系统。

23. 博览会、运动会与海西文化行销。

······

本次研讨会主题为"全球化时代华文书写与海西文化传播"，涉及的内容显然包括"全球化时代华文书写"和"海西文化传播"以及两者之间的关系。

在文艺理论的层面上，我们讨论"全球化时代华文书写与海西文化"的关系问题，首先必须回到文学书写与地域文化的关系问题上。从历史维度看，这是一个区域文学史或区域文化史的命题；而从空间维度看，这是一个当代文学地理学的课题。

传统的文学地理学一般认为，地理、气候、社会环境与风俗文化对文学有着决定性的作用，两者之关系如同自然条件与植物生长那么密切。在著名的《艺术哲学》一书中，丹纳指出，希腊雕塑的繁荣与其特有的气候和地理因素分不开。一方面，四季温和的气温使希腊人有可能长年过着露天生活，他们的形体是大自然的雕塑——"晒惯太阳，擦惯油，经过灰土、铁耙和冷水浴的冲刷，皮肤棕色，结实，组织健全，色泽鲜明，生命力充沛。"另一方面，地理上希腊是岛国，为防御异族入侵，人们长时间过着锻炼与竞技的体育生活：角斗、掷铁饼、拳击、赛跑等使希腊人的形体更趋健美。这些都是希腊雕塑得以繁荣发展的因素。从赫尔德、斯达尔夫人到丹纳，在讨论文学与社会的关系问题时，都十分重视地理因素对文学的影响。所谓地理因素包括气候、土壤、河流、海洋、山地、交通、地理位置、森林植被乃至自然风景等，这些因素对文学的影响是不言而喻的。首先，它们构成了文学直接描写的内容与对象；其次，一方水土养一方人，人的性情气质的确与其生长的自然地理条件有着微妙的关系，而文学是人学，通过"人"这个中介，地理因素与文学之间产生了十分密切的关联。这种对地域与风格形成之关系的认识是最素朴的文学观念之一，在中国古代文论中同样也可以找到丰富的论述。

地域不仅塑造了人的体质，而且塑造了人们的性情："凡居民材，必因天地寒暖燥湿，广谷大川异制。民生其间者异俗：刚柔轻重迟速异齐，五味异和，器械异制，衣服异宜。修其教，不易其俗；齐其政，不易其宜。中国戎夷，五方之民，皆有其性也，不可推移。"这种观念在中国古代文献如《史记》《汉书》《晋书》和《世说新语》等中可谓俯拾皆是，并被大面积地引入文学论述之中，成为解释文艺地域风格形成的重要维度。自然环境塑造了人的性情并且决定人们适应环境和社会交往的方式，而人的性情和语言文化交往方式则是影响文艺风格的决定性因素，这颇有些地理环境决定论的意味。从《左传》襄公二十九年记载季札观乐纵论各国风诗开始到近人刘师培的《南北文学不同论》，讨论地域和文学风格的关系已经成为古往今来文学理论的一个重要议题。

的确，不同区域的文学有可能因地域文化的差异而显示出一种显著不同的风格。绍兴与鲁迅，湘西与沈从文，上海文化与海派小说，京都文化之于老舍，巴蜀文化之于李劼人，山东高密与莫言，三晋文化与"山药蛋派"，雪域文化与西藏文学，三秦文化与秦地小说，约克郡沼泽之于勃朗特姐妹，英格兰北部的湖区之于华兹华斯，威塞克斯之于哈代，美国南方约克纳帕塔法之于福克纳等，都一再表明地理要素对文学的重要性，它可能是文学想象力的源泉，或是文学风俗画的远景，或是价值世界的地理象征和认同的隐喻，具有精神地理的意义；它也可能是真正塑造文学地域风格的无形之手，赋予了文学独特的地方色彩从而成为某种文学风格的"注册商标"。

无论是中国古代的文学地域理论，还是西方赫尔德、斯达尔夫人和丹纳的文学社会学，在地域与文学关系的认识上都存在地理环境决定论的倾向，都认为人和动植物一样，是地理环境的产物，人类的体质和心理状态的形成乃至社会文化的发展，都是受地理环境决定的，都用地理环境来解释作家气质的不同和地域文学风格的差异。现今看来，这种阐释显然存在一系列的问题或盲点：

其一，如上所述，它忽视了文学反作用于地理空间的一面，忽视了文学书写对空间生产的意义。

其二，传统的地域理论突出了地域文学风格的同质性，却忽视了同一地域文学内部存在的异质性和多元性。它显然难以有效地解释同是浙北人的鲁迅、周作人、戴望舒、茅盾、徐志摩和丰子恺等人在文学气质、个性和理念上为什么存在如此鲜明的差异。

其三，传统的文学地域论较缺乏地缘文化政治的视域，多少忽视了地理空间生产中各种权力关系的嵌入，如中心与边缘、通用语言与方言的张力，以及嵌入地域之中的阶级、社群、性别和美学之间的复杂权力关系，这些因素都持续地影响着人们对地理的感知经验。

现今，传统的空间感知和地理经验业已改变。韩少功《暗示》曾经勾画一幅"隐形地图"，描述出经济、政治和语言符号组合产生的种种复杂的分割、封闭和监禁，对于经济精英而言，远和近的观念很大程度上与波音飞机及高速公路能否抵达联系在一起，否则，近在咫尺的渔村、林区或者需要爬进去的小煤窑开采面便变得遥不可及。这样的地理经验显然已经溢出了高度同质化的传统地域概念所能阐释的范围。

其四，地域对文学的影响具有双重性和复杂性，它可以构成文学创作弥足珍贵的文化资源，许多时候，作家承受了地域文化的精华，如同地域文化之子，但另一方面，如果过度依恋地域文化所提供的安全感和归宿感，强大的地域性也可能成为文学的一种局限。

当代文学地理学看到了问题的另一面——文学也反作用于人文地理与地域文化，参与了地域文化的生产与传播，无疑是塑造地方性的一种力量。当代的文化地理学因此把文学的这种作用纳入地理学研究的范畴中。赖特和洛温塔尔就曾指出：大地的表面是人的作品，它折射着文化风俗与个人想象。地理知识不仅仅是地理学家的，而且应该是包括诗人、小说家、画家、农民、渔夫等形形色色的人们共同创造、共同拥有的或真实、或虚构的知识。的确，"地域"也是一种"特殊的文化的人造物"。屈子的荆楚、狄更斯的伦敦、哈代的威塞克斯、梭罗的瓦尔登湖、福克纳的约克纳帕塔法、马尔克斯的马孔多、鲁迅的绍兴、沈从文的湘西，贾平凹的商洛，莫言的高密东北乡……都已经成为中外文学地图和文化地理学中独特的地标，作家的书写赋予了这些"地域"特殊的文化感性和人文意义。如同当代美国作家苏桑·史卡白蕊·贾西亚（Susan Scarberry Garcia）在《复原地标》

（*Landmarks of Healing*）一书的序言中所言："我家在圣路易斯河谷南端，夏天从那儿我可以看到雄伟的布兰卡山，耸立于棉花树，圣路易斯河，及沾满夏季骤雨发亮的牧场之上；北接新墨西哥州北界，布兰卡山正好位于科罗拉多州南端及传统那瓦侯部落狩猎区的东界。在这儿，百年老的棉花树被四面八方无限延伸的草原及灌溉水田所淹没；在这儿，历史一次又一次诉说布兰卡山的故事，及人们发生在山上的故事；是这些故事赋予了布兰卡山意义。"许多事实表明，文学想象与叙事广泛而有效地参与了"地方感"的编码与建构，参与了地理空间的生产和区域文化形象的塑造与传播。近年来，"地志书写"、区域文学史及地方史写作的兴起表明文学工作者参与地方文化生产的自觉意识正在逐步形成，文学书写与区域文化之间的紧密关系越来越凸显。正是在这个意义上，文学书写与海西区域文化的关系成为一个值得我们深入讨论的时代课题。

文学艺术在国家和地区文化形象的塑造和传播中起着重要的作用。这越来越成为文学研究界和创作界的一项共识。2008 年中国艺术研究院召开"文艺作品中的国家形象"学术研讨会说明了这一点。王文章院长指出：中国国际地位的提高和国际影响力的扩展，也必然要求文化影响力的提升。不管是世界想了解中国，或者中华文化走向世界，文艺作品中的国家形象问题已成为文学艺术界的一个现实课题。"文艺作品中的国家形象"学术研讨会就是要探讨如何遵循文艺规律，以文学艺术的方式，通过生动的、具有强烈艺术感染力的文学艺术作品的创作和传播，向世界展示正在构建社会主义和谐社会、坚持和平发展道路、洋溢蓬勃生机和活力的中国国家形象，这对于世界了解中国，中华文化走向世界，中国文学家、艺术家以具有持久魅力的文艺形象沟通不同文化背景下人们的心灵、情感和精神世界，促进中华民族价值观的国际认同，提高国家文化软实力具有重要的意义。中国作协主席铁凝在讲话中指出，文艺作品中的国家形象是当代中国文学艺术和文化界理应凝神思考的重要问题，对这一问题的关注，具有历史意义，又是现实的迫切需要。当前，和经济的飞速发展相比，中国文化的发展是滞后的，中国是文化大国，但不是文化输出的大国。中国文化在国际上的积极影响力的确不尽如人意，在这样的背景下举办"文艺作品中的国家形象"学术研讨会，其必要性不言自明。她表示，正像有的评论家所说的，如果全球化一定要催促或者教导作家想些什么，那也应该是更深入地追寻民族文化和审美精神，以汉语塑造出真正有魅力的中国形象。这些阐述对我们认识文艺在国家和区域文化形象塑造和传播中的作用应有所启发。

毫无疑问，文艺创作与研究对福建形象的塑造和传播同样起着重要的作用。20世纪80至90年代，"闽派文论""闽西红土地文学""闽东诗人群"等具有鲜明"福建性"的文学十分活跃，对福建当代文化形象的塑造与传播可谓贡献良多。21世纪以来福建文化塑造与传播迈入一个崭新的历史时期，"海西"概念的出场与整体战略的形成打造了至关重要的话语平台和文化行销体系。2010年8月，福建省委宣传部、福建省文联和中国美术馆共同主办"锦绣海西——福建省当代美术（晋京）大展"更是艺术行销海西的成功举措……我们需要进一步思考的是：第一，长期以来，福建文艺界和社会科学界对这个问题的重要性是否已经有了足够的重视。客观地看，重视不够，这种状况必须有所改变。近年来，福建出版了《作家笔下的福州》等书，表明人们对这一问题有了新的认识。第二，福建文学艺术史中在塑造福建形象上的丰富资源还没有得到真正有效的开掘和利用。第三，当代文艺界在塑造福建文化形象上还大有作为。为此，我们建议：第一，定期举办文艺家书写海西大型活动，更深入全面地展现福建文艺的"福建性"和海西特色。第二，举办"文艺创作与福建形象"论坛，进一步提高文艺家和社科界的认识。第三，加强福建文学艺术史研究，挖掘塑造福建形象的历史文化资源。第四，重视民间文艺和前卫艺术的作用，尤其是重视现代艺术的作用。这有助于处理好福建形象传统性与现代感的关系。总之，文学艺术在再现与重构"海西"形象、创意行销与传播"海西"文化、创新策展"海西"意象，以及挖掘与厚植"海西"人文底蕴等方面都可以发挥更大的作用。

80年代以来，福建一直是中国现代前卫艺术的重镇，曾经产生了一批具有全国性乃至世界性影响的艺术家，如蔡国强、黄永砅、邱志杰、许江等，也产生了著名策展人范迪安等，这些艺术家和策展人是福建文化形象现代性和前卫性的重要表征。福建媒体既要宣传他们的事迹，也可以通过他们的艺术活动和策展活动来形塑与传播福建的现代形象。福建还是我国重要的侨乡，福建人遍布世界各地。福建籍的海外华文作家人数众多，在世界华文文学领域具有十分重要的影响力，他们的故土书写无疑对福建文化在世界各地的传播起着不可忽视的作用。随着海峡西岸经济区的崛起，福建越来越成为海外华人关心和关注的区域，无论是闽籍还是非闽籍的华人作家和文化人都十分关注海西文化建设和福建经济社会发展。因此，讨论全球化时代的华文书写与海西文化传播的关联无疑是具有现实意义和文化价值的课题。

本次研讨会收集 30 余篇论文，涉及的内容十分广泛，从各个层面探讨了全球化时代华文书写的发展趋势和海西文化建设等问题。依据内容可分为五辑：第一辑"海西文化形象与传播"；第二辑"华文作家的书写经验"；第三辑"台湾文学新论"；第四辑"海外华文文学探析"；第五辑"学术评论"。感谢论文发表人的贡献！遗憾的是，将"华文书写"与"海西文化传播"有机勾连的讨论还很不充分，所以，我们把这场研讨视为一次尝试，真正系统而深入的研究有待日后努力。

九、对"八闽文库"出版工程的认识与建议

"八闽文库"的编纂出版是贯彻落实习近平总书记系列重要讲话精神的表现，也是因应福建文化发展和文化强省建设必然需求的工程，有其长远的历史价值和独特的现实意义。

（一）"八闽文库"编纂的价值和意义

第一，"八闽文库"编纂出版工程，是传承中华优秀传统文化的重大工程。

习近平总书记的系列重要讲话中，多次强调了对中华优秀传统文化的传承和弘扬。习总书记在 2014 年 10 月 15 日《在文艺工作座谈会上的讲话》中说："中华优秀传统文化是中华民族的精神命脉，是涵养社会主义核心价值观的重要源泉，也是我们在世界文化激荡中站稳脚跟的坚实根基"，"我们要结合新的时代条件传承和弘扬中华优秀传统文化，传承和弘扬中华美学精神"。2016 年 5 月 17 日《在哲学社会科学工作座谈会上的讲话》中，习总书记指出：要"善于继承和弘扬中华优秀传统文化精华"，"要加强对中华优秀传统文化的挖掘和阐发，使中华民族最基本的文化基因与当代文化相适应、与现代社会相

协调，把跨越时空、超越国界、富有永恒魅力、具有当代价值的文化精神弘扬起来"。2016 年 11 月 30 日《在中国文联十大、中国作协九大开幕式上的讲话》中，习总书记再次强调，"我们要大力弘扬以爱国主义为核心的民族精神和以改革创新为核心的时代精神，大力弘扬中华优秀传统文化，大力发展社会主义先进文化，不断增强全党全国各族人民的精神力量"。"八闽文库"编纂出版工程，是对习总书记系列重要讲话精神，以及中宣部《关于实施中华优秀传统文化传承发展工程的意见》的贯彻落实，具有重要的思想文化意义。

第二，"八闽文库"编纂出版工程，是加快文化强省建设的重大举措。

2016 年 11 月 23 日，省委书记尤权在中国共产党福建省第十次代表大会上的报告中提出，要"加快文化强省建设，不断满足人民群众精神文化需求"，"大力弘扬优秀传统文化，加大文化遗产……的保护力度，进一步打响福建文化品牌、延续福建文脉"。"八闽文库"深入挖掘福建优秀传统文化，影印唐代至民国初年的闽人撰述及有关福建文献 1000 余种，整理点校历代闽贤代表著述 130 余种，收录其他宜于汇编整理的专题文献 20 余种，既体现了近代以来学术视野的扩展，也为历史文化研究的深入提供更为丰富的史料，对加快文化强省建设大有裨益，对福建文化形象的宣传和推广及区域创意竞争力的提升将起到良好的效果。

第三，"八闽文库"编纂出版工程，是打响福建文化品牌的重要抓手。

打响福建文化品牌、扩大福建文化影响力，是当前福建文化建设的重要任务。福建文化资源众多，但在文化资源发掘利用和文化品牌影响力提升等方面仍有较大空间。"八闽文库"立足对福建传统优秀文化资源的深度挖掘和再整理，在纸质载体的基础上打造数字全媒体产品体系，围绕"八闽文库"多媒体数据库这一核心，建设 PC 端的"八闽文库"官方网站、移动端的"八闽文库"App 和"八闽文库"官方微博及微信公众号等社交媒体矩阵。将"八闽文库"纳入数字福建工程，着力打造"八闽文库"数据库，推动我省数字人文工程的建设，有利于在更加宽广的文化平台上树立福建文化品牌，塑造福建的文化形象，增强福建文化的软实力和传播力。

第四，"八闽文库"编纂出版工程为福建文化产业发展夯实基础。

区域文化资源是文化产业发展的基础，区域文化产业的繁荣发展离不开"地方学"或地方知识的支撑。"八闽文库"编纂出版工程为福建"地方学"建立了较为完整的知识地图和思想资源库，为文化资源的整合、挖掘和使用奠定了基础，也为文化产业塑造地方感和地方魅力提供了必不可少的条件。从现状看，作为文化产业重要核心层的福建出版业长期缺乏重大项目支撑，出版物数量和市场占有率在全国都处于中下水平。根据国家统计局的统计，从图书出版情况来看，2015年全省共计出版图书3395种，列全国31个省（市、自治区）的第25位，仅为江苏省的1/8、安徽省的1/3、江西省的1/2。若把报刊和电子音像出版物全部计算在内，我省3712种的出版物总量也仅列全国第24位。"八闽文库"编纂出版工程，可以成为福建出版业的重大支撑项目，有利于打造福建出版产业的标志性产品，也有助于福建出版产业改变现状和发展壮大。

（二）"八闽文库"编纂出版工程的建议

第一，借鉴外省的地方文库编撰出版的经验。

近年来，许多省份组织编纂、出版省级地方文库。湖南省在全国率先完成了省级地方文库的编纂出版，继"湖湘文库"之后，新疆、湖北、浙江、海南、山西、河北等省也相继启动此项工程，出现了"新疆文库""荆楚文库""琼崖文库""三晋文库""燕赵文库"等一批省级地方文库文献。各省相继启动地方文库编纂出版的大趋势表明，我国各省都有许多需要挖掘、整理、总结的优秀传统文化资源，同时，当前文化建设和文化软实力提升的客观需求也在呼唤着各省市地方文献的系统整理。加强调研、总结和借鉴外省既有的地方文库工程编撰出版的经验，有利于"八闽文库"工程快速平稳地推进。

第二，推动"八闽文库"出版工程的制度建设。

"八闽文库"的编纂出版，应该有一套较为完善的制度设计。文库之于地方文献的整理和研究有着无可替代的权威性，是可以藏之名山、传之其人的大业，在编辑方针与计划的拟定、文献及版本的选择、编校质量的把控、版式印制的标准等方面都要有章可循。以"湖湘文库"为例，其编委会就制定了系列制度性的规范文件，如《湖湘文库古籍校点工作细则》《关于古籍校点和编辑工作的注意事项》

《关于校点与审读民国旧籍书稿的意见》《书稿编辑校对流程管理规定》《图书编辑体例规定》《图书印刷物质和生产流程管理规定》《内容提要的写作要素及范文》《32开本图书版式与排版说明》《图书印刷与精装质量整体要求》《图书精装分项质量要求》《图书质量奖惩办法》等。① 这可以为"八闽文库"出版工程的制度建设提供参考借鉴。建议加强组织领导和制度建设，成立文库出版工程领导小组、编委会和专家团队，建立健全各项规章制度与管理办法，加强对出版工程建设过程的质量控制与流程管理，避免重复出版和资源浪费。

第三，依托专业机构，建立地方古籍文献整理编纂的专业队伍，学术研究应该走在前面。

"八闽文库"不仅是出版工程，而且是重大的学术工程。"八闽文库"的高质量完成，需要一个对福建历史文化有着全面系统了解和深入研究的专业团队。相对于其他学科专业的人才培育和储备情况，福建地方文献的专业人才还是略显单薄，应充分利用已有的专业机构和专业团队，打造一支历史文献整理、校点与研究的专业队伍。厦门大学人文学院的古籍研究所和古典文献学专业，福建师范大学的"闽学研究中心"和古典文献学专业，福建社会科学院历史研究所等，都有编辑出版大型历史文献的丰富经验，是组建"八闽文库"编纂出版专业队伍的重要人才资源。福建师范大学的"闽学研究中心"还另设有《闽学研究》这样专门研究福建历史文献的专业刊物。

"八闽文库"出版工程应与福建师范大学、厦门大学以及福建社会科学院等相关专业团队建立密切的合作关系，以获得强有力的学术支持。没有学术研究的支撑，难以保证文库的质量与品质。同时，这一合作也有助于进一步提升我省区域历史文化研究的整体水平。

第四，扩大"八闽文库"的媒体宣传推广渠道。

"八闽文库"是着眼于全媒体出版的系统工程，但对"八闽文库"的宣传也需要丰富形式、推广渠道。应该改变仅在主流报纸杂志上做宣传的旧思维，以专题纪录片等形式丰富对"八闽文库"的宣传，推动"八闽文库"的普及化和大众化，着力把"八闽文库"的编纂出版打造成为宣传推广福建文化、打响福建文化品牌的重要工

---

① 杜恩龙：《地方文库出版的观察与思考》，《出版参考》，2015年第15期。

程，着力把"八闽文库"的编纂出版打造成为重大的文化宣传事件。以"荆楚文库"为例，湖北省新闻出版广电局和湖北广播电视台教育频道联合制作了10集系列文化专题片《荆楚文库·书人书事》，配合"荆楚文库"的出版。这套文化专题片以"荆楚文库"首批出版丛书中10种重点图书为载体，用电视影像全景展现"荆楚文库"图书的诞生过程，包括《寻根荆楚》《揭秘简牍》《陆羽茶经》《屈原楚辞》等内容，生动地记录了"荆楚文库"的编纂出版过程，生动地彰显了荆楚文化悠久的历史与魅力，值得我们借鉴。

第五，助推"八闽文库"入台，服务祖国统一大业。

闽学是台湾文化学术的源头。前台湾地区领导人马英九认为，台湾的文化思想是由朱熹"闽学"，经郑成功、陈永华来台开科举、设学校而广为流传。我省涉台历史文献资源十分丰富，需要进一步收集整理；台湾学界对福建历史文献的研究成果也很丰富，值得我们借鉴参考。因此"八闽文库"出版工程既要重视我省涉台文献的收集与整理，也要进一步加强闽台学界和出版界的交流与合作，努力把"八闽文库"打造成为闽台区域文化建设的基础性工程。助推"八闽文库"入台，有利于增强台湾自古以来就是中国领土的史实认知，从人文思想史和文化认同的层面上批判和驳斥台湾分离主义文化思潮，为闽台文化深度融合发展提供人文历史文献资源的有力支持，为祖国统一大业服务。

"八闽文库"的编纂出版，是基础性、综合性和系统性的文化建设工程。满足人民群众精神文化需求，打响福建文化品牌，不断提升文化创新力、竞争力和软实力，推动文化事业全面繁荣和文化产业健康发展，增强文化对外影响力等一系列工作，都必须以文脉传承为基础，这是"八闽文库"工程的"基础性"所在；而"八闽文库"的编纂出版，又绝非单一部门、单一专业、单一队伍所能自主承担完成的，出版的效应和影响也绝非仅仅限于文化出版的特定领域，这是"八闽文库"出版工程"综合性"所在。总体上看，作为文化建设的系统性工程，"八闽文库"的编纂出版，对整体提升文化软实力和加快文化强省建设而言，正当其时，应加强领导，做好规划尽早启动，统筹协调扎实推进，按计划、分步骤实施。

十、"红色文化与红色文艺"论坛发言

第一个问题：我们今天为什么要研究红色文化？

首先，红色文化是我们的本来，寄寓着我们的初心，是新时代文化建设的本来和初心。

其次，红色文化是构筑社会主义核心价值观的重要思想资源和情感根基。十九大报告讲核心价值观尤其强调情感认同，人民群众对红色文化有着天然的认同。

再次，红色文化是马克思主义中国化大众化的具体表征和实践成果。

最后，红色文化是文化强国、文化强省建设重要资源。

第二个问题：如何认识红色文化研究的现状？

红色文化已经成为人文社科学研究的重要课题，是理论界聚焦的重要焦点议题。具体表现在以下方面：

第一，红色文化研究的建制化，红色文化研究机构纷纷成立。包括：中国红色文化研究会、红色文化网、中国现代史学会成立的红色文化专委会、安徽大别山红色文化研究院、中国红色文化研究院、井冈之星红色文化研究院、浙江湖州红色文化研究中心、遵义师范大学的红色文化研究中心、山东沂蒙红色文化研究中心、凯里学院的黔东南红色文化研究所、常州的近现代史与红色文化研究院、福建社会科学院的红色文化研究中心、三明学院红色文化研究中心、陕西红色文化研究所、杭州红色文化研究中心、湖南红色文化研究院、闽西红色文化研究中心、龙岩学院中央苏区研究院，等等。

第二，红色文化论坛频繁举办，学术研讨气氛活跃。福建在永安举办首届红色文化高端论坛，中国现代史研究会举办红色文化与传播主题研讨会，胶东举办红色文化传承与发展研讨会，上海社科联举办红色文化现状与发展专家座谈会，中央党校举办传承红色文化、增强四个意识理论研讨会，贵州举办追寻红色足迹弘扬红色文化研讨会，井冈山举办红色文化资源研究理论研讨会，福建师范大学和延安大学联合举办红色文学和中国现当代文学教学研讨会，等等。

第三，红色文化研究杂志相继创办。井冈山大学的《红色文化资

源研究》和赣南师范大学的《红色文化研究》刊物等相继创办，为红色文化研究提供了重要发表平台。

第四，研究红色文化的论文数量逐年上升。红色文化研究已经成为人文社科领域的热点之一。据不完全统计，至 2017 年已发表期刊论文近 3500 篇，其中，2010 年 154 篇，2011 年 282 篇，2012 年 392 篇，2013 年 382 篇，2014 年 396 篇，2015 年 456 篇，2016 年 583 篇，2017 年已达 564 篇。

第五，以红色文化为研究对象的博、硕士论文数量也逐年上升。红色文化研究在青年一代学者中获得广泛关注。这些论文内容涉及红色文化的内涵特征与价值、红色文化的历史、红色文化传承、红色文化遗产保护、红色文化产业开发、红色文化教育、红色文化传播、红色文化旅游、红色题材文艺创作、区域红色文化发展、红色经典、红色文化与国家软实力等，十分丰富。

第六，红色主题著作出版成为热点。2017 年主要有：渠长根的《红色文化概论》、刘红梅的《红色旅游与红色文化传承研究》。2016 年主要有：王炳林、张泰城的《高校红色文化资源育人发展报告》，陈鹏联、刘建伟、程霞编著的《红色文化与价值引领——优秀大学生社会实践报告集》，吴布林的《新媒体背景下红色文化资源利用与大学生思想政治教育成效性研究》，陈俊、肖刚的《寻·城迹：文化乡愁之红色印迹》，邹荣的《鄂豫皖苏区文化动员与意识形态建构（1920—1937）》，惠雁冰、马海娟的《延安大学文化素质教育系列教材：红色经典导论》，禹玉环、陈季君的《遵义市红色文化遗产保护与开发利用问题研究》。2015 年主要有：刘起林的《红色记忆的审美流变与叙事境界》、胡苏平的《红色三晋：山西省爱国主义教育基地巡礼》、张友南和肖居孝的《中央苏区的红色文化》、马静的《红色文化教育理论与实践研究》、王洪叶的《贵州红色文化资源与地域发展研究》、项福库的《渝东南民族地区红色文化资源的调查、开发与利用研究》、肖灵的《当代大学生红色文化传播研究》、白锡能和任贵祥的《红色文化与中国发展道路论文集》、孙弘安和王太钧的《用红色文化引领大学生思想政治教育：以赣南师范学院为视角》、吴振钧的《新中国从这里走来——永不磨灭的红色记忆》。2014 年主要有：魏本权和汲广运的《沂蒙红色文化资源研究》。2013 年有：王缤钰和沈晔的《红色旅游与文化》。2012 年有：丁凤云的《沂蒙红色文化与沂蒙精神》、郭剑敏的《新世纪红色影视剧与红色文化的打造及传播》、王爱华的《红色文化与思想教育》、王爱华和王刚的《红色文化艺术的时代阐述》等。一批红色文化研究丛书出版，如红色经典电影阅读系列、中国红色经典案例丛书、红安红色文化系列丛书、中央苏区红色文化系列、红色记忆系列、红色文化书系、红色校史融入思想政治理论课教学研究丛书等。

第三个问题：建宁是红色文化研究和红色文艺创作的富矿。这个问题包括以下两大方面：

一是建宁红色历史资源十分丰富，建宁是红军反围剿时期的省会，水尾村被称为小井冈山，建宁是毛主席、周总理等老一辈革命家战斗过、生活过的地方，是红军炮兵和无线电连的诞生地。革命领袖在建宁创作过重要的文艺作品，在今天仍然有着深厚的感染力。

二是建宁当代红色文化建设取得了令人瞩目的成绩。

1. 红色遗产保护成效显著，建宁县委、县政府认真贯彻落实《三明市红色遗产保护条例》，首批红色遗址登录就达 30 余处。

2. 重视红色文化研究和宣传普及，成立了建宁红色文化研究会和红色文化志愿者队伍。

3. 重现红色题材的文艺创作，与中国作协合作举办红色题材文学创作和电影创作高峰论坛，名家聚集，影响较大。90 年代初编撰《建宁英烈》和《建宁革命故事集》；2006 年建成大型红色浮雕；2016 年开拍红色电影《黄埔往事》；2017 年和福建省文联合作举办闽江源建宁苏区乡村行美术作品展，设立红色文艺创作基地；与福建社会科学院合作举办"红色文化与红色文艺"论坛，编辑《建宁苏区的红色记忆》故事集，设立红色文化研究基地。

4. 重视开展红色文化教育，设立红色爱国主义教育基地，红色文化进中小学课堂、进干部教育培训，取得了良好效果。

5. 红色文化产业化取得明显成效，形成红色文化和绿色发展相结合的战略，红绿结合，红色的历史和以建莲为核心意象的绿色文化相辅相成、相得益彰。建宁经验值得我们学习和总结。

从历史文化资源和当代红色文化实践看，建宁都是红色文化研究和红色文艺创作的富矿。

第四个问题：我们今天如何研究红色文化和红色文艺？

十九大报告为文化发展提供了根本遵循，我们今天研究红色文化和红色文艺要认真学习贯彻十九大精神，始终坚持以习近平新时代中国特色社会主义思想为指导。习近平总书记在十九大报告中明确指出："中国共产党从成立之日起，既是中国先进文化的积极引领者和践行者，又是中华优秀传统文化的忠实传承者和弘扬者。当代中国共产党人和中国人民应该而且一定能够担负起新的文化使命，在实践创造中进行文化创造，在历史进步中实现文化进步！"习近平总书记讲了新时代中国共产党人和中国人民的文化使命：

第一，新时代中国共产党人要做中国先进文化的积极引领者和践行者，积极引领和努力践行中国先进文化的发展。

第二，新时代中国共产党人要做中华优秀传统文化的忠实继承者和弘扬者，在新的历史条件进一步继承和弘扬中华优秀传统文化。

第三，在实践创造中进行文化创造，在历史进步中实现文化进步。"在实践创造中进行文化创造"讲的是文化创造与实践创造的关系。文化创造不要脱离实践，要在实践中进行文化创造。"在历史进步中实现文化进步"讲的是文化与时代的关系，要做到文化进步和历史进步的统一。

红色文化和红色文艺是中国先进文化的重要组成部分，我们要从新时代中国共产党和中国人民新的文化使命的历史高度来认识弘扬与传承红色文化精神的重大意义，在当代文化实践过程中进行红色文化和红色文艺研究，将红色文化精神融入社会主义核心价值观的践行之中，融入坚定文化自信、推动社会主义文化繁荣兴盛的伟大实践之中，融入中国特色社会主义伟大实践和中华民族伟大复兴之中。

十一、2017 年福建社会科学院
马克思主义文艺理论工程建设报告①

2016 年 12 月 5 日，在福建省学习贯彻习近平总书记在中国文联十大、中国作协九大开幕式上重要讲话精神座谈会上，时任福建省委

---

① 本部分与郑海婷合作完成。

常委、宣传部长高翔同志提出要重点建设繁荣发展福建文艺的"五大工程"，明确由福建社会科学院（以下简称"福建社科院"）牵头组织实施马克思主义文艺理论建设工程。会后，院党组书记陈祥健同志在院党组中心组学习会上传达了高翔部长的讲话精神，张帆院长做了工作部署。一年来，福建社科院围绕这一中心任务开展工作，强化落实，在平台建设、理论阐释、学术活动等方面建立了常态化工作机制，马克思主义文艺理论工程建设工作取得了良好的开局。

（一）工作进展

1. 平台建设

（1）成立研究中心，2017 年 1 月 12 日，依托文学研究所成立"福建社会科学院马克思主义文艺理论与批评研究中心"，张帆院长担任中心主任，刘小新副院长任中心副主任。中心的主要任务是组织集聚学术力量开展马克思主义文艺理论与批评研究。

（2）与福建师范大学文学院、中国社会科学院等单位合作组建"中国文艺批评研究中心"。该中心计划依托福建师范大学中国语言文学一级学科和文艺学博士点，由福建师范大学、中国社科院和福建社科院协同组建，目标定位是以马克思主义文艺理论为指导，以习近平总书记关于哲学社会科学和文艺工作的系列重要讲话精神为指南，努力建设成为马克思主义文艺理论中国化和批评话语体系建设的高端平台。该方案已由福建师范大学文学院上报省委宣传部。

2. 加强理论阐释

持续深入宣传阐释习近平总书记系列重要讲话精神，重点围绕习近平总书记《在文艺座谈会上的讲话》《在哲学社会科学座谈会上的讲话》，组织撰写阐释性文章。南帆和陈舒劼在《人民日报》上发表《艺术家与人民共命运》（2017 年 5 月 23 日），纪念《在延安文艺座谈会上的讲话》发表 75 周年，习近平同志的讲话与毛泽东同志的《讲话》一脉相承，把"人民性"放到重中之重的位置，再度阐述了以人民为中心的创作导向。陈祥健在《光明日报》上发表《立时代潮头　发思想先声——深入学习贯彻习近平总书记关于构建中国特色哲学社会科学的重要论述》（2017 年 5 月 22 日），阐释习近平总书记《在哲学社会科学座谈会上的讲话》的重大指导意义和哲学社会科学工作者的当代使命。《光明日报》2017 年 9 月 18 日第 12 版发表了南帆教授的文章《没有现实意义的知识必将枯萎——谈文学理论的现实品格》。文章认为，"中国经验"的内容及其意义是对各种理论阐释能力的考验。众多理论资源之中，马克思主义文学理论是最为重要的思想。关注社会历史，关注文学与现实的紧密联系，是马克思主义文学理论最为显著的特征。习近平总书记2017年7月26日在省部级主要领导干部专题研讨班上的重要讲话发表之后，我院组织干部职工认真学习领会讲话精神，在《福建论坛》《福建日报》《学术评论》上发表了一系列阐释文章。《福建论坛》2017年第9期设"7.26讲话"学习专栏，收录了中心专家撰写的《牢牢把握我国发展的阶段性特征》《开拓中国特色社会主义发展新境界》《大力推进实践基础上的理论创新》等系列文章。中共十九大召开之后，中心密切跟进学习十九大报告精神，在《福建日报》上发表了《迈进新时代　开启新征程》等系列文章。此外，中心专家还撰写或发表了《让传统文化艺术焕发时尚魅力》《大力推进实践基础上的理论创新》《让中华造物文化闪亮起来》《聚焦当代实践　回应现实问题》《努力构建"更丰富的精神文化生活"》《增强文化自信：红色文化的当代意义与价值》等系列文章。

3. 举办马克思主义文论读书会

不定期举办"马克思主义文论读书会"活动，旨在学习、宣传和研究马克思主义文艺思想，就马克思主义文论的热点和前沿问题集合有兴趣的专家学者和博、硕士研究生共同讨论，形成学习马克思主义的良好理论氛围。

（1）举办第一期主题为"文学形式与历史"的"马克思主义文论读书会"活动。2月22日下午，由福建社科院马克思主义文艺理论与批评研究中心、福建社科院文学研究所共同主办的"马克思主义文论读书会"第一期在福建社科院五楼会议室举行。本期读书会由福建社科院院长南帆教授主讲，来自福建社科院、福建师范大学、福建省委党校、福建省社科联、福建省文联等单位的学者和博、硕士研究生共50余人参加了读书会。福建省社科联陈文章副主席、福建社科院刘小新研究员、中共福建省委党校郭若平教授等人参与了讨论。读书会围绕"文学形式与历史"的主题推荐了詹姆逊的《马克思主义与形式》和马尔库塞的《审美之维》作为阅读书目，这是西方马克思主义文论脉络中讨论形式与历史、审美与政治关系的重要著作。结合这两本著作，南帆教授就什么是文学形式、文学形式如何成为问题、文学形式理论的发展、文学形式与历史的互动关系等发表了自己的观点。他指出：简单地说，文学形式就是文学作品的组织和构成原则，关键的是，必须认识到没有独立于历史之外的纯而又纯的形式，对文学形式与历史关系的理解要以历史唯物主义和辩证唯物主义为指导。文学表现了历史，但是，文学对历史的转化需要通过文学形式的中介作用，文学形式作为载体恰恰体现了文学与社会历史的复杂运动，文学形式具有相当的能动性，如果要呈现一个完整而全面的世界，我们需要多样的形式。通过对比文学经典与武侠小说、"穿越文学"、"玄幻文学"等题材，南帆教授认为优秀的文学作品不能回避历史，而是要对历史做出积极回应，文学的虚构不是想当然的幻梦，而是必须经受历史逻辑的检验，优秀的文学要有对人性和历史的深刻体察，文学经典之中，欲望与历史逻辑之间出现了最大限度的张力。

（2）举办第二期主题为"人民美学与人民立场"的"马克思主义文论读书会"活动。5月3日下午，"马克思主义文论读书会"第二期在福建社科院五楼会议室举行，主题为"人民美学与人民立场"，读书书目为毛泽东同志的《在延安文艺座谈会上的讲话》和习近平总书记《在文艺座谈会上的讲话》《在哲学社会科学座谈会上的讲话》，刘小新研究员、青年学者陈舒劼、王伟博士等具体阐述了毛泽东和习近平的文艺论述对马克思主义文艺理论中国化的重要意义和对当代文艺发展的重要指导意义，陈舒劼还介绍了参加中宣部哲学社会科学骨干培训班的学习体会。刘小新研究员在读书会引言中指出"人民"概念是当代马克思主义美学的核心概念。毛泽东同志1942年《在延安文艺座谈会上的讲话》中从文艺工作的角度提出了"为什么人""如何服务"的问题，这一"人民性"的核心思想同样体现在习总书记的一系列重要讲话之中。刘小新研究员认为，当前国内学界"人民美学"研究的再出发与现代性概念的结合，可以看成中国现代美学发展的第四个阶段，也具备主体论重建的意涵，在新的主体论论述中，"人民"作为主体具有两个面向：作为历史主体的人民和作为文艺表征的人民。这是从毛泽东、邓小平，再到习近平，在继承、发展和创新中，中共几代领导集体的理论建构的成果。在习近平总书记的系列论述中，"作为文艺表征的人民"具备三个维度：人民性是构成伟大作品的必备条件，人民是文艺创造的主体，人民是文艺审美活动的主体。我们对文艺人民性的认识同样不能离开这些方面。王伟博士的发言题目是"论毛泽东《在延安文艺座谈会上的讲话》与社会主义国家文学的建立"，他指出毛泽东的《讲话》不是为文学创作立下一个永恒不变的标尺，而是充分考虑到当时的时代和政治、文化环境，这种实践性的品格在我们对《讲话》的研究中同样不能丢弃。应当着力去理解居于共时结构中的文学如何参与了一段历史、一个时代，以及它与这个结构中的其他关系项之间又有着怎样的百般纠葛。陈舒劼博士的发言题目是"人民美学：发生、构成与意义"，他重点学习了习近平总书记《在文艺工作座谈会上的讲话》，认为"人民美学"是讲话的核心观念之一，是对毛泽东等老一辈无产阶级革命家的文艺人民性思想的继承和发扬，又科学分析了新形势，具有鲜明的时代特征。

（3）举办第三期主题为"马克思主义与世界文学"的"马克思主义文论读书会"活动。6月3日，由我院马克思主义文艺理论与批评研究中心和文学研究所共同主办的"马克思主义文论读书会"第三期活动在牧风堂顺利举行。来自福建社科院、福建师范大学、福建省社科联、福建省文联等单位的30余位科研人员和博、硕士研究生参加了读书会，福建省社科联陈文章副主席、福建社科院刘小新副院长、福建省美术家协会王毅霖副秘书长等人参与了讨论。

本期读书会的主题为"马克思主义与世界文学"，推荐阅读的书目是马克思、恩格斯的《共产党宣言》和雷蒙德·威廉斯的《马克思主义与文学》。刘小新研究员在引言中主要阐述了两个问题：一是分享《共产党宣言》的读书体会；二是论述马克思主义与世界文学的关系。首先，他指出《宣言》具有开放性和与时俱进的思想品质，我们要结合马克思、恩格斯的写作语境来阅读《宣言》，要把《宣言》和马克思、恩格斯的其他著作结合起来阅读，要把《宣言》与不同时期的历史条件结合起来阅读，要把《宣言》作为夯实共产主义信仰、提升党性和人性修养的重要文本来阅读。那么，如何理解《宣言》的当代性呢？刘小新研究员指出：《宣言》是历史唯物论和实践论的结合，而《宣言》所倡导的"共产主义"是名词，也是动词，它是朝向未来理想社会的行动，是运动中的概念。所以，我们今天能够看到《宣言》在西方左翼思潮的复兴运动中扮演了十分重要的角色。包括用"共产主义"来思考资本主义危机之后的资本主义危机、西方代议制民主的失灵、意识形态与文化领导权、全球不均衡地理发展等十分前沿的问题。在 21 世纪以来的左翼复兴思潮中，《宣言》是左派青年的重要指导思想，是引领方向和鼓舞精神的纲领性文件。此外，刘小新研究员还提醒我们注意区分不同意识形态立场的人士对《宣言》的不同解读，不能因为这些论述冠上了"马克思主义"的名称就对其内容不加区分地全盘接受。

关于马克思主义与世界文学的关系，刘小新研究员首先对"世界文学"一词做了理论史的追溯。歌德在他的谈话录中提到"世界文学"，在歌德的描述中，世界指向的是开放和平等，他认为在世界市场的背景下，各民族文学可以平等对话。而马克思在《宣言》中就比歌德更进一步，看得更加全面。在马克思的理解中"世界"是一个复杂变动的权力结构。这也使得后来的后殖民理论包括关于承认政治的研究，经常从马克思、恩格斯的相关论述中寻找理论资源。

郑海婷博士的发言主要关注欧陆激进左翼与"共产主义"观念的重启。什么是共产主义？共产主义的哲学观念及其理想如何能被重新激活？它怎样在 21 世纪发挥作用？这是欧洲大陆上法国、德国、意大利等国的理论家们近期关注的重点。他们对"共产主义"的概念重新进行了阐释，把"共有"的概念作为诠释"共产主义"的核心和基础，把这个概念与财产概念之间过于密切的联系松开，以使它容纳新的批判内容。在此意义上，共产主义就是要把共有物还给社会，把差异性和独特性视为社会共同体的条件。由此，他们提出了自下而上的诸众政治的理念。郑海婷博士指出，这样一来，政治经济学维度的缺失又成了这个新的激进左翼观念的致命弱点，激进左翼由此走向了无政府主义，他们的行动是无力的，他们的批判也往往被资产阶级政权"进步新自由主义"的政策收编，走向了与初衷完全相悖的地步。

参加读书会的科研人员和研究生随后就读书会主题进行了热烈的讨论。陈文章副主席为读书会做了总结，他建议对马克思主义文论的阅读可以更多地与现实问题结合，并对技术和大众传媒时代的阅读问题发表了自己的看法。

（4）2017 年 9 月 16 日，马克思主义文论读书会第四期"陈映真与马克思主义"在福建师范大学召开，此次读书会由福建社会科学院马克思主义文艺理论与批评研究中心、福建师范大学闽台区域研究中心共同主办。来自福建社科院、福建师范大学等单位的 30 余位教学科研人员和博、硕士研究生参加了读书会。本期读书会主题为"陈映真与马克思主义"，推荐阅读书目《陈映真文选》《陈映真小说集》《忠孝公园》。刘小新副院长做了题为"陈映真与马克思主义"的主题发言，具体阐释了马克思主义对陈映真思想的深刻影响，指出陈映真既把台湾社会性质问题放在近代以来中国社会结构的整体视域中考察，又考虑到作为中国社会整体结构一部分的台湾社会的历史特殊性。在此基础上，陈映真提出了一系列重要定义，对台湾社会的历史变迁给出一种历史唯物论的整体阐释，重新界定不同历史阶段台湾社会的根本性质。在这一点上陈映真发展了现代中国的左翼思想。陈映真的台湾社会性质论还把马克思主义的政治经济学批判思想和当代左翼的"依附理论"成功纳入其阐释框架中，用马克思主义思想、立场和方法建构了批判的台湾论。陈美霞副研究员作了题为《陈映真与台湾左翼志士》的重点发言。

4. 举办马克思主义文论学术研讨会

（1）合作举办"共享发展与审美参与"学术研讨会，主编出版《共享发展与审美参与》。"创新、协调、绿色、开放、共享"五大理念是马克思主义中国化的最新成果，"共享发展"包含人民共享与全民参与两方面，其中文化共享是"共享发展"的重要内容，而审美参与——尤其文学艺术的介入为其根本。故此，美学研究界在这个课题上有着普及和提高的双重任务，即从个人的情感诉求扩大到全民审美共同体的建构。本次研讨会坚持以马克思主义的人民美学为指导，立足当代中国的审美文化实践，聚焦于审美文化的介入与共享面向，分设"五大发展理念引导审美文化建设""共建共享在审美文化领域中的实践""经典马克思主义与中华传统美学中的共享观念""共享发展、审美参与与两岸文化交流"四大专题，共 20 个重要议题。讨论认真严谨，氛围友好和谐。2016 年 11 月 22 日，《福建日报·求是》以"共享发展，审美何为？"为题对本次会议做了全面报道。《共享发展与审美参与》一书是研讨会优秀论文的合集，该书探讨了以下问题：如何坚持并践行文化共享的发展理念，保障公民文化权利？如何使人民获得充分的文化艺术资讯？如何使人民普遍享有审美文化的权益？如何健全文化参与的管道，透过各种可能的人民参与技术与操作方法，共同进行文学和艺术的讨论、学习或创作，实现真正的审美参与？实践是理论之母，美学和文学理论的创新发展必须与我们时代的历史性变革紧密结合，必须在中华民族复兴的伟大实践中不断拓展思想空间和学术空间。

（2）合作举办"文艺的人民性与人民美学的再出发"学术研讨会。2017年10月14日，由福建社科院马克思主义文艺理论与批评研究中心、福建省美学学会、东南学术杂志社、福建省海峡文化研究会共同承办的福建省社会科学界2017年学术年会"文艺的人民性与人民美学的再出发"青年博士论坛在福州举行。近年来，习近平总书记在一系列讲话中指出，社会主义文艺就是人民的文艺，带动了国内学界对"人民"理论的巨大热情。21世纪以来，在马克思主义大复兴的背景下，西方学界也重启了对"人民"概念的讨论。中共中央《关于加快构建中国特色哲学社会科学的意见》指出，站在新的历史起点上，推进中国特色社会主义伟大事业，需要哲学社会科学工作者立时代潮头，发思想先声，积极为党和人民述学立论、建言献策。本次会议以"文艺的人民性与人民美学的再出发"为题，将美学的学术研究与人民的审美需求相结合，突出了美学研究的中国话语和中国立场。会议自4月份开始向学界征集论文，得到积极响应，共收到相关论文57篇，近60万字。与会者从当代文学、历史社会学、文艺学、美学、世界华文文学等不同角度对人民话语和文艺的人民性做出阐释和解读。大家一致认为：文艺是政治的反映，人民是文艺的主题，是实现历史普遍性的主体，是文艺创作的主体，也是审美活动的主体。美学研究和文艺创作必须始终坚持人民主体性和人民立场，以充满深沉的情感力量和历史厚度的思想，来叙述中华民族伟大复兴的实践，阐释好当代实践，讲好中国故事。这是文学艺术和美学文艺学的当代使命和任务。

5. 进一步推进闽派批评建设工作

（1）已出版由南帆、刘小新合作主编"闽派批评新锐丛书"共12本（省委宣传部学习贯彻习近平总书记在文艺座谈会上重要讲话精神成果之一），2017年展开推广宣传工作，该丛书被评为福建省出版发行集团年度优秀图书，《光明日报》2017 年 3 月 20 日 12 版发表长文《文艺批评空间重塑"四步走"——以"闽派"新锐批评实践为例》对丛书出版对于当代文艺理论与批评建设的促进意义给予了充分评价，该文被中宣部主管的党建网、中央文明办主办的文明网、国家新闻出版广电总局网、中国社科院的中国社会科学网、中国文联的中国文艺网、中国作协的中国作家网等重要网站转载。

（2）南帆教授专著《无名的能量》荣获第七届吴玉章人文社会科学奖。吴玉章人文社会科学奖是面向全国的人文社会科学奖项，旨在奖励国内有重大影响的优秀人文社会科学成果，促进我国哲学社会科学的发展和繁荣。该奖每五年评选一次，迄今已经成为全国人文社会科学领域内，历时长久、分量厚重、影响深远的非政府组织奖项之一。第七届吴玉章人文社会科学奖评奖工作共收到推荐成果 1839 项，经专家评审评选出授奖成果 53 项，涵盖马克思主义理论、哲学、法学、历史、新闻、经济、文学、教育等 8 个人文社科学科领域，获奖率仅为 2.8%。

（3）出版《他的天空博大恢宏——刘登翰教授学术志业六十周年研讨会论文集》。刘登翰教授是闽派人文学术的标志性人物，在其所从事的研究学科上做出了卓有成效的建树，其学术贡献和学术影响力是社科闽军的典范。其学术志业的精神和学术视域的深度和广度是闽派学术的宝贵财富。该书以"跨域与越界"为出发点，围绕刘登翰教授的几个研究领域分别展开讨论，从不同角度充分肯定了刘登翰教授的学术成就和学术贡献。

（4）出版《风灯上的种子永久不灭——海峡两岸抗战文艺传统与民族精神传承》。该书收录海峡两岸学者作家相关主题论文 50 余篇，主要选题范围有四："作为精神遗产的抗战文艺传统""福建抗战文艺活动考察""两岸及华人华侨抗战文艺活动""作为文化资源的福建抗战文艺"。论文集彰显文艺理论与批评反映时代精神，坚持为人民服务、为社会主义服务这个根本方向，致力于传承抗战文艺传统，弘扬坚韧不拔的民族精神，深切缅怀抗战英烈的光辉业绩，弘扬爱国主义精神和民族精神，深入推进社会主义核心价值观建设。

（5）马克思主义文艺理论与批评中心学者还出版了《虚构的真实》（南帆著）、《窗外的风景》（刘登翰著）、《先锋的多重影像》

（南帆著）、《风行水上》（南帆著）、《遥望那一树缤纷——台湾文学漫论》（刘登翰著）等。2017 年中心编辑出版了《南帆文集（6－8卷）》。

6. 突出福建社科院学术优势和特色，以马克思主义为指导加强对台湾地区社会文化思潮尤其是文艺思潮的研究

完成"十二五"国家重点图书出版规划项目"当代台湾文化研究新视野丛书"，该丛书由南帆、刘小新、季进合作主编。撰写发表了《1990 年代台湾左翼思想的挫折与生存策略》《潜流：1950—60 年代台湾左翼的存在形态》《1920 年代台湾左翼思想的兴起及与东亚左翼知识圈的互动》《全球化与第三世界文学：两岸视野》《当代台湾文化政策的形成与演变》等系列论文，以马克思主义的立场、观点和方法分析台湾社会文化思潮，尤其是左翼文艺思潮的兴起与演变。与福建师范大学、厦门大学、台湾世新大学等合作举办每年一届的"两岸文化发展论坛"（国台办重点交流项目）。11 月 17 日至 19 日合作举办第五届"两岸文化发展论坛"，主题为"两岸文化的深耕与融合"，共同探讨新形势下如何进一步推动两岸文化的融合发展。

与《台港文学选刊》合作推出两岸青年作家作品联展，并联合举办海峡两岸暨港澳地区青年文学作品交流研讨会。2017 年 7 月，由福建省文联主办，福建社科院、福建师范大学联合主办，台港文学选刊杂志社承办的"海峡两岸暨港澳地区青年文学作品交流研讨会"在福州举行，来自台湾、香港、澳门、北京、上海、广西、浙江、广东、安徽、福建等地的青年作家共 40 多人参加了这一研讨会。与会青年作家、评论家代表就华文文学的现状、各种文体的写作经验、自身的创作体会及对未来青年文学的前景各抒己见。

（二）存在的问题与下一步工作计划

我们的工作还存在很多不足。一是高层次的学术活动举办不够。二是对马克思主义文艺理论的系统性、创新性研究成果不足。三是"中国文艺批评研究中心"成立不久，作用还没有得到有效发挥。四是参与学者的广泛性有待提高。

（1）以马克思主义为指导加快推动哲学社会科学创新工程建设，加强习近平新时代中国特色社会主义思想的学习、宣传与研究，把马克思主义文艺理论与批评研究列入福建社科院哲学社会科学创新工程

的重点创新方向，组织创新团队开展系统研究。

（2）和福建师范大学、中国社会科学院合作办好"中国文艺批评研究中心"，建立协同创新机制，组织力量开展马克思主义视野下当代文艺理论与批评建设研究，加强当代中国文学价值体系和话语体系建设的研究，力争多出成果、出好成果。努力把中心打造成马克思主义文艺理论中国化和批评话语体系建设的高端平台。

（3）组织高层次的马克思主义文艺理论研讨会，继续举办若干期"马克思主义文论读书会"，不断提升读书会的质量，聚焦经典文论和学术前沿，进一步扩大读书会在青年学者和研究生中的影响力和吸引力。

（4）加强阵地建设，在《福建论坛》杂志社主办的《学术评论》等刊物平台开设"当代马克思主义文艺理论与批评研究"栏目，以习近平新时代中国特色社会主义思想为引领，聚焦当代实践与理论创新。策划好专辑主题，组织好专题文章。

（5）继续推动闽派批评建设工作，打响闽派批评的品牌。坚持闽派批评的中国立场和民族传统，进一步加强对当代福建文艺创作的批评与研究，促进福建文艺的繁荣兴盛，为文化强省建设提供理论和思想支持。